Es ist das Jahr 1209, und der Papst ruft zu einem Kreuzzug nach Südfrankreich auf, um die angeblich ketzerische Sekte der Katharer zu bekämpfen. Der junge Ritter Amaury schließt sich mit seinen Brüdern dem christlichen Heerzug an. Schwer verwundet bleibt er nach einem Kampf zurück, doch er kann sich unerkannt in eine Katharerfestung retten. Dort pflegt ihn die junge Colomba gesund – und weiht Amaury nach und nach in die tiefen Geheimnisse des wahren katharischen Glaubens ein.
Amaurys und Colombas aufkeimende Liebe wird durch die Wirren um die vorrückende Kreuzzugsarmee auf eine harte Probe gestellt – die Festung fällt, und die beiden müssen fliehen. Inzwischen hat sein von Rachegelüsten verblendeter ältester Bruder Amaurys Spur gefunden und trachtet ihm nach dem Leben …
Hanny Alders hat vor dem Hintergrund eines der dunkelsten Kapitel des Mittelalters eine dramatische Liebesgeschichte geschrieben – und führt den Leser bis in das sagenumwobene Montségur, die letzte Bastion des katharischen Widerstands, wo Amaury endlich seinen Sohn zu finden hofft.

Hanny Alders wurde 1946 in Rotterdam geboren. Ihr erster Roman ›Der Schatz der Templer‹ erschien 1987 und war sogleich ein großer Erfolg. Er erhielt in den Niederlanden einen Preis als bestverkauftes literarisches Debüt. ›Der Schatz der Templer‹ wurde auch als Fischer Taschenbuch (Bd. 11484) mehrmals aufgelegt.

Unsere Adresse im Internet: www.fischer-tb.de

Hanny Alders

Die Rebellin von Avignon

Roman

Aus dem Niederländischen von
Silke Schmidt

Fischer
Taschenbuch
Verlag

Veröffentlicht im Fischer Taschenbuch Verlag,
ein Unternehmen der S. Fischer Verlag GmbH,
Frankfurt am Main, August 2002

Lizenzausgabe mit Genehmigung des
Wolfgang Krüger Verlags
Die Originalausgabe erschien 1999
unter dem Titel ›De volmaakte ketter‹
im Verlag Uitgeverij Conserve, Schoorl

Druck und Bindung: Clausen & Bosse, Leck
Printed in Germany
ISBN 3-596-15292-5

Dieses Buch ist all jenen gewidmet, die aus politischen, ethnischen, religiösen oder anderen Gründen unterdrückt, verfolgt oder vertrieben werden.

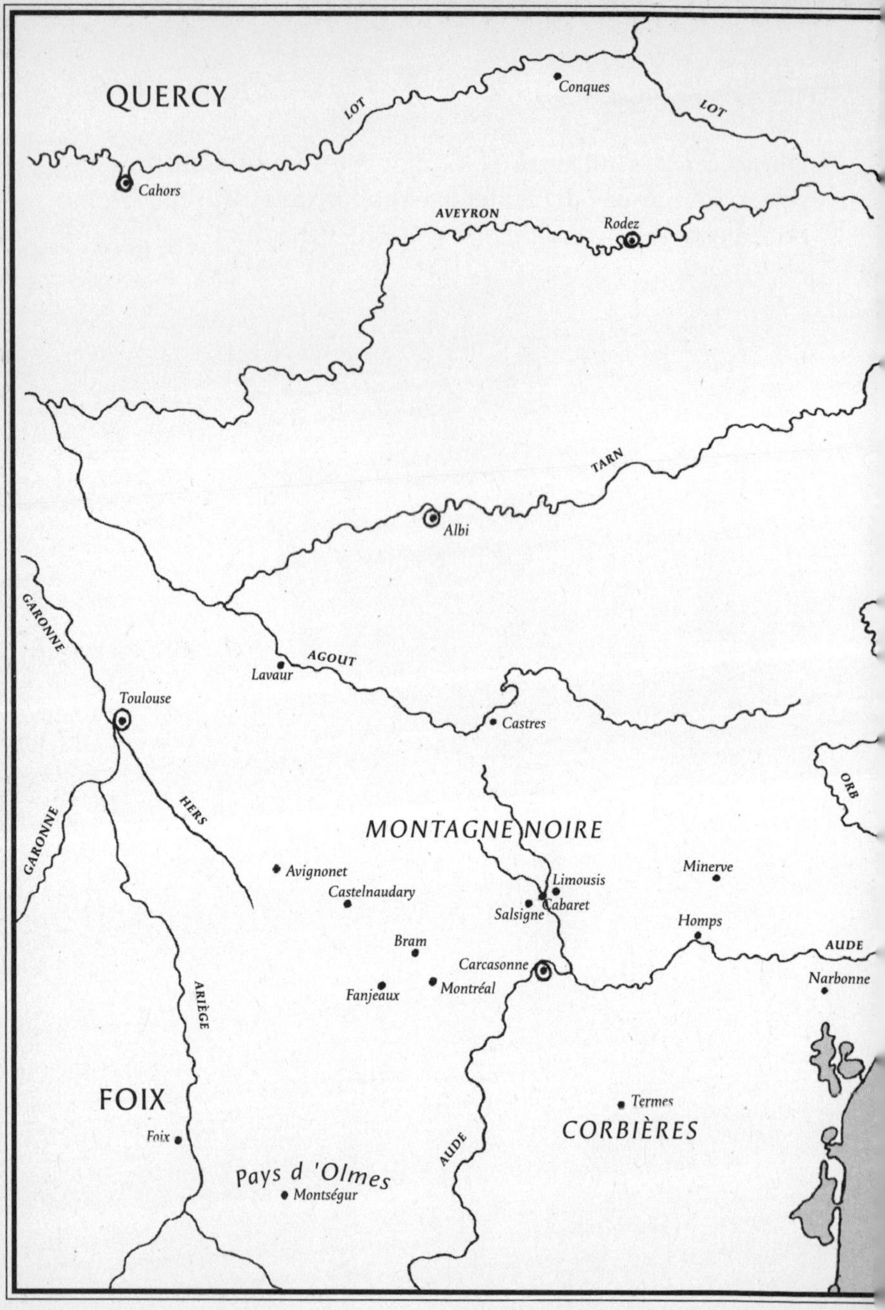
QUERCY
LOT
Conques
LOT
Cahors
AVEYRON
Rodez
TARN
Albi
GARONNE
AGOUT
Lavaur
Toulouse
Castres
ORB
HERS
MONTAGNE NOIRE
GARONNE
Avignonet
Castelnaudary
Limousis
Minerve
Cabaret
Salsigne
Homps
Bram
AUDE
Carcasonne
Narbonne
Fanjeaux
Montréal
ARIÈGE
FOIX
Termes
CORBIÈRES
Foix
AUDE
Pays d 'Olmes
Montségur

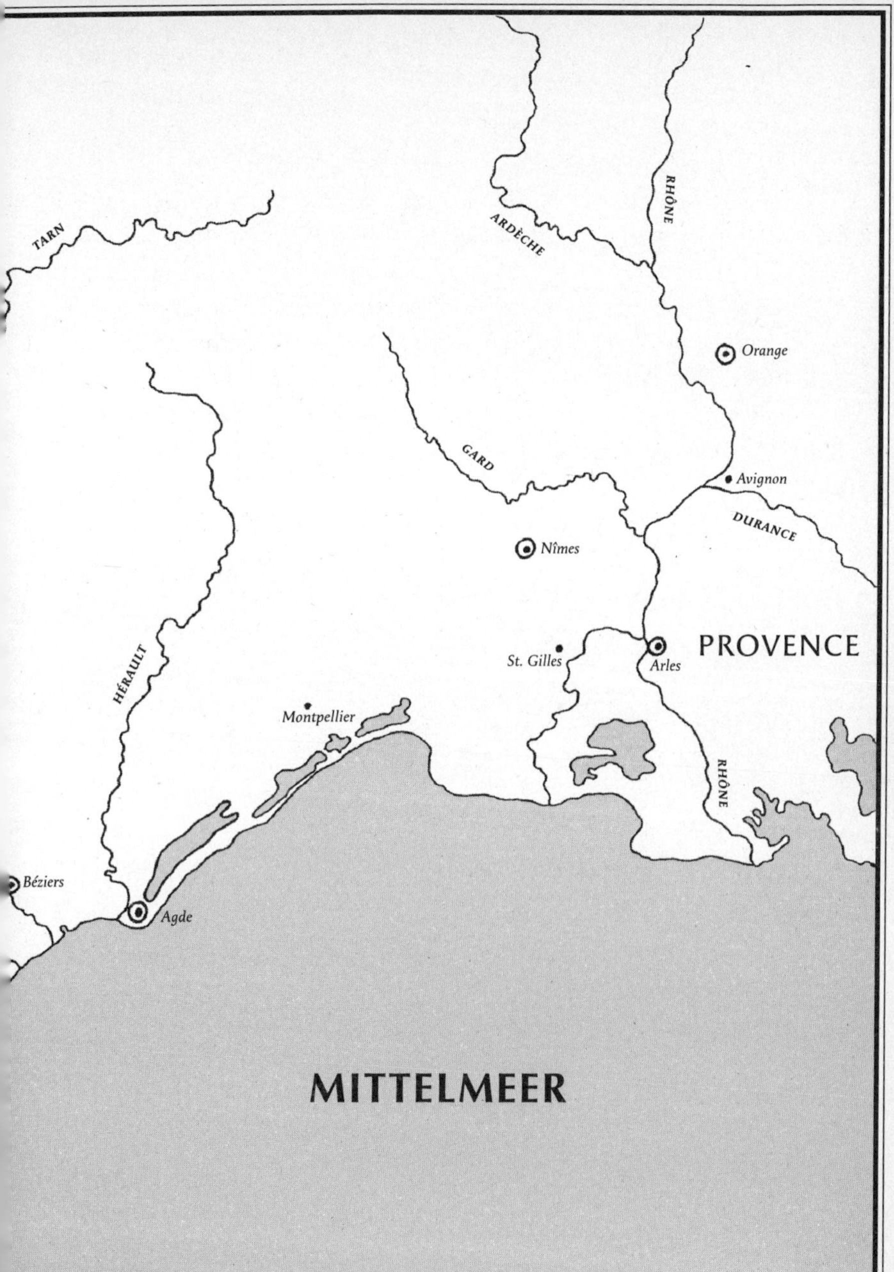

TARN
ARDÈCHE
RHÔNE
Orange
GARD
Avignon
DURANCE
Nîmes
PROVENCE
St. Gilles
Arles
HÉRAULT
Montpellier
RHÔNE
Béziers
Agde
MITTELMEER

Mit Dank an:
Bob, Beatrice und Liesette Alders, Kees de Bakker und Enny Oei für ihre Unterstützung und ihren Rat, Rien Barber, Ina Delver, Mirjam de Gorter, Tristan Haan, Aart van Zoest und dem Service Archives der Stadt Poissy für Bücher, Dokumentation und Information. Mit meinem besonderen Dank an Bernadette L. Dieudonné, Cercle d'études historiques et archéologiques de Poissy, die die Informationen über die Familie Poissy zusammentrug, die den Hauptfiguren dieses Romans als Modell diente.

Beaucoup d'hommes, assurément, ont été de trop.
Beaucoup de vies ont été inutiles. Quand l'histoire
ne porte que sur des individus, elle ne présente que
l'image du chaos moral, le mélange du mal et du bien.
A quoi ont servi les vies de douleur et de dévouement (...)?
Peut-être à rien du tout.

Viele Menschen waren zweifellos überflüssig.
Viele Leben waren nutzlos. Wenn sich die
Geschichte nur auf den Einzelnen bezieht,
vermittelt sie lediglich den Eindruck von moralischem
Chaos,
einer Vermischung von Gut und Böse. Wozu waren
die Leben voller Schmerz und Aufopferung nütze (...)?
Vielleicht zu gar nichts.

(René Nelli – La vie quotidienne des Cathares du Languedoc
au XIIIe siècle)

Abtei von Abbecourt bei Poissy, Winter 1207

»... erlöse ihre Seele von den Strafen der Hölle und dem Verderben. Entreiße sie dem Rachen des Löwen, damit der Abgrund sie nicht verschlinge und sie nicht in die Finsternis falle. Möge der Anführer der himmlischen Heerscharen, der heilige Michael, sie ins heilige Licht führen.«

Das Weihwasser hinterließ dunkle Flecken auf dem makellos weißen Leichentuch. Zwei Tropfen blieben wie Perlen auf den bleichen Wangen liegen, sodass es aussah, als würde sie weinen. Amaury de Poissy beugte sich vor und küsste sie fort. Ihre Haut, die vom stundenlangen Pressen aufgedunsen war, fühlte sich kalt und glatt an. Als er sich aufrichtete, sah er den bösen Blick des Priesters, der das Weihrauchfass über ihrem Leichnam hin und her schwenkte. Amaury wurde übel von dem durchdringenden Geruch. Er fragte sich, ob sich der Deckel wohl schließen lassen würde. Ihr Bauch mit dem toten Kind ragte ein Stück über den Sargrand hinaus.

Vierzehn war sie, ein Jahr jünger als er selbst. Viel zu jung, um zu sterben.

Der Kloß in seinem Hals wurde immer dicker, als er sie zusammen mit seinen Brüdern und ihren Knappen zum Grab trug. Der Deckel hatte tatsächlich gepasst und er spürte ihr Gewicht kaum, doch das konnte auch daran liegen, dass er etwas kleiner als die anderen war. Begleitet von weiteren Gebeten, noch mehr Weihrauch und Weihwasser, wurde der Sarg langsam in die Gruft hinabgelassen. Amaurys Blick schweifte umher, zum Grab seines Vaters, der die Abtei gegründet hatte, und zu den Gräbern anderer Verwandter. Nur sein ältester Bruder Gasce, der im Heiligen Land gefallen war, lag nicht hier. Schließlich zog er seinen Geldbeutel vom Gürtel und zählte dem Kanonikus zwanzig Heller für ihren Seelenfrieden in die Hand. Für einen mittellosen vierten Sohn war das ein großzügiger Betrag. Ein ausgelernter Handwerker wäre mit so einem Monatslohn zufrieden.

»Warum?« Das erste Wort, das Amaury herausbrachte, nachdem sie die Abtei verlassen hatten, war von einem Schluchzer begleitet, einem Ton, in dem sich Trotz und Empörung mischten. Alles war so schnell gegangen, dass Amaury erst jetzt allmählich bewusst wurde, was geschehen war. Robert, der seit Gasces Tod der Älteste war, zuckte mit den Schultern. »Wenn wir Gottes Beweggründe kennen würden, wäre es etwas einfacher, das Leben zu verstehen«, sagte er.
»Wir hätten ihm keine Frau geben dürfen, die Eva heißt«, ertönte es an seiner anderen Seite, an der Guillaume, sein zweiter Bruder, ritt. »Das konnte nicht gut gehen.«
»Wieso?«, fragte Amaury.
»Eva war die Mutter der Sünde«, antwortete Guillaume. »All ihre Töchter tragen sie in sich. Sie also auch.« Bei den letzten Worten zeigte er mit dem Daumen über die Schulter zu der Abtei hinter ihnen.
»Das ist doch Unsinn. Die Eva aus dem Paradies starb nicht, als sie Kinder zur Welt bringen wollte«, entgegnete Amaury.
»Sie wird schon etwas getan haben, das Gott missfiel. Zumindest haben wir ihre Mitgift, auch wenn es nicht viel ist. Wenn die Trauerzeit vorbei ist, suchen wir dir eine bessere Partie.«
»Sie hat nie jemandem etwas zuleide getan«, protestierte der junge Witwer und warf dem Ritter einen vernichtenden Blick zu. »Du dann vielleicht?«
»Bevor du dir eine neue Frau nimmst, musst du dich jedenfalls erst von all deinen Sünden reinwaschen«, stimmte ihm Robert zu. »Eine Pilgerfahrt würde mir auch nicht schaden.«

Er dachte dabei an seine eigene Frau, die ihm noch keine Kinder geschenkt hatte.
»Das Heilige Land«, schlug Guillaume mit dem Hintergedanken vor, dass dann seine Chancen auf die Erbfolge steigen würden. Wenn nach Gasce auch Robert im Kampf gegen die Ungläubigen fiel, wäre er selbst Stammhalter und erster Anwärter auf den Titel und das Lehen. Seine Begeisterung war jedoch zu leicht durchschaubar.
»Im Heiligen Land ist ein Waffenstillstand geschlossen worden. Vorläufig gibt es keinen Kreuzzug«, antwortete Robert kurz angebunden.
Während sie schweigend weiterritten, zerbrach sich Amaury den Kopf darüber, welche Sünden er oder Eva begangen haben könnten, dass sie so eine Strafe verdienten. Die Hebammen hatten gesagt, Eva habe große Schmerzen gelitten. Etwas davon spürte er selbst tief in sich. Er durfte nicht einmal daran denken, wieder zu heiraten. Er musste sich mit Männersachen beschäftigen: Kämpfen, dafür war er schließlich ausgebildet. Ein Kreuzzug schien eine gute Idee zu sein.

Saint-Gilles – 18. Juni 1209

»Verflucht sollen sie sein, immer und überall; verflucht seien sie Tag und Nacht und jede Stunde;
verflucht seien sie, wenn sie schlafen und wachen; verflucht seien sie, wenn sie essen und trinken;
verflucht seien sie, wenn sie schweigen und sprechen.

Verflucht seien sie vom Scheitel bis zur Sohle.
Mögen ihre Augen erblinden; mögen ihre Ohren taub werden; möge ihr Mund verstummen; möge ihre Zunge am Gaumen festkleben;
mögen ihre Hände nichts mehr berühren und ihre Füße nicht mehr gehen.
Verflucht seien all ihre Glieder; verflucht seien sie, wenn sie stehen, sitzen und liegen.
Mögen sie mit Hunden und Eseln begraben werden, mögen die raubgierigen Wölfe ihre Leichen verschlingen.«
Die Exkommunikationsformeln hallten im Kopf des jungen Kreuzfahrers nach. Sie waren laut in allen Kirchen vorgelesen worden, lange bevor der Aufruf des Papstes zu einem Kreuzzug gegen die Ketzer durch die Christenheit schallte.
Wie sah ein Ketzer wohl aus? Ob jemand, der den Teufel verehrte, auch etwas Dämonisches an sich hatte? Märtyrer, Mönche und Einsiedler, Menschen, die ihr Leben Gott weihten, hatten etwas Erhabenes, beinahe etwas Heiliges, so als würden sie bereits zu Lebzeiten vom himmlischen Licht beschienen. Ob im entgegengesetzten Fall die Glut des Höllenfeuers zu sehen war?
Schlimmer als Sarazenen, hatte der Papst die Ketzer genannt. Doch Sarazenen waren wenigstens zu erkennen, das waren Halbwilde mit dunkler Haut. Aber woran erkannte man einen Ketzer? Denn Zeit, Fragen zu stellen, bekam man natürlich nicht. Angenommen, man irrte sich und tötete aus Versehen einen Christen, war man dann für alle Zeiten verdammt? War der Ablass, den man mit dieser Kreuzfahrt gewinnen konnte, dann noch etwas wert?
Amaury de Poissy starrte auf die Rücken seiner Brüder, die vor ihm standen. Einerseits erfüllte es ihn mit Stolz, dass er trotz seiner Jugend die Erlaubnis erhalten hatte, das Kreuz zu

nehmen und mit der Armee, die die Ketzerei ausrotten sollte, in den Süden zu ziehen. Doch je mehr sie sich den Grenzen der Grafschaft Toulouse näherten, desto mehr beschlich ihn ein Gefühl von Angst und Unsicherheit.

»Dies ist ein heiliger Krieg«, hatte Robert gesagt, »im Auftrag der Kirche, mit dem Segen der Kirche und unter dem Kommando der Kirche. Über solche Dinge brauchst du dir überhaupt keine Sorgen zu machen.«

Robert war groß und stark und wusste auf alles die richtige Antwort. Natürlich hatte Robert Recht. Der breite Rücken seines ältesten Bruders, der wie ein Schutzschild zwischen ihm und dem Rest der Welt stand, beruhigte ihn.

»Wir erhalten Befehle und befolgen sie«, hatte Guillaume hinzugefügt. Er wusste auch zu berichten, dass ketzerische Geistliche keine Tonsur trugen, sondern lange Haare und einen ungepflegten Bart. Und dass Ketzer an ihrem tierischen Benehmen zu erkennen waren, Sodomie zum Beispiel. Das war zumindest etwas.

Eigentlich wurde alles in Amaurys Leben von seinen Brüdern bestimmt. Ohne sie wäre er zum Beispiel nie für diese wichtige Aufgabe auserwählt worden. Es war eine außergewöhnliche Ehre, dass er dem päpstlichen Legaten Milon zugeteilt worden war, um ihn auf seinem Kreuzzug nach Saint-Gilles zu begleiten. Milon, der persönliche Sekretär Papst Innozenz III., war nur deshalb zu seiner heutigen Stellung aufgestiegen, weil der Graf von Toulouse den übrigen Legaten dermaßen misstraute, dass er sich geweigert hatte, mit ihnen zu verhandeln. Das änderte nichts daran, dass auch dieser Ersatzlegat so behandelt werden musste, als sei er der Heilige Vater persönlich. So war dieser ranghohe Geistliche auf dem Weg nach Saint-Gilles auch überall mit dem höchsten Respekt und der größten Demut empfangen worden. Die Ritter, die

ihn begleiteten, hatten an dieser Ehrerweisung teilgehabt. Zum ersten Mal in seinem jungen Leben fühlte sich Amaury deshalb trotz seiner Unsicherheit wichtig.
Er stellte sich auf die Zehenspitzen und versuchte, mit gestrecktem Hals über die Köpfe der Adligen, Ritter und Geistlichen hinweg zu sehen, was sich am Kircheneingang abspielte. Dort drüben, unter dem Bogen des Mittelportals, wo die noch unvollendeten Skulpturen im Sonnenlicht glänzten, musste Graf Raymond von Toulouse jetzt dem Legaten gegenüberstehen, umringt von Bischöfen und Erzbischöfen. Er konnte Milons Stimme zwar hören und auch, dass seine Worte immer wieder von dem anderen wiederholt wurden. Doch nur ab und zu trug der warme Wind ein paar Satzfetzen herüber, die er verstehen konnte.
»Ich schwöre, allen Befehlen des Papstes zu gehorchen … man wirft mir vor, ich hätte die Ketzer unterstützt … man verdächtigt mich, am Tode Pierre de Castelnaus mitschuldig zu sein … wenn ich diese Artikel übertrete, werde ich von neuem exkommuniziert … und all meine Vasallen ihrer Treue, Verpflichtungen und Dienste, die sie mir schulden, enthoben …«
Ein lauter Fluch Simon de Poissys, einem Vetter der drei Brüder, der neben Amaury stand, machte den Rest unverständlich. »Dieser elende Lump meint doch kein Wort davon ehrlich!«, brummte der Ritter in seinen Bart.
Jetzt sprach der Legat eine Weile allein. Amaury fing etwas über die Juden auf, denen der Zutritt zu allen öffentlichen und privaten Ämtern verweigert werden musste, über Söldner aus Aragón im Dienst des Grafen, die sich an kirchlichen Besitztümern vergriffen hatten, und über die Ketzer und den Kreuzzug. Sechzehn Vasallen Graf Raymonds schworen ebenso wie ihr Lehnsherr, der Kirche zu gehorchen und ge-

gen die Ketzer und jene, die sie beschützten, in den Kampf zu ziehen.
Plötzlich kam Bewegung in die Gruppe von Bischöfen und Erzbischöfen. Umgeben von niederen Geistlichen stellten sie sich auf, um zum Hauptaltar zu schreiten. Für einen Moment wichen die reich bestickten Gewänder zur Seite, sodass Amaury einen Blick auf den Grafen erhaschen konnte. Barfuß und mit entblößtem Oberkörper stand der Edelmann demütig vor dem Legaten, der die Stola von seinen Schultern nahm und sie ihm um den nackten Hals legte. Jemand reichte dem päpstlichen Gesandten eine Geißelrute, mit der er Graf Raymond züchtigte, während er ihn in die Kirche führte.
Das Schauspiel löste in dem jungen Kreuzritter widersprüchliche Gefühle aus. Was er in Toulouse zu sehen erwartet hatte, war ein Graf, der dem Satan gleichkam. Einen treulosen Schurken, einen Plünderer von Klöstern und Kirchen, einen Schänder von Heiligtümern, einen schlauen Halunken, der sich den Teufel um die ernsthaften Ermahnungen von Erzbischöfen und selbst des Papstes scherte. Was er sah, war ein gepflegter Mann mit sanften Gesichtszügen, der geduldig seine Demütigung über sich ergehen ließ. In Saint-Gilles hatte er gehört, dass der Graf wegen seiner großen Toleranz und seiner Bereitschaft, Frieden mit seinen Feinden zu schließen, »der Versöhner« genannt wurde. Er sah überhaupt nicht so aus, wie sich Amaury einen Ketzer vorgestellt hatte. Der Körper des etwa fünfzigjährigen Adligen war muskulös, wie man es bei einem Mann erwartete, der regelmäßig mit Waffen umging, ob es nun bei Turnieren oder einem richtigen Kampf war, doch er verriet auch, dass er ein gutes Leben führte mit allen Annehmlichkeiten, die er sich erlauben konnte. Sein Überkleid, das über seinen Schwertgürtel geschlagen nach unten fiel, war aus schwerer Seide, auf die mit Goldfaden sein

Wappen gestickt war. Kurz und gut, er sah aus wie jeder andere angesehene Edelmann. Und trotz der Schmach, die ihm angetan wurde, war seine Haltung stolz und selbstbewusst, als sei er es seinem Stand schuldig, das alles ohne Verlust der Würde zu erleiden. Nur der Blick seiner dunklen Augen war stumpf und in sich gekehrt.

In Okzitanien galt Raymond von Toulouse als guter Katholik und mit dem gemeinen Meuchelmord an dem päpstlichen Legaten Pierre de Castelnau hatte er wahrscheinlich nichts zu tun gehabt, doch da sich die Bluttat auf seinem Herrschaftsgebiet ereignet hatte, war er verantwortlich. Außerdem hatte der Mörder offensichtlich auf eine Drohung hin gehandelt, die Raymond in einem Wutausbruch geäußert hatte. Somit hatte er die Tat gleichsam im Auftrag des Grafen begangen, auch wenn sich dieser hinterher ausdrücklich davon distanziert und versucht hatte, den Täter zu ergreifen und gebührend zu bestrafen. Das alles änderte nichts daran, dass der Mord an Pierre de Castelnau der Tropfen war, der in dem schwelenden Konflikt zwischen der Kirche und Toulouse das Fass zum Überlaufen brachte. Der bereits früher über ihn verhängte Kirchenbann war noch einmal verschärft worden, sein Land und seine Besitztümer waren für vogelfrei erklärt worden und der Aufruf zu einem Kreuzzug gegen die südfranzösischen Ketzer, den Papst Innozenz seit seiner Thronbesteigung vor zehn Jahren immer wieder durch die Christenheit hatte schallen lassen, hatte endlich Gehör gefunden.

Jetzt, wo die unmittelbare Gefahr bestand, dass sein Land einem jeden zum Opfer fallen konnte, der es zu erobern vermochte, mit dem Einverständnis seines Lehnsherren, dem König von Frankreich, sowie des Papstes persönlich, unternahm der Graf einen letzten Versuch, den Zorn seiner obersten Herren mit einer Geste des Entgegenkommens zu beschwichtigen. Das Kreuzzugsheer mit seinen Tausenden bewaffneter Ritter, Landsknechte und Söldner hatte sich seinen Grenzen schon gefährlich genähert. Er musste Zeit gewinnen, um sein Land und seine Untertanen, von denen viele als Ketzer galten, vor einer vernichtenden Invasion zu bewahren, auch wenn er dafür scheinbar Partei gegen sie ergreifen und selbst das Kreuz nehmen musste.

Der Wall aus Gewändern hatte sich wieder um den Grafen geschlossen und Robert de Poissy winkte den anderen, ihm zu folgen, um Zeuge der Absolutionszeremonie zu sein. Amaury schrak aus seinen Grübeleien auf, als er von einer groben Hand am Oberarm gepackt wurde. Mit einem Kopfruck bedeutete ihm sein Vetter Simon, ihm zu folgen, und Amaury eilte hinter seinen Brüdern her, bevor die Menge sie voneinander trennen konnte.

In der Kirche war es bald ebenso warm wie draußen. Unter seiner schweren Rüstung schwitzend, verfolgte Amaury die feierlichen Handlungen. Die gesamte Menschenmenge, die vor der Kirche gestanden hatte, hatte sich jetzt nach drinnen gezwängt. Die Enge beklemmte den jungen Ritter so, dass er schnell jegliches Interesse an der Zeremonie verlor und sich nur noch nach dem Augenblick sehnte, in dem sie das Gebäude verlassen konnten. Die Menge stand so dicht gedrängt, dass es den meisten nicht einmal möglich war, niederzuknien oder auch nur die Hände zu falten.

Endlich kam der erlösende Moment, als Graf Raymond Vergebung erhielt und vom Bann erlöst wurde. Anschließend wollten alle gleichzeitig ins Freie und es entstand ein Gedränge, für das die Ausgänge nicht geschaffen waren. Vorn am Altar sahen der Legat und der Graf ein, dass es auch ihnen nicht möglich sein würde, die Kirche auf diesem Weg zu verlassen, und so ließen sie sich von ein paar Messdienern durch die

Krypta nach draußen geleiten. Dort entstand kurz eine peinliche Situation. Der Umweg durch die kühlen Gewölbe führte auch an der Tumba des ermordeten Pierre de Castelnau vorbei. Der päpstliche Legat Milon ließ diese Gelegenheit nicht ungenutzt, um Graf Raymond nochmals an seine Versprechen zu erinnern. Er blieb stehen, um dem Toten ausführlich seine Ehre zu erweisen, und die ganze Gesellschaft war gezwungenermaßen Zeuge.
Über ihnen hatte das Gedränge und Geschrei inzwischen einen gefährlichen Höhepunkt erreicht und zu den Gewölben des geweihten Raumes stiegen statt Gebeten Kraftausdrücke auf. Nach einem Handgemenge gelang es den drei Brüdern von Poissy und ihrem Vetter, das Freie zu erreichen. Amaury schob seinen Helm zurück und holte erleichtert Luft. Die brennende Mittagssonne schien auf sein verschwitztes Gesicht, doch alles war besser, als dort drinnen eingezwängt zu sein.
»Bedeutet das jetzt, dass der Kreuzzug schon zu Ende ist?«, fragte er mit einer Stimme, die vor Anstrengung heiser war.
Drei erhitzte Gesichter wandten sich ihm fast gleichzeitig zu. Robert sah seinen jüngeren Bruder Guillaume und Vetter Simon kurz an und dann lachten alle drei den jüngsten Spross des Hauses Poissy aus.
»Guillaume, erzähl ihm kurz, dass wir nicht hierher gekommen sind, um sang- und klanglos den Rückzug anzutreten«, sagte Robert lässig, »dann suchen wir inzwischen etwas zu trinken.«
Erwartungsvoll schaute Amaury den anderen an, der verärgert mit den Schultern zuckte.
»Natürlich ist der Kreuzzug nicht beendet«, schnaubte Guillaume, während sie hinter den beiden anderen Poissys herliefen, »wir haben ja nicht mal angefangen.«

»Aber die Kirche hat dem Grafen von Toulouse doch vergeben, sein Land, seine Untertanen und er selbst genießen jetzt den Schutz des Heiligen Stuhls. Wie können wir ihn oder seine Vasallen dann noch angreifen?«
»Natürlich greifen wir ihn nicht an, du hast doch gerade gesehen, wie ihn die Kirche unschädlich gemacht hat! Er muss das Kreuz nehmen und selbst die Ketzer verfolgen. Damit ist er vorläufig erst mal beschäftigt, sein Land ist voll von dem schmutzigen Pack. Wir helfen nur ein bisschen nach, damit er es nicht wieder vergisst. Und dann sind da noch die Burggrafschaften von Béziers und Carcassonne und was weiß ich, wo der wahre Glaube sonst noch bedroht wird und es von diesem gottlosen Gesindel wimmelt, das Sodomie und Inzest betreibt.« Guillaume erhitzte sich immer mehr. *»Bougres!«*, stieß er hervor, das Schimpfwort, das die Kreuzfahrer am häufigsten benutzten, wenn sie die Ketzer meinten.
»Aber das ist doch das Lehnsgut des Königs von Aragón!«
»Der hat auch keinen Finger gerührt, um die Ketzerei zu bekämpfen.«
»Man kann seine eigenen Vasallen doch nicht verraten? Was glaubst du übrigens, was der König von Aragón macht, wenn wir seine Städte erobern, seine Vasallen vertreiben und ihren Platz einnehmen? Denn das ist es, was uns die Kirche versprochen hat. Wie steht es mit ihren Rechten? Ist es nicht die Pflicht des Königs als Lehnsherr, sie zu beschützen, wie die des Grafen von Toulouse übrigens auch? Ich verstehe sein Zögern schon.«
»Beschützen? Ketzer haben keine Rechte!«
»Was wiegt schwerer, eine Lehnspflicht oder …«
»Tu mir einen Gefallen und erspar mir solche dummen Fragen. Wenn Robert meint, du müsstest alles, was wir tun, auch verstehen, soll er es dir selbst erklären. Du hast es gerade ge-

hört: Der Graf von Toulouse ist ein Kirchenschänder, ein Verräter, ein Betrüger und ein Mörder und sein Land ist voll von solchen Leuten. Ob wir nun seine Städte und Schlösser erobern oder die eines anderen, ist mir egal. Und glaub ja nicht, diese Orte würden uns wie reife Äpfel in den Schoß fallen.«
Amaury grinste breit. »Weißt du, was ich nicht verstehe, Guillaume?«, fragte er, während der andere ungeduldig mit den Fingern auf den Griff seines Schwertes trommelte.
»Was denn noch?«
»Dass du überhaupt keine Fragen hast. Du bist wie ein Jagdhund.«
»Wieso?«
»Du rennst nur blindlings hinter der Meute her. Ich will wissen, wohin wir gehen, mit wem und wann und vor allem, warum.«
»Du brauchst nichts zu wissen. Gott führt uns. Das ist genug.«
»Ein Jagdhund, der hinter der Meute herhechelt«, wiederholte sein jüngerer Bruder kichernd, »und wenn du die Beute endlich erwischt hast, wird sie dir auch noch abgenommen. Pass auf, du wirst schon sehen.«
»Fahr zur Hölle!«, antwortete Guillaume aus tiefster Seele.
Simons schwarzbärtiges Gesicht schob sich vor sein Visier.
»Jetzt hör mal zu, du Milchgesicht. Ein Lehnsherr ist zuerst der Kirche verpflichtet, anschließend seinem König und danach erst seinem Volk. Der Graf von Toulouse, den du hier so eifrig verteidigst, hat kirchliche Besitztümer geraubt, Geistliche aus ihrem Amt verjagt, Kirchen zu Festungen umbauen lassen, seine Söldner haben Mönche ermordet und aus ihren Klöstern vertrieben und er ist schon seit Jahren ein Freund und Beschützer der Ketzer.«

»Ich verteidige ihn nicht. Ich ...«
Sein Vetter hörte ihm nicht einmal zu. »Einen Diener des Teufels hat ihn der Papst genannt!«, tobte Simon weiter und rief voll Leidenschaft: »Vorwärts, Soldaten Christi, rächt diese Beleidigung Gottes und rettet das Land vor der ketzerischen Plage!«
Jetzt war es an Guillaume, neckend zu grinsen. »Meinst du, das reicht, oder zweifelst du vielleicht daran, ob du mitkämpfen sollst? Du weißt ja, was der Abt gesagt hat: Möge derjenige, der dem Aufruf zu diesem Kreuzzug keine Folge leistet, nie mehr Wein trinken, nie mehr essen, nie mehr Kleider tragen und wie ein Hund begraben werden!« Die Worte machten jede weitere Diskussion überflüssig. »Und überhaupt ...«, fügte Guillaume hinzu, »meiner Meinung nach könntest du dich ruhig ein bisschen zurückhalten. Nach dem Fehlgriff mit Eva hast du noch etwas gutzumachen!«
Amaury stieg das Blut in die Wangen. Er ballte die Fäuste und wollte gerade drauflosschlagen, als Robert sich in den Streit einmischte. Mit einer beschwichtigenden Geste gegenüber den beiden anderen legte er seinen gepanzerten Arm um die schmächtigen Schultern seines jüngsten Bruders.
»Du musst vorsichtig sein mit dem, was du sagst. Es wäre nicht das erste Mal, dass jemand wegen solcher Worte den Rest seines Lebens im Kerker verbringt. Geh du mal zurück zu unserem Quartier. Da läufst du am wenigsten Gefahr, in Schwierigkeiten zu geraten. Wir suchen derweil ein wenig Zerstreuung in der Stadt.«

»Diese Verrückten haben das Ultimatum abgelehnt!«
Robert de Poissy fegte mit einem Schwung die Zeltplane zur Seite. Er setzte sich nicht, sondern blieb in der Zeltöffnung stehen, als wolle er jeden Augenblick wieder gehen. Seiner Miene war deutlich anzusehen, wie überrascht er selbst noch von der Nachricht war, die er überbrachte.
»Abgelehnt? Und das, obwohl wir allen katholischen Einwohnern den freien Abzug angeboten haben?«, stieß Amaury hervor.
»Nur der Bischof, der die Nachricht überbringen musste, benutzt seinen Verstand. Und eine Hand voll Katholiken, die mit ihm gekommen sind. Der Rest bereitet sich darauf vor, die Stadt zu verteidigen.«
»Schön!«, rief Guillaume aus. »Von mir aus können wir Béziers stürmen, ich bin bereit.«
Amaury, der schon seit Wochen von Zweifeln geplagt wurde, teilte die Begeisterung seiner Brüder nicht. »Woher wissen wir, wer von ihnen ein Ketzer ist, wenn wir die Stadt angreifen? Wie finden wir sie zwischen all den anderen unschuldigen Bürgern?«
»Ihre Priester tragen schwarze Mäntel und Kutten«, sagte Robert.
»Und die anderen?«
»Die erkennst du sofort«, sagte Vetter Simon. »Es sind faule Heuchler, die weder Gott noch seine Gebote, noch sonst irgendein Gesetz achten. Sie huren drauflos und ihre Frauen sind noch schlimmer. Die beten den Teufel in geheimnisvollen nächtlichen Treffen an. Dann brauen sie Hexentränke, beten eine Katze an und küssen ihren Hintern, denn in der Form er-

scheint ihnen der Teufel. Solche Schurken musst du doch von gottesfürchtigen Bürgern unterscheiden können.«
»Das machen sie natürlich nicht, wenn wir dabei sind«, wandte Amaury ein, »und deshalb bleibt die Frage: Woran kann man sie erkennen?«
»Jeder, der in der Stadt bleibt, um diese gemeinen Hunde zu schützen, hat den Tod verdient!«, platzte Guillaume los. »Wenn es dort überhaupt Katholiken gibt. Die Stadt ist eine Brutstätte von Teufelsanbetern und Satansknechten. Eine einzige große Satanshöhle!«
»Sie haben die Chance bekommen, ihre eigene Haut zu retten. Wenn sie sich weigern, die Ketzer auszuliefern, werden sie vom Kreuzzugsheer zermalmt. Sind denn dort alle blind? Sie brauchen doch nur einen Blick über ihre Mauern zu werfen, um zu sehen, wie stark unsere Übermacht ist.« Während Simon sprach, griff er unwillkürlich nach seinem Schwert. »Wann stürmen wir die Stadt?«, wollte er wissen.
»Vorerst bereiten wir uns auf eine Belagerung vor. Die Mannschaften müssen sich noch von dem Marsch hierher erholen«, antwortete Robert.
Auch die Brüder Poissy und ihr Vetter hatten kaum Ruhe gehabt. Am 2. Juli hatten sie sich südlich von Lyon, in der Nähe von Valence dem Heer wieder angeschlossen – das war jetzt drei Wochen her. Zu Beginn war die Streitmacht noch gut vorangekommen, doch seit sie bei Beaucaire die Rhône überquert hatten und das schwere Gerät nicht länger auf dem Fluss transportiert werden konnte, hatte sich ihr Vormarsch erheblich verlangsamt. Die letzten Etappen in der Julihitze waren ziemlich erschöpfend, vor allem für das Fußvolk und die Zug- und Lasttiere. Es war noch ein Glücksfall, dass die Bedrohung des nahenden Kreuzzugsheeres manchem Herren im Süden offenbar so viel Angst einjagte, dass er seinen Besitz wider-

standslos übergab und sich unter das Banner der Kreuzfahrer stellte. Der Marsch von Montpellier hierher, zu dem sie am Vortag bei der ersten Morgenröte aufgebrochen waren, hatte den ganzen Tag in Anspruch genommen und die letzten Mannschaften konnten erst nach Einbruch der Dämmerung ihre Zelte aufschlagen.

Robert drehte sich um und schaute zu den Mauern von Béziers hinüber, die sich unweit ihres Unterstands auf der Hochebene, auf der die Stadt lag, erhoben.

»Wie viele Menschen dort wohl leben? Und wie viele haben dort Zuflucht gesucht? Sind es zehntausend, zwanzigtausend?«, überlegte er laut. »Wie viele von ihnen sind der heiligen römischen Kirche treu? Auf jeden Fall sind sie alle gleich stur: Sie wollen die Ketzer nicht ausliefern, ja, sie wollen sie nicht einmal zurücklassen und aus der Stadt fliehen; lieber krepieren sie mit ihnen. Mach dir keine Sorgen, Brüderchen, es wird noch eine Weile dauern, bevor du einen Ketzer zu sehen bekommst. Das kann noch eine längere Belagerung werden.«

Seine Überlegungen wurden von einem Knappen des Herzogs von Burgund unterbrochen, der ihn bat, unverzüglich an einem Kriegsrat teilzunehmen.

Robert eilte zum Zelt des Grafen von Nevers zurück, von dem er ein paar Minuten zuvor hergekommen war. Amaury sah ihn in Begleitung einiger erfahrener Kriegsherren weggehen. Er war ihnen schon oft auf den vielen Turnieren begegnet, bei denen sie gefeierte Sieger waren, und vor manchen hatte er einen geradezu ehrfürchtigen Respekt. Vor Simon de Montfort zum Beispiel, einem unerschrockenen Kämpfer, der sich im Heiligen Land Ruhm erworben hatte. Zudem war er ein Mann, der die ritterlichen Ideale hochhielt und unerschütterliche Prinzipien, Unbescholtenheit und vorbildliche Frömmigkeit in sich vereinte. Seine Landgüter befanden sich südwestlich von Paris, das heißt seine französischen, denn Graf von Leicester war er nur dem Namen nach, da der englische König sein Erbe auf der Insel konfisziert hatte. Neben Montfort gingen wie gewöhnlich Robert Mauvoisin, sein alter Kampfgenosse aus dem Heiligen Land, und Bouchard de Marly, ein Vetter von Montforts Frau und schon seit Jahren sein Freund, aber auch ein guter Freund der Poissys. Bouchards Ländereien grenzten an das Jagdgebiet des Königs, das von den Poissys verwaltet wurde. Amaurys ältester Bruder Robert war mit Bouchards Schwester, Beatrice de Marly, verheiratet.

Die Männer, die Montfort umgaben, waren alle von niederem Adel, jedoch bedeutend genug, um zu der Delegation nordfranzösischer Ritter zu gehören, die unter dem Kommando des Herzogs von Burgund standen. Und sie wurden stets von Arnaud-Amaury, dem Abt von Citeaux, der den Oberbefehl über das Kreuzzugsheer hatte, zurate gezogen.

Amaurys Blick schweifte zu den Zelten hinüber, die Graf Raymond von Toulouse mit seinem bescheidenen Gefolge am Rande des Feldlagers aufgeschlagen hatte, so als gehöre er eigentlich nicht dazu. Er hatte den Grafen ein einziges Mal vorbeireiten sehen und es war ihm nicht entgangen, dass inzwischen auch ein Kreuz an seiner Tunika prangte. Das Banner von Toulouse flatterte stolz über der Zeltkuppel. Der Graf würde an dem Kriegsrat wahrscheinlich nicht teilnehmen, dachte er. Bis jetzt hatte er nur eine Zuschauerrolle spielen dürfen und vielleicht war ihm das auch ganz recht.

Der junge Ritter kehrte in den spärlichen Schatten des Zeltes zurück, das er mit seinen Brüdern und seinem Vetter teilte, und setzte die Mahlzeit fort, die durch Roberts Ankunft unterbrochen worden war.

»Ein Kriegsrat, so schnell, nachdem das Ultimatum abgelehnt wurde? Ich dachte, dort wäre alles schon besprochen worden und wir müssten uns auf eine längere Belagerung vorbereiten?« Er richtete die Frage an niemanden im Besonderen und keiner antwortete. Vetter Simon kaute auf seinem Brot und Guillaume schüttete Wein in seine ewig durstige Kehle. »Müssen wir unseren Mannschaften nicht den Befehl geben, sich zu bewaffnen?«

»Sei nicht so nervös«, brummte Guillaume, während er sich den Mund mit dem Handrücken abwischte.

»Es wird erst etwas unternommen, wenn die Heeresleitung den Befehl dazu gibt – der Abt von Citeaux und kein anderer«, fügte Simon hinzu, »also sei still und iss.«

Amaury hatte keinen Hunger mehr. Seine Nerven und Zweifel verdarben ihm schon seit Tagen den Appetit. Einen Augenblick rutschte er noch unruhig auf seinem Feldbett herum, das auch als Sitzplatz diente. Dann stand er auf und lief wieder nach draußen.

»Er ist noch viel zu jung, ich hab's ja von Anfang an gesagt«, hörte er Guillaumes Stimme hinter sich und darauf Simons Antwort gedämpft durch das Zelttuch: »Wir haben ihn mitgenommen, damit wir zu viert an der Kriegsbeute beteiligt sind. So gibt es mehr zu holen.«

»Beute? Die scheint ihn nicht mal zu interessieren. Er redet nur von seiner Pflicht als Christ und dem vollkommenen Ablass, den er als Kreuzfahrer erhält. Er fühlt sich natürlich schuldig an dem Unglück mit Eva. Und jetzt hat er Angst, den Ablass zu verspielen, wenn er in der Hitze des Gefechts aus Versehen einen anderen Katholiken tötet. Worüber regt er sich auf?« Es folgte ein verächtliches Lachen.

Amaury seufzte und schlenderte durch das Feldlager der Poissys und ihrer Mannschaft. Er ging an den Sergeanten,

Kutschern und Schildknappen vorbei und danach an den Bogen- und Armbrustschützen, die nur mit einer Hose bekleidet vor ihrem Zelt in der Sonne saßen und ihre Waffen kontrollierten. Zum Schluss passierte er die Stallknechte und Pferde, die Landsknechte, Schmiede und Zimmerleute. Auch sie schienen noch keine Eile mit den Vorbereitungen für einen Sturmangriff zu haben. Das Werkzeug und Material, mit dem sie Sturmböcke, Leitern und Angriffstürme bauen sollten, war noch nicht einmal von den Wagen geladen. Nur die Knechte, die für die allgemeine Versorgung zuständig waren, hatten alle Hände voll zu tun.

Nicht weit von ihm entfernt flatterte das Banner Simon de Montforts, ein aufrecht stehender goldener Löwe auf rotem Feld. Montforts Zelt stand oben auf einem kleinen Hügel, von dem aus er über die anderen Zelte hinweg die Umgebung überblicken konnte. Die Lager seiner Kampfgefährten, wie die Poissys Adlige aus der Île-de-France, scharten sich darum. Amaury ging die Anhöhe hinauf und erwiderte den Gruß bekannter Ritter. Danach drehte er sich um und schaute zur Stadt hinüber, die sich wie ein gelbrosa Pudding, umgeben von einem breiten Kranz weißer Schaumtürme, über dem Zeltlager der Kreuzfahrer erhob. Sein Blick wanderte an den Mauern entlang und folgte anschließend den Ufern der Orbe am Fuße der Hochebene, die er von hier aus auch gut sehen konnte, bis zu der Stelle, an der die Brücke mit ihrem Bogen den Fluss überspannte.

Plötzlich weiteten sich seine Augen. Angespannt spähte er zum gegenüberliegenden Ufer hinüber. Auf der anderen Seite der Brücke, dort, wo das geschlossene Tor den Zutritt zu der begehrten Stadt verwehrte, bewegte sich mit einem Mal etwas. Zuerst konnte er nicht richtig erkennen, was, doch dann sah er, wie das Tor einen Schwall von Landsknechten und Pikenieren ausspuckte, die sich unter dem Schutz eines Pfeilregens, der von einem kleinen Heer von Bogenschützen abgefeuert wurde, die ebenso unerwartet an den Zinnen der Stadtmauer aufgetaucht waren, mit viel Geschrei und Gerassel auf den Feind stürzten.

Ein Ausfall!, schoss es Amaury durch den Kopf. Er stand wie versteinert da, das Herz klopfte ihm bis zum Hals. Noch nie zuvor hatte er so etwas gesehen. Es war ein großartiger Anblick, wie die Masse, von den Reitern dahinter vorwärts gedrängt, wie ein Keil zwischen den Kordon getrieben wurde, den die Kreuzfahrer rund um die Stadt gebildet hatten.

»Ein Ausfall!«, schrie er mit sich überschlagender Stimme, als er endlich wieder zu sich kam. Im selben Augenblick brach der Tumult um ihn herum los und die ersten Befehle schallten durch das Lager. Halb stolpernd rannte er zu seiner Unterkunft zurück, um die anderen zu warnen. Alles wimmelte jetzt durcheinander. Die Stallknechte stießen Verwünschungen gegen die Pferde aus, die in aller Eile für ihre Herren gesattelt werden mussten. Die Landsknechte und Bogenschützen liefen sich fluchend gegenseitig vor die Füße und rafften ihre Waffen zusammen und die Ritter schrien nach ihren Knappen, die ihnen in ihre Panzerhemden helfen mussten. Amaury wurde bewusst, dass er selbst auch alles andere als kampfbereit war, ohne Waffen und nur mit einer Tunika bekleidet, ohne jeglichen Schutz.

»Diese Dummköpfe! Diese Idioten! Wer macht denn jetzt einen Ausfall!« Wütend drückte sich Guillaume den Helm auf den Kopf, wodurch der Rest seines Ausbruchs nur noch als gedämpftes Gemurmel zu hören war.

»Hast du den Befehl nicht gehört, Mann? An die Waffen, bevor sie eine Bresche in den Belagerungsring schlagen!«, fuhr Simon seinen jungen Vetter ungeduldig an, der noch immer fasziniert von dem Schauspiel in der Ferne vor dem Zelt stehen geblieben war und zu erkennen versuchte, was sich dort drüben abspielte. Genauso schnell, wie die Stadt den Menschenstrom ausgespuckt hatte, schien sie ihn wieder zu verschlucken.

»Sie ziehen sich zurück«, sagte er erstaunt, doch niemand hörte ihn in dem allgemeinen Gebrüll. Den Kopf halb zum Stadttor gewandt, ließ er sich von seinem Knappen in sein Panzerhemd zwängen. Gerade als er sich sein Schwert umlegte, kam Robert angestürmt.

»Die Söldner sind schon in der Stadt!«, stieß er atemlos hervor. »Sie sind hinter dem Fußvolk eingedrungen, sodass sie das Tor nicht mehr schließen konnten.«

»Allmächtiger! Dieses Gesindel kommt uns gleich noch zuvor. Wenn wir uns nicht beeilen, brennen sie noch mit der ganzen Beute durch!« Simon schwang sich in den Sattel. »Das ist eine reiche Stadt. Da gibt es was zu holen, das ist so sicher wie das Amen in der Kirche!«

Robert wurde eiligst in seinen Kampfanzug geholfen, dann schwang er sich auf sein Pferd. Amaury ritt neben ihm mit.

»Das wird deine Feuertaufe, Brüderchen. Und ich kann dich beruhigen. Du warst nicht der Einzige, der sich Sorgen machte, er könnte aus Versehen einen guten Katholiken töten. Deshalb der Kriegsrat. Der Abt von Citeaux musste in aller Eile eine Entscheidung treffen, als die Nachricht von dem Ausfall kam und wir hörten, dass die Söldner auf eigene Faust in die Stadt einfielen. Unsere Order ist deutlich: Jede Stadt oder Festung, die sich dem Kreuzzugsheer nicht ergibt, muss eingenommen werden. Jeder, der Widerstand leistet, ist ein Feind der Kirche und wird niedergemacht. Wenn ihr also die Ketzer nicht von Katholiken unterscheiden könnt, sagte er, tötet sie alle. Gott wird die Seinen schon erkennen.«

Amaury wurde etwas blass um die Nase, doch als er sah, wie Robert sich bekreuzigte, sein Schwert halb aus der Scheide zog und den Griff küsste, folgte er seinem Beispiel.
»Für Gott und den König!«, rief Robert.
»Und Poissy!«, fügte Guillaume hinzu. Wie aus einem Mund wiederholten die vier Poissys ihren Schlachtruf.

Die schmalen Straßen wimmelten von Menschen, die mal in die eine, dann in die andere Richtung flüchteten, und überall lagen in Todesangst zurückgelassene Gegenstände, Kleidungsstücke und Trümmer von Hausrat, zwischen denen aufgescheuchtes Kleinvieh und Haustiere ein Durchkommen suchten. Die Söldner, die nur mit Messern und Knüppeln bewaffnet waren, hatten schon ein wahres Blutbad angerichtet und die Kreuzritter beteiligten sich nach Kräften, indem sie jeden niedermähten, der in ihre Reichweite kam. Bald war es nicht mehr möglich, sich mit den Pferden einen Weg durch die engen Gassen zu bahnen. Ihre Hufe traten auf Leichen und abgehackte Körperteile oder sie rutschten in Blutlachen aus. Und über allem lag ein Gestank, der immer schlimmer wurde, je länger die sengende Sonne ihr verheerendes Werk tat.
Amaurys Schwertklinge war noch unbefleckt. Mit weit aufgerissenen Augen ritt er zwischen seinen Brüdern, die Waffe senkrecht in seiner zitternden Hand, zu erschüttert, um etwas zu tun. Angst hatte er keine. Wovor hätte er in seinem eisernen Panzer auch Angst haben sollen? Vor wehrlosen Bürgern, die nichts als Leinen und Seide trugen und nicht einmal Waffen hatten? Es wäre einfacher gewesen, wenn er einer Schar bis an die Zähne bewaffneter Soldaten gegenübergestanden hätte, der ganzen Garnison seinetwegen. Aber nicht das hier. Er war entsetzt über den ungleichen Kampf. Er hatte sogar seinen Helm abgenommen, denn die Bogenschützen von Bé-

ziers waren längst von den Söldnern überwältigt worden, die er wie Ameisen durch den Graben und über die Mauern hatte kriechen sehen.
Mechanisch ritt er mit, den Blick starr geradeaus gerichtet. An der Spitze sah er Simon de Montfort, natürlich flankiert von Bouchard de Marly und Robert Mauvoisin und gefolgt von seiner Ritterschar, die die Straße von einer Mauer zur anderen versperrte, sodass niemand lebend vorbeikam. Vor den Reitern kämpfte das Fußvolk, das jeden, der in Häusern oder anderen Verstecken Zuflucht suchte, nach draußen jagte. Wer ihren Speeren entkam, wurde von den Rittern niedergesäbelt. Auf diese Weise schien der Kampf einen Augenblick etwas Struktur zu bekommen. Dem Herzog von Burgund war es ebenfalls gelungen, seine Männer so zu formieren, dass alle Bürger zu einer zentralen Stelle getrieben wurden. Doch der Graf von Nevers, der schon seit dem Abzug des Heeres aus Frankreich mit dem Herzog von Burgund auf gespanntem Fuß stand, hintertrieb wie immer dessen Pläne und jagte die von Panik ergriffene Bevölkerung in Richtung Stadttor, um jeden, der noch am Leben war, dort systematisch mit dem Schwert zu durchbohren. Die Söldner hörten auf keinen einzigen Befehl. Sie drangen in die Häuser ein, mordeten, vergewaltigten, plünderten und versuchten anschließend, die Stadt zu verlassen, um ihre Beute in Sicherheit zu bringen. Mit Reichtümern beladen, wurden sie ihrerseits von den Kreuzrittern aufgehalten, die die Kriegsbeute forderten und ihnen die Kostbarkeiten entrissen.
Als das Chaos seinen Höhepunkt erreicht hatte, kam die Treibjagd Montforts und seiner Männer zum Stillstand. Sie befanden sich vor der Kathedrale, wo eine Vielzahl von Bürgern Zuflucht gesucht hatte. Das unheilvolle Läuten der Totenglocken übertönte den Tumult auf der Straße und war weit-

hin zu hören. Die Söldner, die nie viel Respekt vor Heiligtümern gezeigt hatten, hatten die Kirchenportale schon eingeschlagen und waren in das Gotteshaus eingedrungen. Auch die Kreuzritter hatten wenig Skrupel.

»Die Ketzer haben Gottes Haus entweiht! Sie haben eine Satanskirche daraus gemacht!«, schrie der Erzbischof von Sens, der geharnischt und bewaffnet seine eigenen Truppen anführte. »Sterben sollen sie, die seine Heiligtümer beschmutzt haben! Tut eure heilige Pflicht, lasst Gottes Rache die eure sein und euch Kraft geben!«

Einige Ritter hatten es so eilig, dass sie sogar zu Pferde in die Kirche ritten. Doch Simon de Montfort hielt die Adligen, die ihm folgten, und ihre Mannschaften mit einer Handbewegung zurück.

»Gottes Haus betritt man demütig, mit entblößtem Haupt und zu Fuß«, bellte er. Die meisten stiegen danach ab, hingen ihren Helm an den Sattel und stürmten erst danach durch die zertrümmerten Tore.

»So, Brüderchen, jetzt zeig mal was, bis jetzt hast du noch nicht viel geleistet. Meinst du vielleicht, du könntest nur durchs Zuschauen Ablass gewinnen?«, spottete Guillaume, während die vier Poissys in die Kirche drängten.

Nach dem grellen Sonnenlicht konnten sie in dem kühlen Halbdunkel der Kirche einen Moment lang nichts erkennen, doch diejenigen, die ihnen folgten, schoben sie weiter in den Raum hinein und das Schreien und Kreischen von Menschen in Todesangst zeigte ihnen den Weg. Die Söldner waren ihnen auch hier schon zuvorgekommen und hatten ein schreckliches Blutbad angerichtet. Vor dem Altar lagen die ermordeten Geistlichen in ihren blutdurchtränkten Messgewändern. Amaury rutschte in der schleimigen Flüssigkeit aus, fiel hin und konnte gerade noch rechtzeitig aufstehen, bevor ihn die hereinstürmende Meute überrannt hätte. Danach lief er blindlings mit den anderen mit, hinter den Bürgern her, die sich in allen Ecken zu verstecken versuchten, in den Kapellen, der Krypta, der Sakristei, den Klostergängen. Er hatte seine Brüder aus den Augen verloren, Simon sah er auch nirgendwo mehr und seine eigene Mannschaft hatte sich in alle Richtungen zerstreut und säte, getrieben von einer wahnsinnigen Raserei, Tod und Verderben.

In einem schlecht beleuchteten Raum, der keinen Durchgang gewährte, blieb er schließlich stehen. Er schaute sich um, während er sein Schwert abwehrend vor sich herschwenkte. Ihm gegenüber duckte sich eine Gruppe von Menschen in eine Ecke. Ihre vor Angst verzerrten Gesichter waren auf ihn gerichtet, als wäre er der Teufel persönlich. Einer von ihnen, ein magerer Mann mit wettergebräuntem Gesicht, langem Bart, Haaren, die ihm bis über die Schultern hingen, und einem knöchellangen, schwarzen Gewand, trat ruhig vor.

»Nur zu«, sagte er, als wolle er den Kreuzritter ermutigen, »erlöse mich von diesem irdischen Leiden. Stich zu und befreie meine Seele aus diesem teuflischen Körper. Schicke mich in das Reich, das von dem Herrn des Lichts geschaffen wurde!« Er breitete die Arme aus und bot seinem Feind seine ungeschützte Brust. Amaury starrte ihn ungläubig an. Hinter dem Mann hörte er eine Frau schluchzen.

»Verteidigt Euch«, sagte er.

»Wir tragen keine Waffen, die gehören dem Bösen an. Denkst du, du könntest im Namen Gottes Frauen und Kinder, Alte und Kranke ermorden? Und das soll euch in den Himmel bringen, verspricht Rom euch das? Meinst du, einen Heldentod zu sterben, indem du den Ruhm Gottes mit dem Schwert verteidigst?« Er schüttelte mitleidig den Kopf. »Einen heiligen Krieg nennt ihr das. Wenn du in diesem wahnsinnigen Krieg dein Leben lässt, wird dein Tod wertlos sein und keinem anderen Ziel dienen, als dass deine Seele in das Reich des Teufels zurückgeworfen wird.«

»Schweig, du Gotteslästerer!«, rief Amaury. Doch der andere fuhr unbeirrt fort:

»Ich habe euren Bischof brüllen hören, dass ihr das Werkzeug von Gottes Rache seid. Rache kann nicht aus Gutem entstehen, Rache gehört zur Welt des Bösen und zum Teufel. Merke dir, dass es nicht unsere Kirche ist, die Satan dient. Es ist die Kirche Roms, die Hure Babylons, die Macht und Reichtümer sammelt, den schnöden Mammon, die Schöpfung des Gottes der Finsternis! Es ist die Kirche Roms, die den Teufel anbetet!«

Amaury hatte das Gefühl, als hätte ihn jemand heftig geschüttelt. Die Worte entfachten in ihm mehr Kriegslust als Guillaume mit seinen höhnischen Bemerkungen. Eine tiefe Abscheu erfüllte ihn.

Ein Ketzer, schrie es in ihm, ein schamloser Ketzer, der in seiner Todesstunde noch versucht, mich mit seinen falschen Argumenten zu verwirren und zu seiner verderblichen Lehre zu überreden. Wenn er noch länger zögerte, würde der Mann mit seinen Verwünschungen und teuflischen Beschwörungen vielleicht seinen Schwertarm lähmen. Unwillkürlich führte er seinen Ellbogen zurück. Mit einem lauten Schrei streckte er den Arm und stieß sein Schwert in das weiche Fleisch unter dem Brustkorb, ein Stoß, von dem er wusste, dass er einen schnellen Tod zur Folge haben würde.

Die Frau stieß einen unterdrückten Schrei aus. Einen Augenblick war es still, dann trat sie aus dem Dunkel hervor und kniete sich neben den zusammengesunkenen Körper, der noch ein paarmal zuckte und dann reglos dalag. Sie war sehr jung, eigentlich noch ein Mädchen, nicht viel älter als Amaury

selbst. Erst jetzt sah er, dass die Schatten hinter ihr Kindern gehörten. Sie schloss die Augen des Toten.
»Er hat die Pforte zum Licht durchschritten«, flüsterte sie den anderen zu. Sie erhob ihr Antlitz und sah den Ritter seltsam ruhig an.
»Bravo«, sagte sie leise, »du hast einen Guten Christen getötet.« In ihrer Stimme klang kein Vorwurf.
»Einen Guten Christen«, stammelte Amaury. Einen Moment fragte er sich, ob er sie auch richtig verstanden hatte, doch er hatte in den vergangenen Wochen genug von dem südlichen Dialekt aufgeschnappt, um sie verstehen zu können.
»Einen *Bon Homme*, ja.« Sie nickte.
Er schluckte. »Ist er tot?«
»Der Tod ist nichts, der Tod ist eine Erfindung des Teufels.« Nach diesen Worten begann sie zu seinem Erstaunen, das Vaterunser zu murmeln, und die Kinder hinter ihr fielen mit ein.
Seine Hand fühlte sich schlaff an und zu schwach, um das Gewicht seines Schwertes zu tragen. Es kostete ihn Mühe, die Klinge sauber zu wischen und die Waffe in die Scheide zu stecken. Um ihn herum herrschte plötzlich eine tödliche Stille, so schien es zumindest, denn in dem Augenblick, als Amaury bewusst wurde, dass die Totenglocken schwiegen, nahm er auch wieder den Tumult wahr, der noch überall in den entlegensten Winkeln der Kirche und den Nebengebäuden tobte. Auch in seinem Kopf tobte ein heftiger Kampf. Er zögerte und schaute sich ängstlich zur Tür um.
O Gott, vergib mir!, bat er im Stillen, bevor er sich über sie beugte und eine flehende Geste machte. »Legt Euch hin, seid ruhig, tut so, als wärt Ihr tot!« Vielleicht gehorchten sie ja, weil er sie jetzt nicht mit seiner Waffe bedrohte. Er zog seine Hände ein paarmal durch die Blutlache neben dem Körper des

Mannes und spritzte die Tropfen über sie. Danach wischte er sich die Hände an ihren Kleidern ab.
»Sag bloß, Brüderchen! Ist das etwa alles dein Werk?«, ertönte eine Stimme hinter ihm.
Ein Zittern lief durch seinen Körper. Er drehte sich viel zu schnell um, sichtlich erschrocken.
Wenn er jetzt nur nicht …
»Ach, seht mal, es sind nur Kinder.« Guillaume trat gegen ein paar Körper, die widerstandslos liegen blieben und keinen Laut von sich gaben. Er grinste spöttisch. »Eine echte Heldentat, fürwahr!«
Keuchend betrat Robert den kleinen Raum. Er ließ seinen Blick schnell umherschweifen.
»Allmächtiger! Hast du ihn getötet?« Er spuckte auf das schwarze Gewand des Toten. »Ein *Perfectus*, oder wusstest du nicht einmal das?«
Amaury reagierte nicht und Guillaume schaute erstaunt von einem zum anderen und dann auf den leblosen Körper am Boden.
»Das sind die Gefährlichsten.« Robert richtete sich auf und schnüffelte. »Riecht ihr das auch?«
»Feuer.«
»Wo ist Simon?«
»Es ist schon ein Wunder, dass wir uns überhaupt gefunden haben«, meinte Guillaume. »Wir müssen versuchen, hier wegzukommen, bevor das Ganze in Flammen aufgeht.«
Sie hörten Alarmschreie. Jemand rannte an der Türöffnung vorbei und rief, dass die Söldner die Kirche angezündet hätten, aus Wut, weil ihnen die Ritter ihre Beute abgeluchst hatten.
Amaury brach schon bei dem Gedanken, eines der Kinder könnte durch den Rauch anfangen zu husten, der Schweiß aus.
»Augenblick, mein Stiefel … da sitzt irgendwas fest«, mur-

melte er. »Sucht in Gottes Namen Simon, ich finde hier schon allein heraus.«
»Die Kirche brennt ab und er macht sich Sorgen um seine Stiefel. Komm, Brüderchen, nachher sengt dir noch der Flaum auf deinem Kinn an!«, spottete Guillaume. Offenbar hatte er selbst keine Lust, vom Feuer eingeholt zu werden, denn er rannte davon und Robert mit ihm.
»Wie bekomme ich euch sicher hier heraus?«, fragte Amaury das Mädchen.
»Wenn es genug Rauch gibt, der uns vor feindlichen Blicken schützt, weiß ich einen Fluchtweg«, sagte sie. Ihre Stimme zitterte, doch entschlossen half sie den Kindern auf und ging zur Tür, um nachzusehen, ob die Luft rein war. »Geh, bitte. Geh!«
Er zögerte einen Augenblick, unsicher, ob er sie so zurücklassen konnte. Er wollte etwas sagen, wusste jedoch nicht, was. Inzwischen breitete sich das Feuer blitzschnell aus und griff bereits auf das Kloster und die Häuser neben der Kirche über. Riesige Rauchsäulen wirbelten an den Gewölben entlang und hohe Flammen leckten an den Heiligenbildern. Wer sich noch in der Kirche befand, hatte nur eines im Sinn: so schnell wie möglich seine Haut zu retten. Amaury rannte los, ohne sich umzusehen, über Stapel von Leichen stolpernd und steigend, immer weiter, bis zum Stadttor hinaus. Dort sank er auf die Knie und hustete sich die Lunge aus dem Leib.
Als die Sonne zu sinken begann, war von der reichen Handelsstadt Béziers nur noch ein rauchender Trümmerhaufen übrig, in dem nicht nur fast die gesamte Bevölkerung zu Asche verkohlt war, sondern zur Unzufriedenheit der Kreuzritter auch der übergroße Teil der reichen Kriegsbeute. In einem äußerst kurz gefassten Bericht schrieb Abt Arnaud-Amaury an den Papst:

»Es war ein unerwarteter und mirakulöser Sieg. Ohne Respekt vor Geschlecht oder Alter haben die Unseren fast zwanzigtausend getötet. Die Stadt wurde in Brand gesteckt und es ist nichts mehr davon übrig.«

Carcassonne – 15. August 1209

Hoch zu Pferd ließ Amaury seinen Blick zufrieden über die Menge schweifen. Ja, er war froh, wie sich die Dinge seit dem abschreckenden Beispiel von Béziers entwickelt hatten. Die ersten Dörfer und Burgen waren in aller Eile von den Bewohnern verlassen worden, unter Zurücklassung aller Güter und sämtlichen Proviants, und konnten widerstandslos eingenommen werden. Danach wurde immer öfter die Taktik der verbrannten Erde angewandt und es gab nichts mehr zu holen.

Schließlich hatte Amaury doch noch die wahre Kriegsführung kennen gelernt: Carcassonne war gefallen, eine fette Beute, die genügend neue Vorräte einbrachte und zudem eine kostbare Menge Salz, die für gutes Geld verkauft werden konnte. Die Belagerung hatte sich nach den Regeln der Kunst vollzogen und nur zwei Wochen gedauert. Zuerst hatten die Kreuzfahrer die ummauerte Vorstadt erobert, die an der Nordseite Carcassonnes lag. Ein einfacher Sturmangriff hatte gereicht, damit dieser Stadtteil dem französischen Heer in die Hände fiel. Danach war er in Brand gesteckt worden. Die Kreuzfahrer hatten sich darauf auf der Westseite der Stadt niedergelassen,

wo sie den Zugang zum Wasser der Aude versperrten, sodass die Bürger seitdem auf die Brunnen innerhalb der Mauern angewiesen waren, die in den Sommermonaten trocken waren. Einige Tage später hatte das Kreuzzugsheer die südliche Vorstadt angegriffen.
Die Ereignisse jenes Tages erfüllten Amaury noch immer mit tiefer Bewunderung für Simon de Montfort. Der Edelmann hatte sich schon während des ersten Sturmangriffs durch seinen Mut ausgezeichnet, doch was er während des zweiten Angriffs geleistet hatte, das erhob ihn über die anderen Kreuzritter. Zu Beginn drohte der Angriff an dem heftigen Widerstand der Städter zu scheitern. Die Söldner und Landsknechte, die die Vorhut bildeten, waren mit Leitern in den trockenen Graben hinabgestiegen, wo sie von den Bürgern mit Pfeilen und Steinen bombardiert wurden, sodass sie nicht die geringste Chance hatten, über die Mauer zu klettern oder sie zu unterminieren. Schließlich zogen sie sich in Panik so ungeordnet zurück, dass es dadurch noch mehr Verletzte gab. Während der Rest aus sicherer Entfernung zusah, blieb einer der Ritter mit gebrochenem Bein im Graben liegen, nicht in der Lage, den steilen Abhang zu erklimmen. Da war es Simon de Montfort gewesen, der allen Gefahren trotzte und sich in die Tiefe wagte, um mit Hilfe seines Knappen den Verletzten in Sicherheit zu bringen.
Schließlich gelang es den Pionieren, im Schutze eines Schilddaches eine Aushöhlung in die Stadtmauer zu graben, sodass sie sie untertunneln konnten. Die geistlichen Führer des Kreuzzugsheeres brachten ihre Wurfmaschinen in Stellung, die mit riesigen Steinen die Stadtmauer zertrümmerten. Die Bogenschützen, die jetzt auf dem Umlauf keinen Schutz mehr fanden, mussten die Verteidigung aufgeben und das Fußvolk konnte durch Gräben und Tunnel in die Stadt strömen. Da-

nach wurde die eigentliche Festungsstadt belagert, in der sich die Residenz des Burggrafen befand. Entmutigt durch die fehlende Unterstützung, die er von seinem Lehnsherren, dem König von Aragón erwartete, und durch das Schicksal der Stadt Béziers gewarnt, lieferte sich der junge Burggraf Raymond-Roger Trencavel dem Feind nach einer Woche freiwillig als Geisel aus, unter der Bedingung, dass die Bevölkerung die Stadt unversehrt verlassen durfte.
Der Auszug der Bürger war gut organisiert. Offenbar hatte man aus dem Fall Béziers' gelernt. In der Stadt waren Ritter eingesetzt, um die Kriegsbeute zu sammeln und zu bewachen. Andere, unter ihnen Amaury, kontrollierten, ob die Bürger keine Besitztümer mitnahmen.
Abt Arnaud-Amaury hatte bestimmt, dass die Bürger die Stadt »nackt« verlassen sollten, unter Zurücklassung von Gütern, Waffen, Geld und Vieh. Ihre Sünden würden ihr einziges Gepäck sein, hatte er gesagt. Dementsprechend wurden alle Einwohner vor einem alten Ausfalltor zusammengetrieben, das so schmal war, dass immer nur einer nach dem anderen hindurchkonnte, die Frauen in ihren Hemden, die Männer in Unterhosen. Jeder, der versuchte, doch etwas mit hinauszuschmuggeln, wurde von den Soldaten fachkundig ausgeschüttelt.

Amaury spähte die Menge nach einem schmalen, von dunkelbraunen Haaren umrahmten Gesicht mit ernsten tief liegenden Augen ab. Er fragte sich, ob sie aus Béziers hatten fliehen können. Von den wenigen, die dem Massaker dort entkommen konnten, waren die meisten nach Carcassonne geflüchtet. Hatte sie die Kinder in Sicherheit bringen können? Er erinnerte sich noch an jedes Wort, das sie zu ihm gesagt hatte, und auch an die des *Perfectus*, des Teufelsanbeters, den sie einen Guten Christen genannt hatte! Diese Worte hatten ihn tief erschüttert, nicht nur, weil es gefährliche ketzerische Gotteslästerungen waren, sondern eigentlich noch mehr wegen der Schamlosigkeit, solche Bezichtigungen öffentlich zu äußern, und das auch noch gegenüber einem Kreuzritter, der schließlich der bewaffnete Arm Gottes war. Trotzdem fühlte er sich schuldig. Immer wieder sah er das Bild vor sich, wie ihm der *Perfectus* mit offenen Armen seinen wehrlosen Körper anbot. Und immer wieder hörte er das Übelkeit erregende Geräusch, als sein Schwert in dem weichen Fleisch versank. Seltsam eigentlich, dass ihm ausgerechnet das am meisten in Erinnerung geblieben war und die ganze grausame Schlacht dadurch in den Hintergrund gedrängt wurde. Amaury kniff die Augen zu und schüttelte heftig den Kopf, als wolle er diese Gedanken herausschleudern. Er hatte versucht, mit anderen darüber zu sprechen, so gefährlich das auch war. Zu seinen Brüdern und Simon brauchte er damit nicht zu kommen, die würden ihn einfach auslachen. Einer der vielen Mönche, die das Heer begleiteten, hatte ihm zugehört. Nach dem vorhersehbaren »Das erste Mal ist immer schwierig, aber man gewöhnt sich daran« hatte er ihm die Leviten gelesen. Wie konnte er es wagen, bei einem Befehl Zweifel zu haben, den der ehrwürdige Zisterzienserabt und der päpstliche Legat Arnaud-Amaury persönlich erteilt hatten? Oder sich schuldig zu fühlen, wenn er sie ausführte? Seitdem hatte ihn der Mönch jeden Tag an den Ablass erinnert, den er mit dem Kreuzzug gewinnen konnte, und ihn nachdrücklich ermahnt, seine Pflicht nicht zu versäumen. Da Amaury nun überhaupt nicht mehr zu beichten wagte, wie er dem Mädchen und den Kindern zur Flucht verholfen hatte, lastete seine Tat weiter schwer auf seinem Gewissen.

Amaury öffnete die Augen und suchte erneut zwischen den unbekannten Gesichtern in der Menge. Die meisten der zwanzigtausend Einwohner hatten das Tor bereits passiert, doch noch immer wartete eine große Anzahl Menschen davor. Warum wollte er sie so gern wieder sehen? Aus Neugier? Um sein Gewissen zu beruhigen? Er hätte sich noch viel schuldiger gefühlt, wenn er sie nicht hätte entkommen lassen, dessen war er sich ganz sicher. Würde er sie hier im grellen Sonnenlicht überhaupt erkennen? Das Bild, das er von ihr in Erinnerung hatte, war recht undeutlich, denn es war dort ziemlich dunkel gewesen. Mehr als ihr Äußeres hatte ihn dann auch ihr ruhiges selbstsicheres Auftreten beeindruckt, das sich so himmelweit von seinem eigenen unsicheren Gestümper unterschied. Ja, er würde diesem geheimnisvollen Wesen gern noch einmal begegnen, auch wenn er zugeben musste, dass dies eine ebenso unvernünftige wie unsinnige Idee war.
Langsam trottete der Zug an ihm vorbei. Kinder weinten. Alte Leute, die vom langen Stehen müde waren, wurden von anderen gestützt. Viele waren durch die Entbehrungen der letzten beiden Wochen krank. Sie stanken und Fliegen schwärmten um sie herum. Junge Männer gab es nicht viele. Landsknechte stießen, schoben und schimpften, um Ordnung in die Menge zu bekommen. Der Strom wurde allmählich dünner. Heute Abend, dachte Amaury, würde er zum ersten Mal seit Monaten wieder in einem Bett schlafen, unter einem richtigen Dach. In wessen Bett? Das interessierte ihn im Moment nicht und er würde es wahrscheinlich auch nie erfahren … Und wenn sie hier an ihm vorbeilief, was würde er dann tun? Würde er zu ihr gehen und mit ihr reden, während alle es sehen und hören konnten? Oder würde er wieder betreten schweigen? Angenommen, er könnte sie von ihrem Irrtum überzeugen, sie zum wahren Glauben bekehren! In

seiner Phantasie sah er schon, wie er sie zum Bischof von Sens führte, wie sie der Ketzerei abschwor und die Kirche sie in ihre Arme schloss. Ein Seufzer entfuhr ihm und er musste kurz lächeln. Wo würde sie heute Nacht wohl schlafen?
»Na, träumst du, Brüderchen? Hast du den Befehl nicht gehört?«
Guillaume trat mit seinen Sporen ungeduldig in die Flanke von Amaurys Pferd, das noch heftiger erschrak als sein Reiter. Ein paar Bürger mussten hastig zur Seite springen, um sich vor dem scheuenden Tier in Sicherheit zu bringen.
»Natürlich werde ich mal wieder losgeschickt, um dich zur Ordnung zu rufen. Was machst du hier eigentlich noch? Etwas übertrieben eifrig, hier zu bleiben, bis der letzte Mann die Stadt verlassen hat, findest du nicht auch?«
Amaury zuckte mit den Schultern und starrte schweigend auf die restliche Menschenschar vor dem Tor.
»Suchst du vielleicht jemanden?«
Amaury schüttelte den Kopf. Guillaume führte seinen Bruder zum Vorplatz der Burg, auf dem Abt Arnaud-Amaury von einem Marmorsockel aus vor den Kreuzrittern, die sich um ihn versammelt hatten, eine Rede hielt. Nach einigem Suchen fand er seine Verwandten.
»Das ist das letzte Mal, dass ich das verlorene Schaf zurückbringe. Ich glaube, er musste von jedem Bürger persönlich Abschied nehmen.«
»Der Junge benimmt sich schon seit Béziers seltsam«, stimmte ihm Simon zu.
»Wenn du mich fragst, ist er nie normal gewesen. Schick ihn in Gottes Namen nach Hause, Robert!«
»Halt den Mund, Guillaume!«
Die geschwollenen Schlusssätze von Arnaud-Amaurys Rede schallten über die Ritterschar hinweg: »Ihr seht also, welche

Wunder der König des Himmels für euch vollbringt, denn nichts kann euch widerstehen.«
»Was hatte er zu sagen?«, flüsterte Amaury.
»Das wüsste ich auch gern. Dank deiner Abwesenheit«, und dabei tippte ihm Guillaume viel sagend an die Stirn, »habe ich es verpasst.«
»Viele hochtrabende Worte, um diesen ›ruhmreichen Tag des Sieges‹ zu feiern«, antwortete Simon. »Das Wichtigste ist, dass Burggraf Raymond-Roger Trencavel gefangen genommen worden ist. Sein Besitz wurde konfisziert. Carcassonne und alle übrigen eroberten Plätze und Schlösser bekommen einen neuen Herren. Es ist Zeit zu ernten, Freunde.«
»Gefangen genommen? Aber er hat sich uns doch freiwillig als Geisel ausgeliefert und er hat sein Wort gehalten. Dann müssen wir unseres auch einlösen und ihn freilassen, sonst sind wir Verräter.«
»Trencavel ist Burggraf von Béziers und Carcassonne und Herr von Albi und Razès. Nach dem Grafen von Toulouse ist er der mächtigste Mann hier im Süden. Er ist jung und mutig und er hat alles verloren. Lass ihn frei und du hast den Anführer des Widerstands geschaffen«, mischte sich Robert ins Gespräch ein.
»Deshalb wird er in seinem eigenen Kerker eingesperrt und da sitzt er vorläufig gut«, sagte Simon grinsend.
»... wir haben das Plündern der Stadt verboten und die Kriegsbeute von euch Rittern bewachen lassen«, ertönte die Stimme des Zisterzienserabtes. »Sie gehört der Kirche und muss an uns abgetreten werden. Wir werden sie dann einem angesehenen Heer schenken, das dieses Land zu Gottes Zufriedenheit erhalten wird.«
Er beschloss das Treffen mit einem Gebet.
»Verdammt!«, sagte Simon.

Das Verteilen der Beute erwies sich als schwieriger als erwartet. Zuerst lehnte der Graf von Nevers die Burggrafschaft von Carcassonne, die ihm von Arnaud-Amaury angeboten wurde, ab. Seine vierzig Tage Kriegsdienst seien abgeleistet und er müsse dringend auf seine Güter nach Frankreich zurück, erklärte er. Außerdem sei er nicht hierher gekommen, um ein Lehnsgut zu ergattern, das an erster Stelle dem König von Frankreich gehörte. Wenn es etwas zu verteilen gebe, so argumentierte er, komme dieses Recht dem König zu und nicht der Kirche. Er habe das Kreuz genommen, weil es seine Pflicht als Christ sei. Diese Pflicht sei nun erfüllt und seine Knappen seien schon damit beschäftigt, seine Rückreise vorzubereiten.

Arnaud-Amaury bot nun dem Herzog von Burgund den Titel an. Doch diesmal war der Herzog ausnahmsweise einmal der gleichen Meinung wie der Graf von Nevers. Auch er lehnte das Angebot des Zisterzienserabts ab. Nach kurzer Beratung beschloss man, das Lehen Simon de Montfort zu schenken, der in den vergangenen Wochen seinen Mut und seine Hingabe ausgiebig bewiesen hatte. Montfort, ein Vorbild an Demut und Bescheidenheit, weigerte sich entschieden. Er fühle sich unwürdig und unfähig, eine derartige Ehre anzunehmen. Als der Abt sein Angebot wiederholte, hielt er an seiner Weigerung fest. Doch nachdem ihn Arnaud-Amaury subtil an den Gehorsam erinnert hatte, den Montfort dem päpstlichen Legaten als Kreuzfahrer schuldete, befahl er ihm schlichtweg, den Titel anzunehmen. Bei so viel kirchlicher Machtdemonstration blieb Simon de Montfort nichts anderes übrig, als nachzugeben. Seine Demut wich seinem Ehrgeiz und er akzeptierte seinen neuen Titel als Burggraf von Béziers und Carcassonne unter der Bedingung, dass er mit der Hilfe aller anwesenden Kriegsherren rechnen konnte, sollten er und seine

Männer in Gefahr geraten. Danach rief er seine Getreuen zusammen.

Nicht einmal dreißig Herren, die größtenteils aus der Île-de-France stammten, hatten sich auf Burg Carcassonne versammelt, als Simon de Montfort den Saal betrat. Seine lange, muskulöse Gestalt mit den breiten Schultern und dem wallenden, blonden Haar bewegte sich mit der Geschmeidigkeit eines Raubtiers zwischen den bewaffneten Rittern hindurch. Dann drehte er sich um und stand ihnen gegenüber. Auf die Vorderseite seiner Tunika war mit Goldfaden ein aufrecht stehender Löwe gestickt, der seiner Erscheinung etwas Drohendes verlieh. Er sah viel jünger aus als die mehr als fünfundvierzig Lenze, die er zählte. Mit scharfem Blick erfasste er die Gesichter, die ihn gespannt ansahen.

»Männer«, sagte er mit kräftiger, sonorer Stimme, »der Heilige Vater hat mich mit einem Lehen geehrt, um das mich manch einer beneiden wird, jedoch auch mit einer Aufgabe belastet, die keiner gern übernimmt. Die Titel, die ich von heute an meinem Namen hinzufügen darf, bringen eine große Verantwortung mit sich. Die Besitztümer von Trencavel umfassen ein weites Gebiet.« Er ging zu einem der Fenster, die größer waren, als die Herren es von ihren Burgen im Norden gewöhnt waren. Seine glänzenden Haare und das Gold und Purpur seiner Tunika flammten im Sonnenlicht auf. »Wir haben einige Dörfer und Städte besetzt, Béziers, Carcassonne, sowie etwa zweihundert Burgen. Nicht mehr als ein paar Maulwurfshügel verglichen mit dem Gebiet, das noch erobert werden muss: das Gebiet von Albi und jenes, das sich südlich von uns befindet, de Razès. Es ist unmöglich, dies vor Einbruch des Winters zu tun, wenn schlechtes Wetter einen Feldzug wieder erschwert.« Er zeigte nach draußen, wo für die anderen nur der stahlblaue Himmel zu sehen war. »An allen Seiten werden wir von Feinden umzingelt, einem wilden, rauen Bergland mit unwirtlichen Wäldern, in denen sich die *Faidits* verstecken. Diese Verbannten, die wir aus ihren Burgen verjagt und außerhalb des Gesetzes gestellt haben, werden versuchen, ihre ehemaligen Besitzungen, die wir der Kirche erhalten sollen, so schnell wie möglich zurückzuerobern. Sie verbergen sich in der Corbières und dem Montagne Noire und ich versichere euch: Dort und durch die Hand dieser ketzerischen Hunde wollt ihr nicht sterben!« Er schwieg einen Augenblick und sah sie eindringlich an. Dann erhob er plötzlich die Stimme:

»Bedauerlicherweise haben einige Kreuzfahrer das Schwert Christi in die Scheide gesteckt. Sie haben ihre Sachen schon gepackt und ihre Pferde den Stall riechen lassen!« Er schnaubte verächtlich und die Ritter murmelten zustimmend. Es war deutlich, was er meinte. Nicht nur der Graf von Nevers, sondern auch Raymond von Toulouse, der fand, dass er seinen Verpflichtungen zur Genüge nachgekommen sei, rüstete sich für die Heimreise. »Das bedeutet, dass ich all dem mit einer Hand voll Männer allein gegenüberstehe. Mit anderen Worten Selbstmord, es sei denn, ich kann auf euch zählen. Zögert nicht, eure vierzig Tage Kriegsdienst auf unbestimmte Zeit zu verlängern. Ihr seid die Soldaten Christi, ihr seid das Werkzeug Gottes, ihr habt einen heiligen Auftrag. Ich weiß, was ich von euch verlange ... Ihr wisst, dass ich für euch durchs Feuer gehe.«

Mehr brauchte Simon de Montfort nicht zu sagen. Seine alten Kampfgefährten Robert Mauvoisin und Bouchard de Marly waren die Ersten, die ihm ihre Unterstützung zusagten. Die anderen folgten und ohne eine Spur des Zögerns versprachen auch die Herren von Poissy, für unbestimmte Zeit im Süden zu bleiben. Danach ging der Edelmann beinahe zu Tränen gerührt zu jedem Einzelnen, um ihn persönlich zu umarmen. Amaury spürte, wie ihn zwei Arme, die so muskulös waren, dass seine fast zweimal hineinpassten, an die Brust des Feldherren drückten. Die Geste erfüllte ihn mit Stolz und Zuneigung. Er schwor, Montfort überallhin zu folgen, auch wenn es die Hölle sei.

»Ich werde euch sagen, wie meine vorläufigen Pläne aussehen«, fuhr Montfort fort. »Ich habe den Herzog von Burgund gebeten, seine Abreise noch eine Weile aufzuschieben, bis wir unsere Positionen verstärkt und in den noch zu erobernden Domänen von Trencavel Fuß gefasst haben. Er hat zugesagt, ungefähr einen Monat zu bleiben. Das bedeutet, dass wir uns für einen Blitzangriff rüsten, durch den die wichtigsten Städte und militärisch bedeutsamen Burgen erobert werden müssen. Der Graf von Burgund schlägt vor, zuallererst Alzonne und Montréal anzugreifen und anschließend Fanjeaux, ein Kreuzungspunkt wichtiger Handelsstraßen. Eine Vorhut aragonesischer Söldner ist schon unterwegs, um die Belagerung vorzubereiten. Danach kommt Preixan an die Reihe, ein strategisch wichtiger Ort zwischen Carcassonne und Limoux …«

»Das ist das Hoheitsgebiet des Grafen von Foix!«, sagte Amaury leise. Er traute sich nicht, Montfort laut zu kritisieren, doch der Kriegsmann hatte ihn gehört und runzelte die Stirn.

»Ist er auch ein Ketzer?«, fragte Amaury trotz Guillaumes warnendem Stoß in seinen Rücken vorsichtig.

»Der Graf von Foix beschützt Ketzer. Wir haben den Auftrag, die Ketzerei überall dort, wo wir sie antreffen, auszurotten. Ich denke, dass er sich davor hüten wird, uns im Wege zu stehen, es sei denn, er will das Schicksal Trencavels teilen!«

Es wurde herzlich gelacht. Danach nannte Montfort noch eine Reihe von Orten und fuhr dann fort: »Und dann sind da schließlich noch die Herren von Cabaret im Montagne Noire, einer Brutstätte der Ketzerei. Es wird ein heißer Herbst, meine Herren!«

Er bat den anwesenden Geistlichen, ein Gebet zu sprechen, um Gottes Segen auf seine geplanten Eroberungszüge herabzuflehen. Die Männer sanken auf die Knie. Als der Geistliche seine Gebete beendet hatte, ergriff Montfort wieder das Wort.

»Ich werde den Heiligen Vater über die Situation unterrichten. Die Legaten werden ihm natürlich ein rosiges Bild vorgaukeln, um ihn vom Gelingen ihrer Mission zu überzeugen. Von uns bekommt er die Wahrheit zu hören. Mein bewährter Freund Robert Mauvoisin wird als Botschafter fungieren und den Brief persönlich nach Rom bringen, um sicher zu sein, dass unser Flehen um Hilfe den Heiligen Vater auch erreicht. Bald wird es uns an Proviant, Soldaten und Geld mangeln. Wir müssen schon jetzt doppelten Sold zahlen, um die Soldaten hier zu halten.«

Unter den Anwesenden erhob sich zustimmendes Gemurmel. Die Ritter hatten die ganze Expedition aus eigener Tasche bezahlt und einige waren jetzt bankrott. Andere hatten gerade noch genug, um die Rückreise zu finanzieren. Trotzdem dachten sie nicht daran, ihren Führer im Stich zu lassen.

»Das Einzige, das ich euch als Entschädigung anbieten kann, ist das eroberte Land und besonders verlockend ist dieses Angebot nicht.«

Er schwieg einen Augenblick, damit sie über seine Worte nachdenken konnten. Die Aussicht war tatsächlich nicht besonders ermutigend. Die feindliche Bevölkerung betrachtete sie als Eindringlinge, die sich wie hungrige Wölfe auf ihre

Besitztümer stürzten. Von den Erträgen brauchten sie vorläufig nicht viel zu erwarten und außerdem musste ein Teil davon an die Kirche abgetreten werden. Ihr neues Lehnsgut würde ein heikler Besitz sein, der mit Händen und Füßen gegen eventuell aufflackernden Widerstand verteidigt werden musste.

»Ich werde euch nun die Burgen mit den dazugehörigen Orten, die jetzt mein Lehnsgut sind, zuteilen. Die Verantwortung für die Verteidigung dieser Domänen werdet ihr von dem Moment an tragen. In die Burgen, die wir verlassen angetroffen haben, müssen schnellstens Garnisonen einquartiert werden, bestehend aus einem Teil eurer Mannschaften, die dort das Gesetz und den Gottesfrieden wahren werden. Ihr selbst werdet mich mit euren restlichen Mannschaften auf meinen Feldzügen begleiten. Bouchard de Marly übergebe ich Saissac …«

Es folgte eine lange Aufzählung, bei der eine Reihe der anwesenden Ritter zu Vasallen ihres neuen Lehnsherren erhoben wurden. In vielen Fällen handelte es sich um ein Lehnsgut, das im Laufe der kommenden Wochen noch erobert werden musste. Amaury wartete mit klopfendem Herzen, ob die Namen seiner Brüder fallen würden.

»… Schloss Alaric … Guillaume und Amaury de Poissy …«

Der junge Ritter grinste breit und wuchs vor Stolz, doch Guillaume drehte mit einem Ruck den Kopf um und warf ihm einen feindseligen Blick zu.

»Schick ihn mit Nevers nach Frankreich zurück!«, zischte er Robert ins Ohr. »Ich werde mit Alaric auch allein fertig!« Er erinnerte sich an die Festung, die von ihrem hoch gelegenen Platz das Tal der Aude wie ein Wächter überblickte, ein militärisch wichtiger Punkt.

»Montforts Entscheidungen wird nicht widersprochen!«, fuhr

ihn Robert an. Ihm war ziemlich klar, wie schwer es sein würde, mit dem stark gelichteten Heer ihre Stellungen zu wahren, erst recht, wenn ihnen nach der Herbstoffensive noch die entsprechenden Städte und Burgen hinzugefügt worden waren. In einer so unsicheren Lage zählte jeder Mann, auch Amaury.

Auf jeden Fall gab es für ihn selbst und Simon im Moment wenig zu holen. Doch darüber machte sich Robert keine Sorgen. Bis jetzt hatte ihn Montfort bei seinen Entscheidungen immer um Rat gefragt. Wahrscheinlich hatte er andere Pläne mit ihm und würde ihn im Laufe der Zeit reich belohnen.

»Verdammt!«, sagte Simon.

Castres – Anfang September 1209

Die beiden Ketzer knieten mit gesenkten Köpfen vor Simon de Montforts Füßen. Nicht aus Respekt, sondern weil sie von den Soldaten dazu gezwungen wurden, die sie nach einer Anzeige von Mitbürgern verhaftet hatten.

»Ein *Perfectus*«, stellte Montfort fest. »Und der andere?«

In der kleinen Eskorte, mit der er in aller Eile nach Castres geritten war, als ihm eine Delegation gemeldet hatte, dass die Bürger der Stadt bereit seien, sich zu ergeben und ihn als ihren Landesherren anzuerkennen, gab es keine Geistlichen. Deshalb hatte er einen örtlichen Priester rufen lassen, der seine Fragen über einen Kurier, der die Dialekte des Südens sprach, beantwortete.

»Ein Anhänger der Ketzerei, mein Herr, ein ›einfacher Gläubiger‹, wie er sich selbst nennt, der ein Gelöbnis abgelegt hat, *Perfectus* werden zu wollen, und der nun eine Art Probezeit absolviert. Ein Novize, würden wir sagen.«

Montfort sah den Geistlichen mit zusammengekniffenen Augen an. Er vertraute niemandem in diesem gottverlassenen Land, auch keinen Priestern. Manche von ihnen waren mit den Ketzern befreundet. Andere beschützten sie. Und es gab sogar welche, die zu ihrer Lehre übergetreten waren. In Castres hatten sie jedenfalls begriffen, dass mehr von ihnen erwartet wurde als nur das Treuegelöbnis gegenüber ihrem neuen Herrn: Die Ketzer mussten ausgeliefert werden. Er nickte und ließ seinen Blick voll Abscheu auf den Gefangenen ruhen.

»Lasst meine Männer hierher kommen«, befahl er.

Simon de Monfort schaute auf die zusammengekauerten Gestalten herab, die nur eine Schwertlänge von seinen mit Panzerstrümpfen bekleideten Füßen entfernt waren. Als der letzte der Ritter, die ihn auf dieser Expedition begleiteten, angekommen war, sagte er, ohne die Augen von den Gefangenen abzuwenden: »Das ist der Teufelsdreck, für den ihr euer Leben riskiert. Ihr wisst, was in der Vergangenheit mit Ketzern geschehen ist. Was sollen wir mit diesen machen?«

Einige hatten sofort ihr Urteil parat, unter anderen entstand eine lebhafte Diskussion. Montfort verließ seinen Platz und begab sich unter seine Kampfgefährten. Sein Blick fiel auf den jungen Poissy, der sich im Hintergrund hielt und der bei der Entscheidung über das Schicksal der Ketzer kaum zu Wort kam. Er legte die Hand auf Amaurys Schulter, schob ihn nach vorn auf den Platz, an dem er selbst gestanden hatte, und bat um die Aufmerksamkeit seiner Männer.

»Unser Benjamin hier hat in Béziers eigenhändig einen *Perfec-*

tus getötet, wie mir Robert erzählt hat. Welche Strafe soll es sein, Amaury?«
Der junge Ritter spürte, wie plötzlich alle Augen auf ihn gerichtet waren. Hatte sein Auftritt in Béziers wirklich so viel Eindruck auf den Feldherren gemacht oder wurde das Wohlwollen, mit dem er seinen Namen aussprach, nur dadurch genährt, dass sein eigener Sohn auch Amaury hieß? Im Saal war es still geworden und er starrte auf die gesenkten Köpfe vor seinen Füßen. Der schwarze Mantel, so dicht vor ihm, ließ seine furchtbaren Erinnerungen an Béziers wieder aufleben. Er hatte Geschichten gehört, wie in seinem Vaterland in der Vergangenheit ein paar Ketzer von einer wütenden Menge angegriffen und getötet worden waren. Er wusste auch, dass die Kirche danach strebte, derartigen Volkstribunalen zuvorzukommen, indem sie die Schuldigen vor einem bischöflichen Gericht aburteilte und anschließend einem örtlichen Machthaber zur Urteilsvollstreckung übergab. Vor knapp fünfzig Jahren waren zwölf Ketzer aus Flandern in Köln zum Tod auf dem Scheiterhaufen verurteilt worden. Danach waren auch in Vézelay und Arras Scheiterhaufen aufgelodert. Das alles war lange her und er selbst hatte so etwas noch nie mitgemacht.
»Vielleicht ist es am besten, wenn wir sie nach Carcassonne mitnehmen, sodass sie der Bischof dort mit einem geistlichen Tribunal aburteilen kann«, antwortete er.
»Unsinn! Wir befinden uns im Krieg. Da ist keine Zeit für Tribunale, da beschließt ein Kriegsrat und den habe ich hier zusammengerufen. Diese Schlangen, die sich in dem Land, das jetzt mir gehört, verstecken und heimlich ihr Gift verbreiten, müssen streng bestraft werden, als abschreckendes Beispiel, um andere zu entmutigen. Kennen wir nicht das Urteil der Kirche? Den Tod im Feuer, in dem Ketzer zeitlich begrenzt in irdischen Flammen leiden, um anschließend bis in alle Ewig-

keit im Höllenfeuer zu schmoren. Ist das nicht die einzige Antwort, Amaury?«

Der junge Ritter zweifelte keinen Augenblick an der Weisheit des Edelmannes. Er schluckte kurz.

»Der … der Scheiterhaufen«, stammelte er.

Montfort brummte und Amaury wusste nicht, ob es nun ein Ausdruck des Beifalls oder der Missbilligung war. Hatte er nach Meinung des Feldherren zu langsam und unsicher geantwortet? Montfort ließ seinen Blick nun fragend an allen Anwesenden entlanggehen. Es wurde ohne Ausnahme zustimmend genickt.

»Also der Scheiterhaufen!«, sagte Montfort und ließ seine Hand mit solcher Kraft auf Amaurys Schulter sinken, dass er fast in den Knien einknickte. Mit knapper Geste bedeutete er dem Dolmetscher, dass er den Gefangenen in ihrer eigenen Sprache erklären solle, was über sie beschlossen worden war. Der *Perfectus* hatte es offenbar schon begriffen. Er hörte kaum zu, sondern hob den Kopf und sah Amaury prüfend und mit scharfem Blick an. Der Novize schaute nervös von Montfort zum Priester und wieder zurück.

»Herr!«, ertönte seine ängstliche Stimme, »ich bereue meinen Fehltritt, ich schwöre, dass ich dem katholischen Glauben treu sein werde!«

»Was sagt der Lump?«, fragte Montfort.

Während der Priester die Worte wiederholte und der Kurier sie übersetzte, senkte der Novize den Kopf bis auf die Fliesen und streckte die Hand nach den Füßen des Edelmannes aus, der einen Schritt zurücktrat.

»Ich verspreche, dass ich dem falschen Glauben abschwören und in den Schoß der römischen Kirche zurückkehren werde!« Er schaute zu Montfort hoch und sah dann Amaury flehentlich an. Tränen liefen ihm über die Wangen. Der *Perfectus*

drehte sich mit einem Blick, aus dem Mitleid und Vergebung sprachen, zu ihm um, doch der Novize wagte es nicht, ihm in die Augen zu sehen. Stattdessen schaute er Amaury unverwandt an. Er streckte seine Hand aus und umfasste das Fußgelenk des jungen Ritters, der sich nicht zu rühren wagte.
»Herr, habt Mitleid mit einem einfachen Knecht. Ich bin nur eine arme Seele, die nie einem Menschen etwas zuleide getan hat«, jammerte er.
»Wenn er der Ketzerei abschwören will, kann er doch nicht zum Tode verurteilt werden?«, fragte Amaury den Priester zögernd. Während der Kurier übersetzte und der Priester bestätigend nickte, sah Amaury aus den Augenwinkeln, wie sich zwischen Montforts Augenbrauen eine steile Falte bildete.
»Er ist ein Ketzer. Er verdient den Tod!«, rief Guillaume. Sein Ausruf wurde von Montfort mit wohlwollendem Lächeln aufgenommen. Ein anderer stimmte ihm zu: »Er hat selbst zugegeben, dass er sich zur Ketzerei bekennt!«
Von neuem entbrannte ein heftiger Streit, bei dem die Meinungen stärker auseinander gingen als zuvor.
»Wenn er der Ketzerei abschwören und der römischen Kirche gehorchen will, muss er die Chance bekommen, auf den rechten Weg zurückzukehren.«
»Er zeigt nur Reue, weil er Angst hat, auf dem Scheiterhaufen zu sterben.«
Aus der Gruppe um Guillaume ertönte Hohngelächter.
»Wenn er bereit ist zu tun, was er sagt, kann er nicht verurteilt werden«, meinte ein anderer.
»Das verspricht er eher aus Angst vor dem Tod, als weil er sich so sehr nach dem katholischen Glauben zurücksehnt.«
»Er hat mehr Angst vor dem Scheiterhaufen als vor Gott!«
»Es besteht kein Zweifel an seiner Schuld. Es steht fest, dass er ein Ketzer ist, und Ketzer müssen verbrannt werden.«

»Wir sind in dieses Land gekommen, um die Feinde Christi zu vernichten, nicht, um ihnen Gnade zu schenken«, ertönte Bouchard de Marlys Stimme.

»Aber er ist bereit, der Ketzerei abzuschwören. Er ist also bereit, einen Eid abzulegen, und das bedeutet, dass er kein Ketzer ist. Denn es ist bekannt, dass Ketzer keinen Eid ablegen wollen«, äußerte sich Robert. »Das erlaubt ihnen ihr Glaube nicht. Fragt den *Perfectus.*«

Der *Perfectus* schüttelte mitleidig den Kopf und schwieg, während der Novize Amaurys Knöchel immer fester umklammerte und jetzt die andere Hand nach seinem Mantelsaum ausstreckte.

»Herr, habt Mitleid mit einem armen Sterblichen! Ich verspreche, alles zu tun, was die Kirche von mir verlangt. Ich schwöre es bei allen Heiligen!«

»Er empfindet aufrichtige Reue. Müsst Ihr ihm keine Gnade schenken?«, fragte Amaury den Geistlichen direkt. Der Mann hob den Blick zum Himmel und schwieg.

»Lasst euch nichts vorgaukeln«, brummte Bouchard de Marly, »er benutzt seine angebliche Bekehrung nur als letztes Rettungsmittel.«

»Genug!« Montfort trat die ausgestreckte Hand weg und stellte seinen gepanzerten Schuh auf den Arm des Novizen, bis dieser Amaurys Fußgelenk losließ und mit schmerzverzerrtem Gesicht um Vergebung flehte. Der Edelmann nahm seinen Fuß nicht weg.

»Genug der Debatten! Diese beiden Schuldigen sind zum Tod auf dem Scheiterhaufen verurteilt. Der eine, weil er ein verstockter Ketzer, der andere, weil er ein Anhänger des falschen Glaubens ist. Er ist sogar ein Novize und folglich auf dem besten Wege, ein *Perfectus* zu werden. Wenn er wirklich Reue empfindet, was ich bezweifle, wird das Feuer die Bußübung für seine Sünden sein und ihn reinigen. Wenn es leere Versprechen sind, die er hier gemacht hat, dann ist er ein Heuchler und der Tod im Feuer die gerechte Strafe für seinen Verrat. Führt sie weg und macht den Scheiterhaufen bereit.«

Amaury stieß einen Seufzer der Erleichterung aus. Endlich gelang es ihm, den Blick von den beiden Gefangenen zu lösen, und ehrfürchtig und voller Bewunderung für dessen weise Worte sah er seinen Feldherren an. Als er den anderen nach draußen folgte, drängte sich Guillaume an seine Seite.

»Dumm, Brüderchen, wirklich unglaublich dumm. Da schenkt dir Montfort die Ehre, das Urteil während eines Kriegsrates zu verkünden, die Chance deines Lebens, und was machst du? Stehst da und zweifelst. Während er dir die Worte fast in den Mund legt! Und dann widersprichst du ihm zu allem Unglück auch noch! Das wird er nicht so bald vergessen. Mein Gott, was ist nur in dich gefahren?«, rief er und streckte die Arme mit theatralischer Geste gen Himmel. Zu seinem großen Erstaunen packte ihn Amaury mit einer Hand, die stärker war, als er gedacht hatte.

»Ich war nicht der Einzige, der Bedenken anmeldete! Warum musst du mich immer so behandeln, als wäre ich ein kleines Kind?«

»Weil du das bist: naiv und viel zu jung.«

»Das stimmt nicht und das weißt du auch.« Er stand seinem älteren Bruder jetzt direkt gegenüber und versperrte ihm den Weg, sodass auch die Ritter hinter ihm ihren Weg zu dem Schauspiel, das draußen auf sie wartete, nicht fortsetzen konnten. »Hasst du mich so, weil du selbst zu dumm bist, um meine Gedanken zu verstehen? Ich denke gründlicher über die Dinge nach als du.«

»Du solltest lieber etwas weniger denken und ein bisschen mehr tun«, schnaubte Guillaume verächtlich.

»Tun?« Wütend krempelte Amaury die Ärmel hoch und hielt seinem Bruder ein paar hässliche Narben unter die Nase. »Brandwunden aus Béziers.« Er legte seinen Finger auf einen schlecht verheilten Schnitt, der quer über seine Wange lief. »Carcassonne.« Mit beiden Händen deutete er einen Fleck auf seinem Oberschenkel an. »Und da habe ich so einen Bluterguss. Ein Andenken an Preixan.«
Guillaume machte eine Geste, als wolle er seine Worte beiseite fegen.
»Kleine Schrammen, davon wirst du kein Kerl.« Er lachte spöttisch und in seinen Augen blitzte ein Hass, den Amaury dort trotz all der Spötteleien noch nie gesehen hatte.
Sie standen sich jetzt dicht gegenüber, wie zwei kämpfende Böcke, die die Köpfe aneinander rammten. Es ärgerte Amaury mehr denn je, dass er ein Stück kleiner war als Guillaume.
»Wovon denn dann?«
»Das musst du Montfort fragen, du Angsthase!«
Amaurys Faust schoss empor, doch ebenso schnell wich Guillaume seinem wohl gezielten Schlag aus und umklammerte seinen Arm wie eine Daumenschraube. Er führte seinen Mund dicht an Amaurys Ohr und zischte: »Oder denkst du vielleicht, keiner hätte gesehen, dass du in Béziers eine Gruppe Ketzer aus der Kirche hast entkommen lassen? Jemand hat dieses Gesindel aus der Stadt fliehen sehen, nachdem du es angeblich getötet hattest.«
Der junge Ritter wurde leichenblass. Er fühlte, wie alle Wut und Kraft aus seinem Körper wich, und er sah seinen Bruder geschlagen an.
»Natürlich habe ich den Mund gehalten. Aus Angst, deine Schande könnte auch mich treffen. Doch ich habe auf dich aufgepasst und ich werde dich auch künftig keinen Moment mehr aus dem Auge lassen.«

Amaury wollte etwas sagen. Er stammelte ein paar Worte zu seiner Verteidigung. »Es waren Kinder!«, brachte er schließlich hervor. Was er sonst noch sagen wollte, wurde von den Befehlen übertönt, die von draußen zu ihnen hereinschallten, und von den Protesten der anderen Ritter, die langsam ungeduldig wurden.
»Wenn sich eine Gelegenheit bietet, dich mir vom Halse zu schaffen, werde ich nicht zögern«, flüsterte Guillaume. »Und jetzt geh, Brüderchen. Du hast das Urteil gefällt. Dann musst du auch Zeuge sein, wenn es vollstreckt wird.«
Sie kamen gerade rechtzeitig, um zu sehen, wie die beiden Ketzer Rücken an Rücken an dem Pfahl festgebunden wurden, um den herum in aller Eile ein Scheiterhaufen errichtet worden war. Der Priester fragte den Novizen, in welchem Glauben er sterben wolle.
»Ich schwöre der ketzerischen Lehre ab. Ich will im Glauben der heiligen römischen Kirche sterben und ich bete, dass mich dieses Feuer reinigt«, weinte der Büßer.
»Geheuchelte Bittgebete werden nicht erhört, du scheinheiliger Ketzer!«, hörte Amaury Guillaumes höhnische Stimme hinter sich.
Während der Priester noch mit seiner Ansprache beschäftigt war, loderte das Feuer auf. Der Novize kreischte und schrie, der *Perfectus* betete im Stillen, das magere Gesicht vor Schmerzen verzerrt. Amaury wusste, dass die Augen seines Bruders auf ihm ruhten, während er selbst mit Angstschweiß auf der Stirn ins Feuer starrte. Plötzlich riss sich der Novize los, wie durch Zauberhand von seinen Fesseln befreit. Mit ängstlichen Sprüngen tanzte er durch das Feuer vom Scheiterhaufen hinunter, während ihm Tränen über die Wangen strömten. Atemlos hüpfte er auf seinen halb verbrannten Füßen herum, streckte die Hände gen Himmel und rief:

»Heilige Mutter Gottes, Ihr seid meine Rettung!« Danach fiel er in Ohnmacht.
Der Geistliche lächelte listig. »Ein Wunder!«, rief er aus.
Die Kreuzfahrer wiederholten seinen Ruf und sanken auf die Knie.

Lombers – Ende September 1209

Simon de Montforts Überraschungsangriff begann, seinen Tribut zu fordern. Es war ihm zwar gelungen, einen großen Teil von Trencavels Domänen kampflos zu besetzen und seine Garnisonen dort zu installieren, doch dem heftigen Widerstand der Herren von Cabaret, die im Herzen des Montagne Noire ein wahres Bollwerk von Ketzern beherrschten, war er nicht gewachsen. Eigentlich hätte er alle drei Burgen und das schwer befestigte Dorf gleichzeitig angreifen müssen. Doch da ihm dafür die Mannschaften fehlten, hatte er es nach einem Sturmangriff mit schweren Verlusten aufgeben müssen. Der Herzog von Burgund hatte sich daraufhin sofort aus dem Staub gemacht, Montfort und seine Hand voll Getreue mit noch stärker gelichteten Reihen zurücklassend. Trotzdem setzte dieser seinen Marsch fort und rückte nach Pamiers vor. Dass diese Stadt Mitbesitz des Grafen von Foix war, mit dem er inzwischen einen Nichtangriffspakt geschlossen hatte, hinderte ihn nicht im Geringsten daran, ein Übereinkommen mit dem Abt von Pamiers zu schließen, dem die andere Hälfte gehörte. Er setzte den Grafen ab, erklärte sich selbst zu seinem

Stellvertreter und wurde darin von den Edelmännern, die ihm folgten, ausnahmslos unterstützt. Robert und Simon de Poissy unterzeichneten in Pamiers als Zeugen die Urkunde, in der die Machtübergabe festgelegt wurde.
Montfort hätte den Grafen nicht so provoziert, wäre die Stadt unter militärischem Gesichtspunkt nicht so wichtig gewesen. Denn die Besetzung Pamiers' trieb einen Keil zwischen die Gebiete des Grafen von Toulouse und des Grafen von Foix, den Machthabern, von denen er am meisten zu befürchten hatte. Mit demselben Ziel vor Augen hatte er auf dem Weg nach Pamiers schon Mirepoix eingenommen und anschließend besetzte er Saverdun. Beide Orte gehörten ebenfalls zu den Domänen des Grafen von Foix. Jetzt, wo Simon de Montfort das ganze Gebiet südlich von Carcassonne einigermaßen unter Kontrolle hatte und die Grenze zur Grafschaft Foix beherrschte, kehrte er nach Fanjeaux zurück, um zur Burggrafschaft Albi vorzustoßen, damit er sich auch die letzte der vier Burggrafschaften von Trencavel unterwerfen konnte.
Es war Ende September, als der Feldherr mit dem verbleibenden Teil seiner erschöpften Truppen vor Lombers stand, dem er versprochen hatte, es zu verschonen, da eine Delegation der Stadt ihm schon in Castres die Unterwerfung angeboten hatte. Jetzt, wo endlich die Zeit gekommen war, ihrem neuen Herrn den Lehnseid zu schwören, empfingen ihn die Ritter der Stadt mit großen Ehren auf ihrer Burg und boten ihm an, dort zu übernachten. Die Zeremonie des Treuegelöbnisses konnte bis zum nächsten Morgen warten, wenn er sich von der Reise erholt hatte und alles vorbereitet worden war.
Amaury streckte seine schmerzenden Glieder und ließ sich die Mahlzeit schmecken, die den Edelmännern von ihren Gastgebern in ihrem Lager angeboten wurde. Er nahm einen kräftigen Schluck Wein und ließ den Blick über die Gesichter

der anderen schweifen, die auch grau vor Müdigkeit waren. Trotzdem war Robert in ein lebhaftes Gespräch mit Bouchard de Marly verwickelt.

Die Gesellschaft, die durch die Anwesenheit von drei Rittern aus Lombers zusätzlichen Glanz erhielt, hatte sich im Zelt von Montfort versammelt, das für eine derartige Zusammenkunft groß genug war.

Während sich Amaury am Tisch umsah, fühlte er sich auf die Burg der Poissys zurückversetzt, wo oft dieselben Männer zusammen waren, müde von allen Festen und Turnieren, Wein und Gesang genießend. Eigentlich war er froh, dass der Graf von Nevers und der Herzog von Burgund mit ihrem Gefolge abgezogen waren. Jetzt waren sie wieder unter sich, die alten Kampfgefährten und Freunde Montforts, die ihm durch dick und dünn folgten und nicht von seiner Seite weichen würden. Der Einzige, der fehlte, war Montfort selbst, der auf der Burg mit allen Zeichen der Hochachtung umgeben wurde und dort die Mahlzeit einnahm.

Sogar Guillaume hatte gute Laune und für einen Augenblick seinen Groll auf seinen jüngeren Bruder vergessen. Er lehnte sich zurück, hob den Becher und rief: »Was mir an diesem Land am besten gefällt, ist der Wein. Das Einzige, was jetzt noch fehlt, sind Frauen und ein gutes Lied!«

Die drei Ritter, die als Gastherren fungierten, reagierten nicht. Offenbar waren sie nicht in der Stimmung, ein richtiges Fest daraus zu machen, auch wenn sie den Wein reichlich fließen ließen. Bouchard de Marly unterbrach sein Gespräch mit Robert und stand auf.

»Zu Ihren Diensten, Sire Guillaume«, sagte er mit einer übertriebenen Verbeugung, als wäre er der erstbeste umherziehende Sänger, »aber mein Spielmann hat zu tief in den Krug geschaut.« Er rüttelte Simon, der todmüde und stockbetrunken über dem Tisch hing, an der Schulter. Amaury musste lachen. Jeder wusste, dass Simon selbst in nüchternem Zustand einem Instrument keinen einzigen Ton entlocken konnte.

»Komm, Bouchard, lass was hören, Mann!«, sagte Robert gemütlich.

»Nur, wenn Roger mitsingt.«

Roger des Andelys, ein gefürchteter Kriegsherr, dessen Domänen an den Ufern der Eure nicht weit von denen Montforts entfernt lagen und der deshalb oft mit von der Partie war, erhob sich von der Holzbank und legte Bouchard seinen Arm um die Schultern. Sie waren die einzigen Dichter unter den Edelmännern der Gesellschaft, die auch zu Hause in Frankreich den Festen ihrer Freunde mit ihren Liedern häufig zusätzlichen Glanz verliehen.

»Was soll es sein, mein Freund, deine Verse oder meine?«

»Beide!«, rief Robert und seine Kameraden fielen lautstark mit ein.

»Schon gut, schon gut«, beruhigte Roger sie und flüsterte Bouchard etwas ins Ohr. Der nickte und fast gleichzeitig stimmten sie das erste Lied an. Die Stimmung wurde noch ausgelassener und bei manchen Strophen sang die ganze Gesellschaft mit. Die Ritter von Lombers hörten sich den Gesang schweigend an und wechselten stirnrunzelnd einen Blick des Einvernehmens. Den französischen Edelmännern lächelten sie jedoch zu, als würden sie ihre Dichtkünste außerordentlich würdigen. Sie riefen ihre Diener, damit sie den Gästen noch mehr Wein einschenkten. Während des dritten Liedes lehnte sich Robert hinter seinem Banknachbarn zu Amaury hinüber.

»Trink nichts mehr, Brüderchen«, sagte er leise. »Unsere Gastgeber sind ein bisschen allzu großzügig. Lass dir nichts anmerken, aber bleib bei Verstand und halte deine Augen und

Ohren offen. Halb Poissy liegt schon unter dem Tisch, das reicht.«
Amaury lief eine Gänsehaut über den Rücken. Er prostete Robert zu und gab sich alle Mühe, ungezwungen in die Runde zu schauen und an der Fröhlichkeit teilzunehmen. Nur noch mit halbem Ohr hörte er Bouchard de Marly und Rogers des Andelys zu und er begann sich zu fragen, ob sie auch nur ein Spiel spielten.

Die Nacht war rabenschwarz. Der Herbststurm rüttelte an den Bäumen und heulte um die Zelte des Feldlagers. Trotz seiner Müdigkeit konnte Amaury kein Auge zutun. Er versuchte, seine schmerzenden Glieder in allen möglichen Haltungen zu entspannen, ärgerte sich über Simons und Guillaumes Schnarchen und beneidete Montfort, der in der Burg in einem bequemen Bett schlief. Robert hielt abwechselnd mit zwei anderen Rittern selbst Wache. Dazwischen schlief er kurz und tief.
Beim ersten Morgenrot schickte Montfort seinen Knappen zu seinem Gastgeber, um zu hören, ob alles für die Zeremonie des Lehnseids vorbereitet war. Die Antwort lautete nein. Die Edelmänner, die dem neuen Herrn ihre Treue schwören sollten, waren noch nicht alle eingetroffen und es mussten noch ein paar Einzelheiten besprochen werden. Montfort gab sich mit der Antwort zufrieden, wohnte der Messe bei und zog sich dann in das Gemach zurück, das man ihm zur Verfügung gestellt hatte. Im Lager nutzten die meisten Ritter die Verzögerung, um ihren Rausch auszuschlafen, und Amaury schloss daraus, dass die Warnung vom Vorabend wohl falscher Alarm gewesen war. Später am Abend kam wieder ein Bote aus der Stadt. Kurz darauf streckte Bouchard de Marly den Kopf durch die Zeltöffnung.

»Montfort bittet um die Medizin für sein Magenleiden«, flüsterte der Edelmann und schob einen Küchenknecht ins Zelt. Amaury starrte erschrocken auf den Kopf zwischen den Zeltplanen. Montfort war jemand, dem nie etwas fehlte.
»Magenleiden?«, wiederholte Amaury.
Robert dagegen sprang auf und zog den Küchenknecht zu sich heran. »Amaury, zieh die Kleider des Jungen an. Du begleitest diesen Ritter, um die Medizin für Montfort zuzubereiten.«
»Hat er denn ein Magenleiden?«
»Natürlich nicht!«
»Ich habe Amaury ausgewählt, weil ich dachte, er wäre so schlau …«, sagte Bouchard zögernd. Robert sah ihn kopfschüttelnd an und zuckte entschuldigend mit den Schultern.
»Meistens ist er bedeutend scharfsinniger. Es wird noch der Wein von gestern sein«, meinte er. Und zu Amaury: »Sobald du mit Montfort allein bist, wird er dir schon sagen, was du für ihn tun sollst.«
Zögernd erhob sich Amaury von seinem Feldbett.
»Ich habe keine Ahnung von der Zubereitung von Heilmitteln«, protestierte er. Während er misstrauisch von einem zum anderen sah, begann er sich zu fragen, ob das Ganze vielleicht eine Falle war. Sollte er völlig allein die feindliche Stadt betreten, nicht als Ritter des Kreuzzugsheeres, sondern als unbedeutender Knecht? Langsam zog er sich um. Die derben Kleider saßen unbequem und die Schuhe waren noch viel schlimmer. Inzwischen überschlugen sich seine Gedanken. Steckte Guillaume dahinter? Seit dem Vorfall in Castres hatte dessen Drohung wie ein Damoklesschwert über ihm geschwebt. War jetzt der Augenblick gekommen, um ihn in eine Falle zu locken? Doch Guillaume schlief noch tief und fest. Was wusste Robert davon? Und Bouchard? Sollte sogar Mont-

fort …? Er hatte seine Brüder und auch seinen Vetter seit jenem Tag sorgfältig im Auge behalten, doch nichts hatte darauf hingedeutet, dass Guillaume die anderen eingeweiht hatte. Im Gegenteil, es schien so, als würden Robert und Bouchard ihn gerade deshalb mit dieser wichtigen Mission beauftragen, weil sie ihm vollständig vertrauten. Er schüttelte seine Gedanken von sich ab, zog sich die Mütze des Küchenjungen tief in die Stirn und nahm das Geschirr und die Utensilien, aus denen der Heilsaft zubereitet wurde, von ihm entgegen. Robert musterte ihn von oben bis unten. Niemand würde in ihm einen Ritter erkennen.

Einen Augenblick später eilte Amaury hinter dem Boten her durch das Stadttor.

»Herr Montfort hat gestern Abend sicher zu viel getrunken. Das verträgt er nicht. Dann hat er immer Probleme mit seinem Magen«, sagte er in seinem gebrochenen Okzitanisch. Der Bote lächelte ihm zu und nickte verständnisvoll.

»Sie haben sich alle voll laufen lassen, habe ich gehört.«

»Ein paar haben sie in ihre Zelte tragen müssen«, erzählte Amaury kichernd. Er sah noch vor sich, wie Guillaume und Simon wie Mehlsäcke ins Zelt geschleppt worden waren. Denen würde sicher der Kopf dröhnen.

»Seine Medizin ist noch schlimmer als seine Schmerzen. Das ist ein völlig ungenießbares Zeug«, vertraute er dem anderen an. »Ich habe sie schon so oft für ihn zubereiten müssen.« Allmählich fand er tatsächlich Gefallen an seiner Rolle.

Nach einem kurzen Marsch wurde er zum Gemach des Feldherren zugelassen. Montfort ging mit einem Gesicht, das nichts Gutes verhieß, rastlos in dem Zimmer auf und ab.

»Gott sei Dank. Da bist du ja endlich. Mach dich sofort an die Arbeit, meine Eingeweide bringen mich um!«, knurrte er.

Mit einer Miene, als hätte er sein Leben lang nichts anderes

getan, breitete Amaury seine Sachen aus. Er warf ein paar Kräuter in eine Schüssel und zerstampfte sie mit einem Mörser. Anschließend nahm er einen kleinen Krug und goss etwas dazu, worauf er erneut zu rühren und stampfen begann.
»Nicht so laut, mein Kopf platzt fast!«, brüllte Montfort.
Amaury blinzelte dem Boten zu.
»Auch noch Kopfschmerzen. Na, das war ja nicht anders zu erwarten.«
Als der Mann verschwunden war, lief Montfort sofort zu ihm hin und zog die Mütze ein Stück hoch.
»Amaury, nicht wahr? Ich hab mir schon gedacht, dass sie dich schicken würden. Du verstehst ihre Sprache ein bisschen und du bist so jung, dass dich niemand verdächtigen wird«, murmelte er. »Die Herren aus Lombers beraten noch immer. Ich muss wissen, warum diese Besprechungen so lange dauern. Bitte in der Küche um irgendetwas, das du brauchst, und halte inzwischen die Augen und Ohren offen.«
Amaury schaute zuerst die grüne Mischung in der Schüssel und dann wieder seinen Befehlshaber an. Er hatte keine Ahnung von Kräutern.
»Es interessiert mich nicht im Geringsten, was du da braust. Ich brauche einen Spion, keinen klebrigen Brei«, sagte Montfort ungeduldig.
Es lag sicher an dem Wein von gestern, dass sein Gehirn heute so langsam arbeitete, dachte Amaury.
»Hast du etwas von der Stadt gesehen oder haben sie dich direkt hierher geführt?«, wollte Montfort wissen.
»Direkt hierher.«
»Wenn du genug gehört hast, denkst du dir einen Vorwand aus, um dich in der Stadt umzusehen. Versuche herauszufinden, welche Verteidigungsmaßnahmen getroffen wurden und wo die Schwachstellen sind.«

Amaury verließ hastig den Raum und irrte durch die Gänge, auf der Suche nach der Küche. So bekam er ein gutes Bild von der Burg. Aus dem Rittersaal drang Stimmengewirr, das durch die schwere Tür hindurch nicht zu verstehen war. Er stieg zu den Gewölben darunter hinab, wo der Küchenmeister und sein Personal an zwei langen Tischen – der eine für Fleisch, der andere für Gemüse – arbeiteten. In einem großen Steintrog schwammen Fische. Eine andere Ecke war zum Rupfen und Ausnehmen von Geflügel bestimmt. Über den Feuern standen auf Dreibeinen Töpfe und Bratpfannen. Eine Treppe führte zu einem kleinen Raum hinauf, einer Art Vorratskammer, in der Kostbarkeiten wie das Salzfass, Gewürze, Kerzenleuchter und Geschirr aufbewahrt wurden, aber auch die Schalen zum Reinigen der Hände. Direkt darüber stand die Tür zum Rittersaal offen.

Amaury lief zum erstbesten Knecht und bat ihn auf Französisch um kochendes Wasser, Thymian und Minze, die einzigen Kräuter, die ihm so schnell einfielen. Thymian kannte er als wohlriechendes Kraut, das zu Hause auf die Böden gestreut wurde, und auch als Symbol für Mut und Kraft. Er selbst trug noch immer das Halstuch, auf das Eva aus diesem Grund einen Thymianzweig gestickt hatte. Er hatte keine Ahnung, ob man daraus auch etwas brauen konnte. Von Minze wusste er aus eigener Erfahrung, dass sie die Schmerzen von Insekten- oder Schlangenbissen linderte. Der Knecht verstand ihn nicht und holte einen zweiten hinzu. Amaury wiederholte seine Bitte, sagte, dass es um das Magenleiden seines Herrn ginge, und rieb sich dabei mit der Hand über den Bauch. Ein Dritter wurde hinzugerufen. Als sich schließlich alle eingemischt hatten, kam der Küchenmeister persönlich, um zu hören, was los sei. Amaury zeigte auf die Vorratskammer, in der Töpfe und Krüge ordentlich aufgereiht auf einem Regal standen.

»Kräuter, für das Magenleiden meines Herrn, Simon de Montfort«, sagte er nachdrücklich.
Der Küchenmeister steckte den Kopf in die Schüssel und schnupperte an dem grünen Brei. Dann richtete er sich wieder auf und klopfte auf seine Magengegend.
»*Estomagada?*«, fragte er und schüttelte entschieden den Kopf. »Engelwurz mit Koriandersamen, zu Pulver gemahlen oder als Aufguss, ist ein besseres Mittel für einen kranken Magen.«
Er merkte, dass der Fremde seine Erklärung nicht verstand. Deshalb fasste er ihn am Ellbogen und führte ihn zur Vorratskammer, zu der nur er Zugang hatte. Er öffnete einen Topf und ließ Amaury daran riechen. Ein durchdringender Moschusgeruch schlug ihm entgegen. Jetzt war es an ihm, heftig den Kopf zu schütteln.
»Bei uns in Frankreich benutzen wir nur Minze«, sagte er, »und Thymian. Und mein Herr vertraut nur meiner Medizin.«
Im Bewusstsein, dass seine Worte doch nicht verstanden wurden, betrat er die Vorratskammer und zeigte auf die Töpfe und Krüge. »Darf ich?« Ohne eine Antwort abzuwarten, öffnete er den nächsten Topf und roch an dem Inhalt. Mit einer verzweifelten Geste sah der Küchenmeister zu, doch er hinderte ihn nicht daran, auch den nächsten zu öffnen. Inzwischen spitzte Amaury die Ohren, um etwas von dem Stimmengewirr im Rittersaal über ihm aufzuschnappen. Als er die erste Reihe durchgearbeitet hatte, wurde der Küchenmeister ungeduldig. Er packte einen Topf und hielt ihn Amaury unter die Nase.
»Majoran, auch ein gutes Mittel gegen Magenschmerzen.«
Doch der französische Küchenknecht ließ sich nicht aus der Ruhe bringen. Es gelang ihm, den Küchenmeister zu beruhigen, indem er ihm nach einer Weile einen Krug mit Minzöl anreichte und begeistert zu verstehen gab, dass dies eine der Zutaten sei, die er suchte. Dies fand zu seinem Erstaunen tat-

sächlich den Beifall des Fachmannes, der ihn daraufhin allein ließ, da man ihn in der Küche brauchte.
Was für ein Gebräu er schließlich in der Schüssel zusammengemischt hatte, wusste Amaury selbst nicht. Er ließ es längere Zeit kochen, erledigte inzwischen seine Aufträge in der Stadt und kehrte anschließend zurück, um die Medizin zu seinem Feldherrn zu bringen. Zum Glück hatte Simon de Montfort nicht vor, sie zu sich zu nehmen. Er schob die Schale zur Seite, zog Amaury zu sich heran und flüsterte: »Und?«
»Sie bereiten einen Angriff vor. Sobald sich unsere Ritter für die Zeremonie in der Stadt befinden, wollen sie uns in einen Hinterhalt locken. Sie warten nur noch auf Mannschaften, die von anderswo kommen sollen, um unsere Truppen von hinten anzugreifen.«
»Diese falschen Hunde! Kehr sofort zum Lager zurück und lass alles für einen Angriff vorbereiten.«
»Und Ihr?«
»Ich bleibe hier, um keinen Argwohn zu wecken. Sie dürfen nicht merken, dass wir von ihrem Komplott Wind bekommen haben. Heute Mittag nach dem Essen verlasse ich die Stadt. Erst dann drohen wir öffentlich mit einem Sturmangriff.«
»Und wenn sie Euch zurückhalten oder gar Schlimmeres mit Euch machen?«
»Ha!« Sein Lachen klang herausfordernd. »Wenn ich zur verabredeten Zeit nicht erscheine, betrachtet mich als verloren und greift unverzüglich die Stadt an.«
»Sollte Euch etwas zustoßen, werden wir die Stadt dem Erdboden gleichmachen. Kein Stein wird dann noch auf dem anderen stehen!«, versicherte ihm Amaury erregt.
Später am Nachmittag erklärte Montfort seinen Gastgebern, dass er sich besser fühle. Da sie sich noch immer berieten, wolle er die Verzögerung nutzen, um sich für ein Dankgebet

in ihre Kirche zu begeben. Er wohnte der neunten Gebetsstunde bei und verließ anschließend seelenruhig die Stadt. Sobald die Ritter von Lombers sein Verschwinden entdeckten, eilten sie hinter ihm her. Sie trafen ihn mit seinen bis an die Zähne bewaffneten Truppen vor dem Stadttor an. Er forderte die sofortige Kapitulation. Anderenfalls würde er die Stadt mit Waffengewalt einnehmen und nach Béziers und Carcassonne könne man sich die Folgen ja wohl ausmalen. Diese Einschüchterung reichte den Herren von Lombers, um sich geschlagen zu geben und ihrem neuen Herrn unverzüglich den Lehnseid zu schwören.

Als Montfort am nächsten Tag mit seinen Mannschaften nach Albi weiterritt, hinterließ er in Lombers zum Zeichen seines Triumphes ein Kontingent von Soldaten unter Anführung einiger Ritter und eine Schale mit einer übel riechenden braungrünen Flüssigkeit.

Carcassonne – 11. November 1209

»Ihr habt ihn ermordet!«

Voll Abscheu und Entsetzen wandte sich Amaury an seinen ältesten Bruder.

»Er war krank. Er ist eines natürlichen Todes gestorben.«

»Ich weigere mich, das zu glauben. Dafür war Trencavel viel zu jung und stark.«

»Jeder kann an Blutdurchfall sterben, egal, wie jung und stark er ist.«

»Dann habt ihr ihn zumindest so verkommen lassen, dass er ein leichtes Opfer für die Krankheit war.«

»Worüber regst du dich auf? Ein toter Trencavel ist für uns besser als ein gefangener«, mischte sich Simon de Poissy ein.

»Gerade deshalb. Das Ganze stinkt zum Himmel! Wer hat die Sache gedeichselt?«

Jetzt machte Robert eine abwehrende Handbewegung. »Beruhige dich, Brüderchen, wir wissen von nichts. Und halte dich um Gottes willen mit solchen Anschuldigungen ein bisschen zurück. Es kann dich deinen und unseren Kopf kosten, wenn du so drauflosredest.« Doch Amaury war nicht zu bremsen.

»Das war gemein und niederträchtig. Wir sind Kreuzritter, keine Schleichmörder!«, stieß er hitzig hervor und seine Augen sprühten Feuer.

Als ihn die Nachricht von Raymond-Roger Trencavels Tod auf Burg Alaric erreicht hatte, war er spornstreichs nach Carcassonne geritten. Unterwegs hatte er Gerüchte aufgeschnappt. Es wurde behauptet, der Edelmann sei Opfer eines heimtückischen Mordes geworden. Als er in der Stadt ankam, war er sofort zu dem Turm gegangen, der von seinem Bruder und seinem Vetter bewohnt wurde. Dort fuhr er die beiden an, als hätten sie bei Trencavels Tod persönlich ihre Hände im Spiel gehabt. Hinter seinem Zorn verbarg sich Sympathie für den jungen Burggrafen von Carcassonne. Er war nicht der einzige Kreuzritter, der von dessen Charme und Mut beeindruckt gewesen war. Seine Opferbereitschaft war jedoch mit dem Verrat der Kreuzfahrer belohnt worden, die ihn in seinen eigenen Kerkern eingesperrt und dort fast drei Monate hatten hungern lassen, bis er schließlich den Tod fand.

»Das verstößt gegen meine Ehre als Ritter und mein Gewissen als Christ!«

»Jetzt hör mal gut zu, du Knirps!« Simon packte ihn am Hemd und zog ihn so nah zu sich heran, dass Amaury riechen konnte, was er gegessen hatte. »Trencavel ist an Durchfall gestorben. Das ist alles! Auf seinem Körper sind keine Spuren von Gewalt zu sehen und vor seinem Tod hat er vom Bischof die letzten Sakramente erhalten!«

»Das glaube ich gern. Woher weißt du das alles? War es Gift?«

Er spürte Simons Hände im Würgegriff um seinen Hals und bekam kaum noch Luft. Robert schnellte herbei und versuchte, die erhitzten Gemüter zu beruhigen. Simons Griff lockerte sich.

»Langsam glaube ich, dass Guillaume Recht hat«, keuchte er. »Du bist nichts weiter als ein lästiger Unruhestifter, der versehentlich zweimal den Helden gespielt hat. Du kannst froh sein, dass Montfort dich so gut leiden kann, sonst …«

»Du darfst wirklich nicht so voreilige Schlüsse ziehen«, pflichtete ihm Robert bei. »Du äußerst Verdächtigungen, die du nicht erhärten kannst. Das ist lebensgefährlich.«

»In diesem verfluchten Krieg passieren Dinge, die sich mit unserem heiligen Auftrag nicht reimen. Die Schlacht in Béziers, der Verrat an Trencavel in Carcassonne, die Hinrichtung eines bekehrten Ketzers in Castres, die Verletzung des Vertrages mit dem Grafen von Foix und jetzt der Mord an Trencavel. Was ist das Wort eines Ritters noch wert? Allmählich schäme ich mich fast dafür, das Kreuz an meinem Mantel zu tragen!«

Simons Faust schoss hervor und traf Amaury voll ins Gesicht. Der junge Ritter taumelte zurück. Einen Augenblick war die Welt für ihn nur noch ein schwarzes Loch, in dem unzählige Sterne herumsausten.

Dann wischte er sich das Blut von seiner aufgeplatzten Unterlippe und versuchte mühsam aufzustehen. Mit der Zunge betastete er seine Zähne, doch zum Glück war noch alles fest. Nur gut, dass Guillaume auf Burg Alaric geblieben war. Wäre er dabei gewesen, hätte er sich vielleicht aus Wut noch verplappert. Über seinem Kopf hörte er, wie Robert Simon anbrüllte, und die Entgegnung des anderen: »Ich lass mir das von so einer Rotznase nicht sagen! Hat Foix, diese Ratte, den Vertrag nicht genauso verletzt? Hat er nicht versucht, nachts in Fanjeaux einzufallen? Wie viel Blut ist nicht vergossen worden, um ihn und sein Gesindel wieder zu verjagen? Haben wir nicht um jede Gasse und jedes Haus gekämpft? Da war er nicht dabei! Aber Guillaume und ich haben dort um unser Leben kämpfen müssen! Ich verstehe nicht, warum du dem Jungen immer wieder die Hand über den Kopf hältst!«

»Er ist mein Bruder.« Robert bückte sich, um Amaury hoch zu helfen. »Eure Nerven lassen euch langsam im Stich. Lasst uns nicht streiten. Das Blut der Poissys fließt auch durch deine Adern, Simon!«

»Er scheint noch immer nicht zu begreifen, was Krieg ist. Eine falsche Entscheidung kann einen das Leben kosten. Da kann man nicht wählerisch sein.«

»Jetzt heb dich mal nicht in den Himmel. Sei froh, dass wenigstens einer von uns seine fünf Sinne beisammenhält. Wenn ich nicht gewesen wäre, hättet ihr euch gegenseitig niedergemacht statt den Feind! Amaury denkt nun einmal etwas gründlicher über die Dinge nach und manchmal ist das gar nicht so dumm. Außer jetzt!« Bei den letzten Worten sah er Amaury strafend an. »Montforts Entscheidungen werden nicht kritisiert, ist das klar?! Seine harte Hand ist eine zwingende Notwendigkeit. Dass wir hier nicht gerade beliebt sind, versteht sich von selbst. Schließlich sind wir in diesem Land, um die Ketzerei auszurotten, ein Geschwür, das unter der Haut des Christentums wuchert und das nur geheilt werden kann, indem man es so tief wie möglich herausschneidet. Wenn wir auf dich hören und mit den Feinden, die uns auf allen Seiten umgeben, Mitleid bekommen, rotten unsere Leichen demnächst in irgendeiner Schlucht dahin. Warum bist du eigentlich von Alaric hierher geritten? Bringst du Neuigkeiten?«

»Nein, da passiert nichts«, sagte Amaury. »Außer Guillaumes ewigem Gestänker.« Er wollte noch etwas hinzufügen, doch als er Simons bösen Blick sah, schluckte er seine Worte hinunter. Robert zuckte mit den Schultern.

»Sei froh, dass nichts passiert. Wir befinden uns hier in einer bedrängten Lage, die du ziemlich zu unterschätzen scheinst. Unser Heer ist stark geschwächt. Unsere Ritter sind über die besetzten Gebiete verstreut und unsere Mannschaft in Garnisonen aufgesplittert, die alle Plätze, die wir erobert haben, bewachen müssen. Es ist keine Armee übrig, um nötigenfalls irgendwo einen Angriff auszuführen. Wir können nur versuchen, das zu verteidigen, was wir haben, bis die Verstärkungen kommen, um die Montfort den Papst gebeten hat. Inzwischen brüten die okzitanischen Herren einen Gegenangriff aus, sie hetzen das Volk auf, sich gegen uns zu erheben. Es ist fast Winter und wir sitzen bei rauen Witterungsverhältnissen in einem Land, das wir nicht kennen. Jeden Augenblick kann eine Revolte ausbrechen. Und du empfindest Sympathie für Trencavel!«

»Er hätte nicht zu sterben brauchen!«, platzte Amaury von neuem los.

»Es ist besser so. Jetzt ist Montfort sein unanfechtbarer Nachfolger, niemand kann seine Rechte noch in Zweifel ziehen. Bald wird eine Urkunde unterzeichnet, mit der seine Witwe auf alle Ansprüche verzichtet, die sie und ihre Nachkommen auf den Besitz von Trencavel geltend machen können.«

»Und wie, glaubst du, werden seine früheren Vasallen auf seinen Tod reagieren? Ist dies nicht gerade das Signal zum Aufstand?«

»Endlich gebraucht mein Bruder wieder seinen Verstand. Das ist genau der Grund, warum ich euch gewarnt habe, nicht Hals über Kopf nach Carcassonne zu reiten und Trencavels Tod zu beklagen, sondern noch mehr auf der Hut zu sein!«

Draußen erklangen Trommelwirbel. Direkt danach begann die Totenglocke zu läuten.

»Komm mit und überzeug dich selbst«, sagte Robert.

Die beiden Poissys folgten ihm nach draußen, wo die Bürger zusammenströmten, die nach dem Fall Carcassonnes Erlaubnis erhalten hatten, in ihre Stadt zurückzukehren. Sie kamen, um ihrem Herrn die letzte Ehre zu erweisen. Der Leichnam des jungen Burggrafen war vor seiner Burg aufgebahrt, das Gesicht entblößt, sodass sich jeder davon überzeugen konnte, dass er es war und dass er auch wirklich tot war. Er war auffallend mager. Trotzdem waren seine Gesichtszüge entspannt, er musste langsam und schmerzlos in den ewigen Schlaf geglitten sein. Amaury konnte seinen Blick nicht ohne tiefes Schuldgefühl auf dem Toten ruhen lassen. Er schämte sich vor den Bürgern der Stadt, die ihre Trauer vor den Besetzern nicht versteckten und an der Bahre ihres Herrn laut wehklagten. Zweifellos würden sie ihn fortan als Helden und Märtyrer verehren. Vierundzwanzig Jahre jung, dachte Amaury, genauso alt wie Guillaume …

Er hatte kaum lange genug dort gestanden, um alles auf sich einwirken zu lassen, als das Wehklagen der Umstehenden durch Befehle und Schritte marschierender Soldaten gestört wurde. Umgeben von Leibwächtern und gefolgt von seinem

Knappen und einigen Getreuen, erschien Montfort auf dem Vorplatz. Mit unbewegtem Gesicht schritt er zur Bahre und schaute lange auf den Toten. Dann wandte er sich an die Bürger der Stadt.

»Der Tod von Herrn Raymond-Roger Trencavel stürzt uns in tiefe Trauer. Wir werden ihn mit der Ehre, die eines großen und edlen Mannes würdig ist, begraben. Möge Gott seine Seele empfangen.« Seine Stimme klang tatsächlich ergriffen. Mit ruhigen Bewegungen legte er seine Handschuhe ab und sank auf die Knie, um mit gefalteten Händen für den Seelenfrieden des jungen Edelmannes zu beten, den er zugrunde gerichtet hatte. Sein Gefolge und die wenigen französischen Ritter, die in Carcassonne geblieben waren, folgten seinem Beispiel und beteten mit ihrem Führer mit.

»Glaubt ihr wirklich, sie würden darauf hereinfallen?«, murrte Amaury noch.

Robert gab ihm einen Stoß ins Kreuz.

»Bete, verdammt!«, zischte Simon auf seiner anderen Seite.

Amaury schaute kurz auf und stellte fest, dass die Umstehenden die Ehrenbezeigungen der Besetzer mit einem Blick voll Verachtung und Misstrauen beantworteten. Erst als sich Montfort aufrichtete und Amaury sah, dass er Tränen in den Augen hatte, begann er zu zweifeln. War sein Kummer nur gespielt, war es vielleicht Reue oder trauerte er wirklich um Trencavel? Die Schamröte stieg ihm ins Gesicht bei dem Gedanken, dass er den Anführer des Kreuzzugsheeres, der bewiesen hatte, dass er mit seinem eigenen Leben für das anderer einstand, zu Unrecht verdächtigt hatte.

Leise schlich er davon, um vor der Dunkelheit nach Alaric zurückzureiten.

Alaric – Ende November 1209

Der Winter begann dieses Jahr früh in Okzitanien. Oben in den Bergen jagten Schneestürme um die kahlen Felswände und auch in den Tälern heulte ein schneidender Wind, der abwechselnd Hagelschauer und Schneetreiben mit sich brachte. In Montpellier unterschrieb Trencavels Witwe die Urkunde, mit der sie alle Rechte und Besitztümer ihres verstorbenen Mannes an Simon de Montfort und dessen Nachkommen abtrat. Unter dem wachsamen Blick des Komturs der Tempelritter von Montpellier schworen Robert und Simon de Poissy auf das Evangelium, sich für die finanzielle Vergütung, die Montfort der jungen Witwe zugesagt hatte, zu verbürgen: eine jährliche Rente sowie die Rückzahlung ihres Brautschatzes, in vier Raten über das kommende Jahr verteilt. Während sie vor der Kapelle der Templer in der Kälte zitterte, verzichtete die Burggräfin, noch betäubt von der Trauer um ihren Mann, anschließend öffentlich auf all ihre Rechte. Ihr einziges Kind, ihren zweijährigen Sohn Raymond, hatte sie vor Ankunft der Kreuzritter beim Grafen von Foix in Sicherheit gebracht. Er würde später nicht einmal einen Grashalm von dem unermesslichen Gebiet besitzen, das einst sein Erbe gewesen war.

Die Tinte auf dem Pergament war noch nicht ganz trocken, als sich das erste Zeichen von Widerstand ankündigte. Denn Montforts neuer Lehnsherr, König Pedro II. von Aragón, weigerte sich, den Treueschwur Montforts anzunehmen. Im Lager der Kreuzfahrer wurde geflüstert, der König unterstütze heimlich die Herren im Süden, die sich gegen das Kreuzzugsheer auflehnten, und ermutige sie, sich Montfort nicht zu unterwerfen. Tatsächlich flammte plötzlich an verschiedenen Orten Widerstand auf, als sei die Weigerung des Königs,

Montfort als seinen Vasallen anzuerkennen, ein Signal zur öffentlichen Revolte.
Der Erste, der zu den Waffen griff, war ein okzitanischer Ritter, der sich zu einem früheren Zeitpunkt auf Montforts Seite gestellt hatte und deshalb dessen Vertrauen genoss. Jetzt kehrte er sich gegen den französischen Feldherren und besetzte Burg Puisserguier. Dort nahm er die beiden französischen Ritter sowie die Garnison, die das Fort bewachte, gefangen, versprach jedoch, ihr Leben zu schonen. Tief gekränkt durch den Affront des Königs von Aragón, eilte Montfort mit seinem Heer von Montpellier nach Puisserguier, um die Belagerung niederzuschlagen. Den Rebellen gelang es jedoch, nachts von der Burg zu fliehen, nachdem sie vorher alle fünfzig Mann der Garnison in den Burggraben geworfen, mit Stroh und Abfällen bedeckt und angezündet hatten. Als sich herausstellte, dass der Brennstoff zu feucht war, um Feuer zu fassen, wurden die Soldaten unter Steinen begraben. Montfort kam gerade noch rechtzeitig, um sie aus ihrer misslichen Lage zu befreien. Die beiden Ritter, die als Gefangene mitgeführt worden waren, kamen schlechter davon. Die Rebellen stachen ihnen die Augen aus und schnitten ihnen Nase, Ohren und Oberlippe ab, worauf sie sie nackt auf der Straße nach Carcassonne zurückließen. Nur einer der beiden überlebte und erreichte die Stadt am Arm eines Bettlers, der sich seiner angenommen hatte.
Inzwischen hatte sich im Norden Carcassonnes ein anderes Drama ereignet. Bouchard de Marly war mit einem kleinen Heer losgezogen, um einen Raubzug auf dem Herrschaftsgebiet der widerspenstigen Herren von Cabaret zu unternehmen. Seine Bewegungen wurden jedoch von Spionen beobachtet, die das Herannahen feindlicher Truppen unverzüglich auf Cabaret meldeten. Die Angreifer wurden in einen Hinter-

halt gelockt, der die meisten von ihnen das Leben kostete. Bouchard de Marly selbst wurde gefangen genommen und nach Cabaret abgeführt.
Von dem Unheil, das sich am anderen Ufer der Aude abspielte, nichts ahnend, bewachten Amaury und Guillaume de Poissy mit einer Garnison von knapp fünfzig Mann ihr neues Lehnsgut Alaric, eine der Burgen, die einen Ring aus Vorposten um Carcassonne bildeten. Ein eisiger Nordwind heulte um die Türme. Die Wachen bewegten sich vorsichtig über die Wehrgänge und mussten sich an den Zinnen festhalten, damit sie auf den vereisten Steinen nicht ausrutschten. Guillaume war nach seinem Kontrollgang durchgefroren in den Wohnturm zurückgekehrt und wärmte sich nun am Kaminfeuer auf. Wie gewöhnlich tat er sich am Weinvorrat gütlich.
Amaury mied die Gesellschaft seines Bruders und streifte ziellos umher. Er hielt hier ein Schwätzchen, stellte dort ein paar Fragen und rüstete sich für seinen täglichen Erkundungsritt, eine Aufgabe, die ihm Guillaume zugeteilt hatte. Amaury war nie wohl dabei. In der Burg und auf der sicheren Höhe des Berges wusste er sich geschützt, doch sobald er die Mauern von Alaric hinter sich ließ, fühlte er sich von den umliegenden Hügeln aus von einem unsichtbaren Feind beobachtet, der sich in den Wäldern versteckt hielt und jeden seiner Schritte verfolgte. Dann meinte er, er könne jeden Augenblick von einem lauernden Raubtier, das sich in seiner Höhle verborgen hielt, angefallen werden. Denn dort hinter den Bergen lag ein ausgedehntes, unbekanntes Gelände, in dem die feindlichen okzitanischen Herren in Burgen, die wie Adlerhorste auf unermesslich hohe Felsen gebaut waren, ihre Pläne schmiedeten. Er kannte ihre Namen, er wusste, welche Gebiete sie beherrschten, doch er hatte weder sie noch ihre sagenhaften Burgen je gesehen. Er wusste nur, dass sie ihn hass-

ten, weil er einer von denen war, die ihr Land besetzt und, wie sie glaubten, ihren Burggrafen umgebracht hatten.
Amaury nahm sein Pferd vom Stallknecht entgegen und schwang sich in den Sattel, um am Kopf seiner Patrouille durch das Tor hinauszureiten. Der scharfe Wind fuhr durch seinen Mantel, sobald er den Windschatten hinter der Burgmauer verließ. Dahinter erstreckte sich das hügelige Land eintönig und verlassen im bleichen Sonnenlicht. Der junge Ritter spähte in die Ferne. Außer den kahlen Baumkronen, die hin und her peitschten, und den Wolken, die über den Berg segelten, bewegte sich nichts. Amaury gab seinen Männern das Zeichen zum Aufbruch und mit flatternden Mähnen und Mänteln entfernten sich Pferde, Reiter und Landsknechte langsam von ihrem schützenden Bollwerk.
Seltsam, wie die Rollen nun vertauscht waren, dachte Amaury, während sich sein Pferd vorsichtig einen Weg auf dem steilen Pfad suchte, der an der Nordflanke des Berges zur Ebene des breiten Flusstales hinunterführte. Robert hatte ihn davor gewarnt. Die kleinen französischen Garnisonen hatten sich auf die eroberten Burgen zurückgezogen. Wenn sich die Herren des Südens vereinigten und gemeinsam in den Kampf zogen, wären die Belagerer von gestern die Belagerten von morgen. Montfort hatte nirgendwo genügend Männer, um eine einmal belagerte Festung zu befreien.
Die Frage war nur, ob die okzitanischen Herren tatsächlich vereint waren oder es je sein würden. Soweit er Gesprächen mit unterworfenen Rittern hatte entnehmen können, deutete alles auf das Gegenteil hin. In dieser dekadenten Gesellschaft, in der jedermann nach *pretz* und *paratge*, nach Ruhm auf dem Schlachtfeld und in der Liebe, strebte, gab es immer eine alte Fehde oder eine kürzlich geäußerte Beleidigung, die einem einmütigen Vorgehen gegen die Besetzer im Weg stand.

Amaury wurde in seinen Grübeleien unterbrochen, als ein Sergeant sein Pferd anhielt und in die Ferne zeigte. Dort, wo sich einige Tage zuvor noch Ländereien erstreckt hatten, spiegelten sich jetzt die dahinjagenden Wolken im Wasser. Durch die vielen Regenfälle der vergangenen Wochen war die Aude über die Ufer getreten und hatte weite Teile des Flusstales überflutet. Schon bei seiner letzten Patrouille war Amaury aufgefallen, dass der Wasserstand höher war als sonst.

»Der Weg durch die Untiefen ist jetzt wohl nicht passierbar. Dann haben wir zumindest vorläufig aus dem Norden nichts zu befürchten«, stellte er fest. »Wo wir den Fluss nicht überqueren können, kann es der Feind auch nicht.«

Die Idee, täglich einen Erkundungsritt unternehmen zu sollen, und dann auch noch zu festgelegter Stunde, hatte Amaury am Anfang gar nicht gefallen. Hätte es an ihm gelegen, wäre er von Zeit zu Zeit mit ein paar Männern losgezogen, ohne Landsknechte, damit er beweglicher war. Guillaume bestand jedoch darauf, die Regeln beizubehalten, die zu Hause in Frankreich galten. Er fand, dass die Sicherheit der Burg an erster Stelle stehe, und außerdem passte dieses Gleichmaß besser in seine eigene Tageseinteilung. Amaury hatte protestiert, dass er und seine Männer damit einen Hinterhalt buchstäblich herausforderten. Doch Guillaume hatte all seine Einwände mit einem viel sagenden Blick, den Amaury nur allzu gut verstand, hinweggefegt. Seitdem ritt der junge Poissy jeden Tag zur selben Zeit aus. Sobald er sich außerhalb der Burg befand, versuchte er, so gut es ging, ein festes Muster zu vermeiden.

Heute hatte er sich für eine weite Schleife entschieden, die zum Osten hin an der Aude entlangführte, dann durch die Schluchten am Fuße der östlichen Bergflanken vorbei, um anschließend die Wege zu kontrollieren, die Richtung Süden

führten. Über einen langsam ansteigenden Pfad würde er dann nachmittags von südwestlicher Seite wieder nach Alaric zurückkehren. Amaury hielt nach allem Ausschau, was irgendwie verdächtig war. So weit man blicken konnte, gab es nur weites, leeres Land, Bäume und Schafe. Mühsam kämpften sich die Männer durch den schneidenden Wind vorwärts, bis sie den Berg umrundet hatten und im Windschatten der Schlucht kurz verschnaufen konnten. Auf dem unwegsamen Pfad kamen sie nur langsam voran, bis die Berge allmählich zurückwichen und in der Ferne das Tal auftauchte, durch das sich der Haupthandelsweg zum Süden schlängelte. Amaury zog mit seiner vor Kälte steifen Hand die Zügel an, bis sein Pferd stehen blieb. Während er mit der anderen Hand seine Augen gegen die tief stehende Sonne schützte, spähte er in die Ferne, wo Wolkenketten zwischen den Hügeln die Sicht behinderten. Trotzdem erschien Amaury der Weg dunkler und breiter als sonst. Je länger er darauf starrte, desto mehr ähnelte er einem sich schlangenartig vorwärts bewegenden Tier.
Sein Atem stockte. Er drehte sich zu den anderen Reitern um, um zu sehen, ob sie dasselbe wahrgenommen hatten wie er. Diejenigen, die hinter ihm ritten, reagierten nicht und auch die Landsknechte schienen nichts zu bemerken. Nur der Sergeant neben ihm rieb sich die Augen, die von dem heftigen Wind und der Sonne tränten.
»Gott steh uns bei, es ist eine ganze Armee!«, stieß Amaury hervor.
Der Sergeant beugte sich zur Seite, um sich zu schneuzen, und kicherte über einen Landsknecht, der hastig einen Schritt zurücktrat, um nicht getroffen zu werden. Dann folgte er Amaurys Blick.
»Sind das unsere Leute? Aus dieser Entfernung kann ich unmöglich Fahnen erkennen.«

»Dann müsste es Montfort sein, doch der ist, soweit ich weiß, in Montpellier. Außerdem hat er im Augenblick gar nicht so viele Männer zur Verfügung.«

»Vielleicht sind es ja neue Hilfstruppen.«

Amaury schüttelte den Kopf. »Robert Mauvoisin ist noch nicht mal aus Rom zurück. Außerdem kommen unsere Hilfstruppen nicht von der Seite. Es müssen *Faidits* sein.«

Er hörte den Sergeanten und die Männer hinter sich fluchen, während er fieberhaft nachdachte. Sollte er weiterreiten und das Risiko eingehen, einer Vorhut des Feindes in die Arme zu laufen, oder umkehren? Doch der Weg, den er gekommen war, war viel länger als der, den er noch vor sich hatte, wenn er weiterritt. Wenn es eine Vorhut war, würde sie eher in Alaric sein als er.

»Uns bleibt nichts anderes übrig, als uns aufzuteilen, Männer«, sagte er. »Die Landsknechte müssen allein weiter.«

»Was?!«

»Sie sind zu langsam. Die Rettung der Burg geht vor.«

Es war keine Zeit, viele Worte zu verlieren. Er wies ein paar Männer an und zeigte auf den Weg, der hinter ihnen lag.

»Ihr reitet so schnell wie möglich nach Alaric zurück und schlagt Alarm. Und ihr macht euch auf den Weg nach Carcassonne, um Hilfe zu holen.« Danach wandte er sich an die Landsknechte. »Du, du und du, ihr schlagt euch über die Ziegenpfade in den Bergen nach Alaric durch. Wenn es die Reiter nicht schaffen, habt ihr vielleicht noch eine Chance.« Und zu den übrigen Männern sagte er: »Vermeidet die Straßen. Geht so dicht wie möglich am Fluss entlang. Reiter werden sich in das sumpfige Gelände nicht hineinwagen. Wenn ihr Alaric nicht erreichen könnt, geht nach Carcassonne.« Er nickte dem Sergeanten an seiner Seite zu. »Wir beide reiten in diese Richtung und versuchen, vor dem Feind bei der Burg zu sein.

Wenn ihr es nicht rechtzeitig schafft, gelingt es uns vielleicht.«

Die Reiter galoppierten davon und die Landsknechte kämpften sich wieder durch die Schlucht in Richtung Flusstal, auf der Suche nach schmalen Pfaden, die für Reiter unzugänglich waren. Mit dem Wind im Rücken ritten Amaury und sein Sergeant jetzt so schnell, wie ihre Pferde sie tragen konnten. Dabei beteten sie, dass Späher der sich nähernden Truppenmacht, die selbst noch zu weit weg war, sie nicht entdecken würden.

Alles ging gut, bis sie die Stelle erreichten, an der sich der enge Durchgang zwischen den Bergen zum breiteren Tal an der Südflanke öffnete. Der Sergeant, der nur daran dachte, die Burg so schnell wie möglich zu erreichen, wollte schon vorwärts stürmen, als er plötzlich so fest an den Zügeln riss, dass sein Pferd fast in die Knie ging. Doch es war schon zu spät. Eine Vorhut von gut dreißig Reitern samt Landsknechten versperrte den Weg nach Alaric und den Schreien und Befehlen entnahmen sie, dass sie gesehen worden waren.

»Zurück!«, schrie Amaury. Noch bevor sie ihre Pferde gewendet hatten, flogen ihnen die Pfeile schon um die Ohren. Ein Dutzend Reiter bewegte sich mit Angst erregender Schnelligkeit in ihre Richtung. Amaury hörte einen unterdrückten Schrei hinter sich. Er warf einen Blick über die Schulter und sah den Sergeanten aus dem Sattel rutschen. Wo der Mann getroffen worden und ob seine Verletzung tödlich war, konnte er so schnell nicht sehen. Das Pferd überholte ihn und galoppierte herrenlos vor ihm her. Danach musste er das Tempo drosseln, um sein eigenes Pferd um die Felsbrocken herumzuführen, mit denen der Weg übersät war. Er hatte schon die Hälfte des Durchgangs hinter sich, als er überlegte, dass sein Fluchtversuch feige und sinnlos war. Die Bogenschützen waren zwar zu weit hinter ihm und konnten ihn nicht mehr treffen, doch die Reiter waren ihm auf den Fersen. Er konnte sich besser jetzt einem Kampf stellen, bevor sie die Landsknechte entdeckten, die sich etwas weiter weg einen Weg durch die Berge bahnten. Würde er den Feind lange genug aufhalten können, um den anderen die Chance zu geben, Alaric rechtzeitig zu erreichen? Er musste den Eindruck erwecken, dass er nicht allein war, sie noch etwas weiter hinter sich her locken und Zeit gewinnen.

»Hierher! Zu den Waffen!«, schrie er so laut, wie er konnte, während er wild gestikulierte, als würde sich noch eine ganze Kompanie hinter den Felsen verstecken. Es funktionierte. Hinter ihm hielten zwei Reiter ihre Pferde an. Befehle erklangen und noch mehr Reiter erschienen in dem Durchgang. Als Amaury die engste Stelle erreicht hatte, konnte er den Schein nicht länger aufrechterhalten. Er blieb stehen und erwartete die feindlichen Reiter mit gezogenem Schwert. Die drosselten das Tempo und zückten ebenfalls ihre Waffen.

»Für Gott und den König und für Poissy!«, schrie Amaury, während er auf sie zustürmte. Seine Stimme hatte noch immer die unangenehme Angewohnheit, sich gelegentlich zu überschlagen, wodurch sein Kampfruf nicht besonders heldenhaft klang. Bevor er gegen die Übermacht von zehn Mann etwas ausrichten konnte, lag er schon mit dem Stiefel eines okzitanischen Ritters im Nacken auf dem Boden. Er war nicht einmal verwundet.

»Lasst das französische Schweinejunge leben«, hörte er jemanden über sich sagen, »er kann uns noch ein saftiges Lösegeld einbringen.«

Die Belagerung der Burg durch okzitanische Rebellen kam für die Männer auf Alaric völlig überraschend. Die Reiter, die

Amaury über die nördliche Route geschickt hatte, waren ebenfalls dem Feind in die Hände gefallen und getötet worden. Die Landsknechte hielten sich noch irgendwo in der Umgebung auf. Nur die beiden Sergeanten, die nach Carcassonne geritten waren, erreichten ihr Ziel. Die Garnison der Stadt konnte ihnen jedoch keine Hilfe anbieten, da Montfort alle verfügbaren Truppen bei Puisserguier zusammengezogen hatte. Boten eilten dorthin, um den Feldherren von den Ereignissen bei Alaric zu unterrichten. Inzwischen hielt sich Guillaume de Poissy mit seiner Garnison tapfer gegen den Feind. Den ersten Sturmangriff hatte er abwehren können, wenn auch mit schweren Verlusten. Jetzt war es rund um die Burg ruhig. Man bereitete sich auf einen zweiten Angriff vor.

Amaury wusste von all dem nichts. Er lag gefesselt in einem Truppenzelt des Lagers, das die Okzitanen an dem Hang außerhalb der Schusslinie der Burg aufgeschlagen hatten, und konnte nur den Geräuschen um sich herum entnehmen, was geschah. Offenbar befand er sich nicht in der Nähe der Truppenleiter, denn er fing keine Gespräche auf, die ihn schlauer machten. Von Zeit zu Zeit brachte ihm ein Knecht, der kein Wort zu ihm sagte und nicht antwortete, wenn er ihn etwas fragte, etwas zu trinken und ganz wenig zu essen. Amaury war flau vor Hunger und schrecklich kalt.

Nach zwei Tagen erschien ein Ritter in Rüstung in der Zeltöffnung.

»So, du hast also zwei Leute nach Carcassonne geschickt«, ertönte seine kratzige Stimme.

Woher wusste er das? War es seinen Sergeanten gelungen, Carcassonne zu erreichen, oder kam diese Nachricht von Spionen in der Stadt? Er war sich sicher, dass es dort welche gab. Oder hatte der Feind seine Männer abgefangen? Ob Montfort schon Bescheid wusste? Vielleicht hatte der Feldherr

Montpellier ja schon verlassen und war mit seinen Hilfstruppen auf dem Weg hierher. Dann musste er den weiten Umweg über Carcassonne machen, denn durch die Überschwemmungen würde er die Aude nicht überqueren können. Das bedeutete ein paar kostbare Tage zusätzlich. Amaury starrte vor sich hin und zuckte mit den Schultern.

»Wer bist du eigentlich?«, fragte der Edelmann.

Amaury antwortete nicht. Der andere musterte das Wappen mit den drei Merletten auf Amaurys Tunika.

»Du bist doch nicht einer der Ritter, die Alaric in Besitz genommen haben?«

Es folgte hartnäckiges Schweigen.

»Nein, dafür bist du noch zu grün hinter den Ohren.«

Ein vernichtender Blick.

»Mein Diener hat mir erzählt, dass du unsere Sprache sprichst, du brauchst also nicht so zu tun, als würdest du mich nicht verstehen.«

»Vai te far fotre!«

Die Miene des Ritters erstarrte, dann brach er in Lachen aus.

»Das Erste, das sie lernen, sind immer Schimpfworte.« Er drehte sich um und verließ das Zelt.

Typisch, dachte Amaury, dass er über so eine Beleidigung nicht einmal wütend wird. Die Worte bedeuteten so viel wie: »Scher dich zum Teufel«, wörtlich übersetzt hieß es jedoch: »Geh und vögel«, ein passender Kraftausdruck für ein Volk, das so verdorben war. Die Ketzer schmähten schließlich das heilige Sakrament der Ehe und man hatte ihm erzählt, dass bei ihnen jeder seinen Trieben freien Lauf ließ. Zumindest hatte die Bemerkung gereicht, um dem Verhör ein Ende zu bereiten.

Inzwischen hatten Boten aus Carcassonne Montfort, der gerade mit Hilfe von Robert und Simon de Poissy Puisserguier von den abtrünnigen Okzitanen zurückerobert hatte, die Belagerung der Burg gemeldet. In aller Eile brachen die Soldaten ihr Lager ab und machten sich auf den Weg nach Alaric. Als sie zur Aude kamen, wurden sie von den Überschwemmungen überrascht und sie mussten wohl oder übel den weiten Weg über Carcassone nehmen, um dort die Brücke zu benutzen. Im okzitanischen Feldlager fürchtete man derweil, dass es nicht mehr lange dauern würde, bis Montfort mit seinen Verstärkungen anrückte, und alles bereitete sich auf einen baldigen Kampf vor.

Amaury de Poissy erwachte aus einem unruhigen Schlaf. Draußen war es noch dunkel. Vorsichtig bewegte er seine steifen Glieder. Erleichtert stellte er fest, dass seine Zehen nicht erfroren waren, und auch die Hände, die auf dem Rücken gefesselt waren, konnte er noch bewegen. Erst jetzt merkte er, was ihn geweckt hatte. Vor dem Zelt herrschte eine Betriebsamkeit, die zu dieser nächtlichen Stunde ungewöhnlich war. Befehle schallten durch die eisige Kälte und er hörte das Klirren und Rasseln von Waffen, Rüstungen und Pferdegeschirr. Sie wollen die Burg im Morgengrauen angreifen, dachte er. Mein Gott, was war er dumm gewesen, den *Faidits* in die Hände zu fallen! Er wusste, wie klein die Garnison war und wie wenig sie ausrichten konnte. Und von den Bauern und Handwerksleuten, die sich auf Alaric aufhielten, war auch keine Hilfe zu erwarten. Die würden sich auf die Seite der *Faidits* schlagen und die Tore aufreißen, um den Feind hereinzulassen. Die Kreuzfahrer saßen auf der Burg wie Ratten in der Falle. Er dachte an Guillaume, der nun ganz allein dastand, ohne Roberts und Simons Hilfe. Hoffentlich kam Montfort bald mit seiner Hilfsarmee!
Plötzlich überfiel ihn die Angst, dass er seinen Bruder viel-

leicht nicht mehr lebend wieder sehen würde. Er faltete seine erstarrten Finger hinter dem Rücken und versuchte zu beten, doch die Geräusche draußen lenkten ihn immer wieder ab.
Amaury wusste nicht, wie lange er dort so gesessen hatte. Das frühe Morgenlicht schimmerte schon durch den Zeltstoff und aus der Ferne drangen Kampfgeräusche an sein Ohr. Wenn er nur etwas tun könnte! Verzweifelt starrte er auf seinen dampfenden Atem, der einen Augenblick durch die eisige Luft schwebte, bevor er sich als dünne Reifschicht an seiner Decke festsetzte.
Auf einmal wurde die Zeltplane so unerwartet mit einem Ruck zur Seite gezogen, dass Amaury vor Schreck erstarrte. Zwei Soldaten zerrten ihn hoch. Der Edelmann, der ihn am Tag zuvor aufgesucht hatte, blieb im Eingang stehen und machte eine ungeduldige Geste.
»Los, komm mit, Poissy! Ich will hier nicht einen Tropfen Blut mehr als nötig vergießen.«
Sie wussten also, wer er war, doch was machte das schon aus? Zitternd vor Angst und Kälte stolperte er auf seinen tauben Füßen hinter ihnen her.
Sie gingen ein ganzes Stück. Sein Blut pulsierte wieder und ihm wurde etwas wärmer. Sie durchquerten das Lager und kamen anschließend an den Mannschaften vorbei, die sich für den Sturmangriff aufgestellt hatten. Ritter, Sergeanten, Bogenschützen, Landsknechte, alle starrten ihn an, als wäre er eine Sehenswürdigkeit. Es erinnerte ihn an den Tag, als sich Raymond-Roger de Trencavel in das Lager der Kreuzfahrer gewagt hatte, um sich als Geisel anzubieten. Nur hatte der damals wenigstens sein Panzerhemd angehabt. Amaury dagegen fühlte sich ohne seine Rüstung inmitten all der Harnische und Lederwämser fast nackt.

»So«, sagte der okzitanische Edelmann, »jetzt wollen wir mal sehen, wer von uns Teufelsfleisch hat.«
Sie hatten inzwischen die vordersten Truppenreihen passiert und die Stelle erreicht, an der sie ins Schussfeld der Bogenschützen gerieten, die oben auf der Burgmauer standen. Ein Bürger, vielleicht ein geflohener Kaufmann aus Carcassonne, hatte sich ihnen angeschlossen, um als Dolmetscher aufzutreten.
»Guillaume de Poissy!«, rief der Edelmann, so laut er konnte.
Auf dem Wehrgang blieb es still. Im grauen Morgenlicht konnte man undeutlich die Bewegungen von Soldaten erkennen. Kurz darauf löste sich eine dunkle Gestalt von den Zinnen. Links und rechts von ihm richteten Bogenschützen ihre Pfeile auf den Feind unten. Amaury kniff die Augen zusammen, um besser sehen zu können. Es war sein Bruder.
»Ich bin Guillaume de Poissy!«, ertönte es stolz hoch oben von der Mauer.
»Wir schlagen einen Tausch vor!«
»Wir tauschen nicht mit Ketzern!«
Es dauerte einen Augenblick, bis die Worte sie erreichten. Der Edelmann schnaubte verächtlich.
»Wir haben Euren Bruder Amaury!«
Die Gestalt schien sich etwas vorzubeugen.
»Ihr könnt viel behaupten. Kommt näher, ich kann ihn nicht erkennen.«
Der Edelmann deckte sich mit seinem Schild, der fast so groß war wie er selbst. Er stieß Amaury vor sich her ins Schussfeld. Der Dolmetscher folgte ihnen, während er unbeholfen mit dem Schild hantierte, den er in die Hände gedrückt bekommen hatte.
»Ergebt Euch und wir werden Euer Leben und das Eures Bruders verschonen!«

Sie standen jetzt auf dem Erd- und Steinwall am Rande des breiten Grabens, der sie noch von der Burgmauer trennte. Sie waren so nah, dass Amaury Guillaumes Gesicht erkennen konnte. Seine Miene verhieß nichts Gutes.
»Wenn Ihr mich wollt, müsst Ihr schon darum kämpfen!«
»An Euch liegt mir nicht das Geringste! Wir bieten Euch freien Abzug für die Übergabe der Burg!«
»Ha, das könnte Euch so passen!«
»Lasst uns als Adlige unseren Verstand benutzen, Poissy! Ihr seid stark in der Unterzahl, Ihr habt nicht die Spur einer Chance. Ich biete Euch einen würdigen Abzug. Schont Euer Blut und das unsrige und ergebt Euch!«
»Nie im Leben!«
»Colhon!«, stieß der okzitanische Edelmann hervor – Arschloch! Der Dolmetscher übersetzte es nicht. »Wie hattet ihr noch die Bürger Carcassonnes aus ihrer Stadt vertrieben? Nackt, mit ihren Sünden als einzigem Gepäck, war es nicht so?« Der Edelmann zog seinen Dolch. Amaury hörte etwas reißen und einen Augenblick später fühlte er seine Tunika nach unten gleiten. Jetzt stand er nur noch mit seinem Hemd bekleidet da. Hinter sich hörte er die Soldaten lachen. Der eisige Wind schnitt ihm in die Haut. Durch die Kälte spürte er nicht einmal die Dolchspitze, die sich in seinen Rücken bohrte.
»Das ist mein letztes Angebot, Poissy! Die Burg oder er stirbt!«
»Ich hätte ihm ja noch lieber eigenhändig seine erbärmliche Kehle durchgeschnitten! Ich werde Euch helfen!«
Ein Gegenstand sauste durch die Luft und nicht weit von ihren Füßen entfernt fiel Guillaumes Dolch klirrend auf den Boden. Der Edelmann steckte seine eigene Waffe in die Scheide und bückte sich, um ihn aufzuheben. Als er sich aufrichtete,

wandte er sich Amaury zu, der versuchte zurückzuweichen. Die Eintönigkeit der letzten Wochen auf Alaric hatte ihn fast die Drohung vergessen lassen, die Guillaume in Castres ihm gegenüber geäußert hatte. Er hatte eine persönliche Racheaktion erwartet oder irgendeinen üblichen Streich, durch den Robert genötigt sein würde, ihn nach Poissy zurückzuschicken. Nie im Leben hätte er gedacht, dass Guillaumes Hass so groß war, dass er ihn, ohne mit der Wimper zu zucken, seiner eigenen Sicherheit opferte. Er wollte nicht einmal verhandeln!

»Dein Bruder ist deines Blutes nicht wert«, sagte der *Faidit*. Nichtsdestotrotz packte er den wehrlosen jungen Mann und hielt ihm das Messer an die Kehle. An der Haltung des Ritters oben auf dem Wehrgang änderte sich nichts. Im selben Augenblick brach in der Ferne ein Tumult los. Auf der Burgmauer entstand große Verwirrung, die Soldaten liefen hin und her und ein Pfeilregen prasselte auf den Feind herab, erreichte jedoch nur den Unterhändler und seine Geisel. Der Dolmetscher machte sich blitzschnell davon. Der okzitanische Edelmann deckte sich mit seinem Schild, hinter den Amaury jetzt auch halb flüchtete. Die Pfeilspitzen schlugen in das Holz ein. Um sie herum erklangen Befehle. Die Erde bebte, als sich Fußvolk und Reiter gleichzeitig in Bewegung setzten. Amaury versuchte, sich loszureißen, doch der Okzitane hielt ihn mit eisernem Griff fest.

»Ihr habt mich nur als Ablenkungsmanöver benutzt«, schrie Amaury über den Lärm hinweg, »um inzwischen an anderer Stelle anzugreifen. Lasst mich wenigstens um mein Leben kämpfen!«

Er erntete nur feindseliges Hohngelächter. »Womit denn?«, ertönte die Stimme des anderen.

Das stimmte, schließlich war er unbewaffnet und zudem im Hemd.

»Gebt mir den Dolch meines Bruders. Ich rechne selbst mit ihm ab!«
»Ihr haltet uns wohl für dumm«, zischte ihm der andere ins Ohr. »Ihr seid wie hungrige Wölfe in unser Land eingefallen. Einen Wolf, den man einmal gefangen hat, lässt man nicht mehr laufen.« Der Griff um seinen Oberarm lockerte sich, doch bevor er weglaufen konnte, traf ihn der Dolch des anderen in den Rücken, sodass er mit einem Schmerzensschrei in die Knie sank. Ein Tritt ins Kreuz beförderte ihn in den Burggraben, wo er bewusstlos liegen blieb, während über ihm der Kampf weitertobte.
Als Amaury wenig später wieder zu sich kam, konnte er über all den Lärm hinweg hören, wie das Fallgitter hochgezogen wurde. Anscheinend erhielt der Feind Hilfe von drinnen oder gab sich die Garnison jetzt schon geschlagen? Wie lange lag er hier eigentlich schon? Johlend und jubelnd strömten die Belagerer durch das Tor. Trotz der Behinderung durch die gefesselten Handgelenke und die Stichwunde im Rücken versuchte Amaury, sich aufzurichten. Im selben Augenblick ertönte hinter ihm ein dumpfes Dröhnen. Er drehte sich um und blickte in das verzerrte Gesicht eines seiner eigenen Männer. Die klaffende Wunde von dessen aufgeschlitzter Kehle starrte ihn an. Wenig später folgte, begleitet vom Geräusch brechender Knochen, der Körper eines Bogenschützen, den er ebenfalls gut kannte. Sie hatten nie vorgehabt, Guillaume oder seine Männer zu verschonen, dachte er. Sie hatten nur ihre eigenen Verluste begrenzen wollen. Vor Schmerz und Elend stöhnend, wandte er sich von den verstümmelten Leichen ab.
Es dauerte nicht lange, bis der nächste Tote von der Mauer geworfen wurde. Der leblose Körper verfehlte ihn nur um Haaresbreite. Auch neben dem Tor stapelten sich inzwischen die Toten und Verletzten. Trotz der stechend schmerzenden

Wunde in seinem Rücken gelang es Amaury, Rumpf und Beine zwischen den Armen durchzuwinden, sodass seine gefesselten Hände jetzt vor ihm waren. Er versuchte, einen Halt in der Mauer zu finden, doch immer wieder rutschte er kraftlos zurück, bis er schließlich so erschöpft und betäubt vor Schmerzen war, dass er es aufgab. Er hatte aufgehört, die Toten zu zählen, die um ihn herumlagen. Von der Garnison konnte nicht mehr viel übrig sein. Bei jedem Atemstoß durchfuhr ihn ein stechender Schmerz und der Gestank nach Urin, Kot und Blut war kaum noch zu ertragen. Oben auf dem Wehrgang ertönte ein Siegesschrei. Langsam richtete er sich auf und versuchte, mit verschwommenem Blick die Silhouetten zu erkennen, die sich von dem allmählich heller werdenden Himmel abhoben. Ihm war zu schwindlig, um zu verfolgen, wie wieder ein lebloser Körper nach unten geworfen wurde. Zu spät sah er, dass er direkt bei ihm landen würde. Außerdem hätte er gar nicht die Kraft gehabt, ihm auszuweichen. Der Schlag presste das letzte bisschen Luft aus seinen Lungen. Nach Atem ringend, versuchte er, sich unter der menschlichen Masse, die halb über und halb neben ihm gelandet war, hervorzuwinden. Sein rechtes Bein konnte er wegziehen. Sein linkes Bein und ein Teil seines Unterkörpers waren von dem Gewicht des anderen fast zerquetscht worden. Mit letzter Kraftanstrengung gelang es ihm schließlich, sich davon zu befreien. Sein ganzer Körper tat ihm weh. Ob er sich etwas gebrochen hatte, wusste er nicht. Er stützte sich auf die Hände und richtete sich keuchend auf. Alles um ihn herum drehte sich. Als der Schwindel endlich nachließ und er es schaffte, seinen Blick auf die Leiche zu richten, die jetzt neben ihm lag, schaute er mitten in Guillaumes Gesicht. Ein erstarrtes Grinsen legte die Wangen in Falten und die weit aufgerissenen Augen sahen ihn triumphierend an, oder schien das nur so? In der Ferne hörte er Stimmen rufen, dass noch ein Lebender im Graben läge. Etwas sauste nach unten, dann ertönte ein Bums. Das nächste Wurfgeschoss traf ihn am Kopf. Mit einem unterdrückten Schrei fiel er zurück und gab der Versuchung nach, in der felsigen und hart gefrorenen Erde zu versinken, die sich plötzlich so weich und warm anfühlte wie ein behagliches Bett.

Noch am selben Nachmittag passierte Simon de Montfort mit seinen Truppen Carcassonne. Auf Robert de Poissys Drängen zog er trotz der späten Stunde nach Alaric weiter, um zu sehen, ob er dort noch etwas tun konnte. Sie kamen nicht weit. Das Burg war noch nicht einmal zu sehen, als ihnen ein Landsknecht der Poissys entgegenkam und meldete, dass Alaric verloren sei. Der Feind hatte die ganze Garnison und auch die beiden Poissys ermordet. Er hatte die Leichen selbst unten an der Burgmauer liegen sehen.

Cabaret – Mitte Dezember 1209

Allein und verstört irrte er durch eine Welt, die neu und doch alt war, in der alles fremd und doch bekannt war. Woher er kam, wusste er nicht, wohin er sollte, ebenso wenig. Getrieben von Hunger und Kälte erreichte er eine große Stadt, doch am Tor jagten ihn Soldaten weg, da er auf ihre Fragen keine Antwort wusste. Er überquerte einen breiten Fluss und zog weiter zu den mit Wäldern bedeckten Bergen in der Ferne, die so aussahen, als würden sie ihm Schutz bieten. Ein paar Leute sprachen ihn an, doch er begriff nicht, wovon sie redeten. Dann starrten sie ihn an, als sei er nicht richtig bei Verstand, lachten ihn aus und johlten ihm nach. Andere hatten Mitleid mit ihm und gaben ihm etwas zu essen. Einmal war sein Hunger so groß, dass er ein Huhn stahl und ihm den Hals umdrehte. Doch da er nicht wusste, was er danach mit dem Tier machen musste, warf er es wieder weg.

Seine Kleider sahen aus, als würde er allerlei zusammengesuchte Kleidungsstücke übereinander tragen. Die meisten waren zu groß, zerrissen und an Stellen mit Blut befleckt, an denen er bei sich keine Wunden entdecken konnte. Zumindest schützten sie ihn einigermaßen gegen die Kälte. Am Anfang fragten Passanten, wo er seine schönen Stiefel herhatte und ob er sie vielleicht gestohlen hatte. Eine eingehendere Untersuchung zeigte, dass es tatsächlich schöne Stiefel aus weichem Leder waren. Sie sahen aus, als wäre nicht viel damit gelaufen worden, doch an der Innenseite des Schafts waren verschlissene Stellen, die nach Pferdeschweiß rochen. Inzwischen waren die Stiefel dreckig und durchlöchert, sodass er deswegen nicht mehr belästigt wurde. Dafür litt er unter Schmerzen im Rücken, die ihn bei jeder Bewegung behinderten, und sein Bauch und seine Oberschenkel waren mit riesigen Blutergüssen bedeckt, als wäre er mit irgendetwas zusammengestoßen. Das Gehen tat ihm weh und er ermüdete schnell, sodass er sich immer wieder an den Wegrand setzen musste, um einen Augenblick zu verschnaufen.

Ihm fehlte auch jegliche Zeitvorstellung und so wusste er nicht, wie lange er schon unterwegs war. Ob es nur ein paar Tage oder schon einige Wochen waren, konnte er unmöglich sagen. Das Einzige, das er ganz deutlich im Blick hatte, waren die bewaldeten Hügel im Norden. Irgendwie schien es ungeheuer wichtig zu sein, dass er sie erreichte. Endlich kam der Tag, an dem er langsam den Weg zu einer Festung hochstieg, deren Namen er nicht kannte. Er starrte auf die Türme der drei Burgen, die sich samt einem dazugehörigen Dorf an den Bergkamm schmiegten.

»He, du da!« Ein Speer sauste zu ihm herab und versperrte ihm den Weg. »Was willst du hier?«

Er starrte den Torwächter mit leeren Augen an.

»Ich muss hier rein.«

»Warum? Was hast du hier zu suchen?«

»Ich … ich suche meine Freunde.« Sein stumpfer Blick erhellte sich etwas. »Ja, ich habe Freunde … die suche ich.«

Der Torwächter betrachtete den sonderbar ausstaffierten jungen Mann misstrauisch.

»Wir haben hier genug Herumtreiber und Bettler. Mach, dass du wegkommst!«

Es war, als würde etwas in ihm zerreißen. Wenn man ihn hier auch nicht duldete, wo sollte er dann hin? Er schaute sich um, auf den langen Weg, den er gekommen war. Das Ende des Weges war hier, er konnte nicht weiter, nicht zurück.

»Ich muss hier rein!« Die Verzweiflung stand ihm ins Gesicht geschrieben. »Geh zur Seite und lass mich durch!«

Der anmaßende Ton des Fremden gefiel dem Torwächter ganz und gar nicht und seine Sprache noch viel weniger. Es war zwar die Sprache des Südens, jedoch mit schwerem Akzent. Vielleicht war der Kerl ja ein verirrter Söldner oder ein Flüchtling. Doch ebenso gut konnte es sein, dass er es mit einem feindlichen Spion zu tun hatte. Schließlich beherbergte die Burg in ihren Kerkern einen Edelmann, von dem behauptet wurde, dass er ein Busenfreund des verhassten Simon de Montfort sei. Was würde der nicht dafür übrig haben, den Gefangenen zu befreien?

»Bist du ein Soldat?«, fragte er. Der andere bewegte den Kopf, doch sehr überzeugend war sein Nicken nicht.
»Wo hast du denn gekämpft und für wen?«
»Ich bin verwundet worden.«
»Für wen hast du gekämpft? Bist du ein Söldner?«
Wieder dieses zögernde Nicken. Der Torwächter fasste den Fremden grob bei den Schultern und drehte ihn um.
»Ich weiß nicht, wer dich geschickt hat, aber du kannst ihnen erzählen, dass wir hier in Cabaret keine Topfgucker brauchen!« Um seinen Worten Nachdruck zu verleihen und ihm schon mal ein Stück in die richtige Richtung zu helfen, bohrte er seine Speerspitze in den ihm zugewandten Rücken. Zu seinem Erstaunen krümmte sich der Fremde plötzlich zusammen, als hätte er ihn verletzt, drehte sich vor Schmerz und Wut brüllend um und stürzte sich wie ein Besessener auf ihn. Ein kräftiger Schlag mit dem Schaft der Lanze, der den jungen Mann am Kopf traf, bereitete dessen Raserei schnell ein Ende.

Das Rauschen in seinem Kopf und die schwarzen Ringe, die vor seinen Augen tanzten, verschwanden langsam. Stattdessen tauchte ein mageres Gesicht auf, das von langen Haaren umrahmt wurde. Vom Kinn hing ein Bart herab, der sich nach unten hin zu einer Schlange verflocht. Ein schwarzer Mantel verdunkelte die Welt, die Schlange ließ sich nach unten sinken und wand sich in einem Würgegriff um seinen Hals, der ihn langsam erstickte. Von panischer Angst befallen, versuchte er, sich aufzurichten. Kraftlos schlug er mit den Armen um sich, bis sie bleischwer niederfielen und er am ganzen Körper anfing zu zittern.
»Ruhig, ruhig, du bist hier in guten Händen«, sagte eine Frauenstimme.

Warum konnte er sie nicht sehen, warum klapperte er mit den Zähnen, warum zitterten seine Beine so heftig, dass er sie nicht stillhalten konnte, und warum schwitzte er so?
»Sein Zustand ist schlecht«, hörte er die Frau sagen, »die Wunde ist entzündet, er ist halb verhungert und vollkommen erschöpft.«
»Wird er durchkommen?«, fragte ein anderer. Es kam keine Antwort, zumindest nicht hörbar. Jemand beugte sich über ihn. Er sah nur eine schemenhafte Gestalt und fühlte eine kühle Hand auf seiner Stirn.
»Es geht dir nicht gut. Bist du ein Anhänger des Wahren Christentums?«
Er nickte.
»Willst du jetzt, wo du noch bei Bewusstsein bist, das *Consolamentum* empfangen?«
Er hatte Mühe, ihre Worte zu begreifen. Wovon redete sie? *Consolamentum* … darin steckte das Wort Trost. Er nickte wieder und wiederholte das Wort, konnte seine Stimme jedoch nicht hören.
»Wir lassen einen *Bon Homme* kommen«, sagte die Frau und strich ihm sanft über die Wange. Der Schatten über ihm verschwand.
»Siehst du jetzt, dass er einer von uns ist?«, hörte er sie aus der Ferne sagen. Die andere Frau ging um ihn herum und betupfte seinen Kopf und Hals mit einem feuchten Tuch. Er versank in einen Dämmerzustand, bis wieder ein Schatten über ihm erschien. Diesmal war es ein Mann.
»Du hast mich rufen lassen, um das *Consolamentum* zu empfangen. Wie heißt du?«
Der Kranke öffnete den Mund, doch es kam kein Laut heraus. Der Mann beugte sich noch näher zu ihm hin. Dann richtete er sich auf und schüttelte den Kopf.

»Die *Bons Hommes* sind hier. Begrüße sie«, flüsterte die Frau dicht an seinem Ohr. Er stammelte ein paar Worte, die offensichtlich nicht die richtigen waren.
»Er ist ziemlich verwirrt durch das Fieber«, sagte die Frau. »Sprich mir nach: *Benedicite*, Gute Christen, schenkt mir Gottes Segen und den Euren, bittet Gott für uns.«
Er wiederholte ihre Worte.
»Mögest du Gottes Segen und den unsrigen empfangen«, antwortete der Mann. Hinter ihm ertönte die Stimme eines zweiten Mannes, den er nicht sehen konnte.
Dieses Ritual wiederholte sich noch zweimal, doch beim dritten Mal fügte die Frau Worte hinzu, die er ihr nachsprechen musste: »Herr, bittet Gott, dass er diesen Sünder von einem schlimmen Tod erlöse und ihn zu einem guten Ende führe.«
»Wir werden Gott darum bitten«, antworteten die beiden Männer und fuhren fort: »Möge der Herr einen Guten Christen aus dir machen und dich zu einem guten Ende führen.«
Sie beteten zusammen das Vaterunser.
»Kann er sich hinknien?«, fragte der erste Mann die Pflegerin. Sie schüttelte den Kopf. »Dann müssen wir es so machen.« Er wandte sich wieder an den jungen Mann im Bett. »Du bist dir sicher, dass du das *Consolamentum* empfangen willst? Bist du ein Guter Christ gewesen?«
Jetzt nickte der Kranke voller Überzeugung. Es wurde eine Schale gebracht, in der sich beide Männer die Hände wuschen, und anschließend wurden auch seine Hände gewaschen.
»Wenn du vor Gottes Kirche trittst, trittst du vor den Vater, den Sohn und den Heiligen Geist. Denn die Kirche bedeutet Zusammenkunft und dort, wo die wahren Christen sind, sind der Vater, der Sohn und der Heilige Geist.«
Von neuem musste er die Worte wiederholen, mit denen er die

Guten Christen begrüßt hatte. Etwas wurde auf seine Brust und anschließend seine Hände darum gelegt. Es war ein Buch.

»So, wie du in deinen Händen das Buch empfangen hast, in dem die Vorschriften, Ratschläge und Warnungen Christi geschrieben stehen, so wirst du auch das Gesetz Christi in den Werken deiner Seele empfangen, um sie dein ganzes Leben zu befolgen.«

Es fiel ihm schwer, sich auf die Worte zu konzentrieren. Seine Gedanken wollten sich in einer unermesslichen Leere verlieren.

»... deshalb bist du hier, um das heilige Gebet zu empfangen, das Christus seinen Jüngern gegeben hat.«

Abermals wurde das Vaterunser gebetet, doch irgendetwas stimmte mit dem Text nicht. Sein Geist war nur nicht wach genug, um zu erkennen, was es war.

»Wir schenken dir das Recht, dieses heilige Gebet zu sprechen, dein ganzes Leben lang, am Tag und in der Nacht, allein oder in Gesellschaft. Du wirst nichts essen oder trinken, ohne vorher dieses Gebet gesprochen zu haben. Und wenn du es vergisst, musst du dafür büßen.«

Hierauf schien er antworten zu müssen: »Ich empfange es von Gott, von euch und der Kirche.«

Sie beteten erneut das Vaterunser.

»Bitte um Vergebung deiner Sünden«, fuhr der Gute Christ fort, »Gott, die Kirche und jeden, der hier anwesend ist.« Er gehorchte automatisch.

»Möge der Heilige Vater, der gerecht und barmherzig ist und der die Macht hat, die Sünden im Himmel und auf Erden zu vergeben, dich von all deinen Sünden in dieser Welt lossprechen und dir in der anderen gnädig sein.«

Das Gewicht des Buches auf seiner Brust begann seine Atmung zu behindern. Der andere Mann und die beiden Frauen knieten sich neben das Bett und baten ebenfalls um Vergebung ihrer Sünden.

»Du musst verstehen«, fuhr der Gute Christ fort, »dass du Gott wirklich lieben musst, mit Nachsicht, Demut, Barmherzigkeit, Keuschheit und allen anderen guten Tugenden, denn es steht geschrieben, dass Keuschheit den Menschen Gott näher bringt, Verdorbenheit ihn dagegen von ihm entfernt.

Du musst auch verstehen, dass es erforderlich ist, in weltlichen Dingen ebenso treu und rechtschaffen zu sein wie in geistlichen, denn wenn du in weltlichen Dingen nicht ehrlich bist, glauben wir nicht, dass du es in geistlichen sein kannst; in diesem Fall glauben wir nicht, dass du gerettet werden kannst.«

Der Kranke murmelte zustimmende Worte.

»Ferner musst du vor Gott das Versprechen ablegen, niemals zu töten, nie fleischlichen Gelüsten nachzugeben noch auf eine andere Weise Umgang mit dem anderen Geschlecht zu pflegen, nie zu stehlen, auf keinen Fall aus freiem Willen einen Eid abzulegen, nie bewusst und freiwillig Käse, Milch oder Eier zu essen noch das Fleisch von Vögeln, Reptilien oder anderen Tieren, die von Gottes Kirche verboten werden.«

»Das verspreche ich.«

»Ferner musst du für die Gerechtigkeit Christi Hunger und Durst, Schande, Verfolgung und den Tod ertragen; und das alles wirst du ertragen aus Liebe zu Gott und für die Rettung deiner Seele.«

Jetzt wurde ihm das Buch aus den Händen genommen und der Mann fragte, ob er die Taufe empfangen wolle.

»Ich bin schon getauft«, flüsterte er.

»Die Taufe in der katholischen Kirche ist nichts wert. In der

katholischen Kirche werden Säuglinge mit Wasser getauft, das vor Fäulnis stinkt. Damit können Sünden nicht weggewaschen werden. Außerdem werden sie getauft, wenn sie noch nicht wissen, was Gut und Böse ist. Das hat nicht den geringsten Nutzen. Es ist sogar schädlich, Kinder weinen nur dabei. Jetzt wirst du mit dem Feuer des Heiligen Geistes getauft, die Taufe, wie die Apostel sie von Christus selbst empfingen. Willst du diese Taufe dein weiteres Leben mit reinem Herzen und Gewissen hegen und die damit verbundenen Verpflichtungen immer erfüllen?«
Nach seiner bejahenden Antwort fühlte er statt Weihwasser das Buch auf seinem Kopf. Der Mann murmelte, unterstützt von den beiden Frauen, ein paar kurze Gebete.
»Heiliger Vater«, sagte der Gute Christ anschließend, »empfange deinen Diener in deiner Gerechtigkeit und schenke ihm deine Gnade und deinen Heiligen Geist.« Das Buch wurde von seinem Kopf entfernt. »Du bist nun auf dem Weg zum Guten ein Stück weitergekommen, deine Seele steht kurz vor dem Erwachen. Gerettet bist du noch nicht, dafür musst du in einem nächsten Leben erst diesen Versprechen nachkommen, doch du bist jetzt bekleidet mit dem Heiligen Geist. Du kannst jetzt in aller Ruhe sterben und sicher sein, dass du in einem Körper zurückkehrst, der geeignet ist, der eines Guten Christen zu sein.«
Die ganze Situation hatte etwas Unwirkliches, so als würde er nicht dazugehören. Viel Zeit, darüber nachzudenken, bekam er nicht. Die Zeremonie hatte ihn so ermüdet, dass er fast sofort mit einem Seufzer in eine tiefe Dunkelheit versank, die für seine Sinne unerreichbar war. Er merkte nicht einmal mehr, dass ihn die *Bons Hommes* anstelle einer Umarmung bei den Schultern fassten, ihre Wangen an seine drückten und ihn anschließend auf den Mund küssten.

Cabaret – Januar 1210

»Du kannst in den Minen arbeiten.« Die Frau, die ihn drei Wochen lang gepflegt hatte, nickte zufrieden. »Die Wunde verheilt gut und du bist wieder genügend zu Kräften gekommen. Ich habe darum gebeten, dass man dir Kleider bringt.«

»Ich glaube nicht, dass ich so etwas je zuvor getan habe.« Körperlich mochte er ja vielleicht wieder hergestellt sein, doch sein Gedächtnis war wie Treibsand, der sämtliche Erinnerungen verschluckt hatte und nie wieder preisgeben würde. Zum Glück setzten sich wenigstens alle neuen Eindrücke darin fest.

»Du wirst aber arbeiten müssen, ob es nun auf dem Land ist, in einer Weberei oder in den Minen. Niemand bekommt hier sein Brot umsonst, auch ein *Bon Homme* nicht. Außerdem wird dir die frische Luft gut tun und wer weiß, vielleicht bekommst du ja noch richtige Muskeln.« Sie kniff ihn neckend in den Oberarm. Nach der langen Bettruhe war er noch schlaksiger als früher. Er sah sie zweifelnd an. Dass er nie auf dem Land noch in einer Mine gearbeitet hatte, wusste er jetzt ganz sicher.

»Was wird denn in den Minen gefördert?«

»Blei, Eisen, Kupfer und Silber. Ich weiß nicht, wo sie dich am besten gebrauchen können. Und dann müssen wir jetzt, wo du genesen bist, die Guten Christen kommen lassen. Sie werden wissen wollen, ob du die Versprechen, die du gemacht hast, auch erfüllst, und dann werden sie entscheiden, wann du die Taufe vom Diakon oder Bischof empfangen kannst und dann …«

Sie unterbrach sich, als sie sein erstauntes Gesicht sah, und setzte sich neben ihn auf den Bettrand.

»Muss ich denn schon wieder getauft werden?«, stammelte er verwirrt.
»Du hast versprochen, ein Guter Christ zu werden. Du hast versprochen, allem zu entsagen, was den Guten Christen verboten ist, und du hast das Gebet empfangen. Nun musst du beweisen, dass du dich auch daran hältst. Sie werden dich einem *Bon Homme* übergeben, der dich ausbilden und in die Schriften der Apostel einweihen wird. Gott mag wissen, woher du kommst, du weißt jedenfalls kaum noch etwas davon. Anschließend wird dein Gelübde von einem Diakon oder einem höheren Geistlichen unserer Kirche bekräftigt. Erst dann bist du ein *Bon Homme*.«
Er nickte mechanisch.
»Das Leben der Guten Christen ist hart und offensichtlich warst du Entbehrungen nicht gewöhnt. Außerdem bist du noch sehr jung. Ich bin ja selbst noch nicht einmal bereit, diesen Schritt zu machen, und ich bin schon so alt, dass ich deine Mutter sein könnte.« Sie nahm seine Hände und strich mit ihren Fingern über die Handteller. »Du hast keine Arbeiterhände. Bist du mit Waffen umgegangen? Einen guten Soldaten könnten wir hier schon brauchen. Wenn der Winter vorbei ist, werden sich die französischen Besetzer wieder aus ihren Festungen wagen und erneut angreifen. Aber *Bons Hommes* kämpfen nun einmal nicht.«
»Ich weiß weder, was ich früher gemacht habe, noch, was mit mir passiert ist.«
»Du bist von hinten angegriffen worden, du warst am Kopf und Rücken verletzt. Haben dich vielleicht die Kreuzfahrer bei einer Belagerung so zugerichtet? Oder kommst du aus einer Kaufmannsfamilie und bist von Räubern oder plündernden Soldaten überfallen worden?«
Er zuckte gereizt die Schultern und presste die Lippen zusam-

men. Die Leere in seinem Kopf brachte ihn zur Verzweiflung. Er hatte immer geglaubt, seine Erinnerung würde zurückkehren, sobald er genesen war. Jetzt schien es, als würde das, was den Zugang zu seiner Vergangenheit blockierte, ihm auch die Sicht auf die Zukunft nehmen. Die Frau streckte die Hand aus und streichelte ihm sanft über die Schulter. Sie war so lieb und fürsorglich zu ihm gewesen, dass er sie am liebsten umarmt, seinen Kopf an ihre Brust gelegt und geweint hätte. Stattdessen brachte er ein hilfloses Lächeln hervor.

»Am liebsten würde ich hier bleiben und lernen, Kranke und Verletzte zu pflegen und zu heilen. Da draußen ist eine unbekannte Welt voll fremder Menschen, in der ich mich unsicher fühle.«

Sie schaute ihn traurig an. »Da draußen leben sie wenigstens, hier sterben sie. Es ist schrecklich, mit anzusehen, wie viele Schmerzen es manchmal kostet, das Satanskleid abzulegen. Die meisten sterben schließlich, um von neuem in Teufelsfleisch gehüllt zu werden und den Leidensweg des irdischen Daseins noch unzählige Male zu gehen.«

Einen Augenblick hatte er das Gefühl, als würde sich etwas in seinem Gedächtnis aufhellen. Es war, als würde ein Vogel aus undurchdringbarem Gestrüpp auffliegen und sich eben sehen lassen, zu kurz, um ihn an seinem Federkleid zu erkennen, und dann wieder verschwinden. Ihre letzten Worte waren an ihm vorbeigegangen.

»Teufelsfleisch? Was meinst du damit?«

»Den Körper natürlich, die Schöpfung des Gottes der Finsternis, in dem er unsere Seele gefangen hält.«

Er sah sie verständnislos an, wagte jedoch nicht weiterzufragen, da ihre Worte mit seinen Gedanken kollidierten.

»Du hast Glück gehabt«, fuhr sie fort. »Du hast eine zweite Chance in diesem Leben bekommen. Mach dir keine Sorgen,

zu gegebener Zeit wird dein Gedächtnis schon wieder zurückkommen. Es darf nur nicht zu lange dauern. Und jetzt aus dem Bett mit dir.«
Während sie sich um die anderen Kranken kümmerte, drapierte er die Decke als Überkleid über sein Hemd und machte sich ein bisschen nützlich. In den letzten Tagen hatte er ihr bei der Arbeit geholfen und das hatte ihm ganz gut gefallen, wenn auch nur, weil es ihm die Langeweile vertrieb. Er schleppte Krüge, leerte Nachttöpfe und Schalen mit schmutzigem Wasser und half, Kranke anders zu betten. Er war gerade dabei, einen alten Mann mit Brei zu füttern, als sich die Tür öffnete und eine Frau hereinkam, die fast unter einem riesigen Kleiderstapel zusammenbrach.
»Ah, da sind ja deine Kleider!«, rief die Pflegerin. »Jetzt lass sie doch nicht mit der schweren Last stehen, hilf ihr schnell!«
Er eilte zur Tür und nahm von der Frau, die größtenteils hinter dem Stapel verschwand, die obere Hälfte entgegen. Es waren einfache Unterkleider aus rauem Leinen und ein Überkleid aus schwarzer Wolle. Während er sich fragte, warum er Farben und Stoffe erwartet hatte, die für einen einfachen Arbeiter zu kostbar waren, ging sein Blick von der Wäsche in seinen Händen zu dem Gesicht ihm gegenüber. Ihre Haare hatten die warme Farbe reifer Haselnüsse und die Tiefe der dunklen Augen in dem schmalen Antlitz war unergründlich. Er starrte sie erschüttert an, während sich seine Finger in den Wäschestapel krampften. Er wich ein paar Schritte zurück. Das Seltsamste aber war, dass seine Erscheinung bei ihr offensichtlich dieselbe Reaktion auslöste, nur fand sie eher die Sprache wieder.
»Was macht er denn hier?«, fragte sie scharf.
Am anderen Ende des Raumes richtete sich die Pflegerin langsam von dem Bett auf, über das sie sich gerade beugte.

»Er ist vor drei Wochen mit schweren Verletzungen zu uns gebracht worden. Kennst du ihn?«
»Ich glaube … ja, oder eigentlich … nein.«
Einen Moment, ganz kurz nur, tauchte wieder das Bild auf, das ihn in seinen Fieberträumen ständig verfolgt hatte: eine dunkle Gestalt mit einem mageren Gesicht, das von Flammen verschlungen wurde. Nur schien es jetzt wirklicher und näher als je zuvor.
»Flieh!« Sein Ausruf kam wie ein Reflex, ohne dass er eine Bedeutung damit verbinden konnte.
»Ich bin geflohen, schließlich bin ich hier in Cabaret. Und die anderen sind auch in Sicherheit«, flüsterte das Mädchen, als wäre es ein Geheimnis zwischen ihnen beiden. Sie warf der Pflegerin, die ihnen einige Schritte entfernt zusah, einen scheuen Blick zu. Dann ließ sie die restlichen Kleider auf den Boden fallen und eilte zur Tür.
»Warte!« Die Frau lief hinter ihr her und versuchte, sie aufzuhalten. »Kennst du ihn nun oder nicht?«
»Ich denke, eigentlich nicht«, kam es erst zögernd und dann entschieden, aber bedächtig: »Ich glaube, mehr kann ich nicht sagen.«
Ihre Hand ging zur Tür, die im selben Moment geöffnet wurde. Ein kleiner, drahtiger, schwarz gekleideter Mann mit langen Haaren und langem Bart betrat den Raum. Ein zweiter, der fast genauso aussah, nur etwas jünger und größer war, folgte ihm. Die Frau und das Mädchen sanken auf die Knie, senkten die Köpfe und grüßten die beiden Neuankömmlinge dreimal mit den Worten: »*Benedicite*, Gute Christen, schenkt mir Gottes Segen und den euren, bittet Gott für uns.«
Der junge Mann erinnerte sich vage an etwas, das zu Beginn seines Krankenlagers mit ihm geschehen war, und folgte ihrem Beispiel.

»Möget ihr Gottes Segen und den unsrigen empfangen.«
»Herr, bittet Gott, dass er diesen Sünder von einem bösen Tod befreie und ihn zu einem guten Ende führe.«
»Wir werden Gott darum bitten. Möge der Herr einen Guten Christen aus dir machen und dich zu einem guten Ende führen.«
Sie erhoben sich und der erste *Bon Homme* ergriff das Wort.
»Colomba hat mir erzählt, dass hier ein Kranker genesen ist, der das *Consolamentum* empfangen hat. Bist du das?«
Der junge Mann nickte. »Sie haben mir gesagt, dass ich jetzt arbeiten kann.«
»Das ist schön. Wir sind gekommen, um uns mit dir zu unterhalten ...«
»Ich bin jetzt schon zweimal getauft worden«, sagte er schnell. »Ich glaube nicht, dass ich gegen so viel heiliges Wasser und Feuer beständig bin.«
»Das *Consolamentum* ist unumkehrbar. Die Taufe der Guten Christen darf nicht ungeschehen gemacht werden. Deine Seele ist durch die falschen Versuchungen des Teufels eingelullt worden und hat jahrhundertelang geschlummert, doch jetzt ist sie durch die Taufe mit dem Feuer des Heiligen Geistes wachgerüttelt worden.«
»Aber ...«, während er in seinen jüngsten Erinnerungen kramte, versuchte er, die richtigen Worte zu finden, »... war es nicht so, dass nur Menschen, die den Unterschied zwischen Gut und Böse kennen, getauft werden können? Als ihr mich getauft habt, war ich genauso unwissend wie ein neugeborenes Kind. Die tauft ihr auch nicht, hat man mir gesagt. Erst jetzt beginne ich langsam wieder zu begreifen, was um mich herum geschieht.«
»Wir dürfen diese Chance nicht ungenutzt lassen. Wir dürfen nicht zulassen, dass deine Seele wieder einschlummert. Hast

du nicht selbst um das *Consolamentum* gebeten? Hast du nicht bei vollem Bewusstein unsere Fragen beantwortet, als du das *Consolamentum* empfangen hast?«
Er nickte resigniert.
»Wir wollen nicht, dass du zu dem Leben zurückkehrst, das du früher geführt hast. Das würde bedeuten, dass du dem Bösen verfällst. Du hast die Taufe empfangen, damit du in einem nächsten Leben den richtigen Weg wählst. Dieses nächste Leben hat durch deine unerwartete Heilung jetzt begonnen. Wie damals, als du auf deinem Sterbebett darum gebeten hast, die Taufe zu empfangen, musst du dich nun aus freiem Willen für diese Lebensart entscheiden. Mit der Taufe hast du die Befugnis erhalten, dich mit dem Gebet direkt an Gott zu wenden, um ihn um die Erlösung vom Bösen zu bitten. Wähle den Weg zum Reich des Lichts, jetzt, wo dir die Gelegenheit dazu geboten wird. Lass deine Seele zu ihrem himmlischen Vaterland zurückkehren. Wir verstehen, dass du dich nicht aus Berufung für diesen Weg entschieden hast, dass du nicht darauf vorbereitet bist. Deshalb erhältst du eine Probezeit, vielleicht anderthalb Jahre oder länger. Danach wirst du selbst ein Guter Christ und wir stehen immer bereit, um dir, so viel wir können, zu helfen. Denn ein leichter Weg ist es nicht, das wissen wir sehr gut.«
Mit zusammengekniffenen Augen sah er die beiden *Bons Hommes* misstrauisch an.
»Ich weiß nicht, was ich früher war, auf jeden Fall kein Mönch. Ich habe überhaupt nicht vor, ins Kloster zu gehen. Dann arbeite ich noch lieber in den Minen.«
Die Pflegerin und das Mädchen sahen sich erschrocken an. Die beiden Männer blieben unberührt. Es entstand eine peinliche Stille, bis sich der erste *Bon Homme* mit besorgter Miene wieder an den jungen Mann wandte.

»Wir haben auch Mönche bekehrt«, sagte er. »Woher kommst du?«
»Er ist noch immer etwas verwirrt, er weiß nicht mehr, was mit ihm passiert ist«, erklärte die Pflegerin hastig. »Er hatte eine schwere Kopfverletzung, durch die er sein Gedächtnis verloren hat. Aber sie scheint ihn zu kennen.«
»Stimmt das?«
Das Mädchen schüttelte heftig den Kopf. »Ich glaube nicht, dass ... ich weiß nicht, wie er heißt.«
»Colomba, denk an die Verpflichtungen, die du eingegangen bist. Für den, der das Kleid angenommen hat, ist eine Lüge unendlich viel schlimmer als für einen einfachen Gläubigen. Auch eine einfache Lüge verkörpert das Böse, sie ist eine nicht wieder gutzumachende Sünde, die die Taufe mit einem Schlag ungültig macht. Eine Sünde, so klein sie auch ist, macht deine Rettung unmöglich. Dann hat dich wieder der Teufel im Griff.«
Sie sah erst den *Bon Homme* schuldbewusst und dann den jungen Mann um Vergebung flehend an. Erst jetzt fiel ihm auf, dass sie auch in Schwarz gekleidet war.
»Ich kenne seinen Namen nicht, das ist die Wahrheit. Ich habe ihn in Béziers gesehen.«
Béziers! Selbst in dem Sumpf seines verwirrten Gehirns bedeutete der Name etwas Schreckliches. Innerhalb eines Moments huschten Bilder des Chaos, Horden schreiender Menschen und wieder das magere Gesicht und die Flammen an seinem geistigen Auge vorbei.
»Was hat er da gemacht?«
Sie schien sich jetzt wieder in der Hand zu haben, doch in ihrem Kopf tobte ein Kampf. Was machte er hier? Brachte sie ihre eigenen Leute in Gefahr, wenn sie verschwieg, dass er ein Kreuzfahrer war? Durfte sie diese Verantwortung auf sich

nehmen? Schließlich hatte er in Béziers einen *Bon Homme* getötet und wer weiß, wie viele Menschen sonst noch. Und doch hatte er sie und die Kinder entkommen lassen. Stimmte es, was die Pflegerin sagte, oder war er ein Spion, der nur vorgab, sein Gedächtnis verloren zu haben? Er sah so unschuldig aus in seinem weißen Hemd und mit dem verwirrten Blick in den Augen. Was würde mit ihm geschehen, wenn der Herr von Cabaret, ein leidenschaftlicher Verfechter des wahren Glaubens, erfuhr, dass ein Kreuzfahrer unter seinem Dach Zuflucht gesucht hatte? Und was, wenn seine Anwesenheit hier in der Höhle des Löwen von den beiden Verbannten von Fanjeaux entdeckt wurde, den Rittern Pierre Mir und Pierre de Saint-Michel, Söhnen einer *Bonne Dame*, die geschworen hatten, sich an den Besetzern zu rächen, die sie und ihre Mutter von ihrem Besitz vertrieben hatten? Sie streckte den Rücken, schaute dem *Bon Homme* in die Augen und fragte: »Herr, darf ein Guter Christ mit der Sünde der Lüge drohen, um eine Antwort auf seine Fragen zu fordern? Ist es uns, die sich Gewaltlosigkeit zur Pflicht gemacht haben, nicht ebenso verboten, andere mit Worten zu treffen? Kann ich mich deshalb weigern, Eure Frage zu beantworten, ohne selbst eine Sünde zu begehen?«
Der andere sah sie lange und nachdenklich an, bevor er sagte: »Ja, du darfst dich weigern, aber damit wirst du wahrscheinlich mehr Misstrauen säen, als wenn du meine Frage beantwortest. Für die Folgen bist du verantwortlich. Wenn ich die Wahrheit nicht kenne, kann ich nicht für dich entscheiden, wie du am vernünftigsten handelst.«
Was sollte sie sagen? Sie versuchte, in Gedanken eine Antwort zu formulieren, die den unglücklichen jungen Mann aus den Händen des Herren von Cabaret retten konnte: »Ich kenne seinen Namen nicht, aber er trug die Kleidung eines Ritters und

Edelmanns, und wie bei all den anderen war das Kreuz auf seinen Mantel genäht. Er war dabei, als die Kirche in Béziers brannte und wir keinen Ausgang mehr fanden. Der *Bon Homme*, der mich begleitete, hat versucht, ihn zu bekehren, und ihn dann gebeten, ihn zu töten. Nachdem der Ritter seiner Bitte nachgekommen war, hat er mich und die Kinder, die sich in meiner Obhut befanden, vor der Mordlust der anderen Kreuzfahrer gerettet und uns die Möglichkeit zur Flucht gegeben.«

Doch war es wirklich so geschehen? Der *Bon Homme* hatte den jungen Ritter gebeten, ihn zu töten. Herausgefordert war vielleicht ein besseres Wort. Sie selbst hatte nicht den Mut dazu aufgebracht. Als sie die Taufe empfing, hatte sie sich neben allen anderen Versprechen verpflichtet, den Tod nicht zu fürchten und ihm auch dann nicht zu entfliehen, wenn er an ihre Tür klopfte. Trotzdem war sie geflohen. Hatte er, der das Schwert führte, mit dem der Gute Christ dem fast endlosen Zyklus von Reinkarnationen entrissen wurde, in diesem Wissen getötet? Die Kreuzfahrer waren gekommen, um die Ketzerei, wie sie das Wahre Christentum nannten, auszurotten. Sie töteten nicht in der Absicht, den Guten Christen ein schnelleres Entkommen aus dieser Welt des Bösen zu ermöglichen. Das hatte sie in dem Augenblick, als er in Béziers zustieß, in seinem Gesicht gelesen. Wie konnte sie dann dem *Bon Homme* gegenüber, der vor ihr stand und auf eine Antwort wartete, etwas anderes behaupten? Sollte sie nur von ihrer Flucht erzählen und den Rest verschweigen? Das wäre erst recht eine Lüge.

Sie musste alles erzählen oder nichts, dachte sie. Wenn sie alles erzählte, landete er im günstigsten Fall in den Kerkern von Cabaret, bei dem anderen Kreuzfahrer, Bouchard de Marly, fast dem Einzigen, der den Hinterhalt überlebt hatte, in den

die Brüder Pierre Mir und Pierre de Saint-Michel ihn und seine Reiter gelockt hatten. Erzählte sie nichts, war sie von dem Augenblick an für die Taten des jungen Ritters verantwortlich. Es wäre ihre Schuld, wenn er böse Absichten verfolgte und Cabaret damit in Gefahr brachte. Sie betrachtete den jungen Mann, der dastand, als hätte er mit der ganzen Situation nichts zu tun. Ob er wirklich nichts mehr wusste? Sein unbefangener Gesichtsausdruck war fast rührend. Sein Schicksal lag in ihren Händen und er schien ihr vollkommen zu vertrauen.
»Ich kann nur sagen, dass ich glaube, dass er ein guter Mensch ist«, sagte sie. »Wäre es nicht ein Verbrechen, ihn in seinem Zustand seinem Schicksal zu überlassen? Er könnte leicht in die falschen Hände fallen.«
Mit einiger Zurückhaltung willigte der *Bon Homme* ein. »Ich werde ihn zu den Minen von Salsigne bringen lassen, wo ihn unsere Leute so lange bewachen und beschützen können, bis er sein Gedächtnis wiedererlangt hat. Inzwischen muss er von neuem das *Consolamentum* empfangen, doch wir müssen in diesem Fall äußerst vorsichtig sein und ihn erst dann in die Lehre des Wahren Christentums einweihen, wenn wir wissen, wer und was er ist.«

Cabaret – März 1210

Die Arbeit in den Minen war hart. In den ersten Tagen war er so müde, dass er abends kaum etwas essen oder schlafen konnte. Danach gewöhnte er sich daran und er wurde all-

mählich kräftiger. Sein schlaksiger Jungenkörper bekam sogar Muskeln.
Colomba betrachtete es als ihre Pflicht, auf ihn aufzupassen, und so kam sie von Zeit zu Zeit in das Minenarbeiterdorf, jedes Mal in Gesellschaft der *Bonne Dame*, die ihre Hüterin war. Ihre Besuche waren eine angenehme Abwechslung in seinem eintönigen Dasein und er sah ihnen immer sehnsüchtiger entgegen.
Mit den anderen Minenarbeitern hatte er kaum oder nur sehr oberflächlich Kontakt. Colomba hatte ihn davor gewarnt, dass ihn sein Akzent verraten würde, und ihm deshalb ans Herz gelegt, so wenig wie möglich zu reden, bis er ihre Sprache besser beherrschte.
Manchmal passierte es, dass ein Gegenstand, eine Handlung oder ein bestimmtes Wort plötzlich eine vage Erinnerung in ihm weckte. Es blieben unzusammenhängende Bruchstücke, über die er mit niemandem zu sprechen wagte. Doch immer deutlicher spürte er, dass er in etwas hineingeraten war, das ganz und gar nicht dem Leben entsprach, das er früher geführt hatte. Sein Instinkt sagte ihm, dass ihn sein Gedächtnisverlust auf irgendeine Weise beschützte. Das wenige, an das er sich nach und nach erinnerte, behielt er deshalb auch wohlweislich für sich.
Der *Bon Homme*, dem er zugewiesen worden war, flößte ihm auch wenig Vertrauen ein. Er hatte eher das Gefühl, dass ihn dieser wie ein Gefängnisaufseher bewachte. Unzertrennlich folgte ihm der Mann überallhin und klopfte ihm bei jedem Fehltritt, den er zu begehen drohte, auf die Finger. Tagaus, tagein arbeitete er neben ihm in den Minen und versuchte, ihn von dem zu überzeugen, was er den Wahren Glauben nannte. Nur mit Colomba konnte er ein richtiges Gespräch führen, denn ihr vertraute er vollkommen. Sie war die einzige Verbin-

dung zwischen ihm und dem Teil seines Lebens, der hinter ihm lag. Manchmal gelang es Colomba, ihre Begleiterin abzuschütteln. In diesen seltenen Momenten erzählte sie ihm, dass er ein Ritter sei und wo sie ihn getroffen hatte. Zuerst beängstigte es ihn, denn ihrer Geschichte entnahm er, dass er eigentlich der Feind der Menschen war, die ihn bei sich aufgenommen hatten. Er hatte ihre Landsleute und Glaubensbrüder getötet, sogar einen heiligen Mann oder Priester, den er *Perfectus* genannt hatte, der hier jedoch Guter Christ oder *Bon Homme* hieß. Das lähmende Schuldgefühl ließ allmählich nach und wich Erinnerungen, die völlig unwillkürlich in ihm aufstiegen und bei denen er nichts fühlte. Danach erzählte sie ihm, was in ihrem Land seit Ankunft des Kreuzzugsheeres sonst noch geschehen war. Jedes Mal, wenn sie den Namen eines Ortes nannte, der von den Kreuzfahrern erobert worden war, und schilderte, was sich dort abgespielt hatte, sah er Bilder an sich vorbeiziehen, als sei er nur ein Zuschauer bei all diesen Ereignissen gewesen.
Im Herbst sei Cabaret belagert worden, erzählte sie weiter, und wahrscheinlich habe er selbst an der Belagerung teilgenommen. Die Festung mit den drei Burgen war damals nicht gefallen, hauptsächlich wegen ihrer uneinnehmbaren Lage, aber auch dank der Hilfe der vielen Verbannten, die bei den Herren Jourdain und Pierre-Roger de Cabaret Zuflucht gesucht hatten. Die berüchtigtsten dieser *Faidits*, die sich unter dem Banner der Cabarets versammelt hatten, waren die Gebrüder Pierre Mir und Pierre de Saint-Michel aus Fanjeaux. Das brauchte niemanden zu verwundern. Ihre Mutter war eine *Bonne Dame*, die kurz vor dem Fall Fanjeaux' untergetaucht war, und Pierre de Saint-Michels Frau hatte sich nach Montségur abgesetzt, einer alten Burg hoch oben in den Bergen, die jetzt umgebaut und erweitert wurde, um die vielen

Flüchtlinge zu beherbergen. Soweit er verstand, befand er sich also inmitten der eingeschworenen Feinde der Kreuzritter.

Zum Glück, fuhr Colomba fort, seien durch Gegenangriffe und Aufstände im Herbst und Winter gut vierzig Orte zurückerobert worden. Doch das würde sich bald ändern.

»Den letzten Berichten zufolge ist ein neues Kreuzzugsheer eingetroffen, um Simon de Montforts Truppen zu verstärken«, wusste sie zu berichten. »Die Gräfin von Montfort scheint auch mitgekommen zu sein. Simon de Montfort muss sich schon sehr sicher fühlen, wenn er seine Frau nachkommen lässt.«

Es war das erste Mal, dass sie den Namen eines französischen Ritters erwähnte. Auf dem Gesicht ihres Gegenübers erschien ein breites Grinsen.

»Simon de Montfort, den kenne ich. So einen wie ihn gibt es nicht zweimal.« Plötzlich sah er sich wieder vor dem großen Feldherren stehen, der ihn für die Dienste, die er ihm erwiesen hatte, lobte. Seine Augen glänzten, doch ihre verengten sich.

»Hast du etwa für ihn gekämpft?« Sie sah sich scheu um, doch ihre Begleiterin war zum Glück mit anderen Dingen beschäftigt.

»Wenn ich nur halb so mutig wäre wie er, wäre ich schon glücklich«, erklärte er.

Sie warf ihm einen angeekelten Blick zu, drehte sich um und lief ohne ein weiteres Wort weg. Er starrte ihr verdutzt nach. Endlich hatte sie einen Namen erwähnt, der etwas für ihn bedeutete und mit dem er ein Gesicht verband, und jetzt wollte sie nichts davon hören! Er rannte ihr hinterher. Als er sie eingeholt hatte, ging sie mit kurzen, wütenden Schritten weiter.

»Gut, du hast Recht«, sagte er, während er neben ihr herlief, »es sind schreckliche Dinge passiert. Aber haben eure Leute etwa keine Menschen umgebracht? Ich habe auf der anderen Seite gekämpft, doch wir kämpften auch, um unseren Glauben zu verteidigen. Wo ist der Unterschied?«

»Du tust ja so, als wärst du auch noch stolz darauf.«

»Darf ein Mann auf seine Kriegstaten denn nicht stolz sein?«

»Unsere Leute kämpfen für die Freiheit, an das glauben zu dürfen, was wir wollen. Ihr kämpft, um uns diese Freiheit zu nehmen.«

Einen Augenblick lang wusste er nicht, was er entgegnen sollte. Er hätte sagen können, dass sein Glaube sehr wohl durch die Verbreitung der Ketzerei bedroht werde, doch er wollte das Wort nicht benutzen, und außerdem konnte er in seinem Gedächtnis keine Beweise dafür finden.

»Kriege werden aus Habsucht und Machthunger geboren, den schlimmsten Versuchungen des Teufels«, hörte er sie sagen. »Eure Bischöfe und Priester predigen Rache und Vergeltung. Wir bitten niemanden, für uns zu kämpfen, lieber sterben wir. Kämpfen ist barbarisch.«

»Es ist eine Kunst, die viel Wissen und Übung verlangt«, protestierte er.

»Eine Kunst? Höchstens ein Handwerk. Vielleicht kann man sagen, dass die Eroberung einer Burg für einen Ritter ungefähr dasselbe ist wie ein Tisch für einen Schreiner oder ein Mantel für einen Schneider.«

»Das Kriegshandwerk ist mehr wert als die Arbeit eines Handwerkers, deshalb heißt es auch Kriegskunst.«

Sie blieb abrupt stehen. »Weshalb mehr wert? Ihr stellt nichts her, ihr vernichtet nur.«

»Es ist eine würdige Aufgabe und eine noble Pflicht. Es hat

mit Ehre und Gewissen zu tun. Das ist ein höheres Streben als Handarbeit. Es gibt nun einmal Standesunterschiede. Es gibt Herren und Ritter, Bauern und Knechte.« Die Geistlichkeit ließ er sicherhaltshalber außen vor. »Ohne unseren Schutz könnt ihr nicht leben.«
»Unsere Arbeit ist also minderwertig? Ohne unser Brot habt ihr nichts zu essen, ohne die Kleider, die wir machen, müsstet ihr nackt herumlaufen.«
Er brach in Lachen aus, doch sie fand es gar nicht komisch.
»Wenn alle an dasselbe glauben würden wie wir, brauchten wir überhaupt keinen Schutz. Dann würde nicht gekämpft. Ihr habt gemordet, verstümmelt, vergewaltigt, geraubt und du bist auch noch stolz darauf. Findest du das etwa nobel?«
Kriegsruhm stank also. Es war alles sehr verwirrend. Er wusste, dass er für eine ehrenvolle Sache gekämpft hatte. Jetzt schien er sich plötzlich dafür schämen zu müssen.
»Es gibt keinen Standesunterschied«, sagte sie empört, während sie in den Weg einbog, der nach Cabaret führte. »Deine Seele ist meiner ebenbürtig, die meine der des erstbesten Bettlers und die eines Bettlers der eines Königs oder meinetwegen auch der eures Papstes.«
»Vor Gott sind alle gleich«, stimmte er ihr zu. »Aber in dieser Welt gibt es natürlich schon Unterschiede. Mit dem Blut meiner Vorfahren habe ich ihre adeligen Tugenden geerbt. Deshalb gibt mir dieses Blut das Recht, über meine Untertanen zu herrschen und zu befehlen. Ohne diese Rangordnung entsteht Durcheinander, Anarchie.«
»Das liegt daran, weil ihr an den schlechten Gott glaubt, einen Gott, der unterwirft, bestraft und rächt. Er hat euch das Zauberwort ›Macht‹ eingeflüstert. Und jetzt versucht ihr, ihm zu folgen und selbst ein bisschen Gott zu spielen. Du hast Recht, es gibt einen Unterschied: Derjenige, der Macht hat

und sie benutzt, um sich andere zu unterwerfen, hat eine schlechte Seele. Je mehr ein Mensch der Versuchung erliegt, desto länger ist der Weg seiner Seele zur Erlösung. Die unreinsten Seelen wohnen in den Körpern von Grafen und Königen, Erzbischöfen, Kardinälen und Päpsten. Sie sind Satans Höflinge!«
Er bekreuzigte sich, entsetzt über ihre scharfen Worte. Mit einem Blick voll Grauen folgte sie der Bewegung seiner Hand über die schwarze Wolltunika.
»Du beschmutzt das Kleid eines *Bon Homme* mit dem Zeichen des Teufels! Denk daran, wer du jetzt bist!«, zischte sie.
»Ihr könnt mich umtaufen und mir ein schwarzes Kleid anziehen, doch ich bin und bleibe ein anderer.«
Ihr Gesicht war verzerrt vor Wut und Enttäuschung. Sie beschleunigte ihre Schritte. Wie hatte sie je glauben können, sie könne ihn bekehren? Sie würde noch viel lernen müssen, bis sie so weit war, dass sie andere mit ihren Worten überzeugen konnte. Doch sie musste weiter versuchen, ihn zu retten. Denn seit er genesen war und sein Körper kräftiger wurde, schien es, als würde ihn der Gott des Bösen immer mehr in seinen Griff bekommen.
»Der Unterschied zwischen Herren und Knechten ist eine Erfindung des Teufels«, fuhr sie fort, »genau wie diese schlechte Welt. Das Blut, auf das du so stolz bist, ist ebenso eine Schöpfung des Teufels wie dein Körper. In diesem Kerker aus Fleisch und Blut hält der Teufel einen kleinen Funken deines himmlischen Geistes gefangen, der von dem Gott des Guten geschaffen wurde. Wie solltest du durch das Blut deiner Vorfahren Tugenden erben können? Das Blut trägt nichts Geistliches, es ist deine irdische Seele. Man sieht es zwar, doch es ist nicht da, es ist eine Illusion, die einem der Teufel vorspiegelt. Alles, was du siehst und fühlst, hat sich der Teufel ausgedacht,

eine Scheinwelt, in der alles vergänglich ist. Denn der Gott des Bösen kann nichts Gutes und Bleibendes erschaffen. Aber Betrug und Gewalt, Leiden und Tod, ja, das hat sich alles der Teufel ausgedacht.«

Die Berge, Täler, Flüsse, Blumen und Vögel – die ganze schöne Schöpfung nicht von Gottes Hand erschaffen, sondern von der des Teufels?

»Du weißt ja nicht, was du sagst!«, rief er aus. Sie redete genauso wie der *Bon Homme*, der ihn seinen »Bruder« nannte und der ihm wie ein Schatten folgte. Es waren auch andere Gute Christen gekommen, um zu predigen. Die redeten so schlau, dass einem nicht einmal eine passende Entgegnung einfiel. Colomba konnte auch nichts dafür, das war ihr alles von ihnen eingegeben worden. War es nicht entsetzlich, dass die Ketzer so ein junges, unschuldiges Mädchen benutzten, um ihre Lügen zu verbreiten? Doch ihr Redestrom war nicht zu stoppen, sie sprach unermüdlich weiter, im Takt ihrer eiligen Schritte.

»Die andere, unsichtbare Welt, das himmlische Vaterland der Seele, die ist bleibend, die ist vom Gott des Guten erschaffen worden. Wie könnt ihr behaupten, er habe diese Welt erschaffen? Das hieße ja zu behaupten, der Gott des Guten habe in seiner eigenen Schöpfung das Böse gesät. Dann würde ja das Böse aus ihm, der nur gut ist, kommen! Das geht doch nicht!«

»Und wenn er das nun getan hat, um den Menschen zu läutern, um den sündigen Menschen büßen zu lassen?«

»Lügen! Alles Lügen der römischen Kirche, die die ursprüngliche Lehre der Apostel verraten hat! Der Gott des Guten käme nicht auf den Gedanken, Menschen büßen zu lassen. Gott ist gut, Gott ist allmächtig, stimmst du mir da zu?«

»Ja, natürlich.«

»Wie kann er dann in all seiner Güte und Allmacht eine Welt erschaffen, in der das Böse wuchert, das er nicht beherrschen kann? Kann Gott einen Stein erschaffen, den er nicht heben kann?«

Wieder fiel ihm keine passende Antwort ein. »Sie haben dich mit Gotteslästerungen vergiftet!«, rief er deshalb. Er wollte sie am Arm festhalten, sie schütteln, doch sie wich zurück und lief weiter.

»Du weißt, dass du mich nicht berühren darfst. Ich bin zwar noch keine *Bonne Dame*, aber ich versuche schon, mich an meine Versprechen zu halten. Das ist mehr, als ich von dir behaupten kann.«

»Zwei Götter! Das ist so ziemlich die schlimmste Ketzerei, die es gibt, weißt du das!«, keuchte er. »Das *Credo* beginnt nicht umsonst mit den Worten: Ich glaube an den *einen* Gott!« Seine Worte kamen wie ein Reflex, als würde er, ohne nachzudenken, eine Lektion aufsagen.

»Lügen eurer Satanskirche! Nein! Fass mich nicht an!«

Mit zwei Schritten war er bei ihr und fasste sie beim Kleid. Sie stolperte und fiel, ihr Fuß glitt den steilen Abhang neben dem Weg hinunter, doch bevor sie weiterrutschen konnte, hatte er sie gepackt und zog sie hoch. Während er sie noch umklammert hielt, wunderte er sich darüber, wie zart sie war. Und wie gut sie duftete! So nah war er ihr noch nie gewesen. Laut protestierend befreite sie sich aus seinem Griff und ehe er's sich versah, schlug sie ihm mit der flachen Hand ins Gesicht. Zu überrascht, um zu reagieren, wankte er ein paar Schritte zurück.

»Du kleine Hexe!«, stieß er hervor. Weiter kam er nicht. Ihm gegenüber stand Colomba wie angewurzelt da. Entsetzt starrte sie auf ihre rechte Hand, die sie so weit wie möglich von sich weghielt.

»Mein Gott, jetzt sieh dir an, wozu du mich gebracht hast!« Tränen schossen ihr in die Augen.

»Ich habe es kaum gespürt.« Er sagte es nicht, um sie zu beruhigen, dafür war er viel zu wütend. Er war nur zu stolz, um sich anmerken zu lassen, dass ihn der Schlag mehr getroffen hatte, als er zugeben wollte.

»Du verstehst auch gar nichts«, fuhr sie ihn an. »Ich habe Gewalt angewendet. Statt dich zu bekehren, lasse ich mich von dir zum Bösen verführen. Jetzt ist alles umsonst gewesen, jetzt muss ich wieder von vorn anfangen. Und ich wollte dir nur helfen.«

»Helfen? Indem du Gott und meine Kirche beleidigst, indem du meine Abstammung und meine Rechte leugnest, das Blut meines Vaters und meiner Brüder …!« Er schwieg unvermittelt. Es war, als hätte der Wutausbruch einen Prozess in seinem Gehirn in Gang gesetzt, zu dem alle gute Pflege und Hilfe nicht imstande gewesen waren. Brüder? Ein paar Namen huschten ihm durch den Kopf. »Dein Bruder ist deines Blutes nicht wert«, hörte er jemanden in seiner Erinnerung sagen. Alle Erlebnisse des vergangenen Jahres überspülten ihn wie eine Flutwelle.

»Ich wollte so gern, dass du auch befreit wirst«, schluchzte Colomba. Er hörte sie nicht einmal. Es war, als hätte ihm jemand einen kräftigen Schlag auf den Kopf gegeben, wodurch alles wieder auf seinen Platz fiel und auch die Apathie vertrieben wurde, die seine Gefühle betäubt hatte.

»O Gott!« Er verbarg sein Gesicht in den Händen. »O Gott, Guillaume!«, stöhnte er. Im selben Augenblick stürmten tausend Fragen auf ihn ein. Wie lange bin ich hier? Wie lange ist es her, dass Alaric gefallen ist? Wo sind Robert und Simon jetzt? Was ist in der Zwischenzeit mit ihnen passiert? Haben sie Guillaumes Leichnam gefunden und begraben? Wissen

sie, dass ich noch lebe? Glauben sie vielleicht, ich wäre dort auch gefallen? Ach nein, Alaric war ja noch immer von den Ketzern besetzt, sie konnten ja gar nicht dorthin kommen. Das beruhigte ihn einigermaßen.
Langsam ließ er die Hände sinken. Seine Augen spähten in die Ferne. Dort hinten, das wusste er, hinter dem nächsten Bergrücken, lag Carcassonne wie ein dunkler Maulwurfshügel in der verschneiten Ebene. Wenn er zurückkehrte, wie sollte er dann seine lange Abwesenheit erklären? Was war in der Zwischenzeit alles passiert? Wenn Montfort ihn befragen würde und er zur Beichte ging – mein Gott, wie lange hatte er schon nicht mehr gebeichtet! –, musste er dann erzählen, dass er das *Consolamentum*, die Ketzertaufe, empfangen hatte? Er würde in Anwesenheit aller vom Bischof von Carcassonne bestraft werden. Würden sie ihn einsperren oder vielleicht noch Schlimmeres mit ihm machen? Er sah Colomba an, die sich inzwischen etwas beruhigt hatte, aber noch zu sehr mit sich selbst beschäftigt war, als dass sie gemerkt hätte, was in ihm vorging. Er würde erzählen müssen, wo er gewesen war und wer ihn gepflegt hatte. Er könnte sie nie verraten. Zu den Leuten aus dem Süden gehörte er nicht, doch zu denen aus dem Norden ebenso wenig. Er war gefangen zwischen den beiden Welten. Die alte würde ihn nicht mehr so akzeptieren, wie er jetzt war. In der neuen war er fehl am Platze. Seine Hände umklammerten die Falten seines schwarzen Überkleides, in das er nicht gehörte. Am liebsten hätte er es sich sofort vom Leib gerissen. Was würden Robert und Simon machen, wenn sie ihn darin sahen? Und Montfort?
»Deine Taufe ist jetzt also ungültig, weil du mich geschlagen hast?«, fragte er in einem Versuch, sich auf das Heute zu konzentrieren.

»Nein, das nicht, ich muss nur für meinen Fehltritt büßen«, sagte sie resigniert.
»Das tut mir Leid für dich. Ihr seid gute Menschen, woran auch immer ihr glaubt.«
»Was meinst du denn plötzlich damit?«
»Ich könnte nie deinen Glauben annehmen. Das ist nicht deine Schuld, du brauchst dir nichts vorzuwerfen. Wir sind einfach zu verschieden. Ich gehe mit dir nach Cabaret zurück, ich kann hier nicht bleiben.«
»Das kannst du nicht … warum …«
»Stell mir keine Fragen, ich kann dir doch keine Antwort darauf geben. Und wenn du schon büßen musst, dann tu es gleich hierfür mit.«
Er nahm ihre Hand, die klein und schmal in seine fiel, und zog sie an sich. Bevor sie ihr Gesicht abwenden konnte, hatte er sie schon geküsst. Nicht auf den Mund, wie er es früher bei Eva getan hatte, sondern auf die Stirn. Es war ein Impuls, über den er selbst genauso erschrak wie sie, die so verblüfft war, dass sie sich nicht einmal wehrte. Er ließ sie los. Schweigend gingen sie nebeneinander weiter, bis der Weg wieder abfiel und die drei Burgen von Cabaret über ihnen aufragten. Kurz vor dem Dorf hielt ihn Colomba zurück. »Du bist hier nicht sicher«, sagte sie. »Geh bitte zurück.«
»Ich bin nirgends sicher. Aber bei euch kann ich auf keinen Fall bleiben. Ich bin für euch alle eine Gefahr.«
»Nicht, wenn du einer von uns wirst.«
»Das kann ich nicht. Ich bin hierher gekommen, um für Gott zu kämpfen, um den Glauben zu verteidigen, den ihr für wertlos haltet, nein, als teuflisch verurteilt! Ich bin hierher gekommen, um mit meinem Blut Vergebung für meine Sünden zu erhalten. Ihr sagt, dass der Herr, der die Welt erschaffen hat, ein schlechter Gott ist. Ihr sagt, dass sein Sohn nicht am

Kreuz gestorben ist, um uns von unseren Sünden zu erlösen. Für ihn war ich bereit, den Heldentod zu sterben!« Er schüttelte langsam den Kopf. »Deshalb kann ich nicht bleiben.«

»Ein Heldentod ist ein sinnloser Tod.« Sie war jetzt nicht mehr böse. Ihre Augen waren ganz ernst, wie damals in Béziers. »Du kannst dich nicht von all dem Bösen, das in dir ist, von der Sünde, wie ihr das nennt, reinigen, indem du dein Blut oder das anderer Menschen vergießt. Du kannst dem Bösen nur entkommen, indem du dich von ihm abwendest.«

»Das würde ja bedeuten, dass alle heiligen Märtyrer umsonst gestorben sind. Dass Christus umsonst gestorben ist. Ich bekomme es kaum über die Lippen.«

»Christus war hier, um uns an unser himmlisches Vaterland zu erinnern, dessen Existenz wir vergessen hatten. Er war hier, um uns zu lehren, wie wir zum Reich Gottes zurückkehren können, nicht, um uns von unseren Sünden zu erlösen, indem er am Kreuz leidet. Er hat uns die Taufe mit dem Heiligen Geist gebracht. Deine Seele, dieser kleine Funken himmlischen Lichts, ist eingesperrt in dem Fleisch, das der Teufel erschaffen hat. Nur indem du dem Weg der Guten Christen folgst, kannst du dich von dem Körper befreien. Lass die Guten Christen dir die Hand auflegen und dir den Heiligen Geist zurückgeben, sodass sich dieser mit deiner himmlischen Seele wieder vereinigen kann. Dann wirst du befreit sein!«

Er bekreuzigte sich wieder, angewidert von ihren Worten. Sie hatten ihm die Hand aufgelegt, ihn mit dem *Consolamentum* versehen, ein schreckliches Missverständnis, und sie wollten es wieder tun, als sei eine Ketzertaufe nicht genug!

»Wir werden einander nie verstehen, Colomba, so dankbar ich dir auch für alles bin, das du für mich getan hast.«

»Nicht verstehen wollen«, verbesserte sie ihn.

Sie sahen sich einen Augenblick schweigend an.

»Solltest du mich je brauchen, ich heiße Amaury de Poissy«, sagte er, drehte sich um und entfernte sich entschlossenen Schrittes. Sie schaute ihm nach und ihre Augen füllten sich wieder mit Tränen. War er sich der Gefahren denn nicht bewusst, denen er sich, bekleidet mit der Tunika eines *Bon Homme,* aussetzte? Doch als er die Wegbiegung erreichte, blieb er plötzlich stehen. Sie trocknete ihre Tränen und beobachtete, wie er eine Weile in die Ferne spähte. Er sprach einen Vorübergehenden an, hielt ihn davon ab, ihn wie einen Guten Christen zu begrüßen, und wechselte ein paar Worte mit ihm. Dann drehte er sich um und ging zurück, immer schneller, bis er schließlich rennend bei ihr ankam.

»Geh zurück, ich will nicht, dass du das siehst«, keuchte er.

Aus der Ferne erreichte sie ein Geräusch, das sie zuerst nicht einordnen konnte. Doch als es lauter wurde, weckte es in ihr Erinnerungen an den schrecklichen Tag in Béziers. Es war das Geräusch von Menschen, die vor Schmerz und Elend stöhnten. Dann sah sie eine Gestalt nach der anderen um die Kurve biegen. Sie bewegten sich seltsam, so als würden sie sich vorwärts tasten. Manche hielten sich aneinander fest, andere ließen sich von einem Seil oder einem Streifen Stoff zwischen sich führen.

»Bitte, Colomba, tu dir das nicht an. Geh zu deinen Leuten und bleib dort, bis sie vorbei sind.« Er schob sie mit sanftem Zwang in Richtung Dorf, weg von dem sich nähernden Elend.

»Woher kommen sie, was ist passiert?«

»Aus Bram, einem Dorf am Handelsweg zwischen Alzonne und Fanjeaux.« Mehr wollte er nicht sagen.

»Sind Verletzte dabei?«

Er nickte nur.

»Und du willst mich wegschicken? Dann muss ich helfen.« Sie

schlüpfte an ihm vorbei und eilte in die Richtung des seltsamen Zuges, der inzwischen auf fast hundert Leute angewachsen war. »Sorg lieber dafür, dass du dich irgendwo in Sicherheit bringst«, rief sie über die Schulter zurück. »Geh zurück nach Salsigne, sobald Herr Pierre-Roger von dem Vorfall in Bram erfährt, wird er selbst von ihnen hören wollen, was geschehen ist. Ich will nicht, dass er dir begegnet.«
»Ich bleibe hier.« Er folgte ihr auf dem Fuße. »Ihr könnt meine Hilfe sicher gebrauchen.«
Colomba hatte in ihrem jungen Leben schon viel erlebt. Dennoch war der Anblick der Dorfbewohner aus Bram ein Schock, den sie nur schwer verkraften konnte.
Inzwischen hatten sich weitere Bürger Cabarets vor dem Tor versammelt. Sie drängten sich um die armen Menschen und alle wollten wissen, was passiert war.
Bram war von den Kreuzfahrern belagert worden. Drei Tage hatte die Belagerung nur gedauert. Danach war der Ort gestürmt und eingenommen worden. Als Erstes hatten sich die Kreuzfahrer einen französischen Schreiber vorgeknöpft, der sich zu der Zeit gerade in Bram aufhielt. Der Unglückliche, der im Herbst zuvor die Stadt Montréal durch Verrat dem ursprünglichen okzitanischen Besitzer, Aimery de Montréal, wieder in die Hände gespielt hatte, war hinter ein Pferd gebunden, durch die Straßen geschleift und dann erhängt worden. Anschließend hatten sie hundert Bürger ausgewählt und ihnen Nase und Oberlippe abgeschnitten und beide Augen ausgestochen. Nur bei einem hatten sie ein Auge verschont, damit er die anderen führen konnte. Das war ihre Strafe, weil sie das Dorf beim Näherkommen von Gottes Soldaten in Verteidigungsstellung gebracht hatten. Jeden, der sich dem Kreuzzugsheer widersetzte, erwartete dasselbe Schicksal. Mit dieser düsteren Botschaft, die sie im Namen Simon de Mont-

forts überbringen mussten, waren sie auf den Weg nach Cabaret geschickt worden, bis jetzt der einzige Ort, den der französische Feldherr durch den heftigen Widerstand seiner Burgherren nicht hatte erobern können.
»Das ist also die noble Kriegskunst«, sagte Colomba. »Du hast Recht, einen wie Montfort gibt es nicht zweimal.«
Amaury starrte sie entsetzt an. Ihre harten Worte trafen ihn wie ein Dolchstoß. Natürlich, als Kreuzfahrer und Soldat desselben Heeres war er mitschuldig. Am liebsten wäre er im Boden versunken. Er hatte sich zwar schon früher Fragen gestellt, doch immer hatte er hinterher zugeben müssen, dass Montfort richtig gehandelt hatte, ob dies nun im Auftrag des Abtes von Citeaux geschehen war oder nicht. An dem Gemetzel in Béziers waren schließlich die Söldner und Landsknechte schuld gewesen, dieses gottlose Gesindel, das die Kreuzfahrer in jenem unseligen Augenblick nicht im Griff hatte. Doch wehrlose Bürger mutwillig zu verstümmeln, einzig und allein als abschreckendes Beispiel, das übertraf jede Grausamkeit. Dass ein gottesfürchtiger Mann wie Montfort für so etwas verantwortlich war, ging über Amaurys Verstand. Das Einzige, was er tun konnte, war, wieder gutzumachen, was Montfort und seine Männer, darunter auch sein Bruder und sein Vetter, verbrochen hatten. Er bahnte sich einen Weg durch die Menge und führte die Elenden zu dem Haus, in das er selbst vor ein paar Monaten gebracht worden war, um dort zusammen mit Colomba und den anderen Frauen ihre Wunden zu versorgen und ihre Not zu lindern.

Cabaret – April 1210

Eines war Amaury ganz deutlich geworden: Sein Entschluss, in Cabaret zu bleiben, war unumkehrbar, auch wenn er noch so impulsiv gewesen war. Wenn er zu den Kreuzfahrern zurückging, würden sie ihn als Verräter betrachten und sein Schicksal sähe nicht viel anders aus als das des französischen Schreibers, den sie durch Brams Straßen geschleift und erhängt hatten. Schließlich hielt er sich hier freiwillig bei den Ketzern auf, während ein paar Schritte von ihm entfernt Bouchard de Marly schon seit vier Monaten in Cabarets Kerkern eingesperrt war. Er musste also bleiben, denn einen Zwischenweg gab es nicht. Und wenn er ganz ehrlich war, musste er zugeben, dass es ihm nicht einmal so schwer fiel. Er war nun an die schwere Arbeit in den Minen gewöhnt und er befand sich in Colombas Nähe.

Jedoch nicht nah genug. Die verstümmelten Gesichter der Bürger aus Bram verfolgten ihn in seinen Träumen. Immer wieder wachte er mitten in der Nacht schwitzend auf und dann sah er in der Dunkelheit Colombas Antlitz, in dem die dunkelbraunen Augen, die niedliche, kleine Nase und die wohlgeformten Lippen klaffenden Wunden gewichen waren. Dann hatte er nur noch einen Gedanken: Sie musste in Sicherheit gebracht werden, weit weg von Cabaret.

Und noch etwas war ihm endlich bewusst geworden: Er war in sie verliebt.

Diese Entdeckung verwirrte ihn. Im Grunde war es nicht so seltsam, denn Colomba war ein hübsches Mädchen. Doch sie war ganz anders als Eva. Sie konnte schamlose Dinge sagen, die ihn rasend machten, und wenn er dann böse wurde, spielte sie die beleidigte Unschuld. Zudem war sie unter seinem

Stand und kam deshalb nur als flüchtiges Abenteuer in Frage. Und so etwas war mit ihr einfach undenkbar, selbst wenn er es gewollt hätte. Vor allem aber war sie eine Ketzerin und, was noch schlimmer war, auf dem besten Wege, eine *Perfecta* zu werden. Sie hatte ihn von Anfang an gewarnt, dass er sie nicht berühren dürfe. Nicht einmal ihre männlichen Glaubensbrüder durften das. Die berührten zur Begrüßung nur ihren Ärmel. Das eine Mal, als er sie aus Versehen in die Arme genommen hatte, auf dem Weg von Salsigne nach Cabaret, hatte gereicht, um seine Männlichkeit in Jubelstimmung zu versetzen. Er war selbst darüber erschrocken. Ein einziges Mal hatte sie ihm erlaubt, ihre Hand zu halten, da sie doch schon gesündigt hatte, und anschließend hatte er sich den ganzen Weg vorgestellt, wie es wohl wäre, mit ihr zu schlafen, sosehr er auch versucht hatte, seine Gedanken in eine andere Richtung zu lenken.

Hätte er seinen Verstand benutzt, wäre er noch am selben Tag gegangen. Wegen der Tragödie in Bram war er jetzt immer noch hier, mit seinen Schuldgefühlen und Zweifeln, seiner Angst und einer Liebe, mit der er nichts anzufangen wusste, da er sie nicht zu äußern wagte.

Simon de Montfort eroberte derweil mit frischen Hilfstruppen einen Ort nach dem anderen und innerhalb kurzer Zeit hatte er das ganze Minervois in seinen Besitz gebracht. Nur Minerve sowie Burg Ventajou blieben durch ihre uneinnehmbare Lage verschont. Schließlich näherten sich die feindlichen Truppen Cabaret. Herr Pierre-Roger rüstete sich für den Kampf und ließ Männer aus Salsigne kommen, damit sie beim Verstärken der Mauern halfen. Ohne lange darüber nachzudenken, schloss sich Amaury ihnen an und zog in das Dorf am Fuße der Festung um.

Zu einer Belagerung kam es nicht. Eines Tages wagte sich

Montfort ins Tal der Orbiel, doch wahrscheinlich erinnerte er sich an die Verluste, die er im September erlitten hatte. Er begnügte sich deshalb damit, die Berghänge zu verwüsten, die außer Schussweite der Festung lagen. Nachdem seine Soldaten die kostbaren Weinranken aus dem Boden gerissen hatten, trieben seine Ritter ihre Pferde in respektvoller Entfernung an der Burg vorbei und schrien, Weinstöcke schwenkend, dass die Herren von Cabaret nun wohl Wasser trinken müssten. Amaury, der sich hinter der Mauer verschanzt hatte, bei deren Wiederaufbau er selbst mitgeholfen hatte, versuchte, einen Blick auf den berüchtigten Feldherren zu erhaschen. Der traurige Anblick der verwüsteten Weingärten, in denen gerade das erste Grün an den kahlen Knorren gesprossen war, machte ihn rasend. Am liebsten hätte er sich Montforts Männern entgegengestellt, sei es auch nur, weil er dann wenigstens das Gefühl gehabt hätte, Colomba vor dem Feind zu beschützen und zu beweisen, dass er nicht zu denjenigen gehörte, die unschuldige Bürger verstümmelten.
Pierre-Roger de Cabaret sah nicht weiter tatenlos zu. Er befahl seinen Reitern und Bogenschützen, einen Ausfall zu machen, um die Angreifer zu verjagen. Erleichtert, dass endlich etwas unternommen wurde, schloss sich Amaury ihnen an. Mit seinem Pickel bewaffnet, stürmte er durch das Tor nach draußen und rannte unaufgefordert mit den anderen mit. Der Feind war schon weg, bevor er nah genug herankommen konnte. Nur die Reiter und Bogenschützen konnten etwas ausrichten. Ihnen gelang es sogar, Montfort in die Brust zu treffen, doch er kämpfte einfach weiter und zog sich später mit den anderen zurück. Amaury hörte den Jubel, als der Feind die Flucht ergriff, und er erkannte, wie lächerlich nutzlos er war, zu Fuß mit seinem Werkzeug, das in keinerlei Hinsicht einer Waffe glich. Machtlos und den Tränen nahe be-

trachtete er die Verwüstungen, die seine früheren Kampfgefährten hinterlassen hatten, und schleuderte den Pickel weg.
»Verdammt, gebt mir ein Schwert und ein Schlachtross, dann werde ich's ihnen zeigen!«, schrie er.
»Du willst reiten?«, ertönte eine Stimme hinter ihm.
Amaury drehte sich mit einem Ruck um. Hinter ihm stand ein Ritter, der ihn von seinem Pferd aus amüsiert betrachtete. Es war Pierre Mir, der berüchtigte *Faidit* aus Fanjeaux.
»Ich kann reiten wie kein anderer, ich bin fast auf einem Pferd geboren«, schnaubte Amaury kampflustig, ohne daran zu denken, wer er war und wie er aussah. Der andere antwortete ihm mit einem spöttischen Lachen.
»So, so. Na, dann zeig mal, was du kannst. Mein Knappe war so unvernünftig, sich aus dem Sattel werfen zu lassen. Ein Dutzend Reiter trampelte über ihn hinweg und er wird nie wieder reiten können. Sein Pferd ist da hinten, fang es ein.« Er zeigte in die Ferne, wo ein reiterloser Schimmel hinter den feindlichen Truppen hergaloppierte.
»Wenn Ihr mir ein Pferd gebt, habe ich den Schimmel, bevor Ihr Cabaret zu Fuß erreichen könnt.«
Zu seinem Erstaunen sprang Pierre Mir aus dem Sattel und gab ihm die Zügel.
»Worum wetten wir?«, fragte er grinsend, während er den jungen Mann von Kopf bis Fuß musterte.
»Wenn ich ihn fange ...«
»... bevor ich Cabaret zu Fuß erreicht habe!«
»... gehört er mir.«
»Und was bekomme ich, wenn du ihn nicht fängst?«
»Dann bin ich Euer Knappe.«
Jetzt musste der Ritter laut lachen.
»Vorausgesetzt, ich will so einen Knappen haben. Für dich

bekomme ich doch zehn Bessere, die es gar nicht erwarten können, mir zu dienen.«
»Ich schon«, sagte Amaury. Die Aussicht, noch lange die Waffen für einen anderen putzen zu müssen, gefiel ihm gar nicht. Er war es gewöhnt gewesen, dass ein anderer das für ihn tat. »Ich will nur ein Pferd und eine Waffe. Wenn ich noch länger warte, kann ich den Gaul vergessen.« Er sprang in den Sattel und galoppierte davon, Pierre Mir in einer Staubwolke zurücklassend.
Wahrscheinlich hatte der Ritter von Fanjeaux erwartet, der junge Mann würde schon nach kurzer Zeit auf der Erde liegen. Doch wie versprochen kehrte Amaury mit dem Pferd zurück, noch bevor der andere die Türme auf dem Bergkamm erreicht hatte. Er sprang ab und gab dem Besitzer die Zügel zurück. Amaury hatte das Reiten nicht verlernt, nur seine Muskeln waren nicht mehr trainiert. Zufrieden dankte er dem Ritter und wankte auf Beinen davon, die sich anfühlten, als würde ein Wagenrad dazwischen passen. Der Schimmel trottete dampfend hinter ihm her.
»Nicht so schnell, junger Mann!« Pierre Mir saß wieder im Sattel und ritt neben ihm her. Mit seiner gepanzerten Hand zeigte er auf Amaurys schwarze Tunika. »Erzähl mir mal, warum ein angehender *Bon Homme* so darauf versessen ist, Blut zu vergießen!«
Erst jetzt merkte Amaury, dass er auf der anderen Seite von einem von Mirs Reitern flankiert wurde, demselben, der ihm auch wie ein Schatten gefolgt war, seit Mir ihm sein Pferd überlassen hatte. Selbst wenn er in die Versuchung gekommen wäre, sich mit dem Schlachtross des Ritters aus dem Staub zu machen, wäre es ihm nicht gelungen. Angst fuhr ihm in die Glieder. Hatte ihn Colomba nicht vor den beiden Verbannten aus Fanjeaux gewarnt? Jetzt hatte er sich durch sein

impulsives Auftreten ausgerechnet vor den Augen Pierre Mirs verraten. Doch der Ritt hatte ihm gut getan. Einen Moment hatte er wieder von dem Leben gekostet, das er gewöhnt gewesen war. Es schmeckte nach mehr und machte ihn übermütig. Und was war schließlich glaubwürdiger als die Wahrheit?

»Ich habe das *Consolamentum* empfangen, als ich ernsthaft verwundet war und man dachte, ich würde sterben. Vorher war ich ein Ritter, ich war es gewöhnt zu kämpfen. Stattdessen muss ich nun das Leben eines Asketen führen. Das ist nicht einfach, vor allem nicht, wenn so etwas wie heute passiert.«

Die gepanzerte Hand zeigte zu einem der drei Türme über ihnen hinüber.

»Komm mit.« Mir ließ sich aus dem Sattel gleiten und übergab die Zügel seinem Stallknecht.

Amaury folgte dem Edelmann mit klopfendem Herzen über den schmalen Weg, der unterhalb der drei Burgen entlangführte. Es blieb ihm gar nichts anderes übrig, denn der andere Reiter war auch abgestiegen und ging so dicht hinter ihm, dass er ihm in die Hacken trat. Dort, wo sich der Weg teilte, schlug Mir den zur mittleren Burg ein. Auf dem Innenhof blieb er schließlich stehen und starrte Amaury an.

»Du warst also ein Ritter, aber du hast das *Consolamentum* empfangen und lebst wie ein Asket. Trotzdem rufst du, dass du ein Pferd und eine Waffe haben willst. Du gehst sogar eine Wette dafür ein, bei der du als Einsatz dich selbst als Knappe anbietest. Du fängst das Pferd tatsächlich ein und offenbar hattest du vor, es zu behalten. Was hast du damit vor? *Bons Hommes* gehen immer zu Fuß.«

»Es war ein Impuls, die Macht der Gewohnheit.«

»Woher kommst du?«

»Aus Salsigne.«
»Wie heißt du?«
»Aimery.« Das klang besser als das nordfranzösische Amaury. Außerdem war kein Name so gehasst wie der von Arnaud-Amaury, dem Abt von Citeaux, der den Oberbefehl über das Kreuzzugsheer hatte.
»Aimery von Salsigne, deine Geschichte stimmt nicht.«
Amaury stieg das Blut in die Wangen.
»Ich lüge nicht«, sagte er heiser.
»Natürlich nicht.« Mirs Stimme triefte vor Sarkasmus.
»Ich kann gar nicht mehr lügen. Sie behalten mich Tag und Nacht im Auge, um mich vor einem Fehltritt zu bewahren. Wenn ich trotzdem sündige, muss ich Buße tun: drei Tage fasten oder hundert Kniefälle.«
Es blieb einen Augenblick still. Eine Fliege summte um Mirs Kopf und landete auf seiner Ohrmuschel, um von dort aus über seine schwarzen Locken in seinen verschwitzten Nacken zu kriechen. Mir hob die Hand. Amaury folgte seiner Bewegung, in der Erwartung, dass er die Fliege erschlagen würde. Stattdessen wedelte der Ritter nur ein wenig mit der Hand, bis das Insekt aufflog.
»Ich habe Euch gesagt, dass es ein Irrtum war, dass ich nicht bei Sinnen war, als ich um das *Consolamentum* bat.«
Die Fliege summte von neuem um sie herum. Offenbar lockten sie die Schweißtropfen auf Amaurys Stirn, denn sie landete über seiner Augenbraue. Ohnehin schon gereizt durch das Verhör, schlug Amaury ungeduldig nach dem Insekt. Doch Mir war schneller als er. Seine gepanzerte Faust packte seine Hand und hielt sie fest.
»Ein *Bon Homme* darf nicht töten! Hast du nicht gelernt, dass eine Seele auch in ein Tier zurückkehren kann?«
»Ich … ja, schon«, stammelte er. »Nun seht Ihr selbst, dass ich

dafür nicht geeignet bin. Sie wollen eine Art Heiligen aus mir machen. Ich habe gefragt, ob sie das *Consolamentum* nicht ungeschehen machen können, doch sie wollen nichts davon hören.«

»Es fällt ihnen nicht leicht, eine einmal gerettete Seele wieder dem Bösen preiszugeben. Bist du dir sicher, dass du die Taufe ungeschehen machen willst?«

»Ich bewundere die *Bons Hommes*. Ihr Streben ist mir nur zu hoch.«

»Das lässt sich ändern.« Er winkte dem anderen Reiter, der noch immer hinter Amaury stand, machte eine Geste und grinste. Der Mann verschwand in der Burg, um kurz darauf mit einem Schinken zurückzukehren. Mir zückte seinen Dolch und schnitt einen Streifen davon ab.

»Iss.«

Entsetzt starrte Amaury auf das rosafarbene Fleisch, das er nicht mehr angerührt hatte, seit der *Perfectus* an seinem Krankenbett gestanden hatte. Meinte Mir das wirklich, er, der Sohn einer *Bonne Dame*, der den Glauben der Guten Christen schon mit der Muttermilch eingesogen hatte? Er schluckte kurz, faltete die Hände und betete das Vaterunser, wie er es gelernt hatte, bevor er etwas zu sich nahm.

»Hör auf zu beten«, sagte Mir barsch. »Wenn schon, dann mach es gleich richtig.«

Amaury biss in das Fleisch. Zuerst schmeckte es nur salzig, danach nur noch ekelerregend. Ihm wurde fast übel davon.

»Für die Guten Christen ist dies gleichbedeutend mit einer Rückkehr zum falschen katholischen Glauben«, sagte Mir. Amaury nahm noch einen ordentlichen Bissen und kaute kräftig weiter. Es schmeckte schon besser.

»Natürlich kannst du von nun an auch ein einfacher Anhänger des Wahren Christentums sein, genau wie ich. Lass die

Frauen und Priester mal über unser Seelenheil wachen. Wer soll unseren Besitz schützen, wenn wir nicht kämpfen? Mein Sergeant wird dich nach Salsigne begleiten. Da kannst du den *Bons Hommes* dann deine Entscheidung mitteilen und dein schwarzes Überkleid abgeben. Anschließend meldest du dich bei mir, denn von nun an stehst du in meinem Dienst. Du erhältst die Chance zu beweisen, dass alles stimmt, was du behauptest hast.«

Colomba weinte, als er ihr von seinem Entschluss erzählte. Sie schrieb es ihrem eigenen Versagen zu. Danach wurde sie böse, weil er sagte, dass es eine Erleichterung für ihn sei. Wütend erklärte sie, dass sie ihn nicht mehr sehen wolle.

Letzteres war unvermeidlich, denn er sah sie regelmäßig im Dorf Cabaret, das sich am Fuße des Nordhangs an den Berg schmiegte. So gab sie sich bald geschlagen und fuhr mit ihren Versuchen fort, ihn von der Falschheit seines Glaubens zu überzeugen.

Wenig später erzählte sie ihm, dass Alaric von den Kreuzfahrern belagert werde. Er hatte sich zwar schon des Öfteren gewundert, woher sie immer so gut Bescheid wusste, doch er wagte es nicht, sie danach zu fragen, erst recht nicht jetzt, aus Angst zu verraten, wo sein Bruder und sein Vetter waren. Denn wenn Alaric fiel, würden sich Robert und Simon sicher auf die Suche machen, Guillaumes Leiche entdecken und ihn begraben. Sie würden auch nach dem Leichnam des jüngsten Poissy Ausschau halten und ihn nicht finden. Oder waren die sterblichen Überreste der Gefallenen inzwischen so verwest, dass sie unkenntlich waren? Wahrscheinlich hatten Raben und Geier sie inzwischen bis auf die Knochen abgefressen. Er schauderte bei dem Gedanken an Robert, der zwischen den menschlichen Überresten im Burggraben herumirrte, von

Trauer um seine beiden Brüder erfüllt. Natürlich würde er eine Messe für ihr Seelenheil halten lassen, während sie ihn hier zur ketzerischen Lehre zu überreden versuchten!

Seine Abscheu vor Montforts Greueltaten in Bram hatte es Amaury leichter gemacht, sich den Guten Christen anzupassen, doch nach dem Bericht über Alaric wuchs seine Unsicherheit wieder. Außerdem war es fast Ostern und in Cabaret schien sich niemand mit dem Leiden und der Kreuzigung Christi zu beschäftigen, von der Auferstehung ganz zu schweigen. Es gab keine Messen, keine Prozessionen, nichts.

»Christus ist nicht am Kreuz gestorben«, sagte Colomba. »Christus ist ein Engel, den Gott geschickt hat, damit er die Menschen lehrt, wie sie sich vom Bösen befreien können. Er ist nicht gekommen, um durch sein Leiden die Sünden der Menschen auf sich zu nehmen, sondern um seinen Aposteln die befreiende Taufe weiterzugeben. Und weil ein Engel nicht sterben kann, ist er auch nicht am Kreuz gestorben, geschweige denn vom Tod auferstanden. Das, was die Menschen am Kreuz sahen, war nur seine Erscheinung. Sein Körper war nicht das Satanskleid, in dem der Teufel die himmlischen Geister gefangen hält, wie es bei einfachen Menschen wie dir und mir der Fall ist. Sein Körper war eine Illusion, eine Sinnestäuschung. Verstehst du jetzt, warum wir das Kreuz nicht anbeten, sondern verabscheuen? Es ist nicht mehr als ein Folterwerkzeug, ein Symbol des Bösen, an dem der Engel, der nicht sterben konnte, gelitten hat.«

Das mochte für die Ketzer ja alles stimmen, Amaury jedoch vermisste das Gleichmaß des Kirchenjahres und die Missachtung der kirchlichen Feiertage bedeutete für ihn eine unverzeihliche Nachlässigkeit, die einer Beleidigung Gottes gleichkam. Es flößte ihm ein Schuldgefühl ein, das ihn keinen Augenblick in Ruhe ließ.

Auch bei Colomba spürte er eine Unruhe, die für sie ungewöhnlich war. Dafür gab es Gründe genug, seit König Pedro von Aragón neue Friedensverhandlungen geführt hatte, die im Sande verlaufen waren. Der Friedensvertrag zwischen Simon de Montfort und dem Grafen von Foix, der ihm vorschwebte, war an der offenen Feindschaft zwischen den beiden Herren gescheitert. Danach hatte sich Pierre-Roger de Cabaret mit den Herren von Montréal und Termes, die sich wie er als ehemalige Vasallen Trencavels geweigert hatten, dessen Nachfolger Montfort den Treueid zu schwören, an den König gewandt. In der Hoffnung, das vorrückende Kreuzzugsheer aufhalten zu können, boten sie dem König an, im Tausch für militärische Hilfe aus Aragón ohne Einmischung Montforts seine direkten Vasallen zu werden. Vielleicht hatten sie erwartet, Pedro würde lechzend nach diesem Köder greifen. Ihre drei Burgen – Montréal, Termes und Cabaret – bildeten schließlich ein Dreieck, das Carcassonne gleichsam einschloss.
Der König forderte Garantien. Er verlangte die Übergabe der Burgen, damit er seine Garnisonen dort unterbringen konnte. Dieser Preis war hoch. Alle drei waren Anhänger oder zumindest Sympathisanten der verbotenen Lehre und sie machten sich Sorgen um ihre Untertanen und die zahllosen Flüchtlinge, die sie beherbergten, aber auch um ihre eigenen Familien. Hatte Pedro durch seinen Kampf gegen die Mauren in Spanien nicht den Beinamen »der Katholik« bekommen? Obwohl er seine Vasallen nicht im Stich lassen wollte, konnte von einem König mit einer derartigen Reputation kaum erwartet werden, dass er sich gegen die römische Kirche stellte, indem er öffentlich die Guten Christen schützte. Ihr Zögern wurde vom König tatkräftig beantwortet. Er forderte die unverzügliche Übergabe Cabarets, das militärisch gesehen am günstigs-

ten lag und durch den Reichtum seiner Minen am mächtigsten war. In Cabaret hielt man den Atem an. Doch Pierre-Roger de Cabaret weigerte sich rundheraus und die Herren von Montréal und Termes stimmten ihm zu. Die Gefahr war zu groß, dass der König alle Guten Christen und ihre Anhänger verjagte.
Pedro von Aragón erwies sich als schlauer als seine Vasallen. Das Bündnis scheiterte, womit der König gerechnet hatte, doch die Drohung, die davon ausging, hatte inzwischen ihr Ziel erreicht: Montfort war jetzt zu einem Waffenstillstand mit dem Grafen von Foix bereit. Schweren Herzens kehrte Pierre-Roger de Cabaret zu seiner Festung zurück. Er wusste, dass seine Chancen gering waren, doch lieber trotzte er der Übermacht des Herrschers, als dass er sich dessen verhasster Kirche gebeugt hätte. Er war selbst ein überzeugter Anhänger des Wahren Christentums und wohnte öffentlich den Predigten der Guten Christen bei, die seine Burg besuchten. Wieder wurde Cabaret bis an die Zähne bewaffnet und in Verteidigungsstellung gebracht.

Es war Mitte Juni, als die Nachricht kam, die Kreuzfahrer würden Minerve belagern.
»Die Mühe hätten sie sich sparen können«, sagte Colomba.
Amaury machte ein bedenkliches Gesicht.
»Du hast Minerve natürlich nie gesehen«, fuhr Colomba fort. »Die Burg liegt an einer Stelle, an der zwei Schluchten zusammentreffen und zudem so hoch auf den Felsen, dass sie uneinnehmbar ist.«
»Nichts ist für Montfort uneinnehmbar. Du hast seine Belagerungsmaschinen nie gesehen.«
»Damit kannst du dort nichts ausrichten.«
»Es ist Sommer, Colomba. Sie werden die Festung abriegeln.

Wenn sie den Weg zum Wasser absperren, kommen sie in Minerve vor Durst um und es brechen Krankheiten aus. So ist es in Carcassonne auch gewesen. Ich kann den Gestank noch riechen, als wir die Stadt betraten. Man wurde verrückt vor Fliegen.«
»An die Brunnen von Minerve kommen sie nicht heran, die liegen am Rande der Stadt über der Schlucht und die ist zu breit, als dass die Brunnen mit Wurfmaschinen zerstört werden könnten.«
»Wenn die Not am größten ist, gibt es immer jemanden, der zum Verrat getrieben wird.«
»Nicht in Minerve. Die Stadt wird sich nie ergeben, dort gibt es zu viele Gute Christen.«
Er hoffte, dass sie Recht bekommen würde, auch wenn er die größten Zweifel hatte.

Cabaret – Ende Juli 1210

Colomba saß am Ufer der Orbiel auf einem großen Stein. Neben ihr stand ein Wäschekorb, der schon halb mit ausgespülten Kleidungsstücken gefüllt war. Auf der anderen Seite lag die Wäsche, die noch gewaschen werden musste. Das Oberteil ihres schwarzen Überkleids hatte sie über den Gürtel geschlagen und den Rock hochgezogen und zwischen die Beine geklemmt. Ihre nackten Zehen krümmten sich um den Rand des Steins, während sie schrubbte und rieb, spülte und wrang. Manchmal faltete sie den Stoff zu einem dicken Paket und schlug mit einem schön rund geschliffenen Stein darauf. Obwohl sie in dem schattigen Tal an der Nordseite des Berges saß, war es hier in den späten Morgenstunden schon ziemlich warm. Von Zeit zu Zeit schöpfte sie mit ihren Händen Wasser und ließ es über ihren Nacken und Rücken rinnen. Ihr leinenes Unterkleid war durchtränkt und der nasse Stoff fühlte sich herrlich kühl an.

Außer Colomba befanden sich noch weitere Frauen am Ufer. Sie schwatzten und lachten, während ihre Hände die Arbeit machten. Nur Colomba war still. Immer fester schlug sie mit dem Stein auf die Wäsche ein. Sie war wütend, weil Amaury Recht behalten hatte. Minerve war nach einer fünfwöchigen Belagerung gefallen. Und sie war wütend auf die Kreuzfahrer, weil sie die Bürger von Minerve so gemein behandelt hatten. Zuerst hatten sie die Burg und das dazugehörige Dorf von der Außenwelt abgeschnitten. Niemand hatte es für möglich gehalten, dass die Kreuzfahrer mit ihren Waffen die Festung erreichen könnten. Doch die hatten den Brunnen und den Weg dorthin mit einer riesigen Wurfschleuder von der anderen Seite der Schlucht aus bombardiert. Schon bald hatten sie solche Verwüstungen angerichtet, dass das Wasser unerreichbar geworden war. Die Sommerhitze und die anhaltende Trockenheit taten ein Übriges. Es brachen Krankheiten aus, sodass sich der Herr von Minerve gezwungen sah, mit dem Feind zu verhandeln. Er hatte schon fast eine Übereinkunft mit Simon de Montfort erzielt, als der Zisterzienserabt Arnaud-Amaury dem einen Riegel vorschob, aus Angst, die »Feinde Christi« würden ihm entkommen. Er beauftragte beide Unterhändler, ihre Bedingungen getrennt voneinander aufzuschreiben. Tatsächlich kam es so, wie er gehofft hatte. Beide fanden die Forderungen des anderen unannehmbar. Montfort schlug dem Herrn von Minerve vor, zu seiner Festung zurückzukehren und zu sehen, wie er sich und die Bewohner rettete. Dieser wusste nur allzu gut, dass weiterer Widerstand zwecklos war und dass er seine Untertanen nicht länger einem Krieg aussetzen konnte. Er ergab sich bedingungslos und erhielt die Zusicherung, dass jeder, der sich wieder mit der katholischen Kirche versöhnen würde, verschont bliebe. Sowohl Arnaud-Amaury als auch der Herr von Minerve wussten, dass die Guten Christen dies nie tun würden. Obwohl Montfort sie noch beschwor, zum römischen Glauben zurückzukehren, um ihr Leben zu retten, bestiegen hundertvierzig Gute Christen freiwillig den Scheiterhaufen, den die Kreuzfahrer in der Schlucht am Fuße der Festung errichtet hatten. Nur drei *Bonnes Dames* ließen sich dazu überreden, dem Wahren Christentum abzuschwören, das sie von nun an den Ketzerglauben nennen würden. Ein persönlicher Triumph der Mutter Bouchard de Marlys, dem Kreuzfahrer, der schon acht Monate von dem Herren von Cabaret gefangen gehalten wurde.

Hundertvierzig Gute Christen bei lebendigem Leibe verbrannt ... Jedes Mal, wenn Colomba daran dachte, traten ihr wieder Tränen in die Augen. Von den Flüchtlingen und Verwundeten aus Minerve, die in Cabaret versorgt wurden, hatte sie alle grausamen Einzelheiten erfahren. Heftiger als je zuvor kamen die Erinnerungen an Béziers wieder in ihr hoch und wütend schlug sie mit dem Stein auf die Wäsche ein. Am allerwütendsten aber war sie auf Amaury, weil er Recht behalten hatte. Die Kreuzfahrer, sagte er, seien zu allem imstande und so zahlreich, dass keine einzige Festung, so stark sie auch sein mochte, ihnen auf die Dauer Widerstand leisten könne. Sie konnte es nicht glauben, sie wollte es nicht glauben. Das Land war so unermesslich groß, es gab so viele Dörfer und Burgen, in denen sich die Guten Christen versteck-

ten, und so viele Herren, die sie beschützten. Es gab Burgen, die wie Adlerhorste hoch oben auf die Felsen gebaut waren. Wie wollten sie die erobern? Zugegeben, nach dem Fall Minerves hatten es einige okzitanische Herren mit der Angst zu tun bekommen. Sie hatten sich dem Feind ergeben und ihren Besitz gegen unbefestigte Landgüter in der offenen Ebene eingetauscht. Einer von ihnen war der Herr von Montréal, sodass nun zwei der drei Unterhändler, die sich König Pedro von Aragón als Vasallen angeboten hatten, ausgeschaltet waren. Doch Cabaret würde sich nicht so einfach geschlagen geben! Die Selbstüberschätzung der Kreuzfahrer ärgerte sie. Dass Amaury so von ihrem Sieg überzeugt war, machte sie wütend, auch wenn er sie, als er von dem Scheiterhaufen in Minerve hörte, den ganzen Tag nicht mehr anzusehen gewagt hatte. Er schämte sich für seine Landsleute. Wenn es nur sein Schuldgefühl war, das ihn hier hielt, dann konnte er ihretwegen gehen! Sein ganzes Reden und Handeln war widersprüchlich. Er sagte, dass die Guten Christen gottesfürchtige Menschen seien und dass er tiefen Respekt vor ihnen habe, dass sie reiner lebten als die meisten katholischen Geistlichen. Trotzdem wollte er selbst keiner sein und bekannte sich heimlich zum Glauben der römischen Kirche. Er behauptete, dass er sich in Cabaret noch immer fremd fühle. Trotzdem wollte er nicht zu seinen Landsleuten zurück. Er duldete kein böses Wort über Simon de Montfort. Aber er hatte sich ausgerechnet unter Pierre Mirs Flagge gestellt, der mit seinen *Faidits* die französischen Truppen von den Bergen aus beschoss. Was wollte er eigentlich? Der Stein klatschte auf die Wäsche herab. Was wollte sie eigentlich?
»Colomba!«, rief eine der Frauen tadelnd, »wenn du so weitermachst, sind gleich Löcher in der Wäsche!«
Sie schaute hoch und ihre Hand erstarrte mitten in der Bewe-

gung. Von der anderen Seite, dort, wo das ausgetrocknete Flussbett der Grésilhou entlanglief, näherte sich Hufklappern. Mir und seine Männer kehrten von einem Beutezug in den eroberten Gebieten zurück. Colomba sprang hoch und hüpfte geschickt von einem Stein zum anderen, um die Reiter zu sehen, bevor sie hinter den Festungsanlagen des Dorfes verschwanden. Als sie die Brücke erreichte, wo im Sommer das Wasser der Grésilhou zur Orbiel sickerte, sah sie den Zug. Die Pferde waren verschwitzt und trotteten am langen Zügel müde über die Steine. Die Männer waren staubbedeckt und durch die schwarzen Striche, mit denen sie ihre Gesichter getarnt hatten, fast unkenntlich. Colomba kniff die Augen zusammen, um schärfer zu sehen. Da er sein eigenes Wappen nicht führen konnte, trug Amaury wie die meisten anderen Reiter die Farben Cabarets. Er ritt nicht den Schimmel, den er von Mir bekommen hatte, denn auf ihren nächtlichen Raubzügen nahmen die Männer immer dunkle Pferde mit. Das Herz schlug ihr im Halse. Jedes Mal, wenn Amaury mit Mir ausritt, hatte sie Angst, er würde nicht zurückkehren. Ein Reiter nach dem anderen zog vor ihren spähenden Augen vorbei, ohne dass sie ihn erkannte. Als sie schon dachte, ihre schlimmsten Befürchtungen hätten sich bewahrheitet, bog noch ein Nachzügler um die Wegbiegung, der ein zweites Pferd am Zügel mitführte. Quer über dem Sattel lag ein Mann. Seine Arme und Beine baumelten bei jedem Schritt des Pferdes kraftlos hin und her. Colombas Atem stockte. Im selben Moment hob der Reiter die Hand, schob seinen Helm zurück und knöpfte die Lederkappe auf, die er darunter trug. Dann beugte er sich vor und schüttelte die Haare aus, die ihm schweißnass am Kopf klebten. Ein glückliches Lächeln glitt über Colombas Gesicht. Es war Amaury. Der konnte sich nie gedulden, bis er abgestiegen war, und zog sich schon im Sattel halb aus. Er fand, dass es keinen Grund gab, damit zu warten, wenn er sich einmal auf sicherem Gelände befand. Er hatte sich schnell der mangelnden Disziplin in Mirs Einheit angepasst. Bei Montfort wäre ihm so etwas nie eingefallen, doch Mir lachte nur darüber. Der Edelmann hatte ihm schon am Tag ihrer ersten Begegnung den Beinamen Cap Perdut, »der den Kopf verliert« gegeben. Ja, Amaury ließ sich tatsächlich schnell zu Unbesonnenheiten hinreißen. Doch es war gerade diese entwaffnende Arglosigkeit, die Colomba an ihm mochte, und außerdem war sie davon überzeugt, dass er sich gerade dadurch aus den heikelsten Situationen zu retten wusste.

»Ich glaube, wir müssen uns mal unterhalten, Colomba«, sagte eine Stimme neben ihr.

Colomba fuhr zusammen, als hätte man sie bei einem schweren Fehltritt ertappt. Sie sank auf die Knie und murmelte die obligatorischen Worte gegenüber der *Bonne Dame*, die sie ruhig anhörte und mit den üblichen Phrasen antwortete. Sie war eine Frau mittleren Alters, die schon seit Jahren in Cabaret ein Haus für Frauen und Mädchen unterhielt, die das *Consolamentum* empfangen hatten. Auf ihre Geste hin setzte sich Colomba neben sie auf den Brückenrand.

»Du hast den gehetzten Blick eines Menschen, der sich schuldig fühlt.«

Colomba senkte die Augen.

»Ich glaube, ich weiß, was dich beschäftigt. Es hat mit diesem jungen Mann aus Salsigne zu tun, nicht wahr?«

Es kam keine Antwort.

»Wir haben uns schon Sorgen über deinen Umgang mit ihm gemacht, als er noch in den Minen arbeitete. Doch da er das *Consolamentum* empfangen hatte, haben wir beide Augen zugedrückt. Jetzt hat sich die Situation völlig verändert. Wir wissen nicht mehr, auf welcher Seite er steht. Ist er zum katholischen Glauben zurückgekehrt?«

»Ich weiß es nicht genau.«

»Hat er sich mit dir nie über einen anderen Glauben als den unseren unterhalten? Hat er nie versucht, Zweifel bei dir zu säen, dich zu einem anderen Glauben zu überreden?«

»Er hat mich nie zum Zweifeln gebracht.«

»Hast du dir schon einmal überlegt, was du getan hättest, wenn du in deinem Tun und Lassen frei wärst? Hast du durch seine Rückkehr zum Bösen nicht bedauert, dass du selbst das *Consolamentum* angenommen hast?«

»Ich hoffe, dass ich ihn doch noch für den Wahren Glauben gewinnen kann.«

»Weißt du genau, dass das alles ist? Gibt es keinen anderen Grund, warum du noch immer seine Gesellschaft suchst?«

»Jemand muss sich seines Schicksals annehmen. Er hat sonst niemanden.«

»Ich glaube, du bist in ihn verliebt.«

»Ich …? Verliebt?«, stammelte Colomba.

»Du hast erzählt, dass er hat dich einmal geküsst hat.«

»Das ist schon eine Weile her. Er tat es, weil ich ihn geschlagen hatte.«

»Ich erinnere mich an deine Geschichte. Eine seltsame Reaktion für jemanden, dem du gerade eine Ohrfeige gegeben hast. Und dabei trug er selbst das Kleid!«

»Es ist danach nie wieder passiert.«

»Ist er in dich verliebt?«

Colomba hob den Blick und schaute die *Bonne Dame* flehend an.

»Das habe ich ihn nie gefragt. Wir haben beide eine schreckliche Erinnerung an Béziers. Wir unterhalten uns manchmal darüber und …« Sie unterbrach sich. Es stimmte nicht, sie log.

Die Frau sagte nichts und wartete ruhig, bis sie weitersprach.
»Es geschehen so schreckliche Dinge. Warum können wir nicht friedlich nebeneinander leben? Warum dulden sie uns nicht neben sich, wie wir sie neben uns geduldet haben? Ich war mir so sicher. Doch wenn hier dasselbe passiert wie in Minerve, dann weiß ich nicht, ob ich den Mut habe ...« Wieder füllten sich ihre Augen mit Tränen.
»... für Gottes Liebe und deine Erlösung Verfolgungen zu ertragen und dem Tod entgegenzutreten«, ergänzte die *Bonne Dame*.
»... im Feuer zu sterben«, schluchzte Colomba. »In Béziers war ich so mutig, ich hatte keine Zeit nachzudenken. Jetzt habe ich Angst.«
»Du hast dich wohl überlegt für dieses Leben entschieden. Wenn du der Welt des Bösen, diesem Leben, diesem Körper erst einmal entsagt hast, ist auch dieser Schritt nicht mehr so schwer, dann sehnst du dich danach. Doch leicht ist es nicht. Du bist noch sehr jung. Es hilft, wenn du wie ich längere Zeit rein gelebt hast und das Gefühl hast, dass dein Werk fast vollbracht ist. Der Kontakt mit diesem jungen Mann ist unvernünftig. Er stört deinen Seelenfrieden. Es wäre besser, wenn du seine Nähe meiden würdest. Verliebtheit ist eine Falle des Gottes der Finsternis.«
»Ich bin nicht verliebt!«, rief Colomba.
Die *Bonne Dame* hob warnend einen Finger.
»Ich glaube nicht, dass ich verliebt bin«, verbesserte sich Colomba.
»Und du wolltest ihm in diesem Aufzug entgegentreten?«
Colomba folgte ihrem viel sagenden Blick und Schamesröte stieg ihr in die Wangen, als sie sah, dass ihr nasses Unterkleid wie eine zweite Haut an ihren Brüsten klebte. Die Frau seufzte.

»Ich bin deine Hüterin, kein Wächter. Ich will dir nichts verbieten und dich auch nicht bespitzeln. Du hast freiwillig eine Entscheidung getroffen und danach musst du handeln. Du musst nichts tun, weil ein anderer es von dir verlangt. Das solltest du wissen.« Mit diesen Worten stand die *Bonne Dame* auf und ging langsam zum Dorf zurück.

Colomba blieb in innerem Zwiespalt zurück. Am liebsten wäre sie nach Cabaret gelaufen, um zu sehen, ob Amaury unversehrt zurückgekehrt war. Sie wollte ihn fragen, wo er gewesen war, was er erlebt hatte und was die Männer erbeutet hatten. Eine stärkere Stimme in ihr sagte, dass alles, was er erzählte, mit Gewalt zu tun haben würde. Sie hatte den Toten, den er auf dem letzten Pferd mitführte, doch gesehen. Gewalt, in welcher Form auch immer, erfüllte sie mit Abscheu.

Aber sie konnte doch unter dem Vorwand, helfen zu wollen, dorthin gehen. Wenn es Verletzte gab, würden sie Pflege brauchen, und der Tote musste gewaschen und hergerichtet werden. Sie fröstelte. Zum Glück hatte sie diese Arbeit noch nie machen müssen. Dafür waren die alten Frauen zuständig. Sie hatte nur danebengestanden, um ihnen alles anzureichen. Und das war letztes Jahr nur allzu oft vorgekommen. Viele von den armen Menschen aus Bram, den hundert Geblendeten, waren inzwischen gestorben.

Entschlossen drehte sie sich um und kehrte zu der Wäsche zurück, die sie auf den Steinen zurückgelassen hatte. Sie war nicht verliebt! Wie könnte sie sich je in jemanden verlieben, der glaubte, es gebe nur einen einzigen Gott, der all dieses Elend verursacht hatte, indem er eine Welt erschuf, die nicht vollkommen war, ein Paradies, in dem das Böse an einem Baum wuchs!

»Pelaud! Fug-l'obra!«

Amaury schrak aus einem unruhigen Schlaf hoch.

»Nichtsnutz! Faulpelz! Arbeitsscheues Gesindel!«

Pierre Mir ging schimpfend an den Lagern seiner Ritter entlang und trat jeden aus dem Schlaf. Die Sonne stand noch hoch am Himmel, sie hatten kaum ein paar Stunden geruht, seit sie nach Cabaret zurückgekehrt waren.

Amaury richtete sich stöhnend auf. Es gibt wenig Unterschied zwischen einem französischen und einem okzitanischen Heerlager, dachte er. Hier wie dort wurde man als Müßiggänger beschimpft, während man in Wirklichkeit nicht einen Moment Ruhe hatte.

»Erhebt euren faulen Arsch! Um Mitternacht müssen wir in Carcassonne sein!«

Carcassonne? Die Ritter sahen sich erstaunt an und kamen in Bewegung. Mir stand schon wieder draußen und wartete auf sie. Sein Bruder, Pierre de Saint-Michel, war auch dabei. Niemand hatte sich die Mühe gemacht, sich auszuziehen. Die meisten waren viel zu müde gewesen und hatten sich nur ihrer Rüstung entledigt. In Windeseile hatten sie sich vor ihren Anführern versammelt.

»Montfort will Termes angreifen. Wir reiten aus, sobald der Abend hereinbricht. Herr Pierre-Roger de Cabaret wird das Unternehmen selbst leiten.«

Die Nachricht löste ungläubiges Staunen aus. Die Eroberung Minerves hatte schon an das Unmögliche gegrenzt, doch eine Einnahme von Termes erforderte übermenschliche Fähigkeiten. Die Burg erhob sich in Schwindel erregender Höhe auf einem schroffen Felsen, der nur auf einer Seite über einen terrassenförmigen Hang zugänglich war. Dort musste sich der Feind ohne jeglichen Schutz der Festung nähern.

Nachdem der Herr von Minerve ausgeschaltet worden war

und Montréal sich ergeben hatte, war es wahrscheinlicher gewesen, dass Montfort jetzt Cabaret angreifen würde, doch offenbar schrak er davor noch zurück. Die Herren von Termes wähnten sich dagegen nahezu uneinnehmbar. Schon seit Generationen verhielten sie sich der katholischen Geistlichkeit gegenüber feindlich, plünderten Kirchen und Klöster, während ihre Frauen Häuser für Damen leiteten, die das schwarze Kleid genommen hatten.

Pierre Saint-Michel ergriff das Wort.

»Die Kreuzfahrer haben ihre Belagerungsmaschinen vor die Tore der Stadt gebracht. Zurzeit sind sie damit beschäftigt, sie auseinander zu nehmen und für den Transport nach Termes zu verladen. Vermutlich brechen sie morgen auf. Wir müssen blitzschnell handeln. Unser Auftrag ist es, das Lager nachts zu überfallen und das Kriegsmaterial zu vernichten.«

»Mit wie vielen Männern reiten wir?«, wollte ein Ritter wissen.

»Mit dreihundert«, antwortete Mir.

»Und zu wie vielen sind die anderen?«

»Laut unserem Mann in Carcassonne sind es nicht mehr als hundert. Keine Ritter, nur Fußvolk und berittene Soldaten.«

»Sonst gibt es nur unbewaffnete Knechte und Fuhrleute«, fügte Saint-Michel hinzu.

Es wurde höhnisch gelacht.

»Ein Kinderspiel«, meinte jemand.

»Das wissen wir erst heute Nacht«, sagte Mir trocken. Er hatte Mühe, sich Gehör zu verschaffen, denn die anderen überschrien sich gegenseitig, dass sie die Sache schon schaukeln würden. »Frische Pferde, meine Herren, vollständige Rüstung und Beile.«

Amaury kehrte zu seinem Lager zurück und brachte seine Waffen in Ordnung. Nachdem er die Männer, die seinem Befehl unterstanden, unterrichtet und alles vorbereitet hatte, ging er zu den Ställen. Er würde den Schimmel reiten, der schneller und frischer war als der Fuchswallach, den er vergangene Nacht benutzt hatte. Mit der Decke aus dunkel gefärbtem Leinen, die dem Pferd bis über das vordere Knie und Fersenbein fiel, würde er nahezu ungesehen durch die Dunkelheit reiten können.

Nachdem alle Vorbereitungen getroffen waren, nahmen die Ritter noch eine leichte Mahlzeit zu sich. Die Stimmung war ausgelassen, die Aussicht, den Feind mit dieser recht einfachen Sabotageaktion zu treffen, machte sie sorglos. Amaury schlang schnell etwas Brot und ein paar Bohnen hinunter und schlüpfte nach draußen. Die Hitze des Tages hing noch zwischen den Bergen. In der Glut der Abendsonne warfen die Häuser von Cabaret lange Schatten über die vertrocknete Erde und die drei Burgen mit ihren Türmen streckten sich zum Himmel. Amaury klopfte bei dem Haus der *Bonnes Dames* an, in dem Colomba wohnte. Die Tür öffnete sich. Nein, sie sei nicht da und sie wüssten auch nicht, wo sie sein könnte.

»Wo soll sie denn groß hin?«, fragte Amaury mit einer Geste zu den Häusern und Türmen weiter oben, als wolle er sagen: Weit kann sie doch nicht gehen! Die *Bonne Dame* zuckte mit den Schultern.

»Ich dachte, ich hätte sie heute Morgen noch bei der Brücke gesehen.«

»Das ist schon möglich.«

Eine bange Ahnung beschlich ihn.

»Sie ist doch nicht weg?«

»Brauchst du etwas?«

»Nein. Wir reiten heute Abend aus. Ich hoffe, ich komme zurück.«

»Schon wieder?« Die Frau sah ihn erstaunt an, fragte jedoch nicht weiter und schüttelte mitleidig den Kopf. »Wenn du wegen der *Convenenza* kommst, musst du zum ältesten *Bon Homme* gehen. Du findest sein Haus doch?«

»Nein, ich … äh … ja.« Er hatte kein Bedürfnis nach der *Convenenza*, einer Art Übereinkunft, die die Gläubigen trafen, damit sie für den Fall, dass sie tödlich verwundet wurden, auf dem Sterbebett das *Consolamentum* empfangen konnten, auch wenn sie schon bewusstlos waren und die vorgeschriebenen Gebete nicht mehr sprechen konnten. Er war sich fast sicher, dass Mir und Saint-Michel so eine Übereinkunft hatten. Bei dieser Gelegenheit hatten sie der Kirche der Guten Christen sicher eine hübsche Summe vermacht.

»Grüßt sie nur von mir«, sagte er.

»Wir werden für eure wohlbehaltene Rückkehr beten. Geh mit Gott.«

Die Tür wurde geschlossen und Amaury schlenderte zurück, um sein Pferd zu holen und sich in sein Panzerhemd zu zwängen.

Lange vor Einbruch der Dämmerung brachen sie auf. Im Licht der untergehenden Sonne waren sie schon so weit vorangekommen, dass sie die Silhouette der Stadt erkennen konnten, die sich gegen den Sternenhimmel abhob. Herr Pierre-Roger de Cabaret schickte einen Kundschafter voraus, der wenig später berichtete, dass das feindliche Lager am Ufer der Aude liege, wo der Kies einen flachen, festen Untergrund für die Arbeiten an dem schweren Kriegsmaterial bildete.

»Gut«, sagte der Herr von Cabaret, der für seine Pferde keinen besseren Boden brauchte als die Ochsen und Maultiere der Kreuzfahrer. Seine Männer drängten sich, um als Erste den Fluss zu überqueren, und es kostete einige Mühe, sie davon abzuhalten. Herr Pierre-Roger rief Mir und Saint-Michel

zu sich und beratschlagte mit ihnen. Schließlich watete man in sicherer Entfernung vom Feind durch die Aude und teilte sich dann auf, um das Lager der Kreuzfahrer von drei Seiten zu stürmen.
»Zu den Waffen!«, brüllten die überrumpelten Wachposten. Doch dafür war es schon zu spät. Eine Welle von Reitern überspülte das Lager und verbreitete überall Chaos und Panik. Die unbewaffneten Fuhrleute wussten nicht, wie sie sich am schnellsten in Sicherheit bringen sollten, und flüchteten Hals über Kopf in die offene Ebene. Die Fußknechte boten heftigen Widerstand, doch den bis zu den Zähnen bewaffneten und geharnischten Rittern waren sie nicht gewachsen. Einmal im Lager, sprangen die berittenen Knechte von Cabaret aus dem Sattel und hackten auf die Belagerungsmaschinen ein, während die Reiter den Kampf mit den Soldaten der feindlichen Garnison fortsetzten. Beilschläge dröhnten durch die nächtliche Stille, als müsse ein ganzer Wald abgeholzt werden. Holzsplitter flogen umher und Gebinde knackten in den Fugen. Da ihn seine schwere Rüstung am Absteigen hinderte, dirigierte Amaury seine Männer zu den Belagerungsmaschinen und schlug selbst vom Sattel aus auf die schweren Balken ein, dankbar, dass er in den Minen von Salsigne kräftige Muskeln bekommen hatte.
Herr Pierre-Roger betrachtete ungeduldig das Vernichtungswerk seiner Soldaten, während er die Festungsstadt im Auge behielt. Das feindliche Kriegsmaterial war unhandlich und schwer, die Balken viel zu dick, um mit ein paar Schlägen zerstört zu werden. Es ging ihm alles viel zu langsam. Hatte man in Carcassonne die Alarmschreie der Wachtposten gehört? Wenn sie in der Stadt erst einmal Unrat witterten, würden sie sofort Hilfstruppen hierher schicken. Wie viel Schaden konnten seine Männer anrichten, bevor die Verstär-

kungen auftauchten? Irgendjemand hatte den Kral der Lasttiere geöffnet und das frei herumlaufende Vieh vergrößerte das Chaos nur noch. Ein anderer war auf die Idee gekommen, die Seile durchzuschneiden, mit denen eine Ladung Balken auf einem Wagen festgezurrt war. Mit riesigem Getöse rollte die ganze Ladung vom Wagen und zerschmetterte alles, was ihr im Weg lag. Der Lärm entlockte Cabarets Männern einen Jubelschrei und mit neuer Energie stürzten sie sich auf das Kriegsgerät.

»Steckt es in Brand!«, schrie Mir.

Gut zwanzig Männer befolgten seinen Befehl. Sie zündeten Strohballen in den Lagerfeuern der Kreuzfahrer an und legten sie unter die Wurfmaschinen. Die Flammen loderten kurz auf, doch in der windstillen Sommernacht erlosch das Feuer sofort, nachdem das Stroh einmal verbrannt war. Man rief nach mehr Stroh und Brennholz.

»Das Feuer wird uns verraten, sie werden uns von der Stadt aus sehen!«, warnte Amaury.

»Cap Perdut hat seinen Verstand wieder gefunden, doch jetzt ist ihm das Herz in die Hose gerutscht!«, sagte Mir kichernd. »Tja, mein Junge, jetzt werden sie's dort wohl wissen.«

Mit Unheil verkündendem Knarren sank eine Schleuder durch einen Teil ihres Untersatzes und blieb wie eine riesige, abgeknickte Blüte im Mondlicht stehen.

»Feindliche Reiter!«, brüllte Saint-Michel, als unter ein paar Wurfmaschinen gerade ein großes Feuer entfacht worden war. Unter dem Fußvolk brach Panik aus.

»Kreuzfahrer!«

»Zieht euch zurück!«

»Hier flieht keiner!«, brüllte der Herr von Cabaret über den Tumult hinweg und teilte nach rechts und links Befehle aus. »Das Kriegsmaterial wird vernichtet und wenn wir unser Le-

ben dafür lassen müssen! Wir sind da, um euch zu beschützen!« Er ging mit gutem Beispiel voran, indem er mit erhobener Lanze den Rittern aus Carcassonne entgegentrabte. Amaury erwartete, dass sich die Ritter von Cabaret rechts und links von Herrn Pierre-Roger formieren würden, um dem Feind den Zugang zum Lager zu versperren. Stattdessen drängten sie sich gegenseitig ab, um nach vorn zu kommen und ihren Mut zu beweisen, indem sie den feindlichen Soldaten als Erste entgegentraten. Die kamen mit angelegter Lanze angeritten. Es waren sicher mehr als hundert. Hüben wie drüben drosselte man die Geschwindigkeit, die Kreuzfahrer in geschlossener Reihe, die Okzitanen in chaotischer Aufstellung. Auf beiden Seiten ertönten Schlachtrufe. Dann gingen Pferde und Reiter aufeinander los. Lanzen krachten gegen Schilde, Schwerter klirrten auf Helme.
Im nächtlichen Dunkel, mit dem Mondschein als einziger Beleuchtung, war es schwierig zu erkennen, wer zu wem gehörte. Amaury befand sich dicht bei Pierre Mir mitten im Kampfgewühl, das sich langsam in Richtung Fluss verlagerte. Es wurde heftig gekämpft und auf beiden Seiten gab es Verletzte. Der französische Kommandant befand sich außerhalb des Gedränges. Er versuchte, einen Überblick über den Schaden zu bekommen, den der Feind seinen Belagerungsmaschinen zugefügt hatte. Als er genug gesehen hatte, wendete er mit einem wütenden Schrei sein Pferd und stürmte auf die kämpfende Menge zu, die inzwischen mitten im Fluss gelandet war. Fluchend schlug er sich einen Weg, bis er die Stelle erreichte, wo der Kampf am heftigsten tobte. Er hatte es auf den Herren von Cabaret abgesehen, traf jedoch auf Mir und dessen Männer, die ihren Herrn beschützten. Der Franzose richtete seine Lanze auf den nächsten Schild und verwandelte ihn in ein nutzloses Stück Schrott. Danach bohrte sich die Waffe in das

Panzerhemd seines Gegners. Der fiel in das seichte Wasser. Zu Amaurys Entsetzen pflanzte der französische Kommandant nun seine Lanze in den gestürzten Körper und zückte sein Schwert. Sein nächstes Opfer wich zurück, gab seinem Pferd die Sporen und versuchte zu fliehen. Der Franzose verfolgte ihn und senkte das Schwert. Sich vor Schmerzen krümmend, ließ der Mann seine Waffe fallen und griff sich in die Seite. Bevor ihm der Kommandant jedoch den Gnadenstoß versetzen konnte, hatte sich Amaury dazwischengedrängt. Inzwischen gab es so viele Verletzte und Soldaten, die sich vom Kampfplatz entfernt hatten und geflohen waren, dass er plötzlich genug Platz fand, um mit Schlachtross und mit Schwert zu manövrieren. Er nahm die schwere Waffe in beide Hände und holte nach dem Feind aus. Es gelang ihm nicht, den anderen zu verwunden, doch er konnte es wenigstens verhindern, dass er selbst getroffen wurde. Sein verletzter Kamerad klammerte sich am Sattel fest und floh.

»Aimery! Deine rechte Flanke!«, ertönte Mirs Stimme.

Der junge Ritter drehte mit einem Ruck den Kopf um, gerade noch rechtzeitig, um einen zweiten Angreifer abzufangen. Er erkannte das Wappen Crépin de Rocheforts, eines Lehnsmanns Simon de Montforts, dessen Landgut nicht weit von dem der Poissys entfernt lag. Wie die Poissys war auch er ein Kreuzfahrer der ersten Stunde. Rocheforts Gesicht verbarg sich hinter dem Visier seines Helms. Amaury pries sich glücklich, dass er selbst nicht zu erkennen war. Die plötzliche Konfrontation mit seiner Vergangenheit lenkte ihn gerade lange genug ab, um dem französischen Kommandanten die Chance zu geben, ihn anzugreifen. Das Schwert traf Amaury voll am Schild. Der Schlag fuhr ihm durch Mark und Bein und betäubte seinen linken Arm und seine linke Schulter. Er sah, wie sich Rocheforts Schwert senkte. Doch kurz bevor die Waffe seinen

Helm traf, ertönte hinter ihm ein rauer Schrei und fast gleichzeitig klirrte über seinem Kopf Eisen gegen Eisen.
»Du schläfst, Cap Perdut!« Mir zerrte ihn zurück und trieb sein Pferd neben das Amaurys. Zusammen hielten sie die beiden Franzosen auf Distanz.
»Los, wir suchen das Weite! Zu viel Verluste!«, rief Mir.
Mit vereinten Kräften teilten sie noch ein paar gezielte Schläge aus und gaben ihren Pferden die Sporen, als sie etwas seichteres Wasser erreichten.
»Die Landsknechte?«, schrie Amaury über den Lärm der Hufschläge hinweg.
»Sind längst geflohen!«
»Herr Pierre-Roger?«
»Unversehrt!« Mir fluchte noch etwas über die verteufelten Maschinen, von denen zu viele verschont geblieben waren. Danach sprachen sie nicht mehr. Es kostete schon genug Anstrengung, den Verfolgern zu entkommen.

Cabaret – Oktober 1210

»Herr, wir bitten Euch um die Güte, dieses Schwert mit Eurer majestätischen Hand zu segnen; wir bitten Euch, dass es Euch dienen, die Kirchen, Witwen und Waisen beschützen und Euch vor der Geißel des Heidentums bewahren darf; wir bitten Euch, dass es all das Böse in Angst und Schrecken versetzt und im Angriff und in der Verteidigung gerecht ist.«
Amaury strich mit zitternden Fingern über sein Schwert. In

Gedanken sah er sich wieder an dem Tag, als er zum Ritter geschlagen wurde und seine gefalteten Hände zwischen die seines Herrn legte, dem er Treue schwor. Mit fest zusammengekniffenen Augen und einem Gesicht, als hätte er etwas Anstößiges gesehen, wischte er sich den Schweiß von der Stirn. Er kam in die Hölle, er wusste es genau.

Alles hatte er verloren, seinen Besitz, seine Brüder, seine Freunde, seinen Namen und jetzt auch noch seine Ehre. Denn Konvois zu überfallen und Ländereien zu plündern war eine Sache, seine eigenen Kameraden anzugreifen eine andere. Der Angriff auf das Lager vor Carcassonne war nicht der einzige geblieben. Den ganzen Sommer über war er mit den Brüdern Mir und Saint-Michel sowie dem Herren von Cabaret mitgezogen, um die Konvois, die Proviant, Kriegsmaterial und Reservetruppen zu den Belagerern von Termes brachten, in einen Hinterhalt zu locken und zu berauben. Er hatte Kreuzfahrer angegriffen, die er persönlich kannte. Einige von ihnen hatte er verwundet und mindestens einen getötet. Es war reines Glück gewesen, dass er bis jetzt weder Robert noch Simon über den Weg gelaufen war. Er hatte sein Versprechen, loyal zu sein, gebrochen, er war ehrlos. Und als sei das noch nicht schlimm genug, spukten in seinem Kopf ständig die Bilder der Gefangenen herum, die im Auftrag des Herren von Cabaret auf grässliche Weise verstümmelt beim Feind abgeliefert worden waren. Er war in Cabaret geblieben aus Scham über das, was Simon de Montfort den armen Menschen in Bram angetan hatte. Jetzt erkannte er, dass seine neuen Herren um kein Haar besser waren. Er war ein Gezeichneter, er würde in der Hölle enden, so viel war sicher.

»Die Hölle?« Colomba brach in Lachen aus. »Die gibt es doch überhaupt nicht.«

Sie saßen nebeneinander auf der Brücke, die über den Wasserfall in der Grésilhou führte. Colomba liebte diesen Platz und er besuchte sie oft dort.

»Wenn das Ende der Zeiten einmal gekommen ist«, sagte er düster und schaute sie mit umflortem Blick an, »stehen wir alle vor dem himmlischen Gericht. Dann wird das letzte Urteil über uns gesprochen. Die einen kommen in den Himmel, die anderen in die Hölle, wo sie bis in alle Ewigkeit gepeinigt werden.« Er schauderte, während er an die in Stein gehauenen Ungeheuer auf den Türmen und Dächern der Kirchen zu Hause dachte. So sahen die missgestalteten Monster und Dämonen aus, die die Hölle bevölkerten, in der sie die Verurteilten bis zum Ende aller Tage mit ihren Grauen erregenden Marterinstrumenten foltern würden. Er schaute wieder auf das blank geputzte Schwert, das in seinen Händen ruhte.

»Das glaubt ihr, weil euer Gott rächt und straft«, sagte Colomba. »Ein Gott, der der Schöpfer des Guten ist, will so etwas nicht. Er könnte es nicht einmal. Es gibt keine Hölle, zumindest nicht so, wie ihr sie euch vorstellt. Die Welt, das ist die Hölle.«

Er seufzte und schüttelte den Kopf.

»Ich meine es ernst. Was ist denn schlimmer für die himmlische Seele, als in einem Körper eingesperrt zu sein und alle Prüfungen des irdischen Lebens durchstehen zu müssen? Immer wieder geboren zu werden und zu sterben, von einem Körper in den nächsten zu wandern, ohne dass es je ein Ende nimmt. Eine schlimmere Hölle kann ich mir nicht vorstellen.«

»Seelen wandern nicht. Gott schafft immer wieder neue Seelen.« Amaury klang müde, als sähe er keinen Sinn mehr darin, ihren Behauptungen zu widersprechen.

»Ja, ja, und dann sagt Gott plötzlich: Jetzt ist es vorbei mit dem Spaß, alle werden abgeurteilt, ob es nun ein Greis mit einem sündigen Leben oder ein unschuldiges neugeborenes Kind ist, das noch gar nicht die Chance hatte, Gut und Böse zu unterscheiden, euch zufolge jedoch vom ersten Atemzug an die Ursünde in sich trägt und allein deshalb schon in die Hölle geschickt werden kann. Was ist euer Gott doch ungerecht!«

»Manche Dinge kann man nicht begründen, die sind einfach so.«

»Weil eure Priester das sagen, eure Bischöfe und Erzbischöfe, die Kardinäle und der Papst. All diese Männer, die so viel Ansehen genießen, dass sie darin schwelgen, die auf erhöhten Stühlen thronen, die am Hof des Adels am oberen Tischende sitzen, die Mäntel aus Seidenbrokat und goldene Ringe mit Edelsteinen tragen. Sie bauen Paläste für sich und für ihren Gott Kirchen aus Marmor, geschmückt mit Gold und Silber. Warum muss Gott in einem Haus aus Marmor wohnen?«

»Hör doch auf zu predigen«, platzte er los. Er wusste, dass sie Recht hatte, doch er war so von Schuldgefühlen gegenüber seinen Brüdern erfüllt, dass er ihre Logik nicht mehr hören konnte.

»Hast du dich je gefragt, ob Christus ihnen dieses Vorbild gegeben hat?«, fuhr Colomba unbeirrt fort.

Amaury schwieg. Die Guten Christen trugen ein düsteres schwarzes Kleid, sie bewegten sich bescheiden zwischen dem Volk und verdienten sich ihre kargen Mahlzeiten in Werkstätten oder auf dem Land. Sie hatten keine Kirchen und keine Klöster. Dort, wo sie zusammenkamen und predigten, war ihre Kirche.

»Derartig falsche Lehrmeister unterrichten Lügen. Können sie beweisen, dass Gott immer wieder neue Seelen erschafft?«, fragte Colomba.

Er zuckte mit den Schultern.

»Nein. Gott erschafft nicht ständig neue Seelen, so etwas

macht nur der Teufel. Jeder Mensch hat zwei Seelen. Die eine wurde von Satan erschaffen und sie stiftet den Menschen zu schlechten Taten an. Diese Seele ist sichtbar, wie alles, was der Gott des Bösen erschaffen hat. Diese Seele ist das Blut. Deshalb ist der Körper tot, wenn das Blut aus ihm herausgeflossen ist. Die andere Seele ist unsichtbar und wurde im Himmel erschaffen. Als Sklave des Teufels ist sie in den Körper aus Fleisch und Blut eingesperrt. Diese Seelen wandern hier auf der Erde von einem Körper zum nächsten und werden immer älter, bis sie endlich das Gute kennen lernen und sich vom Bösen abwenden. Dann erst können sie die irdische Hölle verlassen. Ich kann es beweisen.«

»Bist du in einem früheren Leben vielleicht eine Fliege oder etwas Ähnliches gewesen«, fragte er mürrisch.

»Eine Fliege?«

Er erzählte ihr, was Pierre Mir bei ihrer ersten Begegnung gesagt hatte, als er eine Fliege totschlagen wollte.

Sie lachte. »Wir kehren nur in Menschen oder Tiere mit Körpern aus Fleisch und Blut zurück, nicht in die von Insekten. Du hast dich von Mir schön zum Narren halten lassen. Er vertraute dir nicht, er versuchte herauszufinden, wie viel du von unserem Glauben wusstest und welche Fortschritte du als *Bon Homme* gemacht hattest.«

»Keine großen.«

»Nein, du willst nie zu unseren Predigten kommen. Deshalb kennst du auch nicht die Geschichte des *Bon Homme*, der sich an einen Vorfall aus einem seiner früheren Leben erinnerte.«

Sie sah, wie er die Augenbrauen hochzog, doch er sagte nichts.

»Seine Seele war nach einem früheren Tod in einen Pferdekörper übergegangen. Er erinnerte sich, dass er in diesem Leben einem Ritter gehörte, der eines Nachts auf ihm einen Feind verfolgte. Sie ritten durch ein felsiges Gelände und sein Huf geriet in einen Felsspalt. Er wusste noch, dass er große Schmerzen gehabt hatte, als er sich im Galopp losriss und sein Hufeisen in dem Spalt stecken blieb. Als das Pferd gestorben war, wanderte seine Seele wieder in den Körper eines Menschen, und diesmal wurde er ein Guter Christ. Wie alle *Bons Hommes* zog er arbeitend und predigend mit seinem Gefährten durchs Land und eines Tages kamen sie durch das Gebiet, in dem er als Pferd den nächtlichen Ritt gemacht hatte. Er erkannte die Stelle, an der er damals das Hufeisen verloren hatte, und erzählte seinem Kameraden davon. Der andere glaubte ihm sofort. Zusammen suchten sie das Gelände ab. Kurz darauf fanden sie tatsächlich den Felsspalt. Das Hufeisen war noch immer darin eingeklemmt.«

Die ganze Zeit hatte Amaury auf sein Pferd gestarrt. Jetzt schaute er hoch. Colomba lächelte ihn an.

»Es ist wirklich passiert. Ich habe das Hufeisen selbst gesehen. Ist es dir nie passiert, dass du irgendwohin kamst und dachtest: Hier bin ich schon mal gewesen? Obwohl du genau wusstest, dass du dort noch nie im Leben gewesen warst?«

Er nickte zögernd.

»Wir sind hier auf dieser Welt, um für die Sünde zu büßen, die wir im Himmel begangen haben, als die Engel den Versuchungen des Teufels erlagen. Doch es gibt Unterschiede, der eine hat mehr gesündigt als der andere, denn manche Engel sehnten sich mehr als andere danach, den Himmel zu verlassen. Deshalb braucht der eine mehr Zeit als der andere, um endlich in einem guten Körper in die Hände der Guten Christen zu gelangen. Am Ende werden alle Seelen mit ihrem himmlischen Geist vereinigt, auch die der Katholiken. Nur dauert es bei denen, die ein schlechtes Leben führen, viel länger. Es gibt keine Hölle. Es gibt nur ein Feuer, in dem die Seele vergeht, solange sie noch keinen neuen Körper gefunden hat, in den sie zurückkehren kann. Niemand kommt in die Hölle, Amaury. Auch du nicht.«

»Was geschieht denn dann mit der Welt und dem Teufel, wenn alle Seelen in den Himmel zurückgekehrt sind?«

»Sobald die letzte Seele die Erde verlassen hat und ins himmlische Paradies zurückgekehrt ist, wird das Böse aus der Welt verschwunden sein und damit die Welt selbst, die eine Schöpfung des Bösen ist. Die vier Elemente werden sich gegenseitig vernichten, so wie es in den heiligen Büchern geschrieben steht, und es wird nichts mehr übrig bleiben. Alles wird so sein, wie es vor Anfang der Zeiten war. Der Gott der Finsternis, der nichts Unvergängliches erschaffen kann, wird durch seine eigene Unfähigkeit im Nichts, das ewig bestehen wird, eingesperrt sein. Die Wunde, die er der Ewigkeit zugefügt hat, wird geheilt sein.«

Langsam steckte Amaury das Schwert in die Scheide.

»Du kannst so schön erzählen, Colomba. Wirklich. Aber was soll ich mit der Wunde der Ewigkeit? Mir reichen die Narben auf meiner Seele. Früher war ich auf meine Brüder und meinen Vetter eifersüchtig, die stärker waren und besser kämpfen konnten als ich. Ich versuchte, sie durch meinen Verstand auszustechen, und nervte sie mit Fragen, auf die sie keine Antwort wussten. Ihnen fiel nichts anderes ein, als mich als Dummkopf zu beschimpfen. Vor allem Guillaume. Den ärgerte ich mit der größten Freude, weil ich wusste, dass es ihn rasend machte. Jetzt ist er tot und ich bin genauso geworden wie sie. Früher war Kämpfen ein schönes Spiel, eine edle Kunst. Ihr habt mich gelehrt, mein eigenes Volk zu töten. Ich bin ein Verräter.«

»Was hattest du denn erwartet, als du beschlossen hast, unter

dem Banner Pierre Mirs zu kämpfen? Du wolltest uns doch beschützen?«
Er brach in höhnisches Gelächter aus.
»Ich beschütze das Leben von Menschen, die sich nichts sehnlicher wünschen als den Tod.«
»Das darfst du nicht sagen. Wir suchen den Tod nicht. Wir dürfen nur nicht vor ihm fliehen. Du hast die richtige Entscheidung getroffen, Amaury. Du beschützt die Menschen, die dir ans Herz gewachsen sind.«
»Meine Brüder und mein Vetter lagen mir auch am Herzen. Und Simon de Montfort.«
»Das kann ich nicht begreifen. Der Mann ist ein Dämon!«
»Das stimmt nicht. Für seine Freunde riskiert er sein Leben.«
Sie stand abrupt auf.
»Warum gehst du dann nicht zu ihm zurück!«
»Das kann ich nicht. Er würde mich umbringen.«
»Also bist du hier nur zu deiner eigenen Sicherheit?«
Sie stemmte die Hände in die Seiten und schaute empört auf ihn herab. Sie sieht aus wie ein schwarzer Vogel mit gespreizten Schwingen, dachte er, bereit, sich in die Lüfte zu erheben. Wie hatte sie sich doch verändert seit jenem Tag in Béziers vor gut einem Jahr. Aus dem zarten Mädchen war eine Frau geworden. Und er hatte sie damals schon so erwachsen gefunden!
»Ich bin hier, weil ich …« Er unterbrach sich abrupt. Natürlich konnte er nicht sagen, dass er sie liebte, das war undenkbar. Er würde sich lächerlich machen. Außerdem war er sich ihrer Gefühle für ihn nicht sicher. Es war schon ein paar Mal vorgekommen, dass die Frauen des Hauses, in dem sie wohnte, sagten, sie sei weg. Es konnte nur die Wahrheit sein, denn die *Bonnes Dames* würden wegen ihres Glaubens nie lügen. Ande-

rerseits konnte er sich nicht vorstellen, wo sie sonst sein sollte. Warum versteckte sie sich vor ihm? Er versuchte, ein anderes Thema anzuschneiden.
»Ich habe Angst, dass dir etwas Schreckliches passiert. Du musst dich nicht mehr schwarz kleiden, das ist viel zu gefährlich. Ich kenne Gute Christen, die tragen jetzt ein blaues Kleid, um nicht erkannt zu werden.«
Sie schüttelte langsam und entschlossen den Kopf.
»Das französische Heer rückt immer näher, Colomba. Wenn Termes besiegt ist, werden sie hierher kommen. Glaubst du, Montfort würde seinen Freund Bouchard de Marly ewig in eurem Kerker sitzen lassen? Er hat nur gewartet, bis die Zeit reif ist. Er kommt zurück, das versichere ich dir.«
»Ich habe nicht vor, mein Kleid abzulegen, schon gar nicht wegen ihm. Außerdem ist Termes unbesiegbar.«
»Das ist es nicht. Herr Raymond hat schon über die Übergabebedingungen verhandelt.«
»Weil es kein Wasser mehr gab. Hat es nicht in derselben Nacht ein Gewitter gegeben?« Sie setzte sich wieder neben ihn. Unter ihnen stürzte sich die Grésilhou über die Felsen.
»Durch den Wolkenbruch haben sie wieder für zwei Monate genug zu trinken. Eure katholischen Priester würden das ein Zeichen des Himmels nennen, ein Wunder. Ihr würdet sagen, Gott sei mit euch. Wasser ist eine irdische, also teuflische Materie. Satan spielt ein Spiel mit euch. Termes fällt nicht.«
»Es beweist nur, dass Herr Raymond bereit ist, sich den Kreuzfahrern zu beugen. Wenn ihn die Not schon einmal dazu getrieben hat, kann es wieder geschehen.«
»Es wird Winter, Amaury. Termes ist bis oben hin mit Vorräten gefüllt und es gibt jetzt mehr als genug Wasser. Die Kreuzfahrer werden selbst Schwierigkeiten bekommen, wenn sie dem schlechten Wetter in den Bergen trotzen müssen. Es sind

schon Truppen abgezogen, die ihre vierzig Tage Kriegsdienst hinter sich hatten. Wenn keine Verstärkungen kommen – und die kommen im Winter nicht –, hat Montfort bald nicht mehr genug Männer, um die Belagerung fortzusetzen. Dann wird er abziehen, du wirst schon sehen.«

»Woher weißt du das alles so genau? Von wem hast du all diese Nachrichten? Hat es etwas damit zu tun, dass du manchmal ganz plötzlich verschwunden bist und mir keiner sagen will, wo du bist?«

Sie presste die Lippen zusammen.

»Und wenn du Unrecht bekommst? Dann steht Montfort bald vor Cabaret. Was dann, Colomba?« Er wagte es nicht, das gefürchtete Wort auszusprechen. Der Scheiterhaufen?

»Ich hoffe, dass ich rechtzeitig fliehen kann.«

»Aber du willst das schwarze Kleid nicht ablegen. Du spielst mit deinem Leben.«

Sie zuckte mit den Schultern.

»Dann muss ich meins riskieren, um dich zu retten. Darauf läuft es hinaus, nicht wahr?«

»Du brauchst mein Leben nicht zu retten. Das Leben ist ein Leidensweg, Zwangsarbeit im Dienste des Teufels. Wenn du willst, kannst du ihm entkommen, genau wie ich.« Ihre Stimme klang weniger überzeugt als sonst. Es war eine Weile still, bis auf das Rauschen des Wasserfalls.

»Colomba, wo bist du, wenn du nicht da bist?«

Sie sah ihn schweigend an. Dann wandte sie den Blick ab.

»Ich muss gehen. Meine Arbeit wartet. Wir sehen uns schon noch.« Sie sprang auf und lief davon. Etwas zu eilig, dachte Amaury, oder bildete er sich das nur ein?

Cabaret – Ende Januar 1211

Der neue Wasservorrat, der Termes für kurze Zeit rettete, wurde schließlich sein Untergang. Durch tote Ratten und anderes Ungeziefer, das während der Trockenheit in die Brunnen gelangt war, war es verseucht worden und diejenigen, die davon tranken, wurden krank und starben. Es war bereits Ende November, als die verzweifelten Überlebenden mitten in der Nacht versuchten, an den Belagerern vorbeizuschleichen, um ihrem Schicksal zu entkommen. Im Lager der Kreuzfahrer wurde Alarm geschlagen. Sie ermordeten jeden, der ihnen in die Arme lief, und jagten dann den Flüchtenden nach. Auch der Herr von Termes wurde gefangen. Er verschwand für immer in den Kerkern von Carcassonne.

Inzwischen hatten die päpstlichen Legaten Graf Raymond von Toulouse listig in die Enge getrieben. Um ihm keine Gelegenheit zu geben, sich vor einem Konzil, das im Sommer 1210 in Saint Gilles abgehalten wurde, zu rechtfertigen, wurde er kurzerhand zum Schweigen verurteilt. Er habe, so wurde behauptet, in verschiedenen untergeordneten Punkten bereits seinen Eid gebrochen und deshalb habe man Grund zur Annahme, dass er nicht davor zurückschrecken werde, auch in den beiden anderen noch gegen ihn zu verhandelnden Fällen, dem Mord an dem päpstlichen Legaten Pierre de Castelnau sowie dem Schutz der Ketzerei, einen Meineid zu schwören. Damit nahmen ihm die Legaten das Recht, sich zu verteidigen. Mit Tränen in den Augen musste Graf Raymond anhören, wie er von neuem exkommuniziert wurde.

Zu allem Unglück war seine eigene Stadt auch noch in zwei Parteien gespalten: die weiße Brüderschaft, die die Kreuzfah-

rer unterstützte, und als Reaktion darauf die schwarze, die dem Grafen und den Ketzern günstig gesinnt war.
Völlig verzweifelt reiste Graf Raymond im Januar zu Verhandlungen mit Simon de Montfort, Abt Arnaud-Amaury von Citeaux und König Pedro von Aragón nach Narbonne. Montfort, der inzwischen alle verloren gegangenen Gebiete zurückerobert und ihnen eine große Anzahl neuer Eroberungen hinzugefügt hatte, fiel vor dem König auf die Knie und flehte ihn an, ihm den Treueid schwören zu dürfen. Auf Drängen der päpstlichen Legaten gab der König schließlich nach und erkannte Montfort als seinen Vasallen an. Anschließend verbürgte sich Pedro persönlich für die Neutralität des Grafen von Foix, allerdings ohne Zustimmung des Grafen, der Simon de Montfort als seinen Erzfeind betrachtete.
In Montpellier, wo die Verhandlungen fortgesetzt wurden, machte Abt Arnaud-Amaury dem Grafen von Toulouse plötzlich ein großzügiges Angebot: Wenn er sich nachträglich für immer mit der Kirche versöhnen und alle Ketzer von seinen Domänen verjagen würde, dürfe er seinen Besitz behalten. Er würde sein Herrschaftsgebiet sogar mit einem Teil der beschlagnahmten Landgüter der Ketzer vergrößern können. Doch indem er gleichzeitig Forderungen stellte, die völlig inakzeptabel waren, sorgte der Abt dafür, dass der Graf die barmherzige Gunst, wie der Geistliche seinen Vorschlag nannte, nicht annehmen konnte. Tatsächlich hatte Raymond von Toulouse keineswegs vor, das Werkzeug der Leute zu werden, die sein Land brandschatzten, seine Untertanen verstümmelten, Frauen und Mädchen vergewaltigten und wehrlose Bürger auf den Scheiterhaufen jagten. Er weigerte sich, seine Söldner wegzuschicken, die Juden aus ihren Ämtern zu entlassen, seine Burgen zu schleifen, seine Ritter aus den Städten zu verbannen und als Bauern auf dem Land wohnen zu las-

sen, seine Untertanen zu längerem Fasten und dem Tragen des Büßerkleids zu zwingen und selbst für unbestimmte Zeit ins Heilige Land zu ziehen.
Endlich hatte Graf Raymond durchschaut, dass die Repräsentanten des Papstes auf seine Vernichtung und die des gesamten okzitanischen Ritterstands aus waren. Er ließ sich deshalb nicht einmal dazu herab, auf derart unmäßige Forderungen zu antworten, und reiste am nächsten Morgen in aller Frühe ab, um seine Untertanen davon zu unterrichten, dass ihm die Legaten statt einer Versöhnung in Wirklichkeit eine Kriegserklärung angeboten hatten.
Der Graf von Toulouse war nicht der Einzige, der durch den Aufmarsch des Kreuzzugsheeres und das hinterlistige Spiel der päpstlichen Legaten entmutigt war. Noch bevor die Verhandlungen in Montpellier abgeschlossen waren, rief Pierre Mir seine Männer zusammen. Sein Bruder, dessen Fußvolk ebenfalls dort versammelt war, stand neben ihm. Mir starrte mürrisch vor sich hin. Saint-Michel machte einen niedergeschlagenen Eindruck.
»Die Umstände haben uns dazu gezwungen, eine Entscheidung zu treffen, die euch alle angeht«, begann Pierre de Saint-Michel. »König Pedro hat Simon de Monfort als seinen Vasallen anerkannt.«
»Der König von Aragón hat uns im Stich gelassen. Der Treueid, den wir dem Haus Trencavel geschworen haben, ist wertlos geworden«, knurrte Mir.
»Wer sich jetzt noch Montfort widersetzt, widersetzt sich seinem Oberherren«, fuhr Saint-Michel fort.
Amaury hörte angespannt zu. Er musste sich immer noch daran gewöhnen, dass die ehemaligen Vasallen Trencavels Pedro von Aragón meinten, wenn sie über den König sprachen. Für ihn war das noch immer der König, der in Paris herrschte.

»… der König hat sich mit diesem Machtwechsel abgefunden. Er will keine Ausbreitung des Konflikts und hofft, durch die Versöhnung mit den Eindringlingen einen bleibenden Frieden zu erreichen.«
»Er hat uns verraten. Sein Herz schlägt nicht hier, sondern in Spanien. Er will die Mauren bekämpfen«, unterbrach ihn Mir.
»Wir haben keine andere Wahl, als unserem neuen Lehnsherren Treue zu schwören«, fuhr sein Bruder rasch fort, bevor Mir seiner Verbitterung weiter Ausdruck verleihen konnte. »Wir müssen alle Hoffnung aufgeben, unseren Besitz je auf eine andere Weise zurückzubekommen. Unser Kurier ist in diesem Augenblick auf dem Weg nach Carcassonne, um unsere Unterwerfung anzukündigen. Sobald wir die Nachricht erhalten, dass Montfort bereit ist, unseren Treueschwur zu empfangen, werden wir Cabaret verlassen.« Es klang leicht resigniert, als sei er selbst nicht von der Richtigkeit seiner Entscheidung überzeugt.
»Gott steht auf der Seite der Kreuzfahrer. Ihr Vormarsch ist nicht aufzuhalten. Wir haben auf das falsche Pferd gesetzt«, sagte Mir düster.
»Das bedeutet nicht, dass wir uns gegen die Kirche Gottes stellen!«, protestierte Saint-Michel. »Wir werden die Guten Christen bis zu unserem Tod weiter beschützen, wo und wie auch immer.«
Niemand zweifelte auch nur einen Augenblick daran. Der Ritter hatte schließlich seine Frau, die wie er an die Kirche Gottes glaubte, vor der Übergabe Fanjeaux' auf Montségur in Sicherheit gebracht. Auch Mir war immer ein Anhänger des Wahren Christentums gewesen.
»Unsere Männer aus Fanjeaux haben selbstverständlich die Pflicht, mit uns zurückzukehren«, sagte Saint-Michel. »Die

Ritter, die sich uns freiwillig angeschlossen haben, sind nicht mehr an ihr Versprechen, uns zu folgen, gebunden. Herr Pierre-Roger de Cabaret wird euch mit offenen Armen empfangen.« Mehr wollte er nicht sagen, doch seine traurige Miene sprach für sich. Offenbar war er mit der Entscheidung weniger glücklich als sein Bruder, der ihm ermutigend auf die Schulter klopfte und ihm etwas ins Ohr flüsterte, das ein mattes Lächeln auf sein Gesicht zauberte.
Amaury fragte sich, wie die beiden Ritter aus Fanjeaux von Simon de Montfort wohl empfangen werden würden. Wenn der Feldherr vernünftig war, würde er es ihnen nicht allzu schwer machen. Ihr Abzug aus Cabaret bedeutete schließlich einen empfindlichen Verlust für die Truppen von Herrn Pierre-Roger.
Doch würde Montfort so versöhnlich sein und den militärischen Vorteil schwerer wiegen lassen als seinen Vergeltungsdrang? Würde er ihnen glauben, wenn sie vor ihm knieten und ihm den Treueid schworen? Er musste doch wissen, dass nicht die geringste Überzeugung hinter ihrer Entscheidung steckte! Es war vollkommen unglaubwürdig, dass diese beiden Männer plötzlich den Guten Christen den Rücken zukehrten und sich für die Sache eines Gottes einsetzten, der nicht ihrer war. Verräter waren es! Schlimmer noch, Verräter ihres eigenen Glaubens!
Voll Abscheu wandte er sich von dem Schauspiel ab und stieß seine Kameraden wütend mit dem Ellbogen zur Seite. Die schluckten die Übergabe, als sei das alles ganz normal, diese Söhne Judas'!
Als er den Weg erreichte, der hinunter ins Tal führte, verlangsamte er plötzlich seinen wütenden Schritt. Judas' Söhne, so hatte er selbst die Ketzer genannt, als er mit den Kreuzfahrern in den Süden gezogen war. Nicht, weil sie ihre Ketzerei ver-

leugneten, sondern gerade weil sie sich zu ihr bekannten. Wer war hier eigentlich von seinem Glauben abgefallen, wer war hier der Verräter? Was war mit ihm geschehen, dass er die Dinge jetzt so anders sah? Offenbar veränderte dieser Krieg alles und jeden. Mit spielender Leichtigkeit wurden Lager und Kirche gewechselt, nichts war mehr heilig, es gab keine Wahrheit mehr. Er erinnerte sich daran, wie ihm Mir den Schinken vorgehalten hatte, als er das *Consolamentum* ungeschehen machen wollte. Als könne man einfach durch ein Stück Fleisch zu einem anderen Gott wechseln!

Selbst Montfort machte Zugeständnisse. Auch für ihn galt, dass das Ziel alle Mittel heiligte. Wenn Mir und Saint-Michel demnächst vor ihm standen, würde er diplomatisch kein Wort über ihre Verbindungen zur Ketzerei verlieren, über ihre Mutter, die als *Perfecta* irgendwo untergetaucht war, oder über Saint-Michels Frau, die bei den Ketzern auf Montségur lebte. Mir und Saint-Michel würden nach Fanjeaux zurückkehren, wo sich ein fanatischer spanischer Unterprior namens Dominicus aufhielt. Bereits seit einigen Jahren war dieser als Missionar damit beschäftigt, die Ketzer des okzitanischen Landes zu bekehren. Den Geschichten zufolge, die er über den Frater gehört hatte, musste er von einem ebenso heiligen Eifer getrieben werden wie die Ketzer, die er mit ihren eigenen Waffen bekämpfte. In eine einfache Kutte gehüllt, zog er in aller Bescheidenheit und Armut predigend durchs Land und verlangte ebenso leidenschaftlich wie sie nach einem guten Tod, der ihn in das ewige Reich im Jenseits führte. Am liebsten hätte er das Himmelreich mit der Märtyrerkrone geschmückt betreten. Die Kreuzfahrer sagten, der Missionar sei von so einnehmendem Charakter, dass ihm keiner widerstehen könne. Die Guten Christen wussten dagegen zu berichten, dass es ihm nicht gelungen sei, viele für seinen Glau-

ben zu gewinnen, wahrscheinlich wegen der schweren Bußübungen, die er den Bekehrten auferlegte. Würde er Mir und Saint-Michel mit seinem Bekehrungseifer zusetzen und sie mit seinen Strafen lahm legen oder musste er überlaufende ketzerische Soldaten verschonen, wenn es Montfort bei der Unterwerfung des okzitanischen Volkes besser ins Konzept passte?
Was würde Bruder Domenicus zu einem Kreuzfahrer sagen, der das *Consolamentum* empfangen hatte und die Ketzer beschützte? Nein, in Fanjeaux hatte Amaury nichts zu suchen. Für ihn galt keine Ausnahmeregel. Er hatte die Kreuzfahrt verraten, er hatte Gott ins Gesicht gespuckt. Seine Angst vor der Strafe, die über ihm schwebte, war vorläufig größer als seine Schuldgefühle. Ein langer Leidensweg in irgendeinem moderigen Kerker oder der grausame Verrätertod waren ein so greifbares Schreckensbild, dass es ihm schlimmer erschien als die abstraktere Bedrohung der Hölle. Lieber starb er in der Rüstung, während er die Menschen beschützte, die ihm so ans Herz gewachsen waren, als sei es sein eigenes Volk, ob es nun Ketzer waren oder nicht.

In der Nacht hatte Amaury einen seltsamen Traum. Er befand sich in einem Raum, der einem Scriptorium ähnelte, in dem sich gewöhnlich Mönche über Manuskripte beugten, um sie zu lesen oder abzuschreiben. Der Saal hatte an beiden Seiten Fenster, durch die strahlendes Licht fiel. An einem Ende stand ein Tisch, auf dem ein dickes Buch lag. Neben dem Buch stand ein Kerzenleuchter, in dem nur eine Kerze brannte. Ohne dass es ihm jemand erzählt hatte, wusste Amaury, dass das Ende der Zeiten gekommen war. Die Sonne würde erlöschen, doch ihr Licht würde noch so lange scheinen, bis die Kerze neben dem Buch abgebrannt war. Man konnte jetzt schon merken,

wie die Kraft des Lichtes, das durch die Fenster hereinfiel, schwächer wurde. In dem Saal, der offenbar die letzte Zufluchtsstätte der Menschheit war, hatten sich einige versammelt, um dem Schicksal zu entkommen. Greise, Mütter mit Kindern, alte Frauen, Menschen verschiedenen Alters und unterschiedlicher Herkunft bevölkerten den Raum. Dennoch herrschte eine feierliche, Unheil verkündende Stille. Rettung war möglich, das wussten alle, doch die Zeit war knapp, zu knapp vielleicht. Denn das dicke Buch musste ausgelesen werden, bevor die Kerze abgebrannt war. Deshalb saß jemand an dem Tisch und las aus dem Buch vor. Die Geschichte handelte von einem Mann, der durch die Welt zog, und wer aus dem Fenster sah, konnte ihn gehen sehen, irgendwo in einem fernen Land. Der Mann war der Einzige, der Rettung bringen konnte. Wenn es ihm gelang, den Saal rechtzeitig zu erreichen, und das würde erst auf der allerletzten Seite des Buches sein, würde das Licht zurückkehren und für immer scheinen. Gelang es ihm nicht, versank die Welt in tiefer Finsternis. Es würde eine eisige Kälte hereinbrechen, die alle Meere und Flüsse zufrieren ließ und in der kein Mensch überleben konnte.
Die Spannung war unerträglich. Es mussten noch so viele Seiten gelesen werden, während die Kerze immer kleiner wurde und das Wachs langsam auf den Tisch tropfte. Obwohl es nicht mehr erlaubt war, schaute Amaury verstohlen aus dem Fenster. Tief unter ihm erstreckte sich das Land in der schnell zunehmenden Finsternis und ganz in der Ferne sah er im Dämmerlicht den Mann mit hastigen Schritten dahineilen, als versuche auch er, noch rechtzeitig zu kommen. Quälend langsam näherte sich das Buch dem Ende, der Kerzenstummel tropfte, es waren noch ein paar Seiten übrig. Draußen herrschte jetzt fast vollkommene Finsternis. Der Teufel hüllte die Welt in einen riesigen schwarzen Mantel und sein stinkender Atem

erfüllte den Raum. Die Kerze bekam kaum noch Sauerstoff und im Licht des traurig flackernden Flämmchens wurde die letzte Seite aufgeschlagen. Unten in der Tiefe klopfte jemand an die Tür. Amaury hatte das Gefühl, als würde ihm die Kehle zugeschnürt. Die Kerzenflamme leuchtete noch einmal auf und erlosch dann langsam, bis nur noch die glühende Lunte in der Finsternis zu sehen war. Im selben Augenblick sprang die Tür auf. Der Mann trat herein und mit ihm strömte das Sonnenlicht in seiner ganzen Pracht durch die Fenster.

Am nächsten Tag ging Amaury zum Haus der *Bonnes Dames*, in dem Colomba wohnte. Sie war nicht da und wieder wollte oder konnte man ihm nicht erzählen, wo sie hingegangen war. Darauf begab er sich zur Werkstatt der *Bons Hommes* und kniete vor dem Ältesten nieder. Die Hände auf das Buch mit dem Johannesevangelium gelegt, schloss er die *Convenenza*, den Pakt, der ihm zusicherte, dass er in seiner letzten Stunde das *Consolamentum* empfangen würde, auch wenn er nicht mehr in der Lage war, die geforderten Worte zu sprechen.

Cabaret – Anfang März 1211

Natürlich hatte Colomba davon erfahren. Sie erwähnte es mit keinem Wort, doch es war ihr deutlich anzumerken. Sie war froh. Ihre Gespräche wurden nicht länger von dem Konflikt zwischen den beiden sich bekämpfenden Glaubensrichtungen beherrscht und das war für Amaury eine große Erleichterung. Sie erklärte nur noch etwas, wenn er sie darum bat. Er wohnte jetzt auch regelmäßig den Zusammenkünften der Guten Christen bei. Das musste er schon, denn der Herr von Cabaret war selbst bei den Predigten anwesend und nur diejenigen, die ihn dorthin begleiteten, genossen sein uneingeschränktes Vertrauen.

Ansonsten ging das Leben auf Cabaret seinen gewohnten Gang. Jetzt, wo Amaury Zugang zur Burg von Herrn Pierre-Roger hatte, stellte er zu seinem großen Erstaunen fest, dass dort Feste gefeiert wurden, als sei nichts geschehen.

Alle Ereignisse seit dem Einfall des Kreuzzugsheeres konnten nicht verhindern, dass man nach Herzenslust sang und trank. Seit die berühmten Troubadoure das Kriegsgebiet mieden, ließ sich Frau Brunissende, die Gemahlin von Herrn Pierre-Roger, die Bewunderung weniger begabter Dichter und Sänger gefallen. Huldvoll lauschte sie, wie diese ihre Tugenden bejubelten, gönnte ihnen jedoch keinen Blick, wenn sie mehr von ihr verlangten als ein gnädiges Nicken.

Noch mehr wunderte sich Amaury, als er eines Tages entdeckte, dass Colomba ebenfalls an der Festtafel saß, mit ihrer eigenen Schale und ihrem eigenen Becher, damit kein zurückgebliebener Krümel des verbotenen Essens in ihre karge Portion Fisch und Gemüse gelangte. Weshalb sie dort saß, war ihm ein Rätsel. Sie gehörte nicht hierher und in ihrem düsteren schwarzen Kleid fiel sie inmitten all der Seidenbrokatgewänder der adeligen Herren und Damen vollkommen aus dem Rahmen. Doch schon bald wurde Amaurys Aufmerksamkeit von einer temperamentvollen schwarzhaarigen Schönheit namens Orbrie abgelenkt, die alle Männer herausforderte, wie keine Zweite tanzte und daher immer im Mittelpunkt der Festfreude stand. Sie kam aus einer Familie, die sich zum Wahren Christentum bekannte, und es wurde geflüstert, Herr

Jourdain, der Bruder Herrn Pierre-Rogers, wolle sie zur Frau.
Anfang März war es mit der Fröhlichkeit plötzlich vorbei. Schon seit einer Weile rechnete man damit, dass Simon de Montfort einen neuen Angriff auf Cabaret wagen würde. Denn jetzt, wo der König von Aragón seinen Vasallen den Rücken zugekehrt hatte, der Graf von Foix sich notgedrungen an seine Neutralität halten musste, Pierre Mir und Pierre de Saint-Michel sich dem Feldherren unterworfen hatten und von Graf Raymond von Toulouse auch keine Hilfe erwartet werden konnte, stand Cabaret allein da. Mit der Ankunft neuer Kreuzfahrer und dem nahenden Frühling konnte Montfort sicher sein, dass er die Bastion der drei Festungen nun erfolgreicher würde belagern können als zuvor.
Eines Abends kam Colomba vorbei, um Amaury zu erzählen, dass der Herr von Cabaret die *Bon Hommes*, die ihn bei wichtigen Entscheidungen berieten, zu sich gerufen habe. Offenbar war die Ankunft eines Boten aus Carcassonne der Anlass dazu. Sie mahnte Amaury zur Vorsicht. Am nächsten Morgen wurde in aller Frühe der Befehl erlassen, dass sich die Guten Christen, die sich auf dem Gebiet von Cabaret aufhielten, unverzüglich für die Abreise bereitmachen müssten. Direkt danach wurden die Ritter in den großen Saal bestellt, wo Pierre-Roger sie in vollem Ornat erwartete. Neben ihm stand sein Bruder Jourdain in Begleitung Orbries und auf der anderen Seite wurde er von Brunissende flankiert, die ebenfalls so gekleidet war, als handle es sich um ein festliches Ereignis.
»Männer«, sprach der Burgherr mit bewegter Stimme, »unser Kundschafter in Carcassonne meldet, dass der Feind bald angreifen wird. Es ist eure und unsere Aufgabe, alle zu beschützen, die sich auf unserem Territorium befinden oder Cabaret unterstellt sind. Wir haben nicht genug Männer, um selbst

zum Angriff überzugehen, und wir würden all jenen, die von unserem Schutz abhängig sind, nicht damit dienen, wenn wir sie den Prüfungen einer aussichtslosen Belagerung aussetzten. Deshalb haben wir beschlossen, uns zu ergeben, jedoch nicht dem neuen Burggrafen von Carcassonne. Wir werden versuchen, unser Erbe gegen ein anderes Lehnsgut einzutauschen. Ich habe unserem Gefangenen, Ritter Bouchard de Marly, Herrn von Saissac, diesen Vorschlag unterbreitet und ihm im Tausch für gewisse Sicherheiten die Freiheit angeboten. Wenn wir richtig informiert sind, hat er durch seine Familien- und Freundschaftsbande mit Montfort genügend Einfluss, um dafür garantieren zu können. Es versteht sich, dass wir den Gefangenen erst dann gehen lassen, wenn wir die Guten Christen in Sicherheit gebracht haben. Die Übergabe wird also nicht vor dem Abend stattfinden.«

Seine Erklärung löste tiefe Niedergeschlagenheit aus. Nur Amaury wurde von Panik ergriffen. Er hoffte, dass er die Guten Christen zu ihrem neuen Zufluchtsort würde begleiten können, dann konnte er Colomba beschützen und würde selbst auch in Sicherheit sein. Aber was sollte er tun, wenn ihm Herr Pierre-Roger auftrug, ihm zu einem neuen Landgut in dem besetzten Gebiet zu folgen? Was, wenn er Bouchard in die Arme lief und dieser ihn erkannte? Langsam wurde ihm bewusst, dass der Herr von Cabaret nicht auf ihre Zustimmung wartete. Er war nicht wie Montfort, der immer erst seine Ritter befragte und sich ihre Ratschläge anhörte. Alles war schon vorbereitet. Schließlich war keine Zeit zu verlieren, die Kreuzfahrer konnten jeden Augenblick mit dem Marsch nach Cabaret beginnen.

Unmittelbar nachdem die Herren von Cabaret ihre Entscheidung getroffen hatten, hatte Frau Brunissende die Kisten öffnen lassen, die die Garderobe ihres Mannes enthielten, und ein seidenes Hemd und ein kostbares Überkleid mit einem dazu passenden Mantel ausgewählt. Ein Schmied wurde gerufen, der den Gefangenen von seinen Fesseln befreite. Knechte waren mit den Kleidungsstücken, Waschschüsseln und Rasierzeug zum Kerker geeilt, damit Bouchard würdig erscheinen konnte, nicht als Gefangener, sondern wie ein verehrter Gast. Amaury begriff jetzt, dass die Ritter nur zur Burg gerufen worden waren, um dem französischen Edelmann einen eindrucksvollen Empfang zu bereiten, den er hoffentlich im feindlichen Lager erwähnen würde. Er musste sehen, dass er hier wegkam, doch dazu war es schon zu spät. Der Herold gebot Ruhe, dirigierte die Ritter und ihre Knappen in zwei Reihen, sodass sie ein Ehrenspalier bildeten, klopfte mit seinem Stab auf den Boden und riss die Saaltür mit gewichtiger Miene auf.

»Herr Bouchard, Herr von Marly und Saissac!«

Fast anderthalb Jahre Gefangenschaft hatten Bouchards wettergebräuntem Gesicht kränkliche Blässe verliehen. Ansonsten hatte er sich überhaupt nicht verändert. Er sah gut aus, abgesehen davon, dass er durch den andauernden Bewegungsmangel etwas in die Breite gegangen und seine Muskeln erschlafft waren. Unter anderen Umständen wäre Amaury auf den früheren Kameraden Montforts zugelaufen und hätte ihn vielleicht sogar umarmt. Jetzt hätte er sich am liebsten unsichtbar gemacht. Der Franzose betrat langsam den Saal und kniff die Augen vor dem grellen Sonnenlicht, das durch die Fenster fiel, zusammen. Die Ritter streckten die Rücken, die Herren von Cabaret schauten ernst vor sich hin, Brunissende hatte sich als Einzige mit unbewegter Miene gesetzt und Orbrie zog die Schultern zurück, damit ihre Brüste unter dem mit Gold bestickten Seidenkleid gut zur Geltung kamen. Der Blick des Kreuzfahrers ging an den Gesichtern rechts und links von ihm entlang, als wolle er jeden in sein Gedächtnis aufnehmen. Amaury schwitzte, das Herz schlug ihm im Halse. Am liebsten hätte er sich unauffällig hinter dem breiten Rücken seines Nachbarn versteckt. Wie groß war die Gefahr, dass Bouchard ihn nach seiner langen Einsamkeit an einem Ort wieder erkannte, an dem er sein Gesicht nie vermutete? Der Franzose kam näher, ließ den Blick nach links schweifen und wandte den Kopf wieder nach rechts, bis er Amaury passierte. Plötzlich verhielt er den Schritt. Von einem Lichtstrahl geblendet, kniff er die Augen zusammen und starrte aufmerksam in das Gesicht des anderen. Anschließend musterte er ihn von Kopf bis Fuß. Amaury gab sich alle Mühe, gleichgültig zu schauen, und mied den prüfenden Blick des Franzosen. Zweifelte Bouchard, weil er sich seit damals so verändert hatte? Er war nicht mehr der lange Schlaks, das Milchgesicht, das vor fast zwei Jahren Poissy verließ. Außerdem trug er die Haare kürzer, als es im Norden Mode war, und nicht nach hinten gekämmt, sondern mit einem Scheitel in der Mitte, wie es die meisten Okzitanen taten. Der Flaum auf seinem Kinn war einem dichten Bartwuchs gewichen, der deutlich sichtbar sein musste, da es schon einige Tage her war, dass er sich rasiert hatte. Seine Schultern und sein Brustkasten waren breiter geworden und auch sonst war er viel muskulöser als damals. Ob Bouchard in dem Augenblick, als er von Pierre Mir und Pierre de Saint-Michel in einen Hinterhalt gelockt wurde, schon gewusst hatte, dass die beiden jüngsten Söhne von Poissy auf Alaric umgekommen waren? Bouchards Blick ging zum Nächsten in der Reihe weiter und Amaury wollte schon erleichtert aufatmen, als ihn der Franzose plötzlich erneut ansah. Er schien zu zögern und seine Lippen öffneten sich, als wolle er etwas sagen. Amaury suchte fieberhaft nach einem Weg, Bouchard davon zu überzeugen, dass er ein anderer war, ohne dass ihn seine Stimme verriet. Seine Kehle war wie ausgetrocknet. Es kostete ihn Mühe, genug Speichel zu sammeln und ihn mit der Zunge nach vorn zu befördern. Inzwischen tat er sein Bestes, Bouchard hasserfüllt anzustarren. Mit einem Blick tiefster Verachtung spuckte er ihm vor die Füße. Alle hielten den Atem an. Zwei Ritter hielten seine Arme fest, aus Angst, er würde den Franzosen auch noch angreifen. Er konnte den vernichtenden Blick Herrn Pierre-Rogers fast fühlen. Im selben Augenblick wurde er feuerrot, nicht aus Wut, wie die anderen dachten, sondern aus Scham. Bouchards Gesichtszüge verhärteten sich, seine Hand fuhr zu seinem Dolch, blieb jedoch auf dem Schaft liegen. Offenbar wurde ihm rechtzeitig bewusst, dass hier Diplomatie gefordert war und diese Beleidigung deshalb ungestraft bleiben musste. Beherrscht drehte er sich um und musterte die andere Reihe. Als er das Ende des Ehrenspaliers erreicht hatte, wandte er sich an Herrn Cabaret.

»Es tut mir Leid, hier nicht die beiden Ritter anzutreffen, denen ich meine Gefangenschaft zu verdanken habe. Ich hätte gern ein paar Worte mit ihnen gewechselt«, sagte er bitter.

»Die Ritter von Fanjeaux sind uns vorangegangen«, antwortete Herr Pierre-Roger. Er fügte nicht hinzu, dass seine Reihen durch die Abreise Pierre Mirs und Pierre de Saint-Michels ziemlich ausgedünnt waren. Der Verlust der beiden *Faidits* samt ihren Soldaten war einer der wichtigsten Gründe für seinen Entschluss, sich dem Feind nicht länger zu widersetzen.

»Sie haben sich in Carcassonne Herrn Simon de Montfort ergeben. Ich ziehe es vor, mich und meine Burg hier und in Eure Hände zu geben, da ich Euch als weisen und ehrlichen Mann kennen gelernt habe, den ich hoch achte. Ich vertraue Euch mein Leben und das meiner Nächsten an, das meiner Untertanen sowie mein Hab und Gut. Ich gebe meine Freiheit auf und

Euch die Eure zurück, in der Hoffnung, dass Ihr meine Gunst und mein Vertrauen mit derselben Großzügigkeit beantworten werdet.« Was er meinte, war, dass er sich bedingungslos ergab und als Gegenleistung auch keine demütigenden Bedingungen erwartete, sondern ein anderes Landgut im Tausch für Cabaret.

Herr Jourdain sprach Worte gleichen Inhalts und nannte den ehemaligen Gefangenen einen ehrlichen Mann mit Charakter, der sich nicht zu falschen Versprechen erniedrigen würde. Bouchard de Marly hörte sich die Schmeicheleien seiner Gastgeber schweigend an. Sechzehn Monate lang war er ohne Nachrichten von der Außenwelt abgeschnitten gewesen und hatte glauben müssen, was ihm seine Feinde erzählten. Er sehnte sich nach der Freiheit und seinen Freunden. Wenn er sich weigerte, würden sie ihn womöglich umbringen. War ihre Lage so verzweifelt, dass ihnen keine andere Wahl blieb, oder waren sie einfach vernünftig geworden und wählten sie die widerstandslose Kapitulation, was allen, also auch Montfort, viel Elend und die Kosten einer längeren Belagerung ersparen würde? Wenn er dem Vorschlag zustimmte, würde den Kreuzfahrern Cabaret, die Festung, die sie so heftig begehrten, durch sein Zutun wie ein reifer Apfel in den Schoß fallen. Er hatte seit dem gestrigen Abend genug Zeit gehabt, darüber nachzudenken, und sein Entschluss stand fest. Dennoch ließ er sie noch einen Augenblick im Ungewissen, während er die Mitglieder des Hauses Cabaret nacheinander ansah. Seine Augen hatten sich inzwischen an das Licht im Saal gewöhnt. Jetzt sah er auch das herausfordernde Lächeln Orbries, die seinen Blick mit einem Zwinkern erwiderte.

»Ich habe noch nie jemanden verraten noch einen anderen dazu verleitet«, antwortete er mit angemessenem Stolz.

Seine Worte trafen Amaury wie ein glühendes Messer. Er

wusste, dass der Edelmann die Wahrheit sprach. Er kannte ihn gut genug, um zu wissen, dass er jedes Versprechen halten würde. Montfort würde sich über die Rückkehr seines guten Freundes so freuen, dass er ihm nichts abschlagen würde. Bei dem Gedanken daran wurde ihm ganz elend. Sechzehn Monate in den Kerkern Cabarets hatten aus Bouchard keinen anderen Mann gemacht. Er war seinem Glauben und seinem Herrn treu geblieben. Amaury selbst dagegen, der alles und jeden verraten hatte, war nichts anderes als ein erbärmlicher Überläufer. Er war von der Bedeutung seines wundersamen Traumes so überzeugt gewesen. Jetzt begann er ernsthaft daran zu zweifeln, ob er ihn auch richtig interpretiert hatte.
»Ich nehme Euren Vorschlag an und gebe Euch mein Ehrenwort, dass ich meinen Versprechen nachkommen und Euch niemals verraten werde. Das schwöre ich bei der Heiligen Jungfrau Maria«, sagte Bouchard und um seine Worte zu bekräftigen, bekreuzigte er sich.
Einen Augenblick herrschte eisige Stille im Saal. Wenn Bouchards Geste sie nicht schon mit Abscheu erfüllte, dann waren es seine verletzenden Worte. In der Kirche Gottes wurde nicht geschworen und kein Eid abgelegt. Die Guten Christen verurteilten jeden Eid als ein Verbrechen. Herr Pierre-Roger räusperte sich.
»Herr Bouchard, ich lade Euch ein, heute mein Gast zu sein, sodass wir die Einzelheiten unserer Übereinkunft in gutem Einvernehmen besprechen können. Danach biete ich Euch an, vor Eurer Abreise gemeinsam mit mir und meiner Familie zu speisen.« Er begleitete seine Worte mit einer galanten Geste, während er ausrechnete, wie viel Zeit erforderlich war, um die Guten Christen in Sicherheit zu bringen. Der Franzose durfte erst gegen Abend nach Carcassonne begleitet werden. Das würde ihnen wenigstens einen Tagesmarsch Vorsprung ver-

schaffen. Hinzu kam die Zeit, die die Kreuzfahrer brauchen würden, um die Rückkehr des Edelmannes zu feiern, bevor sie sich auf den Weg nach Cabaret machten.

»Herr Pierre-Roger, ich danke Euch für Eure Gastfreundschaft und nehme Eure Einladung mit Freuden an«, antwortete Bouchard mit einer ebenso galanten Verbeugung.

»Dann erlaubt mir«, sagte der Burgherr leutselig, »dass ich Euch einen Augenblick mit Herrn Jourdain und den Damen allein lasse. Sie werden Euch mit Vergnügen unterhalten.«

Orbrie war die Erste, die auf ihn zutrat. Ihr schrilles Lachen erfüllte den Raum. Brunissende gesellte sich zu ihnen und sagte, sie habe gehört, dass der Franzose ein Dichter sei. Ob er nicht etwas zum Besten geben wolle, sie sei neugierig auf seine Verse.

Kaum hatten die Ritter den Saal verlassen, da stürmte Herr Pierre-Roger auf Amaury zu. Wieder fuhr dem jungen Mann der Schreck in die Glieder. Was hatte der Herr von Cabaret bei dem unerklärlichen Interesse des Gefangenen an einem seiner Ritter wohl gedacht? Wie ein schnaubender Stier blieb der Edelmann vor ihm stehen.

»Idiot! Deine Dummheit hätte unseren ganzen Plan beinahe zunichte gemacht! Du kannst froh sein, dass dieser französische Hurensohn deine Beleidigung ignoriert hat.«

Amaury zitterte vor Empörung, als er das Schimpfwort hörte. Am liebsten hätte er Bouchard verteidigt, doch er hütete sich davor, so etwas zu äußern.

Derweil tobte der andere weiter. »Wenn er Satisfaktion verlangt hätte, wäre Blut geflossen! Zum Glück hatte er im Gegensatz zu dir begriffen, dass im Augenblick nicht Unversöhnlichkeit, sondern kühler Verstand gefragt ist.«

Der junge Mann stammelte pflichtgemäß ein paar Worte des Bedauerns.

»Eigentlich hatte ich dich mit zwei anderen dazu auserkoren, ihn nach Carcassonne zu begleiten, da du laut Mir seine Sprache sprichst. Leider eine schlechte Wahl, wie sich gerade gezeigt hat. Es ist mir egal, was für ein Hühnchen du noch mit ihm zu rupfen hast oder er mit dir, so was wie eben darf auf keinen Fall noch einmal passieren!«
Vielleicht dachte er, Amaury habe seinerzeit zu der Patrouille gehört, die Bouchard in einen Hinterhalt gelockt hatte, und bei diesem Scharmützel sei etwas zwischen den beiden vorgefallen. Er knurrte noch etwas und fügte hinzu: »Ich will dich nicht mehr sehen, bis er Cabaret verlassen hat.«
Amaury wünschte sich nichts lieber als das.
»Ich gehe mit den Guten Christen.«
»Nicht nötig. Ich habe schon genug Männer von meinen Truppen abgezogen, um sie zu begleiten. Du bleibst bis zur nächsten Order hier auf Cabaret.«
Amaury schüttelte entschieden den Kopf. Er hatte keine Lust, dem Edelmann zu folgen, der im Tausch für seinen Adlerhorst wahscheinlich irgendein Landgut in der Ebene angeboten bekommen würde, wo die Kreuzfahrer ungehindert ein und aus gehen konnten. Der Herr von Cabaret würde dort so wehrlos sein wie ein Igel ohne Stacheln. Vor allem aber wollte er Colomba nicht im Stich lassen.
»Ich folge den Guten Christen.«
»Du kannst dich meiner Befehlsgewalt nicht einfach entziehen. Als Mir wegging, hast du mir Treue geschworen. Du bist an deinen Eid gebunden.«
Doch Amaury gab sich nicht so schnell geschlagen. Er sah sich um. Ein paar Ritter hatten die Diskussion verfolgt und nickten zustimmend.
»Ich bin ein Gläubiger der Kirche Gottes«, erklärte er mit erhobener Stimme, sodass ihn alle deutlich verstehen konnten.

»Die *Bons Hommes* werden bestätigen, dass ich die *Convenenza* abgeschlossen habe. Sie haben mir erzählt, dass ich dadurch die Bindung an meinen Herrn lösen kann. Für denjenigen, der das Gute versteht, steht die Autorität der Kirche Gottes über der seines Herrn.«
Der Edelmann sah ihn einen Augenblick schweigend an. Besser als jeder andere begriff er, wie machtlos er dieser Argumentation gegenüber war. Amaury grinste, zufrieden mit seiner Spitzfindigkeit. Seine Reaktion fand bei dem anderen keinen Gefallen.
»Lass mich dieser Fratze und allem, was dazugehört, nie mehr begegnen!« Mit diesen Worten stiefelte der Herr von Cabaret zum Rittersaal zurück.
Eilig packte Amaury seine Sachen. Einen Augenblick später fand er Colomba zwischen den Flüchtlingen, die sich auf dem Weg versammelt hatten, der von Cabaret nordwärts in das Herz des Montagne Noire führte.
»Wohin gehen wir?«, war das Erste, was sie fragte.
»Nach Lavaur«, antwortete er.

Auf dem Weg nach Lavaur – Mitte März 1211

Langsam bewegte sich der Flüchtlingszug dahin, während sich über dem hügeligen Land Regenwolken zusammenballten. Die Wälder und Schluchten des Montagne Noire, die sie in sicherer Entfernung von dem besetztes Castres im Norden und Saissac im Süden durchquert hatten, lagen inzwischen hinter ihnen. Jetzt befanden sie sich nicht länger auf dem Gebiet des Burggrafen von Carcassonne, der seit November 1209 Simon de Montfort hieß, sondern innerhalb der Grenzen der Grafschaft Toulouse. Heute wollten sie Puylaurens erreichen und dann würde es noch eine kurze Tagesreise bis nach Lavaur sein.

Für einen Reiter war das Tempo, das hauptsächlich von den Ochsen, die die Karren zogen, bestimmt wurde, einschläfernd. Amaury hatte deshalb auch ständig Mühe gehabt, nicht im Sattel einzuschlummern, während sein Pferd am langen Zügel im Tross mittrottete. Doch heute Morgen war er hellwach. Er hatte Colomba verloren. Zutiefst beunruhigt hatte er sein Pferd schon ein paar Mal an der Kolonne vorbeigejagt, um zu sehen, ob er sie nicht doch irgendwo zwischen den anderen entdecken konnte. Er wusste sicher, dass er sie am Abend zuvor noch gesehen hatte, bevor es dunkel wurde, und heute Morgen ... keine Spur mehr von ihr. Er fragte die Frauen, bei denen sie in Cabaret gewohnt hatte, nach ihr. Er kannte die Antwort schon im Voraus. Sie wussten natürlich von nichts.

Amaury fluchte innerlich. Wenn dies wieder eins ihrer unerklärlichen Verschwinden war, hätte sie sich einen besseren Moment dafür aussuchen können. Auch wenn sie sich nun auf dem Gebiet des Grafen von Toulouse befanden, außer Gefahr waren sie noch keineswegs. Er würde erst beruhigt sein, wenn sie sich innerhalb der Mauern Lavaurs befanden, weit weg von Montforts Truppen. Zum soundsovielten Mal spähte er den Weg ab, der hinter ihnen lag. Dort war keine Menschenseele zu sehen. Es fing an zu regnen.

Außer ein paar Hirten und Bauern begegneten sie an diesem Nachmittag niemandem. Nur noch ein paar Johannitern in ihren schwarzen Mänteln mit dem weißen Kreuz, die kaum grüßten und erst recht keine Fragen stellten. Stattdessen wandten sie den Kopf ab und ritten hastig vorbei, als hätten sie niemanden gesehen. Seit Beginn der Kreuzfahrt war es ihnen gelungen, sich aus dem Konflikt herauszuhalten, ebenso wie den Templern übrigens, die sich darauf beschränkt hatten, ein paar Urkunden zu bezeugen.

Kurz vor Puylaurens entdeckte er sie plötzlich. Sie lächelte ihn an, als sei alles in bester Ordnung. Amaury fiel ein Stein vom Herzen.

Als sie das Stadttor passiert hatten, sprach er Colomba an. Die ganze Anspannung und Unruhe des Tages schien sich nun mit einem Mal zu entladen.

»Wo warst du!« Er fragte es nicht, er bellte fast.

»Auf dem Weg hierher, genau wie du.«

»Ich habe dich nirgends gesehen. Weißt du, wie viele Ängste ich ausgestanden habe?«

Sie starrte ihn mit großen unschuldigen Augen an. Die feuchten Haare, die ihr an den Schläfen klebten, machten ihr Gesicht noch schmaler.

»Du brauchst dir wegen mir keine Sorgen zu machen.«

»Die mache ich mir wohl. Ich bin hier, um euch zu beschützen. Das ist, verdammt noch mal, meine Aufgabe. Und du warst nicht da. Wo bist du gewesen? Da, wo du meistens bist, wenn du weg bist?«

Sie zuckte mit den Schultern.

»Lüg mich nicht an. Du darfst nicht lügen!«

Sie presste die Lippen zusammen und sah ihn böse an.

»Heute Morgen warst du schon in aller Frühe verschwunden und eine halbe Meile vor Puylaurens tauchst du plötzlich in aller Gemütsruhe aus dem Nichts wieder auf und tust so, als wäre das ganz normal. Ich fordere eine Erklärung.«

»Du benimmst dich allmählich immer mehr wie ein Ritter,

Amaury, und das ist kein Kompliment. Du kannst so viel verlangen, wie du willst, es hat doch keinen Sinn. Übrigens bist du hier der Einzige, der sich deswegen aufregt. Ich bin doch da!«

»Ich rege mich auf, weil ich dich liebe!« Es war heraus, ehe er es unterdrücken konnte, und es war ihm im Augenblick auch vollkommen egal. Ein lächerlicher Moment für eine Liebeserklärung, die er sich ganz anders vorgestellt hatte.

»Ja, ich liebe dich. Ich weiß, dass es nicht geht, aber ich will immer bei dir sein.« Seine Stimme klang heiser. Er war nicht mehr böse.

Colomba wurde leichenblass. War es wirklich schon ein Jahr her, dass er zum ersten Mal ihre Hand gehalten hatte, auf dem Weg von Salsigne nach Cabaret? Er hatte sie auf die Stirn geküsst. Danach hatte er sie nie mehr angerührt. Sie hatte gedacht, gehofft, aber auch gefürchtet, dass es von selbst vorbeigehen würde. Denn wider besseres Wissen genoss sie seine Anwesenheit und Aufmerksamkeit. Sie sehnte sich immer danach, ihn zu sehen. War das Liebe? Sie wusste es nicht. Nach Worten suchend, starrte sie in Amaurys verzerrtes Gesicht und hatte schreckliches Mitleid mit ihm. Am liebsten hätte sie ihn in den Arm genommen und getröstet.

Eine dunkle Gestalt schob sich zwischen sie. »Colomba, du wirst gebraucht. Und du …« Die *Bonne Dame* wandte sich an Amaury und sah ihn abwartend an. »Nun?«

Amaury beugte sein Knie, bis es fast den Schlamm berührte, und senkte den Kopf, während er die Worte des *Melioramentum* sprach, die ihm jetzt niemand mehr vorzusagen brauchte.

»Du darfst sie nicht belästigen«, sagte die *Bonne Dame*, nachdem er wieder aufgestanden war. Colomba war inzwischen verschwunden.

»Das weiß ich, doch die Natur geht ihren eigenen Weg.«
»Die Natur? Du meinst wohl das böse Fleisch. Die Listen des Teufels sind unerschöpflich. Sie hat dem entsagt. Wenn du versuchst, sie zur Sünde zu verführen, bist du ein Handlanger des Teufels.«
»Ich liebe sie und die ganze Welt darf es wissen. Liebe kann nicht schlecht sein.«
»Du hast Recht, Liebe kommt vom guten Gott. Begierde, junger Mann, ist Teufelsspiel.«
»Ich tue mein Möglichstes, beides voneinander zu trennen.«
Gegenüber einem katholischen Priester hätte er nie so zu sprechen gewagt. Er musste sich noch immer daran gewöhnen, dass Frauen hier denselben Status bekleideten und ihn zurechtweisen konnten. Es war alles noch zu neu, um die Demut aufzubringen, die ihm zu Hause eingeimpft worden war. Obwohl er auch sah, dass die Guten Christen reiner lebten als so mancher voll gefressene Kanoniker oder Abt, der sich mit allen Genüssen des Lebens umgab. Hier hatten sie nicht einmal Kanoniker oder Äbte. Die Kirche Gottes kannte nur Diakone und eine Hand voll Bischöfe, das war alles. Kein Heer von Prälaten, keine Geld verschlingende Hierarchie, keine Kirchen und Paläste voller Kunstschätze. Mit ihrer bescheidenen Lebensweise nötigten die Guten Christen mehr Respekt ab. Es gab keine Distanz zwischen ihnen und den einfachen Gläubigen, da sie sich in all ihrer Einfachheit immer zwischen dem Volk bewegten und sich nicht in kolossalen, abgeriegelten Gebäuden absonderten. Vielleicht lag es daran, dass er sich seiner Verantwortung und der Freiheit, selbst über sein Leben zu entscheiden, bewusster geworden war, mehr, als wenn ihm die Androhung der Hölle an den Kopf geschleudert wurde. Diese Freiheit hatte Colomba auch.

»Sie muss selbst wissen, was sie will oder nicht. Ich habe genug mit meinen eigenen verwirrten Gefühlen zu tun«, sagte er.
»Dann würde ich diese Gefühle an deiner Stelle lieber zügeln«, entgegnete sie. »Müsst ihr kein Lager aufschlagen?« Und damit war die Predigt zu Ende.
Verwirrt, ja, das war das richtige Wort. Die ganze Situation war verwirrend. Hätte er sich in Poissy verliebt, wäre alles so einfach gewesen. Er hätte Robert um Erlaubnis gefragt, der daraufhin mit ihrem Vater über eine Heirat verhandelt hätte, und dann hätte er sie kurzerhand zur Frau genommen. Das heilige Sakrament der Ehe hätte sie fürs Leben miteinander verbunden und die Kirche hätte sie ermutigt, für Nachkommen zu sorgen. Hier war alles anders. Anstelle des Sakraments wurden Mann und Frau nur durch ein Versprechen vereinigt und Kinder zu zeugen war keine Tugend, sondern Kollaboration mit dem Teufel, der dadurch seine Schöpfung des Bösen aufrechterhalten konnte. Zum Glück brauchte er sich darüber nicht den Kopf zu zerbrechen, denn für ihn gab es nichts zu nehmen und nichts zu zeugen. Colomba hatte einen anderen Weg gewählt. Was sollte er anderes mit seinem Leben anfangen, als es in den Dienst jener zu stellen, die als Ketzer verfolgt wurden?

Wie ein Zerberus wachte er in jener Nacht über das in aller Eile aufgeschlagene Lager. Nicht die kleinste Bewegung Colombas würde ihm mehr entgehen, er musste wissen, wohin sie immer wieder verschwand. Doch nichts störte die Ruhe in dem Lager und im Morgengrauen erschien sie mit den anderen Frauen beim Brunnen, um Wasser zu holen. Sie musste über sein unausgeschlafenes Gesicht lachen und seine steifen Bewegungen, wenn er aufstand.

Er erhielt keine Gelegenheit, mit ihr zu sprechen. Die *Bonne Dame* verlor ihre Schülerin keinen Moment aus den Augen und Amaury wagte es nicht, ihr Verbot zu ignorieren.
Auch während des letzten Teils ihres dreitägigen Marsches bekam er keine Chance, sich Colomba zu nähern. Sie war ständig von den anderen Frauen umgeben. Er gab sich damit zufrieden, dass er jetzt auf jeden Fall wusste, wo sie war, und dass sie keinen neuen Versuch unternahm, zu verschwinden.
Noch bevor der Abend hereinbrach, erreichten sie Lavaur, wo die Guten Christen in den Häusern ihrer Brüder und Schwestern aufgenommen wurden. Amaury schloss sich der Garnison unter dem Kommando der Burgfrau, der Witwe Guiraude, an, die im Namen ihrer Kinder die Herrschaft über die Stadt ausübte.
Das Wissen, dass Colomba im Haus der *Bonnes Dames* sicher untergebracht war, beruhigte Amaury keineswegs. Auch in jener Nacht machte er kein Auge zu. Diesmal nicht, weil er Angst hatte, sie würde wieder verschwinden, sondern weil er darüber nachdachte, was Simon de Montfort wohl tun würde. Wenn Cabarets Spione wussten, dass die Kreuzfahrer eine Belagerung ihrer Festung vorbereiteten, würden die Spione der Kreuzfahrer ihrem Anführer in Carcassonne umgekehrt melden können, dass die Ketzer aus Cabaret entkommen und nach Lavaur geflüchtet waren. Wähnten sich die Guten Christen hier in dieser Stadt, die zur Grafschaft Toulouse gehörte, zu Recht sicher? Oder würde sich Montfort einen Teufel um die Herrschaft des Grafen von Toulouse scheren und die Ketzer bis nach Lavaur verfolgen? Er kannte Montfort gut genug, um die Antwort zu erraten.
Am nächsten Nachmittag gelang es ihm, Colomba von ihrer Begleiterin zu trennen, indem er seine Kameraden wie einen

Keil zwischen die beiden Frauen trieb und Colomba blitzschnell am Ärmel packte und in eine Gasse zog.

»Wir müssen hier so schnell wie möglich weg!«

»Warum?«

»Weil Montfort auf dem Weg hierher ist.«

»Davon weiß ich nichts.« Sie schüttelte entschieden den Kopf. Es schien, als könne etwas, von dem sie nichts wusste, unmöglich geschehen sein.

Er machte eine verzweifelte Geste, beugte sich etwas vor und begann, lauter zu sprechen, als würde sie das davon überzeugen, dass er Recht hatte.

»Wir sind dumm gewesen, alle Guten Christen hierher zu bringen. Wir hätten uns aufteilen müssen, nicht an einen, sondern an verschiedene Orte gehen müssen. Wir hätten uns im Montagne Noire verteilen können. Das habe ich den Rittern zu erklären versucht, aber es wollte keiner zuhören. Dann versuch du wenigstens, die Guten Christen davon zu überzeugen, dass wir hier wegmüssen. Wir können noch weiter in den Norden ziehen.«

»Mach dir keine Sorgen. Montfort ist mit seinem Heer in Cabaret.«

»Woher weißt du das?«

Sie zuckte mit den Schultern. »Das ist doch logisch.«

»Gut, vielleicht ist er in Cabaret. Aber wie lange noch? Wir sind hier nicht sicher, Colomba! Hier sind zu viele Gute Christen.«

»Wir befinden uns auf dem Gebiet von Raymond von Toulouse. Wenn sich Montfort über seine Grenzen wagt, wird uns der Graf zu Hilfe kommen.«

»Toulouse ist durch seine Uneinigkeit geschwächt. Hier geraten sich doch die Anhänger und die Gegner der Kreuzfahrt ständig in die Haare. Der Graf setzt zu viel aufs Spiel, wenn er sich jetzt öffentlich in den Streit einmischt, auch wenn er volles Recht dazu hat. Ich habe Angst, Colomba, Angst, dich bald auf einem Scheiterhaufen sterben zu sehen. Lass uns zusammen fliehen!«

»Du weißt, dass das nicht geht.«

Ihre Antwort wurde durch Lärm hinter ihnen übertönt. Sie hörten Befehle. Amaury lief zum Ende der Gasse, um nachzusehen, was dort los war. Eine lange Kolonne bewaffneter Reiter ritt in die Stadt.

»Es ist der Herr von Montréal, der Bruder von Frau Guiraude.«

»Ich dachte, er hätte sich letzten Sommer Montfort unterworfen«, sagte Colomba erstaunt.

»Dann hat er jetzt sein Wort gebrochen, um seine Schwester zu unterstützen. Er hat gut achtzig Ritter dabei! Ich bin offenbar nicht der Einzige, der einen Angriff der Kreuzfahrer erwartet. Der Herr von Cabaret hat uns nicht entkommen lassen, damit wir ihnen hier in die Falle laufen. Flieh mit mir, jetzt, wo es noch geht.«

»Ich will nicht fliehen. Ich habe keine Angst«, sagte sie tapfer, doch ihre Stimme zitterte.

Amaury konnte es nicht ertragen. Er hatte das Gefühl, als würde jemand sein Herz wie einen Lappen auswringen.

»Dann zieh wenigstens dieses verfluchte Kleid aus! Sie wissen längst, dass einige von euch jetzt Dunkelblau tragen! Mein Gott, Colomba, ich liebe dich zu sehr. Ich werde verrückt bei dem Gedanken, dass du ihnen bald in die Hände fällst.«

»Du darfst nicht von Liebe sprechen, Amaury«, sagte sie leise.

»Mach dir nichts vor, Colomba. Du liebst mich doch auch? Warum hast du dir sonst solche Mühe gegeben, mich für das Wahre Christentum zu gewinnen? Warum hast du deinen Bekehrungseifer nicht an anderen ausgelebt? Warum besuchst du mich noch immer, um mit mir zu reden, wo ich doch jetzt einer von euch bin? Und warum lächelst du mich immer an, wenn du mich siehst? Du kannst nicht ewig die Augen vor der Wahrheit verschließen. Es wird Zeit, dass wir zugeben, dass wir verliebt sind.«

»Ich bin nicht …«

»Das bist du wohl!«

Jetzt wurde sie böse. »Entscheidest du, ob ich verliebt bin?«

»Nein, natürlich nicht. Komm schon, Colomba, ich will dir doch nur helfen. Es kommt öfter vor, dass eine *Bonne Dame* ihr Versprechen bricht, um zu heiraten. Du kannst doch später immer noch mal das *Consolamentum* empfangen? Später, wenn du älter bist, wenn der Krieg vorbei ist, wenn wir …«

Er bekam keine Zeit, seinen Satz zu beenden. Der *Bonne Dame*, die Colomba begleitet hatte, war es, nachdem der Reitertrupp vorbeigezogen war, endlich gelungen, sich einen Weg durch das Stadtgetümmel zu bahnen. Jetzt kam sie empört auf ihn und Colomba zugestiefelt. Ohne ein Wort zu sagen, stellte sie sich vor Amaury und sah ihn gebieterisch an. Er sank auf die Knie, um ihr seinen Respekt zu bezeugen. Sie brüllte bissig und kaum verständlich die rituellen Worte zurück und sagte dann: »Ich will dich nicht mehr in ihrer Nähe sehen. Kannst du den Gehorsam aufbringen oder müssen wir Colomba zwingen, im Haus zu bleiben, sodass du sie nicht mehr treffen kannst? Dann wird sie allerdings ihre Arbeit nicht länger machen können. Du hast die Wahl.«

Amaury biss sich auf die Unterlippe. Er hätte ihr am liebsten zugeschrien, dass sie sich aus ihren Angelegenheiten heraushalten solle. Stattdessen sagte er mit verhaltener Stimme: »Ihr braucht sie nicht einzusperren, auch wenn ich lieber als alles andere auf der Welt bei ihr wäre. Ich habe mein Verlangen länger als ein Jahr beherrschen können. Es wäre längst mehr geschehen, wenn ich nicht so einen tiefen Respekt vor ihr hätte.« Er wandte sich an Colomba. »Vergib mir, es ist meine Schuld, wenn du hierdurch in Schwierigkeiten gerätst. Ich kann auch nichts dafür, dass ich dich liebe, aber es ist falsch, dass ich mehr von dir verlangt habe als die Nächstenliebe, die du für jeden anderen empfindest. Wenn ich dich sehe, so schön und lieb, dann vergesse ich schon mal, dass ich nur ein gewöhnlicher Sterblicher bin, während deine Seele schon halb auf dem Weg zum Himmel ist. Ich bin es nicht wert, deine Schuhriemen aufzubinden.« Er machte eine tiefe Verbeugung vor ihr. »*Benedicite, Bonne Dame.*«

Noch nie zuvor hatte er ihr den Respekt bezeugt, den er einem Guten Christen schuldete. Als er sich aufrichtete, sah er gerade noch, wie sie sich hastig mit dem Ärmel über die Augen wischte, bevor sie sich umdrehte und mit der anderen Frau fortging.

Lavaur – Ende April 1211

Amaury lehnte sich an die Zinnen und schloss einen Moment lang die Augen, erschöpft vom Gezänk der Soldaten, dem Heulen des rauen Nordwindes und dem ständigen Gepolter der Steine, die an die Stadtmauer geschleudert wurden. Eine neue Salve, die irgendwo unter ihm gegen die Festungsanlage donnerte, ließ seinen Körper erzittern. Er warf einen Blick zur Seite und sah eine riesige Staubwolke über der Einschlagstelle, nicht weit von ihm entfernt. Die Mauer selbst hielt noch immer stand, trotz des Beschusses, der Tag und Nacht andauerte. Um die hölzerne Überdachung des Wehrgangs war es schlechter bestellt. Sie war schwer beschädigt und an manchen Stellen war der ganze Ausbau samt Gang verschwunden, sodass nur noch die steinerne Galerie benutzt werden konnte. Und auch dort klafften große Lücken in den oberen Teilen der Zinnen. Wenn er vorsichtig nach unten spähte, konnte er die Steinschleudern sehen, die fahrbaren Sturmtürme, den Zeltwald mit der hölzernen Palisade ringsherum und die Brücke, die die Kreuzfahrer geschlagen hatten, um die durch den Fluss getrennten Truppenteile miteinander zu verbinden.

Anfangs hatte Montfort zu wenig Soldaten gehabt, um Lavaur vollständig abzuriegeln. Dadurch hatten ein paar Adlige aus Toulouse die Stadt noch erreichen können. Während sich Graf Raymond von Toulouse mit den französischen Heerführern unterhalten hatte, womit er nicht mehr erreichte, als dass er abgekanzelt wurde, weil er der Kirche nicht gehorchte, waren seine Hilfstruppen durch die Bresche im Kordon heimlich in die Stadt eingedrungen. Inzwischen hatte der Graf von Foix seinen Waffenstillstand gebrochen und griff ein Kontingent französischer Hilfstruppen, bestehend aus friesischen und deutschen Kriegsknechten, an, die bis auf einen, der Montfort die Botschaft überbringen konnte, völlig aufgerieben wurden. Danach hatten die Kreuzfahrer doch noch Verstärkung aus dem Norden erhalten und Lavaur war von der Außenwelt abgeschnitten worden. Dieser Zustand hielt jetzt schon vier Wochen an, ohne dass sich an der Situation etwas geändert hatte.

Der junge Ritter erhob sich. Außer dass er an ein paar Ausfällen teilgenommen hatte, die nichts gebracht hatten, hatte er wenig ausrichten können. Es war eine tägliche Routine geworden, die Verteidigung eines Teils der Mauer zu leiten und dann zu hoffen, dass er mit heiler Haut wieder nach unten kam. Durch die Zerstörungen am Wehrgang und an den Zinnen wurde diese Aufgabe jeden Tag gefährlicher. Gebückt rannte er zu der Stelle, an der ein *Magonel*, eine recht kleine Steinschleuder, aufgestellt war. Er wartete, bis die Landsknechte ein Projektil abgeschossen hatten, und schaute ihm nach, um zu sehen, ob es sein Ziel erreichte. Ein feindlicher Soldat wurde am Bein getroffen und stürzte wimmernd zu Boden, doch leider blieben die Kriegsmaschinen unbeschädigt. Er richtete seinen Blick wieder auf die Schleuder. Der Nachschub an Munition ließ offenbar zu wünschen übrig, denn es lag nur noch ein halbes Dutzend Steine neben der Wurfmaschine. Er klopfte den drei Männern, die das *Magonel* bedienten, auf die Schulter, schrie: »Macht weiter so« und zwängte sich an ihnen vorbei, um seinen Rundgang über die Mauer fortzusetzen. Überall liefen Bürger hin und her, die Steine und Kübel mit kochendem Wasser und brennendem Pech zu der Stelle schleppten, an der die Kreuzfahrer versuchten, die Mauer zu erreichen. Er schickte ein paar von ihnen weg, um neue Steine zu besorgen. Danach sprach er den Sergeanten der Bogenschützen an. »Wie sieht's aus?«, fragte er.

»Zwei Verletzte!«, antwortete der Sergeant.

Amaury betrachtete die Männer, die halb bewusstlos an den Zinnen lehnten. Sie waren von Steinen getroffen worden, der eine am Kopf, bei dem anderen war die Schulter zerschmettert. Offenbar lebte er kaum noch. Amaury fasste zwei Männer, die Steine schleppten, am Arm und zeigte auf die Verletzten.

»Bringt sie weg!«, schrie er über den Lärm hinweg. Er inspizierte den Vorrat an Pfeilen und gab dann zu erkennen, dass er sehen wolle, wie weit der Feind mit seinen Versuchen gekommen war, einen Tunnel unter der Mauer zu graben. Ein Bogenschütze machte ihm Platz und er beugte sich vorsichtig durch eine Öffnung in dem knarrenden Gang vor. Unten in der Tiefe, am Fuße der Festungsmauer, waren die Pioniere damit beschäftigt, die Mauer unter dem Schutz eines Schilddaches mit einem Rammbock zu bearbeiten. Das Gebilde stand auf Rädern und wurde langsam über Pfähle weiterbewegt, die quer in den Graben gelegt worden waren. Ein Stein- und Speerregen prasselte auf das Schilddach nieder, das bis jetzt allen Angriffen widerstand. Auch Strohfackeln konnten ihm nichts anhaben. Das Dach war mit feuchten Tierhäuten bedeckt, wodurch es kein Feuer fing. Mit zäher Entschlossenheit unternahmen die Kreuzfahrer jeden Tag von neuem diesen Versuch, eine Bresche in die Mauer zu schlagen, bis jetzt ohne großen Erfolg. Mit aller Macht wurde dort unten gearbeitet, um das Gefährt aufrecht zu halten und vorwärts zu schieben, während man oben mit ebenso viel Energie versuchte, die mühsam erkämpften Fortschritte zunichte zu machen. Der Herr von Montréal war auf die Idee gekommen, das nahezu unzerstörbare Schilddach mit Balken zu befeuern, die an einem Ende mit einer scharf geschliffenen Spitze versehen waren. Diese neue Waffe, die von den abgebauten Resten der Brustwehren stammte, war gerade herbeigeschafft worden und Amaury war gespannt, ob es funktionieren würde. Er sah zu, wie so ein riesiger Speer mit vereinten Kräften in Stellung gebracht wurde, um anschließend durch ein Loch im Boden des Wehrgangs senkrecht nach unten gestürzt zu werden. Begleitet von Triumphgeschrei bohrte sich die Spitze durch das Schilddach, als sei es ein frisch gebackenes Brot. Darunter ertönten die erstickten Schreie der getroffenen Pioniere. Ein

zweiter Balken, der im Fall umkippte, riss das Schilddach auf.
»Jetzt Wasser und Öl!«, schrie Amaury heftig gestikulierend.
Die glühende Flüssigkeit strömte durch das Loch im Schilddach und erneut ertönte Gewimmer. Das Gebilde machte eine Bewegung zurück. Auf der Mauer erklangen noch lautere Jubelschreie, die kurz darauf von einem Triumphgeheul ein Stück weiter überstimmt wurden. Amaury versuchte zu sehen, was dort los war. Hinter dem nächsten Turm strömten die Männer zusammen. Sie lehnten sich gefährlich weit vor, lachten und schrien dem Feind Verwünschungen zu. Direkt ihnen gegenüber befand sich ein Holzturm, den die Kreuzfahrer dort errichtet hatten. Obendrauf hatten sie ein großes Kreuz gesetzt, das den Menschen in Lavaur natürlich ein Dorn im Auge war. Das Kreuz hatte für sie keinerlei Wert, es war ein leeres Zeichen und verachtungswürdig, da es den Sieg Satans über Christus symbolisierte. Nachdem sie tagelang vergeblich versucht hatten, das Kreuz mit ihren Wurfmaschinen zu zertrümmern, war es jetzt endlich von einem Stein getroffen worden. Es war kein Schuss ins Schwarze, doch zumindest stand das verhasste Symbol des Feindes jetzt schief und ein Balken war abgebrochen. Es war ein Sieg, den sie, so klein er auch war, dringend brauchten. Denn einige Tage zuvor war die Moral der Garnison gewaltig erschüttert worden, als sich näher rückende Truppen, die das Banner von Toulouse führten, nicht als Hilfstruppen erwiesen, um die Belagerten zu befreien, sondern als Männer des Bischofs, die kamen, um die Belagerer zu verstärken. Auf der Mauer wurde gefeiert und eine Gotteslästerung nach der anderen rollte über die Köpfe der Kreuzfahrer hinweg.
»Wenn man deinen Bruder erhängt hätte, würdest du dann

auch den Galgen anbeten?«, hörte Amaury jemanden rufen. Fast hätte er sich unwillkürlich bekreuzigt. Trotz seiner Bekehrung zum Wahren Christentum schmerzte ihn diese Heiligenschändung doch.

Er eilte zur Treppe, um dem Herrn von Montréal, der den Befehl über die Verteidigung der Stadt führte, den Rückzug des Schilddaches zu melden. Auf halbem Wege musste er sich flach an die Wand drücken, um nicht von einem Reiter umgeworfen zu werden, der, durch den gerade errungenen Sieg übermütig geworden, samt Pferd die Stadtmauer bestieg. Fassungslos sah Amaury zu, wie der Reiter dem Feind mit dem Banner von Lavaur triumphierend zuwinkte. Mit großer Bravour trieb er sein Pferd in verhaltenem Galopp über den Umlauf, dorthin, wo die Brustwehren fast völlig verschwunden waren und die Kreuzfahrer ihn deshalb in vollem Ornat sehen konnten. Ermuntert von seinen Freunden, die unten standen, führte er ein paar schnelle Wendungen aus, für die die Mauer gerade breit genug war. *Proeza, proeza,* schallte es zu ihm hinauf, ein Ausdruck für den von den Troubadouren viel besungenen Mut, der die Frauenherzen höher schlagen ließ. Ein nüchterner Mann aus dem Norden betrachtete das Kunststück dagegen nicht als Heldentat, sondern eher als unzulässigen Wagemut, der andere in Gefahr brachte. Montfort hätte so etwas sofort unterbunden, dachte Amaury. Tatsächlich konnten sich die beiden Männer, die einen der verletzten Bogenschützen zur Treppe trugen, gerade noch in Sicherheit bringen. Der andere, der noch immer an den Zinnen lehnte, konnte von Glück sagen, dass er von den Pferdehufen nicht zertreten wurde.

Amaury wollte gerade weitergehen, als er direkt neben sich ein Unheil verkündendes Knacken hörte. Ein Stein zersplitterte die ohnehin schon beschädigte Oberseite des Umlaufs und

prallte anschließend gegen die Festungsanlage. Das Geschoss streifte seine Schulter und schlug neben ihm auf den Boden. Er duckte sich und schützte seinen Kopf gegen umherfliegende Steinbrocken und Holzsplitter. Das Pferd hatte sich auch erschrocken und der Reiter hatte größte Mühe, es im Zaum zu halten. Die Bewegungen des scheuenden Pferdes und die Angst des Ritters, in die Tiefe zu stürzen, mussten unten zu sehen sein, denn jetzt wurde dort Jubel laut. Um zu beweisen, dass er nicht getroffen worden war und die Mauer trotz allem standhielt, schwenkte der Reiter erneut das Banner und setzte seinen Triumphritt fort. Amaury richtete sich auf.
»Ihr seid verrückt! Wir haben den Sieg noch nicht errungen!«, schrie er. Er rannte zu der Stelle zurück, wo der verletzte Bogenschütze lag, nahm den Mann auf den Rücken und stolperte mit ihm die Treppe hinunter. Unten angekommen, lehnte er die Hilfe eines Landsknechts ab und lief selbst zu dem Haus, in dem die *Bonnes Dames* von Lavaur die Verletzten versorgten. Die Tür stand offen. Er ging direkt hinein, ließ den Bogenschützen von seinem Rücken gleiten und blieb einen Augenblick stehen, um zu verschnaufen. In dem Halbdunkel unter der niedrigen Decke sah er eine Reihe Betten und Schatten, die sich dazwischen bewegten. Gesichter erkannte er nicht. Natürlich hatte er gehofft, Colomba wäre hier, doch er hatte keine Zeit, nach ihr zu fragen. Jemand reichte ihm einen Becher Wasser an, den er in ein paar Zügen leer trank. Danach eilte er zum Herrn von Montréal, um Bericht zu erstatten.

Noch am selben Abend reparierten die Kreuzfahrer das Schilddach. Bei der Belagerung Carcassonnes hatte eine ähnliche Konstruktion zum Sieg geführt und jetzt würde es ihnen auch früher oder später gelingen, in ihrem Schutz einen Tunnel unter der Stadtmauer zu graben. Sobald die Morgendäm-

merung anbrach, würden sie einen neuen Versuch unternehmen.
Das Schilddach müsse zerstört werden, lautete der Befehl des Herrn von Montréal knapp und deutlich. Einige Tage zuvor war von innen ein Tunnel unter der Mauer ausgehoben worden, der in den Burggraben mündete und dazu diente, das Schilddach zu sabotieren. Beim ersten Mal waren die Pfähle, über die das Gebilde durch den Graben bewegt werden sollte, mitten in der Nacht weggeschleppt und durch den Tunnel in die Stadt gebracht worden. Danach war der Gang auch bei helllichtem Tag benutzt worden, um zu verhindern, dass der Graben mit neuen Pfählen überbrückt wurde.
Jetzt waren wiederum alle Ritter der Stadt zusammengetrommelt worden, um durch ein Ablenkungsmanöver den wagemutigen Männern, die sich für einen nächtlichen Sabotageversuch nach draußen begaben, Deckung zu geben. Amaurys Pferd scharrte ungeduldig über den festgestampften Boden. Das Tier hatte schon seit Wochen nur Runden an der Hand eines Stallknechts gedreht und war kaum noch in Schach zu halten. »Schnell raus und wieder zurück«, hatte der Herr von Montréal gesagt. Es musste gerade ausreichen, um den Feind abzulenken. Sie durften nicht riskieren, dass die Kreuzfahrer mit ihnen in die Stadt eindrangen.
Amaury musste an das schreckliche Gemetzel in Béziers denken und er fragte sich, ob Colomba auch eine Wiederholung des Blutbades fürchtete. Angespannt wartete er auf den Marschbefehl, die Zügel fest in seiner linken Hand. Die Pferde waren so frisch, dass sie nicht mehr zu halten sein würden, wenn sie erst einmal das freie Feld sahen. In der anderen Hand hielt er ein Kriegsbeil, das auf seinem Knie ruhte.
Der Wind heulte noch immer um die Türme und übertönte die Geräusche der Männer, die mit Strohsäcken und glimmen-

den Fackeln, die gegen den Wind abgedeckt waren, unter der Festungsmauer herkrochen. Unbemerkt schlüpften sie durch den Graben und erreichten die Stelle, an der sich das Schilddach befand. Dort legten sie das Stroh an die hölzerne Wand des Ungetüms, ließen die Fackeln auflodern und warteten, bis das Ganze Feuer fing. Rauch kringelte sich aus dem Tunneleingang in den Himmel, an dem dunkle Wolken am Mond vorbeijagten. Das Holz hatte noch nicht richtig Feuer gefangen, als die Bewacher des Schilddaches Alarm schlugen. Nicht nur im Lager der Kreuzfahrer sorgte der Warnschrei für Aufregung. Auch auf der Mauer wurde das nächtliche Unternehmen sorgfältig beobachtet. Befehle schallten durch die Nacht, das Fallgitter wurde hochgezogen, die Brücke rasselte nach unten und die Tore wurden aufgeworfen. Als würde eine Spundwand unter dem Druck des Wassers reißen, brachen die Ritter durch das Tor und stürzten nach draußen. Amaury fühlte, wie er mit der Menge mitgeschoben wurde. Sein Pferd riss an den Zügeln, die Ohren angelegt, den Kopf hoch erhoben. Er umklammerte das Kriegsbeil, bereit zuzuschlagen. Zuerst tauchten die Steinschleudern vor ihm auf, die Tag und Nacht ihr zerstörerisches Werk taten. Zusammen mit den anderen Rittern hackte er auf die Männer ein, die die Wurfmaschinen bedienten. Ehe er sich's versah, war er an ihnen vorbei, ohne zu wissen, wie viele er getroffen hatte. Er passierte ein riesiges dunkles Ungetüm, einen der Rammböcke, die benutzt wurden, um die Verteidiger auf der Mauer von oben mit Pfeilen zu beschießen. Dann befand er sich zwischen den Wagen und Zelten. Man hörte noch mehr Alarmschreie, irgendwo schallte eine Posaune. Überall um ihn herum tauchten Schatten auf. Die Nacht füllte sich mit Geschrei und Waffengeklirr. »Zurück! Zurück!«, ertönte es. Sein Pferd bockte und schlug aus, als wäre es von etwas getroffen worden. Er wendete das Tier und drückte ihm die Hacken in die Flanken, während er rechts und links mit dem Kriegsbeil durch die Luft mähte. Etwas traf ihn unter dem rechten Knie, ein Schmerz fuhr durch sein Bein, doch es gelang ihm, im Sattel zu bleiben, und er stob zurück in Richtung Tor. Söldner, dachte er, die schlugen mit Knüppeln nach allem, was sie treffen konnten, ob es nun Pferd oder Reiter war.

Amaury war einer der Letzten, die über die Zugbrücke donnerten, kurz bevor ein Pfeilregen die Verfolger zurückhielt. Er musste sich auf den Hals seines Pferdes werfen, um noch unter dem Fallgitter durchzukommen. Wieder flogen Steine durch die Luft. Wer jetzt noch draußen war, war unwiderruflich verloren. Keuchend blieb er stehen.

»Hat es geklappt?«, rief er.

Er bekam keine Antwort, doch den Flüchen um ihn herum konnte er entnehmen, dass ihr Plan gescheitert war. Er stieg vom Pferd und sank mit einem Schmerzensschrei zu Boden. Jemand half ihm hoch. Auf einem Bein stehend, hielt er sich am Sattel fest und wartete, bis der Schmerz nachließ. Inzwischen hörte er, dass die Männer, die das Schilddach in Brand gesteckt hatten, durch den Tunnel zurückgeflüchtet waren und nur mit knapper Not hatten verhindern können, dass ihnen der Feind folgte. Jetzt wurde der Gang zugemauert.

Auf den Arm eines Kameraden gestützt, humpelte Amaury zum Haus der *Bonnes Dames*. Wenig später lag er dort auf einem Tisch. Er richtete sich halb auf, um zu sehen, was mit seinem Bein los war. Die eisernen Ringe seiner Panzerhose hatten sich in seine Haut gestanzt. Die Stelle war blutig und geschwollen. Doch es sei nichts gebrochen, meinten die Frauen. Wahrscheinlich sei der Knochen zertrümmert. Daran könne man nichts machen, die Schmerzen würden mit der Zeit von selbst aufhören. Sie legten einen Verband an. Er hörte nur

halb zu. Seine Augen suchten hinter ihnen in der Dunkelheit.
»Ist Colomba da?«, fragte er.
»Ich glaube nicht, dass sie hier ist«, lautete die Antwort.
Er schob die Hände weg, die sein Bein verbanden.
»Wenn sie da ist«, sagte er, während seine Augen in die Dunkelheit starrten, »sagt ihr, dass es mir gut geht und dass sie auf sich aufpassen soll.«

Lavaur – 3. Mai 1211, morgens

Langsam humpelte Amaury über den Wehrgang. Er machte sich Sorgen. Als er heute Morgen vor Tagesanbruch zu den Zinnen hinaufgeklettert war, hatte sich herausgestellt, dass der Feind in der Nacht nicht untätig gewesen war. Am Fuße der Mauer waren zwei Berge aus jungen Zweigen, dürrem Holz und Hanf aufgehäuft worden. Das war eigentlich nicht so seltsam, alles Vorhandene wurde benutzt, um den Graben aufzufüllen, sodass die Mauer für die Rammböcke erreichbar war. Doch jetzt wurde das Ganze mit grünem Korn und Gras bedeckt und das ergab keinerlei Sinn. So weiches Material würde unter dem Gewicht der schweren Maschinen einfach platt gewalzt werden. Trotzdem schien es wichtig zu sein, denn es wurden keine Menschenleben geschont, um das nutzlose Zeug an die richtige Stelle zu bekommen. Wurde ein Landsknecht von Pfeilen oder Steinen getroffen, wurde er sofort weggeschleift und ein anderer nahm seinen Platz ein.

Nicht weit davon entfernt, außer Reichweite der schwereren Wurfgeschosse, stand das Schilddach bereit. Amaury winkte einen Sergeanten zu sich.
»Geh und warn Herrn von Montréal. Sorg dafür, dass sich alle für einen Sturmangriff bereithalten. Bitte um Verstärkung für diesen Teil der Mauer.«
Was Amaury nicht sehen konnte, war, dass auch Schmierfett zwischen den beiden Bergen angebracht worden war, die jetzt über eine ansehnliche Breite die Unterseite der Mauer bedeckten. Er ermahnte die Träger, sich mit dem Nachschub zu beeilen. Steine, siedendes Öl, Wasser und Pech wurden zu dem bedrohten Teil der Stadtmauer geschleppt und Amaury brachte zusätzliche Männer in Stellung, um die Angreifer zu beschießen.
Als der Feind Fackeln in das aufgehäufte Material steckte, stieg unter der erstickenden Lage jungem Grün dicker, fetter Rauch auf. Jetzt wünschte Amaury, der Wind, der tagelang um die Mauern getost hatte, käme ihm zu Hilfe. Doch der hatte sich am Tag zuvor gelegt und die Rauchsäule stieg senkrecht empor und breitete sich unter den Brustwehren oder dem, was davon noch übrig war, aus.
»Wasser!«, schrien die Verteidiger auf der Mauer. Doch statt das Feuer zu löschen, sorgte das Wasser für noch mehr Rauchentwicklung. Amaury humpelte zu seinen Männern und rief, dass es keinen Sinne habe, das Feuer zu bekämpfen, und dass sie lieber die Soldaten beschießen sollten, die dahinter angriffsbereit standen. Schon bald drang der erstickende Rauch durch die Öffnungen im Boden des Umlaufs. Der Qualm breitete sich in der Galerie aus und blieb unter dem Dach hängen. Fluchend und nach Atem ringend, versuchten die Werfer und Träger zu fliehen. Wenig später liefen auch die Bogenschützen davon.

Amaury blieb mit ein paar Mann zurück. Er hielt sich einen Zipfel seines Überkleides vor Mund und Nase und versuchte, durch die Rauchwolken hindurch zu sehen, was unten passierte. Nur das Schilddach war sichtbar, das zwischen den beiden Haufen bis dicht an die Mauer gefahren worden war. Was sich darunter abspielte, brauchte er nur zu raten. Zweifellos hatte Montfort Pioniere anrücken lassen, um einen Tunnel unter der Mauer zu graben. Jetzt, wo durch den Rauch keine Geschosse mehr von oben kamen, konnten die Männer verhältnismäßig ruhig arbeiten. Sie würden die Erde unter der Mauer weggraben und Balken anbringen, um das Loch abzustützen. Wenn es groß genug war, würden sie ein Feuer entfachen, die Stützbalken würden durchbrennen und ein Teil der Mauer einstürzen. Danach würde es nicht mehr lange dauern und die Kreuzfahrer konnten ungehindert in die Stadt einfallen.

Sie konnten nichts dagegen machen, die Verteidigung von der Mauer aus war unmöglich geworden. Amaurys Augen tränten von dem Rauch, der jetzt so dicht war, dass er fast erstickte und gezwungen war, sich in den nächstgelegenen Turm zurückzuziehen, von dem aus der Feind noch durch Schießscharten mit Pfeilen und Speeren beschossen werden konnte. Hustend und nach Atem ringend, winkte er seinen Sergeanten zu sich. Der Mann zwängte sich durch den voll gepackten Raum.

»Bewacht weiter die Mauer! Besetzt sie sofort, sobald der Rauch gewichen ist!«, presste er hervor. »Wer hier überflüssig ist ...« Er hustete wieder und zeigte nach unten »... wird aufgestellt, um den Feind aufzuhalten, sobald er durch die Mauer bricht.«

Danach eilte er zu Herrn von Montréal, der sein Hauptquartier in der Burg aufgeschlagen hatte. Seine Schwester, Frau

Guiraude, stand neben ihm und hörte sich schweigend den Bericht an. Ihr Gesicht war blass und angespannt.
»Ich schlage vor, an derselben Stelle von innen her ein Loch zu graben und die elenden Hunde zurückzutreiben«, sagte einer der Ritter. »Besser jetzt angreifen als später verteidigen«, war seine Devise.
»Zu riskant«, meinte der Herr von Montréal, »die Gefahr, dass sie durch unseren Gang durchbrechen, ist größer als die Chance, dass wir sie damit aufhalten können.«
Andere wollten einen Tunnel graben, um das feindliche Loch mit Rauch zu füllen oder voll zu schütten, bevor es zum Einsturz kam. Doch auch damit erhielten sie nur eine Galgenfrist.
»Wir bereiten uns auf den Sturmangriff vor, Männer«, entschied der Herr von Montréal.
Noch einmal stieg Amaury auf die Mauer, um zu sehen, wie weit der Feind vorangekommen war. Es gab nicht viel zu sehen. Das Schilddach stand noch immer an derselben Stelle und der Rauch verhinderte nach wie vor alle Aktivitäten auf der Mauer. Obwohl der Beschuss anderswo verstärkt worden war, hatte er hier aufgehört. Es war Unheil verkündend still.
Plötzlich wurde hinter den Rauchschwaden Gesang angestimmt. Das unwirkliche Geräusch schwoll zu bedrohlicher Lautstärke an. Amaury, der das *Veni Creator Spiritus* erkannte und wusste, was es bedeutete, wenn Montfort die Geistlichen um dieses Gebet bat, spürte, wie ihm Schauer über den Rücken liefen.
»*Hostem repellas longius, pacemque dones protinus: ductore sic te praevio vitemus omne noxium*«, sangen die Mönche, »treibe den Feind weit von uns weg, schenke uns bald Frieden: führe uns, sodass uns nichts Böses schaden kann.«
Danach ging alles ganz schnell. Mit riesigem Getöse stürzte

ein Teil der Mauer ein. Dann wurde die restliche Barriere niedergerissen und die Kreuzfahrer strömten unaufhaltsam durch die Bresche. Die Unglücklichen, die von Pfeilen verwundet wurden und fielen, wurden von denjenigen, die hinter ihnen kamen, überrannt. In Windeseile breiteten sich Montforts Truppen in den Straßen der Stadt aus. Schließlich gelang es ihnen auch, das Tor zu erobern, und sie ließen die Kavallerie herein. Zu diesem Zeitpunkt hatten die Bürger schon alle Hoffnung fahren lassen. Sie ergaben sich scharenweise und flehten um Gnade. Bald leisteten auch die Landsknechte und Bogenschützen keinen Widerstand mehr.

Umgeben vom Rauchgestank, der noch immer in seinen Kleidern hing, saß Amaury nun zu Pferde, um Seite an Seite mit den anderen Rittern den Zugang zu Frau Guiraudes Burg zu verteidigen. Doch er war mit dem Kopf nicht dabei. Seine einzige Sorge war es, den Kreuzfahrern nicht in die Hände zu fallen. Außerdem wollte er so schnell wie möglich Colomba suchen und sie in Sicherheit bringen.

Es war ein hoffnungsloser Kampf. Die Kreuzfahrer waren stark in der Überzahl und das Wissen, dass sich der Rest der Garnison so schnell ergeben hatte, ließ die Kampfbereitschaft der meisten Ritter auf den Nullpunkt sinken. Diejenigen, die am selben Morgen noch gerufen hatten, dass sie Lavaur bis zum letzten Stein verteidigen würden, machten jetzt einen Kniefall vor dem Feind.

Lavaur – 3. Mai 1211, mittags

Barfüßig hatte er in der Burgkapelle Gott für seinen Sieg gedankt. Jetzt stand er da, Montfort der Kühne, Montfort der Grausame, mit wallender Löwenmähne, die athletische Gestalt stolz gereckt und die kräftigen Gesichtszüge in traurig ernste Falten gelegt, während er das Urteil verkündete: »Zweimal habt Ihr mir Treue geschworen und zweimal habt Ihr Euer Wort gebrochen und Euch gegen mich gekehrt. Ihr verdient kein anderes Schicksal als das eines Verräters. Ich verurteile Euch zum Tod am Galgen.«

Ihm gegenüber befand sich der Herr von Montréal. Seine Größe hätte Montfort noch in den Schatten gestellt, wäre er nicht gezwungen gewesen, vor dem Feldherren zu knien. Jetzt wandte sich Montfort an die mehr als achtzig Ritter, die Lavaur verteidigt und die Belagerung überlebt hatten.

»Ritter und Vasallen Montréals! Ihr seid Eurem Herrn zweimal bei seinem Verrat gegen seinen Lehnsherren gefolgt. Ihr verdient kein anderes Urteil als das seine: den Tod am Galgen.«

Eine Welle des Entsetzens ging durch die Reihen. Alle hatten damit gerechnet, später gegen ein Lösegeld ausgeliefert zu werden, ein Recht, das ein Edelmann für sich in Anspruch nehmen konnte. Amaury, der mit den anderen hinter seinem Herrn kniete und wie sie mit den Händen auf dem Rücken an die Fußgelenke gefesselt war, starrte fassungslos auf seinen früheren Befehlshaber. Neben ihm saß ein *Bon Homme*, der seine Haut zu retten versucht hatte, indem er sich als Ritter ausgab. Eine Fehlrechnung, wie sich jetzt zeigte.

Vor lauter Elend hatte er für einen Augenblick die Schmerzen in seinem Bein vergessen. Gelähmt vor Entsetzen verfolgte er,

wie die Zimmerleute des Kreuzzugsheeres in aller Eile einen Galgen aufstellten. Offenbar wollte Montfort das Urteil so schnell wie möglich vollstrecken.
Colomba, Colomba, hämmerte es in seinem Kopf. Ob sie mit den anderen Guten Christen verhaftet worden war? Ob sie jetzt vor dem Bischof stand und an ihrem Glauben festhielt? Oder würde sie auf sein Anraten ihr dunkles Kleid ablegen und gerettet werden? Woran erkannte man einen Guten Christen, außer an seinem schwarzen oder dunkelblauen Kleid? Indem man von ihm verlangte, auf das Kreuz zu schwören, der heiligen römischen Kirche zu dienen. Würde sie den Mut haben, sich zu weigern?
Der Herr von Montréal wurde nun teilweise von seinen Fesseln befreit und zum Schafott geführt. Der Henker musste sich auf die Zehenspitzen stellen, um ihm den Strang über den kräftigen Kopf zu schieben. Ein Geistlicher wechselte ein paar Worte mit ihm. Danach spannte sich das Seil. Die Schlinge zog sich um den Hals des Gefangenen zu, der Querbalken des Galgens bog sich durch, ächzend unter dem enormen Gewicht. Die Mönche murmelten ein Gebet, die Ritter des Kreuzzugsheeres verfolgten das Schauspiel gleichmütig, mit den Händen auf den Waffen. Verzweiflung überkam Amaury. Die Schmerzen kehrten mit aller Heftigkeit in sein verletztes Bein zurück, das er nicht von seinem Gewicht entlasten konnte. Noch einen Augenblick, dachte er, dann war alles zu Ende, vorbei. Erwartete ihn im Jenseits die Hölle mit noch schwereren Prüfungen? Oder würde er zurückkehren und eine neue Chance erhalten, um seine Seele mit einer besseren Schöpfung als dieser irdischen Hölle zu vereinigen?
Der Körper am Galgen begann zu zittern, der Kopf des Gefangenen lief blaurot an. Plötzlich erklang ein dumpfes Knacken. Der Balken brach wie ein dürrer Zweig mittendurch und der

Edelmann stürzte zu Boden. Röchelnd und zappelnd blieb er dort liegen. Selbst die Ritter Montforts sahen schockiert zu. Montfort trat beherrscht vor und rief den Henker zu sich. »Bereite dem hier schnell ein Ende«, sagte er. »Erwürg ihn und all die anderen meineidigen Lumpen.«

Vielleicht war Amaury der einzige der Verurteilten, der den Franzosen verstanden hatte. Er kniff die Augen zusammen und betete, während der Henker und seine Helfer ihr schauriges Werk verrichteten. Doch sein Gehör nahm die Geräusche auf, die langsam, aber sicher näher kamen. Jetzt hielten die Schritte bei ihm an. Hinter ihm löste jemand den Strick, der seine Handgelenke mit den Fußgelenken verband. Vor ihm stand der Geistliche. Er sah den jungen Ritter streng an, doch in seinen dunkelbraunen Augen war Mitleid zu sehen.

»Bist du bereit, dich mit dem Herrn zu versöhnen, mein Sohn?«

»Ich will nicht sterben!«, schrie Amaury mit sich überschlagender Stimme.

»Still, mein Junge. Wenn du des Verrats schuldig bist, hast du den Tod verdient. Hast du dich zum ketzerischen Glauben bekannt?«

Amaury nickte und schüttelte gleichzeitig den Kopf, nicht imstande, ein Wort hervorzubringen.

»Du hast die Ketzer unterstützt, indem du sie beschützt hast, du hast dich der heiligen Kirche Roms, der Braut Christi, widersetzt, indem du den Kreuzfahrern den Zugang zur Stadt verweigert hast. Du bist also schuldig, doch Gottes Barmherzigkeit kennt kein Ende. Sündigen ist schließlich menschlich. Nur derjenige, der auf seiner Sünde beharrt, ist verloren.«

Der junge Ritter senkte den Kopf. Er konnte keinen Laut mehr hervorbringen. Seine Kehle war wie zugeschnürt, als würde sich der würgende Strick jetzt schon um seinen Hals zuziehen.

»Gott prüft jeden Menschen, damit er in seinem Glauben stärker wird«, fuhr der Geistliche fort. »Gott geißelt, bestraft, er schlägt und bringt zur Einsicht. Denn wenn sich ein Mensch in seiner Not an Gott wendet und seine Allmacht erkennt, wächst sein Glaube. Wenn du also ein aufrechter Christ bist, akzeptiere dieses Schicksal, damit du mit Gottes Gnade diese Prüfung überstehen kannst. Denn Gottes Gnade macht dich für das Gute empfänglich. Ich würde den Märtyrertod dankend annehmen, wenn er mir angeboten würde.« Es schien, als geriete der Geistliche bei dem Gedanken allein schon fast in Verzückung. Er hob den Blick gen Himmel und seine dunklen Augen begannen zu glänzen. »Ich würde meinen Henker bitten, mich nicht mit einem Schlag zu töten. Ich würde langsam sterben wollen, ich würde ihn anflehen, mir erst die Augen auszustechen und mir dann ein Glied nach dem anderen abzureißen, bis sich mein Rumpf in meinem Blut wälzen würde, um jenen Moment der Willenseinheit mit meinem Schöpfer zu erreichen. Dann könnte ich zu Recht die Märtyrerkrone tragen.« Der Mann, der die Zeichen eines Unterpriors trug, ansonsten jedoch äußerst schlicht gekleidet war und in Sandalen lief, legte seine Hände auf den gesenkten Kopf. Er seufzte. »Doch wenn predigen nicht hilft, muss die Zuchtrute her«, sagte er und murmelte ein paar lateinische Wörter. Amaury starrte auf den Boden. Er hörte das Klirren einer Rüstung, ein Paar Stiefel schoben sich neben die Sandalen des Geistlichen.

»Steh auf«, sagte eine Stimme, die er vor langer Zeit zum letzten Mal gehört hatte.

Er erhob sich mühsam, unterstützt von der Hand des Ritters. Er schlug die Augen auf und schaute in das Gesicht seines Bru-

ders Robert, der ihn schweigend ansah. Amaurys schmerzverzerrtes Gesicht erstarrte. Seine Augen füllten sich mit Tränen. Nur mit Mühe konnte er das Schluchzen unterdrücken, das sich in seiner Kehle ansammelte.
»Das muss ein Irrtum sein, ehrwürdiger Dominicus«, hörte er Robert sagen. »Dieser Mann hat mit uns gekämpft. Er ist verletzt. Erlaubt mir, dass ich ihn zu meinem Zelt bringen lasse.«

Überall in den Straßen wurde geplündert. Kein planloser Raubzug von Söldnern wie in Béziers, sondern ein organisierter Beutezug unter Führung der Adligen, die alle Kostbarkeiten beschlagnahmten, um das Darlehen zu tilgen, das Montfort für seinen Krieg bei zwei Bankiers aufgenommen hatte. Bürger wurden aus ihren Wohnungen und Geschäften getrieben, und während sie weg waren, um verhört zu werden und der Kirche Gehorsam zu schwören, wurden ihre Häuser leer geräumt. Amaury humpelte mit einem Sergeanten fort, die Hände noch immer auf dem Rücken gefesselt. Sie waren durch das Gedränge noch nicht weit gekommen, als plötzlich Aufruhr entstand. Der Sergeant blieb stehen, um zu sehen, was los war. Es schien um eine Frau zu gehen, die inmitten einer Gruppe von Soldaten stand und, begleitet von obszönen Ausrufen, vom einen zum anderen gestoßen wurde. Von ihren Kleidern waren nur noch Fetzen übrig.
»Dreckige ketzerische Hure!«, riefen sie, »ist das Kind, das du trägst, von ihm? Was dein Bruder konnte, können wir auch!« Dann ließ einer von ihnen die Hose fallen und sie verschwand eine Weile aus dem Blickfeld, bis ein anderer sie hochzerrte und das Spiel von neuem begann.
»Es ist Frau Guiraude!«, stieß Amaury entsetzt hervor. Es war ihm ein Rätsel, wie die Soldaten sie in ihre Hände bekommen

hatten. Es musste Montforts Billigung finden, schließlich geschah nichts ohne seine Zustimmung. Er begann, den Edelmann immer mehr zu hassen.
Sechs Männer trugen die Frau jetzt zu einem Brunnen. Unter lautem Gejohle wurde sie in die Tiefe geworfen. Der Sergeant machte ein paar Schritte in die Richtung des Spektakels, um besser sehen zu können. Sein Griff um Amaurys Fesseln lockerte sich. Er ging so in dem Schauspiel auf, dass er einen Augenblick den Gefangenen vergaß, der ihm anvertraut worden war. Die Bürger, die Zeugen der Untat waren, protestierten und klagten lauthals, doch niemand wagte es einzugreifen, auch nicht, als die Soldaten die wehrlose Frau mit Steinen bewarfen, bis sie darunter begraben war. Zu der Zeit hatte sich Amaury schon losgerissen und das Weite gesucht. Blitzschnell schoss er in eine Straße und suchte sich einen Weg über Hinterhöfe und durch enge Gassen. Die Schmerzen in seinem Bein schienen ihn plötzlich nicht mehr zu kümmern. Er hatte nur ein Ziel vor Augen: das Haus der *Bonnes Dames*.

Die Tür war wie immer geöffnet. Drinnen war alles verwüstet, umgeworfen, zerbrochen, aufgerissen, kaputtgeschlagen. Es war niemand mehr da. Verzweifelt ließ sich Amaury neben die Überreste eines Tisches sinken. Es kostete ihn Mühe, ruhig zu überlegen, was er jetzt tun sollte. Als Erstes musste er seine Fesseln loswerden. Er sah sich um, auf der Suche nach etwas, mit dem er den Strick durchschneiden konnte. Alles, was irgendwie brauchbar oder von Wert war, also auch das Geschirr, war verschwunden. Doch im Kamin schwelte noch ein Feuer. Mit großer Anstrengung gelang es ihm, den Strick an die glühende Asche zu halten, bis er so weit versengt war, dass er ihn durchreißen konnte. Mit einem Seufzer der Erleichterung betrachtete er seine Handgelenke. Abschürfungen

und jetzt auch noch Brandblasen, das war immer noch besser als ein Strick um den Hals, dachte er. Jetzt musste er dafür sorgen, dass er sich in der Stadt frei bewegen konnte. Solange er keinen Bekannten von früher in die Arme lief, würde es schon klappen. Er war ein Ritter, er trug das Wappen von Cabaret. Wer dieses Wappen erkannte, wusste, dass sich Cabaret den Kreuzfahrern ergeben hatte, auch wenn niemand verstehen würde, was ein Ritter von Cabaret in Lavaur machte. Abgesehen davon, dass man ihm seine Waffen abgenommen hatte, unterschied er sich von den anderen nur dadurch, dass er kein Kreuz auf seiner Kleidung trug. Von neuem begann er zu suchen, bis er ein Bettlaken fand, von dem er zwei Streifen abriss. Mit einem Stück zerbrochenem Geschirr schnitt er sich in den Arm, ließ das Blut auf den Stoff tropfen und klebte sich die roten Streifen mit Kerzenwachs auf die Brust. Danach wagte er sich wieder nach draußen.
Überall waren Soldaten. Sie trieben die Einwohner Lavaurs zusammen und fischten mit Hilfe des geistlichen Begleiters des Kreuzzugsheeres blindlings die Guten Christen heraus, die sofort abgeführt wurden. Manche, die ihr Kleid abgelegt hatten, wurden von den todbangen Bürgern selbst angezeigt. Amaury folgte ihnen, bis er die Stelle erreichte, wo sie auf einer Weide außerhalb der Stadtmauern zusammengetrieben wurden. Nicht weit von dort entfernt waren Landsknechte schon damit beschäftigt, einen Scheiterhaufen zu errichten.
Selbst Amaury hatte nicht gewusst, dass so viele Gute Christen in Lavaur waren. Es waren schon mehr als dreihundert und noch immer wurden welche aus der Stadt herbeigeführt. Er wunderte sich über die Ruhe, mit der sie ihrem Schicksal entgegentraten. Die meisten waren in Gebete versunken oder fielen sich in die Arme, um Abschied zu nehmen. Andere suchten Halt, indem sie sich an ihren Brüdern oder Schwes-

tern festklammerten, doch auch jetzt berührten Männer und Frauen einander nicht. Nur eine *Bonne Dame* drohte ohnmächtig zu werden. Sie wurde von den anderen Frauen gestützt und anscheinend sprachen sie ihr Mut zu. Wenn sich Colomba unter ihnen befand, war sie verloren. Sie würde in den Flammen sterben und es gab nichts, das er dagegen tun konnte. Fieberhaft spähte Amaury zwischen den Gesichtern umher, doch sosehr er auch suchte, er konnte sie nicht entdecken. Schließlich machte er sich auf den Weg zurück in die Stadt. Sollte es ihr wie damals in Béziers gelungen sein zu entkommen? Oder hielt sie sich irgendwo versteckt, während sie auf eine Möglichkeit zur Flucht wartete? Die würde ihr nicht gelingen, stellte er fest. Die Stadt war inzwischen hermetisch abgeriegelt. Man konnte zwar hinein, doch niemand kam heraus, außer in Begleitung, und das bedeutete den Scheiterhaufen. Auch jetzt kamen wieder drei Gute Christen durch das Tor, umgeben von einer Eskorte bewaffneter Landsknechte. Entsetzt erkannte er die hoch gewachsene *Bonne Dame*, die ihm den Umgang mit Colomba verboten hatte. Fast hätte er gewohnheitsgemäß den Kopf vor ihr gesenkt. Sie betrachtete ihn mit einem prüfenden Blick, der schließlich voller Abscheu an dem Kreuz auf seiner Brust hängen blieb. Amaury hielt die Eskorte an.
»Wo habt ihr sie gefunden?«
Der angesprochene Soldat zuckte mit den Schultern.
»In einem Haus neben einer Weberei«, antwortete ein anderer.
Er machte ein Zeichen, dass sie mit den Gefangenen weitergehen konnten. Während die *Bonne Dame* zu der Wiese, auf der die anderen Guten Christen auf den Tod warteten, abgeführt wurde, wandte sie den Kopf zu ihm um. Lautlos formte ihr Mund das Wort »Verräter«. Es traf Amaury wie ein Dolchstoß

ins Herz, mehr noch als vorhin, als Montfort das Wort laut aussprach. Er konnte ihr nichts sagen, er konnte ihr nicht erzählen, was er vorhatte, und er konnte ihr ebenso wenig helfen.

Lavaur – 3. Mai 1211, gegen Abend

Auch die Weberei war verlassen. Die Webstühle, an denen umherziehende *Bons Hommes* arbeiteten, wenn sie die Stadt besuchten, warteten reglos darauf, dass jemand die Spule wieder in Bewegung setzte. Ohne das vertraute Geräusch der auf und nieder klappenden Pedale war die Werkstätte eine gespenstische Höhle, in die nur undeutlich Geräusche von draußen hereindrangen. In den Lichtstrahlen, die durch die Fenster hereinfielen, tanzte nur noch der Staub über den Kettfäden, die zum Stillstand gekommen waren.

Für Amaury gab es hier nichts zu suchen. Er eilte die Leiter zum oberen Stockwerk hinauf und fand umgekippte Betten und zerbrochenen Hausrat. Als er wieder unten war, durchsuchte er den Raum hinter dem Haus und drang dann ins Nachbarhaus ein. Wenn Colomba wie gewöhnlich in Gesellschaft der *Bonne Dame* gewesen war, musste sie sich hier irgendwo verstecken. Er war sich dessen fast sicher. Die Soldaten hatten schließlich drei Frauen abgeführt, eine ungerade Zahl. Wussten sie denn nicht, dass die Guten Christen nie allein waren, dass sowohl die Männer als auch die Frauen, die das *Consolamentum* empfangen hatten, immer zu zweit gingen, um sich gegenseitig in dem harten Leben, zu dem sie sich verurteilt hatten, eine Stütze zu sein und einander vor einem Fehltritt zu bewahren? Colomba musste hier irgendwo sein. Er musste sie nur finden, ehe ihm andere zuvorkamen.

Als er unverrichteter Dinge auf die Straße zurückkehrte, hörte er Geräusche aus einer Seitenstraße, die systematisch von Soldaten durchkämmt wurde. Die Treibjagd fand unter Aufsicht eines müden Ritters statt, der mit rundem Rücken und herabhängenden Schultern vom Sattel aus Befehle erteilte. Ohne zu zögern, ging Amaury auf den Lärm zu. Er wusste, dass die Ritter des Kreuzzugsheeres nicht eher ruhen würden, bis alle aufgegriffen waren und die ganze Stadt leer geraubt war. So würde die Order Montforts lauten.

»Was ist hier los?«, fragte er.

»Ach, sie leben sich aus, mehr nicht. Es ist für alle ein langer Tag.«

»Für manche ist der Tag schon um.« Anstelle des beabsichtigten Sarkasmus klang traurige Resignation in seiner Stimme. Er ging nach drinnen. In dem Halbdunkel konnte er undeutlich ein paar Gestalten erkennen. Zuerst sah er zwei Kinder, die sich ängstlich in eine Ecke verkrochen hatten. Ihre weit aufgerissenen Augen starrten in die Mitte des Raumes, wo sich die Soldaten mit einem sich heftig sträubenden Mädchen und seiner Mutter vergnügten. Die Frau schleuderte den Männern die schrecklichsten Verwünschungen an den Kopf, über die sie nur lachten. Das Mädchen stieß einen gellenden Schrei aus. Die Kinder fingen an zu weinen.

»Genug!«, schrie Amaury. »Lasst sie ihn Ruhe und macht eure Arbeit!«

»Wir versichern uns nur, dass es hier keine Ketzer gibt, Herr«, sagte der eine Soldat schmunzelnd.

»Ketzer vögeln nämlich nicht«, fügte der andere grinsend hin-

zu. Er rappelte sich auf und ordnete seine Kleider. »Sie essen kein Fleisch und sie schwören nicht auf das Kreuz. Doch da wir diese Dinge nicht zur Hand haben, machen wir es so«, erklärte der Erste zu allem Überfluss.
»Raus!«, brüllte Amaury.
Als sie verschwunden waren, wandte er sich an die Mutter.
»Ist Colomba hier gewesen?«, fragte er.
Sie schüttelte den Kopf. »Ich kenne keine Colomba.«
»Eine *Perfecta* … eine *Bonne Dame*«, verbesserte er sich, als er merkte, dass er jetzt, wo er wieder Französisch sprach, auch den Ausdruck der Kreuzfahrer benutzte. »Sie ist ungefähr so groß.« Er zeigte an seine Schulter. »Zierlich, dunkle Haare, jung. Colomba.«
»Ich kenne keine *Perfecta*.«
Es war sinnlos. Natürlich vertraute sie ihm nicht, er trug schließlich das Kreuz auf seiner Kleidung.
»Kümmer dich um deine Tochter«, sagte er und drehte sich um.
Ein Erkundungsgang durchs Haus brachte nichts. Als er wieder unten war, sah er die Mutter und das Mädchen noch einmal prüfend an. Die Tochter lächelte ihn dankbar an, wich jedoch zurück, als er sie beim Hinausgehen stützen wollte.
Der Ritter saß noch immer auf seinem Pferd. Seine Männer – ein Dutzend Landsknechte und ein Sergeant – trugen Weizensäcke und Kleidungsstücke aus den Häusern und luden sie auf einen erbeuteten Karren. Eine Gruppe festgenommener Bürger, hauptsächlich Frauen und Kinder, stand zusammengedrängt daneben. Ein Mönch registrierte alles peinlich genau, Namen, Gegenstände, Mengen.
»Du da!«, sagte der Reiter, sobald Amaury die Nase aus der Tür steckte, und zeigte mit seiner gepanzerten Hand auf den

jungen Ritter. »Wag es ja nicht noch mal, meinen Männern zu sagen, was sie zu tun haben.«

»Dann musst du sie besser unter Kontrolle haben. Montfort hat solche Exzesse verboten.«

»Seit wann?«, fragte der Reiter.

Amaury musterte den Edelmann aufmerksam. Das Wappen auf seinem Schild hatte er noch nie gesehen. Er vermutete, dass der Mann erst vor ein paar Wochen mit den letzten Verstärkungen aus dem Norden angekommen war. Das bedeutete, dass er die Farben Cabarets ebenso wenig erkannte.

»Seit Béziers«, antwortete er. »Ich war dabei.«

Der Reiter zuckte mit den Schultern. »Das ist lange her.«

Seit damals hatte sich tatsächlich viel verändert, dachte Amaury. Montfort war ein ehrgeiziger, rachsüchtiger Mann geworden, der jeden Widerstand unbarmherzig bestrafte. Für ihn war ein Menschenleben keinen faulen Apfel wert. Nur für seine Kampfgefährten riskierte er sein Leben.

Amaury lungerte noch ein wenig herum und schlüpfte in einem unbewachten Moment ins nächste Haus. Die Tür stand offen, das Schloss war aufgebrochen. In der Halle roch es nach Kräutern. Eine weitere Tür führte in ein Zimmer, in dem bis vor kurzem offensichtlich ein Wundarzt behandelt hatte. Auf dem Tisch lagen noch Wundzangen und ein paar Messer für Aderlässe. Auch hier waren ihm die Soldaten zuvorgekommen. In einem offenen Wandschrank gab es nur noch leere Regale und auf dem Boden lagen zerbrochene Krüge. Eine scharf riechende, klebrige Flüssigkeit hatte sich über die Fliesen verteilt. Daneben lag ein aufgeschlagenes Buch, das die Plünderer offenbar nicht wichtig genug gefunden hatten. Hinter dem Zimmer befand sich die Küche. Auch dort war keine Menschenseele zu sehen. Eine Steintreppe führte zu einem Vorratskeller, in dem zu seinem Erstaunen alles noch ordentlich aufgestapelt war. Das war seltsam. Das Kreuzzugsheer konnte immer Proviant gebrauchen und so eine fette Beute würden sie sicher nicht liegen lassen. War das Behandlungszimmer des Arztes bewusst verwüstet worden, um den Eindruck zu erwecken, dass es hier nichts mehr zu holen gab? Amaury durchsuchte den schlecht beleuchteten Raum, konnte jedoch weder in der Vorratskammer noch im angrenzenden Keller ein Versteck finden, das für Colomba groß genug gewesen wäre. Er stand schon wieder auf der untersten Treppenstufe, als er Stimmen hörte, so deutlich, als würde sich in einem Zimmer neben ihm jemand unterhalten. Doch da war niemand und er hatte auch niemanden das Haus betreten hören. Eine nähere Untersuchung ergab, dass das Geräusch aus einem gemauerten Schacht kam, der in der Decke verschwand. An der unteren Seite mündete er in einen Abfluss im Kellerboden. Dort roch es penetrant nach Urin und Exkrementen. Im selben Augenblick hörte er schwere Schritte über seinem Kopf, Geschrei von Soldaten und ein gedämpftes »Pssss!« aus dem Schacht. Mit drei Sätzen stand Amaury oben an der Treppe.

»Hierher!«, rief er. »Oben sind wir schon gewesen!«

Die Schritte bewegten sich in seine Richtung und kurz darauf erschienen drei Soldaten im Vorratskeller.

»Alles einladen«, befahl er und zeigte auf die Vorräte. »Sonst gibt es hier nichts mehr zu holen.«

Während die Soldaten Säcke mit Erbsen und ein paar Krüge Wein nach draußen trugen, stellte er sich in der Halle auf, direkt vor der Treppe, die zum oberen Stockwerk führte. Erst als alles ausgeräumt war, verließ er seinen Posten und schlich auf Zehenspitzen die Treppe hoch. Oben befanden sich die Privaträume des Wundarztes. Zwei große Fenster boten Aussicht auf die Straße. Er sah den Ritter auf seinem Pferd und den Mönch neben dem Karren, der brechend voll geladen war. Vorsichtig bewegte er sich so weit wie möglich von dem Fenster entfernt durch das Zimmer, bis er eine Tür erreichte, die in einen dämmrigen Raum führte. Darin standen ein Bett und an den Wänden große und kleinere Kisten für Kleidung und Bettwäsche. Die Mauern waren mit Wandteppichen aus schwerem Leinen bedeckt, die von der Decke bis auf den Boden hingen. In einer Ecke sah er den Abort, dessen Abfluss die Stimmen in den Keller getragen hatte. Das Bett war leer.

»Colomba!«, flüsterte er, »Colomba, bist du da?«

Einen Augenblick schien es, als würde jemand vor Schreck den Atem anhalten. Dann war es wieder totenstill. Amaury ging vorsichtig weiter in das Zimmer hinein und bückte sich, um unter das Bett zu schauen. Sie würde doch nicht so dumm sein, sich an so einem vorhersehbaren Ort zu verstecken? Nein, hier war sie auch nicht. Dann gab es nur noch eine Möglichkeit, die ebenfalls nicht besonders originell war. Er richtete sich auf und strich mit seiner Hand über den Wandteppich. Hier und dort drückte er etwas fester hinein.

»Soldaten nehmen dafür ihre Messer oder Knüppel«, bemerkte er. »Du kannst von Glück sagen, dass ich eher hier bin.«

Auf der anderen Seite des Raumes bewegte sich der Teppich plötzlich. Zögernd kam eine Frau dahinter hervor und fiel vor ihm auf die Knie.

»Vergebt mir, mein Herr! Ich bin die Frau des Wundarztes, ich bin keine Ketzerin!«

»Nein, das sehe ich, aber du versteckst eine. Wo ist sie?« Ungeduldig riss er den Wandteppich hinter ihr zur Seite. Da stand sie, stolz und aufrecht, als wolle sie beweisen, dass sie keine Angst hatte. Fassungslos starrte er auf das dunkelblaue Kleid, das sie trotz allem immer noch trug. Mit mindestens genauso viel Abscheu betrachtete sie das Kreuz auf seiner Brust, begleitet von einem Entsetzensschrei.

»Ruhig! Jetzt sei doch in Gottes Namen still!« Er zog sie zu sich und legte ihr die Hand auf den Mund, während er sich durch die Tür beugte und zum Fenster hinüberschaute. Ob man sie draußen gehört hatte? Der Karren war verschwunden, der Mönch auch, doch der Ritter stand noch da.

»Du hast keine Ahnung, was passiert ist ... mir blieb nichts anderes übrig ... warum, verdammt noch mal, trägst du dieses elende Kleid?« Er versuchte, es ihr vom Körper zu ziehen. Colomba trat und schlug wütend um sich, um ihn daran zu hindern.

»Lass mich los!«, ertönte es gedämpft hinter seiner Hand.

»Nur wenn du ganz still bist.«

Sie nickte heftig, worauf er seine Hand von ihrem Mund nahm. Die Frau des Wundarztes kniete noch immer auf dem Boden und wagte es nicht, sich zu rühren. Sie begriff nichts von der ganzen Situation. Nur eins war ihr klar: Der Fremde war ein Kreuzfahrer und Colomba befand sich in Lebensgefahr.

»Du musst hier weg. Aber nicht in dem Kleid!«, schnauzte Amaury.

»Ich habe nicht vor, meinen Glauben zu verleugnen. Lieber sterbe ich.«

»Warum versteckst du dich dann? Doch nur, weil du Angst hast, auf dem Scheiterhaufen zu landen.«

»Ich habe keine Angst. Du verstehst mal wieder gar nichts.«

»Ich verstehe alles. Ihr wollt einen verfluchten Märtyrertod sterben, genau wie der Priester da draußen, der sich in seinem eigenen Blut wälzen will. Von mir aus dürft ihr, bitte, dann geh! Oder zieh das aus!«

Sie sah ihn tief beleidigt an. »Wir sehnen uns überhaupt nicht danach, als Märtyrer zu sterben, wir ...«

Er hörte ihr nicht zu. Wie immer würde das Gespräch in einem sinnlosen Wortwechsel enden, der ihn rasend machte. Ohne ein weiteres Wort zu verschwenden, riss er ihr das blaue Kleid vom Körper und stopfte es unter die Matratze.

»Verbrenn es, sobald du kannst«, sagte er zu der Frau des Wundarztes, »und gib ihr etwas anderes zum Anziehen.«

Jetzt reagierte die Frau. Sie ging zu einer der Truhen und öffnete sie, um ein Kleidungsstück auszuwählen. Colomba war zu verblüfft, um etwas zu sagen. Feuerrot vor Wut und Scham stand sie in ihrem Unterkleid da, die Arme vor der Brust gekreuzt, um ihre Weiblichkeit zu verbergen.

»Fass mich nicht an, fass mich nicht an, fass mich nie mehr an!«, zischte sie.

Es war mehr, als Amaurys angespannte Nerven ertragen konnten. Er betrachtete ihren hilflosen Versuch, ihr Gesicht zu wahren, und ihm wurde ganz elend zumute. Tränen des Kummers rollten über seine Wangen und hinterließen eine Spur in dem Staub und Ruß, der an seinem Gesicht klebte. Vor ein paar Stunden, es schien eine Ewigkeit her, waren ihm die Tränen gekommen, als er seinen Bruder sah. Das war bezeichnend für die ganze Situation, dachte er, so zerrissen, wie er sich zwischen den beiden Menschen fühlte, die er am meisten liebte und die sich jetzt beide von ihm verraten fühlten. Er konnte nicht anders, er musste sie in den Arm nehmen, um sie zu trösten und seine eigene Erregung zu verbergen. Von Abscheu erfüllt, wich sie zurück, bis sie mit dem Rücken an der Wand stand. Seine Hände hatten sie schon umfasst, sein Körper lehnte an ihrem, sein nasses Gesicht an ihrer Stirn. Die Wärme ihrer Haut war durch den dünnen Stoff des Unterkleides spürbar, doch er fühlte sich zu elend, als dass es ihn erregt hätte. Außerdem hämmerten ihre Hände unaufhörlich auf ihn ein bei dem Versuch, ihn abzuschütteln.

Hinter ihm schloss sich die Hand der Arztfrau um einen Dolch, der zwischen der Wäsche versteckt lag. Sie schob die Waffe zwischen ihre Rockfalten, richtete sich auf und kam lautlos ein paar Schritte näher, während sie Mut sammelte für die Tat, zu der sie sich verpflichtet fühlte.

»Das hatte Montfort doch verboten«, ertönte plötzlich eine leise Stimme.

Amaury drehte sich mit einem Ruck um, seine Arme schützend um Colomba gelegt. In dem Zimmer stand der Mönch, sein Schreibzeug noch in der Hand. Er lächelte listig. Die Frau des Wundarztes erstarrte, ihre Hand umklammerte den Dolch zwischen ihren Rockfalten.

»Na los«, lispelte der Geistliche, »nimm die Belialstochter. Wenn sie sich widersetzt, ist sie eine Ketzerin. Ich schau zu.« Nach den letzten Worten leckte er mit der Zungenspitze über seine dicken Lippen.

Colomba wurde leichenblass und zitterte am ganzen Körper, der hart und steif vor Widerstand war. Amaury senkte den Kopf, bis sein Mund dicht an ihrem Ohr war.

»Sei ruhig, ich kann es nicht mal«, flüsterte er. »Und gib in Gottes Namen ein bisschen nach.«

Seine Finger ergriffen ihr Unterkleid und schoben den Stoff langsam hoch, bis er ihre nackten Beine fühlte. Colomba blieb so steif wie ein Brett. Er küsste ihren Hals. Der Geruch ihres Körpers war trotz allem erregend. Dann zog er sein Bein hoch und stieß sein Knie zwischen ihre Schenkel. Ihr Körper schien allmählich aufzutauen.

»Wenn du etwas sehen willst, musst du schon näher kommen«, sagte er, ohne sich nach dem Mönch umzusehen. Aus den Augenwinkeln beobachtete er, wie der Mann begierig näher kam, bis er direkt neben ihnen stand. Sofort löste sich seine rechte Hand von Colombas Unterkleid, das über seinen hochgezogenen Oberschenkel fiel. Mit einer Bewegung, als wolle er seine Kleidung zur Seite schieben, ballte er die Faust und spannte die Muskeln an, um auszuholen. Sein Ellbogen traf den Mönch hart unter dem Kinn. Während er sich wegdrehte, um mit einer kräftigen Ausholbewegung den Mönch mitten ins Gesicht zu schlagen, fühlte er, wie etwas seinen Rücken streifte. Der Geistliche fiel wie ein Klotz um. Colomba stieß einen schrillen Schrei aus und sank zu Boden. Die Frau des Wundarztes beugte sich über sie und begann, hysterisch zu jammern. Der Dolch klirrte neben ihr auf die Fliesen.

»Was hast du getan, Frau!«, stieß Amaury hervor. Er fiel auf die Knie und streckte die Hände nach Colomba aus, traute sich jedoch nicht, sie zu berühren. Alles, was er tat, um sie vor den Kreuzfahrern zu retten, endete in einem Fiasko. Er brachte sie nur in noch größere Gefahr.

»Ich ... ich wollte ihr nur helfen«, stammelte die Frau.

»Mich niederstechen, meinst du wohl.«

Er schob sie brüsk zur Seite und zog Colombas Unterkleid vorsichtig von der Wunde weg. Zum Glück hatte der Dolchstoß nicht viel Kraft gehabt. Offensichtlich war es nur eine Fleischwunde in ihrer Schulter. Sie kam schon wieder zu sich, mehr ohnmächtig vor Schreck, als dass ihr etwas Ernsthaftes zugestoßen war. Er versuchte, klar zu denken.

»Wo ist dein Mann?«, fragte er die Frau.

»Sie haben ihn mitgenommen, damit er verwundeten Kreuzfahrern helfen kann.«

»Verbinde das hier, du weißt sicher, wie es geht.« Er stand auf und ging zum Fenster.

»Herr Ritter!«, rief er laut. Der Reiter unten in der Straße schaute hoch. Seine Augen suchten die Häuser ab, bis er entdeckte, wo die Stimme herkam. »Schick ein paar Männer hierher, damit sie den Mönch wegbringen!«

»Was?!«
Kurz darauf stand der Ritter selbst im Zimmer und verlangte Aufklärung.
»Zuerst erwische ich deine Männer dabei, wie sie sich an einem Mädchen vergreifen, einem halben Kind noch«, wetterte Amaury los, »und jetzt verstümmelt dieser perverse Mönch eine Frau mit einem Messer. Ich fürchte, ich habe ihn niedergeschlagen.«
»Mein Gott!«
»Wir müssen unsere Ehre hochhalten und diese unschuldigen Frauen vor dem Fußvolk und anderen windigen Subjekten, die sich nicht beherrschen können, beschützen. Mönche wie dieser verschaffen der katholischen Geistlichkeit einen schlechten Ruf und sie sind die Ursache dafür, dass die Ketzerei hier so viele Anhänger gefunden hat. Ich bin hier schon fast zwei Jahre, aber ich habe noch nie von einem *Perfectus* gehört, der so gewütet hat!«
Der Ritter schüttelte bestürzt den Kopf.
»Wir haben einen Eid geschworen, Krieg zu führen, um den katholischen Glauben und den Gottesfrieden in diesem gottverlassenen Land wieder herzustellen. Was wir tun, ist genau das Gegenteil. Wer diese armen Teufel missbraucht, ist ein Feigling«, tobte Amaury weiter. »Diese Frauen haben zu viel durchgemacht, um auch noch gefangen genommen zu werden. Gib mir eine Eskorte, dann bringe ich sie in Sicherheit.«
»Du tust hier gar nichts. Das ist meine Verantwortung.«
»Dann tu es selbst. Bring das Frauenvolk aus der Stadt. Lavaur gehört jetzt uns. Dieser spanische Unterprior, Domenicus, wird deine Höflichkeit, deinen Mut und deine Rechtschaffenheit loben, wenn er hört, wie du dich für diese wehrlosen Opfer eingesetzt hast. Montfort nennt ihn seinen

Freund, hat man mir erzählt. Auf Fürsprache des Unterpriors wird er dich reichlich belohnen.« Er stieß mit seinem Fuß in die träge Fleischmasse des Mönchs und bekreuzigte sich. »Ich werde mich des Fraters annehmen. Schließlich habe ich ihn niedergeschlagen. Also bin ich auch für ihn verantwortlich.«

Der Ritter sah ihn einen Augenblick schweigend an. Dann stampfte er mit seinen schweren Stiefeln die Treppe hinunter, brüllte ein paar Befehle und schwang sich wieder auf sein Pferd.

Es war ein enormes Wagnis, jedoch die einzige Möglichkeit, die er im Moment sah. Vielleicht hatte Colomba mehr Glück, wenn er seine Hände, auf denen heute kein Segen lag, von ihr nahm. Er selbst würde nicht mehr so einfach durch das Stadttor kommen wie zuvor. Roberts Suchbefehl würde inzwischen die Torwächter erreicht haben.

Als sie um die Straßenecke verschwunden waren, aufgenommen in die Gruppe gefangener Frauen und Kinder, die jetzt unter Aufsicht des Ritters selbst zum Stadttor begleitet wurden, zerrte er den Mönch hoch. Der Mann stöhnte, spuckte etwas Blut aus und fragte, was passiert sei.

»Das hier«, sagte Amaury. Seine Faust traf den Mönch mit schmerzhafter Genauigkeit unter dem Kinn. Während er erneut zusammensank, zog ihn der junge Ritter zu sich heran und legte ihn sich über die Schulter. Dann riss er Colombas Kleid unter der Matratze hervor und ging die Treppe hinunter. Bei jedem Schritt fuhr ein Schmerz durch sein verletztes Bein. Er biss die Zähne zusammen und schleppte den Mann bis ans Ende der Straße, während er den Soldaten, die dort noch beschäftigt waren, zugrinste. Sobald er eine Möglichkeit sah, schlüpfte er in ein verlassenes Haus, zog dem Geistlichen die Kutte aus und streifte sie sich selbst über. Auf dem Weg zum Stadttor tauchte er Colombas dunkelblaues Kleid in einer Senkgrube unter und schwor feierlich, dass sie es nie mehr tragen würde.

Unterwegs – 4. Mai 1211

Zusammengekauert, eine Hand auf die pochende Wunde an ihrer Schulter gelegt, saß Colomba auf einem Stein. Sie war so müde, dass sie nicht einmal mehr wusste, wo es ihr wehtat. Und was waren Schmerzen im Vergleich mit den Flammen, in denen fast vierhundert Gute Christen umgekommen waren? In der roten Glut der aufgehenden Sonne sah sie die Körper wieder im Feuer zusammensinken, bis nicht mehr als Asche und verkohlte Knochen von ihnen übrig waren. Wie versteinert war sie gewesen, bis Amaury sie unbemerkt aus der Menge weggelotst hatte, der Anfang ihrer Flucht.
Neben ihr starrte Amaury apathisch vor sich hin. Außer dem grausigen Bild von Menschen, die von Flammen verzehrt wurden, ging ihm auch Robert nicht aus dem Kopf. Der hatte mit Vetter Simon neben dem Scheiterhaufen gestanden, um Zeuge der Ketzerverbrennung zu sein. Unerkennbar, das Gesicht von der Kapuze der Mönchskutte verhüllt, hatte Amaury in sicherer Entfernung zugesehen, wie die beiden Poissys, die sich offenbar den ganzen Tag nicht gesprochen hatten, einige Worte miteinander wechselten und wie sich Simon daraufhin aufgeregt umschaute. Es folgte ein heftiger Streit. Danach hatte Robert eine Weile still dagestanden, die Hände vors

Gesicht geschlagen, während Simon noch immer auf ihn einredete, wütend gestikulierend, wie es seine Gewohnheit war. Schließlich war Bouchard de Marly hinzugekommen. Der hatte zweifellos seine eigene Geschichte hinzugefügt. Simons Körpersprache war überdeutlich: »Siehst du, ich hab's dir ja gesagt, er hat Montfort verraten und du hast ihn freigesprochen; er hat uns verraten und du hast ihn entkommen lassen!« Das Ende seiner Ausführungen war erst recht nicht misszuverstehen: Er hatte eine schnelle Bewegung mit der flachen Hand an seiner Kehle entlang gemacht. Der arme Robert, der sich immer dafür eingesetzt hatte, die Blutsverwandten zusammenzuhalten, war in dem Moment wie ein geprügelter Hund davongeschlichen.

»Wir wollen keine Märtyrer sein«, sagte Colomba plötzlich. Ihre Stimme war heiser vor Müdigkeit. Da Amaury nicht antwortete, fuhr sie fort: »Im Gegenteil, wir wollen am Leben bleiben, um das Wahre Christentum zu predigen. Warum, glaubst du, sind wir sonst aus Cabaret geflohen? Wenn die Kreuzfahrer alle Guten Christen umbringen, gibt es niemanden mehr, der uns den Weg zurück ins himmlische Vaterland zeigen kann. Dann werden die Seelen der Engel für immer gefangen bleiben und der Gott der Finsternis triumphiert. Dann wird die irdische Hölle immer bestehen bleiben. Denn diese Welt besteht nur, solange die Seelen aus dem Himmel dort gefangen gehalten werden. Sobald die allerletzte Seele der Welt des Bösen abgeschworen hat und befreit zur unsichtbaren himmlischen Welt zurückkehrt, wird diese Welt untergehen.

Es steht geschrieben, dass Gott, der Herr, alles erschaffen hat. Er hat das Licht gemacht, das Leben und alles, was wirklich ist. Ohne ihn wurde nichts gemacht. Die Welt ist nichts.« Es klang, als versuche sie, sich davon zu überzeugen, dass die Logik der Guten Christen das Opfer erklären konnte, das sie für ihren Glauben auf dem Scheiterhaufen gebracht hatten. Gleichzeitig suchte sie eine Entschuldigung dafür, dass sie selbst noch lebte.

»Die Welt besteht nicht wirklich, denn in ihr gibt es keine Liebe. Die Welt ist eine Illusion, die Illusion des Bösen. In ihr gibt es nur Finsternis und alles ist dort vergänglich und dem Verfall preisgegeben, weil der Teufel nichts machen kann, das bleibend ist.« Sie hob eine Hand voll trockene Erde auf, zerrieb sie und ließ den Staub vom Wind verwehen. »Nichts«, sagte sie.

Es blieb einen Augenblick still.

»Ohne ihn ist die Finsternis gemacht und der Tod«, fuhr sie fort. »Alle vergänglichen Dinge werden am Ende zerstört werden und dann wird auch der, der sie gemacht hat, vergehen. Der Tod ist auch nichts.« Sie ließ ihre Hand lustlos fallen und fing an zu schluchzen.

Neben ihr erwachte Amaury aus seinen lähmenden Schuldgefühlen. Er legte den Arm um sie und drückte ihren Kopf an seine Schulter.

»Weine nur«, sagte er leise, »weine nur für uns beide. Ich habe keine Tränen mehr.«

Obwohl er eigentlich zu müde war, um eine Hand zu heben, streichelte er ihre Haare. Ihr zerbrechlicher Körper zuckte an seinem. Sie zu trösten tröstete auch ihn, es gab ihm das Gefühl, ein bisschen wieder gutzumachen, was seine Landsleute ihrem Volk angetan hatten. Doch den Schmerz, der ihn seit dem Moment quälte, als er Robert Auge in Auge gegenübergestanden hatte, betäubte es nicht. Dieser erstaunte Blick, glücklich und verletzt zugleich, brannte wie ein Feuer in seiner Seele. Besäße er nur Colombas felsenfeste Überzeugung, dass es einen Weg in eine andere Welt gab, eine Möglichkeit, aus dem Pfuhl von Betrug und Verrat, in den er sich selbst gestürzt hatte, zu entkommen. Doch obwohl er die *Convenenza* abgeschlossen hatte, die ihm garantierte, dass er nach seinem Tod in einen Körper zurückkehrte, der geeigneter war, die Prüfungen und Verantwortungen eines Guten Christen auf sich zu nehmen, war er sich alles andere als sicher, dass so etwas tatsächlich passieren würde. Die Hölle war für ihn noch immer eine greifbarere Wirklichkeit, die Rache eines Gottes, der ihn verlassen hatte.

Wie anders hatte seine Welt vor zwei Jahren ausgesehen. Von Glaubenseifer erfüllt, hatte er das Kreuz genommen, in der heiligen Überzeugung, dass er mit Ruhm und Ehren beladen zurückkehren würde, gereinigt von seinen Sünden, mit einer neuen Zukunft und einen glänzend gepflasterten Weg geradewegs in den Himmel im Visier.

Seine linke Hand suchte das Kreuz, das noch immer an seiner Tunika klebte. Mit den Nägeln begann er, das Wachs abzupulen, bis er schließlich die beiden blutdurchtränkten Lappen in der Hand hielt. Das getrocknete Blut war jetzt rotbraun. Er ließ die Lappen nacheinander auf den Boden flattern, wo sie ein Stück voneinander entfernt vor seinen Füßen liegen blieben. Vorsichtig schob er sie mit der Stiefelspitze hin und her, bis sie wieder ein Kreuz bildeten. Dann stellte er plötzlich seinen Stiefel darauf und während ihm ein unterdrückter Schrei entfuhr, stampfte und drehte er mit seiner Hacke so lange, bis das Kreuz im Boden verschwunden war. Keuchend starrte er auf die zerwühlte Erde.

Colomba hatte sich inzwischen aus seiner Umarmung befreit und verfolgte schweigend sein Treiben. Sie weinte nicht mehr. Wie ein Häufchen Elend saß sie dort in der viel zu großen Kutte, die sie am Abend zuvor auf sein Drängen widerstandslos angezogen hatte. Der Stoff roch noch nach dem Schweiß des Mönchs, doch sie war wenigstens schwarz.

»Wo sind wir?«, fragte sie.
»Ich weiß es nicht.«
»Müssen wir noch weiter?«
»Wir können nicht weiter. Wir sind zu müde und es wird schon hell.«
Obwohl sie die ganze Nacht gelaufen waren, befanden sie sich wahrscheinlich immer noch in besetztem Gebiet. Seine Hand suchte den fein geschnitzten Schaft des Dolchs, den er der Arztfrau abgenommen hatte. Er war die einzige Waffe, die er bei sich trug, und nichts wert, wenn sie Kreuzfahrern in die Arme liefen. Es war vielleicht sicherer, wenn sie sich an diesem geschützten Ort versteckten, bis sie ausgeruht waren. Außerdem tat sein verletztes Bein so weh, dass ihm fast übel war. Sie konnten besser bei Anbruch der Dämmerung weiterziehen.
Mit einem tiefen Seufzer ließ sich Colomba langsam in die Sträucher zurücksinken. Sie machte sich nicht einmal die Mühe, eine bequemere Stelle zu suchen. Amaury schaute sich um und zögerte, gegen die Versuchung ankämpfend, sich neben sie zu legen. Er beugte sich über sie und zog die weite Mönchskapuze halb über ihr Gesicht, sodass ihre Augen vor dem Sonnenlicht geschützt waren. Dann zog er die Knie an, stützte die verschränkten Arme darauf und ließ seinen Kopf darauf ruhen. Seine Angst, überfallen zu werden, war größer als seine Müdigkeit.

Amaury schrak aus dem Schlaf hoch. Er lag zusammengerollt auf dem Boden, in derselben Haltung, in der er gesessen hatte, mit einem Loch unter den Rippen, das danach schrie, gefüllt zu werden. Er setzte sich auf, streckte sich und schaute nach dem Stand der Sonne, die eine wohltuende Wärme ausstrahlte. Es musste schon spät am Nachmittag sein. Neben ihm lag Colomba noch immer in den Sträuchern. Auch sie hatte sich kaum mehr gerührt. Er streckte die Hand nach ihr aus. Als er sie berührte, murmelte sie etwas und drehte sich auf die Seite. Er lächelte. So müsste sie immer sein, dachte er, so friedlich und so nah. Einen Moment später schlug sie die Augen auf und schaute sich verwirrt um, bis ihr Blick auf Amaury fiel. Ein Schatten glitt über ihre entspannten Gesichtszüge.

»Ich habe geträumt, alles wäre vorbei«, sagte sie, während sie sich stöhnend aufrichtete.

»Es ist fast vorbei. Ich bringe dich nach Montségur.«

Er hatte sich seinen Plan sorgfältig überlegt. Sie würden einen großen Bogen um Toulouse machen und dann südwärts ziehen. Es war ein zeitraubendes Unternehmen, doch so mussten sie nicht durch besetztes Gebiet. Wenn sie erst einmal die Grafschaft Foix erreicht hatten, würden sie nichts mehr zu befürchten haben, ganz sicher nicht auf Montségur. Zahlreiche *Bonnes Dames* waren schon dorthin geflüchtet, vor allem aus Fanjeaux. Hatte Pierre de Saint-Michel, selbst der Sohn einer *Bonne Dame*, seinerzeit nicht zuerst seine Frau zu jener Festung auf dem Berg gebracht, bevor er sich mit seinem Bruder dem Herrn von Cabaret anschloss?

»Ich gehe nicht nach Montségur«, sagte Colomba entschieden.

Amaury schüttelte mitleidig den Kopf. Wie hatte er je denken können, die Ereignisse in Lavaur hätten sie in das rührende, wehrlose Geschöpf von eben verwandelt?

»Es ist der einzige Ort, an dem ich dich ruhigen Herzens zurücklassen kann.«

Er zeigte nach Süden, in die neblige Ferne, wo die Hügel mit dem Firmament verschmolzen. Dort musste Montségur sein.

»Die Berge, in die ich gehöre, sind die des Montagne Noire.«
»Da kannst du nicht hin. Da wimmelt es von Kreuzfahrern.«
»Ich … ich habe Freunde, die werden mir helfen.«
Es klang nicht sehr überzeugend. Amaury fragte sich, wer diese Freunde sein sollten. Cabaret war schließlich von einer feindlichen Garnison besetzt und Herr Pierre-Roger hatte sich auf einem Landgut in der Nähe von Béziers niedergelassen, das ihm im Tausch dafür angeboten worden war. »Wenn es stimmt, dass du irgendwo Freunde hast, warum haben die dir dann nicht geholfen, bevor wir in Lavaur in die Falle gelaufen sind?«
Sie gab keine Antwort.
»Ich lasse dich nicht im Stich. Dafür liebe ich dich zu sehr. Es ist genauso, wie eure Troubadoure es besingen: Mein Schicksal liegt in deinen Händen, auch wenn du unerreichbar bist und ich weiß, dass meine Liebe nie beantwortet werden wird. Nimm mir nicht auch noch die Freude, dir helfen zu dürfen.«
Ein mattes Lächeln huschte über ihr Gesicht.
»Jetzt redest du genauso töricht, als wärst du einer von ihnen.«
Sie dachte an die Troubadoure, die auf Burg Cabaret schmachtend von Verlangen ihre Lieder gesungen hatten, die vor doppeldeutigen Anspielungen trieften, um sich anschließend heimlich bei der Dame ins Bett zu legen, die sie gerade noch wort- und gestenreich abgewiesen hatte. Sie dachte an die Edelfrauen, die nicht davor zurückschraken, ihre Ehemänner, und wenn es darauf ankam, auch ihre Liebhaber, mit einem anderen zu betrügen.
»Das ganze Minnespiel ist doch nur Schau, eine einzige Heuchelei«, sagte sie mit unerwarteter Heftigkeit. »Begierde, so heißt der Vater des Teufels.«

»Meinst du etwa das, was in Lavaur passiert ist? Das habe ich nur getan, um dich aus den Klauen des Kreuzfahrers zu retten. Ich fand es furchtbar, dich so benutzen zu müssen. Ich bitte dich um Vergebung dafür.«

»Ich meine, dass wir, wenn wir zusammenbleiben, eine Gefahr füreinander sind. Bring mich zurück in den Montagne Noire, dann hast du genug für mich getan. Meine … Freunde werden mir weiterhelfen.«

»Ich schwöre, dass ich dich nicht mehr berühren werde, sicher nicht wie gestern, selbst nicht … wie heute Morgen.«

Sie öffnete den Mund, um etwas zu sagen, überlegte es sich jedoch anders und presste die Lippen zusammen.

»Ich weiß, ich darf nicht schwören«, sagte Amaury.

Doch sie schüttelte den Kopf und sah ihn schuldbewusst an.

»Das ist es nicht«, flüsterte sie.

»Was dann?«

»Wir können nicht zusammenbleiben. Wenn du mit mir erwischt wirst, bist du auch ein Ketzer. Wenn ich mit dir erwischt werde, bin ich eine Hure.«

»Nur wer Böses denkt, urteilt so. Die Kreuzfahrer vielleicht.«

»Es stimmt, Amaury. Jede Frau hat etwas von einer Hure in sich, wenn auch nur im kleinsten Winkel ihrer Gedanken.«

Ihre Finger fassten ein paar Falten der Mönchskutte und knüllten den Stoff zusammen und zogen ihn wieder auseinander.

Wäre er nicht so schwer und fest gewesen, hätte sie ihn in Fetzen gerissen. »Hasse das Kleid, das vom Fleisch beschmutzt ist!«, zischte sie, während sie wieder wütend an dem Stoff zerrte.

»Du bist eine Heilige.«

»Nein, nein, das bin ich nicht!« Sie schüttelte heftig den Kopf.

»Ein Engel«, verbesserte er schnell.
»Höchstens ein Engel. Ein Engel mit gebrochenen Flügeln, der von neuem fliegen lernen muss. Und dieser Engel hat dich gestern geschlagen ... nicht, weil ich dich zurückhalten wollte, oder ... ja, das auch, sondern weil ... weil ich erschrocken war, dass mir deine Berührungen gefielen.« Bevor ihm eine Antwort einfiel, fuhr sie fort: »Deshalb bin ich mit dir aus der Stadt geflohen. Ich hätte mit den anderen Frauen auf dem Scheiterhaufen stehen müssen, doch ich habe mich versteckt. Nicht an erster Stelle, weil ich am Leben bleiben will, um unseren Glauben zu predigen, sondern weil ... weil ich Angst vor mir selbst habe.« Ihre Augen füllten sich mit Tränen. »Warum ist alles so schwierig? Ich darf nicht sterben, Amaury, ich bin nicht rein genug!« Sie schlug die Augen nieder.
Einen Augenblick war er so überrascht, dass er nicht wusste, was er sagen sollte, doch sein Herz jubelte. Mein Gott, dachte er, sie liebt mich doch, die ganze Zeit schon!
Er fasste vorsichtig ihre Hand. »Colomba, du machst dich selbst unglücklich. Du bist viel zu jung, um alles zu opfern. Du hast doch noch kaum gelebt. Du kannst immer noch eine Gute Christin werden, eine bessere, später«, sagte er.
Sie ließ ihn gewähren und er streichelte sie mit zitternden Fingern, die sich bald über ihren Arm einen Weg nach oben suchten. Das Blut klopfte in seinen Adern. Plötzlich zog sie ihren Arm weg, doch er fasste sie und drückte sie an sich. Sie sträubte sich kaum.
»Bring mich in den Montagne Noire«, flehte sie in einem letzten Versuch, Widerstand zu leisten.
»Ich bringe dich überallhin, wohin du nur willst. Zu der Sonne, den Sternen, dem Himmel!« Seine Lippen suchten ihre und statt sich zu sträuben, schlang sie die Arme um ihn. Seine

Hände verschwanden unter der Mönchskutte, unternahmen jedoch nicht mehr als einen vorsichtigen Erkundungsgang. Er wollte sie trösten, nicht missbrauchen. Mein Gott, wie zart sie war. Sie war so zerbrechlich, dass er Angst vor seiner eigenen Kraft hatte. Sein Mund tupfte die Tränen von ihren Wangen und küsste ihre Augen zu.

»Nicht weinen«, flüsterte er. »Liebe kann nicht schlecht sein. Gott ist schließlich Liebe.«

Unterwegs – Mai 1211

Zum Montagne Noire ... das klang einfacher, als es war. Zum Ersten waren sie gerade in die andere Richtung geflohen, um den Kreuzfahrern zu entrinnen. Amaury war zwar bereit, wider besseres Wissen mit Colomba zurückzugehen, musste jedoch feststellen, dass ihnen der Weg durch allerlei Truppenbewegungen versperrt war. Ein Teil der Kreuzfahrer hatte die vierzig Tage Kriegsdienst abgeleistet und bereitete sich jetzt auf den Rückmarsch vor. Die katholische Miliz von Toulouse befand sich auf dem Rückweg in die Stadt. Aus der anderen Richtung näherte sich eine Delegation von gut hundert Bürgern aus Puylaurens, die sich dem Feind ergeben wollten, obwohl sie einige Wochen zuvor den Flüchtlingen aus Cabaret noch ihre Gastfreundschaft angeboten hatten. Ihr Herr hatte beim Näherrücken des Kreuzzugsheeres Hab und Gut verlassen und war mit ein paar Getreuen nach Toulouse geritten, um sich den anderen verbannten Herren anzuschließen, die Graf

Raymond unterstützten. Montfort hatte sich vorläufig in Lavaur niedergelassen, um dort Ordnung zu schaffen und neue Pläne vorzubereiten. Seine Patrouillen durchkämmten regelmäßig die Umgebung und seine Kuriere hielten wie immer engen Kontakt mit den taufrischen Vasallen des eroberten Gebiets. Robert und Simon de Poissy waren mittlerweile bestimmt auf der Jagd nach dem jüngsten Spross ihrer Familie, möglicherweise unterstützt von Bouchard de Marly. Amaury hoffte inständig, dass die drei sein plötzliches Auftauchen und seine ebenso unerwartete Flucht nicht Montfort gemeldet hatten. Er beruhigte sich mit dem Gedanken, dass der Feldherr einer Suche nach ihm wahrscheinlich nicht viele Männer opfern würde.

Und dann war da noch das Problem, wie sie sich mit Nahrung versorgen sollten. Die gesamte Umgebung war bereits von den Kreuzfahrern geplündert worden, die schließlich ein ganzes Heer zu versorgen hatten. Amaury gelang es, ein Stück Speck zu stehlen, doch Colomba weigerte sich, davon zu essen, obwohl ihr schon übel und schwindelig vor Hunger war und sie Mühe hatte, mit ihm Schritt zu halten. Dabei konnte er wegen seines verletzten Beines nicht einmal schnell gehen.

Sie waren drei Tage unterwegs, als Amaury das unbehagliche Gefühl beschlich, sie würden verfolgt. Wenn sie nachts weiterzogen, war ihm, als würde er jedes Mal, wenn sie stehen blieben, hinter sich etwas hören. Gingen sie bei Tageslicht, meinte er in der Ferne immer dieselbe Gestalt auf dem Weg stehen zu sehen. Er sagte Colomba nichts davon, um sie nicht zu beunruhigen, ließ sie jedoch keinen Moment aus den Augen, nicht einmal, wenn sie sich in die Sträucher hockte, um dem Ruf der Natur zu folgen. Er schlief kaum noch, abgesehen von einigen kurzen Nickerchen tagsüber, wenn Colomba

Wache hielt. Am fünften Tag wechselte er ein paar Mal die Richtung, um den Verfolger abzuschütteln. Er sah die verdächtige Gestalt nicht mehr, doch das Gefühl blieb.

»Hast du dich verlaufen?«, fragte Colomba. »Wir müssen doch Richtung Osten.«

»Da hinten ist ein Bauernhof, bei dem wir vielleicht etwas zu essen bekommen können.«

Sie sah ihn misstrauisch an. »Was ist los, Amaury?«

»Ich bin einfach nur vorsichtig, ich will keine deutliche Spur hinterlassen und deshalb wechsle ich die Richtung.«

»Das ist jetzt schon das dritte Mal. So kommen wir nie an.«

Er konnte ihr nichts vormachen, sie kannte das Land und die Wege besser als er. Schweigend gingen sie in der Abenddämmerung weiter, in die Richtung des Gehöfts. Der Bauernhof und die Nebengebäude waren verlassen. Die Bewohner hatten für die Kreuzfahrer, vor denen sie geflohen waren, keinen Krümel Essen zurückgelassen. Sie waren sicher noch nicht lange weg, denn in der Kochstelle war die Asche noch warm. Colomba ließ sich lustlos neben den Brunnen sinken. Vor Müdigkeit zitternd, tauchte sie ihre Hände in den vollen Eimer, den Amaury vor sie hinstellte, und trank.

»Wir bleiben hier«, entschied Amaury, »dann können wir uns ausruhen. Später in der Nacht gehen wir weiter. Wir müssen hier vor dem Morgen weg sein.« Er holte den Rest des Speckstückes hervor und schnitt einen dünnen Streifen davon ab. »Hier, bitte iss etwas, sonst kommen wir nicht mehr viel weiter«, sagte er fast flehend.

Colomba betrachtete das Stück Fleisch voller Abscheu und drehte den Kopf weg.

Das saubere Stroh war eine Wohltat und wie in den Nächten zuvor rückten sie eng zusammen, um sich gegenseitig zu wärmen. Damit er nicht einschlief, lag Amaury mit weit geöffneten Augen neben ihr. Den Arm hatte er um ihre Schultern gelegt. Nichts störte die Stille der Nacht und doch meinte er, alles Mögliche zu hören. Den Ruf einer Eule, das Rascheln eines Blattes, einen Windseufzer – das kleinste Geräusch genügte, um seine Wachsamkeit auf das Äußerste zu schärfen. Er hatte schon eine Weile so dagelegen und war zweimal fast eingeschlummert, als er plötzlich durch einen dumpfen Knall aufgeschreckt wurde. Vorsichtig, ohne Colomba zu wecken, stand er auf und schlich auf den Zehenspitzen nach draußen. Der Boden unter seinen Füßen knackte. Schön, dachte er, denn so würde niemand hier hereinkommen, ohne dass er es hörte. Colomba seufzte im Schlaf und drehte sich um. Einen Augenblick blieb Amaury in der Türöffnung stehen. Das spärliche Mondlicht reichte gerade, um die Umrisse der Nebengebäude zu erkennen. Nichts bewegte sich.

Bei dem Verfolger musste es sich um jemanden handeln, den Robert losgeschickt hatte, damit er ihn aufspürte. Wenn der Mann jetzt hier war, musste er versuchen, ihn von Colomba fern zu halten. Oder noch besser: Er würde dem Mann zuvorkommen und ihn selbst angreifen. Das hieß, wenn er ihn fand, denn bis jetzt ließ er sich nicht blicken. Und warum hatte der Mann nicht eher zugeschlagen? Er hätte sie leicht einholen können, sie hatten sich unterwegs so oft ausruhen müssen. Wartete er auf eine Gelegenheit, ihn im Schlaf zu überraschen und außer Gefecht zu setzen, bevor er sich wehren konnte, aus Angst, bei einem Kampf der Unterlegene zu sein? Aber er hatte nicht geschlafen, er hatte niemandem die Gelegenheit gegeben, ihn zu überfallen. Viel länger würde er das allerdings nicht mehr durchhalten.

Amaury schlenderte nach draußen. Als er beim Brunnen ankam, schöpfte er eine Hand voll Wasser aus dem Eimer, schlürfte die kühle Flüssigkeit auf und spülte dann sein Gesicht ab. Erfrischt durch den kühlen Nachtwind, der über seine nasse Haut strich, lehnte er sich mit dem Rücken an den Brunnen und streckte die Beine aus. Seinetwegen konnte der unsichtbare Feind jetzt ruhig kommen. Er würde ihn zu sich locken, indem er so tat, als würde er schlafen. Er schloss die Augen und spitzte die Ohren. Kurz darauf fiel er in tiefen Schlaf.

Der Knall kam, als wäre der Blitz direkt über seinem Kopf einschlagen. Fast gleichzeitig ertönte ein gellender Schrei. Amaury fuhr hoch. Colomba! Er musste sich kurz am Brunnen festhalten, bis er das Gleichgewicht wiedergefunden hatte. Dann stolperte er mit steifen Beinen zur Tür des Bauernhauses. Er hatte noch keine fünf Schritte gemacht, als er über etwas stolperte und der Länge nach hinfiel. Der Dolch flog ihm aus der Hand und klirrte auf den Boden. Er tastete im Dunkeln danach und griff nach etwas Warmem, Feuchtem. Es roch nach Blut. Im selben Augenblick hörte er den Boden knacken.

»Colomba!«, schrie er. Was für ein Dummkopf war er doch gewesen, sie allein zu lassen, zu denken, nur er wäre in Gefahr! Und sie hatte nichts, womit sie sich verteidigen konnte, wenn sie so etwas überhaupt tun würde.

Ha, da war der Dolch. Er rappelte sich auf und wollte ins Haus stürmen, als er mit jemandem zusammenstieß, der zu kräftig war, um Colomba zu sein. Außerdem trug er krachendes Leder. Ohne nachzudenken, stieß Amaury zu, ohne zu wissen, ob und wo er den anderen in der Dunkelheit traf. Der Fremde drehte sich mit einem Schmerzensschrei um und versuchte, ihn zu packen.

»Filh de putan –!« Hurensohn – knurrte eine Stimme. Es folgte ein kurzer Kampf, bei dem Amaury seinen Gegner nach draußen schleifte und mit ihm über den Boden rollte, bis sie

gegen das Hindernis stießen, über das er eben gestolpert war. Irgendwie gelang es ihm, den anderen ein zweites Mal zu verwunden. Der Mann schlug ihm den Dolch aus der Hand, befreite sich von ihm und verschwand stöhnend in der Nacht.

Amaury stolperte ins Haus zurück, wo er Colomba unversehrt antraf.

»Was hast du getan!«, stieß sie hervor. Es klang, als hätte er etwas Schlimmes verbrochen. Er gab keine Antwort.

»Wir müssen hier weg, so schnell wie möglich«, sagte er. Doch zuerst machte er Feuer in der Kochstelle, bastelte eine kleine Fackel und trug sie nach draußen. Dort hockte er sich neben den leblosen Körper am Brunnen. Colomba folgte ihm und starrte erstaunt auf den Toten. Sie schien erleichtert.

»Wer ist das?«

»Das ist Roberts Sergeant.« Er durchsuchte die Kleidung des Toten, fand etwas Brot und ein Stück Käse, steckte beides in seine Tasche und gürtete sich die Waffen des Sergeanten um: ein kurzes Schwert und ein Kriegsbeil. Nur seinen eigenen Dolch konnte er nirgendwo finden. Dann zog er die Leiche aus und warf sie in den Brunnen.

»Hast du ihn getötet?«, fragte Colomba.

»Nein, das hat ein anderer getan. Das war meine Rettung.« Er stand auf und sah ihr in die Augen. »Warum? Wer war das, Colomba?«

»Woher soll ich das wissen? Ich habe ihn nicht gesehen, es war dunkel.«

»Er kam wegen dir, habe ich Recht?«

Sie zuckte mit den Schultern und presste die Lippen zusammen. Es erinnerte ihn an all die Male, als sie plötzlich verschwunden war und er sie hinterher gefragt hatte, wo sie ge-

wesen war. Er wusste, dass es sinnlos war, sie weiter zu verhören.
»Dann gehe ich ihm nach. Er ist verwundet, das erhöht die Chance, dass ich ihn einhole. Ich will wissen, wer mein Leben gerettet hat und was er von dir will.«
Er hielt die Fackel dicht über den Boden und fand ein paar Blutstropfen. Ohne weiter auf Colomba zu achten, verfolgte er die Spur, die der Verletzte hinterlassen hatte.
»Nein, das kannst du nicht machen!«
Amaury lief weiter. Er war todmüde, verärgert und taub für ihren Protest.
»Sie werden dich umbringen!«
»Dann hätten ›sie‹ es gerade schon getan.«
»Er hat dein Leben nicht gerettet. Vielleicht hat er den Sergeanten aus Versehen getötet, im Glauben, du seist es.«
»Dann will ich wissen, wer mich umbringen will und warum.«
Er hörte, wie sie hinter ihm herkam.
»Ich habe so einen Hunger. Gib mir zuerst etwas von dem Essen.«
»Später, wenn das hier erledigt ist.«
Sie blieb stehen, während er zügig weiterging.
»Amaury, lass uns in die andere Richtung gehen.«
»Er ist aber in diese Richtung gegangen.«
»Ich meine: nicht in den Montagne Noire.«
»Was?« Er blieb abrupt stehen und wartete, bis sie ihn eingeholt hatte.
»Ich will nicht mehr dahin. Gib mir jetzt etwas zu essen.«
Er holte den Proviant des Sergeanten hervor und reichte ihr das Brot, doch sie schob seine Hand weg, nahm das verbotene Stück Käse und biss entschlossen hinein. Amaurys Erstaunen wurde noch größer, als sie anschließend den Speck aus seinem

Vorrat fischte und ihn sich, ebenfalls schaudernd vor Ekel, in den Mund stopfte.
»Ich habe ihm gesagt, dass jetzt alles anders ist. Dass ich mit dir gehe, dass ich dir gehöre.« Sie wischte sich den Mund ab, legte den Arm um seine Schultern, zog ihn an sich und küsste ihn voll auf die Lippen.
Amaury verstand gar nichts mehr. Wenn sie wirklich ihre Gelübde brechen wollte und es nicht nur tat, um den geheimnisvollen Mörder zu schützen oder mit ihm abzurechnen, dann musste sie das beweisen. Warum eigentlich nicht? Es war ein unsinniger Moment dafür, doch die ganze Situation, in der sie sich befanden, war verrückt. Er zog sie nach unten, steckte die Fackel neben sich in den Boden und begann, langsam ihre Kleidung zu öffnen. Keiner von ihnen sprach ein Wort. Erst als sie nackt im Licht der Flamme dalag, war seine ganze Wut verraucht. Der Gedanke, dass der verwundete Mann noch in der Nähe sein musste und vielleicht sehen konnte, was sie machten, erregte ihn noch mehr. Einen überzeugenderen Beweis, dass sie nichts mehr mit ihm oder dem, was er vertrat, zu tun haben wollte, konnte sie nicht liefern. Er streichelte sie sanft.
»Du bist so göttlich schön, dass ich kaum glauben kann, dass der Teufel dies geschaffen hat«, flüsterte er. Sie zitterte. Vor Angst, vielleicht aber auch vor Verlangen, versuchte er, sich einzureden. »Hab keine Angst«, sagte er, »ich tu dir nicht weh.«

Auf dem Weg von Castelnaudry nach Toulouse – Juni 1211

Abgesehen davon, dass sich Colomba in Amaurys Augen von einer asketischen *Perfecta* in eine Frau aus Fleisch und Blut verwandelt hatte, blieb alles beim Alten. Sie weigerte sich, über den Mann zu sprechen, der Roberts Sergeanten getötet hatte, oder darüber, wohin sie immer verschwunden war. Sie seufzte nur, dass es ihr gar nicht gut getan hätte, Dinge zu essen, die sie jahrelang nicht angerührt hatte. Ihr Magen und ihre Gedärme waren völlig durcheinander und das schwächte sie noch mehr. Sie wollte so schnell wie möglich in die bewohnte Welt zurückkehren, am liebsten an einen Ort, der von ihren Glaubensgenossen bevölkert wurde, sodass sie in einem Haus der Guten Christen Pflege bekommen konnte. Amaury dagegen behauptete hartnäckig, dass es die entzündete Schulterwunde sei, die sie krank mache.

Jetzt, wo sie nicht mehr in den Montagne Noire mussten, beschloss er, in den Süden zu ziehen. In der Ferne lockten die verschneiten Berggipfel. An ihrem Fuße lag die unabhängige Grafschaft Foix und hinter den Bergen das befreundete Aragonien, in dem zahlreiche *Faidits* Zuflucht gesucht hatten. Nach einem mühseligen Marsch erreichten sie Castelnaudry, wo sie ihre Reise unterbrachen, um wieder zu Kräften zu kommen. Sie waren erst einige Tage dort, als sie die Nachricht erreichte, dass Montfort, der von Lavaur aus eine neue Offensive gestartet hatte, ihnen auf den Fersen sei. Er hatte gerade das nah gelegene Les Cassès erobert und dort gut sechzig Gute Christen auf den Scheiterhaufen getrieben.

Jetzt verlor Graf Raymond von Toulouse endlich die Geduld.

Hatte Montfort Lavaur noch mit der Entschuldigung angegriffen, es würde von *Faidits* verteidigt, geflüchteten Vasallen aus den Gebieten, die er sich angeeignet hatte, stellte sich jetzt heraus, dass der Oberbefehlshaber des Kreuzzugsheeres überhaupt keine Skrupel kannte und Raymonds Vasallen innerhalb der Grenzen seiner eigenen Grafschaft bedrohte. Es war kein Zweifel mehr möglich, Montfort würde auch nicht davor zurückschrecken, Toulouse selbst anzugreifen. Der Graf, der mit endlosen diplomatischen Verhandlungen das Einrücken des Kreuzzugsheeres hatte aufhalten wollen, war jetzt gezwungen, zu Taten überzugehen. Schließlich waren er und seine Stadt von der Kirche exkommuniziert worden und deshalb jedem ausgeliefert, dem es gelang, seine Besitzungen zu erobern. Er beschloss, den Versorgungsweg der Kreuzfahrer zwischen Toulouse und ihren Hauptquartieren Carcassonne und Fanjeaux zu blockieren. Auf der Strecke lag Castelnaudry und deshalb steckte er den Ort in Brand, nachdem er alle Bewohner hatte evakuieren lassen.
Erneut befanden sich Amaury und Colomba in einem Flüchtlingstreck. Hinter ihnen schwelten die Reste Castelnaudrys, von dem nur noch die Burg stand.
»Wohin geht ihr?«, fragte Amaury einen der sie begleitenden Ritter.
»Nach Toulouse.«
»Toulouse?!« Colomba zog Amaury am Ärmel und blieb mitten auf dem Weg stehen. Hinter ihnen entstand sofort ein Stau.
»Geh weiter«, flüsterte Amaury.
»Da wollen wir überhaupt nicht hin!«
»Wir haben keine Wahl. Unter diesen Umständen können wir Foix doch nicht erreichen. Außerdem sind wir in der Menge sicherer als allein.«

»Sicher? Weißt du, wie viele Gute Christen hier mit uns gehen? Ein zweites Lavaur überleben wir nicht.«
»Du brauchst keine Angst vor dem Scheiterhaufen zu haben, du bist schließlich keine *Bonne Dame* mehr.«
Colomba strich mit der Hand über das hübsche Seidenkleid, das der Frau des Wundarztes gehört hatte. Jetzt, wo sie sich etwas besser fühlte, gewöhnte sie sich langsam auch an den Luxus eines kostbaren Stoffes auf ihrer Haut. Die widerliche Mönchskutte hatte sie schon zwei Tage nach Lavaur abgelegt. Woran sie sich nicht gewöhnen konnte, war, dass sie nicht mehr so gut unterrichtet war wie zuvor. Sie hatte immer das Gefühl gehabt, die Situation noch irgendwie zu beherrschen, da sie Bescheid wusste, was passierte. Jetzt musste sie sich auf Amaury verlassen und der wusste im Augenblick genauso wenig wie sie. Wie ein Blatt, das von dem Baum abgerissen worden war, der in ihrem Heimatboden wurzelte und der sie ernährt hatte, musste sie sich von dem Sturm mittreiben lassen, ohne zu wissen, wohin, gehetzt von Montforts Truppen, die Tod und Verderben säten im Land von Toulouse. Irgendwo würde sie niederfallen, in Toulouse vielleicht, bis sie der Wind wieder aufnahm, um sie weiter, noch weiter zu treiben.
Sie fühlte Amaurys Hand um ihre Taille. Er zog sie kurz an sich und ließ sie dann wieder los. Eine einfache Geste, so vertraut, als würde sie ihn schon seit Jahren kennen, als hätte sie nie das Gelübde abgelegt, dass kein Mann sie berühren durfte. Sie lächelte ihn an. Seltsam, dass gerade er das Ideal verkörperte, das die Troubadoure besangen. Mit unendlich viel Geduld hatte er auf sie gewartet, sich trotz des schmerzenden Verlangens in seinem Herzen beherrscht, wie es die Gesetze der *Cortezia* vorschrieben. Und das, obwohl bekannt war, dass die Franzosen Barbaren waren, die von all dem nichts verstanden! Sie selbst konnte auf das raffinierte Liebesspiel, das die

verheirateten Edelfrauen mit ihren Anbetern trieben, gut verzichten. Doch was wusste sie schon davon, die den wichtigsten Teil ihres jungen Lebens im Haus einer *Bonne Dame* verbracht hatte. Sie hatte ihn nicht mit spitzfindigen Wortspielen auf Distanz gehalten, die den Galan lehren sollten, Geduld zu üben und welche Anstrengungen er unternehmen musste, um schließlich den heiß begehrten Lohn zu verdienen, wie es die höfische Liebe vorschrieb. Stattdessen hatte sie ihn mit den strengen Regeln der Guten Christen zurechtgewiesen: »Der Gott des Bösen hat den Körper der Frau erschaffen und dann dem Mann diese verbotene Frucht vorgehalten. Er hat den Geschlechtstrieb erfunden, um seine Schöpfung zu erhalten und zu vermehren. Deshalb ist der Geschlechtsakt die größte Sünde. Begehren ist die Falle des Gottes der Finsternis, um die Engel aus dem Reich des guten Gottes darin zu fangen.«
Mit offenen Augen war sie in die Falle gelaufen, obwohl sie wusste, dass sie sich damit von dem Ziel entfernte, zu dem sie unterwegs war: der Befreiung ihrer Seele von dem Körper, an den sie gefesselt war, der Vereinigung mit ihrem himmlischen Geist und der Rückkehr in eine Welt, in der alles gut war und in der es keine Finsternis gab. Trotzdem war es eine wohl überlegte Entscheidung gewesen, da sie zu ihrem Schrecken entdeckt hatte, dass sie für diese Befreiung noch nicht bereit war, zumindest nicht so, wie sie sie in Lavaur gesehen hatte. Irgendwann, wenn sie älter war, wollte sie in den Händen der Guten Christen sterben. So, wie sie ihre Mutter und ihre Tanten, die alle *Bonnes Dames* gewesen waren, hatte sterben sehen. So wollte sie schon dahinscheiden, wenn sie der Welt und allem, was darin war, Amaury zum Beispiel, wirklich entsagen konnte. Doch wie konnte sie einem Leben entsagen, das sie nicht einmal kannte? Es wäre unendlich viel schwieriger und deshalb so viel mehr wert, wenn sie zuerst die Versu-

chung gekostet hatte. Danach würde sie sich davon abwenden, nicht jetzt und sicher nicht auf Befehl dieser Teufel aus dem Norden, die sich wie Aasgeier in ihrem Land niedergelassen hatten. War es außerdem nicht wichtiger, anderen den Weg zur Befreiung zu zeigen, als selbst erlöst zu werden? War es nicht viel besser, das eigene Streben dem einer Gemeinschaft unterzuordnen? Waren die meisten *Bonnes Dames* nicht zuerst verheiratet gewesen, bevor sie das *Consolamentum* empfingen? Hatten sie nicht zuerst ihren Männern Kinder geschenkt, Söhne, um die Kirche Gottes zu verteidigen, und Töchter, damit sie mit dem Wahren Glauben über die Familienbande wachten?
Sie lächelte, zufrieden mit ihrer Argumentation. Einen Augenblick später zog sie die Schultern hoch, als wolle sie vor Scham versinken. Versuchte sie nicht gerade, eine Möglichkeit zu finden, dem Schicksal zu entkommen, das sie selbst gewählt hatte, dem schwierigen Weg eines Guten Christen, der einen so schweren Tribut forderte? Vielleicht. Auf jeden Fall hatte sie eine Entschuldigung gefunden zu lieben, ohne ihre Pflicht vollkommen zu verletzen. Ihre Hand suchte Amaurys und schmiegte sich in die Geborgenheit seiner Faust.

Toulouse – Juni 1211

Toulouse glich mehr einem Heerlager als einer blühenden Stadt. Vasallen Graf Raymonds sowie zahlreiche *Faidits* waren dort zusammengekommen und bewaffneten sich, um gemeinsam dem Feind zu trotzen. Auch die Grafen von Foix und Comminges hatten sich ihnen mit ihren Truppen angeschlossen. Das Leben in der Stadt war vollkommen zerrüttet. Die ohnehin schon übervollen Straßen waren hoffnungslos verstopft, doch alle nahmen die Unannehmlichkeiten in Kauf. Die Bevölkerung stand wie ein Mann hinter dem Grafen, selbst die katholische Gruppe, die lange den Bischof unterstützt hatte. Die weißen und schwarzen Brüderschaften, Katholiken und Anhänger der Kirche Gottes, *Faidits* und spanische Söldner, alle waren bereit, ihr Leben einzusetzen, ob es nun für die Freiheit des Bürgertums, die Rechte ihres Herrn oder ihren Glauben war. Während die päpstlichen Legaten erneut den Bannfluch über die Stadt verhängten, wurde Toulouse in Verteidigungsstellung gebracht.

Amaury verkündete, dass er sich nicht abseits halten könne und dass er sich melden werde, um mitzukämpfen. Colomba sah ihn traurig an, protestierte jedoch nicht.

»Das ist also Leben«, sagte sie, »immer ein bisschen sterben und wieder geboren werden, selbst ohne dass der Tod dazwischenkommt. Allein schon der Gedanke, dass du vielleicht nicht zurückkehrst, stürzt mich in tiefe Trauer.«

»Ich komme zurück.«

Er klopfte selbstsicher auf das Kriegsbeil und das Schwert des Sergeanten. Den Dolch der Arztfrau hatte er nicht wiedergefunden.

Woran er nicht gedacht hatte, war, dass er jetzt misstrauisch beäugt und nicht als Ritter erkannt wurde. Er hatte kein Pferd und keine ritterlichen Waffen, er trug die Farben Cabarets, eines Edelmannes, der sich Montfort unterworfen hatte, und als er Pierre Mirs Namen erwähnte, erntete er nur verächtliches Schnauben. Der hatte doch Montforts Seite gewählt und kämpfte jetzt für die Kreuzfahrer. Es war eine seltsame Erfah-

rung: Er war niemand, noch weniger als der erstbeste Bauernknecht.
»Wir«, sagte eine Stimme hinter ihm, »keine Probleme.«
Er drehte sich um und starrte in das grinsende Gesicht eines strohblonden Hünen.
»Du. Pferd, Waffen, alles.«
»Wer bist du?«
»Ich«, antwortete der Fremde in seinem gebrochenen Okzitanisch und schlug sich auf die Brust, »Feind Kirche, Ketzer auch.«
»Was meinst du? Bist du ein Freund oder ein Feind der Guten Christen?«
»Ja, ja.«
»Ein Söldner sicher?«
»Friese«, war die stolze Antwort. »Wigbold. Komm.«
Amaury betrachtete den blonden Riesen misstrauisch.
»Nein danke. Ich kenne eure Arbeitsweise. Nicht für zehn Pferde.«
Er drehte sich um und ging weg.
»Dann Landsknecht!«, rief ihm der Friese nach, »Fleisch für Spieß!«
Darauf lief es in der Tat hinaus und es gefiel ihm ganz und gar nicht. Als Graf Raymond die Nachricht erhielt, dass sich die Kreuzfahrer Toulouse näherten, ritt er aus, um ihnen einen empfindlichen Schlag zu versetzen, bevor sie mit einer Belagerung beginnen konnten. Gemeinsam mit den Grafen von Foix und Comminges führte er den Befehl über fünfhundert Soldaten, darunter auch ein Söldnerkontingent aus Navarra. Amaury befand sich unter dem Fußvolk, das den Reitern zur Brücke von Montaudran vorausgeschickt wurde, um den Feind daran zu hindern, den Fluss Hers zu überqueren. Im Laufschritt eilten sie zur Brücke, die sich ungefähr eine Meile

von der Stadt entfernt befand, und zerstörten sie, noch bevor Montfort sie erreichte. Es gelang ihnen auch, die nächste Brücke zu sabotieren, doch diese Arbeit war noch nicht beendet, als die Kreuzfahrer am anderen Ufer erschienen und teils über die Reste der Brücke, teils durch das Wasser mit der Überquerung des Flusses begannen. Die Landsknechte, die wie üblich die Vorhut bildeten, griffen zu ihren Waffen und stachen jeden nieder, der ans Ufer zu kriechen versuchte. Amaury stand zwischen ihnen und sah die Kreuzfahrer vor seinen Augen in ihrem eigenen Blut ertrinken. Trotzdem konnten er und seine Kameraden es nicht verhindern, dass die nächste Angriffswelle unter dem Schutz von Bogenschützen ihre Seite erreichte. Sofort stellten sich die feindlichen Landsknechte hinter einer Schildreihe auf, die Spieße schräg in den Boden gerammt. Amaury wusste, was jetzt kam. Die okzitanischen Reiter drangen vor, während sie das Fußvolk vor sich hertrieben. Im Zuckeltrab sah er das Spalier aus Speerspitzen auf sich zukommen. Es gab kein Entrinnen.

»Für Toulouse und Colomba!«, schrie er und brach mit einem kräftigen Schwung seines Kriegsbeils den Spieß entzwei, der seinen Bauch zu durchbohren drohte. Aus reinem Überlebenswillen schlug er anschließend auf alles ein, was in seine Nähe kam, bis er schließlich Platz um sich herum geschaffen hatte. Im selben Augenblick donnerte die Kavallerie von Toulouse, begleitet von heroischen Kampfschreien, an ihm vorbei, um sich mit den Rittern Montforts einen Kampf zu liefern. Zitternd stand Amaury zwischen all den Pferdebeinen in der umgepflügten Erde. Es war doch bei weitem besser, auf so einem Tier zu sitzen, als daneben zu stehen, dachte er mit Bedauern. Einen Moment lang konnte er nicht einmal mehr sehen, wo sich der Feind befand. Überall ertönten heisere Schreie, manche in einer Sprache, die er nicht verstand, und ab und zu sah er Waffenröcke vorbeihuschen, deren Farben er nicht kannte. Anscheinend hatte Montfort Verstärkung aus dem Norden bekommen. Sie waren zu so vielen, dass die Okzitanen eilig das Feld räumen mussten. Wie eine Flutwelle spülte das Kreuzzugsheer über sie hinweg. Es war nicht einmal nötig, den Befehl zum Rückzug zu geben, sie wurden von selbst in Richtung Stadt zurückgetrieben, wobei sie zahlreiche Tote und Verletzte zurückließen. Froh, dass sein Bein inzwischen einigermaßen geheilt war und er sich wieder schnell fortbewegen konnte, kämpfte sich Amaury einen Weg zurück nach Toulouse.

Wie viel Zeit verstrichen war, als sie sich schließlich hinter den Mauern der Stadt in Sicherheit brachten, wusste er nicht. Erschöpft ließ er die Arme sinken. Sie waren zu schwer, um noch etwas festzuhalten, und das Kriegsbeil fiel vor seine Füße auf den Boden. Mehr als vierhundert Tote waren auf dem Schlachtfeld zurückgeblieben, auf beiden Seiten ungefähr die gleiche Anzahl, hörte er. Graf Raymonds unehelicher Sohn war dem Feind in die Hände gefallen. Außerdem stellte sich heraus, dass die Kreuzfahrer bei ihrem Marsch zur Brücke von Montaudran noch ein wahres Blutbad unter der Bauernbevölkerung angerichtet hatten. Sie hatten die Saat zerstört und die Weinreben aus dem Boden gerissen. Amaury murmelte eine Reihe von Verwünschungen und hob seine Waffen mit vor Anstrengung zitternden Händen auf. Als er sich wieder aufrichtete, stand plötzlich ein dampfendes Schlachtross vor seiner Nase. Es war ein riesiger, schwarzer Hengst mit dicken Stiefeln, die seine Hufe fast vollständig bedeckten.

»Nette Rauferei, was?«, sagte der blonde Friese grinsend. »Noch ganz?«

Amaury nickte. Abgesehen von ein paar blauen Flecken, Beulen und Schrammen war er gut weggekommen.

»Glück gehabt«, meinte der Söldner. »Besser, du wirst Reiter, Pferde genug jetzt.« Er zeigte auf die beiden Schlachtrösser, die er am Zügel mitführte. An den Sätteln hingen erbeutetes Kriegsgerät, ein paar Helme und das Panzerhemd eines Kreuzfahrers. Amaury zögerte einen Augenblick, bevor er antwortete: »Ich bin noch lieber ein Landsknecht ohne Pferd als ein plündernder Söldner, der Tote und Verletzte beraubt.«
»Wir kämpfen für Toulouse«, schnauzte der Söldner zurück, »für euch auch. Hauptmann Hugues d'Alfaro ist Drost von Agenais, Freund von Graf.« Er wendete sein Ross und ritt davon, während das Kriegsgerät hinter ihm herklirrte. Amaury schaute den beiden erbeuteten Pferden und dem Panzerhemd sehnsüchtig nach.
Zum Glück war keine Zeit, seine Ablehnung zu bedauern. Der Feind war da draußen schon damit beschäftigt, sein Lager aufzuschlagen. Auf den Mauern und allen fünfzig Türmen der Stadt wimmelte es von Soldaten. Andere bewachten die zwölf Tore und der Rest musste für einen eventuellen Ausfall bereitstehen.
Sobald sich die Kreuzfahrer niedergelassen hatten, wurde ein Versuch unternommen, die Stadt im Sturm einzunehmen. Kaum erholt von dem Abenteuer bei der Brücke von Montaudran, stürmte Amaury mit dem Fußvolk unter Leitung des Grafen von Foix erneut nach draußen, um die Angreifer abzuwehren. Während sich die Reiter der höheren Kriegskunst widmeten, richteten sich die Anstrengungen der Landsknechte auf das Zerstören der Belagerungsmaschinen. Triumphierend kehrten sie mit drei der großen Schilddächer zurück. Doch sie hatten auch Hunderte Verletzte dabei und wieder blieben zahllose Tote auf dem Schlachtfeld zurück.
In den Tagen darauf sah er Colomba kaum. Sie hatte im Haus einer *Bonne Dame* Zuflucht gesucht, wo sie wie gewöhnlich

den Frauen half, die die Verwundeten versorgten. Einmal brachte er einen verletzten Kampfgefährten zu den Frauen, um einen Blick auf sie zu erhaschen. Sie fragte ihn ängstlich, ob er glaube, dass Graf Raymond die Stadt würde halten können. Er versicherte ihr, dass niemand ein zweites Lavaur zulassen werde, dass Toulouse von kampffähigen Soldaten überquelle und dass selbst Simon de Montfort nicht gegen ganz Toulouse, Foix, Comminges und die Söldner aus Navarra zusammen werde gewinnen können.
»Und wenn das nicht reicht«, scherzte er, »dann läuft hier noch ein Friese herum, der jeden anwirbt, der noch keine Waffe trägt. Er ist so stark wie ein Bär und sein Pferd ist so groß, dass gut drei Männer darauf reiten können. Ich habe gesehen, wie er mit seinem Schwert mit einem einzigen Schlag einen Kreuzfahrer samt Panzerhemd durchsäbelte, so als würde er einen reifen Kürbis durchschneiden.«
»Tu, was du tun musst, aber erspare mir die blutigen Einzelheiten«, sagte sie missbilligend. »Es hört sich ja an, als hättest du auch noch Spaß dabei.«
Er machte ein ernstes Gesicht und antwortete: »Ich will damit nur sagen, dass du dir keine Sorgen zu machen brauchst. Die Kreuzfahrer haben nicht genug Männer, um die ganze Stadt abzuriegeln. Wir können raus, wo und wann wir wollen. Wir haben gerade noch einen Versorgungskonvoi aus Carcassonne überfallen. Und die Trottel haben selbst im weiten Umkreis die Ernte vernichtet. Nicht wir, sondern die Kreuzfahrer werden Hunger leiden!«
Danach sah er sie nicht mehr. Er musste ständig bereitstehen, da die Befehl führenden Grafen beschlossen, die Stadttore unter schwerer Bewachung Tag und Nacht offen zu halten, sodass sie blitzschnell ausfallen konnten. Zu diesem Zweck wurden sogar vier neue Tore in die Mauern gehackt.

Amaurys Vertrauen in Graf Raymond wuchs mit jedem Tag. Er hatte in den vergangenen zwei Jahren zu oft erlebt, dass ein verstärkter Ort gefallen war, weil sich die Belagerten hinter hermetisch abgeriegelte Mauern zurückzogen und darauf warteten, dass sich der Feind von selbst unverrichteter Dinge zurückzog. Es war nie gelungen. Stets waren es die Belagerten gewesen, die den Kampf aufgeben mussten, sei es aufgrund der gegnerischen Übermacht, sei es aufgrund von Wasser- oder Nahrungsmangel. Zum Glück schien Toulouse nicht vorzuhaben, auf dieselbe Weise unterzugehen.

Toulouse – Ende Juni 1211

Gut eine Woche ging vorbei. Wieder brach ein Sonntag an, an dem die Kirchenglocken schwiegen und in der Stadt, die kurz vor der Belagerung von allen Priestern, Mönchen und Kirchendienern verlassen worden war, keine Messen gehalten wurden. Die Sommerhitze hing lähmend über den Straßen und wer konnte, zog sich in die verhältnismäßige Kühle eines schattigen Plätzchens zurück. Wer bei diesen Temperaturen kämpfen wollte, würde es höchstens am frühen Morgen oder in den späten Nachmittagsstunden tun.

Als Amaury an diesem Abend in der Nähe der gräflichen Burg Wache hielt, sah er, wie Söldnerhauptmann Hugues d'Alfaro in außergewöhnlich schlechter Laune nach draußen gestürmt kam. Der Navarese brüllte ein paar kurze Befehle

und verschwand in seinem eigenen Quartier, begleitet von einigen Rittern aus seinem Gefolge. Danach geschah eine ganze Weile nichts.
Nach der Wachablösung kehrte Amaury zum Kloster zurück, wo er mit einem Kontingent von Landsknechten im Refektorium der Mönche sein Quartier hatte, und ließ sich samt Rüstung auf das Stroh fallen. Seit Beginn der Belagerung hatte sich niemand mehr ausgezogen. In beiden Lagern hatte man Angst, unbewaffnet vom Feind überfallen zu werden. Er lauschte den Gesprächen um sich herum. Anscheinend hatte d'Alfaro vorgeschlagen, einen Großangriff auf das feindliche Lager auszuführen. Amaury setzte sich auf.
»Wann soll das passieren?«, wollte er wissen.
»Es passiert überhaupt nicht. Bist du vielleicht lebensmüde?« Es wurde herzlich gelacht.
Amaury ließ sich wieder zurücksinken. Es schien, dass Graf Raymond vor dem Plan zurückschreckte und sich auf die Verteidigung beschränken wollte. Am Ende der Unterhaltung hatte der Graf den spanischen Edelmann einen Abenteurer genannt, dessen übermütiges Auftreten ihn noch sein Land kosten würde, wenn er ihn gewähren ließ. Anschließend hatte er seinen Männern verboten, ohne seine Erlaubnis einen derartigen Ausfall zu unternehmen. Bei den Landsknechten erntete Graf Raymonds Standpunkt großen Beifall. Sie hatten wenig Lust, erneut in ein Blutbad zu geraten.
»Wenn d'Alfaro so gern mit dem Schwert durchbohrt werden will, werden wir ihn nicht davon abhalten.«
»Der Navarese hat gut reden! Er kann ja selbst mal mit seinen Söldnern die Spitze abbrechen!«
»Wenn ihr mich fragt, ist dieser spanische Hurenbock nur auf Macht aus.«
»Montfort ist es auf jeden Fall«, sagte Amaury von seinem

Strohbett aus. »Es geht ihm längst nicht mehr um die Ketzerei und genauso wenig um eine Strafexpedition, weil jemand aus Toulouse vor drei Jahren einen päpstlichen Gesandten ermordet hat. Er hat sich die Titel von Trencavel angeeignet und er wird nicht eher ruhen, bis er auch den von Toulouse seinem Namen hinzugefügt hat.«

Die Männer drehten sich erstaunt zu ihm um.

»Es ist wahr«, fuhr Amaury fort, »Montfort ist von Macht besessen. Das Ziel, wegen dem er kam, ist ein Mittel geworden, um seinen eigenen Machthunger zu stillen.«

»Woher weißt du das so gut?«

»Jeder, der ein bisschen nachdenkt, kann das sehen.«

Es entstand eine peinliche Stille.

»Hugues d'Alfaro hat Recht«, fuhr Amaury fort, »die Zeit arbeitet meistens für den Belagerer. Der Graf muss den Kreuzfahrern Einhalt gebieten. Wenn er es jetzt nicht wagt, die Faust zu zeigen, wird er bald überrannt. Dann könnte er tatsächlich sein Land verlieren.«

Die anderen starrten ihn sprachlos an. Gerade als sich Amaury zu fragen begann, ob sie überhaupt begriffen, was er sagte, brach der Tumult los. Was kümmerte es sie, was Montforts Triebfedern waren? Hatte er die Toten nicht gezählt, die sie in den zehn Tagen, die die Belagerung dauerte, auf dem Schlachtfeld schon zurückgelassen hatten? Wer war es denn, der in der Vorhut den ersten Schlag auffangen musste? Nicht die Ritter mit ihren wehenden Mänteln über den Panzerhemden, die den Mund voll hatten von *Coratge*, dem Heldenmut. Alles viel Geschrei und wenig Wolle! Der Graf hatte wenigstens ein Herz für seine Untertanen, der würde seine Männer nicht in einen sicheren Tod schicken. Und was war dagegen einzuwenden, hinter den sicheren Stadtmauern abzuwarten, bis der Feind von allein abzog? Montfort würde da draußen

in der brennenden Sonne von seinen Plänen bald genug bekommen. Dort war es heißer als in der Hölle.
Amaury stand auf und ging nach draußen, verfolgt vom spöttischen Gelächter der anderen. Die Nachtluft war kühl. Hier war es besser als in dem voll gepackten Raum, in dem sich die Männer gegenseitig aufhetzten und einer die leeren Phrasen des anderen nachredete. Er setzte sich auf die Steinmauer, die den Klosterhof umgab. Das Kriegsbeil, das immer in seiner Reichweite war, hing locker in seinen Händen. Er ließ die Waffe leicht hin und her schwingen, während er in den Sternenhimmel starrte. Es war, als würde aus der dunklen Höhe die Machtlosigkeit wie ein Hammer auf ihn einschlagen. Jeder konnte sehen, was sich hier anbahnte. Warum gab es niemanden, der Montfort Einhalt gebot? Warum zügelte der Papst dessen Habgier nicht? Montfort war ein brillanter Stratege, der mit dem Abt von Citeaux, einem gerissenen Fuchs, der den Papst alles glauben machen konnte, was er ihm vorgaukelte, gemeinsame Sache machte. Der sanftmütige, unentschlossene Raymond von Toulouse war kein Gegner für sie, auch wenn er jetzt den Befehl über ein paar tausend Mann führte. Noch immer wollte er Rom davon überzeugen, dass er nur zu den Waffen griff, um sich zu verteidigen, noch immer suchte er nach einer friedlichen Lösung. Was würde er, Amaury, an seiner Stelle tun? Sicher nicht tatenlos zusehen. Montforts Stärke war seine Schnelligkeit. Dadurch konnte er immer bestimmen, wo und wann der Angriff eröffnet wurde. Wer ihn schlagen wollte, musste ihm einen Schritt voraus sein, sodass der Überraschungsvorteil auf seiner Seite war. Hugues d'Alfaro hatte Recht …
Der zum Landsknecht degradierte Ritter seufzte. Wenn er seine Stimme in einem Kriegsrat hätte hören lassen können, hätte er d'Alfaros Plan unterstützt. Doch er hatte keine Stimme, er hatte nicht einmal die zehn Mann, die er früher sein per-

sönliches Gefolge nennen konnte. Er war niemand, er war kaum imstande, seine eigene Haut zu retten.
Amaury biss sich so fest auf die Unterlippe, dass er Blut schmeckte. Er packte das Kriegsbeil mit beiden Händen und stand auf. Fest entschlossenen Schrittes verließ er den Klosterhof und stiefelte durch die Dunkelheit zur gräflichen Burg hinüber. Als er das Hauptquartier der navaresischen Söldner erreichte, hielt ihn die Wache an. Hinter dem geschlossenen Tor ertönten Geräusche, als herrsche dort zu dieser nächtlichen Stunde nervöse Betriebsamkeit.
»Was suchst du hier?«, fragte der Soldat barsch.
»Ich muss Hugues d'Alfaro sprechen.«
»Das geht nicht«, antwortete der andere kurz angebunden.
»Lass mich durch, Wigbold hat mich gerufen.«
»Wigbold? Warte hier.« Die Tür schlug zu, ohne dass er einen Blick von dem erhaschen konnte, was sich dahinter abspielte. Schneller, als er gedacht hatte, und auf jeden Fall bevor er es sich anders überlegen konnte, erschien der Friese im Tor. Er sagte nichts, packte Amaury bei seinem Lederwams und zog ihn hinein. Die Tür fiel hinter ihm ins Schloss.
»Du genau richtig. Wusste ich. Du hast Hoden«, brabbelte der Söldner und gab ihm einen Schlag auf die Schulter, der ihn fast umwarf.
»Teufelsfleisch nennen wir das hier«, antwortete der junge Ritter. »Ich will d'Alfaro sprechen. Sein Plan ist gut. Er muss versuchen, den Grafen von Foix für sich zu gewinnen, der hat vielleicht ein offeneres Ohr für seine Ideen als Graf Raymond.«
»Nicht nötig. Raymond ist Feigling. Wir angreifen. Morgen.« Nach diesen Worten legte Wigbold viel sagend den Finger auf seine Lippen. »Du weißt Geheimnis. Du jetzt musst kämpfen mit uns.« Er grinste triumphierend.

Hugues d'Alfaro hatte also vor, seinen Plan ohne Billigung des Grafen von Toulouse durchzusetzen. Amaury begriff jetzt, dass alle im Quartier der Söldner damit beschäftigt waren, sich auf einen Ausfall vorzubereiten. Und der Umstand, dass er zum Mitwisser dieses Geheimnisses gemacht worden war, bedeutete nach Wigbolds Logik, dass er nicht anders konnte, als sich an dem Kampf zu beteiligen. Also gut, zu diesem Zweck war er schließlich zu d'Alfaro gegangen, nur hatte er nicht damit gerechnet, dass der Söldnerhauptmann es bereits von sich aus tun würde.

»Dann melde ich mich jetzt bei d'Alfaro.«

Der Friese schüttelte den Kopf.

»Will er nicht wissen, mit wem er es zu tun hat?«

»Fauler Apfel stinkt von allein.«

»Dann will ich eine Lanze, ein Schwert, ein Panzerhemd und ein Schild«, sagte er, »Sporen und ein Pferd.«

Wigbold zeigte auf das Kriegsbeil.

»Das auch gut.«

»Nur, wenn ich nah herankomme.« Er steckte das Beil in seinen Gürtel und folgte dem blonden Hünen zu der Waffenkammer, die aus einem Berg Kriegsbeute bestand, und anschließend zu den Ställen. Um die Zeit, als die ersten Sonnenstrahlen einen neuen Tag ankündigten, war er vollkommen ausgeruht und hatte außerdem eine kräftige Mahlzeit mit den anderen Söldnern zu sich genommen.

»Jetzt ausruhen«, sagte Wigbold.

»Wieso ausruhen? Wann greifen wir denn an?«

»Du warten. Bald ist heiß und Graf Raymond und Feind einschlafen. Du Geduld.«

Es geschah, wie er gesagt hatte. In beiden Lagern wartete man argwöhnisch, ob in der Kühle der Morgendämmerung auf der anderen Seite ein Angriff gestartet wurde. Als alles ruhig blieb, nahm man eine Mahlzeit ein, im Lager der Kreuzfahrer nach einer vorhergehenden Messe. Inzwischen stieg die Sonne zum Zenit und die Temperaturen kletterten gleichermaßen. Kaum gesättigt von ihrer kargen Ration Bohnen und Obst, zogen sich die Kreuzfahrer in den spärlichen Schatten ihrer Zelte zurück und legten sich zur Ruhe, ohne ihre Rüstung abzulegen. Hinter dem Tor des Söldnerquartiers warteten die Ritter auf ihren ungeduldig stampfenden Pferden auf das Zeichen zum Angriff. Die Hitze war fast unerträglich, der Schweiß strömte ihnen jetzt schon am Körper herunter. Vor ihnen stand das Fußvolk, mit Messern und Knüppeln bewaffnet. Hugues d'Alfaro hatte derweil seine Morgenrunde gemacht. Bei zwei der nun sechzehn Stadttore hatte er ein paar seiner Männer mit dem geheimen Auftrag zurückgelassen, zum verabredeten Zeitpunkt den Weg für ihn frei zu machen.

»Pass auf, nicht Gerät zerstören! Zu schwer! Nur Lager selbst!«, warnte Wigbold. Amaury nickte. Es klang logisch. Er hatte selbst schon zweimal erfahren müssen, wie sinnlos der Versuch war, die schweren Belagerungsmaschinen unschädlich zu machen.

Sobald d'Alfaro in sein Quartier zurückkehrte, bestieg er ein frisches Pferd und gab den Befehl zum Abzug. Wie eine zügellose Horde stürmten die Männer durch das Tor. Bevor jemand merkte, was los war, waren sie schon durch die beiden Stadttore nach draußen geströmt und fielen wie ein Heuschreckenschwarm über das Zeltlager des nichts ahnenden Kreuzzugsheeres her, das tief in seinen Mittagsschlaf versunken war. Die ersten Opfer fielen schon, bevor die Wächter Alarm geschlagen hatten.

Der verräterische Angriff auf seine früheren Kampfgefährten fiel Amaury nicht schwer. Viele der bunten Banner auf den

Pavillons kannte er nicht einmal. Sie gehörten den frischen Truppen aus Luxemburg und Deutschland. Er folgte einfach dem Beispiel von d'Alfaros Rittern, galoppierte auf das nächstgelegene Zelt zu und bohrte seine Lanze in das Tuch, das aufriss, als wäre es ein verschlissenes Hemd. Das Zelt stürzte ein und begrub die Männer unter sich, die, aus dem Schlaf aufgeschreckt, nach ihren Waffen griffen. Hinter ihm kam Wigbold angestürmt. Der trieb sein riesiges schwarzes Schlachtross über den zappelnden Menschenhaufen, der versuchte, sich von der Zeltplane zu befreien. Die erstickten Schreie wurden zum Schweigen gebracht, als der Friese seinen Speer ein paar Mal in die Masse stieß. Die Landsknechte beendeten sein Werk, indem sie alles, was sich noch bewegte, niederknüppelten. Danach rissen sie die Plane zur Seite, um die Wertsachen wegzuschleppen. Das Ganze wiederholte sich unzählige Male. Da ihm der Platz fehlte, um seine Lanze zu gebrauchen, musste Amaury manchmal mit ein paar Schwertschlägen die Zeltplanen durchtrennen. Innerhalb kurzer Zeit hatte sich ein großer Teil des Heerlagers in einen Trümmerhaufen verwandelt. Alles, was d'Alfaros Rittern und Landsknechten begegnete, wurde umgeworfen, zertrampelt, niedergeknüppelt oder aufgespießt, ob es nun Menschen oder Tiere waren.

Blind von einem Hass, wie er ihn noch nie empfunden hatte, raste Amaury durch das Lager. In seiner Erinnerung sah er wieder die Guten Christen auf dem Scheiterhaufen in Lavaur vor sich. Vierhundert waren es gewesen. Jeder Stoß, den er austeilte, war die Rache für einen von ihnen. Gesungen hatten sie, die *Bons Hommes* und *Bonnes Dames*, zuerst mit festen Stimmen, die von dem Mut zeugten, mit dem sie dem Tod entgegentraten. Immer lauter waren sie geworden, als wollten sie die Qualen des Feuers, das auf ihrer Haut zu brennen begann, leugnen, bis ihre Worte schließlich unverständlich wurden und sich ihr Gesang in einen einzigen anhaltenden schmerzvollen Schrei verwandelte.

»Für Lavaur und Colomba!« Sein Schwert sauste nieder. Ein Landsknecht, der neben ihm versucht hatte, sein Pferd mit einem Kriegsbeil zu treffen, sank tödlich verwundet auf einen Haufen Zeltplanen, auf dem nur noch das Banner aufrecht stand.

Unwillkürlich richtete Amaury seinen Blick auf das Wappen. Der Schweiß brannte ihm in den Augen und ließ alle Farben zu einer trüben Masse verschwimmen. Er schüttelte den Kopf, um die Schweißtropfen aus seinen Wimpern und Augenbrauen zu schleudern. Seine Zunge fuhr über seine Oberlippe und leckte die salzige Flüssigkeit auf, die zwischen seinen Bartstoppeln hing. Entsetzt erkannte er die drei Merletten des Wappens von Poissy. Er schaute sich um. Keine Spur von Robert oder Simon, doch nicht weit von ihm entfernt hob sich plötzlich das Banner mit dem Löwen Montforts von dem stahlblauen Himmel ab. Darunter ritt der Feldherr, umgeben von einer wachsenden Zahl geharnischter Ritter. Offenbar war es ihm gelungen, seine Männer zu einem Gegenangriff zu formieren. Die beiden Poissys waren auch dabei.

Amaury lief ein Schauder über den Rücken. Langsam sah er die geschlossene Kampflinie auf sich zukommen. Er umklammerte sein Schwert. Er würde zurückkommen, hatte er Colomba versprochen. Was würde mit ihr geschehen, wenn er es nicht tat, nie mehr? Ein Reiter stob vor ihm vorbei, danach noch einer und noch einer. Es war d'Alfaro, der sich mit seinen Männern bereitmachte, den Angriff der Kreuzfahrer zu parieren. Der Söldnerhauptmann schrie einen Befehl und winkte in seine Richtung.

»Die Gefangenen!«

Gefangene? Ihm war, als würde er durch einen Traum schreiten, in dem er selbst nicht vorkam. Alles bewegte sich, außer ihm. Er starrte auf Roberts Helmzeichen, das, im langsamen Rhythmus des trabenden Pferdes auf- und niedergehend, immer näher kam. Plötzlich schoss Wigbolds Pferd an ihm vorbei.

»He«, schnauzte der Friese, »nicht schlafen, d'Alfaro befiehlt!« Um seinen Worten Nachdruck zu verleihen, schleuderte er Amaury seinen Morgenstern an den Helm. Der Schlag rüttelte ihn wach. Er gab seinem Pferd die Sporen und stürmte in die Richtung, in die der Friese gezeigt hatte, die Farben Poissys weit hinter sich lassend. Während sich Hugues d'Alfaro und seine Ritter mit Montforts Adligen beschäftigten, drangen Amaury und Wigbold mit den übrigen berittenen Söldnern weiter in das Lager vor. Umgeben von einem Palisadenzaun saßen die Gefangenen, die die Kreuzfahrer in den vergangenen Tagen gemacht hatten. Kaum waren sie befreit, da ertönte schon ein neuer Befehl.

»Zurückziehen!«

Die befreiten Gefangenen brauchten diesen Ansporn nicht. Die eilten auch von allein nach Toulouse zurück, mit der Rückendeckung von d'Alfaros Männern, die, beladen mit einer reichen Beute, im Triumph in die Stadt einzogen. Wigbold konnte gerade noch über den Berg hinwegsehen, den er vor sich über dem Sattelbogen aufgestapelt hatte. Sein Kopf mit dem breit grinsenden Gesicht brach fast unter einem kostbaren Seidengewand zusammen, das er wie einen riesigen Turban um seinen Helm gewickelt hatte. Amaury hielt seine einzige Trophäe fest an die Brust gedrückt. Es war das Banner mit dem Wappen Poissys, das er von dem eingestürzten Zelt abgerissen hatte.

»Schau mal! Sie ziehen ab! Schau doch mal!«
Colomba lehnte sich im Haus der *Bonnes Dames* aus einem Fenster im obersten Stockwerk und zeigte über die Stadtmauer. Sie war außer sich vor Freude. Es war aber auch unglaublich, was dort drüben geschah: Montfort und seine Männer gaben die Belagerung auf! Im Morgengrauen packten die Kreuzfahrer ihre Sachen und stahlen sich davon. Ja, es sah wirklich so aus, als würden sie Hals über Kopf davonlaufen. Kriegsgerät, Karren, Belagerungsmaschinen und ein großer Teil ihres verwüsteten Lagers wurden einfach so zurückgelassen. Sie nahmen sich nicht einmal die Zeit, ihre Kranken und Verletzten nach Carcassonne zu transportieren. Die wurden der Gnade des Feindes überlassen.
»Wir sind frei!«
Amaury war schon oben und lehnte sich neben ihr aus dem Fenster. Tatsächlich, sie hatte Recht, da ging das gefürchtete Heer Montforts. Wie ein geprügelter Hund schlich es mit eingezogenem Schwanz davon. Keine Trommeln, Posaunen und Schalmeien, sondern bedrücktes Schweigen begleitete das Geräusch von Pferdehufen und Stiefeln auf dem staubigen Weg. Anfangs hatte es noch niemand richtig zu glauben gewagt, doch jetzt war kein Zweifel mehr möglich. Auf der Stadtmauer herrschte denn auch schon ausgelassene Stimmung. Die Wächter tanzten über den Umlauf und johlten den Kreuzfahrern hinterher.
»Ha, ha, wir haben euch einen Schrecken eingejagt. Wir haben gewonnen! Wir haben gewonnen! Es lebe Hugues d'Alfaro!«
Der spanische Edelmann und seine Söldner, die erst wenige Stunden zuvor Graf Raymonds Zorn über sich hatten ergehen lassen müssen, waren jetzt die Helden des Tages.
»Ich bin stolz auf dich!« Colomba schlang ihre Arme um Amaury und bedeckte sein Gesicht mit Küssen.

»Aber jetzt bin ich ein Söldner«, murmelte Amaury.
»Nein, du bist ein Ritter im Dienste des Drosts von Agenais.«
Er schüttelte den Kopf.
»Es gibt einen Unterschied zwischen den Rittern von Agenais und den irregulären Truppen aus Navarra und Gott weiß, woher d'Alfaros Söldner sonst noch kommen. Ich gehöre zu den Letzteren. Ausschuss.«
»Das ist mir egal. Der mutigste Ausschuss von Toulouse!«
Sie drückte ihre Lippen auf seine, um ihn an weiterem Protest zu hindern. Warum musste er immer so viel Wert auf seinen Status legen, auf Titel? Was, in Gottes Namen, machte es schon aus, in welcher Eigenschaft man gewonnen hatte? Da ging Montfort, der verhasste Feldherr, mit seinen so genannten Soldaten Christi! Ein schöneres Bild konnte sie sich nicht vorstellen. Ihretwegen konnte er zur Hölle fahren, vor der er so viel Angst hatte. Sie fasste Amaury bei der Hand und tanzte mit ihm die Treppe hinunter, zur Tür hinaus auf die Straße, wo trotz der frühen Morgenstunde alle herumliefen, um den Sieg zu feiern. Aus dem Nichts tauchten Musikanten und Akrobaten auf. Es wurde gesungen. Plötzlich war Amaury der Freund der Landsknechte, die ihn gestern Abend noch ausgelacht hatten. Er war der Kamerad der Söldner und stand wieder auf gleichem Fuße mit den anderen Rittern. Alle boten ihm Wein an und auch Colomba wurde in seinen Ruhm mit einbezogen.
»Schönes Mädchen«, schrie Wigbold Amaury ins Ohr, während er ihn mit dem Ellbogen in die Seite stieß und eine obszöne Geste machte. »Heute Abend doppelt Fest.«

»Du bist schwanger«, tröstete Amaury. »Du bist schwanger und dir ist übel, das ist normal. Es ist eine gesunde Krankheit, die von allein weggeht.«
Leichenblass und zerbrechlicher denn je saß Colomba zusammengesunken neben dem Brunnen. Das wenige, das sie an diesem Morgen gegessen hatte, hatte sie wieder von sich gegeben und jetzt versuchte sie, etwas Wasser zu trinken, nachdem sie sich erfrischt hatte.
»Ich wollte nicht schwanger werden.«
»So etwas passiert nun mal und ich bin stolz darauf. Geht es wieder?«
Sie nickte matt. »Das ist typisch für dich, auch noch stolz darauf zu sein.«
»Jeder Mann ist stolz, wenn er ein Kind gezeugt hat. Es ist der Beweis seiner Männlichkeit, es sichert den Fortbestand seines Geschlechts, seines Namens, seines Blutes.«
»Dein Blut macht mich krank.«
»Das kommt daher, weil ihm Gottes Segen fehlt.«
Es machte ihm immer noch zu schaffen, dass sie nicht verheiratet waren. Nicht, weil in ganz Toulouse kein Priester oder Geistlicher mehr zu finden war, sondern weil die Guten Christen alle Sakramente ablehnten, vor allem das Sakrament der Ehe.
»Gottes Segen auf dem Geschlechtsakt!« Ihr heftiger Protest brachte wieder ein wenig Leben in sie. »Mann und Frau vereinigen sich nur aus Wollust. Wer sich dem Geschlechtsakt hingibt, ist das Werkzeug des Teufels. Wir erhalten seine Schöpfung aufrecht, indem wir uns vermehren. Ob man nun Kinder innerhalb oder außerhalb der Ehe zeugt, beides ist eine eben-

so große Sünde. Wenn du Gottes Segen darauf herabflehst, eine Art heiliges Bündnis daraus machst, machst du es nur schlimmer. Was eine natürliche Neigung des Fleisches ist, wird dann eine Gotteslästerung.«
»Mit einigen eurer Auffassungen kann ich wirklich nur schwer leben.«
»Du musst nicht mehr ›ihr‹ sagen, sondern ›wir‹. Unsere Regeln sind jetzt auch deine.«
»Das macht es nicht einfacher, sie zu akzeptieren. Wie kannst du behaupten, dass das, was wir zusammen gehabt haben, schlecht und unzüchtig war? Wir wollten es beide genauso gern. Es waren die schönsten Augenblicke meines Lebens und du hast es genauso genossen wie ich.«
»Es war ein Rausch«, antwortete sie, »ich konnte nicht mehr nachdenken. Es war, als wäre ich betäubt.« Sie starrte schuldbewusst auf ihre Füße. »Der Gott des Bösen hat die Frau erschaffen. Dann hat er die Frau den Engeln gezeigt und durch ihre Begierde sind sie aus dem Himmel gefallen und hier in seiner Welt gelandet. Dann hat er sie in die Körper von Menschen und Tieren eingesperrt. Die mit dem Geschlechtsakt verbundene Lust ist die verbotene Frucht, mit der der Mensch immer wieder verführt wird, damit er sich fortpflanzt. Der Gott des Guten lässt hier unten nichts wachsen oder entstehen, das tut nur der Teufel.«
Amaury hielt es für vernünftiger, ihr nicht mehr zu widersprechen. Es blieb einen Augenblick still, bis Colomba plötzlich sagte: »Ich habe einen Dämon in meinem Bauch.«
»Was?«
»Einen Dämon.«
»Mein Sohn ist kein Dämon.«
»Unser Kind.«
»Natürlich, unser Kind.« Er legte die Arme beschützend um

sie und half ihr hoch. »Ich weiß, dass du dich schlecht fühlst, aber das ist noch kein Grund, ihn einen Dämon zu nennen.«

»Es hat nichts damit zu tun, wie ich mich fühle. In meinem Bauch entsteht eine Schöpfung des Bösen.«

»Wie kannst du so etwas sagen? Wenn du schon nicht glaubst, dass in deinem Bauch ein Wesen wächst, das Gott erschaffen hat, dann glaube wenigstens, dass ein Funke jenes himmlischen Lichts unter deinem Herzen verborgen ist, der bald in unserem Kind geboren wird.«

»Was in meinem Bauch ist, hat noch keine Seele. Es ist ein Ding aus Fleisch, Haut und Knochen, ein winziger Kerker, in dem, sobald ich es zur Welt gebracht habe, ein Geist eingesperrt wird. Wenn es den ersten Schrei ausstößt, ist der Geist hineingetreten und es ist ein Mensch geworden.«

Amaury sah sie entsetzt an und schüttelte langsam den Kopf.

»So, wie du es sagst, klingt es, als wäre es ein Monster.«

Sie fing an zu weinen.

»Solange ich schwanger bin, darf ich keinen Guten Christen um den Segen oder ein gutes Ende bitten, und wenn ich sterbe, bevor das Kind geboren wird, dürfen sie mir nicht das *Consolamentum* geben.«

»Warum nicht?«

»Weil ich diesen Dämon unter meinem Herzen trage, der mich mit dem Bösen angesteckt hat.«

»Wer hat dir denn so etwas Abscheuliches weisgemacht?«

»Die *Bon Hommes*. Ich weiß, dass sie Recht haben, aber trotzdem fühle ich mich dadurch nur noch elender. Ich fühle mich verstoßen, als wäre ich unrein. Als ich auf dem Weg war, eine *Bonne Dame* zu werden, genoss ich Ansehen und Respekt. Jetzt werde ich geschmäht, weil ich eine unverzeihliche Sünde begangen habe.«

»Unsinn. Die Fähigkeit, Kinder zu gebären, ist die größte Tugend der Frau.«

»Für euch, ja.« Jetzt sagte sie es selbst, auch sie sah ihn immer noch als einen Vertreter des anderen Glaubens. »Für sie«, verbesserte sie sich schnell.

»Du fühlst dich elend und deshalb siehst du alles viel zu düster«, versuchte er sie aufzumuntern.

»Satan selbst sitzt auf dem höchsten Stuhl der römischen Kirche. Natürlich ermutigt er euch, für möglichst viele Nachkommen zu sorgen. Das erhält schließlich seine Schöpfung aufrecht.«

»Das stimmt nicht, Colomba. Wenn Frauen aufhörten, schwanger zu werden und Kinder zu gebären, bekäme niemand mehr die Chance, sich in einem nächsten Leben zu einem guten Menschen zu entwickeln, sodass er einmal als Guter Christ sterben kann. Indem du unser Kind zur Welt bringst, gibst du einem Geist die Chance, ins Himmelreich zurückzukehren. Als Frau hast du die Fähigkeit, Gottes Engeln ihr Vaterland wiederzugeben. Ist das keine edelmütige Aufgabe?«

Sie sah ihn etwas unsicher an.

»So habe ich es noch nie betrachtet. Glaubst du wirklich, dass es dadurch weniger sündig ist?«

»Die *Bons Hommes* sagen selbst, dass neue Körper erschaffen werden müssen, damit noch nicht befreite Seelen wieder geboren werden können.«

»Warum weißt du das besser als ich?«

Er zuckte mit den Schultern. »Vielleicht, weil ich noch an so vielen Dingen zweifle und deshalb mit Fragen kämpfe, die ihr längst beantwortet habt. Ich höre ihren Predigten zurzeit gut zu.«

»Es klingt schon widersprüchlich«, meinte sie noch zögernd.

Er wischte ihr die Tränen von den Wangen und küsste sie auf die Stirn. »Ich bin stolz auf dich und ich kann es nicht erwarten, bis es geboren ist.«
Sie legte die Hände auf ihren Bauch und lächelte. »Wenn es ein Mädchen wird, werde ich sie nicht zu den *Bonnes Dames* bringen, wie meine Mutter es mit mir machte. Ich werde sie bei mir halten und für sie sorgen, bis sie alt genug ist, selbst eine Entscheidung zu treffen.«
»Und wenn es ein Junge ist?«
Bevor sie antworten konnte, wurden sie von ein paar Reitern und ihren Landsknechten zur Seite gestoßen, die ihre Pferde am Brunnen tränken wollten. Toulouse hatte sich inzwischen in ein großes Heerlager verwandelt, es war noch schlimmer als während der Belagerung selbst. Der Graf zog all seine Vasallen und deren Truppen zusammen, um gemeinsam den Feind anzugreifen. Er schien jetzt fest entschlossen, die Kreuzfahrer endgültig aus seinem Land zu vertreiben.
»Morgen marschieren wir südwärts. Wir greifen Fanjeaux an und vielleicht sogar Carcassonne«, sagte Amaury.
»Du musst mir etwas versprechen«, hörte er Colombas Stimme leise durch den Lärm dringen. Amaury beugte sich ganz nah zu ihr, damit er sie verstehen konnte. »Wenn du dich jetzt schon schuldig fühlst, weil wir zusammenleben, ohne dass ein Priester unsere Verbindung gesegnet hat, habe ich Angst, dass dich bald auch Zweifel überkommen, wenn unser Kind geboren ist. Ich habe Angst, dass du es taufen lässt, während ich im Wochenbett liege.«
Er schüttelte empört den Kopf, legte die Hand auf sein Herz und sagte: »Mein Sohn wird für das Wahre Christentum kämpfen. Er wird seine Mutter und alle anderen Guten Christen vor der Kirche beschützen, die Soldaten für das Ermorden von Frauen und Kindern belohnt!« Er fasste sie am Arm und

führte sie aus dem Straßengewühl heraus zu dem Haus zurück, in dem sie Unterschlupf und Arbeit gefunden hatte, seitdem sie wegen ihrer Schwangerschaft nicht mehr bei den *Bonnes Dames* wohnen konnte.

Toulouse – Oktober 1211

»Simon de Montfort ist gefangen genommen worden. Sie haben ihm bei lebendigem Leibe die Haut abgezogen und ihn anschließend erhängt!«
Kaum hatte der Kurier des Grafen von Toulouse die Nachricht ausgesprochen, da verbreitete sie sich schon in Windeseile in der Stadt. In einem ekstatischen Freudentaumel tanzten die Menschen erneut durch die Straßen von Toulouse. Der verhasste Feldherr war tot, das Kreuzzugsheer war geschlagen!
Colomba tanzte nicht. Weder die Soldaten oder Ritter noch der Graf selbst waren zurückgekehrt, um über den Kampf Bericht zu erstatten. Das Einzige, was sie wusste, war, dass es nicht um die Belagerung Carcassonnes oder Fanjeaux' ging, sondern dass kurz vor Castelnaudry eine schreckliche Feldschlacht getobt hatte. Der Kurier war so erschöpft, dass kein weiteres Wort aus ihm herauszubekommen war. Wie viele Tote und Verletzte hatte es gekostet, um die Kreuzfahrer aufzuhalten? Würde ein anderer Franzose Montforts Platz einnehmen und den Vormarsch einfach fortsetzen oder war das Kreuzzugsheer entscheidend geschwächt und in die Flucht

geschlagen worden? Und die wichtigste Frage: Hatte Amaury die Feldschlacht überlebt?
Einige Tage später hörte sie, Graf Raymond würde mit seinen Mannschaften in Richtung Norden marschieren. Noch später kam die Nachricht, der Sieg von Castelnaudry habe dem Widerstand gegen die Kreuzfahrer neuen Auftrieb gegeben. An zahllosen Orten seien die französischen Garnisonen überwältigt und die Tore für die Truppen von Toulouse geöffnet worden.

Nach einigen Wochen sickerte die Wahrheit langsam durch. Die Kreuzfahrer waren überhaupt nicht davongeschlichen und Montfort war noch springlebendig. Nicht sein Heer, sondern das der Okzitanen war bei Castelnaudry geschlagen worden. Wie es möglich war, dass die vereinten okzitanischen Streitkräfte die Feldschlacht verloren hatten, wusste niemand zu berichten. Das mächtige Heer hatte sich aufgelöst und war geflohen. Während der Graf von Toulouse mit dem Rest seiner eigenen Truppen inzwischen das verloren gegangene Gebiet im Norden zurückeroberte, hatte Montfort einen Feldzug in den Süden unternommen, um dort einen Aufstand zu bezwingen. Man erzählte sich, er sei inzwischen schon wieder in Pamiers, wo auch der Graf von Foix von der Revolte profitierte, die nur eine Folge der falschen Siegesberichte war, die er seine Kuriere hatte verbreiten lassen.
Geschlagen … Colomba zitterte das Herz. Es war sicher schon vier Wochen her, dass sie Amaury mit den Söldnern hatte abziehen sehen. Ihre Hände strichen über ihren Bauch. Die Schwangerschaft war ihr noch nicht anzusehen, doch sie selbst spürte schon, wie ihr Umfang zunahm, und ihr war noch immer jeden Morgen übel. Vielleicht war dieses Kind ja alles, was ihr auf dieser Welt von ihm noch blieb. Zum ersten

Mal empfand sie so etwas wie Zuneigung für das Wesen, das in ihr wuchs. Ob es ein Junge war? Würde es ihm ähneln? Ärgerlich zog sie ihre Hände weg und schüttelte sich die Haare aus dem Gesicht. Schluss mit diesen sentimentalen Gedanken! Sie musste besser überlegen, was sie jetzt machen sollte. Wenn Montfort einen neuen Vormarsch unternahm und Verstärkung aus dem Norden bekam – und darum würde er sicher gebeten haben –, dann drohte abermals Gefahr. Der Ehrgeiz des Franzosen sei grenzenlos, hatte Amaury gesagt, und er sei auf die Krone der Grafschaft Toulouse aus. Früher oder später würde er wieder versuchen, die Stadt zu erobern. Sie sehnte sich zwar nach einem sichereren Ort, um ihr Kind zur Welt zu bringen, doch wo war es sicher? Am meisten sehnte sie sich nach dem Mann, der ihr Schutz bieten konnte, nach seinen Armen um sie herum und, wie sie beschämt zugeben musste, nach seinem harten, muskulösen Körper an ihrem.

Gaillac – Oktober 1211

Sie würden den Hurensohn, den Verräter Montfort, in Carcassonne belagern, sie würden ihm – wenn sie ihn erwischten – bei lebendigem Leibe die Haut abziehen und dann würden sie bis Montpellier vordringen und auf dem Rückweg Lavaur und die Burggrafschaft Albi zurückerobern.

Doch die Drohungen der Okzitanen waren größer gewesen als ihre Taten. War es Montforts Gerissenheit gewesen, Foix' Verwegenheit, Toulouses Unentschlossenheit oder die Uneinigkeit unter den Herren des Südens, die den Kampf am Fuße des Hügels von Castelnaudry entschieden hatte? Sicher war, dass wie immer die Söldner die Schuld bekamen. Denn als der Graf von Foix das okzitanische Heerlager verließ, um den Konvoi anzugreifen, mit dem Bouchard de Marly aus Lavaur gekommen war und der Montfort Verstärkungen und Proviant bringen sollte, ging alles schief. Amaury, der dem Grafen von Foix mit den Söldnern gefolgt war, erinnerte sich nur noch an Bouchards Banner mit dem Adler und die Kampfschreie auf beiden Seiten. »Toulouse«, ertönte es auf der einen und auf der anderen: »Montfort!« Und über allem die Stimme Bouchard de Marlys: »Für Marly und die Heilige Jungfrau Maria!« Sie waren so siegessicher gewesen, da die Größe ihres Heeres die des Feindes bei weitem übertraf. Bis die Söldner plötzlich die Waffen fallen ließen, sich auf den Konvoi stürzten und sich mit der Beute aus dem Staub machten. Im selben Moment kam Simon de Montfort, der sich auf Burg Castelnaudry verschanzt hatte, den Hügel herabgeritten und griff sie mit seinen Reitern in der Flanke an. Die Okzitanen, die jetzt plötzlich in der Minderheit waren, wehrten sich heldenhaft, da sie auf die Hilfe des Grafen von Toulouse vertrauten. Von dem okzitanischen Truppenlager ließ sich jedoch niemand blicken und nach schweren Verlusten musste der Graf von Foix schließlich das Feld räumen. Die Söldner, die übrig geblieben waren, darunter auch die berittenen Söldner d'Alfaros, waren dem Blutbad nur mit knapper Not entkommen.

Jedes Mal, wenn Amaury daran zurückdachte, wäre er am liebsten vor Scham im Boden versunken. Wie, in Gottes Namen, war es möglich, dass sie trotz so großer Überlegenheit den Kampf verloren hatten? Er nahm sich die Schande umso mehr zu Herzen, weil er selbst zu der Söldnerbande gehörte,

die das Debakel verursacht hatten. Diese Dummköpfe! Er war noch angenehm enttäuscht, dass Wigbold bis zum Ende an seiner Seite mitgekämpft hatte.
Wenn er richtig nachdachte, musste er zugeben, dass sich Montfort als guter Stratege den Zufall zunutze gemacht hatte und dass Graf Raymonds Antwort darauf ausgeblieben war. Die Einzigen, die ihm Respekt abgenötigt hatten, waren ein paar *Faidits* gewesen sowie der Graf von Foix mit seinem Sohn, die gekämpft hatten, bis ihre Waffen gebrochen waren. Der Schild des Grafen von Foix war sogar gespalten.
Graf Raymond von Toulouse hatte sich jetzt mit seinen Truppen in den zurückeroberten Burgen am Ufer der Tarn verschanzt, um dort den Winter abzuwarten. Seine zusammengewürfelte Truppe musste ohne die Mannschaften des Grafen von Foix auskommen, der im Süden mit Montfort Versteck spielte. Für die Söldner gab es hier wenig zu verdienen. Wigbold wurde denn auch jeden Tag unruhiger. Sein mächtiger Körper verlangte unaufhörlich nach Nahrung und Flüssigkeit und von Frauen schien er auch nie genug zu bekommen. Das Geld, das er durch den Verkauf seiner Kriegsbeute angesammelt hatte, gab er genauso schnell wieder aus, wie er es verdient hatte. Amaury wog seinen eigenen Geldbeutel. Um den war es noch ganz gut bestellt. Er hatte nur seine übel zugerichtete Rüstung reparieren lassen. Der Rest war für Colomba und das Kind.
Seine Gedanken waren ständig bei ihr. In den Wintermonaten würden die Kriegshandlungen sicher wieder auf ein absolutes Minimum beschränkt werden, dachte er, und alle würden sich in ihre Festungen zurückziehen. Vielleicht konnte er während dieser erzwungenen Ruhepause nach Toulouse reiten.

Toulouse – Januar 1212

Simon de Montfort gönnte seinen Männern in jenem Winter keine Ruhe. Nachdem die letzten Kreuzfahrer ihre vierzig Tage Waffendienst abgeleistet hatten und heimgekehrt waren, unternahm er mit seiner kleinen Schar Getreuer – viele von ihnen Kreuzritter der ersten Stunde – von seinem Hauptquartier Fanjeaux aus ein paar Feldzüge, bei denen er mehrere Orte eroberte. Im Dezember marschierte er wieder gen Norden, wo er in Castres ein willkommenes Weihnachtsgeschenk erhielt. Am Heiligen Abend meldete sich am Stadttor ein Kontingent frischer Kreuzfahrer unter dem Kommando seines Bruders Guy de Montfort, der soeben aus dem Heiligen Land zurückgekehrt war. Die Freude über das Wiedersehen war groß und man schmiedete sofort Pläne für einen neuen Angriff. Noch keine Woche später wurde Les Touelles erobert und die gesamte Bevölkerung ohne große Umstände getötet. Als könnten die Launen der Natur ihrem Heer nichts anhaben, marschierten die beiden Montforts anschließend zu den verloren gegangenen Festungen am Ufer der Tarn.

Zu Amaurys Erstaunen schien Graf Raymond nicht vorzuhaben, das Gebiet zu verteidigen. Er gab den Befehl, die Burgen zu räumen, sodass sich das Blutbad von Les Touelles nicht wiederholen konnte, und quartierte seine Truppen in drei nördlich davon gelegenen Festungen ein. Er selbst marschierte mit seiner Mannschaft nach Toulouse zurück. Obwohl Amaury eigentlich unter dem Befehl Hugues d'Alfaros im Norden hätte bleiben müssen, sah er eine Möglichkeit, den Grafen nach Toulouse zu begleiten. Wigbold folgte ihm wie ein treuer Hund.

Müde und durchgefroren machte er sich auf die Suche nach Colomba. Bei den Leuten, bei denen er sie zurückgelassen hatte, war sie nicht. Daraufhin klopfte er beim Haus der *Bonnes Dames* an.
»Ich weiß nicht, ob sie noch in der Stadt ist«, lautete die ausweichende Antwort.
»Nicht in der Stadt? Wo soll sie denn in ihrem Zustand hin, sie ist im siebten Monat schwanger!«
Entschuldigendes Schulterzucken auf der anderen Seite. Eine bange Ahnung beschlich Amaury. Er ging zur Hebamme und fragte, ob Colomba noch einmal bei ihr gewesen sei.
»Bist du der Vater?«, wollte sie zuerst wissen.
»Ja, ja«, antwortete er gehetzt, »geht es ihr gut?«
»Mit der Schwangerschaft gibt es keine Probleme.« Die Frau spähte rechts und links die Straße hinunter und zog Amaury ins Haus. »Aber seit einer Weile behauptet sie, sie würde verfolgt. Seitdem setzt sie keinen Fuß mehr vor die Tür. Wohl ein bisschen verwirrt.« Sie tippte sich an die Stirn und machte eine kreisende Bewegung mit dem Zeigefinger.
»Verfolgt?« Amaury war sichtlich alarmiert.
»Es ist ihre erste Schwangerschaft. Da wird eine werdende Mutter öfter von Angst und Unsicherheit geplagt.« Sie tätschelte beruhigend seinen Arm. »Mach dir keine Sorgen, Junge, ansonsten ist sie völlig gesund. Es wird ein kräftiges Kind.«
»Wo ist sie? Ist sie hier?« Er spähte über sie hinweg in das dämmrige Haus.
»Ich musste ihr versprechen, niemandem zu erzählen, wo sie ist. Deshalb bin ich so vorsichtig, wenn jemand nach ihr fragt. Sie ist bei meiner Schwester. Die ist mit einem Kräuterdoktor verheiratet. Bei ihm kann sie arbeiten.«
So vorsichtig war sie nun auch wieder nicht, dachte Amaury.

Schließlich hatte es ihn nicht besonders viel Mühe gekostet, Colombas Aufenthaltsort zu erfahren.
Beim Kräuterdoktor war Colomba jedoch nicht mehr. Sie hatte dort ein paar Wochen gearbeitet, doch als sie eines Tages behauptet hatte, er verkaufe Kräuter, die überhaupt nicht helfen würden, hatte er ihr zu verstehen gegeben, dass sie sich besser eine andere Bleibe suchen solle. Typisch Colomba, dachte Amaury. Danach war sie bei einer Base der Frau untergekommen, deren Mann Weinverkäufer war.
Auch dieses Haus hatte sie nach einer Weile wieder verlassen, weil sie sich dort, wie sie gesagt hatte, nicht mehr sicher fühlte.
Argwöhnisch sah er sich nun in den belebten Straßen Toulouses um, nach demjenigen Ausschau haltend, der sie und jetzt vielleicht auch ihn verfolgte. Doch wem musste er in den bunten Menge misstrauen? Musste er die, vor denen sich Colomba versteckte, unter den herumreisenden Kaufleuten und Hausierern suchen, den Wasserträgern, den Ausrufern, den Bauern, die ihre Erzeugnisse in der Stadt verkauften, oder den vielen Flüchtlingen aus dem vom Krieg gebeutelten Land, die in der Stadt Arbeit suchten? War es der Bettler, der sich wahrscheinlich selbst verletzt hatte, um mehr Mitleid zu erregen, oder hatten sie dem Lahmen am Stadttor, der wirklich als Missgeburt zur Welt gekommen war, den Auftrag gegeben, die Augen für sie offen zu halten? Fehlte dem Schwachsinnigen, der ihn mit heraushängender Zunge angaffte, wirklich jeglicher Verstand? Er wusste nicht, warum Colomba Angst hatte, doch allmählich konnte er verstehen, wie sie sich fühlen musste.
Inzwischen tödlich beunruhigt, fand er sie zwei Tage später in der Küche hinter der Werkstatt eines Sattlers, wo sie damit beschäftigt war, einen Kessel sauber zu schrubben. Das ganze

Haus roch nach Leder und Lederfett. Sie erschrak, als er mit seinen schweren Stiefeln in die Küche stampfte, und stieß einen Schrei der Erleichterung aus, als sie ihn erkannte. Sie wischte sich den Schweiß von der Stirn und legte die Hände ins Kreuz, um den Rücken zu strecken. Die Fracht in ihrem Schoß war jetzt deutlich zu sehen. Ein glückliches Lächeln glitt über ihr Gesicht. Amaury nahm sich kaum die Zeit, sie in die Arme zu schließen.

»Warum bist du hier, was ist passiert?«

Sie schlug die Augen nieder und antwortete zögernd, als wolle sie nicht darüber reden: »Er ist in der Stadt. Ich habe ihn gesehen.«

»Wen?«

»Du weißt genau, wen ich meine.«

»Und deshalb versteckst du dich und traust dich nicht mehr vor die Tür? Hat er dich gesehen?«

»Das weiß ich nicht.« Sie schwieg und legte die Hände schützend auf ihren Bauch. Plötzlich schien ihr bewusst zu werden, dass er sie gefunden hatte, obwohl sie nirgendwo eine Nachricht für ihn hinterlassen hatte. »Wie bist du hierher gekommen? Hat man dich verfolgt, haben sie dich hier ins Haus gehen sehen?«

»Woher soll ich das wissen, wenn ich nicht mal weiß, von wem du verfolgt wirst?«

Sie schwieg.

»Was will er von dir?«

»Dass ich zurückkomme«, antwortete sie zögernd.

»Zurück wohin?«

»Es ist eine Art … Familienangelegenheit.« Sie presste die Lippen zusammen und sagte nichts mehr.

»Colomba, wie soll ich dich beschützen, wenn du mir nicht erzählen willst, wovor ich dich beschützen muss?«

»Ich brauche keinen Schutz. Ich habe mich vier Monate lang allein durchgeschlagen.«

»Das sagst du immer. Du willst so gern stark und unabhängig sein, aber jetzt ist alles anders. Du bist verletzlicher denn je und du brauchst mich. Ich will die Wahrheit wissen.«

Sie streckte die Arme nach ihm aus, legte die Hände um seinen Nacken und zog ihn an sich.

»Du bist so gut und ich liebe dich. Gib mir einen Kuss.«

»Das ist keine Antwort.« Er spannte die Muskeln an und beugte sich zurück, sodass ihr verlangender Mund seinen nicht erreichen konnte. Colomba stellte sich auf die Zehenspitzen und versuchte, an ihn heranzukommen, doch ihr Bauch war ihr im Weg. Ihr warmer Körper an seinen durchgefrorenen Knochen ließ seinen Ärger dahinschmelzen und er spürte, wie sich seine Männlichkeit aufrichtete. Sie lachte. Plötzlich schien die Frage, die ihm auf den Lippen brannte, vollkommen unwichtig. Es war hoffnungslos, er war ihrem entwaffnenden Lachen schon erlegen. Mein Gott, wie hatte er sie vermisst! Sein Atem ging schwerer, seine Hände berührten sie auf und unter ihrem Kleid und er küsste sie überall. Ihre Brüste, die er früher mit einer Hand bedecken konnte, waren voller geworden, und auch sonst hatte ihr zarter Körper weiblichere Rundungen bekommen. Am liebsten wäre er in ihrem herrlichen Leib ertrunken und es war ihm vollkommen egal, dass dieses weiche, wohlriechende Frauenfleisch eine Schöpfung des Teufels war.

In jener Nacht schlief er ebenso wie in der darauf folgenden bei ihr in dem gemeinschaftlichen Wohnraum im ersten Stock der Sattelmacherei. Er hätte es lieber gesehen, wenn Wigbold unten Wache gehalten hätte, doch der Friese ließ sich nicht dazu erweichen. Er wollte lieber sein letztes Geld verprassen.

Am dritten Morgen wurde Amaury in aller Frühe von dem Gezänk unten in der Werkstatt aus dem Schlaf gerissen. Die Sonne war gerade erst aufgegangen und in dem Wohnraum war es noch ziemlich dunkel. Der Sattler schrie und seine Frau keifte mindestens ebenso laut zurück. Währenddessen wurde an den Fensterläden der Werkstatt gerüttelt. Amaury fuhr in seine Kleider und eilte die Treppe hinunter. Colomba war schon in der Küche beschäftigt. Sie kümmerte sich nicht um den Ehestreit.

»Du hast gestern selbst abgeschlossen!«, protestierte die Frau. Der Sattler knurrte zurück, dass er das schon seit zwanzig Jahren mache und dass noch nie etwas gehakt habe. Er schlug noch einmal gegen die Fensterläden und riss an den Handgriffen, doch nichts bewegte sich.

»Ich schau draußen mal nach«, sagte Amaury. Er schob die Riegel zurück, öffnete die Tür, die in eine enge Gasse an der Hausseite führte, und betrat die Straße. Die Frau des Sattlers folgte ihm, froh, dass sie eine Entschuldigung hatte, ihren verärgerten Mann allein zu lassen. Zu dieser frühen Stunde war es auf der Straße noch verhältnismäßig ruhig. Das graue Morgenlicht hatte die schmale Gasse unter den überhängenden oberen Stockwerken der Häuser noch nicht erreicht. Amaury ließ seine Hand an einer Seite der Fensterläden entlanggleiten, auf der Suche nach der Ursache des Übels. Die Frau trat ein paar Schritte zurück, um die Sache aus der Ferne zu betrachten. Sie zeigte auf die Stelle, an der die Läden aneinander schlossen. Dort, mitten in dem Spalt zwischen den beiden Flügeln, steckte der Griff eines Messers oder Dolches. Die Klinge war tief in das Holz getrieben und daneben war ein Kreuz eingekerbt. Amaury, der den Gegenstand fast gleichzeitig bemerkt hatte, umfasste ihn mit beiden Händen und nach einiger Mühe gelang es ihm, ihn herauszuziehen. Verblüfft starrte er auf die Waffe. Nein, er konnte sich nicht irren, es war der Dolch der Arztfrau aus Lavaur. Er hätte die Schnitzereien im Griff überall erkannt. Die gab es nicht zweimal auf der Welt. Ohne auf den empörten Kommentar der Frau zu achten, rannte er ins Haus zurück. Hinter sich hörte er den Fensterladen auffallen, ein zufriedenes Gemurmel des Sattlers und danach von neuem eine heftige Diskussion, als dieser das Kreuz entdeckte und seine Frau von dem ungewöhnlichen Fund berichtete.

Die Waffe lag auf seiner flachen Hand zwischen ihnen. Colomba starrte schweigend auf den Dolch und sah fragend zu Amaury auf.

»Den habe ich in jener Nacht, als wir überfallen wurden, verloren. Ich habe noch danach gesucht. Offenbar hat ihn ein anderer gefunden.« Er sah sie viel sagend an, doch sie reagierte nicht.

»Was hat das zu bedeuten, Colomba?«

»Er ist noch immer in der Stadt.«

»Und er weiß, dass du in diesem Haus wohnst. Du musst hier weg.«

Sie dachte kurz nach.

»Das ist vielleicht genau das, was er will. Er will mich nach draußen locken. Er hat nur dich gesehen, er weiß nicht sicher, ob ich auch hier bin. Es ist besser, wenn ich bleibe. Du bist jetzt doch da, um mich zu beschützen?«

Er wollte ihr schon Recht geben, obwohl er wusste, dass er wahrscheinlich nicht lange würde bleiben können. Der Graf von Toulouse würde wieder in den Kampf ziehen, sobald Montfort einen neuen Angriff startete. Im selben Augenblick stürmte der Sattler in die Küche.

»Ihr geht, beide, heute noch«, sagte er schroff.

»Warum? Du kannst sie nicht einfach auf die Straße setzen!«

»Du hast doch das Kreuz auf meinem Fensterladen gesehen!«
»Ich weiß auch nicht, was das zu bedeuten hat.«
»Das Satanszeichen gilt nicht mir. Es ist für dich. Söldnern kann man nicht vertrauen. Die nehmen Geld von jedem an. Ich will hier keine Leute, die mit den Kreuzfahrern gemeinsame Sache machen.«
»Ich habe für den Grafen von Toulouse und den Drost von Agenais gekämpft«, protestierte Amaury empört.
»Und für wen hast du sonst noch gekämpft? Behaupten kannst du viel.«
»Gut, ich gehe, aber lass sie wenigstens hier bleiben.«
»Raus, alle beide. All diese Flüchtlinge bringen nur Ärger. Die Stadt wird von lauter Fremden überspült, die keinen Cent in der Tasche haben. Schmarotzer sind es. Betteln ist alles, was sie können.«
»Colomba arbeitet für dich. Sie bittet nur um ein Dach über dem Kopf. Sie hat meinen ganzen Sold, um ihr Essen zu bezahlen und später für das Kind zu sorgen. Sie fällt niemandem zur Last.«
»Es sind schwierige Zeiten. Durch den verfluchten Krieg stagniert der ganze Handel!«
»Sättel und Pferdegeschirr verkaufen sich immer, gerade jetzt. Du kannst sicher nicht klagen.«
»Woher weiß ich, dass sie nicht für dich spioniert?«
»Was?!« Der Gedanke war schlichtweg lächerlich. Als ob es bei einem Sattler etwas zu spionieren gäbe! Er wäre dem Mann an die Gurgel gesprungen, wenn Colomba ihn nicht zurückgehalten hätte.
»Ich bin keinen Streit wert. Komm, wir gehen«, sagte sie ruhig.
»Nicht jetzt, ich denke ja gar nicht daran. Ich muss erst wis-

sen, wo du hin kannst und ob es sicher ist, dich dorthin zu bringen. Du bleibst auf jeden Fall hier, bis ich Wigbold geholt habe.« Er duldete keinen Widerspruch. Zu dem Sattler sagte er: »Wenn ich zurückkomme, sitzt sie hier, wie ich sie zurückgelassen habe, ohne dass ihr ein Haar gekrümmt worden ist. Sonst können sie dein Geschäft wegen eines Trauerfalls schließen. Dann brauchst du dir überhaupt keine Sorgen mehr über das Kreuz an deinem Fensterladen zu machen.«

Unterwegs – Februar 1212

Sie verließen Toulouse bei Anbruch der Dämmerung. Kurz bevor das letzte Stadttor geschlossen wurde, kamen sie aus ihrem Versteck hervor und schlüpften nach draußen, in der Hoffnung, dass ihnen dann niemand mehr folgen konnte. Trotzdem schaute sich Colomba ständig um. Sie ritt auf einem Maulesel zwischen den beiden Reitern, während sich in der Glut der untergehenden Sonne die Silhouette der Stadt langsam von ihnen entfernte. Hatte man ihre Abreise bemerkt oder hatten sie den anderen überlistet?
Es war Wigbold, der schließlich der schier endlosen Diskussion, ob sie nun in Toulouse bleiben oder besser aus der Stadt fliehen sollten, ein Ende machte. Er hatte ganz einfach festgestellt, dass im Moment keiner von ihnen dreien eine Arbeit hätte und dass sie, da sie nicht von der Luft leben könnten und das Kriegshandwerk ihr Beruf sei, dahin müssten, wo sie sich an einem Brandherd wärmen konnten. Unterwegs würden sie

für Colomba schon einen Unterschlupf finden, irgendwo in einem Dorf, das nicht bedroht wurde und wo sie ihr Kind in aller Ruhe zur Welt bringen konnte. Amaury war nicht begeistert von dem Gedanken, dass er sie zwar von der einen Gefahr weg-, zugleich aber näher an die andere heranführte. Er war davon überzeugt, dass sie in der Stadt sicherer war als draußen, und außerdem hatte er Angst, dass die Reise für sie zu beschwerlich war und eine Frühgeburt auslöste. Unter den gegebenen Umständen schien es jedoch keine bessere Lösung zu geben und Colomba beteuerte ihm, dass sie durchaus in der Lage sei, die Reise zu unternehmen. Sie fühle sich gut und sie sei froh, nach ihrem langen Aufenthalt in einem Haus in der übervölkerten Stadt wieder an der frischen Luft zu sein.

Da sie kein Aufsehen erregen durften und deshalb keine Fackeln benutzen konnten, um den Weg zu beleuchten, trabten sie weiter, solange es die Dämmerung erlaubte. Dann gingen sie zum Schritt über. Bei dieser Geschwindigkeit konnten sie im Mondschein noch einige Zeit weiterreiten. Die Nacht war bitterkalt. Ein rauer Nordwestwind jagte die Wolken am nächtlichen Himmel vorbei. Später war es ganz bedeckt und sie irrten wie Blinde in einer Welt ohne Licht herum. Schließlich fing es auch noch an zu regnen. Sie hielten an und schlugen ihr Lager im Schutz einiger Bäume und Sträucher auf. Danach schliefen sie unter dem schlagenden Zelttuch und hielten abwechselnd Wache. Ein Feuer wagten sie nicht zu machen.

Es musste schon weit nach Mitternacht sein, als Amaury von einem Geräusch geweckt wurde, das ihn im Schlaf alarmiert hatte. Er lauschte einen Augenblick angespannt, ob es sich wiederholte, doch es war nichts zu hören außer dem tosenden Wind. Offenbar regnete es nicht mehr. Er richtete sich auf und schob die Zeltplane zur Seite. Der Wind schlug ihm ins Ge-

sicht und er zog die Plane hastig hinter sich zu, um Colomba nicht zu wecken. Draußen war es stockdunkel.
»Wigbold«, flüsterte er. Es kam keine Antwort. »Wigbold! Wo, zum Teufel, steckst du, Mann?«
Die Wolken schoben sich einen Augenblick zur Seite und ein umflorter Mond erhellte kurz ihr Lager. Der Friese saß nicht dort, wo er ihn zuletzt gesehen hatte, und auch sonst konnte er ihn nirgendwo entdecken. Das war seltsam. Hatte Wigbold auch etwas Verdächtiges gehört und war auf Erkundung ausgegangen? Er suchte rund um das Lager, wagte es jedoch nicht, sich weit davon zu entfernen. Er wollte Colomba keinen Moment aus den Augen verlieren. Der Friese blieb unauffindbar, doch ansonsten schien alles sicher zu sein. Der Mond versteckte sich wieder hinter einer Wolke und die Welt hüllte sich erneut in Finsternis. Vorsichtig tastete sich Amaury zum Zelt zurück. Seine Hände suchten Colomba und er fühlte die Decke und den Hügel ihres Bauches. Sie bewegte sich und seufzte im Schlaf. Beruhigt setzte er sich vor den Zelteingang, die Hand um den Griff seines Schwertes geklammert.
Er hatte schon eine ganze Weile so dagesessen, als ihn Geraschel hochschreckte, das schnell näher kam. Jetzt hörte er auch Schritte. Langsam und lautlos zog er sein Schwert aus der Scheide und verschob seine angezogenen Beine, sodass er jeden Moment aufspringen konnte. Jeder Muskel seines Körpers war gespannt. Der Wind rüttelte noch immer an den Bäumen und riss die Wolken auseinander. Amaury erstarrte. Im Mondlicht sah er eine schwere Gestalt, zu breit, um Wigbold zu sein, und direkt davor den Friesen selbst. Er umfasste seine Waffe mit beiden Händen und führte sie, begleitet von einem Schrei, nach oben. Das Eisen knallte auf Holz, ein Schild wahrscheinlich. Der Schlag fuhr ihm durch alle Knochen.

»Gottverdammt«, ertönte Wigbolds Stimme, »du schreckhaft.«
»Wo warst du, Mann?«, stieß Amaury hervor. Er sah jetzt, dass die formlose Gestalt eine Decke war, die sich der Friese um die Schultern gelegt hatte.
»Soll ich neben Zelt scheißen?«
»Nein, lieber nicht.« Amaury kicherte nervös.
Nach dem Vorfall schlief keiner von ihnen mehr, denn auch Colomba war hellwach. Sie aßen etwas Brot und brachen das Lager ab, sodass sie im Morgengrauen sofort weiterziehen konnten.
Irgendetwas an dem nächtlichen Vorfall war merkwürdig, auch wenn Amaury nicht sagen konnte, was. Wahrscheinlich war es noch immer die Angst, die ihn in dem Moment ergriffen hatte, als er meinte, ein Fremder habe sich in ihr Lager geschlichen. Er versuchte, nicht mehr daran zu denken und sich auf die Gegenwart zu konzentrieren. Schließlich wollten sie die Festungen erreichen, in die sich die Truppen der Grafen von Toulouse und Foix zurückgezogen hatten, nachdem sie die Burgen an der Tarn aufgegeben hatten, um das Kreuzzugsheer zu zerstreuen und Montforts Pläne durcheinander zu bringen. Der französische Feldherr hielt sich im Augenblick in Albi auf, doch es lag auf der Hand, dass er versuchen würde, auch die übrigen Orte zurückzuerobern, die er im Herbst an die Okzitanen verloren hatte. Für Amaury galt es nun, einen Umweg um die Orte zu machen, in denen Garnisonen der Kreuzfahrer ihr Lager aufgeschlagen hatten, und trotzdem die kürzestmögliche Route zu ihrem Ziel zu wählen.
Sobald er sich davon überzeugt hatte, dass auf dem Weg niemand war, der ihm verdächtig vorkam, zogen sie in nordöstliche Richtung weiter. Sie waren gerade erst unterwegs, als

Amaury in der Ferne einen Reitertrupp sah, der sich mit sichtlicher Eile von einem Gebäudekomplex entfernte. Er beriet sich mit Wigbold, der ratlos mit den Schultern zuckte. Ein vorbeikommender Bauer konnte ihnen Aufklärung verschaffen.

»Das ist Garidech, eine Kommandantur der Johanniter.«

Kaum hatte ihnen der Bauer den Rücken zugekehrt, da griff Colomba Amaury in die Zügel, sodass sein Pferd hinter ein paar Nadelbäumen stehen blieb, die sie für die Männer in der Ferne unsichtbar machten.

»Wir müssen von dem Weg runter. Unsere Spur ist viel zu leicht zu verfolgen.«

»Wovor hast du Angst?« Sie war plötzlich stark beunruhigt und er konnte sich nicht erklären, warum, es sei denn, es waren die Johanniter.

»Mach dir keine Sorgen wegen ihnen«, sagte er zu Colomba, »die Johanniter haben sich noch nie in den Streit eingemischt. Sie stehen weder auf der Seite der Kreuzfahrer noch auf unserer.«

Er gab Wigbold ein Zeichen. Der Friese stieg von seinem Pferd, ging um die Bäume herum, spähte in die Ferne, zuckte mit den Schultern und schlenderte zu den Pferden zurück.

»Wohin gehen sie?«, wollte Amaury wissen.

»Richtung Toulouse.«

Das schien Colomba zu beruhigen. Trotzdem sagte sie: »Ich fühle mich doch sicherer, wenn wir unsere Spur verwischen.«

»Dann dauert die Reise aber unnötig lang.«

»Was ist jetzt wichtiger?«

Amaury, der nervös und alles andere als ausgeschlafen war, verlor langsam seine gute Laune.

»Was meinst du, Wigbold?«, fragte er.

»Alles Unsinn«, sagte Wigbold. »Colomba sieht Gespenster, Geister, weiße Frauen. Pass auf, sonst du noch steckst an.« Er bekreuzigte sich. Amaury und Colomba sahen sich an.
»Alte Gewohnheit«, sagte der Friese kichernd und zog die Nase hoch.
»Sonst steckt sie mich an«, verbesserte Amaury mürrisch.
»Ja, dich«, sagte der Friese. »Einer genug.«
Sie ritten weiter.
»Er glaubt, ich würde mir alles nur einbilden«, flüsterte Colomba.
»Das können wir ihm nicht verübeln, schließlich haben wir ihm nichts erzählt. Es geht ihn auch nichts an.« Amaury strich seinem Pferd nachdenklich durch die Mähne. Plötzlich hielt er in der Bewegung inne. Er beugte sich zur Seite und blickte auf seinen Schild, der hinter dem Sattel hing. Auf der Oberfläche, die er nach dem Kampf bei Castelnaudry vollkommen hatte erneuern und mit den Farben Cabarets hatte bemalen lassen, war die Delle eines Schwertschlages zu sehen. Er drehte sich zu Wigbold, der hinter ihm ritt, um und fragte: »Nimmst du immer einen Schild mit, wenn du dich deines Darminhaltes entledigen willst?«
»Was?«
»Wenn du scheißen musst.«
Auf dem Gesicht des Friesen lag ein Ausdruck völliger Unschuld.
»Ich? Heute Nacht?«
»Ja, du. Warum hast du einen Schild mitgenommen und warum meinen?«
»Ich auch angesteckt«, antwortete der blonde Riese und grinste. »Alles Unsinn. Irrtum in Dunkel.«
Amaury seufzte. Er wendete das Pferd, kehrte zum Weg zurück, führte sie durch einen seichten Strom und anschließend

mitten durch ein Weinfeld, bis sie einen Pfad erreichten, der Garidech rechts liegen ließ und in einem Wald verschwand.

Sie waren drei Tage unterwegs, als sie die Hügel am nördlichen Ufer der Tarn erreichten, ein Gebiet, das von zahllosen kleinen Flüssen durchzogen wurde, die sich, wie Fallen in der Waldlandschaft versteckt, in die Schluchten und Klammen gegraben hatten. Wenn sie die Truppen erreichen wollten, die in Saint-Antonin ihr Lager aufgeschlagen hatten, den von den Kreuzfahrern besetzten Verstärkungen ausweichen und außerdem die Hauptverkehrswege nicht benutzen wollten, dann mussten sie dieser Route folgen. Es war ein ideales Gelände, um sich zu verstecken, und genauso ideal, um überfallen zu werden.

Aus einem bleiernen Himmel rieselten die ersten Schneeflocken, als Wigbold in fliegendem Galopp von einem Erkundungsritt zurückkam.

»Kreuzfahrer« war alles, was er sagte, und er zeigte geradeaus. Amaury wich sofort von dem Weg ab und führte die anderen vorsichtig stromaufwärts an einem Bach entlang, bis sie eine Stelle erreichten, an der sie von dem Weg aus nicht mehr zu sehen waren. Der Schnee fiel inzwischen in dicken Flocken.

»Besser absteigen«, sagte Wigbold, während er sich aus dem Sattel gleiten ließ. Amaury half Colomba von ihrem Maultier. Jetzt, wo sie stillstanden, war das Geräusch sich nähernder Hufschläge deutlich zu hören. Plötzlich verstummte es. Mit angehaltenem Atem lauschten sie in die Stille, in der das einzige Geräusch das knisternde Schmelzen der Schneeflocken auf ihrer Kleidung war. Hatten die Kreuzfahrer ihre Spuren entdeckt? Fragten sie sich vielleicht, ob sie zu einer feindlichen Patrouille gehörten, die jetzt in einem Hinterhalt lag?

Irgendwo nicht weit von ihnen entfernt schnaubte ein Pferd. Colomba fuhr zusammen. Amaury stellte sich vor sie, um sie notfalls mit seinem Körper zu schützen, und zog langsam und lautlos sein Schwert aus der Scheide. Männerstimmen ertönten und anschließend durch den Schnee gedämpftes Hufgetrappel. Entfernten sich die Reiter oder kamen sie ihnen durch die kahlen Sträucher entgegen? Er fing ein paar Worte auf und wunderte sich darüber, dass es kein Französisch, sondern Okzitanisch war. Er sah Wigbold an. Der Friese ließ seinen Knüppel mit einer geschmeidigen Bewegung seines Handgelenks kleine Kreise beschreiben. Seine andere Hand ruhte auf dem Messer, das in seinem Gürtel steckte.

Wo sie hergekommen waren, wusste er nicht, doch er hatte das Gefühl, als würde er von allen Seiten angesprungen. O Gott, wenn sich Colomba nur rechtzeitig in Sicherheit bringen konnte! Sie bewegte sich mit ihrem dicken Bauch vorsichtig über den steilen Weg zwischen den Felsen, immer höher, auf der Suche nach einem Versteck. Er drehte sich um und erwartete den Feind mit erhobenem Schwert, während er sich auf einen von vornherein verlorenen Kampf gefasst machte. Im selben Moment sah er aus den Augenwinkeln, wie Colomba langsam auf den Rand eines Abgrunds zuschritt. Sie blieb kurz stehen, das Gesicht vollkommen ruhig. Weder Angst noch Eile waren darin zu lesen, als würde sie das näher kommende Hufgetrappel und das Waffengeklirr nicht hören. Wie ein Vogel, der die Tiefe überblickt, bevor er sich mit gespreizten Flügeln in die Lüfte schwingt, breitete sie die Arme aus, drückte sich ab und sprang von dem Felsen. Vielleicht hatte er erwartet, dass nur ihre sterbliche Hülle fallen und sich ihre Seele davon lösen würde, ein zarter Schmetterling, der mit Flügeln gleich dünnen Gazeschleiern zum Himmel aufsteigen würde. Doch ihr

Körper stürzte wie ein Stein nach unten. Zuerst berührte ihr Arm einen Felsvorsprung und knickte wie ein dürrer Zweig ab, dann prallte ihr Kopf gegen die Bergwand. Sie gab keinen Laut von sich. Man hörte nur einen dumpfen Knall, als das, was von ihrem Körper noch übrig war, unten aufschlug. Er beugte sich über den Rand und spähte in die Tiefe. Ein Schluchzer entfuhr seiner zugeschnürten Kehle.

»Sie bewegt sich noch«, stieß er heiser hervor und dann schrie er: »Mein Gott! Sie bewegt sich noch!« In Panik suchte er nach einer Stelle, an der er in die Schlucht hinabklettern konnte, um sie von ihrem Leiden zu erlösen. Es war unmöglich. Die senkrechte Felswand bot keinen Halt. Getrieben von seiner Verzweiflung, wollte er ihr hinterherspringen, doch ein Paar Arme, die stärker waren als er, hielten ihn zurück. Wigbold warf einen achtlosen Blick über den Felsrand.

»Die letzten Zuckungen«, sagte er gleichgültig.

»Aber sie lebt noch!« Er riss sich los, verlor das Gleichgewicht und fiel.

»Amaury! … Amaury!«

Mühsam bahnte sich sein Geist einen Weg ins Bewusstsein. Wigbolds blonder Schopf schwebte irgendwo über ihm. Er versuchte, sich aufzurichten, doch sein Schädel dröhnte, und stöhnend ließ er sich wieder zurückfallen.

»Colomba weg«, hörte er Wigbold sagen.

»Weg?«

Wie durch einen Nebelschleier sah er den Friesen neben sich stehen, noch riesiger als sonst. Seine Gestalt war von einer grauen Unendlichkeit umgeben, aus der weiße Wattebäusche auf ihn herabstürmten und sich auf seinem Gesicht in nasse Kleckse verwandelten.

»Wieso weg? Und das Kind?«

»Was für Kind?«

Trotz der Schmerzen in seinem Kopf kämpfte er sich hoch, schob Wigbold zur Seite und sah sich entgeistert um. Der tiefe Abgrund, in den er Colomba hatte stürzen sehen, war nirgendwo zu erblicken. Es gab nur eine schmale Schlucht mit einem strömenden Bach, der sich zwischen Felsbrocken schlängelte, die mit einer immer dicker werdenden Schneeschicht bedeckt waren. In Panik sah er sich um.
»Wo ist sie?«, schrie er.
»Sie weg mit denen.«
»Mitgenommen? Von wem?«
»Schwarze Männer«, antwortete Wigbold.
»Was? Sarazenen?«
»Nein, nur Kleider schwarz.«
Jetzt sah er, dass sich auch Wigbold mit schmerzverzerrtem Gesicht an den Kopf fasste. Ein Blutstrahl lief ihm über die Stirn und weiter an seiner Nase entlang. Allmählich erinnerte sich Amaury wieder, was passiert war. Colomba war überhaupt nicht gesprungen. Sie hatte den Feind nicht einmal kommen sehen, ebenso wenig wie er selbst. Der Einzige, der etwas gesehen zu haben schien, war Wigbold, und der faselte nur etwas von schwarzen Mänteln. Waren es die Guten Christen gewesen? Doch die würden niemanden niederschlagen. Jeder konnte sich in einen dunklen Mantel gehüllt haben. Er wurde von panischer Angst ergriffen.
»Du hast gesagt, es wären Kreuzfahrer. Aber sie sprachen Okzitanisch. Waren es wirklich Kreuzfahrer?«
Wigbold zuckte mit den Schultern.
»Du hast sie gesehen, du weißt doch wohl, was du gesehen hast, Mann!«, rief er mit sich überschlagender Stimme. Der Friese zeigte auf seinen Schädel, machte eine Geste, die sagen sollte, dass er von hinten niedergeschlagen worden sei, und zuckte wieder mit den Schultern.

Amaury begann, die Umgebung abzusuchen. Überall waren Fußabdrücke, von ihm selbst, Colomba, ihren Pferden und dem Maulesel, doch die meisten stammten von Wigbold, und dort war die dunkle Stelle im Schnee, wo er selbst gelegen hatte. Viel mehr war nicht zu sehen. Der Friese war mit seinen großen Stiefeln überall drübergetrampelt und deshalb war es unmöglich zu erkennen, ob fremde Fußabdrücke dazwischen waren und wo sie hinführten.
»Ich auch such«, sagte Wigbold. »Nichts.«
Trotzdem folgte Amaury ihrer Spur noch ein ganzes Stück zurück. Tatsächlich, hier war Wigbold auch gewesen. Offenbar war er wie er zu der Stelle zurückgegangen, an der sie den Weg verlassen hatten. Als er dort ankam, fand er Abdrücke von Hufeisen im Schnee, zu viele, als dass sie nur von ihren eigenen Pferden hätten stammen können. Er folgte ihnen eine Weile, musste es jedoch bald aufgeben, da der Schnee, der unaufhörlich niederwirbelte, alle Spuren verwischte und ihn die stechenden Schmerzen in seinem Kopf fast um den Verstand brachten. Mit einem Verzweiflungsschrei sank er auf die Knie. Sie hatten Colomba geraubt. Sie war weg.

Saint-Marcel – März 1212

Die Welt war ohne sie leer, leer und sinnlos. Mit einem Schlag war ihm das Liebste, das er besaß, entrissen worden und mit ihm das ungeborene Kind, das er gezeugt hatte. Dass er nicht wusste, was mit ihr geschehen war und wo sie sich jetzt auf-

hielt, trieb ihn zur Verzweiflung. Es war, als würde eine Ratte langsam alles in ihm wegfressen. Vielleicht wäre es einfacher gewesen, wenn er gewusst hätte, dass sie tot war.
Wer, zum Teufel, hatte Colomba entführt? Wenn es die Guten Christen gewesen waren, war sie zumindest vorläufig sicher. Sie würde wahrscheinlich nach der Geburt des Kindes erneut das *Consolamentum* annehmen und in einem ihrer Häuser aufgenommen werden. Aber was würde mit dem Kind geschehen? Wo hatten sie sie hingebracht, wo in diesem fremden Land musste er sie in Gottes Namen suchen? Denn wenn sie wieder das schwarze Kleid trug, war sie nirgendwo sicher, früher oder später würde der Ort, an dem sie sich aufhielt, von dem Kreuzzugsheer eingenommen werden und dann erwartete sie der Scheiterhaufen.
Sein Verstand sagte ihm jedoch, dass es trotz der schwarzen Mäntel, die Wigbold gesehen hatte, nicht die Guten Christen gewesen sein konnten. Die wandten schließlich keine Gewalt an. Hatten die Kreuzfahrer sie mitgenommen oder waren es vielleicht Söldner gewesen, denn auch der Feind nahm die Dienste der Berufsmörder in Anspruch? Er wusste nur allzu gut, wie es den Frauen erging, die ihnen in die Hände fielen. Sogar schwangere Frauen wurden vergewaltigt und anschließend getötet oder wie der letzte Dreck liegen gelassen. Dass er sie Okzitanisch hatte reden hören, musste nichts bedeuten. Zahlreiche Herren aus dem Süden kämpften jetzt in den Reihen des Kreuzzugsheeres, nachdem sie sich Montfort unterworfen und ihm Treue gelobt hatten. Überläufer wie Pierre Mir zum Beispiel. Und von den *Faidits* war auch wenig Gutes zu erwarten. Ihre Rachegefühle gegenüber dem Besetzer entluden sich immer öfter in scheußlichen Grausamkeiten. Er fröstelte.
Oder waren die schwarzen Mäntel, die Wigbold gesehen hat-

te, die Kutten französischer Geistlicher und saß Colomba jetzt irgendwo in einem Kloster? Colomba als Nonne ... der Gedanke war so lächerlich, dass er ihn gleich beiseite schob. Einige *Bonnes Dames* aus Fanjeaux hatten sich allerdings von dem spanischen Mönch Dominicus bekehren lassen und waren inzwischen in sein Kloster in Prouille eingetreten.
Blieb die Frage, wie es überhaupt möglich war, dass ihnen jemand gefolgt war. Er war doch so vorsichtig gewesen. Hatte es vielleicht etwas mit der Nacht zu tun, als Wigbold plötzlich verschwunden war, angeblich, um seine Notdurft zu verrichten? Und dann war da noch die Sache mit dem Dolch, den jemand zwischen die Fensterläden des Sattlers in Toulouse gerammt hatte. Eine Familienangelegenheit, hatte Colomba gesagt. War es ihr Vater, ein Bruder oder Onkel, der sie aus irgendeinem Grund zurückholen wollte? Waren sie diesem geheimnisvollen Verwandten entkommen, um den Kreuzfahrern in die Arme zu laufen, oder hatte man sie trotz ihrer Vorsichtsmaßnahmen doch von Toulouse aus verfolgt?
Fragen über Fragen und keine einzige Antwort. Die Welt hatte sich mit einem Mantel der Unschuld bedeckt, einem Mantel aus reinem, jungfräulichem Schnee, der alle Spuren verwischte und in dem alle Geräusche erstickten.
Zusammen mit Wigbold durchsuchte er tagelang die ganze Umgebung, bis der Friese schließlich sagte: »Wir zurück. Geld ist alle. Wir kämpfen für neues Geld.«
Ja, etwas anderes blieb ihnen wohl nicht übrig. Sie waren beide abgebrannt und ihr Proviant reichte gerade noch für ein paar Tage. Wigbold konnte es kaum erwarten, dass die Kreuzfahrer den Kampf wieder aufnahmen, und sein Wunsch ging bald in Erfüllung. Ende Februar beschloss Simon de Montfort auf Anraten des Zisterzienserabtes Arnaud-Amaury, der noch immer der Oberbefehlshaber des Kreuzzugsheeres war, die

Festung Saint-Marcel zu unterwerfen. Der Graf von Toulouse reagierte, als hätte ihn eine Schlange gebissen. Kaum hatte Montfort seine Zelte vor den Toren Saint-Marcels aufgeschlagen, da marschierte Raymond mit dem Grafen von Foix an seiner Seite nordwärts. Als sie bei der belagerten Burg ankamen, konnten sie ungehindert dort einziehen, da Montfort nicht genug Männer hatte, um die Festung vollständig von der Außenwelt abzuriegeln.

Wigbold schien zu riechen, wo neue Feindseligkeiten ausbrachen.

»Wir nach Saint-Marcel«, sagte er in seinem gebrochenen Okzitanisch. Amaury reagierte kaum. Apathisch ritt er hinter dem Friesen her.

Wie bei der Belagerung von Toulouse waren die okzitanischen Truppen stark in der Überzahl, was sie in die Lage versetzte, regelmäßig auszufallen, um im feindlichen Lager Chaos zu verbreiten und die Belagerer zu entmutigen. Außerdem wurden täglich Patrouillen ausgeschickt, die das umliegende Gebiet bewachen und die Konvois abfangen sollten, die aus Albi kamen, um die Kreuzfahrer mit Proviant und Waffen zu versorgen. Bald kontrollierten die Okzitanen alle Zufahrtswege und die Kreuzfahrer waren gezwungen, Mannschaften von der Belagerung abzuziehen, damit sie die Konvois begleiteten.

Wie eine Maschine nahm Amaury an den Kriegshandlungen teil, die für ihn aus täglicher Routine bestanden. Wenn kein Ausfall unternommen wurde, ritt er an der Spitze einer kleinen Patrouille, deren Aufgabe es war, die Umgebung zu überwachen. Meistens begegnete er nur Bauern und Hirten, ein paar Pilgern oder umherziehenden Spielleuten, die die Soldaten einige Tage unterhielten, bevor sie weiterzogen, um die neuesten Kriegsberichte weiterzuleiten. Wenn er in Saint-Marcel war, schlief er in dem Lager, das die Okzitanen vor den Festungsmauern aufgeschlagen hatten, direkt gegenüber dem Quartier der Kreuzfahrer, wo neben dem Banner Simon und Guy de Montforts die Farben Poissys wehten. Die Versorgung seines Pferdes und seiner Rüstung, gewöhnlich die Aufgabe eines Knappen, musste er selbst übernehmen. Er war schließlich nicht mehr als ein berittener Söldner, der kaum Befehlsgewalt über die zehn Landsknechte hatte, die seine Einheit bildeten. Sobald er sie zum Feind geführt hatte und sie den Kampfplatz betraten, stürzten sie sich wie eine Meute wilder Hunde auf ihre Gegner und mordeten und raubten, bis sie gesättigt waren.

So zog sich die Belagerung Saint-Marcels dahin, ohne dass etwas Entscheidendes passierte. Das einzige Ergebnis war, dass die Kreuzfahrer durch die ständigen Verluste ihrer Konvois immer frustrierter wurden. Im Prinzip ging es nur darum, Zeit zu schinden und zu warten, bis die Belagerer nicht mehr genug Nahrung und Waffen hatten und den Kampf aufgeben mussten. Mit diesem Ziel vor Augen ritt Amaury immer wieder mit Wigbold an seiner Seite aus, begleitet von einer Hand voll Ritter und Landsknechte, wie er allesamt Söldner. Eigentlich glich seine Kompanie mehr einer Raubritterbande, obwohl keiner seiner Männer den Rittertitel verdiente. Sie achteten weder Gott noch seine Gebote und fühlten sich durch keinerlei Eid gebunden, ein scharfer Kontrast zu den disziplinierten Einheiten Montforts, die für ihren Feldherren blind durchs Feuer gingen und wirklich eine Einheit waren. Auf dem Schlachtfeld von Castelnaudry war bewiesen worden, dass ein Heer ohne militärische Disziplin nichts ausrichten konnte und trotz seiner zahlenmäßigen Überlegenheit einem geordneten Heer unterlegen war. Nichtsdestoweniger hatte

entgegen dieser Regel der Kriegslehre das organisierte Chaos Okzitaniens im Augenblick die Oberhand.
Allmählich schlug Amaurys Apathie in einen leidenschaftlichen Hass auf die Kreuzfahrer um und die Scharmützel wurden eine willkommene Ablenkung, der er sich mit Herz und Seele hingab. Angetrieben von dem Gedanken, dass seine ehemaligen Kameraden wahrscheinlich für Colombas Verschwinden verantwortlich waren, wurde jeder Schlag, den er ihnen versetzen konnte, eine persönliche Vergeltungsaktion. Wenn es nichts zu kämpfen gab, starrte er düster vor sich hin und versuchte nicht darüber nachzudenken, was mit Colomba passiert war, da er sonst vor Verzweiflung verrückt geworden wäre. Wigbold hingegen konnte überhaupt nicht verstehen, warum er sich wegen einer Frau so aufregte. Es waren doch noch genug übrig und davon machte er hemmungslos Gebrauch. Woher er plötzlich das Geld hatte, um sich die Dienste der Huren zu verschaffen, war ein Geheimnis, in das sich Amaury lieber nicht vertiefte. Stattdessen wurde er von Schuldgefühlen geplagt. Er hätte nie auf Wigbold hören sollen. Er hätte mit Colomba in Toulouse bleiben sollen, wo er sie besser hätte beschützen können. Jetzt war sie vielleicht tot und mit ihr das Kind, das sie von ihm trug, ohne dass sie erneut das *Consolamentum* empfangen hatte, womit er sie zu einem weiteren Leben in dieser heillosen Welt voller Krieg und Gewalt verurteilt hatte. Dieser Gedanke war unerträglich.
Sie lagen ungefähr drei Wochen vor Saint-Michel, als Wigbold eines Nachts sturzbetrunken ins Zelt polterte, über sein Feldbett stolperte und sich auf der anderen Seite fast wieder nach draußen katapultierte. Amaury, der wie gewöhnlich in Gedanken versunken gewesen war und noch nicht geschlafen hatte, konnte sich gerade noch rechtzeitig zur Seite rollen, da-

mit ihn der Friese nicht unter sich begrub. So landete der Koloss auf ihren Rüstungen und blieb dort schnarchend liegen. Der junge Ritter stand ärgerlich auf, zerrte seinen Kameraden hoch, schleifte ihn an den Fußgelenken aus dem Zelt und goss ihm einen Eimer Regenwasser über den Kopf. Wigbold schüttelte sich wie ein nasser Hund. Er sah Amaury mit glasigen Augen an und begann zu fluchen. Schwankend richtete er sich auf und kam mit geballten Fäusten auf den anderen zu, der ihn mit einem Tritt gegen den Knöchel erneut zu Boden warf.
»Du besoffener Idiot«, fuhr ihn Amaury an, »gekämpft wird morgen.«
Wigbold hockte sich hin, murmelte etwas Unverständliches und erbrach einen Teil des Weines, der ihn benebelte. Das schien ihn einigermaßen zu ernüchtern, doch seine Kampflust war noch nicht befriedigt. Mit einer plötzlichen Bewegung griff er nach den Beinen seines Kameraden und brachte ihn zu Fall. Kämpfend rollten die beiden Männer über den Boden, Wigbold wild um sich schlagend, während Amaury nach den verletzlichen Stellen seines Gegners suchte. Schließlich bekam er einen Arm zu fassen, den er geschickt umdrehte, sodass Wigbold auf dem Bauch landete und sich nicht mehr rühren konnte, ohne sich die Schulter zu verrenken. Keuchend setzte sich Amaury auf ihn, während der Friese wie ein Kesselflicker fluchte.
»Jetzt erzähl mir endlich, was mit Colomba wirklich passiert ist«, schnauzte Amaury ihn an.
»Was?«
»Woher hast du plötzlich das Geld, um die Huren zu bezahlen und dich jeden Abend voll laufen zu lassen?«
»Ich bei Würfel gewinnen«, erklärte Wigbold mit schwerer Zunge.

»Blödsinn. Keiner will mehr mit dir würfeln. Wenn du gewinnst, bedrohst du jeden, der nicht weiterspielen will, und wenn du schließlich verlierst, fängst du eine Schlägerei an. Es endet immer mit Unannehmlichkeiten.« Mit der freien Hand packte er Wigbolds Beutel und schüttelte die Goldstücke heraus. Seine Wut wich Erstaunen. »Wie kommst du an all das Geld?«, fragte er wieder.

»Würfel«, behauptete Wigbold hartnäckig.

Amaury seufzte. Vielleicht sprach der Friese ja die Wahrheit und er hatte in dem Lager neue Opfer für sein bevorzugtes Glücksspiel gefunden. Vielleicht hatte er tatsächlich ein paar Mal kräftig gewonnen. Alles war möglich. Colombas Verschwinden hatte ihn so verzweifelt gemacht, dass er schon anfing, seinen Waffenbruder zu verdächtigen. Er ließ Wigbolds Arm los. Der Söldner richtete sich auf und rieb sich mit schmerzverzerrtem Gesicht die Schulter.

»Mistkerl«, knurrte er.

»Den habt ihr aus mir gemacht. Ich kenne inzwischen all eure Tricks. Sorg dafür, dass du rechtzeitig wieder nüchtern bist. Vor Sonnenaufgang reiten wir aus.«

Der Friese begann, mit unsicherer Hand die Goldstücke aufzusammeln und in seinen Beutel zu stecken. Die Hälfte fiel daneben, sodass er von neuem herumwühlen musste. Amaury hatte keine Lust, ihm zu helfen. Er ging ins Zelt zurück, setzte sich auf sein Feldbett, legte sich die Decke um die Schultern und starrte düster vor sich hin. Draußen hörte er Wigbold in seiner unverständlichen Sprache schimpfen und fluchen. Offenbar zählte er seine Münzen, kam mit seinem betrunkenen Kopf jedoch nicht weit. Amaury erwog kurz, wieder aufzustehen und zu untersuchen, mit wem sein Kamerad gewürfelt hatte. Doch da mehr als fünfhundert Ritter mit ihren Mannschaften in dem okzitanischen Lager untergebracht waren, verwarf er den Gedanken wieder. Es war ein unausführbares Unternehmen und vielleicht wollten sie überhaupt nicht zugeben, dass sie gespielt hatten. Oder galt Würfeln bei den Ketzern nicht als teuflisches Spiel? Bei den Söldnern jedenfalls nicht.

Er ließ sich auf sein Lager zurücksinken. Waren es Hirngespinste oder hatte Wigbold Colomba wirklich für viel Geld verraten und dem Mann aus Toulouse oder den Kreuzfahrern ausgeliefert? Er versuchte, in Gedanken zu rekonstruieren, wie sich alles abgespielt haben musste, gab es jedoch gleich wieder auf. Die Antwort auf die Frage würde ihn ihr auch nicht näher bringen. Ein würgendes Gefühl der Machtlosigkeit überkam ihn. Das Einzige, das ihm blieb, war ihr Bild in seiner Erinnerung, ihr schmales Antlitz, eingerahmt von den haselnussbraunen Haaren, die feinen Gesichtszüge, die er vor sich sah, als würde sie ihm gegenüberstehen, ihre schlanke Gestalt, der Klang ihrer Stimme. Er weinte. Wigbold schlurfte ins Zelt und fiel wie ein Stein auf sein Bett. War der Friese sein Freund oder sein Feind? Kurz darauf schnarchte er. Amaury starrte in die Dunkelheit, bis der Weckruf ertönte.

Der Konvoi bewegte sich langsam über den Weg, der von Albi nach Saint-Marcel führte. Die Ochsen dampften in dem kalten Wintermorgen, ihr Geschirr klirrte und die Achsen der Wagen knarrten. Eine Eskorte bis an die Zähne bewaffneter Ritter begleitete die Fuhrleute, die nervös die umliegenden Hügelrücken beobachteten. Amaury lag bäuchlings im Sand hinter ein paar Sträuchern versteckt und spähte in die Ferne.

»Zwanzig Mann«, murmelte er.

Wigbold, dessen blonder Schopf unter einer gepolsterten Lederkappe versteckt war, hockte sich neben ihn und nickte zufrieden. Ein Grinsen glitt über sein grobes Gesicht. Sie hatten

heute Glück. Sie selbst waren mit zwölf Reitern und zehn Mann Fußvolk unterwegs und außerdem konnten sie den Überraschungsvorteil nutzen.
»Wir Sache schaukeln«, verkündete Wigbold. Er wollte schon aufstehen, während sein Blick auf einen langen, sanft abfallenden Hang gerichtet war, über den sie sich auf den Feind hinunterstürzen konnten. Amaury hielt ihn zurück.
»Die Stelle ist schon öfter benutzt worden. Sie erwarten uns da.« Er zeigte nach links, wo sich das breite Tal verengte und sich der Weg neben einem Fluss entlangschlängelte. Der Pfad war äußerst schmal und glitschig und hier und dort hatte sich in tiefen Kuhlen Regenwasser angesammelt.
»Da müssen sie schon hintereinander reiten«, sagte Amaury. »Pass auf, wir machen Folgendes.« Er zeigte auf eine entwurzelte Tanne ein Stück weiter. »Wir lassen den Baum auf den Weg rollen und spalten den Konvoi damit in zwei Teile. Unsere Bogenschützen verstecken sich am Hang. Dort haben sie eine gute Schussposition. Im Schutz ihrer Pfeile knöpfen wir uns jeder einen Teil des Konvois vor, ich die Reiter in der Vorhut, du die Wagen und die Nachhut.«
»Warum so viel Mühe?«, wandte Wigbold ein.
»Ich will keine unnötigen Verluste erleiden.«
Es war tatsächlich ein hartes Stück Arbeit, rechtzeitig alle Vorbereitungen für den Hinterhalt zu treffen. Doch schließlich donnerte der Baum genau im richtigen Moment nach unten und landete direkt vor dem ersten Ochsenkarren. Die Tiere blieben wie angewurzelt stehen. Die Pferde in der Vorhut machten Anstalten durchzugehen. Ihre Reiter hielten sie im Zaum, hatten jedoch größte Mühe, in dem Matsch nicht auszurutschen. Im selben Moment wurden sie von einem Pfeilregen überrascht. Ehe sie wussten, wie ihnen geschah, waren Amaury und seine Reiter zwischen ihnen, während sich Wig-

bold mit seinen Männern um die Nachhut und die Waren kümmerte. Es folgte ein kurzer, heftiger Kampf, der zu Ende ging, ohne dass es unter den Söldnern viele Verletzte gab. Die Kreuzfahrer hatten dagegen starke Verluste zu beklagen. Ein kleiner Teil war dem Kampf unversehrt entkommen; drei Männer waren tot und fünf Verwundete versuchten stolpernd zu fliehen. Ein paar weitere wurden gefangen genommen. Von den Fuhrleuten war nichts mehr zu sehen. Amaury setzte den Helm ab und befahl den Landsknechten, die Wagen zu bemannen und die Ochsen nach Saint-Marcel zu treiben. Doch Amaury hatte die Rechnung mal wieder ohne die Disziplinlosigkeit der Söldner gemacht. Die waren noch damit beschäftigt, die Ladung zu durchsuchen, und alles, was ihnen nicht gefiel, wurde weggeworfen. Mehl und Bohnen, ein wichtiger Teil des Proviantes von Montforts Männern, für die Söldner jedoch unnötiger Ballast, vermischten sich mit dem Schlamm. Anschließend mussten alle von dem Wein trinken, den sie fanden. Vor allem Wigbold tat sich an dem kostbaren Nass gütlich. Endlich wurde der Baum zur Seite gezogen und die Gesellschaft konnte den Heimweg antreten. Die Gefangenen wurden mit gefesselten Händen hinter dem Karren mitgeführt, an den sie mit einem Strick festgebunden waren.

Der Rückweg nach Saint-Marcel war lang und eintönig. Gewöhnlich war es Wigbold, der dabei immer wieder eindöste, doch diesmal hatte Amaury durch seinen chronischen Schlafmangel Mühe, die Augen offen zu halten. Der gleichmäßige Schritt seines Pferdes und die sanfte Wärme der Wintersonne, die endlich hinter den Wolken hervorgekommen war, taten ein Übriges. Langsam glitten ihm die Zügel aus den Händen, sein Pferd streckte den Hals und folgte gehorsam Wigbolds schwarzem Ross.

Amaury schrak aus dem Schlaf hoch. Er schüttelte den Kopf und sah sich um. Wigbold ritt noch immer ein paar Schritte vor ihm, doch irgendetwas stimmte nicht. Er vermisste das Klirren und Knarren der Ochsenkarren. Wie von der Tarantel gestochen, drehte er sich im Sattel um. Zwei Söldner ritten hinter ihm, ansonsten war nichts und niemand mehr zu sehen. Sie hatten den Weg offenbar verlassen und ritten auf einem schmalen Pfad, der für die Wagen ungeeignet war.
»He, Friese, wo ist unsere Beute?«, rief er.
Wigbold drehte sich um und grinste ihn schweigend an. Empört packte Amaury die Zügel und gab seinem Pferd die Sporen, bis er neben dem Friesen ritt.
»Wo sind die Karren geblieben? Die Beute gehört dem Grafen von Toulouse und niemandem sonst. Er bezahlt schließlich unseren Sold. Ihr habt schon genug geraubt und verschwendet. Mehl, Bohnen, kostbare Nahrung. Wegen euch müssen andere jetzt Hunger leiden!« Mit jedem Wort wurde er wütender.
»Ich entscheide«, sagte Wigbold und bohrte sich den Zeigefinger in die Brust. Die Botschaft war deutlich.
»Du bist nicht besser als der erstbeste Strauchdieb. Fahr zur Hölle mit deinem Gesindel!«, schnaubte Amaury. Der andere reagierte nicht einmal. »Also gut, wo ist mein Anteil? Darauf habe ich ein Recht.«
Wigbold grinste weiter. In der rechten Hand schwang er langsam seinen Knüppel herum. Amaury starrte auf die geschmeidige Bewegung. Plötzlich schoss ihm etwas durch den Kopf. Der Knüppel war das Letzte, das er gesehen hatte, bevor Colomba verschwunden war. Danach war alles um ihn herum dunkel geworden.
»Du miese Ratte!«, zischte er. Seine Hand fuhr zu seinem Schwert, doch er wusste, dass er gegen den Hünen und seine

beiden Kumpane nicht die geringste Chance hatte. Er riss an den Zügeln und gab seinem Pferd die Sporen.
»Ich finde die Karren schon«, sagte er mit äußerster Selbstbeherrschung und wollte an den beiden Söldnern vorbei in die Richtung galoppieren, aus der sie gekommen waren. Er kam nicht weit. Sie stellten ihre Pferde quer auf den Weg, sodass er nicht an ihnen vorbeikonnte. Sein Schwert flog aus der Scheide.
»He, Poissy!«, ertönte es plötzlich hinter ihm. Er drehte mit einem Ruck den Kopf um, automatisch auf den Namen reagierend, mit dem er so lange nicht mehr angesprochen worden war. Im selben Augenblick wurde er von den beiden Söldnern gepackt und vom Pferd gerissen. Vergeblich versuchte er, sich ihrem Griff zu entwinden, und trat wütend um sich. Die Söldner fluchten und einer von ihnen stieß einen schmerzvollen Schrei aus, doch sie verletzten ihn nicht. Nach einem kurzen Handgemenge gelang es ihnen, ihm die Hände auf den Rücken zu binden und ihn zu Wigbold zu schleifen, der ihnen von seinem Pferd aus amüsiert zusah.
»Poissy«, wiederholte er mit zufriedenem Lächeln, »du heil mehr wert.« Er holte einen Lappen aus seiner Satteltasche, befestigte ihn an seinem Speer und hielt das Ganze in die Höhe. Es war das Banner, das damals in Toulouse auf dem Zelt seines Bruders geweht hatte. Amaury betrachtete voll Grauen sein Familienwappen, das über ihren Köpfen im Wind flatterte.
Danach zwangen sie ihn, sein Pferd zu besteigen und mit ihnen weiterzureiten, bis sie eine Anhöhe erreichten, von der aus sie das Lager der Kreuzfahrer überblicken konnten. Dort blieben sie geraume Zeit mit erhobener Fahne stehen, bis sich ein kleiner Reitertrupp aus dem feindlichen Lager löste.
»Hier warten«, befahl Wigbold. Amaury blieb mit den beiden

Söldnern zurück. Er sah, wie der Friese auf seinem schwarzen Ross den Kreuzfahrern entgegenritt. Es wurde einen Augenblick verhandelt und danach kam Wigbold in Begleitung von drei Reitern zurück. In einiger Entfernung von dem Gefangenen hielten sie an. Offenbar vertraute niemand dem anderen. Der Franzose an der Spitze, der von Kopf bis Fuß in Harnisch war, spähte eine Weile zur Anhöhe hinauf. Amaury sah, wie Wigbold die Hand ausstreckte und etwas empfing, das er öffnete und sorgfältig prüfte. Anschließend gab er seinen Kameraden ein Zeichen. Der Söldner, der die ganze Zeit die Zügel des Gefangenen festgehalten hatte, gab dessen Pferd einen Schlag auf das Hinterteil, worauf das Tier den Hang hinuntertrabte. Im selben Augenblick entfernte sich Wigbold von der Gruppe, gedeckt von seinem zweiten Kameraden, der einen Kreuzbogen im Anschlag hielt. Der Pfeil zeigte auf Amaurys Rücken. Auch einer der drei Kreuzfahrer hatte einen Bogen gespannt und hielt ihn auf den Friesen gerichtet. Amaury erwog noch kurz, sein Pferd, das er mühelos nur mit den Beinen lenken konnte, vom Weg hinunterzutreiben und sich aus dem Staub zu machen. Doch er wusste, dass es sinnlos war. Der lose Zügel würde sich in den Sträuchern verheddern und sie würden ihn ihm Handumdrehen eingeholt haben. Mit hoch erhobenem Kopf und regloser Miene ritt er weiter.
»Wer hat mehr eingebracht, Colomba oder ich?«, fragte er verbittert, während er den Friesen, ohne ihn anzusehen, passierte.
Der Söldner lachte. »Du.«
»Auf Judaslohn ruht ein Fluch.«
Aus den Augenwinkeln sah er gerade noch, wie sich der andere bekreuzigte. Danach gab der Friese seinem Pferd die Sporen und einen Augenblick später hörte er die drei Söldner davongaloppieren. Im selben Moment hatte er die Kreuzfah-

rer erreicht. Robert und Simon hatten ihre Helme abgesetzt. Es wurde kein Wort gesprochen, doch ihre grimmigen Mienen sprachen für sich. Schweigend ritt er mit ihnen zu ihrem Lager zurück.

Zwei Tage später gab Simon de Montfort, durch Proviantmangel gezwungen, die Belagerung Saint-Marcels auf. Ein letztes Mal ließ er, begleitet von dem höhnischen Gelächter der Soldaten auf den Festungsmauern, in seinem Zelt die Messe zelebrieren. Danach marschierte er mit seinem Heer nach Albi zurück. Die Poissys führten ihren Gefangenen nach Lavaur, wo er in einen Kerker geworfen wurde.

Lavaur – Januar 1213

Die Zelle, in der Amaury eingesperrt war, war trocken und einigermaßen sauber. In der Außenmauer war eine kleine Öffnung, durch die er ein Stück Himmel sehen konnte. Er hatte eine Strohmatratze und zwei Decken, obwohl es in seinem Gefängnis nicht einmal so kalt war, außer wenn der Wind auf dem schmalen Spalt in der Mauer stand. In einer Ecke befand sich eine Aussparung im Boden, in die er seine Notdurft verrichten konnte. Zu festgesetzten Zeiten bekam er durch eine Luke in der Tür Essen und Trinken angereicht und obwohl er durch eine Beinschelle und eine Kette an den Boden gefesselt war, hatte er genügend Bewegungsfreiheit. An und für sich war sein Schicksal also nicht einmal so beklagenswert.
Es war denn auch nicht die Freiheitsberaubung, unter der Amaury am meisten litt. Manchmal wünschte er sich sogar,

in erbärmlicheren Umständen zu leben, sodass er schwach und krank werden und bald von seinen Leiden erlöst sein würde. Nein, es waren seine Gedanken, die ihm das Leben zur Hölle machten, Gedanken, die fast nur um Colomba kreisten.

Was hatte er ihr eigentlich gegeben außer dem Kind, das sie nicht einmal gewollt hatte? Wenn er an die beiden Jahre zurückdachte, die er mit ihr verbracht hatte, musste er feststellen, dass sie sich immer wegen irgendetwas gestritten hatten. Meistens wegen ihres unterschiedlichen Glaubens. Selbst nachdem er die *Convenenza* abgeschlossen hatte, hatte das Wahre Christentum noch immer wie eine unüberwindbare Schranke zwischen ihnen gestanden. Das war seine eigene Schuld. Er hatte den Kampf gegen den Engel aufgenommen, der ihm den Weg zu ihrem Herzen versagte, dem Engel, der fast bereit gewesen war, in sein himmlisches Vaterland zurückzukehren. Augenscheinlich hatte er diesen Kampf gewonnen, schließlich war sie auf die Erde zurückgekehrt und hatte sich ihm hingegeben. Warum war er mit all seinen falschen Sicherheiten so selbstsüchtig gewesen, sie für sich zu fordern? Sie hatte ihm nie ganz gehört, so wie er den Glauben des Wahren Christentums nie vollständig angenommen hatte. Irgendwo war er zwischen dem Opfer, das die Guten Christen für die endgültige Freiheit verlangten, und dem Joch der Erbsünde der römischen Kirche, die der Menschheit mit Hölle und Verdammnis drohte, stecken geblieben. Alles war seine Schuld gewesen und die Unsicherheit über Colombas Schicksal nährte stetig die Reue, die ihn verzehrte.

Es half wenig, dass er langsam, aber sicher begriff, wie es zu dem ganzen Unglück hatte kommen können. Erst jetzt wurde ihm klar, dass Wigbold von Anfang an gewusst haben musste, wer er war und wer ihn suchte. Ihre erste Begegnung in Tou-

louse und Wigbolds Versuch, ihn für d'Alfaros Söldnerbande anzuwerben, waren ein vorgefasster Plan gewesen. Er hätte ihn wahrscheinlich schon viel früher den Kreuzfahrern ausliefern können, hatte es jedoch vermutlich nicht getan, weil er herausgefunden hatte, dass auch Colomba eine begehrte Flüchtige war, die er für viel Geld verraten konnte. Der Dolch war sicher auf Wigbolds Betreiben in den Fensterladen des Sattlers gerammt worden, um ihnen Angst einzujagen, sodass Colomba gezwungen war, das Haus zu verlassen und zu fliehen. Dadurch war sie eine leichte Beute geworden. Für wen wusste er allerdings immer noch nicht.
Und dann waren da noch sein Bruder Robert und sein Vetter Simon, um ihn an seinen eigenen Verrat zu erinnern. Offenbar wohnten sie in Lavaur, denn wenn sie nicht mit Montfort unterwegs waren, erschien Simons Gesicht regelmäßig vor der Luke in der Tür. Dann betrachtete ihn sein Vetter mit vernichtendem Blick und schleuderte ihm allerlei Verwünschungen an den Kopf, bei denen es vor allem darum ging, dass Montfort den Poissys kein Lehnsgut zugeteilt hatte, weil ihr Blutsverwandter zum Feind übergelaufen war. Bouchard de Marly hatte es mit eigenen Augen gesehen und vielleicht hatte auch Pierre Mir, der jetzt für die Kreuzfahrer kämpfte, Montfort das eine oder andere erzählt.
Robert zog es vor, von Zeit zu Zeit die Zelle zu betreten, ihn traurig anzusehen und wieder zu gehen, ohne ein Wort gesprochen zu haben. Das traf ihn mehr als die Schimpfkanonade seines Vetters und er hatte nicht den Mut, selbst den Mund zu öffnen. Ansonsten bestand sein einziger Kontakt mit der Außenwelt in dem Knecht, der ihn täglich mit Nahrung versorgte.
Nach einer Weile begann Simon, mit den Siegen der Kreuzfahrer zu prahlen. Dabei erging er sich vor allem in den Ge-

walttaten, mit denen sie den Ketzern und ihren Beschützern Angst einflößten und sie unterdrückten. Obwohl es Simons Absicht war, seinen Gefangenen zu verletzen, ermöglichte er es ihm damit auch, die Kampfhandlungen einigermaßen zu verfolgen. Amaury begann, eine Art Kalender an seiner Zellenwand zu führen, und da er des Schreibens nicht mächtig war, benutzte er Zeichen, die die Eroberungen, Verwüstungen, Gemetzel und Plünderungen der Kreuzfahrer darstellten. Die traurige Liste umfasste gut acht Monate, als Simon nach langer Abwesenheit wieder einmal seine Zelle betrat.

»Es ist nur noch eine Frage der Zeit«, versicherte er Amaury mit sichtlichem Vergnügen. »Toulouse ist völlig isoliert. Wir haben alle umliegenden Gebiete erobert.«

Außerdem hatten sie zwei Monate die weite Umgebung bis an die Stadtgrenzen heimgesucht. Jetzt waren alle nach Toulouse geflüchtet, von Flüchtlingen aus dem besetzten Land, Bauern mit dem ganzen Vieh, das sie hatten retten können, bis hin zu *Faidits* mit ihren Soldaten und Söldnern. Die Stadt sei, so Simon, bis zum Bersten mit Menschen und vorläufig auch mit Vorräten gefüllt, reif für die Schlachtung wie ein fett gemästetes Schwein.

»Und Graf Raymond?«, fragte Amaury vorsichtig.

»Der hat irgendwas mit König Pedro von Aragón ausgeheckt. Diesen Spaniern ist nicht zu trauen! Die beiden haben dem Papst weisgemacht, der Kreuzzug hätte sein Ziel schon erreicht. Sie haben ihn hinter unserem Rücken erpresst. Dieser hinterhältige Spanier hat nie etwas gegen die Ketzerei unternehmen wollen. Jetzt hat uns der Heilige Vater befohlen, Frieden zu schließen, als würde es hier nicht immer noch von Ketzern wimmeln! Aber dem wird Abt Arnaud-Amaury schon einen Riegel vorschieben. Ha!«

Amaury sagte nichts. Wenn Toulouse wirklich ernsthaft bedroht wurde, war es sehr gut möglich, dass sich König Pedro dazu bewegen ließ, mit seinem riesigen Heer, das gerade erst die Mauren vernichtend geschlagen hatte, über die Pyrenäen zu ziehen. Aufgrund seiner Familienbande mit dem Haus von Toulouse und des Bündnisses, das ihn mit dem Grafen von Foix vereinte, konnte er das tun. Das würde die Situation beträchtlich ändern. Wenn es dem Papst außerdem gelang, den Kreuzfahrern Einhalt zu gebieten …

»Nur noch eine Frage der Zeit«, wiederholte Simon, der sichtlich schlecht gelaunt war. »Montfort hat neue Gesetze für dieses gottverdammte Land erlassen. Französische Gesetze! Jetzt bekommen wir wenigstens Kontrolle über diese zügellose Meute, die sich hier Adel nennt. In Zukunft werden sie nichts mehr zu sagen haben, sie dürfen keinen Krieg mehr führen, ja, nicht einmal Waffen tragen und ihre Töchter dürfen nur französische Adlige heiraten. Auf diese Weise kriegen wir sie schon unter. Dieses Vieh Labans wird einfach aussterben. Ganz zu schweigen von den Ketzern und ihrem Anhang. Die können wir dann endlich planmäßig ausrotten. *Bougres!*« Er spuckte auf den Boden und bedachte Amaury mit einem verächtlichen Blick. »Zu denen gehörst du auch, nicht wahr?«

Der junge Ritter zuckte gleichgültig mit den Schultern. Die Ausbrüche und die Kraftausdrücke seines Vetters verletzten ihn längst nicht mehr. Er dachte nur an die stolzen Herren Okzitaniens, die ohnmächtig würden zusehen müssen, wie ihnen alles genommen wurde, sogar ihre Töchter.

»Und dein Liebchen natürlich auch. Aber warte nur, diese dreckige ketzerische Hure schnappen wir uns auch noch. Ja, jetzt erschrickst du, was?«

Das bisschen Farbe, das Amaury nach seinem langen Aufenthalt in der Zelle noch hatte, war aus seinem Gesicht gewichen.

Er versuchte krampfhaft, seine sich überschlagenden Gedanken in Schach zu halten. Die Poissys hatten nichts von Colomba gewusst. Was wusste Simon? Hatte er vielleicht nur etwas aufgeschnappt? Lebte sie noch? War er Vater oder Witwer oder vielleicht auch beides oder keins von beidem?

»Mit ihr habt ihr nichts zu tun«, sagte er mit eisiger Ruhe. Meistens machte er sich nicht die Mühe aufzustehen, wenn Simon seine Zelle betrat. Jetzt erhob er sich langsam von dem Strohbett, auf dem er gesessen hatte. »Sie ist keine Hure, sie ist meine Frau.«

»Frau?«, höhnte Simon. »Wie kann sie deine Frau sein! Diese schmierigen Lüstlinge verurteilen die Ehe doch, damit sie munter drauflosvögeln können! Sie verschmähen die heiligen Sakramente, also auch das der Ehe. Natürlich ist sie eine Hure. Wenn du deinen Samen zwischen ihre Beine gespritzt hast, hast du das Blut von Poissy beschmutzt, unser Blut!«

»Sie ist meine Frau. Sie hat meinen Sohn getragen«, beharrte Amaury trotzig.

»Ein Bastard, auch das noch! Ich habe von Anfang an gewusst, dass du irgendeine Dummheit begehen würdest, aber dass du uns auf die allergemeinste Weise verraten und unseren Namen durch den Dreck ziehen würdest, habe selbst ich nicht für möglich gehalten. Guillaume hatte Recht, Gott sei seiner Seele gnädig. Wir hätten dich nach Hause schicken sollen. Gleich nach der Schlacht um Béziers.« Er schwenkte seine Faust vor Amaurys Nase und fing an zu schreien: »Du kannst überhaupt keine Frau haben, Junge, du kannst überhaupt nicht heiraten, nicht ohne Roberts Erlaubnis. Allmächtiger, ich sehe noch vor mir, wie er in dem Burggraben von Alaric neben Guillaumes Gebeinen weinte. Ja, den haben wir gefunden. Wir haben alles umgraben lassen. Die halb verwesten Überreste der ganzen Garnison kamen zum Vorschein, nur du nicht. Das Einzige, was wir fanden, war ein Stofffetzen mit unserem Wappen. Das muss deine Tunika gewesen sein. Wir dachten, deine Leiche sei vielleicht von wilden Tieren oder Aasgeiern aufgefressen worden. Robert war untröstlich. Erst später begriffen wir: Du warst desertiert, übergelaufen, ein Landesverräter, nein, noch schlimmer, ein Ketzerbeschützer!«

»So war es überhaupt nicht«, protestierte Amaury, doch Simon fuhr ihm über den Mund und setzte seine Tirade fort: »Wer Ketzer beschützt, ist genauso schlimm wie sie, hat der Heilige Vater gesagt. Doch du bist schlimmer, denn ein falscher Katholik ist viel gefährlicher als ein Ketzer. Und so einer ist stolz darauf, dass er dieser Schlampe ein Kind gemacht hat. Er nennt den Balg seinen Sohn. Nun, eins ist sicher: Ein Poissy wird er nie. Allein bei dem Gedanken wird mir schon übel!«

Es kostete Amaury Mühe, sich zu beherrschen. Am liebsten wäre er dem anderen an die Gurgel gesprungen und hätte ihm alles Mögliche an den Kopf geworfen. Nur der Umstand, dass Simon bewaffnet war, hielt ihn zurück. Außerdem war sein Vetter stark wie ein Bär und ständig in Übung, während seine Muskeln nach dem langen Nichtstun erschlafft waren. Er hatte nicht die geringste Chance gegen Simon und Beschimpfungen waren leer und sinnlos.

»Was wollt ihr eigentlich von mir?«, fragte er mutlos.

»Nicht viel.« Simon lachte verächtlich. »Du sollst über deine Sünden nachdenken, bis du, wie ich hoffe, von selbst vor Elend zugrunde gehst. Am liebsten sähe ich dich ja hängen, das Schicksal, das ein Verräter verdient. Wenn es an mir läge, hätten wir dich längst Montfort übergeben. Der wüsste schon, was er mit dir machen müsste.«

»Und warum bin ich dann noch hier?«

»Das musst du Robert fragen, wenn er zurück ist. Er hat Urlaub, um sich in Frankreich um unseren Besitz zu kümmern. Inzwischen kannst du mir vielleicht das eine oder andere erzählen. Wie heißt das Mädchen, woher kommt sie?«
»Tut mir Leid, Simon, aber da ist nichts zu machen.« Amaury schüttelte entschieden den Kopf. »Aus mir kriegst du nichts heraus.«
»Glaubst du vielleicht, du könntest sie damit vor uns retten? Demnächst marschieren wir in Toulouse ein. Da warst du mit ihr, bevor wir dich erwischt haben, nicht wahr? Aber wir finden sie schon und das Kind auch. Es kostet nur etwas mehr Zeit und Mühe, als wenn du es mir einfach erzählst.« Mit einer plötzlichen Bewegung hielt Simon ihn fest. Obwohl er sich nach Kräften wehrte, konnte er nicht verhindern, dass ihm der andere die Arme auf den Rücken drehte, seine Handgelenke mit einem Gürtel zusammenband, ihn auf den Boden warf und die beiden Decken von seinem Bett um ihn herumwickelte, sodass er wie eine Raupe in ihrem Kokon dalag. »So«, knurrte Simon, »Robert hat mich beschworen, dir kein Haar zu krümmen. Das werde ich also nicht tun. Und jetzt erzähl mir mal, wer diese Hure ist.«
»Fahr zur Hölle.«
»Da bist du eher als ich. Und ich bin so nett, dir schon mal ein Stück auf den Weg zu helfen, du mieser Verräter.« Mit diesen Worten begann er, ihn am ganzen Körper zu treten, nur den Kopf mied er ängstlich. Als er endlich aufhörte, blieb Amaury zusammengekrümmt und vor Schmerzen betäubt liegen. Er versuchte, seine Muskeln zu entspannen. Sein Atmen ging stoßweise. Er stöhnte leise.
»Ist sie das wert?«, höhnte Simon. »Erzähl schon, Mann, was weißt du von ihr?«
»Nichts«, flüsterte Amaury, »ich weiß nicht, ob sie noch lebt.«

Er wollte noch hinzufügen, dass er auch nicht wusste, ob das Kind je geboren war, doch ein letzter gemeiner Tritt entrang ihm einen Schrei und dann musste er sich übergeben. Simon riss die Decken weg und entfernte den Gürtel von seinen Handgelenken.

»Denk hierüber mal nach«, sagte er. »Ich komme zurück. Robert ist vorläufig noch in Frankreich.«

Lavaur – August bis Dezember 1213

»Du brauchst dich nicht bei Robert zu beklagen, er wird dir nicht glauben.«

Die Versicherung, die Simon ihm gegeben hatte, nachdem der monatelange Terror plötzlich ein Ende hatte, erwies sich als richtig. Als sein ältester Bruder aus Frankreich zurückkehrte, war von Simons Gewalttätigkeiten nichts mehr zu sehen. Die Blutergüsse waren verschwunden und von den inneren Prellungen, die noch nicht verheilt waren, war ebenso wenig zu sehen. Doch sobald Simons Gesicht vor der Luke in seiner Zellentür erschien, brach ihm noch immer der Schweiß aus. Nach einer Weile ging auch das vorbei.

Der älteste Poissy war länger als beabsichtigt in Paris geblieben, wo der französische Kronprinz Vorbereitungen traf, um höchstpersönlich einen Kreuzzug zu führen, zu einem Zeitpunkt, als am Hof noch nicht bekannt war, dass der Papst den heiligen Krieg für nicht länger erwünscht erklärt hatte. Doch nachdem König Philippe-Auguste die Abreise seines Sohnes im April plötzlich absagte, da er ihn schon auf dem Thron des englischen Königs sitzen sah, der bei der Kirche in Ungnade gefallen war, war Robert mit ihm nach Flandern gezogen. Nachdem sie in zwei vernichtenden Feldschlachten über die Engländer triumphiert hatten, Anfang Juli bei Saintonges und Ende Juli bei Bouvines, war er wieder in den Süden gereist. Jetzt ritten die Poissys wieder regelmäßig mit ihren Männern aus, um Montfort beizustehen, der unermüdlich Raubzüge in der Umgebung von Toulouse unternahm. Im Hinblick auf eine letzte endgültige Belagerung wurde die ganze Ernte vernichtet, um die Vorräte der Stadt zu erschöpfen.

Amaurys Kalender umfasste inzwischen achtzehn Monate und allmählich begann er die Hoffnung aufzugeben, den Kerker jemals lebend zu verlassen. Dann brach Robert plötzlich sein Schweigen. Mit düsterer Miene und einer tiefen Sorgenfalte auf der Stirn betrat er die Zelle. Amaury stand auf und sah ihn fragend an.

»Ich habe gerade mein Testament aufsetzen lassen«, begann Robert. »Es wird dich nicht überraschen, dass Simon mein Erbe ist. Solange er für Gott gegen die Ketzer kämpft, wird Beatrice das Erbe verwalten.« Unter anderen Umständen wäre ihm Amaury als Vogt des königlichen Jagdschlosses in Poissy gefolgt und hätte den Familienbesitz in der Umgebung geerbt, da Beatrice Robert noch immer keinen Nachkommen geschenkt hatte. »Ich kann dir gar nicht sagen, wie sehr ich dies bedaure«, fügte Robert hinzu. »Ich hätte es gern anders gesehen.«

Amaury schluckte.

»Wenn wir beide umkommen, was nicht undenkbar ist«, fuhr Robert fort, »dann erbt sein minderjähriger Sohn.«

»Wieso denn, was ...?«

»Du existierst nicht mehr. Nur Simon und ich sowie Bouchard

de Marly wissen, dass du hier bist. Und Montfort natürlich. Für alle anderen bist du beim Fall Alarics umgekommen.«

»Ich meine: warum jetzt? Was ist passiert?«

»Der König von Aragón stößt mit einem Heer, das sechsmal größer ist als unseres, nach Toulouse vor. Ein Kurier Montforts beordert uns eiligst nach Fanjeaux, wo sich das Kreuzzugsheer versammelt. Im günstigsten Fall werden wir auf offenem Feld eine Schlacht schlagen und uns so teuer wie möglich verkaufen. Der Priester hat mir die Beichte abgenommen und ich habe meine Seele Gott geweiht. Wir ziehen ab, sobald alle Vorbereitungen getroffen sind.«

»Und ich?«

Robert seufzte. »Glaub mir, ich hab es so nicht gewollt. Ich bin ein gottesfürchtiger Mann, doch ich sehe keine andere Möglichkeit.«

»Was meinst du?«

»Du hast von Anfang an die Anführer des Kreuzzugsheeres, Montfort und Abt Arnaud-Amaury, kritisiert. In mancherlei Hinsicht hattest du Recht. Der Heilige Vater hat immer gesagt, dass diejenigen, die zur römischen Kirche zurückkehren wollen, beschützt werden müssen. Für den, der demütig und reuevoll an seine Tür klopft, muss sich diese öffnen und jeder Büßer muss gnädig empfangen werden. Der Abt von Citeaux hat sich hartherziger gezeigt als der grausamste Soldat.« Er bekreuzigte sich und streckte den Rücken. »Kriegsgesetze können nun einmal andere Regeln gegenstandslos machen. Dasselbe passiert auch aufseiten des Gegners. Vor nicht mal einem Monat haben diese ketzerischen Hunde unsere Leute in Pujol überfallen und bis zum letzten Mann niedergemetzelt. Sie gaben ihr Ehrenwort, die Adligen zu verschonen. Stattdessen haben sie sie hinter ihren Pferden durch die Straßen von Toulouse geschleift und anschließend erhängt. Sie

sind keinen Deut besser als wir. Warum, in Gottes Namen, hast du ihre Seite gewählt?«
»Ich war verwirrt. Verwirrt und verliebt«, stammelte Amaury.
»Mit solchen Entschuldigungen brauchst du nicht anzukommen, wenn du vor dem himmlischen Gericht stehst!«
»Wer weiß, wo und von wem wir später einmal gewogen werden«, antwortete Amaury unsicher. Robert sah ihn verständnislos an und Amaury fuhr fort: »Ihr habt euch euer eigenes Gericht geschaffen. Wer seid ihr, dass ihr über andere urteilt? ›Urteilt nicht und ihr werdet nicht verurteilt werden‹, so steht es in der Heiligen Schrift. Wer hat das Recht, diesen Menschen ihr Land wegzunehmen, ihre Frauen und Kinder zu ermorden, ihre Existenz zu zerrütten und unschuldige Bürger zu verstümmeln?«
»Das ist das Recht des Siegers«, antwortete Robert kurz, »und Gott hat uns diesen Sieg geschenkt. Die Herrschaftsgebiete der Ketzer fallen an den erstbesten Katholiken, der sich ihrer bemächtigt. So hat es der Papst befohlen, denn Ketzer und Heiden sind rechtlos.«
»Der Papst hat euch nicht befohlen, euch an euren Feinden zu rächen, indem ihr sie ohne irgendeinen Prozess zum Galgen oder Scheiterhaufen verurteilt. Die Heilige Schrift verbietet uns zu töten. Christus selbst hat das Gesetz der Vergeltung verworfen.«
»Tu nicht so naiv. Ich hab dir doch gerade erzählt, wie die anderen in Pujol gewütet haben.«
»Ja, vielleicht haben die Kriegsgesetze auch ihre Regeln gegenstandslos gemacht. Unter normalen Umständen kennen sie die Todesstrafe jedenfalls nicht. Wer dort eine Straftat begeht, wird im schlimmsten Fall zu einem Leben als *Bon Homme* verurteilt, einer Art Mönchsleben, nur viel schwerer. Es

sind gute Menschen und ihr Glauben ist nicht einmal so unsinnig. Ihr habt euch nie die Mühe gemacht, ihnen erst einmal zuzuhören, bevor ihr sie auf den Scheiterhaufen stellt. Vielleicht hätten wir etwas voneinander lernen können. Alles, was sie sagen, steht in demselben Evangelium geschrieben, das auch eure Priestern predigen.«

»Eure Priester? Unsere, meinst du wohl.«

»Ihr, wir, sie, ich weiß nicht mehr, zu wem ich gehöre.«

Robert sah ihn mit schmerzvoller Miene an und schüttelte den Kopf. Er bekreuzigte sich wieder. »Mein Bruder, ein Ketzer«, stöhnte er. »Wie kannst du nur so auf Abwege geraten sein? Ich hegte die Illusion, du wärst für Gottes Sache noch nicht verloren. Du sprichst ihre Sprache, du kennst Orte, Menschen, Namen. Ich habe mich getäuscht. Ich habe dir eine Chance gegeben, doch du hast keine Reue gezeigt. Jetzt verstehe ich auch, warum du kein einziges Mal nach einem Geistlichen verlangt hast.«

»Ich weiß nicht mehr, was richtig und falsch ist«, bekannte Amaury bedrückt.

Robert seufzte. »Die Zeit drängt«, sagte er. »Wenn ich nicht zurückkehre, bist du Simon ausgeliefert. Es lässt sich nicht sagen, was er macht, wenn er freie Hand hat. Er sinnt auf Rache. Guillaume war wie ein Bruder für ihn.«

»Ihr könnt mir Guillaumes Tod nicht vorwerfen!«

»Wie dem auch sei, ich habe meinem Diener, der dir jeden Tag dein Essen bringt, Anweisungen hinterlassen. Wenn ich im Kampf falle, wird er dich schnell und lautlos töten. Verräter werden erhängt. Ein gnädiges Ende ist alles, was ich für dich tun kann. Ich gebe dir noch die Gelegenheit, dich mit der Kirche zu versöhnen, bevor es so weit ist. Ich werde einen Geistlichen bitten, dich demnächst aufzusuchen.« Er ging in Richtung Tür.

»Warte!«, rief Amaury. In einem plötzlichen Impuls, seinen Bruder zu umarmen, streckte er die Hände aus, doch Robert stand schon in der Tür, und die Kette an Amaurys Fußgelenk reichte nicht weit genug.
»Lass uns wenigstens Abschied nehmen«, flehte er.
Robert blieb stehen. Sein Blick war hart.
»Möge Gott deine Seele empfangen. Ich werde für dich beten«, sagte er nur noch, bevor er verschwand.

Der Priester kam, besah sich seine Darstellung eines reuigen Sünders und zog zufrieden von dannen. Der Diener brachte ihm wie gewöhnlich sein Essen. Der Mann betrat nie seine Zelle. Er öffnete nur die Luke, streckte den Arm hinein, sodass Amaury die Schale annehmen konnte, und schloss die Luke wieder. Schnell und lautlos, hatte Robert gesagt. Würde er Gift in sein Essen streuen? Er begann, alles, was ihm vorgesetzt wurde, misstrauisch zu betrachten. Danach rührte er das Essen und Trinken überhaupt nicht mehr an, bis er zu dem Schluss kam, dass er dann genauso sterben würde, nur langsamer, während die Mäuse, die seine Zelle bewohnten, gut dabei gediehen. Anschließend kam er auf die Idee, die Tiere erst zu füttern. Wenn alle gesund blieben, aß er selbst auch etwas. Nichts geschah. Ob Robert einem anderen den Auftrag gegeben hatte, ihn mit einem schnellen Dolchstoß ins Jenseits zu befördern, wenn die Zeit gekommen war? Bei jedem Geräusch auf der anderen Seite seiner Zellentür erstarrte er, doch die Tür blieb geschlossen.
Die Zeit verging und er wurde immer ängstlicher und unruhiger. War es zu einer Schlacht gekommen? Wie war der Kampf verlaufen? Warum hörte er nichts? Waren die Poissys vielleicht von den Aragnesen gefangen genommen worden und wurden sie jetzt als Geiseln festgehalten? Hatten die Ok-

zitanen unter der Flagge König Pedros inzwischen alle Länder zurückerobert, die man ihnen weggenommen hatte? Den Diener brauchte er nicht danach zu fragen, der Mann hatte noch nie ein Wort mit ihm gewechselt. Doch solange er noch lebte, musste auch Robert noch auf dieser Erde weilen. Wie es Simon ergangen war, interessierte ihn kaum. Wenn er sich jedoch dabei ertappte, heimlich zu hoffen, dass sein Vetter gefallen war, hörte er Colombas Stimme in seiner Erinnerung sagen: »Es ist keine Kunst, die Menschen zu lieben, die dich lieben. Du musst auch deine Feinde lieben.« Er konnte es nicht. Wenn er dann im nächsten Augenblick zu dem Schluss kam, dass er nie so würde sein können wie sie, begann er, daran zu zweifeln, dass es für ihn eine Chance geben würde, sich in einem nächsten Leben zu bessern. Dann fürchtete er wieder, dass er verloren war und dass ihn die Hölle erwartete. Und in seinem Kopf sagte Colombas Stimme: »Es gibt keine Hölle, es gibt kein letztes Urteil. Gott hat keine Wesen geschaffen, um sie zu verdammen.«

Es musste schon November sein, als eines Tages plötzlich an den Riegeln gerüttelt wurde. Langsam und knarrend öffnete sich die Tür. Amaury erhob sich von seiner Strohmatratze, bleich und abgemagert, noch immer nicht bereit für den Henker, der ihn in die andere Welt befördern würde, welche auch immer das sein mochte. Er begann, wie Espenlaub zu zittern, sein Atem ging schneller, ihm brach der kalte Schweiß aus und ihm wurde übel. Im nächsten Augenblick drehte sich alles um ihn herum und er brach zusammen.

»O mein Gott, lass ihn nicht tot sein!« Robert fiel auf die Knie, während er auf das leichenblasse Gesicht seines Bruders starrte. Simon bückte sich, legte zwei Finger auf Amaurys Halsschlagader und richtete sich wieder auf.

»Unsinn, der Schwächling ist nur in Ohnmacht gefallen.«
Langsam kam Amaury wieder zu sich. Er sah Robert, der sich bekreuzigte und die Hände faltete, und Simon, der mit einem Blick voller Missbilligung und Verachtung dahinter stand. Beide sahen müde aus, gezeichnet von den Ereignissen der vergangenen Monate. Zum ersten Mal seit ihrer Wiedervereinigung war Amaury froh, sie zu sehen. Er lächelte.
»Robert? Du lebst noch!«, stieß er hervor.
»Es ist ein Gotteswunder«, bestätigte Robert, »ein Zeichen des Himmels.«
Es sei eine schreckliche Feldschlacht gewesen, erzählte er, bei Muret, ein paar Meilen von Toulouse entfernt. Die Schlacht hatte kaum angefangen, als der König von Aragón fiel. Sein Knappe trug seine Rüstung, damit man den König nicht erkannte, und das ermöglichte den tragischen Irrtum. Wer hatte auch erwartet, dass er in der zweiten Reihe mitkämpfen würde? Jemand hatte ihn noch rufen hören, dass er der König sei, kurz bevor er niedergesäbelt wurde. Sie wussten nicht einmal, wer ihn getötet hatte. Doch die Leute aus Aragón begriffen sofort, dass ihr Anführer gefallen war. Unter den Adligen, die in seiner Nähe kämpften, brach Panik aus. Sein Heer fiel auseinander und wich zurück. Am Anfang verstanden die Kreuzfahrer die plötzliche Wendung im Kampf nicht, doch natürlich nutzte Montfort die Situation geschickt aus.
»Ein Gotteswunder«, wiederholte Robert.
»Wunder gibt es nicht«, ertönte Colombas Stimme in Amaurys Kopf, »Dinge können nicht anders werden, als sie sind. Es passiert nur in deiner Vorstellung, die lässt dich die Dinge anders sehen. Sie sagen, dass Christus Wasser in Wein verwandeln konnte. Als wäre er ein Zauberer gewesen, der Vögel aus einem Hut zaubert!«

»Der König von Aragón hat den Preis für seine Sünden bezahlt«, sagte Simon.
»Es wäre besser gewesen, wenn wir ihn lebend gefangen genommen hätten«, entgegnete Robert.
»Sie wussten nicht mal, wie man sich für eine Feldschlacht aufstellt, wie man eine Blockade bildet. Eine zügellose Bande war es. Jeder kämpfte für sich, als wäre es ein Turnier!«, schnaubte Simon.
»Mutig waren sie schon. Es war Gottes Vorsehung, dass wir die Schlacht gewonnen haben. Der Mut unserer Soldaten wurde von ihrem Glauben an die Sache Christi und die Kirche des Herrn genährt«, meinte Robert.
»Wir waren eine geschlossene Einheit, wir hatten Disziplin, das war entscheidend«, brummte Simon.
»Das auch«, gab Robert zu. »Siehst du jetzt nicht, Amaury, dass du vom Pfad der Wahrheit abgekommen bist? Gott hat seinen Soldaten den Ruhm des Sieges geschenkt. Der Triumph von Muret beweist, dass die heilige römische Kirche die einzige wahre Kirche ist. Wenn der Gott der Ketzer der richtige Gott wäre, warum, glaubst du, erleiden sie dann solche Verluste? Gott, der wahre und einzige Gott, steht auf unserer Seite und führt uns zum Sieg. Sein Segen ruht auf diesem heiligen Krieg.«
»Mach doch endlich Schluss mit dem elenden Überläufer«, schnauzte der Vetter.
»Schweig, Simon!« Robert wandte sich wieder an Amaury. »Wir waren zwei Monate mit Montfort in der Provence, wo Aufstände ausgebrochen waren. In dieser Zeit haben mir die Ereignisse zu denken gegeben. Gott hat mein Leben verschont und deines damit auch. Er hat nicht gewollt, dass dein Urteil vollstreckt wird. Er hat die Tür geöffnet, um das reuige verirrte Schaf wieder in seine Kirche zu lassen. Deine Freiheit kann

ich dir nicht zurückgeben, ich kann dir nur dein Leben schenken und dir die Gelegenheit geben, zum wahren Glauben zurückzukehren.«

»Was ist mein Leben in diesem Kerker denn wert? Hier sterbe ich doch«, sagte Amaury, der wieder etwas Farbe bekommen hatte.

»Es ist die Strafe, die du verdienst«, schnauzte Simon. »Obwohl der Galgen noch besser gewesen wäre.«

»Schweig, Simon!«, schnaubte Robert wieder und zu Amaury sagte er: »Sei froh, dass du die Chance bekommst, deine Seele zu retten.«

»Er sollte besser erst sein Gewissen erleichtern, indem er uns erzählt, was er weiß«, brummte Simon in seinen Bart.

»Keine Sorge, die Gelegenheit bekommt er schon noch«, versicherte ihm Robert.

»Du müsstest es doch aus ihm herausprügeln«, entgegnete der andere und lachte höhnisch, »aber darauf warte ich nicht. Graf Raymond hat sich nach England abgesetzt. Es wird nicht mehr lange dauern, bis wir in Toulouse einmarschieren. Dann habe ich Zeit genug, mich selbst auf die Suche zu machen. Wenn es stimmt, dass du mit einer ketzerischen Hure geschlafen hast, wenn es stimmt, was Robert sagt, dass du an ihre verhängnisvollen Lügen geglaubt hast, dann werde ich das beweisen! Ich werde unser Wappen von diesem Makel befreien. Wenn du der römischen Kirche den Rücken gekehrt hast, bist du ein verfluchter *Bougre*! Dann verdienst du den Scheiterhaufen! Weißt du, dass Ketzer stinken, wenn sie verbrannt werden? Ich habe es selbst gerochen, ich habe daneben gestanden. Sie stinken wie die Hölle. Wenn du ein guter Katholik bist, stinkst du nicht.«

Amaury sprang auf und stürzte sich mit wütendem Gebrüll auf seinen Vetter. Sein geschwächter Körper konnte es jedoch

nicht mit ihm aufnehmen. Bevor Robert eingreifen konnte, lag er mit blutendem Gesicht auf seinem Strohbett. Roberts Faust landete in der Magengrube seines Vetters, der mit dem Rücken an die Zellentür geworfen wurde und sich vor Schmerzen krümmte. Der älteste Poissy stemmte die Hände in die Seite und beugte sich über ihn, wie ein Adler, der mit weit ausgestreckten Schwingen über seiner Beute steht. Er hatte Mühe, sich zu beherrschen.
»Amaury hat sich geirrt«, tobte der Ritter, »er ist im Begriff, sich zu bekehren, doch ein Leben reicht kaum aus, um dafür zu büßen. Frag den ehrwürdigen Dominicus. Deshalb wird er den Rest seines Lebens in einer Zelle verbringen müssen. Ein guter Christ zeigt Erbarmen. Wenn du die Sache auf die Spitze treibst, schadest du unserer Familie mehr, als er es getan hat! Ich betrachte das als Brudermord. Wenn du dich dessen schuldig machst, lasse ich mein Testament ändern und vermache meinen ganzen Besitz dem Templerorden, falls ich kinderlos bleibe!«
Die beiden Ritter standen sich einen Augenblick schweigend gegenüber, bis Robert seine Ruhe wieder gefunden hatte. Dann sagte er: »Das ist genau das, wovor ich euch vor vier Jahren gewarnt habe. Ein Keil ist zwischen uns getrieben worden. Wir sind in dieses Land gekommen, um hier den Gottesfrieden wieder herzustellen und stattdessen führen wir Krieg gegeneinander. Ihr seid das Wort Brüder nicht wert!«
Simon warf Amaury noch einen vernichtenden Blick zu, als Robert ihn am Arm fasste und nach draußen stieß.

Toulouse – September 1216 bis 25. Juni 1218

»Ich habe deine lüsterne Schlampe, diese Colomba, gefunden.«

Es war eine scheinbar beiläufige Bemerkung gewesen. Mehr nicht, doch alarmierend genug: Simon wusste, wie sie hieß. Hatte er in einem der Häuser in Toulouse, in denen sie gewohnt hatte, etwas erfahren und war er ihr jetzt auf der Spur? Hatte er sie tatsächlich schon gefunden? Oder bluffte er und handelte es sich nur um einen neuen Einschüchterungsversuch? Denn Simon fürchtete sich so vor Robert, dass er seinen jüngsten Vetter nicht mehr mit körperlicher Gewalt zu terrorisieren wagte. Ohne noch etwas zu sagen, reiste Simon nach Frankreich ab, während Amaury in quälender Unsicherheit zurückblieb.

Auch sonst hatte sich seine Situation nicht gebessert. Auf seinem Kalender in Lavaur hatte er gerade drei Jahre voll gemacht, als die Kreuzfahrer in Toulouse einmarschierten und die Poissys ihr Quartier verlegten. Jetzt hielt er sich in einem der Kerker von Burg Narbonnais auf, die früher Graf Raymond gehört hatte. Dort bewohnte er einen trostlosen Raum ohne Blick nach draußen. Er fing einen neuen Kalender an, der sich nicht auf das Tageslicht, sondern auf die Einförmigkeit seines Lebens stützte: eine Mahlzeit und eine Schale Wasser pro Tag und ab und zu ein frischer Strohballen, mit dem er seine Zelle reinigen musste.

Der Mönch, der ihn seit Roberts und Simons Rückkehr einmal in der Woche besucht hatte, um ihn mit Gebeten und Teufelsbeschwörungen zu überschütten, wurde durch einen Beichtvater der Poissys ersetzt, den man aus der Heimat in den Süden geholt hatte, damit er Amaury auf den rechten

Pfad zurückführte. Dem sanftmütigen Geistlichen gelang es, ihn davon zu überzeugen, dass seine einzige Überlebenschance eine vollständige Rückkehr in den Schoß der Kirche war. Alle Vorteile, die ihm der Kreuzzug hatte bringen sollen, hatte er zunichte gemacht. Statt den Himmel nach dem Tod seiner Frau günstig zu stimmen, indem er die Feinde Christi bekämpfte, hatte er sich mit einem Ketzerweib eingelassen.

Zu seiner Schande musste sich Amaury eingestehen, dass er tatsächlich keinen Augenblick mehr an die unschuldige Eva gedacht hatte, die gerade mal vierzehn Jahre alt im Wochenbett gestorben war. Er konnte sie sich nicht einmal mehr richtig vorstellen. Er gab dem Geistlichen sein letztes Geld, zwanzig Heller, genau wie damals, und bat ihn, es zur Abtei von Abbecourt zu bringen, damit die Mönche für ihr Seelenheil beteten. Er wünschte, er hätte für Colomba dasselbe tun können, doch in seiner Phantasie hörte er sie schon lachen.

»Für die Toten beten? Wozu soll das gut sein? Die *Bons Hommes* beten und wachen vier Tage und Nächte bei einem Verstorbenen, der von ihnen das *Consolamentum* empfangen hat. Dann sind sie sich sicher, dass der Geist des Toten ohne Einmischung des Gottes der Finsternis sicher in den Himmel zurückgekehrt ist. Das ist genug.«

Sein Beichtvater war jedoch zufrieden. Er reiste mit Robert und Simon ab, die von Zeit zu Zeit zu ihren Besitzungen zurückkehrten, um dafür zu sorgen, dass ihnen die Einkünfte aus ihren Vermögen, die sie für ihre Kriegsführung dringend benötigten, ordnungsgemäß zuflossen.

Einen Weile sah es so aus, als hätten die Kreuzfahrer ihr Ziel endgültig erreicht. Nachdem der Papst den Besitz des Grafen von Toulouse beschlagnahmt hatte, reisten die Poissys erneut in den Norden, diesmal in Begleitung Montforts. Der Feldherr leistete dem französischen König den Lehnseid für alle eroberten Gebiete, die ihm von nun an offiziell unterstanden. Damit herrschte er über ein Reich, das größer war als das des Königs selbst. Erst auf der Rückreise entdeckten sie, dass sich der Sohn Graf Raymonds weigerte, die Entscheidung des Papstes zu akzeptieren, und ein Heer mobilisierte, um sich das zurückzuholen, was ihm rechtmäßig zustand. Der neunzehnjährige Edelmann rückte in Beaucaire ein, dem Hauptquartier der Kreuzfahrer in der Provence, und belagerte die Garnison, die sich in der Burg verschanzte. Unterdessen erhob sich eine große Anzahl von Städten und schloss sich ihm an. Montfort eilte seinen Kameraden zu Hilfe, musste nach einer neunwöchigen Belagerung jedoch einsehen, dass er diesmal der Unterlegene war. Er zog sich zurück und ritt nach Toulouse.

In seinem düsteren Kerker fing Amaury Gerüchte über Montforts Einzug in die Stadt auf. Offenbar hatte sich die männliche Bevölkerung von Toulouse bewaffnet und empfing den verhassten Franzosen mit verbarrikadierten Straßen. Dort, wo es ihm mit seinen Soldaten dennoch gelang durchzudringen, bewarfen ihn die Frauen und Kinder von den Dächern aus mit Hausrat und Abfall. Der Aufstand wurde von dem Feldherrn mit harter Hand niedergeschlagen. Er ließ das jüdische Viertel in Brand stecken und die Stadt von seinen Truppen plündern. Während er anschließend eine Strafexpedition in die Umgebung von Foix unternahm, stieß der junge Raymond von Toulouse in die Provence vor. Montfort sah sich gezwungen, erneut in den Osten zu marschieren, um den jungen Grafen zu zähmen. Inzwischen fasste der abgetretene Graf von Toulouse neuen Mut und zog mit einem Heer von Aragón aus über die Pyrenäen. Bald stand er vor den Toren seiner ehemaligen Residenz und wurde von der Bevölkerung jubelnd empfangen.

»Gott hat sich von uns abgewandt«, sagte Robert, der nach Monaten der Abwesenheit plötzlich wieder im Kerker seines Bruders stand. »Der Kampf bei Beaucaire war ein Gottesgericht. Von dem Augenblick an lief alles schief.« Er sah erschöpft aus. Acht Jahre Krieg, in dem er und seine Männer mit Montforts äußerst beweglichem Heer mitgezogen waren, von einen Gewaltmarsch zur nächsten kräftezehrenden Expedition eilend, hatten auf seinem verwitterten Gesicht ihre Spuren hinterlassen. Es war, als würden die Rückschläge der letzten Monate die Strapazen der vergangenen Jahre plötzlich spürbar machen.

»Wir haben zu viel gewollt«, seufzte er. »Der Allerhöchste hat das Urteil des Konziliums verworfen. Der Papst, der zu unseren Gunsten entschied, ist tot. Während wir an der einen Front schrittweise Fortschritte machen, werden wir an der anderen im Galopp überrannt. Wir haben die Ereignisse nicht mehr im Griff.«

Amaury reagierte nicht. Er hatte ein Stadium erreicht, in dem ihn nichts mehr interessierte. Das Einzige, das ihn am Leben hielt, war sein Hass auf Simon und sein Verlangen, sich irgendwann einmal für dessen niederträchtiges Spiel mit ihm zu rächen.

»Sie hat verraten, wo das Kind versteckt ist«, hatte sein Vetter eines Tages verkündet, »es wird von den Ketzern erzogen, in so einem Frauenhaus.«

»Wo?«

»Hier in Toulouse natürlich.«

Und ein paar Tage später: »Wir haben das Haus ausgemistet und angezündet. Das Balg ist dabei umgekommen.«

»War es ein Mädchen?«
»Ja.«
Amaury hatte die Hoffnung aufgegeben, dass Colomba noch lebte. Sie war tot, es konnte nicht anders sein. Selbst ihr Bildnis in seiner Erinnerung begann zu verblassen. Nur ihre Stimme konnte er noch deutlich hören: »Ich werde sie bei mir halten und für sie sorgen, bis sie alt genug ist, selbst eine Entscheidung zu treffen.« Simon log. Wenn er eine Tochter hätte, wäre sie nicht bei den *Bonnes Dames* untergebracht.
»Wir können nicht mehr in die Stadt«, fuhr Robert fort. »Sie haben alle Straßen verbarrikadiert und einen Wall aus Palisaden errichtet, um die Burg zu isolieren. Wir haben uns hierher zurückgezogen, während wir auf Hilfstruppen warten.«
Die Panik und der Aufruhr in der Stadt waren sogar bis zu Amaurys Kerker vorgedrungen. Er hatte bisher nur nicht gewusst, was der Grund dafür war. Robert lachte kurz.
»Es ist nicht zu glauben. Wir haben letztes Jahr die gesamten Festungsanlagen niederreißen lassen, um zu verhindern, dass sich die Stadt gegen uns erhebt. Jetzt bauen sie die Verteidigungsanlagen in einem Tempo, das keiner für möglich hält, wieder auf, Mauern, Türme, Tore, den ganzen Wall, alles.«
Amaury starrte auf die gegenüberliegende Wand. Er wusste genau, aus wie vielen Steinen seine Zelle gemauert war, er kannte jede Unebenheit und würde das Muster der Fugen blind nachzeichnen können. Seinen Kalender hatte er sorgfältiger geführt als beim letzten Mal. Es war noch nicht viel hinzugekommen. Ein Feldzug in den äußersten Westen, wo Montfort die dreiunddreißigjährige Erbtochter einer kleinen Grafschaft in den Pyrenäen zu einer Heirat mit seinem fünf-

zehnjährigen jüngsten Sohn gezwungen hatte, um sich die Loyalität der sie umgebenden Vasallen zu sichern. Dann das »Ausmisten einiger Räubernester an der Rhône«, wie Vetter Simon es genannt hatte. Natürlich würde Montfort jetzt sofort von seiner Reichsgrenze nach Toulouse zurückeilen, um der Garnison zu Hilfe zu kommen.

Kurz darauf besuchte Robert Amaury wieder.
»Montfort hat sein Hauptquartier hier in der Burg aufgeschlagen«, sagte er. »Du sitzt also direkt unter seiner Nase. Lass uns beten, dass er nichts davon erfährt.«
Es gab wenig, das Amaury selbst dagegen tun konnte. Einen Augenblick überlegte er sogar, einen Riesenkrach zu schlagen, sodass der Feldherr auf ihn aufmerksam werden und seinem kümmerlichen Dasein ein Ende bereiten würde. Doch er bezweifelte, dass er überhaupt genügend Lärm würde machen können. Außerdem würde er dann nicht nur seinen Vetter, sondern auch seinen Bruder in die Sache mit hineinziehen.
Es dauerte eine ganze Weile, bevor ihn Robert wieder aufsuchte. Sein linker Arm war verbunden und er sah noch elender aus als beim letzten Mal.
»Wir können die Stadt nicht erobern, indem wir sie umzingeln und aushungern«, sagte er, »dafür haben wir zu wenig Leute, während die anderen weiter Proviant und Verstärkung von außen erhalten.« Er lachte voller Selbstspott und ließ sich neben seinen jüngeren Bruder auf das Stroh sinken. »Langsam beginne ich fast, dich zu beneiden. Ich hätte nichts dagegen, mich für eine Weile hierhin zurückzuziehen. Wir haben ein paarmal die Mauern bestürmt. Es war ein Blutbad. Ich habe keine Ahnung, wie viele Mannschaften wir dort verloren haben. Die ganze Bevölkerung kämpft Schulter an Schulter,

Männer, Frauen, Kinder. Ich weiß nicht, wie wir Toulouse noch einnehmen sollen, es sei denn, es kommen neue Kreuzfahrer.« Seine Stimme klang resigniert. »Montfort ist nicht mehr er selbst. Die Sache gleitet ihm aus den Händen. Als er mit seinen Truppen hier ankam, prahlte er, dass kein Pferd abgesattelt würde, bevor Toulouse eingenommen sei. Nichts als leere Worte. Damals war es noch nicht einmal Herbst und jetzt ist es fast Weihnachten.«
Er schwieg eine Weile und lehnte sich mit geschlossenen Augen an die Wand, während Amaury apathisch vor sich hin starrte. Was gingen ihn die Missgeschicke des Kreuzzugsheeres an? Er konnte sich nicht einmal darüber freuen. Natürlich beneidete Robert ihn nicht wirklich um seine Lage. Einen Augenblick phantasierte er darüber, wie es wäre, wenn er tatsächlich für eine Weile mit ihm tauschen könnte: Robert, der endlich Ruhe bekam, auch wenn es in einem Kerker war, und er dort draußen vor der belagerten Stadt, sofern man die unzulängliche Blockade der Kreuzfahrer so nennen konnte. Eine lächerliche Idee. Sobald er die Gelegenheit dazu bekam, würde er doch überlaufen.
»Montforts Unerschütterlichkeit ist auf Treibsand gebaut«, sagte Robert plötzlich. »Er hat seine neuen Untertanen mit seinen gnadenlosen Gesetzen unterdrückt und mit viel zu hohen Steuern ausgenommen. Damit hat er nur ihren Widerstand geweckt. Seine Grausamkeiten haben das Volk noch rebellischer gemacht. Sogar unseren abgebrühtesten Soldaten ging es manchmal zu weit.« Und nach einer Weile fügte er hinzu: »Wenn wir diesen Kampf verlieren, ist das der Beweis, dass Montforts Herrschaft über Toulouse unrechtmäßig ist. Wir hätten uns das erste Gottesgericht, unsere Niederlage bei Beaucaire, zu Herzen nehmen müssen. Die Stadt und das Land gehören Graf Raymond aufgrund seines Geburtsrech-

tes. Wir hätten ihm dieses Recht nicht nehmen dürfen, auch wenn er wegen seiner Verbrechen auf seine Besitzungen verzichtet hat. Sein Erbe steht seinem Sohn zu. Manchmal frage ich mich, ob Montfort, der Soldat Gottes, jetzt nicht als Mittel benutzt wird, um uns zu prüfen.«

Wieder entstand eine Stille. Amaury war davon überzeugt, dass Montfort der Fleisch gewordene Satan war, der Antichrist. Robert strich über seinen verletzten Arm.

»Unser heiliger Krieg ist nicht länger Gottes Wille, sondern der Montforts«, murmelte er kopfschüttelnd. »Wenn wir vernünftig wären, würden wir Friedensverhandlungen anstreben. Doch keiner wagt es, ihm das vorzuschlagen. Ich wünschte, ich könnte mich aus diesem heillosen Unternehmen zurückziehen.« Er sah Amaury an. »Wer diesen Kampf fortsetzt, den trifft die Geißel der göttlichen Rache.«

»Der Gott des Guten ist kein zorniger Gott, er ist kein Gott der Rache oder des Todes. Er ist kein mitleidloser Richter«, hörte Amaury Colomba sagen, »er ist nur Güte und Liebe.« Doch der Gott Roms geißelte und schlug, um den Menschen auf die Probe zu stellen, sodass sein Glaube wachsen und er sich in seiner Not ihm zuwenden und dank seiner Gnade die Prüfungen bestehen konnte.

»Es ist nicht Gottes Rache, die du fürchten musst«, sagte Amaury, »sondern dein Gewissen.«

»Ich muss mit meinem Gewissen ins Reine kommen, bevor es zu spät ist«, stimmte ihm Robert zu, »mit Gott und meinem Gewissen.« Er stützte seinen verletzten Arm mit seiner anderen Hand. Der Schweiß stand ihm auf der Stirn. Offenbar hatte er große Schmerzen. Wieder sah er seinen Bruder an. Er wollte etwas sagen, schwieg jedoch. Danach stand er auf und verließ die Zelle.

In den darauf folgenden Monaten ließ sich Robert nicht mehr

blicken. Jetzt, wo sich Montfort auf Burg Narbonnais aufhielt, würde sein Gang zu den Kerkern die Anwesenheit des mit Schande befleckten Renegaten verraten. Auch Simon kam nicht mehr. Unterdessen wurde es Frühling, zumindest gab sein Kalender das an. Ob mit dem Frühjahr neue Kreuzfahrer angekommen waren? Auf jeden Fall schien es an Proviant zu mangeln, denn seine Rationen wurden immer dürftiger. Wahrscheinlich ging auch das Geld zur Neige.

Der Sommer musste gerade angefangen haben, als Robert plötzlich in voller Rüstung in seinen Kerker stürmte. Er sah schrecklich aus. Sein Gesicht war verzerrt und aschfahl, der Waffenrock, den er über seinem Panzerhemd trug, blutbeschmiert und an seinem Kopf klaffte eine Wunde. Ohne ein Wort zu sagen, zog er sein Kriegsbeil aus dem Gürtel und kam auf Amaury zu. Er umfasste die Waffe mit beiden Händen und schwang sie hoch. Der Gefangene wich zurück und duckte sich, während er die Arme schützend über seinen Kopf legte. Als ob das helfen würde. Das Beil sauste nieder und durchschnitt mit einem Schlag die Kette, mit der er an die Mauer gefesselt war.
»Raus, schnell!« Mit einer knappen Geste trieb ihn Robert zur Eile an. Amaury stolperte mit seinen erschlafften Beinen hinter seinem Bruder her, zuerst durch einen Gang und dann eine Wendeltreppe hinauf. Dort riss Robert ein Bündel aus einer Nische und drückte es ihm in die Hand. Einen Augenblick später standen sie draußen, Amaury in die blutbefleckte und zerrissene Kleidung eines Bogenschützen von Poissy gehüllt. Am liebsten hätte er die Hände auf seine Brust gelegt, um das Kreuz zu verbergen, das darauf genäht war. Ein Stück weiter hörte er Mönche singen. Er kniff die Augen vor dem grellen Sonnenlicht zusammen, atmete die frische Luft tief ein und

hob das Gesicht gen Himmel, während er die wohlige Wärme auf seiner Haut genoss.
»Guck nach unten und bete! Montfort ist tot, Gott sei seiner Seele gnädig!«, zischte Robert, während er sich hastig dreimal bekreuzigte. Amaury folgte seinem Beispiel langsam.
Abgesehen von dem Gesang der Trauernden in der Kapelle herrschte eine beklemmende Stille um sie herum. Ein paar Ritter eilten über den Burghof zu dem geweihten Raum, in den der Leichnam des Feldherrn gebracht worden war. Hinter den Mauern, auf der anderen Seite der Burg, ertönte Lärm. Dort feierten die Toulouser Montforts Tod mit Jubel, Trommelwirbeln und schallenden Trompeten.
»Wie ist es passiert?«, keuchte Amaury, während er mit zitternden Beinen hinter seinem Bruder über die Zugbrücke hetzte, auf dem Weg zum Heerlager.
»Ein Stein, abgefeuert von einem *Magonel*. Er hat ihn direkt am Kopf getroffen. Sein ganzes Gesicht war weggeschlagen, man konnte sein Gehirn auf dem Boden liegen sehen. Es war ein grauenhafter Anblick. Einer von uns hat ihn so schnell wie möglich mit einem Mantel bedeckt. Dabei wollte er seinem Bruder zu Hilfe eilen, der von einem Pfeil in die Seite getroffen worden war.«
»Heilige Mutter Gottes!«, stieß Amaury hervor, während er in Ausdrücke zurückfiel, die zu seinem jetzigen Gewand passten. »So einen Tod hätte selbst ich ihm nicht gewünscht.«
»Er hat es wahrscheinlich gar nicht gemerkt. Er war auf der Stelle tot.«
Sie mussten einen Augenblick stehen bleiben, da Amaury mit seinem Bruder nicht Schritt halten konnte. Er bekam kaum noch Luft. Keuchend verharrte er und sah sich um. Zu ihrer Linken befand sich das Schlachtfeld, auf dem sich zwischen den Toten und Verletzten die versengten Reste der riesigen

Steinschleudern erhoben, die die Toulouser nach Montforts Fall in Brand gesteckt hatten. Zu ihrer Rechten, am anderen Ufer der Garonne, herrschte heilloses Chaos. Die Kreuzfahrer, die dort ihre Zelte aufgeschlagen hatten, waren geflohen und hatten alles stehen und liegen lassen. Jetzt plünderten Toulouser Soldaten und Bürger das Heerlager und schleppten alles in die Stadt: Pferde, Ochsen, Zelte, Kleiderkisten, Rüstungen, Geld, Vorräte und was es sonst noch zu holen gab.

»Wie gewöhnlich hatte er vor dem Kampf noch an der Messe teilgenommen«, erzählte Robert. »Ich höre ihn noch sagen: ›Kommt, lasst uns gehen. Wenn es sein muss, lasst uns für ihn sterben, der sich herabließ, für uns zu sterben.‹ Er hat bis zu seinem letzten Atemzug im Dienste des Glaubens gekämpft. Er war ein wahrhafter Ritter Christi. Möge Gott seine Seele empfangen.«

»Ein Heldentod ist ein nutzloser Tod«, hallte Colombas Stimme durch Amaurys Kopf, »du kannst dich nicht von all dem Bösen, das in dir ist, reinigen, indem du dein Blut oder das anderer vergießt.«

Schweigend setzten sie ihren Weg zum Zelt der Poissys fort, wo Robert Amaurys Kopf mit einem Verband umwickelte, sodass er unkenntlich war. Zu Amaurys Erleichterung bedeckte das Leinen auch großenteils seine Augen, denn das Tageslicht schmerzte ihn allmählich so, dass ihm Tränen über die Wangen liefen.

»Gott weiß, was passiert wäre, wenn ich dich nicht hätte befreien können«, flüsterte Robert, während er sein Blut an den fleckenlosen Verband schmierte. »Wenn wir die Belagerung aufgeben, werden wir die Burg wohl anzünden, samt Gefangenen und allem.« Er schob die Zeltplane noch etwas weiter zu und zog zum zweiten Mal sein Kriegsbeil aus dem Gürtel.

Mit einem Schlag ließ er die Rückseite des Blattes auf Amaurys Schienbein krachen. Der Knochen brach und Amaury schrie.

»Vergib mir, Bruder, aber ich kann kein Risiko eingehen. Weglaufen oder überlaufen ist jetzt nicht mehr drin.«

Poissy – 1221

Beatrice de Marly war der Inbegriff weiblicher Bescheidenheit. Sie leitete ihr Dasein aus dem anderer ab, ein nutzloses Anhängsel, die nicht unentbehrliche Ergänzung ihres Mannes. In der festen Überzeugung, dass ihr unfruchtbarer Schoß die Folge von zu viel Hochmut und zu wenig Frömmigkeit war, bewegte sie sich wie ein Schatten durch die Burg und verbrachte einen großen Teil des Tages in der Kapelle, wo sie vor dem Bildnis der Heiligen Jungfrau kniete, in der Hoffnung, dass ihre Gebete erhört würden. Wer seine Hoffnung auf die Heilige Jungfrau setzte, den würde sie schließlich heilen, so krank er auch war. Robert hatte nie versucht, sie wegen ihrer Unfruchtbarkeit zu verstoßen. Dass er an ihr festhielt, machte sie noch abhängiger von ihm. Sie stellte ihr Leben vollkommen in seinen Dienst. So war es auch selbstverständlich, dass sie sich des verdammten Zöglings der Poissys annahm, den Robert mit so viel Mühe und unter Einsatz seines Lebens aus den Klauen des Teufels gerettet hatte. Denn dass die Ketzerei, die den Süden beherrschte, ein Werk des Teufels war, daran bestand kein Zweifel.

Außerhalb der Mauern Poissys gab es eine Festung, die zweihundert Jahre zuvor von Constance, der dritten Frau König Roberts des Frommen, erbaut worden war, der Poissy zu seiner Lieblingsresidenz auserkoren hatte. Jetzt bewohnte Amaury einen Turm der alten Burg. Obwohl es ihm unmöglich war, den Turm auf irgendeine Weise zu verlassen, hatte er genügend Bewegungsfreiheit. Trotz des verhältnismäßig großen Komforts führte er jedoch ein einsames Leben, das ebenso nutzlos war wie das von Beatrice. Dieses trostlose Schicksal war das Einzige, wodurch sie sich miteinander verbunden fühlten, denn beiden bedeutete die Liebe zu einem anderen so viel, dass keine größere Zuneigung zwischen ihnen wachsen konnte als gegenseitiges Mitleid.

Von Verführung war dann auch keine Rede gewesen. Es war ein kühl entworfener Plan, der giftige Ausfluss eines stinkenden Geschwürs, das sich tief in ihm gebildet hatte, die Auswüchse seines tiefen Grolls auf seinen Bruder und seinen Vetter. Er führte ihn aus, als er ungefähr zwei Jahre in Poissy war, ein Zeitraum, der lang genug war, um keinen Argwohn zu erwecken.

Reden hatte er immer besser gekonnt als die beiden anderen Poissys. Jetzt wandte er seine ganze Überredungskunst an, um Beatrice davon zu überzeugen, dass es nicht an ihr liegen musste, dass sie keine Nachkommen hatten.

»Ich versichere dir, dass es ihm auch nie gelungen ist, einer anderen Frau ein Kind zu machen.«

Seine Worte trafen sie hart. Ihre Miene erstarrte.

»Nicht, dass er es oft getan hätte«, beschönigte er, »aber ein Mann, der jahrelang im Krieg ist, muss sich ab und zu ablenken. Es hatte nichts zu bedeuten. Ich wollte dir damit nur sagen, dass er auch keine unehelichen Kinder hat.«

Sie zuckte resigniert mit den Schultern.

»Du siehst doch, wie Robert unter dem Gedanken leidet, dass sein Erbe und seine Titel einmal an Simon fallen? Wenn alles so bleibt, wie es ist, ist das unvermeidlich. Dann wird Simon der nächste Burgvogt von Poissy und erbt neben Aigremont auch Maisons und Fresnes.« Er sagte es, als handle es sich um ein großes Unheil, das über ihren Köpfen schwebte.

»Ist das nicht sein eigener Wunsch?«, entgegnete Beatrice vorsichtig. »Steht es nicht in dem Testament, das er hat aufsetzen lassen?«

»Dieses Testament war eine Notlösung. Er ließ es an dem Vorabend einer Feldschlacht aufsetzen, von der niemand glaubte, dass wir sie gewinnen würden. Auch Robert fürchtete, dass er nicht lebend zurückkommen würde. Er hat mir selbst gesagt, dass er es gern anders gesehen hätte. Begreifst du, was das bedeutet? Im Grunde seines Herzens wollte er es nicht, doch die Umstände zwangen ihn dazu.«

»Er hat es seitdem doch nicht geändert?«

»Weil er keinen triftigen Grund dafür nennen konnte. Sähe er eine Möglichkeit dazu, würde er es sicher tun. Du kennst doch Simon. Und du kennst seinen Sohn. Der ist genauso kurzsichtig wie sein Vater. Ihre einzigen Waffen sind ihre Fäuste und ihre fluchende Zunge. Sie haben nicht die geringste Ahnung von Diplomatie. Wenn du dem Königshof so nahe stehst wie wir, wird das dein Untergang. Er wird alles verspielen, was unsere Vorväter erworben haben.«

Sie saßen sich auf den Holzbänken in der einzigen Fensternische seines Zimmers gegenüber. Er schwieg kurz, damit sie Zeit hatte, über seine Worte nachzudenken. Sie nickte und starrte auf ihre Schuhe.

»Stell dir vor, du wärst sehr wohl imstande, Kinder zu gebären, wovon ich fest überzeugt bin. Stell dir vor, du könntest in deinem Schoß neues Leben wachsen fühlen.«

»Weg, weg! Ist alles! Sicard verflucht mich, wenn ich rede. Johanniter sind überall, Sicard zieht mir lebendig Fell über Ohren!« Wigbold schien wirklich eine Heidenangst vor diesem Kerl zu haben. Amaury glaubte ihm.
»Das wäre dein verdienter Lohn.« Er winkte den anderen, die den Friesen aus der dunklen Gasse herausführten.
»Ich werde dich freikaufen, Wigbold«, sagte Amaury in der Sprache des Südens. »Mein Diener wartet an einem verabredeten Ort mit dem Geld, denn ich traue diesen Leuten auch nicht.«
Wigbold nickte apathisch.
»Und glaube nicht, ich täte es, weil ich dich so wahnsinnig gut leiden kann«, versicherte er dem Friesen mit gedämpfter Stimme. »Du hattest schon eine Menge gutzumachen und jetzt hat sich die Schuld verdoppelt.« Plötzlich fiel ihm etwas ein. »Du stehst doch im Dienst Raymond d'Alfaros, nicht wahr?«
»Sergeant.«
Amaury legte warnend den Finger auf die Lippen, bekreuzigte sich und sah Wigbold fragend an. Der schüttelte kaum merklich den Kopf. Es war zu bezweifeln, dass der Beitritt des Friesen zur Kirche Gottes irgendeine Bedeutung hatte, doch auf jeden Fall war er damit endgültig zu denselben »räudigen Hunden« übergelaufen, die seine Landsleute bei Montgey aufgespießt hatten. Schlimmer noch: Er war bei einem Sympathisanten der Guten Christen fest angestellt. Das änderte einiges. Wigbold hatte etwas zu verlieren und das konnte er ausnutzen.
»Wenn du den Posten nicht verlieren willst«, flüsterte er, »und wenn in deinem riesigen Körper irgendwo Platz für ein Gewissen ist, dann gibt es etwas, das du für mich tun kannst: Finde meinen Sohn.«

Paris – Sommer 1234

Jemand musste ihn angezeigt haben. Anders konnte er sich den Aufruf der Inquisition nicht erklären. Sein Beichtvater, der Mönch, der Amaury schon vor Jahren versichert hatte, dass er genügend Reue gezeigt und gebüßt habe, erklärte ihm jetzt, dass es unwiderruflich zu seiner Exkommunikation führen würde, wenn er sich weigerte, vor dem Tribunal zu erscheinen. Und auf jeden Fall würde er in absehbarer Zeit verhaftet werden. Er konnte natürlich fliehen, doch das allein würde schon reichen, um ihn als Ketzer abzustempeln und ihn in seiner Abwesenheit zu verurteilen. Außerdem würde Simon dann sofort seine Chance ergreifen, denn Gasce war dreizehn und damit erst in einem Jahr volljährig. Eigentlich hatte er überhaupt keine Wahl.
Beatrice flehte ihn deshalb auch an, dem Aufruf Folge zu leisten. Wenn er vor dem Tribunal erscheine, habe er wenigstens die Möglichkeit, sich zu verteidigen, meinte sie. Was könne man ihm außerdem zur Last legen? Genug, wusste er. Allerdings würde hier in Paris niemand Beweise für seine früheren Beziehungen zur Ketzerei anführen können. Die spärlichen Berichte, die ihn aus dem Süden erreichten, waren jedoch bedrohlich genug. So begab er sich dann auch alles andere als ruhig zum Inquisitionsgericht in Paris.
Den Vorsitz über das Tribunal führte der Prior der Dominikaner, die vom Papst den Auftrag bekommen hatten, die Inquisition, die Aufspürung, Untersuchung und Überführung von Ketzern, von den Bischöfen zu übernehmen. Der Inquisitor war Ankläger, Untersuchungsrichter und Richter zugleich. Er wurde von einem Zisterzienser sowie einem Franziskaner unterstützt, die nur als Zeugen des Prozesses auftraten, und ei-

Er beugte sich zu ihr hinüber und strich mit seiner Hand sanft über den Samt, der ihren Bauch bedeckte. Sie wich zurück und schaute alarmiert zum Fenster.
»Wovor hast du Angst? Keiner kann uns sehen. Da draußen sind nur die Wälder Marlys. Und ich werde dich bestimmt nicht vergewaltigen.«
Sie entspannte sich.
»Stell dir vor, du könntest Kinder bekommen ...«
Ihre grauen Augen schauten zu ihm auf.
»Dein Schoß sehnt sich all die Jahre vergeblich nach fruchtbarem Samen. Und jeder betrachtet dich, als wärst du keine vollwertige Frau.« Er schüttelte mitleidig den Kopf. »Robert liebt dich. Wenn er das nicht täte, hätte er längst nach einem Vorwand gesucht, die Ehe zu beenden. Ich biete dir die Möglichkeit, ihm einen Sohn zu schenken. Du musst dich selbst fragen, ob du dieses Angebot ablehnen darfst. Die Zukunft liegt in deinen Händen. Du allein entscheidest darüber.«
Sie rang die Hände in ihrem Schoß, während sie mit ihren Schuldgefühlen, Zweifeln und Ängsten kämpfte.
»Ich will euch nur helfen. Ich tu es nicht für mich«, log er. »Mein Leben ist wertlos. Ich habe einen großen Irrtum begangen, den ich nicht rückgängig machen kann. Das Leben ist kurz und man bekommt keine zweite Chance. Dein Leben kann noch einen Sinn bekommen, du bist noch jung genug.«
Sie lächelte matt.
»Wenn du meinen Vorschlag ablehnst, bleibt später nichts auf dieser Welt von euch zurück. Dann ist dein Leben völlig umsonst gewesen und Roberts auch. Simon ist der lachende Dritte. Das ist er nicht wert.«
»Robert wird es erfahren«, flüsterte sie und schon bei dem Gedanken allein verzog sie schmerzlich das Gesicht.

»Von wem?«, entgegnete er.
»Er wird es spüren.«
»Dinge können sich plötzlich ändern. Was wissen wir davon? Wer sagt, dass es mein Kind ist, das du demnächst unter dem Herzen trägst? Dessen bin ich mir ebenso wenig sicher wie er. Wir müssen nur dafür sorgen, dass es auf jeden Fall von ihm sein kann. Das ist deine Aufgabe. Du musst bestimmen, wann der richtige Augenblick gekommen ist.«
»Ich kann meinen Mann nicht betrügen.«
»Du betrügst ihn nicht. Du wirst ihm einen großen Dienst erweisen.«
»Ehebruch ist eine Todsünde«, flüsterte sie kaum hörbar.
»Ja, und du darfst nicht einmal bei der Beichte darüber sprechen«, sagte er. »Das ist das Opfer, das du bringen musst. Sei ehrlich, Beatrice, darfst du so selbstsüchtig sein und dein eigenes Seelenheil an die erste Stelle setzen?«
»Gottes Strafe wird schrecklich sein.« Sie wagte das Wort »Hölle« nicht einmal auszusprechen.
»Das glaube ich nicht. Und ich werde dir sagen, warum. Erstens weiß Gott, der alles weiß und alles sieht, dass du es nicht aus Eigennutz, sondern aus Nächstenliebe tust. Das kann nicht falsch sein. Und zweitens ist es kein Ehebruch, denn du liebst nicht mich, sondern Robert. Du tust es aus Liebe zu ihm.«
»Wenn ich meine Sünde nicht beichten kann, kann mir auch nicht vergeben werden.«
»Du kommst nicht in die Hölle, Beatrice. Die Herren von Notre-Dame haben gerade erklärt, dass wir nicht gleich in die Hölle kommen. Es ist noch Rettung möglich, denn neben der Hölle und dem Paradies gibt es noch einen dritten Ort, an den die Seele gebracht werden kann. Das ist das Fegefeuer. Wer nicht gut genug ist, um direkt in den Himmel zu kommen,

und wer nicht schlecht genug ist für die Hölle, der kann Vergebung seiner Sünden erhalten, indem er im Fegefeuer leidet.«
Diese Aussicht lockte sie ebenso wenig. Amaury lehnte sich zurück und schaute nach draußen, wo sich die Ländereien und das grüne Blätterdach der Wälder Marlys bis an den Horizont erstreckten.
»Du kannst dein Geheimnis der Heiligen Jungfrau anvertrauen«, schlug er vor. »Sie wird deine Wortführerin sein. Wer kann sich einen besseren Beichtvater wünschen als diese Beichtmutter?«
Einen Augenblick sah es so aus, als böte ihr diese Möglichkeit einen Ausweg. Dann sagte sie: »Gott hat gewollt, dass ich unfruchtbar bin.«
Er sah sie scharf an. »Das weißt du gar nicht genau. Das habe ich dir doch gerade zu beweisen versucht.«
»Dann hat der Herr gewollt, dass Robert … Daran können wir nichts ändern, daran dürfen wir nichts ändern.«
Er machte eine verzweifelte Geste. Ihre Demut reizte ihn. Wie ein ängstlicher Spatz saß sie da in sich zusammengesunken, als könnte sie schon der kleinste Windstoß hinwegpusten. Dann würde sie davonwehen und niemand würde sie vermissen.
»Du drückst dich vor deiner Verantwortung, indem du Gott die Schuld gibst«, sagte er streng. »Wenn jemand ins Wasser fällt, versuchen wir doch auch, ihn wieder aufs Trockene zu ziehen, bevor er ertrinkt? Dann sagen wir doch auch nicht: Gott hat offenbar gewollt, dass er ertrinkt?«
Ihre Finger suchten den Rosenkranz, der an ihrem Gürtel hing. Er seufzte. Eigentlich müsste er Mitleid mit ihr haben. Stattdessen verärgerte sie ihn. Das kam dadurch, weil er sie mit Colomba verglich. Das offene Visier und die kämpferische

Haltung, mit denen Colomba der Welt entgegengetreten war, gefielen ihm viel besser. Die wusste wenigstens, was sie wollte. Dass er sich dadurch fast pausenlos mit ihr gestritten hatte, war etwas anderes. Erst jetzt wurde ihm bewusst, dass er sich gerade durch ihre ständigen Wortgefechte so zu ihr hingezogen gefühlt hatte. Sie hatte ihr Schicksal selbst in der Hand. Das war ungewohnt und nicht ganz leicht für einen Mann, doch es nötigte ihm Respekt ab.

Schließlich gab Beatrice nach. An einem stürmischen Herbsttag kam sie zu ihm, offensichtlich in der Hoffnung, dass das Heulen des Windes jedes unzulässige Geräusch übertönen würde. Sie brachte eine Schale Leckereien und einen Krug Wein mit, letzteren anscheinend, um sich Mut anzutrinken.
»Ich habe mich entschieden. Ich will ein Kind von dir«, sagte sie einfach und stellte die Schale und den Krug in die Fensternische, in der sie immer saßen.
Einen Augenblick hatte er Angst, er könnte es nicht. Doch sobald er ihre nackte Haut sah und sie berührte, erwies sich diese Furcht als unbegründet. Sie kam noch ein paarmal, zur Sicherheit. Drei Monate später erzählte sie ihm, dass sie schwanger sei.
Robert, der nichts zu vermuten schien, konnte sein Glück nicht fassen, als sie einen Sohn zur Welt brachte. Gott sei Dank ähnelte ihm das Kind auch ein bisschen. Schließlich strömte das Blut Poissys durch seine Adern. Sie nannten ihn Gasce, nach seinem Großvater und dessen ältestem Sohn, der im Heiligen Land gefallen war. Simon war außer sich. Er sah, wie ihm Titel und Erbe durch die Lappen gingen, Grund genug, das Gerücht zu verbreiten, das Kind sei unehelich. Doch Beatrices tadelloser Ruf sorgte dafür, dass ihm niemand glaubte.

Von seinem abgelegenen Turm aus sah Amaury mit boshaftem Vergnügen zu. Das Kind bekam er nicht zu sehen, doch seine Rache war unvergleichlich. Mit einem Schlag hatte er Simons Zukunftsträume zerstört und Robert, der sein Leben gleichzeitig zerstört und gerettet hatte, an seiner empfindlichsten Stelle getroffen, ohne dass es diesem bewusst war. Die vollkommene Vergeltung. Er hatte sogar noch Spaß dabei gehabt, auch wenn es einen bitteren Nachgeschmack hinterließ, der selbst mit dem süßesten Trank nicht wegzuspülen war.

Albi – Oktober 1226

Aus Furcht, der neue Stammhalter könne wie so viele Kinder das Erwachsenenalter nicht erreichen, bat ihn Beatrice, sie noch einmal zu schwängern. Zuerst weigerte sich Amaury, doch schließlich gab er ihren flehentlichen Bitten nach. Sie schenkte ihm noch einen Sohn, der nach seinem Vater Robert genannt wurde. Kurz nachdem sie ihren dritten Sohn Jean zur Welt gebracht hatte, setzte Robert sein Siegel unter eine Erklärung, in der er zusammen mit fünfundzwanzig angesehenen Adligen dem König seine Unterstützung für einen neuen Kreuzzug gegen die Ketzerei in der Grafschaft Toulouse zusagte. Seine Hand drückte das Wappen mit den Merletten in den Siegellack, doch mit dem Herzen war er nicht dabei.

Vor fünfzehn Jahren hatte Robert das Kreuz aus Überzeugung genommen. Jetzt handelte er nur aus Loyalität dem König gegenüber, der vor seiner Thronbesteigung in Poissy residiert hatte und dessen Söhne dort geboren und getauft worden waren. Er hatte dem Druck des frommen Königs und vor allem der Königin nachgegeben, die, wenn möglich, eine noch leidenschaftlichere Befürworterin dessen war, was Ludwigs dritter Kreuzzug werden sollte. Amaury seinerseits erlag dem Versprechen, dass er einen vollkommenen Ablass erhalten und wieder ein freier Mann sein würde, wenn er das Kreuz nahm. Auch Beatrice hatte den natürlichen Vater ihrer Kinder angespornt, diese Gelegenheit zu ergreifen. Nur Simon begeisterte sich wirklich für den neuen Eroberungszug, der ihm diesmal vielleicht doch ein Landgut und einen Titel im Süden einbringen würde.

So reisten sie im Mai in Gesellschaft ihres alten Kampfgefährten, dem Nachbarn und angeheirateten Verwandten Bouchard de Marly, ab, Veteranen im Heer König Ludwigs, der, beseelt von einem heiligen Eifer, seine von der Kirche aufgepeitschten Truppen anführte. Ludwig, der schon als Prinz kurz nach dem Tod Montforts gegen den Willen seines Vaters einen Zug in den Süden unternommen hatte, um den ersten Kreuzzug gegen die Ketzer zu retten, hatte die Schlacht von Marmande auf seine Fahne geschrieben, ein Blutbad, das fast dem von Béziers gleichkam. Es war ihm jedoch nicht gelungen, Toulouse einzunehmen. Er hatte es sich diesmal zum Ziel gesetzt, die ketzerische Verdorbenheit, die nach der Wiedereroberung des okzitanischen Landes wieder aufgeblüht war, endgültig auszurotten.

Auch bei den Feinden war inzwischen eine neue Generation an der Macht: Raymond von Toulouse, der Sohn Raymonds; Roger-Bernard von Foix, der Sohn Raymond-Rogers, und Raymond II. von Trencavel, der verbannte Sohn des 1209 ermordeten Raymond-Rogers, Burggraf von Carcassonne. Alles junge Hitzköpfe, die nach Rache dürsteten für das Unrecht,

das ihren verstorbenen Vätern angetan worden war. Dass Ludwig ein geweihter König war und aus diesem Grund beinahe als Halbgott betrachtet wurde, ließ sie kalt.
Der Vormarsch des Kreuzzugsheeres scheiterte bald an einer unangenehmen Überraschung. Raymond VII. von Toulouse, der als Nachfolger seines Vaters wie dieser exkommuniziert und aller Rechte beraubt worden war, hatte ein Mittel gefunden, Ludwig und seinen Kreuzzug zu behindern. Es gelang ihm, die Stadt Avignon dazu zu überreden, seine Seite zu wählen. Entgegen den Abmachungen und Versprechen verweigerten die Stadtherren dem König den Zutritt nach Avignon und somit zu der einzigen Brücke, die geeignet war, mit dem gewaltigen Heer die Rhône zu überqueren. Wütend ließ der König die Stadt belagern.
Es dauerte drei Monate, bis sich Avignon geschlagen gab, eine Ewigkeit in einem kahlen und verwüsteten Land, in dem es keine Nahrung mehr zu holen gab. Selbst das Futter für die Pferde musste aus dem fernen Frankreich herangeschafft werden. Drei Monate mit Bestürmungen, Ausfällen, Scharmützeln, Hinterhalten, Hitze und Hunger. Es war schon fast Herbst, als sie mit dem eigentlichen Feldzug beginnen konnten, und noch bevor sie das Herz des ketzerischen Landes erreichten, waren viele ihrer Kampfgefährten an Durchfall gestorben. Die gefürchtete Krankheit, die im Heer schon während der Belagerung Avignons ausgebrochen war, griff wie eine Seuche um sich. Der König beschloss, das heiß begehrte Toulouse nicht mehr anzugreifen und den Rückzug anzutreten.
In Albi hatten Roberts Kräfte so nachgelassen, dass er vom Pferd steigen musste. Amaury blieb mit ihm zurück. Während er in das ausgemergelte Gesicht seines Bruders starrte, schwand sein Groll auf ihn. Stattdessen empfand er Reue.

»Hast du sie gefunden?«, flüsterte Robert mit geschwächter Stimme.
»Wen?«
Robert sah ihn schweigend an. Seine Augen glänzten fiebrig.
Amaury biss sich auf die Unterlippe.
»Wann sollte ich sie denn gesucht haben?«
»Du hattest Gelegenheit genug.« Robert versuchte, sich aufzurichten, und Amaury stopfte ihm ein Kissen in den Rücken. »Oder dachtest du, ich hätte dir geglaubt, als du behauptet hast, feindliche Patrouillen hätten dir den Weg versperrt?«
»Es stimmt, ich musste wirklich einen Umweg reiten.«
»Einen Umweg von vier Tagen?«
Während der Belagerung Avignons war es in ihrem Feldlager ein ständiges Kommen und Gehen von Geistlichen, Botschaftern und Kurieren gewesen, die dem König die Unterwerfung ihrer Stadt anboten. Das ganze Gebiet bis hin nach Carcassonne und Albi hatte sich aus Angst vor dem näher rückenden Kreuzzugsheer auf diese Weise schon im Voraus geschlagen gegeben und dem König Treue geschworen, während dieser mit seinem Heer noch bei Avignon festsaß. Ludwig fehlte es an Kurieren und Amaury hatte seine Dienste angeboten. Schließlich sprach er die Landessprache und kannte die meisten Wege. Ohne auch nur einen Augenblick zu zögern, hatte er die Gelegenheit ergriffen, um über Cabaret zurückzureisen.
Es schien, als wäre die Zeit dort stehen geblieben, als würde er aus einem bösen Traum erwachen, der fünfzehn Jahre gedauert hatte. Die Häuser und Werkstätten der *Bonnes Dames* und *Bons Hommes* waren weit geöffnet und die Arbeit ging ihren gewohnten Gang. Herr Pierre-Roger residierte in seiner

Burg über den Ufern der Orbiel. Der einzige Unterschied zu früher war, dass seine Söhne jetzt erwachsene Männer waren und wie ihr Vater Statthalter von Trencavel. Herr Jourdain hatte kurz nach seinem Abzug aus Cabaret die schöne, herausfordernde Orbrie geheiratet. Inzwischen hatte er ihre Reize schon wieder gegen die einer anderen Frau eingetauscht. Die Kirche Gottes zuckte mit den Schultern und erhob keinerlei Einspruch, die römische Kirche dagegen bezichtigte ihn, schäumend vor Wut, der Bigamie.

Die beiden Brüder hatten nicht im Mindesten vor, sich dem französischen König zu unterwerfen. Im Gegenteil, sie beherbergten in ihrer Burg mehr als dreißig emigrierte *Faidits*, die meisten wie sie ehemalige Vasallen Trencavels. Außerdem hatte der Bischof der Guten Christen die Festung auf dem Bergkamm als Sitz für das Bistum Carcassonne gewählt. Die Stimmung in Cabaret war noch grimmiger als damals, als Montfort die Stadt bedrohte.

»Colomba?«

Amaury beschrieb, wie sie aussah. Außerdem war es kein häufiger Name.

»Ah, Colomba de Limousis!«

Amaury nickte hoffnungsvoll. Er hatte nie gewusst, dass sie so hieß.

»Nein, die ist nicht mehr zurückgekommen.«

Die Enttäuschung musste auf seinem Gesicht zu lesen gewesen sein. Der Befragte strich sich nachdenklich über sein graues Stoppelkinn.

»Ihren Vater habe ich wohl gesehen«, sagte der alte Mann hilfsbereit. »Er kam zurück, um ein paar Angelegenheiten zu regeln. Das war damals vor fünf Jahren, als die Herren von Cabaret die Burg wieder in Besitz nahmen. Ich erinnere mich daran, weil er schon seit Jahren nicht mehr in Cabaret gewe-

sen war.« Der Ton verriet Respekt. »So eine Erscheinung bleibt nun einmal nicht unbemerkt.«
»Warum?«
Der andere sah ihn prüfend an. »So oft bekommen wir hier keinen Besuch von Johannitern.«
Allerlei Bilder aus der Vergangenheit stürmten auf ihn ein. Es dauerte einen Augenblick, bis sich das Durcheinander von Erinnerungen zu einem Ganzen zusammenfügte.
»Johanniter?«, hätte er beinahe ausgerufen und den Greis festgehalten und geschüttelt. Doch die Jahre der Einsamkeit in einer feindlichen Umgebung hatten einen vorsichtigen Mann aus ihm gemacht.
»Sicher nicht«, antwortete er beherrscht. »Mit wem hat er gesprochen?«
»Mit Herrn Pierre-Roger oder Herrn Jourdain, vermute ich. Seine Söhne hätten ihn nicht erkannt. Es wird wohl eine Formalität gewesen sein. Wen wundert's, bei all den Machtwechseln.«
»Die halten die Schreiber bei der Arbeit«, bestätigte Amaury ungezwungen. »Es gibt Orte, die vier-, fünfmal in andere Hände übergegangen sind. Jetzt, wo der König im Anmarsch ist, können sie von neuem damit anfangen, Urkunden auszustellen. Hatte der Johanniterorden durch den Kreuzzug etwa Besitzungen erworben, die Cabaret gehörten?«
Der alte Mann schüttelte den Kopf. »Kirchen und Klöster rücken nie etwas wieder heraus, das ihnen einmal gestiftet wurde«, sagte er, »der Orden der kämpfenden Mönche schon gar nicht. Templer nicht und Johanniter ebenso wenig. Auch wenn man zu ihren Gunsten sagen muss, dass sie das Geld nicht für ihren eigenen Ruhm verwenden, sondern um das Heilige Land zurückzuerobern. Für die römische Kirche dagegen zählt nur Geld, die ist ein gieriger Vielfraß, der rafft und

rafft, bis es nichts mehr zu holen gibt. Nein, er ist sicher nicht gekommen, um seine Besitzungen zurückzugeben!«
Aber warum war er dann gekommen?
»Zehn Jahre haben wir unter dem Joch der Besetzer gestöhnt«, schimpfte der Alte weiter, »und die größte Schande war, dass wir auch noch für die Kosten ihres ›heiligen Krieges‹ aufkommen mussten. Pro Familie mussten wir drei *Deniers* pro Jahr ausspucken, ›als Zeichen und ständige Erinnerung daran, dass das Land mit Hilfe des Papstes und der heiligen Kirche besiegt wurde‹! Bezahlen mussten wir für all das Elend, das sie uns angetan haben! In den Häusern der Guten Christen wohnten Priester, die ihr Pfarrhaus daraus machten. Wer an Sonn- und Feiertagen nicht an der Messe teilnahm, wurde verhaftet und musste sechs *Deniers* Strafe bezahlen. Sechs *Deniers*!«
»Eine Schande, ja«, stimmte ihm Amaury zu. Er fühlte sich immer elender. Sein Überkleid mit dem Kreuz auf der Brust war zwar sicher in seiner Satteltasche versteckt, trotzdem fühlte er sich nicht besonders wohl in seiner Haut.
»Ich bin zu alt, um mich noch aufzuregen, aber ich bin bereit, Cabaret mit den Waffen zu verteidigen, sollten sie wieder versuchen, uns zu unterdrücken.«
Amaury nickte mitleidig und klopfte ihm aufmunternd auf die Schulter. Dann verabschiedete er sich.
In Cabaret hatte er weiter nichts erfahren. Schließlich konnte er schlecht zu den Burgherren gehen und sie fragen, was sie mit Colombas Vater zu schaffen gehabt hatten. Stattdessen ritt er nach Homps, der größten Kommandantur der Johanniter in dem Gebiet. Dort erkundigte er sich nach dem ehemaligen Herrn von Limousis. Vor drei Jahren ins Heilige Land abgezogen, lautete die Antwort.
Gut zwei Monate nach Amaurys heimlichem Besuch in Caba-

ret, als der König endlich in Carcassonne angekommen war, hatte sich Herr Jourdain de Cabaret plötzlich angemeldet. Er fiel vor dem König auf die Knie, als Zeichen seiner Unterwerfung, und Ludwig schenkte ihm Gnade, verlangte jedoch, dass er nach Cabaret zurückkehrte, um auch seinen Bruder und seine beiden Vettern dazu zu überreden, ebenfalls Frieden zu schließen.
Während Jourdain ungeduldig darauf wartete, dass die Amnestie- und Versöhnungsbriefe geschrieben wurden, fühlten ihm ein paar Bischöfe und Äbte wegen seiner Bigamie auf den Zahn. Die Prälaten befahlen ihm, seine zweite Frau zu verlassen und zu Orbrie zurückzukehren. Murrend versprach Jourdain, sich zu bessern. Amaury sorgte dafür, dass er zu der Eskorte gehörte, die den Edelmann auf seiner Rückreise nach Cabaret beschützen sollte.

»Colomba de Limousis?«, wiederholte Herr Jourdain und schüttelte den Kopf.
»Ihr Vater kam nach Cabaret, kurz nach Eurer Rückkehr vor fünf Jahren.«
Ein misstrauischer Blick musterte ihn und blieb an dem Kreuz auf seiner Brust hängen.
»Er ist Johanniter«, erklärte Amaury.
Der andere zuckte mit den Schultern.
»Wenn Herr Pierre-Roger bereit ist, sich dem König zu unterwerfen, und Cabaret der Krone zufällt, ist es ratsam, dass Ihr uns über die Verwicklungen aufklärt, die es in der Vergangenheit gegeben hat«, sagte Amaury streng, »sodass wir keine unangenehmen Überraschungen erleben. Wir möchten den Johannitern keine Steine in den Weg legen oder sie ungewollt vor den Kopf stoßen. Der König erhebt Anspruch auf Euer Landgut, nicht auf Eure Streitigkeiten.«

Herr Jourdain seufzte. Er war in Carcassonne schon ausführlich verhört worden und alle Vernehmungen gründlich leid. Er ging nicht gern nach Cabaret zurück, da er die kämpferische Haltung seiner Verwandten kannte. Dass sie jemanden mitgeschickt hatten, damit er ihn wegen solcher Kleinigkeiten befragte, entmutigte ihn noch mehr.

»Die Rechte, die der Herr von Limousis auf unserem Gebiet ausübte, gehören unwiderruflich dem Johanniterorden«, antwortete er matt. »Wir haben das bestritten, doch seine Tochter lebt nicht mehr und …« Überrascht über das Entsetzen auf dem Gesicht des anderen stockte er.

»Und?«, fragte Amaury und versuchte, sich wieder zu fassen.

»Der Sohn wird nicht als rechtmäßiger Erbe anerkannt. Damit hat der lange Streit ein Ende gefunden.«

Amaurys überlegte fieberhaft und versuchte, Ordnung in seine Gedanken zu bringen, die von einer Flut von Gefühlen überspült wurden. Meinte Jourdain einen Sohn des Herrn von Limousis? Colomba hatte nie von einem Bruder gesprochen. Eigentlich hatte sie nie etwas über ihre Familie gesagt. Konnte es sein, dass …

»Welcher Sohn?«, platzte er heraus.

Im selben Augenblick wurden sie von einem Alarmschrei unterbrochen. Ein Reitertrupp hatte sich plötzlich vom Waldrand gelöst und kam mit großer Geschwindigkeit auf sie zu. Herr Jourdain spähte über die Ebene.

»*Faidits*«, sagte er. »Es scheint mir besser, dass Ihr nicht weiterreitet. Ich befinde mich hier offenbar schon auf für Euch feindlichem Gelände.«

Die Eskorte hatte den Auftrag, den Herrn von Cabaret bis zu seinen Landesgrenzen zu begleiten. Jetzt, wo sich herausstellte, dass sich der Feind so weit darüber hinausgewagt hatte, war ein Schutz offensichtlich nicht länger nötig. Zudem war die bewaffnete Einheit zu klein, um den Kampf mit dem Reitertrupp aufzunehmen. Die Männer drehten deshalb um und galoppierten in Richtung Carcassonne davon. Amaury machte keine Anstalten, ihnen zu folgen. Reglos saß er im Sattel und sah Herrn Jourdain in die Augen.

»Der Sohn?«, fragte er, jetzt etwas vorsichtiger.

»Nach Auffassung der römischen Kirche war die Verbindung ungesetzlich, also auch alle Nachkommen daraus. Es kommt ganz darauf an, wie man es betrachtet. Ihr kennt die Ansichten, die die Kirche G… die ketzerische Kirche vertritt. Die schließt Ehen ohne die heiligen Sakramente und versagt Neugeborenen die Taufe. Sobald der König in Cabaret das Zepter schwingt, hat sich die Frage erledigt. Streng genommen existiert der Sohn dann überhaupt nicht.«

Die Reiter waren inzwischen beängstigend nah gekommen. Amaury verabschiedete sich von Jourdain, der mit seiner eigenen Eskorte weiterritt, und gab seinem Pferd hastig die Sporen.

Es war gut, dass er in jenem Augenblick nach Carcassonne zurückgeritten war. Ein paar Tage später hatte er gehört, dass Herr Jourdain von den *Faidits* überfallen worden war. Sie hatten ihn als Verräter nach Toulouse gebracht, wo sie ihn ins Gefängnis warfen. Als er an das Gespräch zurückdachte, schloss sich die Verzweiflung wie eine würgende Hand um seine Kehle. Lieber wäre er noch einmal nach Cabaret gegangen, doch Robert war damals schon krank gewesen und er hatte es nicht übers Herz gebracht, ihn allein zu lassen.

Die fiebrig glänzenden Augen sahen ihn noch immer fragend an.

»Ich habe sie nicht gefunden«, sagte Amaury und strich sanft über Roberts Hand, die kraftlos auf der Decke lag. Er stand

auf, schlug die Zeltplane zur Seite und atmete tief ein. Ihm war übel von dem Geruch nach Krankheit und Verfall.
»Ich dachte, du seist mir entglitten. Ich habe immer noch Angst, dass du hier bleibst«, ertönte Roberts Stimme hinter ihm. »Du musst zurück, Amaury.«
»Es ist Zeit genug«, antwortete er.
»Ich habe gehört, dass Simon schon vorausgereist ist.«
»Der König hat Eile, die Krankheit hat auch ihn getroffen. Wer nicht weiterreisen kann, muss zurückbleiben.«
»Der König ist auch krank? Was kümmert Simon der König? Er weiß, dass ich sterbe. Er hat es eilig, weil er seine Chance jetzt gekommen sieht.«
Amaury drehte sich um und kehrte zum Krankenbett seines Bruders zurück.
»Ich bleibe bis zum Ende bei dir.«
Robert ließ sich weiter in das Kissen zurücksinken.
»Wie geht es Bouchard?«, wollte er wissen.
Amaury schüttelte viel sagend den Kopf. Ein paar Tage zuvor war auch Bouchard de Marly der schleichenden Krankheit erlegen. Nicht, dass Amaury traurig darüber war. Jetzt waren Robert und Simon die Einzigen, die noch Bescheid wussten.
Roberts Gesicht verzog sich vor Kummer.
»Du musst zurück, Amaury. Du musst deine Söhne vor Simon beschützen.«
Amaurys Atem stockte. Es entstand eine peinliche Stille.
»Dachtest du, ich wüsste es nicht?«
Amaury wandte sich ab und starrte auf die Nähte in der Zeltplane. Er konnte den stillen Vorwurf auf dem ausgemergelten Gesicht nicht länger ertragen.
»Beatrice ist klüger, als du dachtest. Sie hat mir deinen ehrlosen Vorschlag anvertraut, als sie begriff, was du von ihr wolltest.« Die Krämpfe in seinem Bauch hinderten ihn einen Au-

genblick daran weiterzusprechen. Dann fuhr er fort: »Sie hat es nicht aus Liebe zu dir getan. Sie hat es getan, weil sie mich liebt und weil sie wusste, dass sie im Interesse des Hauses Poissy handelte.« Robert schüttelte langsam den Kopf. »Was du nicht weißt, ist, dass du dich dadurch selbst bestraft hast. Ich wollte dir mehr Freiheit geben, dich vielleicht sogar eher freilassen, doch jetzt musste ich dich von deinen Söhnen fern halten. Du durftest keine Beziehung zu ihnen aufbauen. Ich war schließlich der Vater.«
Amaury schwieg und biss sich wieder auf die Unterlippe.
»Du wolltest dich an mir und vor allem an Simon rächen.« Er versuchte, spöttisch zu lachen. »Ach, Brüderchen. Ich habe ihr aufgetragen, den Plan durchzuführen, weil ich keine bessere Lösung für mein Dilemma sah: Simon oder ein uneheliches Kind mit Poissy-Blut in den Adern.« Wieder hinderte ihn ein Schmerzanfall am Sprechen. Sein Atem kam zischend durch seine zusammengebissenen Zähne. Schleim und Blut ergossen sich unkontrolliert auf sein Lager. Sein Körper, sein Bett, alles stank.
»Du musst zurück«, keuchte er. »Du musst Beatrice helfen, sonst beherrscht er sie bald. Gegen Einschüchterung oder Gewalt weiß sie sich nicht zu verteidigen.«
»Ich habe einen Sohn, der mich dringender braucht«, stieß Amaury mühsam hervor.
»Hier? … Von ihr?«
Er konnte Jourdains Worte nicht anders deuten.
»Ach, Brüderchen«, sagte Robert noch einmal. »Bevor wir Poissy verließen, habe ich ein neues Testament aufsetzen lassen. Darin habe ich dich für den Fall, dass ich von diesem Kreuzzug nicht zurückkehren sollte, zum Vormund der Jungen bestimmt. Ich kann ihnen nicht mehr helfen.« Er schwieg, erschöpft von dem langen Sprechen. Nach einer Weile fuhr er

fort: »Es ist mein letzter Wunsch, dass meine Söhne meine Nachfolge antreten, dass das Blut meines Vaters, der auch deiner war, für Poissy erhalten bleibt. Du hast dich selbst schachmatt gesetzt, Amaury. Es wird Zeit, dass du für die Folgen deiner Taten einstehst. Du musst für das Recht deiner Söhne eintreten.«

Zurück nach Poissy, um seine Söhne zu beschützen, die nicht wissen durften, dass er ihr Vater war. Während irgendwo in Okzitanien ein Junge aufwuchs, der seiner Eltern und seines Erbes beraubt worden war und der zweifellos dazu erzogen wurde, den hoffnungslosen Kampf der Menschen fortzusetzen, die das Wahre Christentum verteidigten.

»Schwör es mir, auf meinem Totenbett«, befahl Robert kaum noch hörbar.

Amaury bedeckte sein Gesicht mit den Händen und stöhnte. Alles hatte er falsch gemacht, von dem Augenblick an, als er mit Montfort zu diesem verfluchten Kreuzzug aufgebrochen war. Alle hatte er zugrunde gerichtet, vor allem sich selbst. Mit dem Triumph seiner Rache, den er in der stillen Einsamkeit seines Turms gefeiert hatte, hatte er seine eigenen Ketten geschmiedet. Er bekreuzigte sich.

»Ich schwöre, sie zu beschützen, bis sie alt genug sind, um Gut und Böse zu unterscheiden, und kräftig genug, um für sich selbst zu sorgen. Ich schwöre es beim Grab meines Vaters und beim Licht aller Engel im Himmel.« Er drückte seine Lippen auf die schweißnasse Hand seines Bruders. Dann stürzte er zum Zelt hinaus und übergab sich.

Paris – 12. April 1229

»Was sind Ketzer?«

Die hohe Stimme des siebenjährigen Gasce von Poissy durchbrach die feierliche Stille auf dem Kirchplatz. Zum Glück trugen seine Worte nicht so weit, dass sie die Gesellschaft erreichten, die auf einem Podest vor dem Portal der Kathedrale von Notre-Dame thronte. Nur die Adligen in seiner direkten Nähe kicherten oder lächelten. Sie saßen auf langen Bänken auf Tribünen, die rund um den Kirchplatz errichtet worden waren.

»Ein Ketzer ist jemand, der einen anderen Weg gewählt hat, um in den Himmel zu kommen«, antwortete Amaury leise. Er sah, wie ihn Beatrice mit hochgezogenen Augenbrauen von der Seite anschaute. Sie schwieg. Simon warf ihm einen verächtlichen Blick zu.

»Ketzer sind ungläubige Hunde. Es sind Ratten, die die Pfeiler unter der Kirche wegfressen«, schnaubte er.

»Sind es Tiere?«, fragte der Junge, während er vom einen zum anderen sah.

»Es sind ganz normale Menschen wie du und ich. Sie haben nur eine andere Wahl getroffen«, sagte Amaury.

»Es gibt keine andere Wahl«, fuhr ihn sein Vetter an. »Es gibt nur eine Wahrheit, die der römischen Kirche. Wer die Wahrheit leugnet, ist ein Ketzer.«

»Ich leugne nichts. Ich sage nur, dass es Menschen gibt, die eine andere Meinung haben als wir.«

»Du unterstellst, dass es eine andere Wahrheit gibt. Das ist Ketzerei.«

Amaury war sich der misstrauischen Blicke um sie herum bewusst. Er verstand sehr gut, warum Simon die Diskussion mutwillig fortsetzte. Der ließ keine Gelegenheit aus, ihn verdächtig zu machen, in der Hoffnung, ihn auf diese Weise aus dem Weg räumen zu können. Trotzdem weigerte sich Amaury, Aussagen zu machen, hinter denen er nicht stand, schon gar nicht im Beisein seines Pflegebefohlenen.

»Es gibt nun einmal Menschen, die sich zu einer anderen Wahrheit bekennen«, beharrte er auf seiner Meinung, »und die nennen wir Ketzer.« Dagegen gab es nichts vorzubringen.

»Ketzer sind Feinde der Kirche. Es sind Handlanger des Teufels«, schnauzte Simon in Richtung seines Neffen.

»Oh.« Es klang nicht ganz überzeugt, doch Gasce traute sich nicht weiterzufragen. Vor den bösen Blicken seines Onkels hatte er einen heiligen Respekt. Seine Hand suchte die seines Vormunds, der sie fest in seine nahm. Er rutschte ein Stück zurück und lehnte sich an Amaurys Rücken, sich hinter der breiten Schulter versteckend, die ihn wie ein Schild vor der großen bösen Welt beschützte. Doch seine Neugier war größer als seine Angst und einen Augenblick später reckte er wieder den Hals, um einen Blick auf das Schauspiel vor dem Kirchenportal zu erhaschen.

Unter einem blauen, golddurchwirkten Baldachin thronte die Königinregentin Blanche mit ihrem Sohn, dem fast fünfzehnjährigen König Ludwig IX. Zu ihrer Rechten wurden sie von Bischöfen, Erzbischöfen und Kardinälen flankiert und zu ihrer Linken saßen die Barone. Es schien, als wolle man sich gegenseitig mit dem Reichtum seiner Gewänder ausstechen. Die Bischofsmützen glänzten in der Sonne und darüber flatterten die Banner der Adligen stolz im Wind. Dahinter funkelte das Gold in den kürzlich vollendeten Portalen der neuen Kirche. Selbst das Volk von Paris, das einiges gewöhnt war, wurde still angesichts von so viel Pracht und Machtdemonstration.

Vor der Königin und ihrem Sohn stand der königliche Schreiber, der mit lauter Stimme den Text des Friedensvertrages vorlas, den der päpstliche Legat mit Graf Raymond VII. von Toulouse abgeschlossen hatte und den dieser jetzt vor seinem Lehnsherren besiegeln sollte. Es war ein langer Sermon, von dem der kleine Gasce nicht viel begriff. Er begann, ungeduldig auf der harten Bank hin und her zu rutschen, und danach baumelte er eine Weile mit den Beinen, bis seine Aufmerksamkeit von einem Pferd abgelenkt wurde, das offenbar ebenso unruhig war wie er. Vielleicht hatte sich das Tier vor irgendetwas erschreckt oder es fühlte sich auch nicht wohl, weil es für diesen Tag genauso herausgeputzt worden war wie er. Nach einigem Gezerre gelang es ihm, seinen Mantel aus steifem Brokat aufzuziehen. Der war viel zu warm für das herrliche Frühlingswetter. Gespannt schaute er zu, was passierte, heimlich darauf hoffend, dass die Knechte das Pferd nicht im Zaum halten konnten. Einer von ihnen fiel schon hin. Gasce musste laut darüber lachen. In Gedanken sah er das Tier schon über das Podium donnern, doch dann kam ein anderer Mann, ein riesiger Kerl mit blonder Mähne, der das Pferd bald unter Kontrolle hatte. Im selben Augenblick krampfte sich die Hand seines Vormunds um seine und zerquetschte sie fast.
»Au!«, rief der Junge empört. Amaury lockerte seinen Griff. Gasce streckte und beugte seine weißen Finger und richtete den Blick wieder auf das Podium, wo der Schreiber endlich zu Ende gesprochen hatte. Jetzt stand ein auffallend reich herausgeputzter Edelmann auf, der links vom König und seiner Mutter gesessen hatte. Sofort brach ein Tumult los. Aus dem Publikum ertönten Schreie, die er nicht verstehen konnte. Onkel Simon dagegen schien zu wissen, worum es ging, er machte sogar mit.
»Verräter!«, schrie er. »Treuloser Schurke!« Doch sein Vor-

mund schaute in eine ganz andere Richtung, zu dem Mann, der gerade das Pferd gezügelt hatte. Eine tiefe Falte grub sich in seine Stirn.

»Wer ist das?«, fragte der Junge, während er an seinem Arm zog.

Amaury schrak hoch. »Das ist Graf Raymond von Toulouse«, rief er über den Tumult hinweg, während sein Blick zum Podium ging.

»Nein, ich meine ihn!«, rief Gasce. Er stellte sich auf die Bank, streckte den Arm aus und zeigte zu dem blonden Hünen hinüber. Amaury zog den Jungen nach unten, sah ihn strafend an und legte ihm seinen Finger auf die Lippen. Simon war zum Glück so damit beschäftigt, Verwünschungen auszustoßen, dass er nichts gemerkt hatte.

Der Graf war inzwischen zu einem Pult gegangen, auf dem ein aufgeschlagenes Buch lag. Sein Rücken war kerzengerade, sein starres Gesicht stolz erhoben. Es kehrte wieder Ruhe ein, während er sich bekreuzigte, die Hand auf das Buch legte und vor Gott und den Heiligen feierlich schwor, alle Artikel des Friedensvertrages zu erfüllen. Auch wenn sie ihm offensichtlich nicht im Geringsten gefielen. Mit grimmiger Miene unterzeichnete er die Urkunde und versah sie mit seinem Siegel. Es waren aber auch beträchtliche Konzessionen, die er machen musste. Die Bedingungen des endgültigen Vertrages, den er jetzt signierte, waren noch schwerer zu akzeptieren als die, die er mit dem päpstlichen Legaten im Januar vereinbart hatte. Er musste nicht nur schweren finanziellen Tribut für den Krieg zahlen, den er geführt hatte, um seine Geburtsrechte einzufordern, sondern er sollte zudem die Verteidigungswälle von Toulouse erneut schleifen und auch die Mauern von fünfunddreißig weiteren Städten und Burgen niederreißen lassen. Neun Burgen musste er dem König übertragen, darunter auch seinen Stammsitz Schloss Narbonnais. Daneben verpflichtete er sich, innerhalb eines Jahres einen Kreuzzug ins Heilige Land zu unternehmen, der mindestens fünf Jahre dauern musste, etwas, das er keinesfalls vorhatte zu tun. Doch das Unerträglichste an den zweiunddreißig Artikeln des Friedensvertrages war, dass er nur die Hälfte seines Landes behalten durfte und seine Tochter Jeanne einem jüngeren Bruder des Königs zur Gemahlin überlassen musste. Damit ging das Erbrecht der Besitzungen, die er behielt, endgültig auf das französische Königshaus über, denn nur die Kinder, die aus dieser Ehe geboren wurden, konnten ihn beerben. Sollte die Ehe unverhofft kinderlos bleiben, war der König selbst Erbe und Toulouse fiel der Krone zu. Es lief darauf hinaus, dass der Graf nur noch den Nießbrauch seiner eigenen Domänen hatte, im Namen seines zukünftigen Schwiegersohnes.

Das alles war an dem jüngsten Spross der Poissys vorbeigegangen und auch Amaury hatte am Schluss nur noch mit halbem Ohr zugehört. Wigbold war hier, daran bestand kein Zweifel. Und es war egal, ob er nun ein persönlicher Leibwächter des Grafen oder von jemandem aus seinem Gefolge war. Es gab niemanden auf der Welt, dem er lieber auf den Zahn fühlen wollte als dem friesischen Söldner. Nur würde ihm das unter diesen Umständen nie gelingen.

»Er zieht sich aus!«, sagte Gasce kichernd.

Unter dem gnadenlosen Blick Königin Blanches entledigte man Graf Raymond der kostbaren Stoffe, die ihn umhüllten. Auch seine Stiefel aus feinem Ziegenleder musste er ausziehen. Als er nur noch mit Seidenhemd und -hose bekleidet barfuß auf dem Podium stand, wurde ihm ein Strick um den Hals gelegt.

»Hängen sie ihn auf?«, fragte Gasce.

»Leider nicht!«, sagte Simon.

»Er trägt den Strick nur zum Zeichen der Buße«, sagte Amaury mit kaum verhehlter Empörung. »Schau, er bekommt eine Kerze in die Hand.« Er dachte an Saint-Gilles zurück, als Raymonds Vater vor zwanzig Jahren dieselben Erniedrigungen über sich hatte ergehen lassen müssen. Auch damals hatte er die demütigende Zeremonie mit Abscheu verfolgt. »Es ist wirklich unerhört!«, stieß er hervor. »Der alte Graf Raymond würde sich im Grab umdrehen!«
Simon lachte spöttisch. »Der ist als Exkommunizierter doch nie begraben worden. Die Johanniter waren die Einzigen, die ihn noch haben wollten. Er fault schon sieben Jahre über der Erde dahin. Ein Festmahl für die Ratten!«
Amaury stand abrupt auf. In seinen jungen Jahren hätte er mit seinem Vetter eine Schlägerei angefangen. Jetzt kehrte er Simon einfach den Rücken zu.
»Dein Onkel erniedrigt sich zu Aussagen, die unkultiviert, unchristlich und eines Ritters unwürdig sind«, sagte er zu seinem Schützling. »Ein guter Christ lacht seinen besiegten Feind nicht aus, sondern zeigt Mitleid.«
Beatrice folgte seinem Beispiel. Gasce rutschte von der Bank, bis seine Füße den Boden der Tribüne berührten. Auf dem Podium hatte man sich inzwischen auch erhoben. Begleitet von dem päpstlichen Legaten und den anderen geistlichen Würdenträgern wurde der halb entkleidete Graf in die Kathedrale und weiter zum Altar geführt. Dort kniete er nieder, bis sich der Rest der Gesellschaft ebenfalls nach drinnen begeben hatte, um Zeuge seiner Bußübung zu sein.
Als die Poissys die Kirche betreten wollten, blieb Simon plötzlich im Portal stehen. Er fasste den kleinen Gasce am Arm, zerrte ihn zu sich und zeigte auf das Tympanon über ihnen, auf dem der Jüngste Tag abgebildet war. Und da war der Teufel, der die Verdammten zur Hölle mitschleifte.

»Dahin kommen die Ketzer«, sagte Simon barsch. Seine Hand folgte den Bogenrundungen, wo die widerwärtigen Helfer des Teufels auf die Seelen der Verdammten warteten. »Das ist der Höllenkessel. Und die Abtrünnigen, die die Ketzer beschützen, landen da auch.« Er warf Amaury einen viel sagenden Blick zu.

»Komm, wir halten die anderen auf«, sagte Beatrice gehetzt. Ihre Ermahnung war fast überflüssig. Sie wurden schon von der Menge weitergeschoben, die auch nach drinnen wollte.

Mit zunehmendem Unmut verfolgte Amaury die Fortsetzung der Zeremonie. Der Legat züchtigte Graf Raymond mit einer Geißelrute, bevor er ihm die Absolution erteilte und ihn von der Exkommunikation befreite.

»Wofür ist diese Demütigung gut, was hat er, in Gottes Namen, verbrochen?«, murmelte er verärgert. »Er ist ein guter Katholik, daran hat nie jemand gezweifelt. Er wird nicht einmal der Beihilfe zum Mord beschuldigt wie sein Vater seinerzeit. Er hat nur seine Rechte eingefordert. Wenn ein Mann nicht mehr um das kämpfen darf, das ihm gehört, was bleibt dann noch übrig?«

Beatrice nickte mitleidig.

»Es ist die Königin. Alle fürchten sich vor ihr. Jetzt hat sie der Graf von Toulouse auch kennen gelernt.«

»Ich finde es nicht schön«, ertönte Gasces Stimme.

»Es ist ein trauriges Theater«, sagte Amaury und nickte. »Das Ganze dient nur dazu, die Macht des Königs zu demonstrieren und allen klar zu machen, dass er der Herr ist. Graf Raymond muss bluten, um den Ruhm unseres minderjährigen Königs zu vermehren, und die Kirche unterstützt das.«

Beatrice beugte sich zu ihm hinüber und sagte noch leiser: »Oder den von Königin Blanche. Ihre Frömmigkeit ist vorbildhaft. Die Prälaten fressen ihr aus der Hand. Es würde mich nicht wundern, wenn sie dieses entwürdigende Schauspiel veranlasst hat.« Sie richtete sich wieder auf und fügte etwas lauter, sodass Simon es verstehen konnte, hinzu: »Möge die Heilige Jungfrau Maria Königin Blanche beschützen! Was wäre aus unserem Land geworden, wenn es ihr nicht gelungen wäre, den Thron für ihren Sohn zu erhalten, als die Barone vor anderthalb Jahren versuchten, den Kronprinzen zu entführen?! Wenn ich so mutig wäre wie sie, wenn ich ihre Kraft hätte, müsstest du meinen Sohn nicht vor Leuten beschützen, die ihm sein Erbe streitig machen wollen.«

Beatrice, die die engen Beziehungen pflegte, die die Poissys zu Königin Blanche hatten, seit diese in Poissy dem jungen Ludwig das Leben geschenkt hatte, war stets gut informiert. Es war ihr Wunsch, dass Gasce am Hof des Königs weitererzogen wurde, sobald er das geeignete Alter erreicht hatte. Amaury zog es vor, den Jungen selbst so lange wie möglich zu begleiten, auch wenn Gasces Rechte nirgendwo besser geschützt waren als unter dem wachsamen Auge der Königin. Doch ihm graute bei dem Gedanken, dass sein Sohn von der tiefen Abscheu der Königin vor der Ketzerei angesteckt werden könnte. Sie hatte ihre an Fanatismus grenzende Frömmigkeit schon auf den jungen König übertragen, auf den sie einen enormen Einfluss hatte. Außerdem war sie maßlos ehrgeizig. Ludwig fragte sie bei all seinen Entscheidungen um Rat, sodass sie praktisch mitregierte. Die Folgen, die das für die besiegte Grafschaft Toulouse haben würde, lagen auf der Hand.

Montfort war ein gefürchteter Feldherr gewesen, doch er hatte ohne die Unterstützung König Philippe Augustes kämpfen müssen, der wenig Begeisterung für den Kreuzzug in seinen eigenen Vasallenstaaten hegte. Nur der mutige Stratege Raymond VII. war in der Lage gewesen, den unbesiegbar geglaubten Feldherren zu schlagen und das Land zurückzuerobern, das sein Vater verloren hatte. König Ludwig VIII. hatte sich dagegen persönlich ins Gefecht geworfen. Nachdem er auf dem Rückzug an Durchfall gestorben war, hatte sein Vetter Humbert de Beaujeau den Oberbefehl übernommen. Ermutigt und unterstützt von der Witwe des Königs, hatte er den Kampf fortgesetzt. Zwei Jahre lang hatte er das Land rund um Toulouse heimgesucht, die Ernte vernichtet und die Weingärten zerstört, sodass die Stadt ihrer wichtigsten Einnahmequellen beraubt war. Ein katastrophaler Zustrom von Flüchtlingen und die unvermeidlich darauf folgende Hungersnot hatten Graf Raymond schließlich in die Knie gezwungen. Er war dem Angebot erlegen, im Tausch für seine Kapitulation seinen Titel behalten zu dürfen. Blanche triumphierte. Das Land der freien Städte, über das Colomba mit so viel Stolz gesprochen hatte und das Amaury nur zu Kriegszeiten gekannt hatte, das Land der Troubadoure, die die Liebe besangen, und der Guten Christen, die predigend von einem Ort zum anderen zogen, um ihren friedliebenden Glauben zu verbreiten, würde von einem bescheidenen Königreich verschlungen werden, das sich dadurch mit einem Schlag in einen mächtigen Riesen verwandelte. In diesem Augenblick stand schon eine Truppenmacht zum Abzug bereit, um im Süden den Frieden zu erzwingen, der hier unterzeichnet worden war. Es war sogar eine spezielle Organisation ins Leben gerufen worden, angeführt von Geistlichen, die sich Untersuchungsrichter oder Inquisitoren nannten. Sie wurden von Laien unterstützt, die die Bevölkerung verhören sollten, damit die Ketzer aufgespürt und vor Gericht gestellt werden konnten. Montfort hatte das Land schon nur mit der Knute regiert, jetzt hatte sich auch der Hirtenstab in eine Waffe der Unterdrückung verwandelt.

Amaury wurde aus seinen Gedanken aufgeschreckt, als ihn Gasce am Arm schüttelte.

»Du musst beten«, sagte der Junge.

Hastig ließ er sich als Letzter auf die Knie sinken, doch in Gedanken war er in den bewaldeten Bergen des Montagne Noire. Ob Colombas Sohn in dem Krieg mitgekämpft hatte, der Gerüchten zufolge zwei Jahre lang um Cabaret herum gewütet hatte? Wie alt mochte er jetzt sein? Siebzehn … ungefähr so alt wie er selbst, als er mit dem Kreuzzugsheer zum ersten Mal in den Süden zog. Bilder jener letzten Tage, die er mit Colomba verbracht hatte, stürzten auf ihn ein. Er sah wieder, wie er mit seiner Hand über ihren dicken Bauch gestrichen hatte. Er hatte gefühlt, wie das Kind strampelte, und sein Ohr an ihren Schoß gelegt, um das Klopfen des kleinen Herzens zu hören. Mein Gott, warum sah er alles noch vor sich, als wäre es erst gestern gewesen, warum füllten sich nach so vielen Jahren seine Augen noch mit Tränen, wenn er an die letzten Momente mit ihr dachte? Wie der Junge wohl aussah? Ähnelte er ihr? War er ein Anhänger der Kirche Gottes? Zweifellos! Was würde aus ihm werden, wenn die Inquisitoren die Bürger dazu zwangen, alle Ketzer anzuzeigen? Das Gefängnis? Der Scheiterhaufen? Wigbold! Mit einem Ruck hob er den Kopf und spähte um sich. Er musste den Friesen finden, koste es, was es wolle. Wo war der verdammte Verräter?

Seine Hände waren längst nicht mehr gefaltet, sondern abwechselnd zu Fäusten geballt oder nervös auf der Suche nach dem Gürtel, an dem seine Waffen gewöhnlich hingen. Jetzt verwahrte sie sein Knappe für ihn, draußen vor der Kirche, da im Gotteshaus keine Waffen getragen werden durften. Unruhe stieg in ihm auf. Er hielt es kaum noch aus in dem überfüllten Raum und ihm brach der Schweiß aus. Am liebsten hätte er sich mit seinen Ellbogen einen Weg nach draußen

gebahnt. Doch das vorzeitige Verlassen der Messe wäre einem Sakrileg gleichgekommen. Im selben Augenblick spürte er Beatrices Hand auf seiner. Sie streichelte ihn sanft und flüsterte beruhigende Worte. Er sah sie flüchtig an, wagte es jedoch nicht zu lächeln und zog seine Hand zurück aus Angst vor Simon, der noch immer wie ein hungriges Reptil auf einen Beweis für seine Vermutungen lauerte. Dann wanderte sein Blick zu dem gesenkten Kopf des Jungen, zu den dunkelblonden Haaren, die sich genauso wellten wie seine. Er wollte darüber streichen, hielt sich jedoch zurück, da er wusste, dass Simon nichts entging. Er musste Beatrice bitten, die Locken abzuschneiden, dachte er. Ob der andere dieselben Haare hatte? Oder hatte er Colombas glatte Haare geerbt, das warme Braun reifer Haselnüsse? Ein Schluchzer entfuhr seiner Kehle. Er holte tief Luft, kniff die Augen zusammen und presste Daumen und Zeigefinger in seine Augenhöhlen. Er musste sich beherrschen!
»Was ist?«, fragte die Jungenstimme neben ihm.
»Bete, verdammt«, sagte Simon.

Paris – Mai 1229

Den Bestimmungen des Friedensvertrags gemäß wurden Graf Raymond VII. und zehn Adlige aus seinem Gefolge im Louvre eingesperrt, als Garantie dafür, dass die wichtigsten Bedingungen des Vertrages erfüllt wurden: die Übergabe der geforderten Burgen und die Auslieferung der Tochter des Grafen. Die Männer, die sie nach Paris begleitet hatten, waren ebenfalls gezwungen, zu bleiben und ihre Freilassung abzuwarten. Wigbold, so ergaben Amaurys diskrete Nachforschungen, war einer von ihnen. Er stand im Dienste Raymond d'Alfaros, dem Sohn einer leiblichen Tochter Raymonds VI. und Hugues d'Alfaros. Raymond d'Alfaro war, sofern möglich, ein noch leidenschaftlicherer Freiheitskämpfer als sein Vater und wegen seiner Familienbande dem Hause Toulouse bedingungslos ergeben. Er hatte sich deshalb auch sofort erboten, sich zusammen mit dem Grafen als Geisel im Louvre einsperren zu lassen.

Amaurys Furcht, Wigbold könne ihm wieder entwischen, erwies sich also als unbegründet. Es würde mindestens einen Monat bis zur Freilassung des Grafen dauern und so lange musste sich sein Gefolge in Paris durchschlagen. Für Wigbold war das kein Problem. In der Stadt gab es genug zu erleben und Amaury wusste schon, wo er ihn finden würde. Die einzige Schwierigkeit war, dass es in Paris zahllose Bordelle gab, in allen Vierteln der Stadt, an beiden Ufern der Seine und sogar auf der Insel La Cité, auf der der königliche Palast stand. Sein Diener brauchte zwei Wochen, um den Friesen aufzuspüren und herauszufinden, dass er eine Vorliebe für die Dirnen in der Rue Chapon, ganz in der Nähe der Kirche Saint-Nicolas-des-Champs hatte. Danach wartete Amaury, bis die Zeit reif war.

Wigbold hatte sich in den siebzehn Jahren kein bisschen verändert, abgesehen von ein paar weiteren Narben und Furchen und seinen langsam ergrauenden Haaren. Auch das Würfeln gehörte noch immer zu seinen Lieblingsbeschäftigungen und er spielte noch immer falsch. Doch in den letzten Tagen hatte er kein Glück. Seine betrügerischen Tricks beim Geldwechsel

wollten nicht gelingen, seine Ablenkungsmanöver ebenso wenig und seine mit Blei beschwerten Steine verweigerten im entscheidenden Moment plötzlich den Dienst. Seine Gegner mussten dieselben Tricks anwenden wie er, anders konnte er sich seine Pechsträhne nicht erklären.
Ganz entgegen seiner Gewohnheit rührte er seinen Wein nicht an, damit er sich besser konzentrieren konnte. Seine Mitspieler waren allmählich alte Bekannte geworden. Ihm gegenüber saß die Nase, ein Kerl, der tatsächlich einen Zinken hatte, in den andere zweimal hineinpassten, und links daneben der Zahn, dessen Name von dem einzigen unbeschädigten Exemplar zwischen den Resten seines wegfaulenden Gebisses herrührte. Auf der anderen Seite der Nase grinste ihn die Schwuchtel an, eine Bohnenstange mit einem Mädchengesicht. Rechts neben ihm selbst saß der Verlobte, wie der Beschützer von sechs Huren genannt wurde, und zu seiner Linken Vater Abt, der alles andere als religiös war und nur wegen seines Körperumfangs so genannt wurde.
Wigbold beschloss, doch einen Schluck Wein zu nehmen, und schielte über seinen Becherrand zur Tischkante, wo Kerben angaben, wie hoch sein Schuldenberg angestiegen war. Der Zahn hatte seinen verstohlenen Blick bemerkt.
»Wann bleffst du endlich, Däne?«
»Friese, nicht Däne«, brummte Wigbold missmutig.
»Du kommsft doch aufs dem Norden? Ihr fseid doch alle gleich: Barbaren, die Bier aufs Fsädeln trinken.«
Wigbold stellte seinen Becher hin und zeigte darauf.
»Wein«, sagte er und dann drückte er den Daumen auf seine Brust mit der Mitteilung: »Nicht Norden, Süden. Da heißt ihr Barbaren.«
»Ist mir egal, solange du bezahlst«, sagte die Nase.
Der Friese grinste.

»Morgen«, sagte er. Auf seiner Stirn perlte ein Schweißtropfen.
»Dafss hafst du gefstern auch gefsagt.«
»Glück kommt zurück«, sagte Wigbold mit großer Entschiedenheit. Es hatte ihn nur einen Augenblick im Stich gelassen, das war alles. Am besten versuchte er es mal ohne schlaue Tricks, vielleicht half das ja. Er schüttelte die Steine in seinen Pranken und warf sie auf die schmutzige Tischplatte. »Verdammt!«
Der Verlobte ritzte noch eine Kerbe ins Holz. Der Abt krümmte einen seiner Wurstfinger und winkte dem Wirt. Einen Augenblick später stand eine Schale Hühnerschenkel auf dem Tisch.
»Er bezahlt«, sagten die fetten Lippen. Ein halb abgenagter Knochen zeigte auf den Friesen.
»Wann?«, wollte der Wirt wissen. Als wäre es abgesprochen, zuckten alle mit den Schultern. Wigbold grinste wieder. Die Schwuchtel grinste auch. Er rieb die Steine zwischen seinen mageren Händen, ließ sie zwischen den Fingerspitzen hin und her wandern und spuckte darauf.
»In nomine Patris et Filii et Spiritus Sancti«, sagte der Abt, seinem Namen alle Ehre machend, und bekreuzigte sich. Die Steine rollten über den Tisch und kamen zum Stillstand.
»Ein Gotteswunder!«, jubelte Vater Abt.
»Verdammt!« Wigbold wurde immer heißer. Er öffnete sein Wams. Die Spielsteine machten die Runde, bis der Friese plötzlich aufstand.
»Ihr bekommen Geld. Morgen.«
»Morgen?«, wiederholte die Schwuchtel kichernd.
»Ich krieg Sold. Morgen.«
»Fsetz dich und fspiel«, befahl der Zahn.
»Du willst uns wohl für dumm verkaufen, was?«, sagte die

Nase und tippte mit dem Zeigefinger auf seinen Riechkolben. Wigbold führte die Hand zum Gürtel und ließ den Knüppel langsam kreisen. Er pfiff durch die Zähne, doch es passierte nichts. Der Friese schaute sich nach seinen beiden Kumpanen um, die an dem anderen Tisch getrunken hatten. Zu seinem Erstaunen sah er nur zwei Bierleichen über und unter der Bank liegen. Er war so in dem Spiel aufgegangen, dass er gar nichts davon gemerkt hatte. Er sah sich in der Taverne um. Nur in der hintersten Ecke saß ein Unbekannter im Halbdunkel.

»Hat er noch Kredit?«, fragte die Nase.

»Nein, jetzt ist Schluss«, sagte der Fremde plötzlich.

Wigbold sah vom einen zum anderen. Sein Knüppel war zum Stillstand gekommen. Er bückte sich und gab einem seiner Kumpane einen Stoß gegen die Schulter. Der Mann fiel mit einem Bums auf den Boden und blieb dort schnarchend liegen.

»Was du ihm gegeben?«, brüllte er den Wirt an. »Der säuft sonst jeden unter den Tisch!«

Jetzt erhob sich der Mann in der Ecke und näherte sich langsam dem Spieltisch.

»Zeit, abzurechnen, Wigbold«, sagte er ruhig.

Dem blonden Riesen quollen fast die Augen aus dem Kopf.

»Du? … Amaury?«

»Ich glaube, die Herren wollen Geld sehen.«

»Äh … Geld«, stammelte Wigbold, »hab kein Geld.«

»Das ist nicht gut für dich.«

Der Friese dachte schnell nach. Er schaute auf den Tisch und beugte sich über die Würfel. Er hob sie auf und wog sie in der Hand, drehte sie um und wog sie noch einmal, als wolle er etwas feststellen, das er längst wusste.

»Falsch«, sagte er. »Ich betrogen. Ich nicht bezahlen.« Plötzlich hatte er seinen Dolch in der Hand. Er drehte sich mit einem Ruck um und holte aus. Amaury duckte sich zur Seite und konnte der Waffe gerade noch ausweichen. Im nächsten Augenblick hielt der Abt den Friesen im Haltegriff. Der Zahn stand ihm drohend gegenüber.

»Wiefso falfs?«

Die Schwuchtel ließ den Würfel in die Hosentasche gleiten.

»Was machen wir mit ihm?«, fragte die Nase Amaury.

»Was ihr wollt«, antwortete dieser gleichgültig. »Wenn er kein Geld hat, ist Schluss.«

»Was machen wir mit ihm?«, wiederholte die Nase, während er seine Kumpel ansah.

»Zum Grand-Cul-de-Sac«, lautete die Antwort.

Im selben Augenblick warf Wigbold seinen Oberkörper zurück, wobei sein harter Kopf gegen die Nase prallte, die dadurch nicht schöner wurde, und trat einen anderen in den Bauch. Es folgte ein heftiger Kampf. Wigbold schlug wild mit seinem Knüppel um sich. Amaury, der einen heiligen Respekt vor der Waffe hatte, sorgte wohlweislich dafür, dass er außer Reichweite blieb. Die übrigen fünf Männer hatten Mühe, den Hünen unter Kontrolle zu bekommen. Schließlich schafften sie es, ihn zu überwältigen. Der Verlobte setzte ihm ein Messer an die Kehle und die Gesellschaft bewegte sich mit dem zappelnden Friesen in Richtung Tür. Vater Abt grapschte sich im Vorbeigehen noch ein paar Hühnerbeine vom Tisch.

»Ich bekomme noch Geld von ihm«, sagte der Wirt. »Und was mache ich mit denen?« Er zeigte mit dem Kinn auf Wigbolds schlafende Kumpane. »Was hast du ihnen eigentlich gegeben?«

»Alraunwurzel«, sagte Amaury. »Du kannst sie mit Essig wieder zu Bewusstsein bringen.« Er steckte dem Mann etwas Geld zu.

Der Verlobte spitzte die Ohren. »Alraunwurzel? Dann gibt's was zu verdienen. Anscheinend macht das Zeug unheimlich geil. Ich bleibe hier.«

Die Nase übernahm das Messer von ihm.

»Warte!«, rief Wigbold. Er versuchte vergeblich, sich loszureißen, und sah Amaury hilfeflehend an. »Wir alte Freunde. Du … bezahlst auch für mich, ja?«

»Maldespièch de tu!«, schnauzte ihn der Ritter an. Wigbold verstand den okzitanischen Fluch sehr gut. »Hol dich der Teufel! Ich hab schon bezahlt, mehr als mir lieb ist. Das muss zuerst beglichen werden.«

Und damit begaben sie sich zum Grand-Cul-de-Sac-de-Saint-Nicolas-des-Champs, einer berüchtigten Gasse, in der Räuber, Messerstecher und anderer Abschaum ihr Unwesen trieben und in die sich nicht einmal die Sergeanten wagten, die für Ordnung und Sicherheit in der Stadt sorgten. Als sie dort ankamen, überlegten sie, was sie mit dem Friesen jetzt machen sollten. Amaury zeigte auf einen Bottich voll Regenwasser und einen Balken unter dem Dach eines der armseligen Häuser. Die anderen warfen einen Strick über den Balken und hängten den Friesen an den Füßen daran auf. Dann zogen sie den Bottich genau unter seinen blonden Schopf.

»Du kannst froh sein, dass wir keine Senkgrube gefunden haben«, sagte Amaury, bevor das Seil nachgelassen wurde.

»Fahr zur Hölle«, kreischte Wigbold, bevor er untertauchte.

Amaury hatte nicht erwartet, dass sich Wigbold schnell geschlagen geben würde. Doch der Friese war noch zäher, als er dachte. Erst nachdem er dreimal untergetaucht worden und an einem Hustenanfall fast erstickt war, schien der Söldner reif für ein Verhör. Sie ließen ihn mit seinem tropfnassen Kopf kurz über dem Wasser hängen.

»An wen hast du Colomba verschachert?«

»Was weiß ich.«
Amaurys Faust landete in der Magengrube des Friesen, der einen Teil seines Weins wieder auskotzte.
»Du weißt verdammt gut, wer dich bezahlt hat.«
»Zu lang her!«, protestierte Wigbold, worauf er in sein eigenes Erbrochenes getaucht wurde.
»Schwarze Männer«, prustete er, als er wieder hochkam.
»Und was sonst noch?«
»Ich weiß nichts. Nichts gesehen.«
»Hör zu, Wigbold, so kommen wir nicht weiter. Wenn du am Leben bleiben willst, musst du dir etwas Besseres einfallen lassen. Was kümmert es dich, wer es war? Oder erledigst du für sie vielleicht immer noch die schmutzige Arbeit?«
»Ich nicht.«
»Du weißt also sehr wohl, wer es war. Tu mir einen Gefallen und erzähl einfach, was du weißt. Wenn ich den Herren hier deine Spielschulden nicht bezahle, wirst du es noch bereuen, dass du nicht mitgearbeitet hast. Sie werden schon wissen, was sie mit dir anfangen.«
Er erhielt von den Spielern den nötigen Applaus, doch Wigbold blieb stur.
»Gut, lasst ihn runter. Wir bringen ihn zum Leprosorium außerhalb der Stadt. Vielleicht fällt ihm da ja etwas ein. Ich nehme an, ihr könnt ihn so zurichten, dass man ihn für einen Aussätzigen hält?«
»Fsicher. Ein paar Fzehen und Finger ab und fseine Nafse«, sagte der Zahn grinsend. Die Messer blitzten schon im schwachen Schein des Mondlichts.
»Soll ich die Messe *Separatio Leprosorum* zelebrieren?«, erbot sich der Abt, der seine Rolle bis zur Perfektion spielte. »Kein Problem, das kann ich schnell machen.«
Auf Wigbolds Gesicht erschien ein Anflug von Panik.

»Warte!«, schrie er.
»Ja?«
»Johanniter«, murmelte er widerwillig.
»Wenn das alles ist, warum tust du dir dann das Ganze an?«
Der Friese hockte auf dem Boden und hustete immer noch. Er schüttelte den Kopf.
»Ich wette, dass du hinterhergegangen bist, um herauszufinden, ob es noch mehr zu verdienen gab.«
»Ich nicht.«
»Gut, bringt ihn zum Leprosorium. Ich habe noch etwas Alraunwurzel, um ihn zu betäuben.« Amaury holte aus einem Lederbeutel, der an seinem Gürtel hing, einen Schwamm hervor. »Nur kurz unter seine Nase halten, dann ist er sofort weg.«
»Nein!«, jammerte Wigbold.
»Davon wird er geil«, sagte die Nase und lachte sich ins Fäustchen.
»Wenn efs einen Fslitz gibt, der grofs genug ifst für ihn«, überlegte der Zahn.
Die Schwuchtel warf einen prüfenden Blick auf die Statur des Friesen, die ein Geschlechtsteil von ebenso formidablem Format vermuten ließ. »Oder hacken wir ihm das auch noch ab?«, wieherte er.
»Ihr verderbt mir den Appetit«, sagte der Abt und warf den Rest der Hühnerbeine in den Bottich.
»Ich erinner alles!«, schrie Wigbold.
»Welch Wunder«, spottete Amaury. Er steckte den Schwamm in den Beutel zurück. Die spärlichen Mitteilungen Wigbolds verwandelten sich plötzlich in einen Wasserfall aus gebrochenem Okzitanisch, von dem die anderen nichts verstanden.
»Ich Kreuzfahrer. Ich komm aus Friesland mit Kreuzfahrern. Wir in Carcassonne fünfhundert Mann. Nach Lavaur für Ver-

stärkung Belagerung. Bei Montgey wir überfallen von Hunde von Foix in Hinterhalt. Wird Blutbad und …«
»Ihr wurdet von dem Grafen von Foix auf dem Weg nach Lavaur überfallen. Ich habe von dem Vorfall gehört.«
»Räudige Hunde ermorden alle. Ich verletzt. Ich geflücht. Johanniters machen mich besser. Ich will nach Lavaur. Lavaur schon gefallen. Er kommt in Nacht mit Stichwunde. Von dir. Er tötet Sergeant. Wir machen Plan. Ich suche Colomba.«
»Halt, warte mal. Also der Mann, der uns nachts auf dem Bauernhof überfiel, der Roberts Sergeanten tötete, der uns verfolgte und den ich mit einem Dolch verwundete, der traf dich dann in einer Kommandantur der Johanniter. Wo war das?«
»Orfonds.«
»Ihr kamt überein, dass du die Suche gegen Bezahlung fortsetzt. Du bist uns sofort gefolgt, nach Castelnaudry?«
Wigbold nickte. »Dann Toulouse. D'Alfaro hat Söldner. Ich kämpfe für d'Alfaro. Johanniter will zuerst wissen, wer Sergeant ist. Du reißt Banner von Zelt. Da weiß ich.«
»Als wir den Ausfall machten während der Belagerung von Toulouse«, murmelte Amaury.
»Ich such, wem Banner gehört. Dauert lang.«
»Hast du es dem Johanniter erzählt, sobald du wusstest, wer mich suchte?«
»Nein. Ist meine Sache. Geld ist für mich.«
»Und der Dolch zwischen den Fensterläden des Sattlers?«
»Johanniter gibt mir Dolch. Ich getan. Ihr müsst weg aus Toulouse.«
In groben Zügen stimmte die Geschichte. Sobald Wigbold Wind davon bekommen hatte, dass er auch mit Amaury Geld verdienen konnte, hatte er dem Johanniter seine Entdeckung verschwiegen und ihm nur Colomba übergeben. Es war für

den Friesen offenbar lukrativer gewesen, Amaury den Poissys auszuliefern.
»Irgendetwas fehlt an deiner Geschichte«, sagte Amaury.
Wigbold schüttelte heftig den Kopf. »Ist alles, schwör ich.«
»In deiner Geschichte gibt es nichts, weswegen du einen Tod durch Ertrinken riskieren müsstest. Komm, Mann, du erzählst mir doch nur Sachen, die ich ohnehin schon wusste oder vermutete. Aber ich warne dich, die anderen warten nur darauf, meinen Auftrag auszuführen.«
Der Friese zuckte mit den Schultern. »Alles«, wiederholte er.
»Warum sollten Johanniter einen Sack Geld für eine schwangere Frau bezahlen? Weil einer von ihnen ihr Vater ist? Und was sonst noch?«
»Vater?«
Wigbolds Ton entnahm Amaury, dass er offenbar auf dem Holzweg war. Doch wenn es nicht Colombas Vater gewesen war, wer dann?
»Ich hab genug von dem Kerl. Wir gehen, Männer«, sagte er. »Nehmt ihn mit.« Er zog den Beutel mit dem Schwamm von seinem Gürtel.
»Verlobter von Colomba, Sicard«, sagte Wigbold hastig und schleuderte ein paar Verwünschungen hinterher.
»Was?!«
»Sicard, Verlobter, will Erbe haben. Colomba wird *Perfecta*. Sicard ist fuchsteufelswild, wird aus Neid Johanniter. Alles, schwör ich!«
»Also als er ihr Erbe nicht durch eine Heirat bekommen konnte, wollte er es für die Johanniter erhalten oder was? Und das Kind?«
»Was für Kind?«
»Colombas Kind natürlich, meins!« Amaury wurde langsam ungeduldig.

nem Notar, der alles aufschrieb. Der Inquisitor und die beiden anderen Geistlichen saßen hinter einem Tisch, der Notar rechts daneben. Amaury stand ihnen in einiger Entfernung gegenüber. Zwei Männer bewachten die Tür, die hinter ihm geschlossen war.

»Wisst Ihr, warum Ihr vor dieses Tribunal geladen worden seid?«, fragte der Inquisitor.

»Herr, ich wüsste keinen einzigen Grund«, antwortete Amaury. Da es schließlich nichts gab, das sie wissen konnten, hatte er sich vorgenommen, auch nichts zu gestehen. »Ich würde gern von Euch hören, wessen ich beschuldigt werde.«

»Ihr werdet der Ketzerei angeklagt. Ihr glaubt an etwas anderes als an die heilige Kirche.«

»Ich verstehe nicht, worauf Ihr diese Anschuldigungen gründet.«

Der Inquisitor legte seine Hand auf die Unterlagen auf dem Tisch. »Zeugenaussagen«, antwortete er.

»Von wem?«

»Falls es stimmt, dass Ihr Euch der Verehrung der Ketzer schuldig gemacht habt und Anhänger ihres Glaubens gewesen seid, werdet Ihr auch wissen, wer Zeuge dieses Verbrechens war.«

Die Beschuldigung reichte aus, um ihn für den Rest seines Lebens in eine Zelle zu sperren, es sei denn, er gestand und widerrief seinen Irrtum. Doch seit dem Augenblick, als ihn seine Brüder vor mehr als zwanzig Jahren gefangen genommen hatten, hatte er keine Guten Christen mehr gesprochen, geschweige denn, dass er sie verehrt hätte. Es gab nichts zu gestehen, zu bereuen oder zu büßen.

»Herr, ich versichere Euch, dass mein Glauben kein anderer ist als der des wahren Christentums«, sprach er laut und deutlich.

Der Inquisitor sah ihn mit zusammengekniffenen Augen an.
»Ihr nennt Euren Glauben christlich. Ich frage Euch jedoch, ob Ihr je einen anderen Glauben als den der römischen Kirche als den wahren betrachtet habt. Denn ist es nicht so, dass Ihr Euren Glauben als den wahren betrachtet und den unseren als falsch und ketzerisch?«
»Ich glaube an den wahren Glauben, den die Kirche den Gläubigen vorhält und den Ihr uns öffentlich predigt.«
»Wenn Ihr von der Kirche sprecht, welche Kirche meint Ihr dann? Vielleicht gibt es Menschen in Eurer Sekte, die Ihr die Kirche nennt. Es kann gut sein, dass diese ketzerische Kirche einen Glauben predigt, in dem Dinge vorkommen, die beide gemein haben. Ihr glaubt vielleicht manches von dem, was ich predige. Nichtsdestotrotz könnt Ihr sehr wohl ein Ketzer sein, da Ihr andere Dinge, die man auch glauben muss, nicht glaubt, oder da Ihr auch noch andere Dinge glaubt, als ich sie predige.«
»Ich glaube alles, was ein Christ glauben muss. Mein Beichtvater kann das bezeugen.«
»Betrachtet Ihr das, was die Mitglieder Eurer Sekte glauben, als das, was ein Christ glauben muss? Habt Ihr die Ketzer von dem Dualismus reden hören, davon, dass nicht Gott die Materie erschaffen hat, sondern der Teufel oder der Gott des Bösen?«
Amaury war sich bewusst, dass ihn das kleinste Zögern verdächtig machen würde, sofern er das nicht schon durch diese Zeugenaussage war. Wer hatte sie gemacht? Simon war in Paris der Einzige, der über das Bescheid wusste, was sich während Montforts Kreuzzug zugetragen hatte. Doch er wusste längst nicht alles und außerdem traute Amaury ihm so einen schlauen Schachzug nicht zu. Jemanden auf listige Weise verdächtig zu machen und diese Verdächtigungen der Inquisi-

tion zuzuspielen war ganz und gar nicht Simons Methode. Der hatte nur versucht, ihn bei einem Turnier aus dem Weg zu räumen, da er ihn anders nicht treffen konnte.
»Es ist möglich, dass ich etwas davon gehört habe, als ich mit dem Kreuzzugsheer Simon de Montforts im Süden war. Aber danach habe ich mich von allen schlechten Einflüssen befreit.«
»Wie habt Ihr das gemacht?«
»Indem ich meine Sünden gebeichtet und die Bußübungen, die mir auferlegt wurden, angenommen habe. Ich habe all meine Rechte und Besitztümer verloren, nur den Ritterstatus durfte ich behalten, und ich habe mehr als zehn Jahre als Gefangener verbracht.«
»Zehn Jahre? *Murus strictus* oder *murus largus*?«, wollte der Inquisitor wissen.
»Ungefähr vier Jahre *murus strictus*, in Ketten gelegt und eingesperrt. Ich weiß nicht mehr genau, wie lange es war. Anschließend noch einmal sechs Jahre mit eingeschränkter Bewegungsfreiheit.«
»Bei Ketzerei reicht die Beichte nicht aus. Bei Ketzerei kann ein normaler Beichtvater keine Absolution erteilen. Ihr habt zwar die Euch auferlegte Bußübung angenommen, doch das wird mich nicht daran hindern, Euch für den Rest Eures Lebens ins Gefängnis zu werfen, wenn Ihr bei dieser Untersuchung nicht mitarbeitet. Falls Ihr an Eurer Weigerung festhaltet, die Wahrheit zu sprechen oder zu bekennen, erweist Ihr Euch als nicht bußfertiger Ketzer, der in seine Sünde zurückgefallen ist, als Hund, der zu seinem Erbrochenen zurückkehrt, als *Relapsus*, der es verdient, zum Scheiterhaufen verurteilt zu werden.«
Die Worte des Inquisitors steckten voller Drohung, der Ton, in dem er sprach, war emotionslos. Er übte das Amt aus, zu dem

er berufen worden war, und er würde es bis zum bitteren Ende tun. Einen Augenblick zuvor hatte Amaury noch geglaubt, er könne sich durch kaltblütiges Leugnen aus seiner prekären Lage retten. Jetzt erkannte er, dass es nicht so einfach sein würde, mit heiler Haut aus diesem Gerichtssaal davonzukommen.

»Während des ersten Kreuzzuges gegen die Ketzer bin ich verwundet worden, wodurch ich zeitweise mein Gedächtnis verlor und ungewollt bei den Ketzern landete. Ich wusste nicht, was ich tat«, entgegnete er. »Ich habe freiwillig am Kreuzzug König Ludwigs, dem Vater des Königs, teilgenommen, womit ich eine Generalabsolution der Strafen erhielt, die ich noch hätte verbüßen müssen.«

Der Inquisitor schaute in seine Unterlagen und nickte.

»Stimmt es nicht, dass Ihr während des zweiten Kreuzzuges zu den Ketzern zurückgekehrt seid, dass Ihr mit ihnen gesprochen und verkehrt habt?«

Also doch Simon, dachte Amaury. »Wer behauptet das?«, fragte er.

»Ich frage Euch, ob es stimmt.«

»Ein Teil der Grafschaft Toulouse befand sich zu jener Zeit in den Händen der Leute, die die Ketzer beschützten. Man konnte schwerlich dort herumlaufen, ohne sie zu sehen oder mit ihnen zu verkehren, wie Ihr das nennt.«

»Habt Ihr bei dieser Gelegenheit die Ketzer mit drei Kniefällen und der Bitte um ihren Segen geehrt?«

»Nein.«

»Habt Ihr es andere tun sehen oder habt Ihr es davor selbst je getan?«

»Ich war dort als Soldat und habe mit ihnen gesprochen, um von ihnen Auskünfte zu erhalten. Sie haben meine Fragen beantwortet und anschließend bin ich wieder gegangen.«

Amaury erinnerte sich an die Vorsicht, mit der sich die Guten Christen auszudrücken pflegten, aus Angst, ungewollt zu lügen. Colomba hatte auch so gesprochen. Er fragte sich, ob dieser Inquisitor so viel Erfahrung hatte, dass er ihre Art zu sprechen erkennen würde. Wahrscheinlich nicht. Er hatte seine Instruktionen bekommen und würde sie sorgfältig befolgen, doch er konnte sich nicht auf die Erfahrung seiner Kollegen stützen, die im Süden die Untersuchungen gegen die Ketzer leiteten.

»Ich glaube nicht, dass ich mich an so etwas erinnern kann.«

»Habt Ihr bei ihnen das Brot gegessen, das sie gesegnet hatten?«

»Man hat mir zwar Brot angeboten und ich habe es gegessen, doch dem war kein Ritual vorausgegangen. Es war einfach nur Nahrung.«

»Man sagt, dass Ihr ein Anhänger der Ketzerei gewesen seid und diesen Glauben als Euren betrachtet habt. Man sagt, dass Ihr Brot mit ihnen gebrochen habt, das von ihnen gesegnet wurde, so wie in unserer Kirche während der Messe Brot und Wein von den Priestern gesegnet werden. Lehrten sie Euch auch, dass die Hostie der wirkliche Körper Christi ist und der Wein sein Blut? Stimmt es nicht, dass die Ketzer leugnen, dass sich Brot und Wein durch göttliche Kraft in den Körper und das Blut Christi verwandeln? Leugnen sie nicht, dass Christus seinen Körper und sein Blut geopfert hat, um die Menschen zu erlösen?«

Der Inquisitor sah ihn abwartend an.

»Das Brot, das die Guten Christen für uns brechen und das wir mit ihnen essen, ist ein übernatürliches Brot, das die göttliche Gnade verkörpert«, ertönte Colombas Stimme in seinem Kopf. »Sie ist so groß, dass er uns einen seiner Engel sandte, um uns zu retten. Das Brot ist das Symbol für die Lehre, die

uns Christus brachte.« Ein Schauer lief ihm über den Rücken. Er war erstaunt, dass ihre Stimme immer noch da war. Sie hatte schon so viele Jahre geschwiegen.
»Betrachtet Ihr das Brot, das von einem Priester gesegnet wird, auch als ›ganz normale Nahrung‹?«, hörte er die Stimme des Inquisitors. »Oder glaubt Ihr, dass der Körper Christi auf dem Altar liegt?«
»Das glaube ich.«
»Wenn Ihr sagt, dass Ihr das glaubt, glaubt Ihr dann das Erste oder das Zweite? Versucht Ihr nicht, wie eine Katze um den heißen Brei zu schleichen, indem Ihr eigentlich sagt, dass Ihr nicht glaubt, dass die Hostie der Körper Christi ist, sondern normales Brot?«
»Ich versuche, Eure Fragen nach Ehre und Gewissen zu beantworten.«
»Ich frage Euch, ob der dort anwesende Körper der des Herrn ist, von der Jungfrau Maria geboren, ans Kreuz geschlagen, vom Tode auferstanden und aufgestiegen in den Himmel.«
»Was Ihr sagt, stimmt.«
»Ihr sagt, dass es stimmt, was ich sage, was nicht das ist, was ich frage. Ich frage Euch, ob Ihr es glaubt.«
Die Argumentation des Inquisitors war so verwirrend, dass sich Amaury wie ein Tier fühlte, das sich in einen Strick verwickelt hatte und ihn mit jedem Versuch, sich davon zu befreien, fester um sich zog.
»Wenn ich Euch eine einfache Antwort gebe und Ihr dreht sie mir im Munde um, dann weiß ich nicht mehr, was ich antworten soll. Vergebt mir, Herr, wenn ich Euch sage, dass Ihr mit meinen Worten spielt.«
»Im Gegensatz zu dem, was Ihr behauptet, seid Ihr derjenige, der mit allerlei Verdrehungen versucht, vor der Wahrheit zu fliehen. Es wäre in der Tat angenehm, wenn wir hier Klarheit

schaffen könnten. Antwortet mir deshalb mit einem einzigen Wort. Glaubt Ihr an den einen Gott, den Vater, den Sohn und den Heiligen Geist?«

»Ja, ich glaube.«

»Glaubt Ihr an Christus, geboren von der Heiligen Jungfrau Maria, gestorben am Kreuz und auferstanden von den Toten und aufgestiegen in den Himmel?«

»Ja, ich glaube.«

»Glaubt Ihr, dass sich Brot und Wein während der von den Priestern gehaltenen Messe durch göttliche Kraft in den Körper und das Blut Christi verwandeln?«

»Ja, das glaube ich.«

»Habt Ihr nie etwas gelernt, das im Widerspruch zu dem Glauben stand, den wir als den wahren betrachten?«

»Ich habe nie etwas anderes geglaubt als das, was uns der wahre Glauben lehrt.«

»Wenn Ihr von dem Wahren Christentum sprecht, meint Ihr dann die Lehre, die mit dem übereinstimmt, was Euch Eure Sekte lehrte? Ihr vergeudet meine Zeit mit Euren ausweichenden Antworten.«

»Dann sagt mir, was ich tun muss, um zu beweisen, dass ich kein Ketzer bin. Muss ich schwören, dass ich an das wahre Christentum glaube, das Ihr und die römische Kirche predigen?«

»Wenn Ihr schwören wollt, um dem Scheiterhaufen zu entkommen, werden mir nicht einmal hundert Eide reichen. Da ich Zeugen gegen Euch habe, werden Euch Eure Schwüre nicht retten. Ihr werdet mit Eurem falschen Eid nur Euer Gewissen belasten, ohne dem Tod zu entrinnen. Wenn Ihr dagegen Euren Irrtum bekennt, findet Ihr vielleicht Gnade.« Der Inquisitor schwieg einen Augenblick, damit der Angeklagte darüber nachdenken konnte. Dann fuhr er fort: »Ihr könnt mich jedoch von Eurer aufrechten Bußfertigkeit überzeugen, wenn Ihr mir sagt, wo, wann und wie oft Ihr Ketzer gesehen habt, wer es war und wer vor ihnen die Knie gebeugt und das Brot mit ihnen gebrochen hat. Ich verlange von Euch, dass Ihr mir erzählt, ob Ihr Zeuge einer ketzerischen Taufe gewesen seid. Oder einer Handauflegung, die mit der Auflegung eines Buches einhergeht, in dem das Johannesevangelium geschrieben steht.«

Amaury spürte, wie Verzweiflung in ihm hochkam. Er musste irgendwie versuchen, Aufschub zu gewinnen, sodass er sich auf die Möglichkeiten besinnen konnte, die ihm blieben. Außerdem musste er Beatrice warnen. Denn es wurde immer deutlicher, dass er bereits verurteilt war, bevor er den Saal betreten hatte. Wenn man da nicht schon angenommen hätte, dass er schuldig war, hätte man ihm keinen Prozess gemacht.

»Ich verlange einen Anwalt«, sagte er.

»Es ist Euch zweifellos bekannt, dass jeder, der einem Ketzer hilft oder ihn unterstützt, mit sofortiger Exkommunikation bestraft wird. Außerdem wird man ihn verdächtigen, selbst ein Ketzer zu sein. Aus diesem Grund können wir Euch keinen Anwalt erlauben. Im Übrigen werdet Ihr auch keinen finden, der bereit ist, als Euer Rechtsbeistand aufzutreten.«

»Nun, wenn dem so ist … ich kann auch selbst lesen.«

Der Inquisitor sah ihn fragend an.

»Ihr seid ein Ritter, ein Mann des Schwertes, nicht der Buchstaben.«

»Denkt Ihr vielleicht, ich hätte meine Zeit während der zehnjährigen Gefangenschaft vertan? Ich verlange Einsicht in die Akten. Ich will wissen, wer mich falsch beschuldigt hat.«

»Die Unterlagen der Inquisition sind geheim. Einsicht ist nicht möglich, nicht nur, weil wir unsere Erkenntnisse sicher aufbewahren möchten, um dadurch unsere Wirksamkeit zu erhöhen, sondern auch, weil wir unsere Zeugen schützen wollen.«

Jetzt brach Amaury der Schweiß aus. Angst schnürte ihm die Kehle zu.

»Es macht mir keine Freude, Euch zum Scheiterhaufen zu verurteilen«, versicherte ihm der Inquisitor. »Lieber würde ich Euch Gnade schenken. Schließlich seid Ihr aus freien Stücken vor mir erschienen. Wenn Ihr auch noch freiwillig Eure Schuld bekennt, Eurem Irrtum abschwört und uns alles sagt, was Ihr über die Sektenmitglieder, die Ihr gekannt habt, wisst, kann ich Euch eine leichtere Strafe in Aussicht stellen als lebenslange Haft oder Verbannung.«

Amaury erkannte, dass es keinen Ausweg gab, es sei denn, er gestand etwas.

»Vielleicht bin ich in der kurzen Zeit, vor fast fünfundzwanzig Jahren, als ich von den Ketzern gepflegt wurde, fehlgegangen. Doch als ich genesen war, habe ich mich davon distanziert. Ich habe dafür gebüßt und die Absolution empfangen. Und wenn das noch nicht genug war, hoffe ich, dass mich meine Teilnahme an dem zweiten Kreuzzug von meiner Schuld erlöst hat. Danach bin ich nie wieder in diesen Irrtum zurückgefallen.«

Seine Worte gaben ihm Mut. Auf diese Weise musste er weitermachen. Es war der Strohhalm, an den er sich klammern konnte. Viel mehr konnten sie unmöglich wissen. Er streckte den Rücken.

»Habt Ihr in dieser Zeit Ketzer namentlich gekannt?«

»Ich kann mich kaum an etwas von damals erinnern. Wie ich schon sagte, ich hatte mehrere Monate mein Gedächtnis verloren.«

»Wo habt Ihr sie gesehen?«
»In einem Dorf bei Cabaret.«
»Wie oft habt Ihr sie gesehen?«
»Fast täglich. Sie arbeiteten dort.«
»Kanntet Ihr sie beim Namen?«
»Nein.«
»Kanntet Ihr einen Einzigen von ihnen beim Namen?«
»Nein.«
»Habt Ihr irgendwo anders noch Ketzer gesehen?«
»Ich war auch in Lavaur, Castelnaudry und Toulouse. Dort hielten sich überall Ketzer auf, die vor dem näher rückenden Kreuzzugsheer flohen. Ich habe viele von ihnen gesehen, doch ich kannte sie nicht beim Namen.«
»Habt Ihr sie geehrt, das heißt, habt Ihr vor ihnen gekniet und sie gebeten, Gott zu bitten, dass er Euch ein gutes Ende schenkt?«
»Ein gutes Ende?« Er zuckte mit den Schultern.
»Habt Ihr andere gesehen, die das taten und die Ihr beim Namen kanntet?«
»Nein, ich kannte diese Leute nicht.«
»Habt Ihr in Eurem Haus in Cabaret Ketzer empfangen?«
»Es war nicht mein Haus. Ich habe dort nie ein eigenes Haus besessen.«
»Hat man in dem Haus, in dem Ihr wohntet, je Ketzer empfangen?«
»Ich kann mich nicht erinnern, jemals einen gesehen zu haben.«
»Und die anderen, die dort waren, haben sie die Ketzer geehrt?«
»Ich weiß es nicht mehr. Wahrscheinlich schon.«
»Kennt Ihr die Namen derjenigen, die dabei anwesend waren?«

»Ich kann mich an ihre Namen nicht mehr erinnern. Es ist lange her und ich bin dort nur kurze Zeit gewesen.«
»Aber Ihr erinnert Euch hoffentlich noch an die Frau, mit der Ihr zusammenlebtet und mit der Ihr zusammen geflüchtet seid?«
Sein starres Gesicht verzerrte sich einen Augenblick. Es entging dem Inquisitor nicht. Ihr Informant war Simon, es konnte nicht anders sein.
»Hat sie die Ketzer verehrt?«
»Nicht in dem Haus, in dem ich wohnte.«
»Wie war ihr Name?«
Er zögerte kurz, bevor er antwortete: »Colomba.« Es klang unwirklich.
»Colomba … und weiter?«
»Ich habe sie nie gefragt, wo sie herkam oder wie ihre Familie hieß. So etwas schien damals vollkommen unwichtig.«
»Nun, hat sie die Ketzer geehrt? Hatte sie die Ketzertaufe empfangen?«
»Sie … Colomba hat die Ketzer wiederholt geehrt.« Jetzt war sowieso alles egal. Wenn sie etwas von ihr wussten, dann wussten sie das auch. Außerdem war sie tot. Trotzdem wollte er sie verteidigen. »Die Ketzertaufe, die sie als junges Mädchen empfangen hatte, hat sie rückgängig gemacht. Danach habe ich mit ihr geschlafen. Wenn sie eine bekennende Ketzerin gewesen wäre, hätte sie das nie getan.« Diese Erklärung schien auszureichen. Es musste dem Inquisitor bekannt sein, dass die Guten Christen eine rigorosere Form des Zölibats kannten als seine Kirche und dass sie sich auch strenger daran hielten als manche katholische Geistliche.
»Habt Ihr mit den Ketzern das gesegnete Brot gegessen?«
»Ich kann mich nicht erinnern, dass ich das je getan habe.«
»Hat sie, Colomba, das gesegnete Brot gegessen?«

»Ja.«
Auf dem Gesicht des Inquisitors erschien ein zufriedenes Lächeln.
»Seid Ihr mit ihr verheiratet gewesen?«
»Nein.«
Öffentlich über die Frau zu sprechen, die er jahrelang verschwiegen hatte, und ihren Namen aus dem Munde eines Geistlichen zu hören, zermürbte Amaury vollends. Er fühlte sich plötzlich unsicher, so als wäre sein Kopf eine Seifenblase und als könne der Inquisitor in ihn hineinschauen und sein sorgsam gehütetes Geheimnis lesen. Das Lächeln auf dem Gesicht des Inquisitors war verschwunden.
»Habt Ihr den Predigten der Ketzer beigewohnt?«
»Ich habe sie sprechen hören. Ich weiß nicht, ob das Predigten waren.«
»Habt Ihr je an der Weihe eines Ketzers teilgenommen?«
Er schüttelte den Kopf. Wenn er zugab, bei einer Zeremonie anwesend gewesen zu sein, in der ein Anhänger des Wahren Christentums das *Consolamentum* empfing, würde er unwiderruflich als Ketzer verurteilt werden.
»Nein.«
»Aber Ihr seid bei einem Kranken oder Verwundeten gewesen, der von den Ketzern diese Weihe auf seinem Sterbebett empfing.« Der Inquisitor zeigte nachdrücklich auf seine Unterlagen.
Offenbar hatte ihn ein Zeuge einer solchen Feierlichkeit angezeigt. Doch das konnte unmöglich Simon sein.
»Vielleicht.«
»Kennt Ihr den Namen des Kranken?«
»Nein, ich erinnere mich nur an einen meiner Bogenschützen. Er war ernsthaft verwundet worden.«
»In welchem Haus befand sich der Verwundete?«

»Ich brachte ihn auf seine Bitte hin zu einem Haus, das den Ketzern gehörte. Es war in Lavaur.«
»Wann war das?«
»Während einer Belagerung durch Simon de Montfort vor ungefähr dreiundzwanzig Jahren.«
»Habt Ihr bei dieser Gelegenheit den Ketzer, der die Weihe vollzog, geehrt?«
»Nein.«
»Könnt Ihr die Weihe in Einzelheiten beschreiben, welche Worte gesprochen und welche Handlungen verrichtet wurden?«
»Nein, ich erinnere mich an nichts mehr davon. Ich bin vorzeitig gegangen, weil mich meine Pflicht rief. Mein Auftrag war es, die Stadt zu verteidigen.« In Wirklichkeit war er während des gesamten Rituals anwesend gewesen.
»Ist der Geweihte seinen Verletzungen erlegen?«
»Ja, noch am selben Tag.« Er sah noch vor sich, wie er abends das Haus der *Bons Hommes* erneut besucht hatte. Der Bogenschütze hatte zu der Zeit schon sein Leben ausgehaucht.
»Wisst Ihr, wo er begraben ist?«
»Nein.«
»Glaubt Ihr, dass derjenige, der im ketzerischen Glauben geweiht wurde, erlöst werden konnte?«
»Sie glaubten es.«
»Und Ihr glaubtet es in dem Augenblick auch?«
»Ich erfüllte nur den Wunsch des Verletzten.«
Der Inquisitor lehnte sich seufzend zurück. Offenbar begann das Verhör, auch ihn langsam zu ermüden.
»Ihr habt bis jetzt alle Anschuldigungen zurückgewiesen. Nur in einigen unwesentlichen Punkten habt Ihr zugegeben, dass Ihr zu gegebener Zeit zwar an dem Ort anwesend wart, doch Ihr behauptet, immer nur indirekt an den Praktiken der Ket-

zer beteiligt gewesen zu sein. Und Ihr habt niemanden von ihnen gekannt und Ihr erinnert Euch auch nicht an ihre Namen.« Er beugte sich plötzlich vor und sah Amaury scharf an. »Es wäre ein Unrecht an Gott, wenn Ihr, dessen Strenggläubigkeit in Zweifel gezogen wird, der strafenden Hand der Inquisition entkommen würdet. Ihr bestreitet also, des Euch zur Last Gelegten schuldig zu sein?«

»Ja, das bestreite ich. Es ist nicht anders, als ich es hier erklärt habe.«

»Die Zeugenaussagen widersprechen dem, womit Eure Schuld eigentlich bewiesen ist. An und für sich reicht das schon aus, um Euch für unbestimmte Zeit einzusperren.«

Widersprechen? Wer, in Gottes Namen, konnte mehr gewusst haben? Oder hatte sich Simon einfach etwas ausgedacht?

»Ihr macht es mir unmöglich, sie zu widerlegen, da Ihr mir nicht sagen wollt, wer die Zeugen sind und was sie ausgesagt haben. Ich habe die Vermutung, dass mich jemand verleumdet hat, um selbst davon zu profitieren.«

Der Inquisitor ignorierte die Bemerkung.

»Ich muss Euch darauf hinweisen, dass Ihr, falls Ihr bei einem weiteren Verhör auf Eurer Unschuld beharrt, als nicht bußfertiger Ketzer dem weltlichen Richter übergeben werdet, der für die Vollstreckung des Urteils sorgen wird: den Tod auf dem Scheiterhaufen. Falls Ihr jedoch gesteht, der Ketzerei abschwört und Eure Strafe annehmt, könnt Ihr dem entkommen. Das Strafmaß wird dann vom Ausmaß Eurer Bußfertigkeit abhängen. Gesteht Ihr jetzt sofort, erwartet Euch eine Verbannung ins Heilige Land mit der Auflage, zehn Jahre in den Kampf gegen die Ungläubigen zu ziehen. Gesteht Ihr erst nach einem zweiten oder dritten Verhör, erwartet Euch eine lebenslange Gefängnisstrafe.«

Es entstand eine Stille. Amaury dachte nach, fieberhaft auf der

Suche nach einem Ausweg aus diesem Irrgarten, der offenbar nur Sackgassen hatte. Im Grunde genommen schien der Inquisitor von der Lehre der Guten Christen wenig Ahnung zu haben und auch nicht daran interessiert zu sein. Das Einzige, das er wissen wollte, waren Namen. Nach der *Convenenza* wurde zum Glück überhaupt nicht gefragt. Wahrscheinlich wusste der Geistliche nicht einmal, dass es sie gab. Er musste also nur darauf beharren, dass er nichts absichtlich verschwiegen hatte.

»Ich bin Eurem Aufruf, hierher zu kommen, sofort gefolgt, ohne zu wissen, was mich erwartet«, sagte er. »Ich bitte um Euer Verständnis, dass ich mich nicht sofort an alles deutlich erinnere. Es ist lange her und wie ich Euch erzählt habe, hatte ich damals eine Kopfverletzung, durch die ich eine Zeit lang nicht wusste, was ich tat und wo ich mich befand. Ich bitte um Aufschub, sodass ich in meinen verwirrten Erinnerungen nach den Antworten auf Eure Fragen suchen kann. Wenn ich sie gefunden habe, werde ich für eine Fortsetzung des Verhörs zurückkommen.«

»Eine Fortsetzung?«

»Es ist kein Unwille, sondern Ohnmacht, die mich daran hindert, Euch sofort die Antworten zu geben, die Ihr erwartet. Außerdem will ich hier nachdrücklich darauf hinweisen, dass ich in keiner Weise ein versöhnter Ketzer bin, der in seinen Irrtum zurückgefallen ist. Ich habe am Kreuzzug König Ludwigs, dem Vater des Königs, teilgenommen, um mich zu reinigen, und nicht, um meine Seele mit neuen Fehltritten zu belasten.«

Der Inquisitor machte eine wohlwollende Geste. Offenbar waren die Beweise, die er hatte, doch nicht so stark. Er sagte jedoch kein Wort.

»Der Aufschub, um den ich Euch bitte, ist im Interesse Eurer

Untersuchung«, fuhr Amaury fort, mitgerissen von der Hoffnung, die er aus seinem leidenschaftlichen Plädoyer schöpfte. »Ich vermute, dass jemand, der einen Vorteil bei meiner Verurteilung haben würde, mich durch falsche Beweise verdächtig gemacht hat.«

»Nennt mir seinen Namen, dann werde ich Euch sagen, ob er auf der Zeugenliste steht«, sagte der Inquisitor.

Amaury hatte nicht vor, in diese Falle zu tappen. Wenn Simon schlau genug war, um auf diese Weise das Hindernis aus dem Weg zu räumen, das ihn daran hinderte, seinen Ehrgeiz zu befriedigen, dann war er sicher auch so gerissen gewesen, einen anderen zur Inquisition zu schicken. Amaury ging auf das Angebot des Geistlichen nicht ein.

»Der Aufschub, um den ich Euch bitte, ist gleichzeitig im Interesse anderer, die in keinerlei Weise für meine Taten in der Vergangenheit verantwortlich sind. Ich bin als Vormund der Erben von Poissy eingesetzt. Wenn ich nicht mehr in der Lage bin, über meine Schutzbefohlenen zu wachen, könnten andere dies ausnutzen. Ich flehe Euch an, mir die Zeit zu gönnen, die ich brauche, um diese Aufgabe zu erledigen.«

Der Geistliche sah ihn nachdenklich an.

»Ihr erinnert Euch zweifellos daran, wie der Thron für unseren erlauchten König Ludwig durch das bewunderungswürdige Handeln seiner Mutter, Königin Blanche, erhalten geblieben ist, trotz der Versuche der Barone, ihm seine Rechte streitig zu machen«, fuhr er mit seinem Plädoyer fort. »Auf dem Sterbebett meines Bruders habe ich bei Gott und allen Heiligen geschworen, die Rechte seiner Söhne mit derselben Entschlossenheit zu schützen, bis die Jungen die Volljährigkeit erreicht haben. Es gibt keinen außer mir, der diese Aufgabe übernehmen könnte, es sei denn, Königin Blanche wäre dazu bereit.« Es war die einzige Rettung für Gasce und seine jünge-

ren Brüder. Robert hätte es so gewollt. Beatrice würde keinen Augenblick zögern, im Gegenteil, sie würde seinen Entschluss sogar begrüßen.
Der Inquisitor schwieg und studierte noch einmal seine Unterlagen. Schließlich sagte er: »Ich trage Euch auf, Eure Angelegenheiten mit größtmöglicher Eile zu regeln. In der Zwischenzeit werdet Ihr Euch täglich bei mir melden, um zu beweisen, dass Ihr bereit seid, die Ermittlungen des Inquisitionsgerichtes zu unterstützen.«
Amaury senkte den Kopf, um seine Dankbarkeit zu zeigen, und tat sein Bestes, sich seine Erleichterung nicht anmerken zu lassen. Offenbar, so schloss er, waren die Beschuldigungen gegen ihn trotz der Drohungen des Inquisitors doch nicht belastend genug.

Toulouse – Frühling 1235

Verbannung? Für zehn Jahre ins Heilige Land, um gegen die Ungläubigen zu kämpfen, und dann nach seiner Rückkehr das gelbe Kreuz auf seiner Kleidung tragen, wodurch er als Ausgestoßener würde weiterleben müssen. Oder lebenslange Gefangenschaft? In einer elenden Zelle dahinvegetieren? Wie lange? Er war jetzt dreiundvierzig. Wie alt konnte ein Mann unter solchen Umständen werden? Zu alt. Ein Mensch konnte manchmal erstaunlich zäh sein. Oder der Scheiterhaufen?
Das Urteil über ihn war noch immer nicht ausgesprochen. Drei Monate nach seinem ersten Verhör hatte ihn die Inquisi-

tion in Paris verhaftet. Ein halbes Jahr später war er mangels ausreichender Beweise an das Tribunal von Toulouse überwiesen worden, wo offenbar weitere Zeugenaussagen gegen ihn vorlagen.

Es gab nur einen Trost: Simon hatte das Nachsehen. Er war zwar in eines der Häuser gezogen, die er im südlichen Stadtteil von Paris besaß, um jeden Tag aus der Nähe mit einem zufriedenen Grinsen auf dem Gesicht zuzusehen, wie sich Amaury beim Inquisitionsgericht meldete. Wie ein Aasgeier, der geduldig wartete, bis das Raubtier seine Beute allein ließ. Er hatte erneut die Geburtsrechte von Beatrices Söhnen angefochten, indem er behauptete, sie seien unehelich und überdies habe ihr Vormund sie mit seinem ketzerischen Glauben infiziert. Doch Amaury hatte nicht nur seinen Vetter, sondern zum Glück auch die Mutter seiner Söhne unterschätzt. Einmal in ihrem Leben war Beatrice über sich selbst hinausgewachsen. Sie hatte sich an Königin Blanche gewandt, die ihr Rechtsgefühl über ihre Abscheu vor der Ketzerei stellte und sich der jungen Adligen annahm. Dass sich Gasce und Robert damit unwiderruflich zu erbitterten Feinden des Wahren Christentums entwickeln würden, war für Amaury eine bittere Pille, doch zumindest war ihre Zukunft jetzt gesichert. Schließlich hatte sich Simon in sein Schicksal gefügt und sich auf sein Landgut bei Aigremont zurückgezogen. Gasce war inzwischen volljährig. Es gab nichts mehr, wodurch ihm Simon sein Erbe nun noch streitig machen konnte.

Wo der Inquisitor von Toulouse seine Beweise herhatte, war Amaury ein Rätsel. Er schien alles zu wissen, nicht nur über seine Beziehung zu Colomba, sondern auch über seine Rolle beim Widerstand gegen das Kreuzzugsheer während der Belagerungen von Lavaur und Toulouse. Er wusste von seiner Beihilfe zur Flucht in Béziers, als er Colomba und die Kinder, die ihr anvertraut worden waren, rettete, zweifellos eine Zeugenaussage Simons. Dass es als bewiesen erachtet wurde, dass Amaury nach dem Fall Alarics zu den *Faidits* übergelaufen war, musste auch von Simon stammen. Der Inquisitor wusste auch über seine und Colombas Flucht aus Lavaur Bescheid und er schob ihm sogar den Tod von Roberts Sergeanten in die Schuhe. Das war merkwürdig. Niemand außer Colomba und dem tatsächlichen Mörder konnte wissen, was in jener Nacht vorgefallen war. Oder es musste Wigbold sein. Hatte ihn der verfluchte Friese angezeigt? Er hätte ihn besser in dem Leprosorium vor den Toren von Paris aussetzen sollen, wie er ihm angedroht hatte. Vielleicht hatte ihn die Gewaltlosigkeit, die die Guten Christen predigten, mehr angesteckt, als gut für ihn war. Nein, es konnte nicht Wigbold sein, der war erst nach dem Mord auf der Bildfläche erschienen.

Für das Strafmaß spielte das alles ohnehin keine Rolle. Amaury hatte längst die Hoffnung aufgegeben, dass er mit einer leichten Strafe davonkommen würde, ein paar Pilgerfahrten, einer Geldbuße und dem Tragen des gelben Kreuzes zum Beispiel.

Er teilte seine Zelle mit einem Weber und einem Rauchwarenzurichter aus Toulouse sowie zwei *Bons Hommes*, die ein paar Tage zuvor aus Lavaur herübergebracht worden waren, um in Toulouse abgeurteilt zu werden. Der Weber war ein einfacher Arbeiter, verheiratet und Vater einer Reihe Kinder. Während der Verhöre hatte er immer auf seiner Unschuld beharrt. Trotzdem oder vielleicht gerade deswegen war er von dem Inquisitor als unverbesserlicher Ketzer zum Scheiterhaufen verurteilt worden. Weber waren grundsätzlich verdächtig, da nun einmal viele *Bons Hommes* diesen Beruf ausübten. Als er zum Scheiterhaufen geführt wurde, hatte er nochmals lauthals seine Unschuld beteuert und die empörten Bürger von

Toulouse, die all die Verdächtigungen leid waren, hatten seine Eskorte angegriffen. Daraufhin war der Weber eilig in den Kerker zurückgebracht worden.

»Wollt Ihr das Geschenk Gottes empfangen und das heilige Gebet, das Christus vom himmlischen Hof zu uns brachte und an seine Apostel weitergab, die es an die *Bons Hommes* weitergaben, die es wieder weitergaben an die nächsten *Bons Hommes* bis zum heutigen Tag?« In Ermangelung des Johannesevangeliums, das er immer auf einigen Pergamentpapieren mit sich getragen hatte, legte der *Bon Homme* seine Hände auf den gesenkten Kopf. Der Weber, der vor ihm kniete, antwortete bejahend. Er legte seine gefalteten Hände zwischen die des *Bon Homme*.

»Versprecht Ihr Gott, der Kirche und uns, fortan kein Fleisch, keinen Käse, keine Eier oder anderes tierisches Fett zu essen und keusch zu leben?«

Als ob so etwas hier überhaupt zu bekommen wäre, dachte Amaury. Die Guten Christen rührten übrigens schon seit Tagen in Erwartung ihrer unweigerlichen Hinrichtung keine Nahrung mehr an und das nutzte er dankbar aus. Die Erfüllung des Keuschheitsgelübdes würde eine ebenso leichte Aufgabe sein. Frauen kamen ohnehin nie hierher, abgesehen von der Frau des Gefängniswärters, die ihnen von Zeit zu Zeit Wasser brachte. Und bei der musste ein Mann schon ziemlich verzweifelt sein, wenn er sich an ihr vergreifen wollte.

»Dies ist das Gebet, das Christus in diese Welt gebracht und die *Bons Hommes* gelehrt hat. Esst und trinkt nichts, ohne zuvor das Gebet gesprochen zu haben. Wenn Ihr es versäumt, müsst Ihr dafür büßen.«

»Ich empfange es von Gott, von Euch und der Kirche«, murmelte der Weber mit erstickter Stimme, worauf die *Bons Hommes* den zu Tränen gerührten Mann umarmten und küssten.

Der Rauchwarenzurichter hatte sich von der Szene abgewandt. Amaury faltete die Hände und betete die sieben Vaterunser mit, mit denen das Ritual beschlossen wurde. Kaum hatte er die Worte *panem nostrum cotidianum* ausgesprochen, da warf ihm der älteste *Bon Homme* einen verstohlenen Blick zu und zog eine Augenbraue hoch.

»*Adoremus Patrem et Filium et Spiritum sanctum*«, wiederholte der Älteste dreimal, nachdem die sieben Vaterunser beendet waren. Dann wandte er sich an Amaury.

»Wenn ein Schaf blökt, liegt es daran, dass es nicht sprechen kann«, sagte er streng.

»Was meint Ihr damit?«

»Niemand darf das Gebet des Herrn sprechen außer denen, die sich auf dem Weg zur Wahrheit befinden. Für die, die das *Pater* noch nicht empfangen haben, gibt es andere Gebete. Darin bittet Ihr um Euer tägliches Brot, die Nahrung, mit der Ihr Euren Bauch füllt, die Nahrung, mit der Eure Priester Kunststücke machen.«

Der Rauchwarenzurichter begann, nervös zu lachen. Der älteste *Bon Homme* ermahnte ihn mit ernstem Gesicht zur Ruhe.

»Ihr müsstet um das übernatürliche Brot beten, das *panem nostrum supersubstantialem*. Das Brot, das hier gemeint ist, sind die Worte des Herrn, der aus dem Himmel gekommen ist. Es steht geschrieben: Als er gegessen hatte, nahm er die Reste und gab sie ihnen und er sprach: Dies sind die Worte, die ich zu euch gesprochen habe, als ich unter euch war. Und dann öffnete er ihren Verstand, sodass sie begriffen, was dort geschrieben stand. Dieses Brot ist die Lehre, die uns Christus gebracht hat und die unsere Rettung ist. Die römische Kirche macht sich des Betruges und der Täuschung schuldig, indem sie behauptet, ihre Priester würden das Brot dadurch, dass sie es segnen, in das Fleisch Christi verwandeln. Die römischen

Schriftgelehrten haben die Worte verändert, die die Apostel aus erster Hand an uns weitergegeben haben. Rom ist vom Wahren Christentum abgewichen und hat sich die Lehre der Apostel gefügig gemacht, indem sie die alten Texte fälscht. Euer Gebet ist eine Beleidigung. Ihr befindet Euch nicht auf dem Weg der Wahrheit, denn Ihr schwört, lügt und sündigt, Ihr esst Fleisch und schlaft mit Frauen. Wenn Ihr das Vaterunser sprecht, begeht Ihr eine Todsünde.«

»Eure Kirche hat ihre eigenen Gesetze, Dogmen und Dekrete erlassen und anschließend allen verboten, sie auf ihre Wahrheit hin zu prüfen oder auch nur darüber zu diskutieren«, pflichtete ihm der zweite *Bon Homme* bei. »Euer Papst will alle zwingen, seinen falschen Glauben anzunehmen, und er tut es mit Hilfe der Schwertspitze. Er hat einen heiligen Krieg gepredigt, dessen Ergebnis nur der Tod sein kann. Damit tritt er der Schrift, auf die er sich beruft, genau entgegen.«

»Euer Papst will jeden mit der Fackel, mit der der Scheiterhaufen angezündet wird, seiner Autorität unterwerfen«, fuhr der Erste fort. »Kirchliche Rechtsprechung nennen sie das.«

»Nur ein Diener des Teufels verwendet solche Methoden«, fügte der andere hinzu. »Wie kann ein geistliches Tribunal Recht sprechen, obwohl Christus gesagt hat: ›Richtet nicht und ihr werdet nicht gerichtet werden. Verurteilt nicht und ihr werdet nicht verurteilt werden. Lasst los und ihr werdet losgelassen werden.‹ Aber nein, geistliche Richter sprechen die Todesstrafe aus. Dabei sollen sie, die sich Dominikaner nennen, predigen, dass man nicht töten darf. Ein krasser Widerspruch!«

»Es geht nicht darum, was du glauben musst, es geht darum, was du glauben willst«, fuhr der Älteste fort. »Der Gott des Bösen führt sich als der weltliche Machthaber auf, der er ist: Er befiehlt, rächt und straft. Der Gott, der liebt, hält nur die

Arme auf. Solange Ihr das Leben liebt und weltliche Gelüste hegt, befindet Ihr Euch inmitten des Bösen.«
Amaury fühlte sich, als wäre ein ganzes Bataillon über ihn hinweggewalzt. Er schüttelte den Kopf. »Gut und Böse haben sich verkleidet. Sie sind in die Haut des anderen geschlüpft«, sagte er mürrisch. »Jetzt verabscheuen sie das Kleid des anderen.«
»Wirf es ab«, sagte der älteste *Bon Homme.* »Lass dieses teuflische Kleid, diese Haut Satans, verbrennen. Lass das Böse vom Feuer versengen, sodass der Geist aufsteigen kann.«
»Schenke dich den Guten Christen wie ich«, sagte der Weber. »Jetzt hast du noch die Chance auf ein gutes Ende. Wenn wir bald durch das Feuer gegangen sind, bist du verloren.«
»Ich habe nicht den geringsten Ehrgeiz, im Feuer zu krepieren.«
»Ich frage mich, was schlimmer ist«, sagte der Weber.
Amaury sah ihn lange schweigend an. Vielleicht hatte er Recht. Den Rest seines Lebens in einer Zelle dahinvegetieren zu müssen war eine Prüfung, die viel länger dauerte. Er begann fast, auf dieses Urteil, den Scheiterhaufen, zu hoffen. Kurze, heftige Qualen und dann nichts mehr. Nichts? Das Fegefeuer und danach die Hölle, eine Qual, die bis in alle Ewigkeit dauern würde. Oder war doch die Rückkehr in ein nächstes Leben möglich, um alles besser zu machen?
»Eigentlich ist es eine Flucht«, sagte er schließlich.
»Ja, flüchten, das macht ihr!«, platzte der Rauchwarenzurichter los, der sich die ganze Zeit nicht am Gespräch beteiligt hatte. »Zuerst Verderben säen und sich dann aus dem Staub machen. Wisst ihr eigentlich, was hier in der Stadt los ist? Die Dominikaner haben in der heiligen Woche alle Bürger ermutigt, selbst ein Geständnis abzulegen oder Leute anzuzeigen, die sich verdächtig verhalten haben. Wer nicht aus freien Stü-

cken kam, sollte verhaftet werden. Es gab einen großen Ansturm vor dem Dominikanerkloster. Auch ich bin ein Opfer davon geworden. Ich bin ein unschuldiger Handwerker. Bis zum heutigen Tag habe ich nie etwas mit der Ketzerei zu tun gehabt. Jetzt habt ihr mich gegen meinen Willen zum Zeugen eurer ketzerischen Sakramente gemacht. Deshalb muss ich vielleicht den Rest meines Lebens hier in diesem elenden Loch dahinvegetieren.«

»Wir glauben, dass es eine Befreiung ist«, sagte der *Bon Homme* vorsichtig, während er die Geschichte des Rauchwarenzurichters ignorierte, »eine vorläufige Befreiung zumindest. Das *Consolamentum* ist nicht ohne weiteres ein Freibrief fürs Himmelreich, sondern nur dann, wenn der Bekehrte geraume Zeit rein gelebt hat. Für ihn oder sie ist der Tod eine endgültige Befreiung. Die Taufe versichert dich der Erlösung. Das ist mehr, als dir die römische Kirche versprechen kann. Darüber solltest du einmal nachdenken und wir können dir dabei helfen, solange wir noch hier sind. Die Taufe mit dem Feuer des Heiligen Geistes gibt dir auf jeden Fall die Gewissheit, in einen Körper zurückkehren zu dürfen, der besser geeignet ist, in einem nächsten Leben nach einem guten Ende zu streben.«

»Mein Leben, dieses Leben, muss erst noch anfangen«, sagte Amaury.

Der *Bon Homme* sah ihn verständnislos an, doch Amaury fehlte die Lust, ihm alles zu erklären. Zwanzig Jahre hatte er auf den Augenblick gewartet, in dieses Land zurückzukehren, doch nicht, um dort zu sterben.

»Ich bin froh, dass wir von diesen Leuten erlöst sind«, sagte der Rauchwarenzurichter. »Sie verraten einen, wenn man daneben steht, weil sie nicht lügen dürfen!«

Wären seine Hände nicht gefesselt gewesen, wäre Amaury dem Mann an die Gurgel gesprungen. Er schaute auf die *Bons Hommes*, die zu den Pfählen auf dem Schafott geführt wurden. Er verstand sehr gut, warum das Urteil plötzlich beschleunigt worden war. Die Guten Christen waren durch ihr rigores Fasten so geschwächt, dass sie sich kaum noch aufrecht halten konnten. Der Inquisitor hatte Angst gehabt, der Tod könnte eher seine Hand auf sie legen als der Henker. Auffallend ruhig ließen sie sich zu ihrer Richtstätte führen. Während sie mit den Händen auf dem Rücken an die Pfähle gebunden wurden, stimmten sie fast gleichzeitig ein Lied an. Der Weber, der darum gebeten hatte, mit ihnen zusammen hingerichtet zu werden, wurde wenig später an dem dritten Pfahl festgebunden. Ein vierter Pfahl blieb unbesetzt.

Anschließend wurden drei weitere Angeklagte zu Strafen verurteilt, die von zwei Bußwallfahrten bis zu fünf Jahren Kriegsdienst im Heiligen Land variierten. Das gelbe Kreuz wurde auf ihrer Kleidung befestigt. Jetzt waren nur noch Amaury und der Rauchwarenzurichter übrig. Sein Name wurde aufgerufen. Er wandte sich mit erhobenem Haupt dem Dominikaner zu, der das Urteil verkündete, zu stolz, um sich seine Angst anmerken zu lassen. Doch sein Herz klopfte ihm im Halse und seine Hände waren schweißnass. Die herbeigeströmte Menge war unruhig.

»Anhand der Zeugenaussagen hält es das Gericht für erwiesen, dass Ihr, Amaury de Poissy, Kontakt zu Ketzern gehabt habt. Da Ihr Euch wiederholt geweigert habt, ihre Namen zu nennen, wird es als bewiesen erachtet, dass Ihr ein Beschützer der Ketzer seid. Überdies habt Ihr Euch wiederholt gegen die Sache des Friedens und des Glaubens gestellt.«

Letzteres bezog sich natürlich auf seine Teilnahme am Kampf gegen das Kreuzzugsheer. Unwillkürlich wanderte sein Blick

zum vierten Pfahl. Er hielt den Atem an und biss sich auf die Unterlippe.
»Doch Ihr habt Euch schuldig bekannt, der Ketzerei abgeschworen und um Versöhnung mit der römischen Kirche gebeten. Deshalb seid Ihr nur zu lebenslanger Haft verurteilt.«
Aus dem Publikum ertönten Buhrufe. Inmitten des Tumultes wiederholte Amaury mechanisch die Worte, mit denen er öffentlich nochmals dem falschen Glauben abschwor und die Kirche um Gnade und Versöhnung anflehte. Er zog seine Oberbekleidung aus und kniete vor dem Priester nieder, der seinen Rücken mit einer Geißelrute bearbeitete. Schließlich durfte er zurücktreten.
Dann wurde der Rauchwarenzurichter nach vorn gerufen. Es folgte eine Aufzählung seiner Verbrechen gegen die Kirche. Auch bei ihm waren belastende Zeugenaussagen der ausschlaggebende Beweis. Doch da er auf seiner Unschuld beharrt hatte, befand man ihn für einen unverbesserlichen Ketzer. Es entstand eine tödliche Stille. Der Mann wurde blass. Ungläubig und entsetzt starrte er den Dominikaner an, der ihn der weltlichen Macht übergab, vertreten von zwei Soldaten, die den noch immer sprachlosen Handwerker zu dem vierten Pfahl führten. Danach ging alles ganz schnell. Stroh und Zweige wurden um die Füße der Verurteilten gestapelt. Eine Fackel schenkte dem gierigen Brennholz seine Glut und die Flammen schossen hoch.
Die *Bons Hommes* sprachen dem Weber Mut zu, sahen sich noch einmal an und hoben den Blick gen Himmel. Ihre Lippen murmelten ein Gebet. Der Weber folgte ihrem Beispiel.
»Ich bin unschuldig. Ich bin ein einfacher, hart arbeitender Handwerker. Ich glaube nur an den römischen Glauben!«, schrie der Rauchwarenzurichter, während er sich in Todesangst wand und sich von den Seilen zu befreien versuchte, die

nicht einen Fingerbreit nachgaben. Der Soldat, der seine Hand mit der Fackel ausstreckte, zögerte.
»Er ist unschuldig!«, kreischte eine Frau aus der Menge. Ihr Ruf wurde von anderen wiederholt und es wurde um Gnade gefleht. Der Soldat schaute sich zum Inquisitor und seinem Gefolge um, die neben dem Schafott die Hinrichtung beobachteten. Die Miene des Geistlichen blieb ungerührt. Er nickte kurz. Der Soldat schob die glühende Fackel zwischen das Stroh.
Inzwischen verbrannte die Haut des Webers. Sein Mund war weit geöffnet, als würde er nach Luft schnappen, doch es kam kein Ton heraus. Die *Bons Hommes* sangen und starrten noch immer in den wolkenlosen Himmel. Allmählich wurden ihre Stimmen schwächer. Der Gestank von versengtem Fleisch verbreitete sich über den Platz. Das Gesicht des Webers war zu einer Grimasse verzogen. Der Rauchwarenzurichter riss und zerrte noch immer wie wild an den Stricken. Die Farbe war in sein Gesicht zurückgekehrt, er lief sogar violett an und fiel dann plötzlich in Ohnmacht.
»Mörder!«, rief jemand.
»Sei still, sonst verbrennen sie dich auch noch. Hier wirst du doch schon wegen eines Furzes als Ketzer verurteilt!«, schrie ein anderer. Es gab nur wenige, die darüber lachten. In dem Augenblick, als die Stimmen der *Bons Hommes* erstarben, wurde ihr Gesang plötzlich von einem anderen in der Menge fortgesetzt. Es war nur ein anderes Lied.

»O Rom, du kamst vom rechten Pfade ab,
nach hunderttausend zählen deine Opfer schon.
Dir wird das Himmelreich nicht aufgetan,
wer sich auf dich verlässt, der ist verloren
und kann bei Satan in der Hölle schmoren.«

Etwas flog durch die Luft. Eine reife Frucht zerplatzte vor den Füßen des Inquisitors. Der Geistliche spähte in die Menge, sagte hinter vorgehaltener Hand etwas zu seinen Amtsbrüdern, drehte sich beherrscht um und verließ den Platz. Amaury sah gerade noch, wie der letzte Verurteilte in den Flammen versank, bevor ihn die Soldaten zu den Kerkern zurückführten. Hinter ihm wurde das verbotene Lied fortgesetzt.

»O Rom, jedem, der es hören will, wird es auch erzählt,
wie ihr mit der Tonsuren Schnitte die Hirne eurer Mönche quält.
Blut klebt an euren Händen von Béziers, das brannte;
Rom und Citeaux, das gereicht euch nicht zur Ehre, sondern zu ew'ger Schande!«

Toulouse – Herbst 1235

Zurück in seiner Zelle, ging Amaury der Tod seiner vier Mitgefangenen nicht aus dem Kopf. Immer wieder sah er ihre halb verkohlten Leichen in den Flammen versinken und dann sah er sich selbst auf dem Schafott stehen, angeschlagen, mit Schande befleckt, aber lebendig. Gewissensbisse hatte er keine. Er hatte alle Schuldgefühle von sich abgestreift. Was andere mit ihrem Leben und dem, was danach kam, machten, war ihre Sache. Er selbst hatte vorläufig nur ein Ziel: aus diesem elenden Gefängnis zu entkommen. Wie, das würde die Zeit offenbaren.

Er war nie allein. Von Zeit zu Zeit wurden neue Gefangene gebracht. Es war immer das gleiche Bild. Anfangs waren sie widerspenstig, wütend auf diejenigen, die sie angezeigt hatten, empört über das Unrecht, das ihnen angetan wurde. Nach dem ersten Verhör überkam sie das Gefühl tiefer Machtlosigkeit. Von diesem Augenblick an ging es auch körperlich mit ihnen bergab. Folgte ein zweites oder drittes Verhör, meist einige Monate später, waren die Auswirkungen noch dramatischer. Apathisch starrten sie die Zellenwände an. Schließlich folgte das Urteil und er sah sie nicht wieder. Nur wenige blieben wie er für immer. Unter ihnen befand sich auch ein Spielmann.

Amaury war ungefähr sechs Monate dort, als ein Neuankömmling berichtete, in Narbonne sei heftiger Widerstand gegen die Inquisition aufgeflammt, ja, man spräche fast von einem Bürgerkrieg. Einige Tage später fing ein verhafteter Kaufmann auf dem Weg zu seinem Verhör auf, dass der Inquisitor von Toulouse so unvernünftig gewesen sei, zwölf angesehene Persönlichkeiten vor Gericht zu laden.

»Das war nicht nur den Bürgern, sondern auch Graf Raymond endgültig zu viel«, erklärte der Kaufmann. »Die Honoratioren haben dem Inquisitor zu verstehen gegeben, dass es für ihn besser sei, wenn er die Stadt verlasse. Der Inquisitor dachte natürlich nicht daran. Da haben die Konsuln die Stadtmiliz anrücken lassen, um ihm deutlich zu machen, dass sie meinten, was sie sagten.«

»Und, geht er?«, wollten die anderen wissen.

Darauf konnte niemand eine Antwort geben.

Einige Tage später drangen Geräusche in ihren Kerker, die sich anhörten, als würde das Gebäude über ihnen dem Erdboden gleichgemacht. Der Kaufmann sprang auf. Er presste sein Gesicht an das Gitterfenster in der Tür.

»Es ist sicher ein Aufstand ausgebrochen. Das war vorauszusehen«, meinte er.
Auch die anderen Männer, die wie gewöhnlich auf dem Boden saßen und die Wände anstarrten, erwachten wieder zu Leben. Der Spielmann stimmte mit verhaltener Stimme ein Lied an.
»In Gottes Namen, sei still!«, zischte jemand. »Willst du uns alle ins Unglück stürzen?«
»Ich habe dieses Lied in Toulouse gehört, als ich verurteilt wurde«, sagte Amaury. »Es ist verboten. Woher kennst du es?«
»Der Troubadour Guilhem Figueira hat es vor ungefähr einem Jahr während des Aufstandes des jungen Grafen gedichtet. Das Lied ist bei den *Faidits* unglaublich beliebt«, erklärte der Sänger grinsend.
»Ob sie ins Gebäude eingedrungen sind?«, fragte der Kaufmann hoffnungsvoll.
Der Spielmann sang weiter, immer lauter.

»Gott gebe dem Grafen die Kraft und auch die Macht,
dass er die Franzosen schere, häute oder schlacht'.
Soll er sie wimmern lassen und schlagen sie in Stücke.
Gott wird den Graf beschützen, denk ich an Romes Tücke.«

Der Kaufmann rüttelte an dem Gitterfenster und schrie, dass hier Gefangene der Inquisition säßen, die herauswollten. Nichts geschah. Amaury schob ihn zur Seite und ratterte mit einer Trinkschale über die Stäbe. Es dauerte quälend lange, bis endlich jemand erschien. Offenbar ein Mitglied der Stadtmiliz.
»Lasst uns raus!«, schrie der Kaufmann und stieß Amaury wieder von der Tür weg.

»Seid ihr Opfer des Inquisitors?«
»Ich bin unschuldig verurteilt worden!«, riefen ein paar Gefangene gleichzeitig.
Der Soldat schaute misstrauisch durch das Gitterfenster. Seine Miene hellte sich auf, als er einen Bekannten entdeckte. Das Geräusch von Riegeln, die zurückgeschoben wurden, lockte Freudenschreie hervor. Der Spielmann sang mit voller Stimme:

»Rom möge er ein Schicksal schwer bescheren!
Nur er allein bringt Licht, das Leben und das Heil.
Rom, voll Verrat, ist längst des Bösen Teil.«

»Was ist passiert?«, fragte Amaury keuchend, während er neben dem Soldaten herlief. Sie waren eine schmale Treppe hinaufgegangen, dann durch einen Gang und überquerten jetzt einen Innenhof.
»Wir haben die ganzen römischen Speichellecker aus der Stadt geworfen. Man konnte ja seinen eigenen Brüdern und Schwestern nicht mehr vertrauen. Jeder zeigte jeden an, nur um sein eigenes Leben zu retten!«
Als sie die Straße erreichten, brach das Volk, das dort zusammengeströmt war, in Jubel aus. Amaury blieb wie angewurzelt stehen. Links und rechts hatte er plündernde Bürgergardisten gesehen, die sich mit Kostbarkeiten aus dem Staub machten.
»Die Unterlagen der Inquisition!«, schrie er dem Mann zu, der sie befreit hatte.
»Was?«
»Die Berichte des Inquisitors, wo sind sie?«
»Was weiß ich!«
»Wo ist dein Kommandant?«

»Da irgendwo.« Er zeigte vage nach drinnen.
Amaury drehte sich um, lief über den Innenhof zurück und verschwand im Gebäude. Dort herrschte ein unglaubliches Durcheinander. Jemand ging mit einem gestohlenen Pferd quer durch das Refektorium. Ein anderer schleppte einen riesigen Kerzenleuchter mit. Doch nirgends konnte er etwas entdecken, das wie die Unterlagen der Inquisition aussah. Bis er plötzlich einen Mann mit einer Kiste sah.
»Was hast du da?«
»Hau ab!«, schnauzte der Mann, der Angst hatte, seine Beute würde ihm wieder streitig gemacht.
»Aufmachen!« Der befehlende Ton des Ritters war zwar noch da, doch seine Waffen und seine einstige Kraft fehlten ihm. Er hatte einen Augenblick vergessen, dass er genauso elend aussah wie die übrigen Gefangenen.
»Such dir selbst was, es ist genug da!«, brummte der Mann, während er ihn wegstieß.
»Du kannst alles behalten, ich will nur wissen, ob das Dokumente sind!«
Bevor der andere antworten konnte, hatte Amaury schon gegen den Deckel getreten. Die Kiste sprang auf und enthüllte nur Kirchengewänder. Im selben Augenblick nahm er Brandgeruch wahr. Er ließ den Mann mit der Kiste allein und durchsuchte das Gebäude, bis er in einem anderen Raum ein paar Männer antraf, die um einen lodernden Stapel Pergamentpapier herumstanden. Ohne nachzudenken, sprang er zwischen sie und trat das Feuer aus.
»Ihr Idioten!«, brüllte er. Atemlos blieb er einen Moment stehen. Dann bückte er sich, um ein halb verbranntes Blatt aufzuheben. Genauso schnell entriss es ihm ein anderer wieder.
»Das sind sicher alte Dokumente. Die laufenden Sachen ha-

ben sie mitgenommen. Was hier steht, geht keinen etwas an, mein Freund«, sagte der Kommandant der Stadtmiliz.

»Wer bist du, dass du dir anmaßt, darüber zu urteilen? Du hast nicht vor dem Inquisitor gestanden, dich hat der Bluthund nicht verurteilt! Ich muss wissen, wer mich mit seinen Lügen hinter Schloss und Riegel gebracht hat. Danach kannst du alles vernichten.«

Amaurys Argumente schienen den anderen zu überzeugen. Oder vielleicht war es seine jämmerliche Erscheinung, die Mitleid erregte. Jedenfalls traten die Männer zurück und ließen ihn gewähren.

Es waren Dokumente der Inquisition, so viel war sicher. Auf den Knien suchte er zwischen den zum Glück nur teilweise verkohlten Pergamentblättern fieberhaft nach seinem eigenen Namen. Die spürbare Ungeduld der Männer hinter ihm trieb ihn zur Eile an. Seine Augen schmerzten vor Anstrengung. Da stand sein Name auf Lateinisch, *Amari de Pisciaco*. Er zog das Blatt aus dem Stapel und überflog die Zeilen. Eine Liste verurteilter Gefangener, mehr nicht. Er ließ das Dokument sinken, stand auf und bedeutete dem Kommandanten, dass er seine Arbeit fortsetzen könne. Mit einem verbissenen Zug um den Mund warf er das Pergamentpapier in die Flammen.

Lauragais – 1236

Langsam bewegte sich ein kleiner Reitertrupp durch den Wald. An der Spitze ging ein Ritter neben seinem Pferd. Er war bis an die Zähne bewaffnet. Sie nannten ihn *Ranquilhós*,

den Lahmen, da sein eines Bein etwas kürzer war als das andere. Er hatte vor ein paar Jahren mit einem gebrochenen Bein von Toulouse nach Paris reiten müssen, wodurch der Bruch schlecht verheilt war. Wie er wirklich hieß, wusste niemand, und es gab auch keinen, der es wissen wollte. Er wurde von der Inquisition gesucht, das reichte.
Neben ihm gingen zwei Männer, die in dunkle Mäntel gehüllt waren. Sie trugen keine Waffen, nur ein aufgerolltes Bündel Pergamentpapier, das sie unter ihren Kleidern versteckt hatten. Es war ihre Bibel, auch wenn diese heilige Schrift nicht viel mehr als das Johannesevangelium enthielt. Einer von ihnen trug den Titel Diakon, obwohl ihm in keiner Weise anzusehen war, dass er ein göttlicher Würdenträger war. Der andere war sein unzertrennlicher Gefährte.
»Aber es steht geschrieben, dass das Wort Fleisch wurde, dass die Jungfrau Maria vom Heiligen Geist befruchtet und Christus aus ihr geboren wurde«, sagte der Ritter. Der Diakon schüttelte den Kopf.
»Das ist das, was die römische Kirche predigt. Wir glauben jedoch, dass es sich anders zugetragen hat.«
»Anders?«
»Ich werde es Euch erklären«, begann er. »Es gibt einen Vogel, genannt Pelikan, der genauso strahlt wie die Sonne, deren Lauf er folgt. Dieser Vogel hatte Junge, die er jeden Tag, wenn er der Sonne folgte, im Nest zurückließ. Eines Tages kam ein Tier, das die Kleinen verstümmelte und ihnen den Schnabel abbiss.«
Der Ritter hörte aufmerksam zu. Die Pferde zuckelten hinter ihm her, ein paar Ritter dösten im Sattel vor sich hin, die anderen sahen sich wachsam um. Sie waren schon den ganzen Tag unterwegs.
»Als der Pelikan zurückkehrte und seine Jungen so verstüm-

melt sah, pflegte er sie gesund«, fuhr der *Bon Homme* fort. »Jedes Mal, wenn der Pelikan der Sonne folgte, wiederholte sich das Drama. Da überlegte er, dass er sein helles Licht verbergen und sich in der Nähe des Nestes verstecken müsse, um das Tier zu fangen und zu töten, sobald es sich wieder blicken ließ. Dann würde es nie wieder seine Jungen verstümmeln und ihre Schnäbel stehlen können. Und so legte der Pelikan das Tier herein und rettete damit die Jungen vor der Verstümmelung, die ihnen das abscheuliche Tier zufügte.«

Er schwieg einen Augenblick, sah sich um und bog vor den anderen in einen schmalen Pfad ein, der sich zwischen den Sträuchern hindurchschlängelte. Hintereinander gingen sie weiter. »Genauso hat der Gott des Guten seine Schöpfungen gemacht«, fuhr der Diakon fort, »und der Gott des Bösen verstümmelte sie, bis Christus sein Licht verbarg und sich versteckte, sodass der Gott des Bösen ihn nicht sehen konnte. Er stieg vom Himmel herab und als er auf die Erde kam, versteckte er sich als Schatten in der Jungfrau Maria. Ihr Schoß umschloss ihn nur, ohne dass er etwas von ihr nahm. Denn als ihre Zeit gekommen war, lag dort plötzlich ein Kind neben ihr und sie war im selben Moment genauso schlank wie vor ihrer Schwangerschaft. So kam er auf die Welt und nahm einen Körper an. Er hielt den Gott des Bösen zum Narren und warf ihn in die Finsternis und seitdem kann der Gott des Bösen die Schöpfungen des Gottes des Guten nicht mehr zugrunde richten.«

Amaury nickte.

»Also war Christus nicht wirklich aus Fleisch und Blut?«

»Christus war ein Engel, der sich in einen Scheinkörper hüllte, der aus himmlischen Elementen bestand. Wie konnte er, der Sohn Gottes, stofflich sein? Alles Stoffliche hat der Gott der Finsternis erschaffen. Alles Materielle, das Christus auf Erden tat, war nur Schein.«

»Aber die Wunder, die er wirkte, wie …?«

»Es gibt keine Wunder. Dinge können sich nicht einfach so verändern, außer in der Phantasie der Menschen.«

»Und was ist mit den Kranken, die er heilte, den Lahmen und den Blinden …«

»Er heilte nicht ihren Körper, nur ihre Seele. Sie litten an den Folgen ihrer Sünden, die die Seele krank machen.«

Amaury lächelte. Die Art, wie die *Bons Hommes* sprachen, erinnerte ihn an Colomba. Auf alles hatten sie eine Antwort, die das, was ihn die römische Kirche gelehrt hatte, wegfegte. Die Logik der Guten Christen war unwiderlegbar. Ihre Worte entsprangen einem Realitätssinn, der dem anderen Glauben, der voller Wunder und Mysterien war, diametral gegenüberstand.

»Aber bei den Bildnissen Marias und der Heiligen sind doch genug Wunder geschehen?«, protestierte er.

»Habt Ihr das je gesehen?«, fragte der Diakon scharf.

»Nein, aber andere haben es erlebt.«

»Und Ihr glaubt das? Denkt Ihr wirklich, dass ein Bild, ein Stück Holz, Wunder verrichten kann? Das kann nur Suggestion sein oder höchstens das Werk des Teufels.«

»Wenn Christus also keinen menschlichen Körper hatte, keinen Körper aus Fleisch und Blut, dann hat er auch nicht am Kreuz gelitten?«

»Christus hat gelitten. Sie haben ihn beleidigt, verspottet und bespuckt, geschlagen und mit dem Dornenkranz gekrönt. Da hat er schließlich gesagt, dass er jetzt sicher wisse, dass er Gottes Sohn sei. Denn der himmlische Vater hatte ihm, als er ihn in diese Welt schickte, prophezeit, dass er für die lasterhaften unter den Menschen ein Gegenstand der Abscheu sein würde. Er hat ihnen allen vergeben, auch dem Aussätzigen, der ihm ins Gesicht spuckte. Er ist nur nicht am Kreuz gestorben. Derjenige, der ans Kreuz genagelt wurde, war ein Dämon, ein Dieb, den er im letzten Augenblick seine Gestalt annehmen ließ. Der ist an seiner Stelle gestorben und in die Hölle zurückgekehrt. Christus dagegen ist, ohne zu sterben, zu seinem Vater in den Himmel aufgestiegen.«

»Weil sein Körper, den es nicht gab, nun einmal nicht sterben konnte«, sagte Amaury und nickte. »Aber damit habt Ihr meine Frage noch nicht beantwortet: Wie es möglich ist, dass die Guten Christen ohne Angst den Scheiterhaufen besteigen? Sie singen sogar dabei. Es sieht so aus, als würden sie im Feuer nicht leiden!«

»Nicht so hastig, dazu komme ich gleich«, tadelte ihn der *Bon Homme*. »Christi Mission bestand darin, die Menschen an die himmlische Herkunft ihrer Seele zu erinnern. Er sollte ihnen das Mittel geben, die Wiedervereinigung ihrer Seele mit seinem Geist zu bewerkstelligen, den die Engel nach ihrem Fall im Himmel zurückgelassen hatten. Die Apostel waren die Ersten, die den Heiligen Geist empfingen. Und mit dem Heiligen Geist empfingen sie gleichzeitig die Kraft, ihn weiterzugeben und denen, die ihn empfangen wollten, ihre Sünden zu vergeben. Es war der letzte Beweis von Christi Liebe, den die Apostel empfingen, nachdem er ihnen gesagt hatte, dass die Zeit gekommen sei, zu seinem Vater zurückzukehren.«

Der Diakon unterbrach sich und blieb stehen. Er hatte den Weg verloren, der von Gestrüpp überwuchert war. Amaury hielt ebenfalls an und lauschte angespannt. Man hörte nur das Rauschen der Bäume und Vogelgezwitscher. Als der Diakon den Pfad wieder gefunden hatte, setzte er seine Erzählung fort: »Denn kurz bevor Christus von ihnen Abschied nahm, sagte er zu ihnen, dass sie ihn um etwas bitten dürften. Was es auch sei, sie würden es bekommen. Die Apostel überlegten zusammen und baten ihn schließlich um Sicherheit, sodass sie niemanden mehr zu fürchten brauchten. Doch er antwortete, dass das unmöglich sei. Wie, so entgegnete er, könne ein Diener mehr Lohn erhalten als sein Herr. Die Apostel sahen ein, dass er ihnen mit Recht die Erfüllung ihres Wunsches verweigerte. Sie beratschlagten von neuem und Johannes schlug vor, ihn um die besondere Kraft zu bitten, mit der er durch Handauflegen die Seele mit dem Geist wieder vereinigen konnte. Und so baten sie ihn um das Vermögen, diese Kraft anderen weiterzugeben, sodass sie von *Bons Hommes* auf *Bons Hommes* und von *Bonnes Dames* auf *Bonnes Dames* übergehen würde, immer weiter, bis ans Ende aller Tage. Christus verlieh ihnen diese Kraft im Namen seines Vaters. Von ihr würde der, der nicht das Geringste davon wusste, ebenso viel besitzen wie der, der mehr davon wusste, vorausgesetzt, er war ein Guter Christ und er hatte die Weihe empfangen. Er sagte, dass sie sein Wort, das der Vater geschrieben hatte, in der ganzen Welt verkünden müssten. Und er wies jedem von ihnen ein Land zu, in dem er predigen sollte. Für keine Strafe oder Prüfung der Welt dürften sie ihren Glauben aufgeben.

Doch er hinterließ ihnen auch eine schreckliche Prüfung. Er sagte ihnen, dass es neun Strafen gebe, von denen er selbst acht ertragen wolle. Der neunten müssten sie sich jedoch selbst unterziehen. Gleichzeitig versprach er, ihnen zu helfen, damit sie sie ertragen könnten. Diese neunte Prüfung ist das Feuer des Scheiterhaufens.«

Sie näherten sich jetzt einer Blockhütte, die mitten im Wald stand. In einiger Entfernung von dem Gebäude blieben sie stehen. Die Reiter stiegen ab. Amaury schickte einen von ihnen

zu der Hütte, damit sie die Ankunft der beiden *Bons Hommes* ankündigten. Der Diakon sah sich vorsichtig um und wandte sich dann wieder an den Ritter.
»Wir fühlen das Feuer nicht, denn das Feuer kann uns nichts anhaben«, beendete er seine Erzählung. »Wir haben unserem Körper schließlich schon entsagt, der Tunika des Teufels, die wir hier auf der Erde zurücklassen. Deshalb besteigen wir furchtlos und singend den Scheiterhaufen. Wir steigen schließlich zum Himmel auf. Deshalb können wir das Feuer ertragen und scheiden mit freudvollem Lächeln dahin.«
»Das ist in meinen Augen ein Wunder«, sagte Amaury.
Aus der Hütte waren inzwischen zwei Frauen nach draußen gekommen. Sie liefen auf die *Bons Hommes* zu und begrüßten sie mit einem Kniefall.
Amaury hatte tiefen Respekt vor dem Diakon, einem viel beschäftigten Mann. Er predigte, erteilte denen, die sich vom Bösen und damit von der Welt abkehren wollten, das *Consolamentum* und darüber hinaus musste er die Guten Christen auch einmal im Monat besuchen, sich ihre Sündenbekenntnisse anhören und ihnen eine geeignete Bußübung auferlegen, ein Ritual, das *Apparelhamentum* genannt wurde. Schon damals, als der römische Papst der Kirche Gottes noch nicht den Krieg erklärt hatte, war er ständig unterwegs gewesen. Jetzt musste er auch noch bei Nacht und Nebel zu den Behausungen der Guten Christen schleichen, um in aller Heimlichkeit seine Arbeit zu verrichten. Zudem wohnten die *Bons Hommes* und *Bonnes Dames*, die unter seiner Obhut standen, nicht mehr in Gemeinschaftshäusern in Dörfern und Städten, sondern hatten sich über das Land verteilt. Wenn sie Glück hatten, waren sie auf der Burg eines befreundeten Edelmannes untergekommen oder durften im Getreidespeicher eines Bauern schlafen. Andere waren notgedrungen in Grotten unterge-

taucht oder wie hier in einer hastig errichteten Hütte im Wald. Das erschwerte seine Arbeit um einiges.
Doch der Diakon hatte nicht nur den reinen Lebenswandel der Guten Christen zu überwachen, sondern auch für ihre Sicherheit zu sorgen. Das bedeutete, dass er ständig über etwaige Kriegshandlungen und die Arbeit der Inquisition informiert sein musste, sodass er sie rechtzeitig warnen und zu einem anderen Versteck bringen lassen konnte. Kam er zu spät, musste er versuchen, sie freizukaufen. Inzwischen musste er wie jeder andere *Bon Homme* drei Tage in der Woche fasten und die drei großen Fastenzeiten im Jahr einhalten.
Durch seine ständige Wanderschaft war ein Diakon ein leichtes Opfer für die Spürhunde der Inquisition. Doch in Amaury hatte er einen erfahrenen und zuverlässigen Leibwächter gefunden, der ihm den unentbehrlich gewordenen Schutz bot. Der Ritter hatte offenbar niemanden sonst auf der Welt, der seine Dienste brauchte, und Grund genug, der Inquisition nicht in die Hände fallen zu wollen. Im Tausch gegen eine kostbare Rüstung und ein Pferd begleitete er den Diakon und seinen Sekundanten, wohin sie wollten.
Auch jetzt stand Amaury mit einigen seiner Männer vor der Hütte Wache, während die anderen, allesamt Gute Christen, die die *Convenenza* abgeschlossen hatten, drinnen der Zeremonie beiwohnten. Er wusste genau, wie das Ritual ablief. Der Diakon stand jetzt den knienden *Bonnes Dames* gegenüber. Er holte das heilige Buch unter seiner Kleidung hervor und hielt es vor seine Brust. Die Worte, die die älteste *Bonne Dame* sprach, waren durch die dünne Hüttenwand leicht zu verstehen.
»... denn unzählig sind unsere Sünden, mit denen wir Gott täglich missfallen, am Tage und in der Nacht, in Worten, Taten

und Gedanken, gewollt und ungewollt und eher durch unseren Willen, den uns die bösen Geister in das Fleisch bringen, in das wir gehüllt sind.«
Es waren die üblichen Worte, die von allen Guten Christen gesprochen wurden, ob sie nun gesündigt hatten oder nicht.
»... durch unsere Zungen verfallen wir in sinnlose Worte, in eitle Gespräche, in Gelächter, Spott und Boshaftigkeiten, in das Verleumden von Brüdern und Schwestern, wodurch wir nicht würdig sind, über ihre Sünden zu urteilen, noch diese zu verurteilen ... O Herr, verurteile die Sünden des Fleisches, habe kein Mitleid mit dem Fleisch, das aus Verdorbenheit geboren ist, sondern habe Mitleid mit dem Geist, der darin gefangen ist ...«
Amaury kannte den Text fast auswendig. Er wusste auch, welche Bußübung darauf folgen würde. Der Diakon erlegte ihnen drei Tage Fasten bei Wasser und Brot auf. Amaury musste an das erste Mal denken, als er Colomba geküsst hatte, auf dem Weg zwischen Salsigne und Cabaret. Sie hatte damals neun Tage bei Wasser und Brot verbringen müssen und das war eine leichtere Strafe gewesen, als sie befürchtet hatte. Doch schließlich hatte sie einen Mann berührt, ohne es selbst zu wollen. Viel später hatte sie ihm erzählt, dass sie noch einmal bestraft worden war, weil sie gestanden hatte, selbst nach einem Kuss verlangt zu haben, was viel schlimmer war. Diesmal hatte sie sieben Tage auf jegliche Nahrung oder Flüssigkeit verzichten müssen, allerdings nicht hintereinander.
Das Ritual in der Hütte der *Bonnes Dames* war beendet. Der Friedenskuss wurde ausgetauscht, von Mann zu Mann und von Frau zu Frau, gefolgt von dem Kuss auf das heilige Buch. Der Diakon brach das Brot und zusammen mit den gläubigen Soldaten nahmen sie das karge Mahl ein, bei dem die Guten

Christen Wein tranken, den sie mit so viel Wasser verdünnten, dass der Wein kaum noch zu schmecken war.
Amaury aß mit den anderen Soldaten in dem Lager, das sie inzwischen aufgeschlagen hatten. Es wurde nicht gesprochen. Mit gespitzten Ohren lauschten sie auf die Geräusche um sie herum und ihre Augen suchten ständig die Umgebung ab. Ein Feuer wagten sie nicht zu machen. In der rasch hereinbrechenden Dunkelheit würde es weithin zu sehen sein. Müde streckte Amaury seine Glieder und kratzte sich den Rücken an dem Baumstamm, den er als Lehne gewählt hatte.
Es war schon merkwürdig. All die Jahre, die er in der behaglichen Sicherheit der alten Burg Poissy verbracht hatte, hatte ihn eine ständige Unruhe verzehrt. Jetzt, wo er auf der Flucht war und von einem Ort zum anderen zog, fühlte er sich wie neugeboren. Dass dies nicht an den weisen Worten der Guten Christen lag, wusste er sicher. All ihre Predigten hatten ihn noch nicht dazu gebracht, erneut die *Convenenza* abzuschließen. Nein, es war vielmehr das Gefühl, dass sein Leben zum ersten Mal nicht durch die Entscheidungen anderer bestimmt wurde, sondern dass er es selbst in der Hand hatte.
Er wusste auch genau, was er damit anfangen wollte, nur musste er sich noch eine Weile gedulden, bevor er seine Pläne ausführen konnte. Er war arm und besaß nicht mehr als die Kleider, das Pferd und die Waffen, die ihm die *Bons Hommes* gegeben hatten. Sie bezahlten ihn zwar treu für seine Dienste, doch es würde noch geraume Zeit dauern, bevor er vermögend genug war, um sein Vorhaben in die Tat umzusetzen. Denn wenn Colomba tatsächlich von ihrem früheren Verlobten Sicard entführt worden war, dann lag das Motiv auf der Hand. Er würde versuchen, ihr Erbe an sich zu reißen. Doch

Limousis war ein Lehnsgut Cabarets, das sich seit dem Frieden von Paris in den Händen französischer Besetzer befand, die ebenso wenig Recht darauf hatten. Wenn es jemanden gab, der einen Anspruch auf das Erbe Colombas geltend machen konnte, dann war es ihr gemeinsamer Sohn. Sein erstes Ziel war es, ihn zu finden, vorausgesetzt, er lebte noch. Durch seine Kontakte mit den Guten Christen und denen, die sie unterstützten, konnte er an die nötigen Informationen kommen. Danach würde er sorgfältig seine Fallen auslegen. Er würde den Rückhalt einer bewaffneten Bande brauchen, *Faidits* oder Söldner zum Beispiel. Und er war auf die Mitarbeit des Lehnsherren angewiesen und der hieß noch immer Raymond von Toulouse. Diplomatie war also gefragt. Und Geduld. Doch er hatte schon vierundzwanzig Jahre gewartet. Was bedeuteten da ein paar Jahre mehr oder weniger?

Amaury zückte sein Schwert und zog auch den Dolch und das Kriegsbeil hervor. Er ließ seine Finger an den Schneiden entlanggleiten und prüfte die Schärfe mit seinen Nägeln, immer auf der Suche nach einer Unebenheit, einem Rostfleck, einem Grat. Er putzte hier und schliff dort, bis seine Waffen noch makelloser waren als zuvor. Plötzlich nahm er eine Bewegung bei der Hütte wahr. Er schaute sofort hoch und sah den *Bon Homme*, der den Diakon auf all seinen Reisen begleitete, aus der Tür treten. Der Mann schaute sich suchend um, bis sein Blick auf Amaury fiel. Er kam auf ihn zu.

»Wir glauben, dass es besser ist, die Frauen in ein anderes Versteck zu bringen«, verkündete er.

Typisch, dachte Amaury. Jeder andere würde sagen: Es ist besser. Doch da nichts auf dieser Welt sicher war und die Guten Christen nicht lügen durften, glaubten sie, dass es besser sei. Er spähte an der glänzenden Klinge seines Schwertes entlang.

»Warum?«
»Der Inquisitor hat in Laurac verschiedene Leute verhört. Wir fürchten, dass die Frauen in Gefahr sind. Angehörige von ihnen kamen regelmäßig hierher, um sie mit Proviant zu versorgen und sie zu ehren. Wenn jemand sie gesehen hat, suchen sie jetzt vielleicht hier nach ihnen.«
Amaury zweifelte keinen Moment an dieser Möglichkeit.
»Wohin?«, fragte er.
»Wir denken, dass die Zeit gekommen ist, sie nach Montségur zu bringen.«
»Wann?«
»So schnell wie möglich.«
»Montségur ist ein paar Tagesreisen von hier entfernt«, stellte er fest.
»Ihr braucht nur bis nach Queille, das liegt ungefähr auf halbem Wege, eine Meile hinter Mirepoix. Ab dort begleiten sie dann andere.«
»Ich bringe sie lieber selbst.«
»Wir glauben, dass es sicherer ist, unsere Vertrauten in Queille dafür in Anspruch zu nehmen. Sie kennen den Weg zur Burg, sie wissen, ob er gefährlich ist, und sie kennen die Leute, die die Zugangswege bewachen.«
Amaury schwieg und putzte unnötig weiter. Immer mehr Gute Christen flohen nach Montségur, der Burg, die seit einigen Jahren Sitz des Bischofs der Kirche Gottes war. Sie war nicht nur ein Zufluchtsort für die Guten Christen, die sich durch die Tätigkeiten der Inquisition nicht mehr sicher fühlten. Sie war zugleich eine Art Pilgerstätte geworden, zu der die Anhänger des Wahren Christentums zogen, um den Predigten ihrer geistlichen Führer beizuwohnen und ihren Segen zu empfangen oder um Angehörige zu besuchen, die der Kirche beigetreten waren und sich eine Zeit lang auf dem Berg

aufhielten. Wenn er irgendwo etwas über Colomba oder ihren gemeinsamen Sohn in Erfahrung bringen konnte, dann auf Montségur. Doch anscheinend ließen die Herren, die die Guten Christen bei sich aufnahmen und für ihre Sicherheit sorgten, die Umgebung der Burg streng bewachen. Jeder Verdächtige wurde sofort aufgegriffen und gefangen gehalten, bis klar war, was er dort zu suchen hatte. Gab es eine bessere Entschuldigung für seine Anwesenheit, als zwei *Bonnes Dames* zu begleiten?

»Wenn Ihr mir die *Bonnes Dames* anvertraut, trage ich auch die Verantwortung für sie«, sagte er.

»Ich schätze Eure Besorgnis, doch der Diakon braucht Euch auch. Angeblich gibt es in diesem Gebiet noch mehr Brüder und Schwestern, die von der Inquisition bedroht werden.«

Amaury strich über seine Dolchklinge, die jetzt so scharf war, dass ein Schlachter damit zufrieden gewesen wäre.

»Ich werde die Frauen sicher nach Queille bringen«, sagte er schließlich.

Der *Bon Homme* blieb stehen. Amaury sah ihn an, ohne seine Waffe aus der Hand zu legen.

»Die Pferde müssen sich zuerst ausruhen. Meine Männer auch. Alle übrigens«, erklärte er.

»Natürlich«, antwortete der andere. Er rührte sich nicht.

»Was wollt Ihr?«

»Ihr hegt Rachegefühle«, sagte der Geistliche. »Die Rachsucht umschwebt Euch wie eine Gewitterwolke. Eure Augen sind grell wie ein Blitz. Wisst Ihr nicht, dass Christus das Gesetz der Vergeltung abgeschafft hat? Dass er deshalb das Alte Testament verworfen hat? Er predigte die Liebe. Vergebt und Euch wird vergeben werden. Rache ist etwas für Barbaren. Rache heilt vielleicht Eure Wunden, doch sie hinterlässt Narben, die Euch für immer entstellen.«

Amaury legte seine Waffen langsam neben sich.
»Niemand weiß das besser als ich«, sagte er. »Der Racheengel ist ein Dämon.«

Carcassonne – September 1237

»Ich bin kein Verräter. Ich verrate niemand bei Inquisition. Ich schwöre!«
Wigbold tippte sich empört an die Stirn, als wolle er sagen, dass er wirklich klüger sei und seine Freunde nie bei dem verhassten Tribunal anzeigen würde. Seine Ausdrucksweise hatte sich etwas verbessert, doch im Übrigen war er der Alte geblieben. Er stand noch immer im Dienst Raymond d'Alfaros, wodurch er für Amaury leicht zu finden gewesen war. Er hatte sofort auf die Bitte reagiert, die ihm ein Kurier übermittelte. Das sprach für ihn. Wäre er wirklich derjenige gewesen, der ihn bei der Inquisition angezeigt hatte, wäre er nicht erschienen. Außerdem wusste er offenbar sehr gut, dass er tief in Amaurys Schuld stand.
»Ich glaube dir«, sagte Amaury. »Hast du es mitgebracht?«
»Ja, ja«, ertönte es gehetzt. Der Friese zog aus seiner Satteltasche eine Rolle Pergamentpapier hervor, die mit dem Siegel d'Alfaros versehen war. Amaury studierte sie und nickte beifällig.
»Gute Arbeit, Wigbold. Lass uns gehen.«
Kurz darauf standen sie in einem kühlen, halbdunklen Gang. Der Bruder von der Kommandantur der Johanniter ging ih-

nen voraus zum Raum des Schreibers. Wigbold schlurfte nervös hinter Amaury her. Er fühlte sich alles andere als wohl in seiner Haut.
»Sicard?«
»Ja.«
»Wisst Ihr, wie viele Sicards es gibt?«
Amaury machte eine entschuldigende Geste.
»Er muss ungefähr zur Zeit des Einfalls der Kreuzfahrer unter dem Befehl Simon de Montforts hier eingetreten sein. Vermutlich noch vor der Zerstörung Béziers'.«
»Aber das ist ja schon viele Jahre her!«
»Euer Orden besitzt doch Register all seiner Mitglieder, ihrer Schenkungen, ihrer ...«
»Selbstverständlich. Aber warum seid Ihr nicht zu einer unserer größeren Kommandanturen gegangen, nach Homps oder Toulouse zum Beispiel? Warum ausgerechnet Carcassonne?«
Weil diese Kommandantur Cabaret am nächsten liegt, dachte Amaury, doch er zuckte nur mit den Schultern und sagte: »Raymond d'Alfaro bittet Euch im Namen des Grafen um diese Auskunft. Das steht in dem Gesuch, das wir Euch ausgehändigt haben. Mehr wissen wir auch nicht.«
»Das kostet viel Zeit. Wenn Ihr morgen wiederkommt, habe ich vielleicht ...«
»Bessan«, bellte Wigbold ungeduldig, »Sicard de Bessan.«
Amaury warf ihm einen prüfenden Blick zu, ließ sich ansonsten jedoch nichts anmerken. »Wir warten lieber jetzt darauf«, sagte er.
»Sicard de Bessan ...« Es klang nicht so, als hätte der Schreiber diesen Namen schon einmal gehört. Er holte einen gebundenen Stapel Pergamentpapier hervor und begann, darin zu blättern. Wigbold war unruhig. Er konnte nicht still stehen und war die ganze Zeit damit beschäftigt, seine Waffen an die

richtige Stelle zu schieben. Vielleicht dachte er ja, Sicard könne jeden Moment hinter ihm auftauchen. Langsam fuhr der Schreiber mit seinem Finger an den eng geschriebenen Zeilen entlang. Er murmelte etwas Unverständliches, zog die Augenbrauen hoch und schüttelte den Kopf.

»Ja, wir hatten hier in der Tat einen Sicard de Bessan, aber der ist längst weg«, sagte er.

»Wohin? Ins Heilige Land?«

»Ich weiß es nicht. Er ist aus dem Orden ausgetreten.« Es klang, als könne er es selbst nicht glauben.

»Wann war das?«

Der Schreiber blätterte kurz hin und her.

»Nicht einmal zwei Jahre nach dem Tod des Burggrafen.«

»Simons de Montfort?«

»Nein, dem von Raymond-Roger Trencavel.«

Amaury rechnete schnell zurück. Das musste während Colombas Schwangerschaft gewesen sein, auf jeden Fall bevor sie entführt wurde.

»Warum?«, wollte er wissen.

»Pardon?«

»Warum ist er aus dem Orden ausgetreten?«

»Warum wollt Ihr das wissen? Ich denke, das geht keinen außer uns etwas an.«

»Raymond d'Alfaro wird zweifellos seine Gründe dafür haben, beziehungsweise der Graf selbst.«

Amaurys Augen waren fest auf das Pergamentpapier gerichtet, als wolle er den anderen zwingen, es näher zu betrachten. Der Schreiber beugte sich erneut über den Text, ohne zu merken, dass der Ritter mitlas.

»... wegen Nachjagens persönlicher Besitztümer, die er dem Orden vorzuenthalten versuchte«, stand dort geschrieben.

»Hier steht weiter nichts darüber«, sagte der Schreiber. »Vielleicht weiß unsere Kommandantur in Toulouse ja mehr.« Er schlug das Buch zu, zum Zeichen, dass die Unterhaltung beendet sei. Im selben Moment sah Amaury aus den Augenwinkeln, wie Wigbold seine Hand in seinen Mantel steckte. Etwas sauste durch die Luft. Er sprang zur Seite. Der Schlag fiel mit dem Zuklappen des Buches zusammen. Der Schreiber rutschte vom Stuhl und landete unter dem Tisch. Wigbolds Hand, die so groß war wie ein Spatenblatt, schob Amaury das Buch zu.

»Du lesen«, sagte er.

»Allmächtiger«, stieß Amaury hervor. Er versuchte, seine Kaltblütigkeit zu bewahren, und zeigte zur Tür. Wigbold verstand ihn sofort und stellte sich dort auf.

Das Register der Hospitaliter war minutiös geführt. Das Datum, an dem Sicard in den Orden eingetreten war, ergab nichts Neues. Es stand nicht dabei, was ihn zu dieser Entscheidung veranlasst hatte. Nur der Nachtrag, dass Sicard ein Sohn aus einer kinderreichen Familie war und außer einem Geldbetrag keine weiteren Besitztümer in den Orden mitbrachte, deutete darauf hin, dass ihm tatsächlich kein Erbe zugedacht war. An den Rand war eine Notiz gekritzelt. Nach einiger Anstrengung gelang es Amaury, die Worte zu entziffern: Für den Waffendienst im Heiligen Land ungeeignet aufgrund eines Geburtsfehlers am rechten Arm.

Während Wigbold nervös mit den Füßen scharrte, blätterte Amaury zu dem Vermerk weiter, den der Schreiber eben gefunden hatte. Ohne zu wissen, was er noch suchte, huschten seine Augen an den Zeilen entlang, bis er plötzlich mit der Faust auf das Pergamentpapier schlug.

»Verheiratet! Zur Hölle mit ihm! Er hat sie geheiratet, noch bevor sie das Kind bekam, hier in Carcassonne. Er hat sie hochschwanger vor einen Priester geschleppt. Einen Priester! Die-

ser Dreckskerl! Und mit der Heiratsurkunde in den Händen ist er direkt hierher gegangen, um ihr Erbteil zu fordern.«
Amaury war weiß vor Wut. Wigbold hörte kaum zu. Er konzentrierte sich auf die Geräusche im Gang.
»Sie haben es ihm zugesagt, unter dem Vorbehalt, dass die Kommandantur in Homps, wo ihr Vater eingetreten war, einwilligte. Die hatten natürlich nichts dagegen in der Hand. Schließlich hatte Colombas Vater in seinem Testament verfügt, dass seine Besitztümer nur dann an den Orden fallen sollten, wenn seine Tochter eine *Bonne Dame* bliebe. Würde sie dagegen heiraten, konnte sich ihr Mann ihre Rechte aneignen.«
»Ja, ja. Wir weg hier.«
Amaury hörte ihn nicht. Er verbarg sein Gesicht in den Händen.
»O Gott, er hat das Kind wahrscheinlich auch noch taufen lassen, um sich ihr Erbe zu sichern. Ich habe ihr versprochen, dass das nicht passieren würde!«
»Wir weg«, drängte Wigbold. Das Ganze dauerte ihm allmählich zu lang. Sie zerrten den Schreiber hoch und setzten ihn, so gut es ging, wieder auf den Stuhl. Dann schlossen sie die Tür und eilten nach draußen.
»Diese schwarzen Mäntel«, sagte Amaury, als sie die Kommandantur hinter sich gelassen hatten, »was stimmte davon, Wigbold?«
»Schwarze Mäntel?«
»Das hast du gesagt, kurz nachdem Colomba verschwunden war. Gab es sie wirklich oder hast du sie nur erfunden? Wovor, in aller Welt, fürchtest du dich bloß so?«
»Schwarze Mäntel hab ich gesehen.«
»Sicard war schon aus dem Orden ausgetreten, als er Colomba entführte. Du hast ihn gesehen, du hast Geld von ihm bekommen. Wen hatte er bei sich?«

»Johanniter. Aber ich nur mit Sicard gesprochen.«
»Du hast sie also nicht aus der Nähe gesehen. Waren es überhaupt Hospitaliter oder gaben sie sich nur für solche aus?«
Der Friese strich sich über seinen kahlen Schädel und schwieg.
»Er war damals schon kein Mitglied des Ordens mehr, Wigbold. Seine Handlanger können nie im Leben Johanniter gewesen sein, es sei denn, er hat ein paar ehemalige Brüder vor seinen Karren gespannt, was höchst unwahrscheinlich ist. Er muss mehr oder weniger gezwungen worden sein, aus dem Orden auszutreten, oder er ließ sich rauswerfen, weil er etwas Lukrativeres in Aussicht hatte.«
»Sie tragen schwarze Mäntel mit Kreuz.«
Amaury schüttelte entschieden den Kopf. Er war noch immer damit beschäftigt, den Hergang von Anfang bis Ende zu rekonstruieren, in der Hoffnung, so zu neuen Erkenntnissen zu kommen.
»Das glaube ich nicht. Der Orden war zu der Zeit viel zu sehr mit dem Kampf gegen die Mauren beschäftigt. Außerdem war Sicard eher ein Konkurrent des Ordens, was die Interessen in Limousis betraf. Ich denke, dass sich seine Handlanger für Hospitaliter ausgaben, um uns in die Irre zu führen. Du brauchst keine Angst mehr zu haben, dass wir den ganzen Orden auf dem Hals haben, wenn wir nach Sicard suchen.«
»Nicht?«
»Obwohl, vielleicht ja doch, nachdem du den Schreiber niedergeschlagen hast«, sagte Amaury grinsend.
Wigbold ging schneller. Er wollte Carcassonne so rasch wie möglich verlassen. Als sei ihm der Teufel auf den Fersen, bahnte er sich einen Weg durch das Stadtgewühl zum Tor, wo sie ihre Pferde zurückgelassen hatten. Er kam nicht viel wei-

ter als bis zur Straßenecke, wo er fast umgeritten wurde. Hörnerklang hallte zwischen den Häusern wider.

»Zur Seite, macht Platz für die Reiter des Vogts!«

Wigbold drückte sich an die Fassade und Amaury stellte sich neben ihn.

»Und dann noch etwas, Wigbold. Woher wusstest du plötzlich Sicards Namen? Du verschweigst mir ständig etwas und das geht mir langsam ziemlich auf die Nerven.« Er bekam keine Antwort. Der melancholische Klang der Hörner erstarb. Dem Reiter folgte ein Ausrufer, der mit lauter Stimme eine Reihe von Namen herunterleierte.

»Wer so handelt, wird sterben wie sie!«, schallte seine Botschaft durch die Straße. Hinter ihm kamen noch mehr Reiter, die etwas hinter sich herzogen. Nicht weit von Amaury und Wigbold entfernt hielten sie an. Ihre Ladung blieb mitten auf dem Weg liegen. Einer der Reiter war so schnell um die Ecke gebogen, dass sein Anhängsel noch ein Stück weiterrutschte und direkt vor Amaurys Füßen liegen blieb. Er schaute nach unten und würgte. Vor ihm lagen auf einem Holzgitter die verwesenden Überreste menschlicher Körper. Offenbar waren die Toten kurz nach ihrer Beerdigung aus dem Grab herausgeholt worden, denn die Kadaver waren teilweise noch mit den Resten eines Leichenkleids umhüllt.

»Verdammt«, stieß Wigbold hervor.

»Sie können nicht einmal die Toten in Ruhe lassen«, sagte eine Frau.

»Dieser Verräter hat sie alle angezeigt«, wusste ein Wasserträger zu berichten.

»Verräter?«, fragte ein anderer.

»Ein *Bon Homme*. Er hat sich selbst beim Kloster der Dominikaner angezeigt«, antwortete der Wasserträger, der offenbar gut unterrichtet war. »Sie sagen, er hätte sich bekehrt und sei

als Mönch in das Kloster eingetreten, um seiner Strafe zu entgehen. Er hat so viele verraten, dass er Tage dafür brauchte!«
»Alles Tote, die können sie haben, diese Feiglinge!«, sagte die Frau verächtlich.
»Andere erwischen sie auch nicht. Sie haben zwar ein paar zum Scheiterhaufen verurteilt, doch die waren alle hoher Herkunft oder Familienmitglieder der Konsuln. Die haben sich natürlich geweigert, sie zu verhaften. Sie sind alle geflohen«, schnaubte der Wasserträger.
Der Herold rief erneut die Namen aus und verkündete, dass die sterblichen Überreste dieser Ketzer nachträglich auf der Pré du Comte dem Scheiterhaufen überantwortet würden. Die Bevölkerung habe dabei vollzählig anwesend zu sein.
»Wer so handelt, wird sterben wie sie!«, wiederholte er laut. Dann gab er den Reitern den Befehl weiterzureiten. Die wehrlosen Leichen vor Amaurys Füßen kamen wieder in Bewegung und verschwanden aus ihrem Blickfeld. Sogar Wigbold war etwas blass um die Nase geworden. Er machte ängstlich einen Bogen um die Stelle, an der die Kadaver gelegen hatten, und eilte zum Stadttor. Dort wurden sie aufgehalten.
»Auf der Pré du Comte findet eine Ketzerverbrennung statt. Alle sind verpflichtet, ihr beizuwohnen.«
Widerwillig begaben sie sich zu der Wiese, wo die Reiter inzwischen ihre Ladung abgeliefert hatten.
»Dasselbe in Albi vor drei Jahren«, erzählte Wigbold. »Inquisitor beinahe erhängt. Von Bürgern. Gerade noch rechtzeitig gerettet.«
Für Amaury war das alles neu. Er sah ungläubig zu, wie die Gebeine auf den Scheiterhaufen gestapelt wurden. Grinsende Schädel starrten ihn aus ihren leeren Augenhöhlen an.
»Besser tot verbrennen als lebendig«, meinte der Friese.

Die Guten Christen würden es vielleicht nicht einmal so schlimm finden, dachte Amaury. Deshalb hatte der *Bon Homme* seine verstorbenen Glaubensgenossen wahrscheinlich auch ohne Skrupel angezeigt, um die Lebenden zu schützen. Das war jedenfalls die einzige Erklärung, die ihm einfiel. Was bedeutete ihnen die sterbliche Hülle eines Mitmenschen schon? Nicht mehr als das, was sie die Tunika des Teufels nannten. Ob der Verräter in seiner felsenfesten religiösen Überzeugung wohl darüber hinweggesehen hatte, dass einfache Bürger und Bauern sehr wohl eine Bedrohung darin sahen? Die Botschaft war deutlich: Niemand war vor dem langen Arm der Inquisition sicher, nicht einmal die Toten. Der Terror des fanatischen Mannes reichte bis ins Grab. Amaurys Gesicht wurde ebenso grau wie die Asche, die sich auf dem Scheiterhaufen ansammelte. Er wandte das Gesicht ab, beugte sich zu Wigbold hinüber und sagte: »Ich muss Colombas Grab finden, bevor die Inquisition sie in die Hände bekommt.«
Alles andere schien plötzlich nicht mehr so wichtig zu sein.

Carcassonne – Anfang Oktober 1240

»Jeder versucht auf seine Weise, seine Haut zu retten, seinen Besitz zu erhalten, den Fortbestand seines Geschlechts zu gewährleisten.« Pierre Mirs Miene war barsch und unerschütterlich. Der alte Veteran litt nicht unter Gewissensbissen. »Ich habe in Montforts Elitetruppen während der Belagerung von

Beaucaire gekämpft. Als Graf Raymond, ich meine, der Sohn des alten Grafen, das Land seines Vaters zurückeroberte, bin ich zurückgekommen und habe erneut, diesmal gegen Montfort, gekämpft. Manchmal wählt man die falsche Seite, aber das weiß man schließlich immer erst hinterher. Jetzt setzte ich wieder alles aufs Spiel.« Er lachte spöttisch. »Viel ist es nicht. Und für das bisschen musste ich auch noch vor den Franzosen auf dem Bauch liegen. Meine Frau habe ich vorsorglich nach Montségur gebracht. Wenn es Trencavel nicht gelingt, Carcassonne einzunehmen, wenn er geschlagen wird und wieder in der Verbannung leben muss, dann habe ich nichts mehr. Es ist ein Glücksspiel. Aber ich bin nun einmal ein waghalsiger Mensch.« Er zog die Nase hoch. Aus dem Westen wehte ein frischer Wind, Regen lag in der Luft und er war ohnehin schon erkältet. »Warum bist du eigentlich zurückgekommen?«, fragte Mir. »Was gibt es für dich hier zu holen?«

»Ich muss eine Schuld begleichen«, antwortete Amaury. Wenn ihn die Inquisition nicht hierher geholt hätte, dachte er, wäre er schließlich aus eigenem Antrieb gekommen.

»Wer nicht«, sagte Mir. »Doch worin liegt der Sinn davon? Die eine Schuld stapelt sich auf die andere. Es gibt keinen Ausweg. Du kannst das, was geschehen ist, nicht rückgängig machen.«

»Ich bin gekommen, um das zu beenden, was ich angefangen habe.«

»Was es damals gab, wirst du nicht mehr finden. Unser Land ist nicht mehr das, was es einmal war. Wie könnte es auch anders sein, nach dreißig Jahren Krieg und Unterdrückung? Sie haben es leer geraubt. Wir waren ein stolzes Volk. Jetzt sind die Troubadoure verschwunden, die Herren gehen am Bettelstab, die Ritter dürfen ihre Waffen nicht mehr tragen und die

Edelfrauen müssen die Barbaren aus dem Norden heiraten. Kaufleute, Bauern, jeder wird gerupft. Sie haben alles zugrunde gerichtet.«

»Ich bin nicht gekommen, um mich zu bereichern.«

Mir beugte sich zur Seite, legte den Daumen an einen Nasenflügel und schneuzte sich.

Die Belagerung Carcassonnes dauerte jetzt schon gut vier Wochen. Die Wurfmaschinen nahmen die Festung unaufhörlich unter Beschuss. Es hatte Sturmangriffe gegeben und die Pioniere hatten versucht, einen Tunnel unter die Mauern zu graben, bis jetzt jedoch ohne Erfolg.

»Ich frage mich, ob uns Graf Raymond noch zu Hilfe kommt«, sagte Amaury.

Mir machte ein bedenkliches Gesicht.

»Wenn er das wirklich wollte, wäre er schon hier gewesen. Doch er musste sich zuerst mit seinen Leuten in Toulouse beraten. Seitdem haben wir nichts mehr von ihm gehört, außer dass der Vogt von Carcassonne, der ihn ebenfalls um Hilfe gebeten hatte, dieselbe Antwort bekam. Mit anderen Worten: Wir müssen uns selbst helfen.«

»Er überlässt Trencavel seinem Schicksal, genau wie sein Vater damals«, sagte Amaury düster. Wenn er an das tragische Schicksal Raymond-Roger Trencavels zurückdachte, dem mutigen Burggrafen von Carcassonne, der sich als Geisel angeboten hatte und der von den Kreuzfahrern in seiner Zelle vergiftet worden war, wurde er heute noch wütend. Jetzt stand Raymond Trencavel, der Sohn, der damals als zweijähriges Kind mit seiner Mutter nach Foix geflüchtet war, vor den Mauern der Stadt, um sein Erbe zu fordern. Die jungen Edelmänner, die mit ihm über die Pyrenäen gezogen waren, wollten nichts lieber als die Stadt erneut stürmen, und das sofort.

»Weißt du, dass die Cabarets zurück sind?«, fragte Mir.
»Was? Herr Pierre-Roger?«
»Nein. Orbrie, die erste Frau von ...« Er unterbrach sich. »Geduld!«, schrie er und gestikulierte wild, um die Kavallerie davon abzuhalten, das Fußvolk vor sich herzutreiben, das dadurch in das Schussfeld der feindlichen Wurfmaschinen zu geraten drohte. »Diese jungen Leute sind noch hitziger als wir damals«, brummte er. Von seinem Sattel aus, wo er die Situation einigermaßen überblicken konnte, dirigierte er seine Bogenschützen und gab den Männern, die die Steinschleudern bedienten, Anweisungen.
»Ihr habt gekämpft, um euren Besitz zu erhalten«, antwortete Amaury. »Sie haben nichts zu verlieren.« Er konnte die jungen Edelmänner gut verstehen. Vogelfreie Verbannte waren es, die das Unrecht rächen wollten, das ihren Vätern angetan worden war, und sich zurückholen, was ihnen zukam.
Mit donnerndem Getöse stürzte ein Teil der Mauer an der Stelle ein, wo die Pioniere einen Tunnel unter die Festungsanlagen gegraben hatten. Amaury sah Trencavel gespannt an und wartete auf das Zeichen zum Angriff.
»Jetzt das Fußvolk!«, schrie er. »Bogenschützen, Deckung geben!«
Sein Befehl wurde an allen Seiten von den Rittern wiederholt. Mir brüllte seinen Männern dieselben Worte zu und trieb sein Pferd nach vorn. Die lebende Masse hinter der schützenden Schicht aus Eisen, Holz und Leder kam in Bewegung. Kampfschreie schallten über das Geräusch stampfender Stiefel hinweg und wurden ihrerseits von Hörnerklängen und Trommelwirbeln übertönt. Plötzlich stockte der Sturmlauf der Landsknechte. Als sie die Bresche erreichten, wurden sie von den noch stehenden Teilen der Stadtmauer aus mit Pfeilen und Steinen bombardiert. Reihenweise fielen die Männer

um. Hinter ihnen drängten die Reiter nach vorn. Die jungen Edelmänner versuchten, auf ihren Schlachtrössern dem Sturmangriff von der hinteren Linie aus neues Leben einzuhauchen.
»Es gibt eine Blockade innerhalb der Mauern!«, rief Amaury Mir zu. »Das wird ein Blutbad!«
Auch Trencavel hatte eingesehen, dass es sinnlos war, den Angriff fortzusetzen.
»Zurückziehen!«
»Sie haben hinter der Bresche eine Mauer aus losen Steinen hochgezogen«, meldete Mir einen Augenblick später. »Und dahinter hatten sich ihre Bogenschützen aufgestellt. Es war kein Durchkommen.« Er ließ sich aus dem Sattel gleiten und warf seinen Schild auf den Boden. Es war bereits der fünfte gescheiterte Sturmangriff, auch diesmal mit schweren Verlusten.
»Ohne Graf Raymonds Unterstützung schaffen wir es nicht«, brummte Mir unwirsch.

Einige Tage später kam die Nachricht, der französische König habe ein Heer geschickt, um Carcassonne zu befreien. Trencavel gab klein bei und hob die Belagerung auf. Lieber das, als den Franzosen in die Hände zu fallen. Carcassonne lag schon ein paar Meilen hinter ihnen. Die eroberte Vorstadt am rechten Ufer der Aude, wo sie ihr Lager aufgeschlagen hatten, war ein Trümmerfeld. Die Abtei von Notre-Dame und das Dominikanerkloster, von denen man vorher schon sämtliche Holzteile für Trencavels Belagerungsmaschinen abmontiert hatte, waren nun auch noch fachmännisch geplündert und verwüstet worden. Die Häuser brannten und dicke Rauchwolken stiegen auf. Aus Angst vor Vergeltungsmaßnahmen hatten die Bürger ebenfalls das Weite gesucht. Schließlich hatten sie die

Rebellen mit offenen Armen empfangen. Sie waren mit den *Faidits* und ihren Männern geflohen, konnten mit den Reitern jedoch nicht mithalten und lagen schon ein Stück zurück. Trencavel wäre lieber in südliche Richtung gezogen, um über die Corbières in das sichere Katalonien zurückzukehren, doch der Weg wurde ihm von dem französischen Heer abgeschnitten. Jetzt versuchte er, mit seinen Männern noch vor dem Abend Montréal zu erreichen.

Es regnete in Strömen und Mirs Erkältung hatte sich noch verschlimmert. Seine Stimme krächzte und sein Husten klang ziemlich ungesund. Amaury galoppierte schweigend neben ihm her.

Das kurze Abenteuer von Trencavel, das nicht viel länger als zwei Monate gedauert hatte, hinterließ bei ihm einen schalen Nachgeschmack. Am Anfang, als die Bürger Trencavel überall wie einen Befreier feierlich empfangen hatten, war er noch voller Zuversicht gewesen. Auch die *Bons Hommes* schöpften neue Hoffnung aus dem Aufstand. Sie konnten sich jetzt in dem befreiten Teil des Landes einfacher bewegen und Amaury hatte dadurch Gelegenheit bekommen, sich an dem Kampf zu beteiligen. Die Belagerung Carcassonnes hatte jedoch mit einem gemeinen Mord an etwa dreißig wehrlosen Geistlichen begonnen, obwohl Trencavel ihnen freies Geleit gegeben hatte, um nach Narbonne zu gehen.

Mir hatte Recht: Was er suchte, schien es nicht mehr zu geben. Selbst jetzt, wo er offen gegen seine Landsleute, die er seine Feinde nannte, kämpfen konnte, schenkte ihm das keine Befriedigung. Er trieb sein Pferd neben Mirs und fasste ihn beim Ärmel.

»Ich zieh auf eigene Faust weiter!«, schrie er über das Tosen des Windes und das Hufgetrappel hinweg. Er hob die Hand zum Abschied und löste sich von der Reitergruppe.

»Du bist verrückt, Cap Perdut! Das ist Selbstmord! Allein schaffst du es nie!«, rief Mir, doch seine Stimme überschlug sich und er brachte nicht viel mehr als ein heiseres Krächzen heraus, unhörbar für Amaury, der sich mit großer Geschwindigkeit entfernte.

Cabaret – Mitte Oktober 1240

»Du Glück wie Schwein«, hatte Wigbold einmal gesagt. »Du dich überall durchwühlen.« Das hatte sich nicht immer bewahrheitet, doch auf jeden Fall ließen ihn seine Sterne jetzt nicht im Stich. Während Trencavel und seine *Faidits* in Montréal belagert wurden, gelang es Amaury, den Montagne Noire zu erreichen. Trotz des schlechten Wetters übernachtete er wieder auf offenem Feld und zog am nächsten Morgen nach Cabaret weiter. Auch hier war das Glück auf seiner Seite. Orbrie de Cabaret war noch dort. Sie war fest entschlossen, das Erbe der Cabarets für die Söhne zu erhalten, die sie Jourdain geschenkt hatte, bevor er sie sitzen ließ, um Mabilia zur Frau zu nehmen. Gleich nach Ausbruch der Unruhen war sie mit den jungen Edelmännern zu den Burgen auf dem Bergkamm zurückgekehrt. Jetzt residierte sie dort, als sei sie die Erzmutter des Hauses Cabaret. Ihre pechschwarzen Haare waren inzwischen grau geworden, doch sie war noch genauso schön und herausfordernd wie früher.
»Trencavel hat die Belagerung aufgegeben?« Ihre Stimme klang ungläubig, empört sogar, als habe man ihr ein persön-

liches Unrecht angetan. »Wo ist dieses französische Hilfsheer jetzt?«
»Vor Montréal.«
»Gibt es Truppenbewegungen in Richtung Cabaret?«
»Nein, ich denke, dass sie vor allem Trencavel und seine *Faidits* in die Hände bekommen wollen.«
»Dann ist noch Zeit genug. Habt vielen Dank für die schlechte Nachricht, Ritter.«
Es gab keinen Zweifel, dass sich der Feind an den übrigen Aufständischen rächen würde, sobald er mit Trencavel abgerechnet hatte. Orbrie wandte sich an ihre Söhne, um mit ihnen zu überlegen, was sie unter den veränderten Umständen am besten tun konnten.
Amaury blieb stehen. »Eine Gunst noch, Frau Orbrie«, sagte er.
Sie drehte sich halb um. Im Schatten ihrer böse zusammengezogenen Brauen glänzten ihre Augen wie schwarze Perlen.
»Was wollt Ihr? Lohn für das Überbringen Eurer Hiobsbotschaft?«
»Ich suche Sicard de Bessan.«
Orbrie stieß ein schrilles Lachen aus.
»Ist er auch zurückgekommen?«, fragte Amaury.
»Ein Teil von ihm.« Es schien eine komische Bemerkung zu sein, denn alle lachten. »Aber wenn Ihr ihn sucht, seid Ihr hier falsch. Er ist in Limousis.«
Amaury bekam eine Gänsehaut.
»Sicard de Bessan ist ein Betrüger«, sagte er laut.
Jetzt wölbten sich die Augenbrauen.
»Was Ihr nicht sagt!«, höhnte Orbrie. »Nun, was mich angeht, könnt Ihr ihn haben. Merkt Euch nur, dass alles, was er in seinen Minen findet, uns gehört.« Sie winkte ihn mit einer herablassenden Handbewegung weg.

Amaury verabschiedete sich mit einem kurzen Kopfnicken, verließ den Saal und ging hinunter ins Dorf. Die drei Burgen oben auf dem Bergkamm, das Haus, in dem er sie zum ersten Mal wieder gesehen hatte, die Unterkunft der *Bonnes Dames*, bei denen sie damals wohnte, die Brücke, der Fluss, alles erinnerte ihn an Colomba. Es hatte das Gefühl, als würde jemand mit der Hand in seine Brust greifen und sein Herz zerquetschen. Er ging weiter über den Weg nach Salsigne, an der Stelle vorbei, wo er sie zum ersten Mal geküsst hatte. Da war die Wegbiegung, an der sie die Blinden aus Bram hatten kommen sehen, und auf der anderen Seite der schmale Pfad, der in den Montagne Noire führte, durch den sie geflüchtet waren. In absehbarer Zeit würden die Cabarets vielleicht zu ihrem Landgut bei Narbonne zurückkehren müssen und dann würde hier wieder eine französische Garnison patrouillieren und ihm den Zugang verweigern.
Mein Gott, was täte er nicht dafür, um die Zeit zurückzudrehen, sie noch einmal zu sehen und zu fühlen! Er würde seine Seele dem Teufel verkaufen, wenn es sein müsste. Obwohl, hatte er das nicht längst getan? Schließlich hatte er den Gott verlassen, für den er einst in den Kampf gezogen war. Warum hatten diese zwei Jahre mit ihr so einen unauslöschlichen Eindruck bei ihm hinterlassen, mehr als all die anderen Jahre seines Lebens? Was war dieses unerklärliche Gefühl, das Liebe hieß, ein Gefühl, das seine Sinne selbst jetzt noch umnebelte, das ihn alles andere auf der Welt hatte vergessen lassen, sodass er eine Dummheit nach der anderen gemacht und den Rest seines Lebens zerstört hatte? Colomba hatte Recht. Das war nicht die Liebe, die Christus gelehrt hatte, das war Begierde, eine Falle des Teufels. Schließlich war sie auch in diese Falle getappt und es war ihr Untergang geworden, durch seine Schuld. Er wollte es so gern wieder gutmachen. Wie? Indem

er den Guten Christen diente. Das hatte vorläufig zumindest sein protestierendes Gewissen beruhigt.
Er kehrte zu dem Dorf am Fuße der Festung zurück, um sich mit Proviant zu versorgen. Niemand stellte Fragen, doch er spürte, dass ihm alle Augen folgten. Als er mit einem Brot unter dem Arm zu den Ställen ging, um sein Pferd zu holen, sprach ihn plötzlich eine Frau an.
»Sie hat Euch nicht gewarnt, habe ich Recht?«
»Wer?«
»Frau Orbrie.«
»Wovor?«
»Sie ist eine falsche Schlange. Hier, seht Euch das an, das ist ihr Werk.« Die Frau schob ihre Haare zur Seite und zeigte auf die Stelle, an der einmal ihr Ohr gesessen hatte. »Weil ich sie angeblich übervorteilt hätte.«
»Wovor hätte sie mich denn warnen müssen?«
»Vor Limousis. Dieser Ort ist verflucht. Finstere Mächte haben die Minen dort in Besitz genommen.«
»Finstere Mächte?«, wiederholte Amaury skeptisch. Neuigkeiten verbreiteten sich in Cabaret offenbar schnell. Alle schienen inzwischen zu wissen, nach wem er sich erkundigt hatte.

Vier Jahre suchte er jetzt schon vergeblich nach seinem Sohn und nach Colombas Grab. Trotz der Hilfe der Guten Christen, mit denen er als Leibwächter durch das Land zog, war er noch keinen Schritt weitergekommen. Und auch in Montségur hatte man ihm nicht weiterhelfen können. Seine Frau und sein Sohn waren wie vom Erdboden verschwunden und selbst der Anstifter des ganzen Unheils, Sicard de Bessan, war unauffindbar. In Limousis schien er jedenfalls nicht zu sein. Das gut bewehrte Landhaus war offenbar unbewohnt.

Außer den Hausknechten und den Bauern, die das Land bestellten, war keine Menschenseele zu sehen. Der Besitz, den Sicard so heiß begehrt hatte, bestand nur aus ein paar Häusern, einem Stück Land und einer alten Mine, die, wie man ihm erzählte, stillgelegt sei. Es sei gefährlich dort, wurde hinzugefügt, schreckliche Unglücke habe es dort gegeben. Das war zwar schon Jahre her, doch seitdem hatte sich niemand mehr getraut, auch nur einen Fuß in das Bergwerk zu setzen.

Amaury beschloss, sich in der alten Mine einmal umzusehen. Er schwang sich wieder in den Sattel und ritt zu dem offenen Stollen. Als er abstieg, warf sein Pferd unruhig den Kopf in den Nacken und wieherte. Amaury legte ihm den Zügel über den Hals und nahm die Riemen des Zaumzeugs fest in die Hand, doch das Pferd blieb stocksteif stehen und war nicht dazu zu bewegen, näher an den Stollen heranzugehen. Amaury band es an einen Baum und ging zu Fuß zu dem Mineneingang. Über der Öffnung in der Bergwand standen ein paar Zeichen. Er ging darauf zu, um sie sich aus der Nähe anzusehen. Jetzt konnte er sich gut vorstellen, warum sich niemand mehr hierher traute. Es waren teuflische Symbole, die den Eindringling vor dem Unheil warnten, das ihn drinnen erwartete. Er ging hinein. Nach zehn Schritten war es schon so dunkel, dass er nicht mehr sehen konnte, wo er hintrat. Vorsichtig tastete er sich noch ein Stück weiter an der Wand entlang. Minenschächte waren im Allgemeinen nicht besonders tief, da sonst durch den Rauch der Fackeln nicht mehr richtig gearbeitet werden konnte, doch es war unmöglich zu sehen, wie weit dieser in den Berg hineinführte. Offenbar war außer ihm niemand hier, denn es war totenstill. Trotzdem meinte er zu riechen, dass noch vor kurzem jemand Licht benutzt hatte, eine Öllampe oder etwas anderes,

das mit Fett brannte. Und dann war da noch dieser durchdringende Tiergeruch.
Auf jeden Fall war es zu gefährlich, sich ohne Licht weiter in den Stollen hineinzuwagen, dachte er und drehte sich um, um zum Eingang zurückkehren.
Im selben Moment hörte er das Geräusch. Es war, als würde ein quietschendes Tor geöffnet. Dann ertönte ein tiefes Knurren aus der Finsternis und gleich darauf schoss etwas auf ihn zu. Blitzschnell drehte er sich um und riss seinen Dolch aus der Scheide. Im nächsten Augenblick sprang das Tier an ihm hoch und warf ihn auf den Rücken. Mit beiden Armen versuchte er, das rasende Monster von sich abzuhalten, doch es gelang ihm nicht, es wirklich zu treffen. Die gefährlichen Kiefer zerfetzten seine Kleider und der Kopf war jetzt so nah, dass er direkt in die gelblichen Augen starrte. Er schützte sein Gesicht mit dem linken Arm und versuchte, mit dem Dolch in der anderen Hand zuzustechen. Gleichzeitig drangen die Zähne kraftvoll in seinen Arm. Ein lähmender Schmerz durchfuhr ihn. Das Tier schüttelte den Kopf hin und her, während es sich in der Wunde festbiss. Amaury stach blindlings zu, zog seine Hand zurück und stach noch einmal, wieder und wieder, so lange, bis der Wolf jaulend losließ, in die Knie ging und von ihm abglitt.
Zitternd richtete er sich auf, während er den verletzten Arm an sich presste. Mit der anderen Hand suchte er Halt an der Felswand.
»Sicard!«, rief er in die Finsternis hinein, »Sicard! Dein Höllenhund ist tot! Komm raus und kämpfe selbst wie ein Mann!«
Nur das Echo seiner Stimme gab Antwort.
»Sicard! Du kannst deine verdammte Mine und alles, was darin ist, behalten! Gib mir Colomba und meinen Sohn zurück!«, schrie er.

Noch immer kam keine Reaktion. Er bewegte sich langsam durch den Schacht zurück, aus Angst vor einem neuen Angriff. Als er wieder im Licht stand, konnte er den Schaden feststellen. Sein Überkleid hing in Fetzen an ihm herunter, selbst sein Hemd war zerrissen und die Haut völlig verschrammt. Sein Arm sah noch schlimmer aus. Er saugte die Wunden aus und wollte gerade nach Wasser suchen, als er wie angewurzelt stehen blieb. Unter dem Baum, an dem er sein Pferd festgebunden hatte, stand ein Ritter, flankiert von einem Bogenschützen, der den Bogen schon gespannt hatte.
»Ich bin Sicard«, sagte der Ritter. »Was suchst du hier?«
Amaury sah ihn an und schüttelte den Kopf.
»Du bist zu jung«, sagte er. »Du bist nicht Sicard.«
»Ich heiße Sicard. Nach meinem Vater Sicard de Limousis.«
Amaury fühlte, wie ihm das Herz stehen blieb.
»Bist du Colombas Sohn?«, fragte er ungläubig. Der andere nickte. Vorsichtig ging Amaury ein paar Schritte näher, blieb jedoch sofort stehen, als er den Bogenschützen zielen sah. Jetzt konnte er die Gesichtszüge des Ritters erkennen. Er schätzte ihn auf Ende zwanzig, er hatte eine Adlernase, hellbraune Augen und schwarze, lockige Haare.
»Du bist nicht mein Sohn«, schnaubte er verächtlich. »Du bist ein Betrüger, genau wie dein Vater.«
Der Bogenschütze sah den Ritter von der Seite an, doch Sicard schüttelte den Kopf.
»Wo habt ihr sie begraben?«, fragte Amaury.
»Das musst du meinen Vater fragen. Aber der ist nicht hier. Was hast du in der Mine zu suchen?«
»Das wollte ich dich fragen. Was ist hier so wichtig, dass du deinen Wachhund auf unerwünschte Besucher hetzt?«
»Das geht dich nichts an. Die Mine gehört mir, ich habe sie

von meiner Mutter geerbt. Niemand hat hier etwas zu suchen.«
Amaury befand sich nicht in der Position, zu drängen. Er konnte froh sein, wenn er hier bei lebendigem Leibe wegkam. Inzwischen dachte er fieberhaft nach. Wenn dieser junge Mann tatsächlich Colombas Sohn war, musste ihr Sicard de Bessan ein Kind gemacht haben, nachdem sein eigener Sohn geboren war. Schon der Gedanke allein war ekelhaft. Er fragte sich, wie viel dieser Sohn von der ganzen Geschichte wusste. Es lag ihm auf der Zunge zu sagen, dass die Mine und alles, was er von Colomba geerbt hatte, gestohlenes Gut sei und die kirchliche Trauung seiner Eltern ungesetzlich sei, weil seine Mutter zu der Zeit das Kind eines anderen unter dem Herzen trug. Doch wer sagte ihm, dass er überhaupt einen Sohn hatte? Es musste der junge Sicard sein, den Herr Jourdain gemeint hatte, als er von dem Erben von Limousis sprach. Warum hatte er nie mit dieser Möglichkeit gerechnet? Wie hatte er je glauben können, Sicard de Bessan würde den Sohn eines anderen als seinen anerkennen? Um ihm eines Tages den Besitz zu hinterlassen, um den er mit allen Mitteln gekämpft hatte? Eher hätte er sich einer solchen Bedrohung für seine eigenen Nachkommen entledigt. Vielleicht war das Kind, das Colomba von ihm erwartet hatte, ja tot geboren oder zu früh und daher nicht lebensfähig. Das wäre nicht einmal so verwunderlich gewesen nach all dem, was sie durchgemacht hatte. War er dann die ganze Zeit einem Hirngespinst nachgejagt, einem Sohn, den es nicht gab, und einem Grab, das ebenso unauffindbar blieb?
»Dann habe ich mich geirrt«, sagte er mit gezwungener Ruhe. Ohne auf Sicard oder den Bogenschützen zu achten, ging er zu seinem Pferd. Sein Leben hatte plötzlich kein Ziel mehr. Umso besser, wenn der Bogenschütze jetzt seinen Pfeil ab-

schoss. Doch die beiden Männer traten zur Seite und ließen ihn gehen. Mühsam zog er sich in den Sattel hoch und wandte sich noch einmal an den Ritter.
»Grüße deinen Vater von Amaury de Poissy«, sagte er und gab seinem Pferd die Sporen.

Avignonet – 28. Mai 1242

»Du gut essen. Fraß von *Bons Hommes* nicht gut für Soldat.« Wigbold schob ihm noch einen Fleischklumpen zu und kniff ihn gutmütig in die Schulter. »Mager«, war sein Kommentar und er klopfte auf seinen eigenen Bauch. Als rechte Hand Raymond d'Alfaros, der jetzt der Vogt Graf Raymonds in Avignonet war, führte der Friese ein gutes Leben. Sein ohnehin schon gewaltiger Körper begann allmählich, auch in der Breite beeindruckende Formen anzunehmen. Amaury biss in das Fleisch.
»Weswegen hast du mich kommen lassen?«, fragte er mit vollem Mund.
»D'Alfaro hat Arbeit für dich.«
»Was für eine Arbeit?«
»Gute Beute. Ist alles.« Wigbold legte den Finger auf seine Lippen und lehnte sich zufrieden zurück. Amaury hörte auf zu kauen und sah den Friesen prüfend an.
»Und deswegen hast du mich kommen lassen? Du weißt doch, dass ich Plünderungen verabscheue.«
»Nicht reden. Du gut essen und dann arbeiten. D'Alfaro zahlt

gut. Für diese Arbeit nur zuverlässige Männer. Nach heute Nacht Land befreit, nie wieder Inquisition.«
Amaury beschloss, nicht weiter zu fragen. Offenbar handelte es sich um eine Mission, deren Einzelheiten der Friese auch nicht kannte. Nicht, dass ihn das überrascht hätte. Er selbst verschwieg seinen Männern auch immer bis zum letzten Augenblick, wo sie hingingen und was sie tun mussten. Strenge Geheimhaltung sowie das Anheuern von Leuten, auf die man sich verlassen konnte, waren eine Form von Selbsterhaltungstrieb. Schon seit Wochen braute sich etwas zusammen. Man flüsterte, der Graf von Toulouse habe ein Bündnis mit den Feinden des französischen Königs geschlossen. Es war sehr gut möglich, dass er im Begriff war, nach der Macht zu greifen. Die Arbeit, von der Wigbold sprach, könnte ein kleines Glied in einem größeren Plan sein. Er aß schweigend weiter, bis er satt war.
Es war schon dunkel, als Wigbold endlich das Zeichen zum Aufbruch gab. Auch das wunderte ihn nicht. Der Diakon, dessen fester Begleiter Amaury jetzt schon seit fünf Jahren war, machte sich auch immer nachts auf den Weg zu den Guten Christen, die das *Consolamentum* empfangen wollten. Selbst nachdem die Klage, die Graf Raymond in Rom wegen der Vorgehensweise der Inquisition eingereicht hatte, vorübergehend fast zu einem Erliegen aller Aktivitäten des Inquisitors führte, hatten die Guten Christen ihre Wachsamkeit nicht verloren. Inzwischen hatten die Dominikaner ihre Arbeit wieder aufgenommen und schon wieder waren Menschen auf dem Scheiterhaufen verbrannt. Anderen waren unverhältnismäßig schwere Strafen auferlegt worden. Einige Tage zuvor hatten sich zwei Inquisitoren mit ihrem Gefolge in Avignonet niedergelassen, Grund genug für Amaury, besonders auf der Hut zu sein.

Der Friese reichte ihm das Kriegsbeil an. Amaury umfasste den Schaft mit beiden Händen. Er hob die Waffe ein paar Mal hoch, um das Gewicht zu spüren, und kontrollierte die Schärfe des Blattes. Er nickte beifällig. Wigbold selbst hatte nur den vertrauten Knüppel in seinen Gürtel gesteckt.

Der Friese kannte die Stadt wie seine Westentasche. Mit einer Behändigkeit, die für einen Menschen seines Umfangs ungewöhnlich war, bewegte er sich lautlos durch die Gassen, bis sie zu einem Haus kamen, in dem sich schon eine Anzahl Männer versammelt hatte. Niemand sprach ein Wort. Erst als alle da waren, gab einer von ihnen Anweisungen. An verschiedenen Stellen der Stadt mussten die Straßen besetzt werden, um sicher zu sein, dass die anderen ungestört ihre Arbeit machen konnten. Sie gingen in verschiedene Richtungen davon.

Die Übrigen, ungefähr fünfzehn Mann, warteten beim Haus, bis jemand mit einer neuen Nachricht kam: »Sie waren noch beim Essen, aber jetzt sind sie ins Bett gegangen. Draußen vor den Mauern warten die anderen auf uns.«

Wigbold fasste Amaury beim Ellbogen und flüsterte, dass er ihm folgen solle. Kurz vor der Stadtmauer, ungefähr auf der Höhe des Schlachthauses, hielt der Friese an. Eine Zeit lang passierte nichts. Die Nacht war kühl. Nichts ahnend sank die Stadt in tiefen Schlummer.

Raymond d'Alfaro kam so lautlos daher, dass Amaury ihn erst bemerkte, als er schon fast neben ihnen stand. Sein Knappe folgte ihm auf dem Fuße.

»Es ist alles in Ordnung«, sagte der Vogt, »sie kommen gerade herein. Sind alle auf ihrem Posten?«

»Alles nach Plan«, antwortete Wigbold.

»Dann lasst uns gehen.« D'Alfaro schritt kräftig aus. »Wer ist das?«

»Lo Ranquilhós«, stellte Wigbold vor.
»Das sehe ich«, sagte d'Alfaro. »Willkommen bei unserer Truppe.«
Aus der Finsternis tauchten plötzlich an die dreißig Männer auf, die im Mondlicht kaum zu sehen waren. Der Vogt begrüßte sie.
»Sie kommen von Montségur und Gaja«, flüsterte der Friese Amaury ins Ohr. »Auf Befehl von Graf Raymond. Staatsinteresse.«
Der Zug folgte d'Alfaro, bis dieser vor dem Haus stehen blieb, in dem sich die Männer aus Avignonet vorhin versammelt hatten. Jemand ging ins Haus und kam mit zwei brennenden Fackeln zurück. Amaury erkannte jetzt ein paar Gesichter, die er auch bei der Belagerung von Carcassonne gesehen hatte: *Faidits*. Dann setzten sie ihren Weg fort, wieder angeführt von d'Alfaro. Ihre Waffen glänzten in dem flackernden Licht und ihre grotesken Schatten tanzten an den Häuserwänden entlang. An den Kreuzungen trafen sie die Männer, die wie verabredet Wache standen. Nach einem kurzen Marsch erreichten sie die Burg von Avignonet, die dem Grafen von Toulouse gehörte. Der Vogt gab ein Zeichen, worauf sich einer der Männer von der Gruppe löste und durch eine schmale Seitentür in das Gebäude eindrang. Kurz darauf öffnete er das Haupttor von innen, um die anderen in die Burg zu lassen. D'Alfaro bestimmte ein paar Männer, die sich an den Straßenecken aufstellen und den Burgeingang bewachen sollten. Die Ritter, die die Männer von Montségur und Gaja anführten, ließen ebenfalls ein paar Wachposten zurück. Die Übrigen zückten ihre Waffen und folgten dem Vogt ins Gebäude.
Als Amaury hinter Wigbold durch die Tür schlüpfte, waren die Ersten schon in den Türmen und auf der Treppe, die zu

dem großen Saal führte. Er hörte sie mit ihren Stiefeln nach oben stampfen. Plötzlich schien niemand mehr das Bedürfnis zu haben, sich zu verstecken. Man hörte Axtschläge, als würde jemand einen Baum fällen, das Geräusch splitternden Holzes und kurz darauf die ersten Schreie.
»Bluthunde, hier ist euer verdienter Lohn!«, brüllte ein Mann.
Dann brach der Tumult los. Amaury rannte zwei Stufen gleichzeitig nehmend die Treppe hoch. Eine bange Vorahnung beschlich ihn und das Blut pochte ihm in den Schläfen. Er drängte sich an Wigbold, der seinen schweren Körper nach oben wuchtete, vorbei.
»Sie haben Beute schon!«, keuchte der Friese, während er hinter dem Ritter herstampfte.
Von der Tür war nicht mehr viel übrig. Nur ein paar Holzsplitter hingen noch in den Scharnieren. Amaury blieb wie angewurzelt stehen, entsetzt über das Bild, das sich ihm bot. Im nächsten Augenblick wurde er von Wigbold zur Seite gestoßen.
»Zum Teufel!«, rief der Friese. »Verdammte römische Schurken!« Er stürmte in den Saal und schlug mit seinem Knüppel um sich.
Gut dreißig Mann waren ein bisschen viel, um sieben unbewaffnete Geistliche, einen Notar, einen Schreiber und zwei Kuriere ins Jenseits zu befördern. Doch der Hass auf die Inquisitoren und ihre Helfer war so groß, dass jeder ein paar gezielte Schläge verteilen wollte. Erstarrt schaute Amaury auf die Geistlichen und den Schreiber, die sich von ihren Betten aus gegen die blutrünstige Meute, die auf sie einhackte, -schlug oder -stach, zu wehren versuchten. Er war nicht der Einzige, der nicht gewusst hatte, wo er hingeschickt wurde, doch die meisten wurden von der allgemeinen Raserei mitgerissen. Zwei Opfer, die am weitesten von der Tür entfernt ge-

legen hatten, versuchten, über die Treppe zu einem Raum über dem Saal zu fliehen.
»Schnappt sie! Lasst die Dreckskerle nicht entkommen!«, brüllte jemand.
Fünf mit Beilen bewaffnete Männer liefen hinter ihnen her und jagten sie nach unten, wo sie sofort niedergemetzelt wurden.
»Tod den Pfaffen!«, schrie ein Ritter.
»Ich habe ihn erwischt, ich habe ihn getötet, hiermit!«, schnaubte ein Sergeant. Er stand mit einer Säge in der Hand breitbeinig in einer riesigen Blutlache, in der ein paar Gliedmaßen schwammen.
»Gut so!«, rief d'Alfaro.
Die grimmigen Gesichter hatten sich inzwischen in Grimassen verwandelt. Wie wilde Tiere knurrten sie sich gegenseitig an, wenn einer ihrer Beute zu nah kam. Ihr angestauter Hass auf die Institution, die Freunde und Verwandte mit falschen Verdächtigungen gegeneinander aufhetzte, entlud sich in einer Orgie von Gewalt. Als es nichts mehr zu töten gab und elf bis zur Unkenntlichkeit verstümmelte Leichen keinen Widerstand mehr boten, überblickten sie das Schlachtfeld. Manche mussten kurz zu Atem kommen, andere standen wie Sieger mit geballter Faust da und prahlten mit ihrer Leistung.
Nachdem sie zu allem Überfluss auch noch gegen die Leichen getreten hatten, um sicher zu sein, dass sie ihren Auftrag erledigt hatten, war die Zeit gekommen, um so viele Kostbarkeiten wie möglich zu erbeuten. Die Männer verteilten sich im Raum und begannen, das Gepäck der Inquisitoren und ihres Gefolges zu durchwühlen. Kisten wurden aufgebrochen oder mit Beilen zertrümmert und auch die anderen Räume wurden durchsucht. D'Alfaro stolzierte in einem langen, weißen Wams herum, das einem der Geistlichen

gehört hatte. Amaury stolperte entgeistert zwischen den Leichen durch den Saal. Sein Kriegsbeil hing noch unbenutzt an seinem Gürtel.

»Allmächtiger« war das Einzige, was er hervorbrachte.

Inzwischen hatten ein paar Nachzügler, die während des Gemetzels draußen gestanden hatten, den Saal betreten, um an den Plünderungen teilzunehmen. Jeder fand etwas nach seinem Geschmack. Kirchengewänder, Lesepulte, Bücher, Kerzenleuchter, Kleider, Mäntel, einen Hut, Gürtel, Strümpfe und Schuhe, selbst die blutverschmierten Laken und Decken, alles wurde mitgenommen.

»He! Ranquilhós!«

Amaury drehte mit einem Ruck den Kopf um. D'Alfaro warf ihm ein Bündel Pergamentpapier zu.

»Hast du das hier gesucht?«

In seinen Händen lagen die Register der Inquisition. Verhöre, Urteile, die Listen von Verdächtigen und Zeugen, alles sorgfältig geordnet und datiert. In einem ersten Impuls wollte er das Ganze von sich werfen. Mörderlohn, dachte er. Denn ob er es wollte oder nicht, er war mitschuldig an diesem Blutbad. Jeder, der heute Nacht einen Fuß über die Schwelle gesetzt hatte, war verantwortlich für das, was geschehen war. Er öffnete das Pergamentbündel. Während er durch den Text blätterte, durch den so viele ruiniert und gedemütigt worden waren, fragte er sich, welchen Sinn es noch hatte. Warum jetzt, wo er seine Suche eigentlich schon aufgegeben hatte, wo er sich damit abgefunden hatte, dass er nichts über Colombas Schicksal und das ihres Sohnes erfahren würde. Und auch Beatrice und seine Kinder in Poissy würde er nie wieder sehen. Wollte er überhaupt noch wissen, wer ihm das angetan hatte? Würde er damit nicht Salz in seine offenen Wunden streuen?

»Toulouse, 1235 … verhört: Amaury de Poissy … Zeugen: Sicard de Bessan, Simon de Poissy.« Es war zu ermüdend, beim Licht der Fackeln weiterzulesen. Er zückte seinen Dolch, schnitt die Blätter aus dem Bündel heraus und wollte sie schon unter sein Hemd stecken, als sein Blick auf eine Notiz fiel, die unter den Zeugenaussagen stand. Es war ein Verweis auf einen anderen Teil des Registers. Er stopfte die Blätter zwischen seine Kleider und suchte zwischen den Dokumenten weiter.

»Carcassonne, 1236 … verhört: Sicard de Bessan … Zeuge: Roger de Limousis; verurteilt zu fünf Jahren im Heiligen Land.«

Deshalb war Sicard also unauffindbar gewesen. Der Name des Zeugen überraschte ihn. Nicht wegen seiner Motive. Colombas Vater war schließlich gegen die Heirat Sicards mit seiner Tochter gewesen. Deshalb hatte er seinen Besitz dem Johanniterorden schenken wollen und die Rechte ihres Sohnes, Sicards Sohn, angefochten. Er hatte nur angenommen, Roger de Limousis sei zu der Zeit bereits tot gewesen. Wie alt musste er damals gewesen sein? Ob Sicard tatsächlich in jenem Jahr ins Heilige Land aufgebrochen und inzwischen zurückgekehrt war? Er schnitt auch das Blatt aus dem Bündel.

»Na, hast du gefunden, wonach du suchtest, Ranquilhós?« D'Alfaro machte eine ungeduldige Geste. Er hatte es plötzlich eilig wegzukommen. Amaury schaute hoch.

»Die *Bons Hommes* brauchen diese Informationen«, sagte der Vogt.

Sicher nicht, um ihre Rachsucht zu befriedigen, dachte Amaury. Er übergab d'Alfaro das Bündel und folgte ihm nach draußen, wo ein paar Ritter aus Montségur, die nicht an dem Gemetzel teilgenommen hatten, auf sie warteten.

»Ist alles gut gegangen?«, wollten sie wissen.
»Ja.« Der Vogt gab ihnen die Register. »Vernichtet diese Teufelsschrift, sobald sie ihren Dienst getan hat!«
Inzwischen hatten sich auch die anderen vor dem Gebäude eingefunden, zusammen mit den Männern, die in den Straßen Wache gestanden hatten. Raymond d'Alfaro winkte einen von ihnen zu sich. Er überreichte ihm die Zügel eines prächtigen schwarzen Pferdes, das sie in den Burgställen erbeutet hatten.
»Als ich dich nach Montségur geschickt habe, um die anderen zu benachrichtigen, habe ich dir das beste Reittier von Avignonet versprochen«, sagte er. »Hier hast du es.«
Einer der Ritter aus Montségur zeigte dem Vogt etwas, das er in der Hand hielt.
»Inquisitor Guillaume Arnaud wird nie mehr jemanden verurteilen. Ich habe dem Schwein die Zunge abgeschnitten. Jetzt muss er sogar in der Hölle das Maul halten!«
D'Alfaro grinste. Er spießte die Zunge auf seinen Dolch, schwenkte ihn durch die Luft und rief: »Wer will die Predigt von Bruder Guillaume Arnaud hören? Sagt Pierre-Roger und Raymond de Péreille, dass sie kommen können, um sich seine Predigt anzuhören!« Seine Bemerkung bezog sich auf die Herren von Montségur, die aus der Ferne seine Handlanger bei dem nächtlichen Angriff waren.
Es wurden noch mehr Trophäen ausgetauscht, bis die Beute auch unter denen verteilt war, die draußen Wache gehalten hatten. Auf Drängen des Vogts eilten sie anschließend zum Hintertor, durch das sie in die Stadt geschlichen waren. Dort angekommen, nahm d'Alfaro von ihnen Abschied.
»Geht! Und viel Glück!«
Die Ritter und Sergeanten aus Gaja und Montségur riefen nach ihren Pferden und verschwanden in der Nacht.

D'Alfaro ermahnte die Zurückgebliebenen zur Eile. Er gab einigen seiner Männer den Auftrag, Alarm zu schlagen, und machte sich auf den Weg zu seiner Unterkunft. Auch Wigbold kehrte mit Amaury zu dem Haus zurück, in dem er zur Zeit wohnte. Kaum hatten sie die Tür hinter sich geschlossen, da schallten in der Ferne die ersten Alarmschreie durch die Stadt.

»Verrat! Mord! Zu den Waffen!«

Wigbold versteckte eine Hand voll Münzen unter seinem Bett und wischte seinen Knüppel ab, an dem noch Blut und Haare klebten. Er grinste Amaury an.

»Geld ist guter Fang, besser als Sachen«, sagte er. Dann zog er ein gepolstertes Wams an und setzte einen Helm auf seinen kahlen Schädel. »Wir zurück zu Burg. Wir Mord entdecken, um Unschuld zu beweisen.«

Er trat nach draußen, um sich bei Nacht und Nebel erneut zum Ort des Unheils zu begeben. Amaury folgte ihm widerwillig.

Fanjeaux – Januar 1243

Amaury war davon überzeugt, dass keiner der Täter jemals irgendwo noch Ruhe finden würde. Die Pergamentblätter sah er sich nach jener Nacht in Avignonet nicht mehr an. Sie waren tief in seiner Satteltasche versteckt, als seien sie die Mordwaffe selbst. Er ritt zu der Kommandantur der Johanniter in Homps.

»Bruder Roger de Limousis ist aus dem Heiligen Land nicht mehr zurückgekehrt. Er ist dort erkrankt und gestorben. Das ist sicher mehr als zehn Jahre her.«
»Und sein Besitz? Die Rechte, die er in Limousis hatte und die an den Orden fallen sollten, falls seine Tochter nicht heiratete?«
»Seine Tochter hat aber geheiratet. Jahrelang hat Bruder Roger versucht, diese Ehe für ungültig erklären zu lassen. Nach seinem Tod hat der Orden noch einen Versuch unternommen, in den Besitz seines Erbes zu gelangen, auf das wir laut seinem Testament Anspruch hatten. Auch die Cabarets haben ihr Bestes getan, um an den Nachlass heranzukommen. Schließlich haben sowohl die Cabarets als auch wir die Sache aufgegeben. Wer will schließlich eine stillgelegte Mine haben, die auch noch gefährlich ist?«
Roger de Limousis ... es ließ ihn nicht los. Wer hatte den Namen vor sechs Jahren benutzt, um Sicard de Bessan bei der Inquisition anzuzeigen? Er wusste keine Antwort darauf. Alle Möglichkeiten, die es gab, um die Wahrheit herauszufinden, waren erschöpft. Alle? Bis jetzt hatte er versucht, die Spur selber zu verfolgen. Doch was würde passieren, wenn er die Rollen vertauschte? Er musste versuchen, den Fuchs aus seinem Bau zu locken.
Er kratzte sein ganzes Geld zusammen, ritt nach Toulouse und kaufte bei einem Goldschmied einen kleinen Klumpen Rohgold. Anschließend ritt er nach Carcassonne und zeigte ihn in der Stadt überall herum. Es funktionierte wie ein Magnet.
»Das Gold stammt aus der Mine Sicard de Bessans in Limousis«, sagte er.
Dann brachte er den Klumpen zu einem Goldschmied und bat ihn, ein Schmuckstück daraus anzufertigen, das er in seinem

Namen bei Orbrie de Cabaret abliefern sollte, zusammen mit dem Hinweis, wo das Gold herstammte.
Inzwischen hatte das Blutbad von Avignonet seine Wirkung nicht verfehlt und einen Aufstand entfesselt, der Graf Raymond von Toulouse wie gerufen kam. Er zog sofort in den Kampf, brauchte im Grunde seine Waffen jedoch gar nicht zu ziehen, da er überall wie ein Befreier empfangen wurde. Die Edelmänner, die vor nicht allzu langer Zeit noch König Ludwig den Lehnseid geschworen hatten, machten nun wieder einen Kniefall vor Toulouse und versprachen dem Grafen Treue. Im selben Moment starteten dessen Verbündete, König Heinrich III. von England und Graf Hugues de Lusignan, an der westlichen Front einen Angriff gegen den französischen König. Dass der Erzbischof von Narbonne Graf Raymond und alle, die ihn unterstützten, sofort exkommunizierte, darum konnte man sich später kümmern.
Amaury hatte sich wieder dem Diakon angeschlossen, der noch immer in seiner Diözese die Runde machte. Er hatte sogar noch mehr zu tun bekommen. Viele Gute Christen waren aus Montségur herabgekommen und wagten sich in das befreite Land. Treu ergeben tat Amaury seine Arbeit, schweigsamer und verschlossener denn je. Im Stillen spekulierte er darauf, dass die Cabarets zu ihrer Festung an der Orbiel zurückgekehrt waren und dass auch Limousis erneut den Besitzer gewechselt hatte. Das Gold würde von allein seine Wirkung tun. Orbrie würde es keinen Augenblick dulden, dass ihr der Betrüger Sicard den Anteil Cabarets an dem Ertrag der Mine in Limousis vorenthielt. Schließlich würde der Vergeltungsdrang Sicard de Bessan zu ihm locken. Amaury brauchte nur zu warten.
Es folgte eine Zeit Unheil verkündender Ruhe.
Zwei Monate später wurde das englische Heer geschlagen

und Lusignan warf sich vor König Ludwig auf die Knie und flehte um Gnade. Raymond von Toulouse hatte jetzt nur noch die Unterstützung seines treuen Verbündeten, des Grafen von Foix. Der französische Feldherr Humbert de Beaujeu, der sich als Vizekönig bezeichnete, schlug schon an die Tore Béziers'. Die Okzitanen, die meinten, das Joch der französischen Herrschaft abgeworfen zu haben, zitterten vor Angst.
Als der Herbst nahte, glaubte niemand mehr an das Gelingen des Aufstands. Selbst der Graf von Foix kehrte Raymond von Toulouse nun den Rücken und erklärte ihm als Lehnsmann des französischen Königs den Krieg. Im November musste Graf Raymond seine Niederlage einsehen und trat in Friedensverhandlungen ein. Nach vier Monaten gehörte der Aufstand der Vergangenheit an und Toulouse war bereit, dem König wieder Treue zu schwören.
Der Diakon bat Amaury, so viele Gute Christen, wie er konnte, nach Montségur zu bringen. Das hieß bis nach Queille, von wo aus andere sie weiterbegleiten würden. Im Dezember wurde die Situation auch dort äußerst gefährlich, da Truppen aus Toulouse und Foix aneinander gerieten.
Der Diakon rief Amaury zu sich. Sie waren bei Pierre de Saint-Michel untergekommen. Das Haus des ehemaligen *Faidit* und seiner Frau war schon jahrelang ein sicherer Zufluchtsort für die Guten Christen, die Fanjeaux heimlich besuchten. Amaury betrat den Wohnraum, der sich im Obergeschoss befand und nur mit einer tiefen Fensternische Aussicht auf die Straße bot. Im Kamin glühten zwei große Holzblöcke. Der Diakon war allein. Amaury schloss die Tür hinter sich.
»Graf Raymond hat unseren Bischof wissen lassen, dass er den Friedensvertrag unterzeichnet hat«, sagte der Geistliche. »In Kürze wird er auch der Forderung Königin Blanches nach-

kommen müssen, das Land von dem zu säubern, was Rom Ketzerei nennt.«
Amaury nickte. Das entsprach alles den Erwartungen. Sie waren daran gewöhnt, dass der Graf mit einem nicht allzu auffälligen Mangel an energischem Auftreten von Zeit zu Zeit einen Einfall ausführen ließ, wobei er es nicht versäumte, diesen zuvor heimlich anzukündigen. Im Grunde war dies also keine erschütternde Nachricht. Er würde jetzt nur etwas mehr Eifer an den Tag legen müssen als zuvor. Besondere Vorsicht war deshalb geboten.
»Der Frieden hat auch Konsequenzen für Euch«, fuhr der Diakon fort. »Der Graf hat versprochen, die Beteiligten an dem Anschlag in Avignonet zu verfolgen. Das ist eine Forderung, die unauflöslich mit den Friedensbedingungen verbunden war. Er wird demnächst den Auftrag erteilen, alle Mittäter zu verhaften.«
Amaury, der sofort nach seiner Rückkehr aus Avignonet dem Diakon von seiner Beteiligung an dem Mordanschlag berichtet hatte, ging zu der Fensternische und schaute vorsichtig nach draußen. Auf der Straße ging das Leben seinen gewohnten Gang. Er drehte sich wieder zu dem Geistlichen um.
»Graf Raymond ist also im Begriff, die Männer zu opfern, die seinen Auftrag ausgeführt haben, um seine Stellung zu retten – jetzt, wo sich die Dinge anders entwickelt haben, als er gehofft hatte«, sagte er. »Die meisten wussten nicht einmal, wozu sie abkommandiert wurden. Es gehe darum, den Staatsinteressen zu dienen, das war alles, was man uns gesagt hatte. Und manche, die es wohl wussten, glaubten, der Anschlag würde das Ende der Inquisition bedeuten. Ziemlich naiv, ja. Wir sind einfach nur benutzt worden. Das ganze Blutbad war reine Provokation, mit dem Ziel, einen Aufstand auszulösen, der der Machtergreifung des Grafen den Weg ebnen sollte.«

Der Diakon reagierte nicht auf seine Worte. Er nahm auf einem Schemel am Kamin Platz und forderte den Ritter auf, ihm Gesellschaft zu leisten.
»Setzt Euch«, sagte er. »Ihr wart wie wir die ganze Nacht auf den Beinen.«
Amaury blieb stehen.
»Der neue Vogt von Avignonet rät denen, die sich noch in der Stadt aufhalten, unterzutauchen oder zu flüchten«, fuhr der *Bon Homme* fort. »Die übrig gebliebenen Inquisitoren organisieren eine Treibjagd. Sie bereiten eine Untersuchung vor, um den Hergang des Anschlags zu rekonstruieren und die Täter zu ermitteln. Zum Glück haben sich die meisten, die daran beteiligt waren, sofort danach auf den Montségur zurückgezogen. Andere sind ins Land geflohen oder haben sich in die Lombardei abgesetzt.«
»Natürlich. Raymond d'Alfaro hat sein Amt schon niedergelegt.« Amaury dachte an Wigbold. Der würde sicher auch fliehen.
»Wir wollen Euch nicht dazu verpflichten, für uns zu arbeiten, wenn es Euch in Gefahr bringt. Wenn es für Euch besser ist, das Land zeitweilig zu verlassen, werden wir Euch nicht davon abhalten.« Der Diakon sprach auch im Namen seines Amtsbruders.
»Ihr meint, dass ich besser gehen sollte«, sagte Amaury. »Ich bin eine Gefahr für Euch.« Er war besonders schlecht gelaunt, da der Erfolg seiner List, die Limousis den Cabarets und Sicard de Bessan ihm hätte zuspielen müssen, ausblieb. Die Nachricht, die ihm der Diakon überbrachte, stimmte ihn noch düsterer.
»Wenn wir der Meinung gewesen wären, dass uns Eure Beteiligung an dem Anschlag in Avignonet in Gefahr bringen würden, hätten wir Euch vielleicht schon früher gebeten, uns zu

verlassen«, sagte der *Bon Homme* vorsichtig wie immer. »Wir haben Euch wegen Eures Einsatzes immer sehr geschätzt und von Eurer Erfahrung und Eurer Führernatur dankbar Gebrauch gemacht.« Er stand auf und suchte in seinem Geldbeutel, um Amaury wie gewöhnlich für seine Dienste zu entlohnen. Der machte keine Anstalten, das Geld anzunehmen.
»Das müsst Ihr mir jetzt doch einmal erklären«, sagte er kampflustig. »Ihr nennt die katholischen Geistlichen Heuchler, weil sie Todesurteile aussprechen, auch wenn sie sie dann von anderen vollstrecken lassen. Und weil sie Kreuzzüge predigen und ihren Glaubensanhängern befehlen, im Namen Gottes zu töten. Aber ist ein Geistlicher, der Gewaltlosigkeit auf seine Fahnen geschrieben hat, andere jedoch dafür bezahlt, dass sie für ihn morden, nicht genauso ein Heuchler?«
Der Diakon starrte ihn an, hob warnend den Zeigefinger, wartete jedoch mit seiner Antwort, bis er seine Selbstbeherrschung wieder gefunden hatte.
»Ich denke nicht, dass ich Euch bezahle, damit Ihr tötet«, sagte er spröde. »Ich glaube auch nicht, dass wir Euch je gebeten haben, es in unserem Namen zu tun.«
»Ich habe heute Nacht den Verräter ermordet, der sich als Spion in unserer Mitte aufhielt. Er war im Begriff, der Inquisition die Namen und Orte verschiedener Guter Christen und ihrer Beschützer zu nennen, einschließlich dem unseres Gastgebers Pierre de Saint-Michel.«
»Möge Gott es Euch vergeben!« Der Diakon machte eine abwehrende Geste.
»Ihr wisst, dass ich bereit bin zu töten, wenn eine Situation entsteht, die Euer Leben und das anderer Guter Christen in Gefahr bringt. Das ist meine Arbeit.«
»Ich habe Euch eingestellt, damit Ihr verhindert, dass so eine

Situation überhaupt entsteht. Das ist Euch immer vorzüglich gelungen. Sollte trotzdem einmal der Fall eintreten, dann würden wir uns wahrscheinlich lieber dem Feind ergeben, als dass wir Euch zwecks unseres Wohlergehens jemanden töten lassen würden.«

»Es ist schon passiert, bevor Ihr mich davon habt abhalten können«, sagte Amaury mit einem spöttischem Lachen. »Ja, Ihr würdet mir nie sagen: ›Bringt ihn um.‹ Schließlich dürft Ihr nicht töten. Doch habt Ihr mir nicht aufgetragen, das Unkraut und die Dornen zu vernichten, die die guten Pflanzen bedrohen und die sogar bis in Eurer Haus wachsen, womit Ihr die Verräter meintet, die Gottes Kirche zerstören wollen?«

»Ihr folgt Eurem eigenen Gedankengang«, sagte der Diakon. Er setzte sich wieder und legte die Münzen auf den Schemel ihm gegenüber. Amaury rührte das Geld nicht an.

»Ihr wollt sicher auch behaupten, dass die geistlichen Führer Eurer Kirche mit dem Komplott in Avignonet nichts zu tun hatten?«

»Das ist nicht unmöglich.«

»Ihr denkt also, dass sich der Graf von Toulouse mit Eurem Bischof, der seinen Sitz in Montségur hat, nicht beraten hat? Zumindest hat Euer Bischof die Ritter, die vom Montségur herabkamen, um die Inquisitoren zu ermorden, ebenso wenig davon abgehalten!«

»Unser Bischof hat die Herren von Montségur seinerzeit gebeten, den Hauptsitz unserer Kirche in ihrer Burg aufschlagen zu dürfen. Und er hat sie um ihren Schutz gebeten. Dafür bezahlt jeder Gute Christ, der seine Zuflucht auf dem Berg sucht, aus eigenen Mitteln. Der Bischof hat die Herren nicht dazu verpflichtet, ihn bei all ihren Taten um Erlaubnis zu fragen. Montségur ist und bleibt ihre Burg. Die Verteidigung ist

ihre Aufgabe. Sie sind vollkommen frei bei der Ausführung. Was sie tun, liegt in ihrer eigenen Verantwortung.«
»Ihr wascht Eure Hände sicher in Unschuld«, sagte Amaury verärgert. »Ihr macht Euch derselben Doppelmoral schuldig, die Ihr den katholischen Geistlichen vorwerft.«
»Halt, halt!« Der Diakon machte eine abwehrende Geste und schüttelte den Kopf. »Ihr urteilt hart und schnell. Verständlich, Ihr seid ein Soldat und müsst in allerkürzester Zeit Entscheidungen treffen, über die wir tagelang nachdenken. Säht Ihr es lieber, wenn wir uns scharenweise bei der Inquisition anzeigen würden, um ein Blutvergießen zu vermeiden? Nur im äußersten Fall besteigen wir freiwillig den Scheiterhaufen. Sonst verleugnen wir schließlich unsere Prinzipien! Unsere Aufgabe ist es, der irregeführten Menschheit den Weg zur Wahrheit zu zeigen, wie Christus es uns gelehrt hat. Wer soll die verirrten Seelen retten, wenn die Zeichen verschwunden sind, mit deren Hilfe sie den Weg wieder finden können?«
Amaury beugte sich etwas vor und sah dem Diakon direkt ins Gesicht.
»Als Ritter habe ich einen Ehrenkodex. Ich habe geschworen, wehrlose Bürger zu beschützen und meine Waffen nur in einem ehrlichen Kampf einzusetzen. Trotzdem habe ich in Avignonet daneben gestanden, als sie die Inquisitoren und ihre Gefährten im Schlaf überfielen und ermordeten. Ich habe meine Waffen nicht angerührt, auch nicht, um die Mörder zurückzuhalten. Das macht mich genauso schuldig wie die, die zustachen. Wenn Ihr Eure Augen schließt, wenn ein anderer Gewalt anwendet, um Eure Kirche zu beschützen, wenn Ihr leugnet, dass Ihr dafür mitverantwortlich seid, verleugnet Ihr Eure Prinzipien genauso. Das Böse umgibt uns, keiner kann sich völlig davon abwenden. Das ist eine Illusion. Selbst wer

sich in einem Kloster einschließt, kann das nicht. Und wer wie Ihr gleichzeitig mit beiden Beinen in der Welt stehen will, von der er sich abgewendet hat, schon gar nicht. Niemand kann das, ohne irgendwann ein Heuchler zu sein. *Hereticus perfectus*, so nennt die Inquisition einen Guten Christen. Einen vollkommenen Ketzer also. Wieso vollkommen? Vollkommen in der Ketzerei, unverbesserlich, wie die Inquisition meint? Das ist ein innerer Widerspruch. Ein vollkommener Christ? Niemand ist vollkommen. Das ist unmenschlich. Regeln, Gesetze, es ist so einfach, sie aufzustellen. Sich daran zu halten ist etwas anderes. Die Grenze zwischen Gut und Böse ist nicht fest und deutlich erkennbar.«

Anfangs war der Diakon etwas verstört durch die leidenschaftlichen Ausführungen des Ritters. Jetzt lächelte er.

»Wenn Ihr meint, wir hätten keine Schwierigkeiten damit, täuscht Ihr Euch. Wir werden fast ständig vor Dilemmas gestellt. Es war einfacher, als wir noch nicht verfolgt wurden. Welche Wahl wir auch treffen, es ist nie ganz so, wie wir es gern hätten. Lauterkeit ist ein hohes Streben. Doch Ihr verlagert Euer Problem. Ich habe das Gefühl, dass Ihr keinen Disput mit mir führt, sondern mit Euch selbst. Ihr befindet Euch in einem Gewissenskonflikt. Ihr habt angefangen, Euch selbst zu hassen.«

Amaury nickte. »Reiner Selbsterhaltungstrieb«, sagte er. Mit einer lässigen Bewegung fegte er das Geld von dem Schemel und setzte sich. »Ich habe einen Guten Christen einmal sagen hören, dass man, wenn man sich von der satanischen Welt befreien will, sein Leben hassen muss und in gewissem Sinne sogar seine Seele: Wer sein Leben liebt, verliert es.«

»Ich denke, das stimmt«, sagte der Diakon, »auch wenn Ihr es vielleicht anders auslegt als wir. Doch um gerettet zu werden, muss man seinen Nächsten lieben. Die Liebe, die die Menschen vereinen soll, ist dieselbe, die Gott für die Menschen empfindet.«

»Lieben«, murmelte Amaury, während er in das Kaminfeuer starrte. »Das ist lange her. Ich kann es nicht mehr.«

Der *Bon Homme* betrachtete nachdenklich das kantige Profil mit der hohen Stirn und die Locken, durch die sich schon graue Strähnen zogen. »Liebe und Hass liegen ganz nah beieinander«, sagte er. »Das führt mich zu etwas anderem. Ihr treibt ein lebensgefährliches Spiel. Ich denke, dass Ihr dem ein Ende machen solltet, bevor es die Oberhand über Euch gewinnt. Das ist auch einer der Gründe, weshalb wir Euch raten, Euch an einen sichereren Ort zu begeben. Ich denke, dass Ihr Kräfte freigesetzt habt, die Ihr besser hättet ruhen lassen. Ihr beginnt, eine Gefahr für Euch selbst und für uns zu werden.«

»Das tut mir Leid«, antwortete Amaury spröde. »Es war nie meine Absicht, Euch in mein Privatleben hineinzuziehen.«

»In Euren privaten Kleinkrieg, meint Ihr wohl.«

»Nennt es, wie Ihr wollt. Was wisst Ihr überhaupt davon?«

Der Diakon seufzte und schüttelte wieder den Kopf.

»Ihr seid jetzt schon jahrelang auf der Suche nach Colomba de Limousis, habe ich Recht? Wie man mir erzählt hat, hatte sich Colomba seinerzeit gerade für das Leben einer *Bonne Dame* entschieden, um einen Machtkampf wie diesen zu verhindern.«

Amaury drehte mit einem Ruck den Kopf.

»Was meint Ihr?«

»Ich meine den Kampf um Limousis, den Ihr entfacht habt.«

»Zwischen den Cabarets und Sicard de Bessan? Sie haben also angebissen!«

Der andere zuckte mit den Schultern.

»Das konnte ja nicht ausbleiben. Als Ihr Euren Köder in Carcassonne ausgelegt habt, wusstet Ihr wahrscheinlich nicht, dass Ihr der Wahrheit näher wart, als Ihr dachtet. Vor Jahren hat Roger de Limousis tatsächlich Gold in seiner Mine gefunden. Es war nicht viel, jedoch genug, um die Habsucht anderer zu wecken. Er ist der Ader, so weit es ging, gefolgt, doch es erwies sich als ein wenig beneidenswerter Besitz. Jedenfalls brachte ihm sein Reichtum nicht viel Glück. Sein ältester Sohn kam in der Mine durch Steinschlag um. Der andere wurde getötet, als Räuber einen Transport überfielen. Danach hat er es aufgegeben. Er trat dem Orden der Johanniter bei und seine einzige Tochter zog sich in das Haus der *Bonnes Dames* zurück, das ihre Mutter in Béziers errichtet hatte. Irgendwie hat Sicard de Bessan das Geheimnis von Limousis entdeckt. Daraufhin hat er Colomba zwei Jahre lang verfolgt und versucht, sie dazu zu bewegen, ihre Entscheidung rückgängig zu machen. Dabei stieß er immer öfter Drohungen aus, bis die *Bonnes Dames* beschlossen, Colomba zu verstecken, wenn er in der Nähe war.«

»Deshalb!«, stieß Amaury hervor. »Warum hat sie nie etwas gesagt?«

»Sie hatte eine tief verwurzelte Abneigung gegen alles, was mit ihrem zukünftigen Erbe zu tun hatte. Sie wollte mit niemandem darüber sprechen. Schließlich fand Sicard einen Weg, um doch noch in den Besitz von Limousis zu gelangen. Colombas Erbe wäre bei den Johannitern in besseren Händen gewesen. Sogar ihr Sohn will nichts damit zu tun haben.«

»Ihr Sohn?«, höhnte Amaury. »Es hätte nicht viel gefehlt und ich hätte durch sein Zutun auch mein Leben in dieser verfluchten Mine gelassen. Er stand schon bereit, um die Arbeit von seinem Bogenschützen vollenden zu lassen!«

»Das ist unmöglich!«

»Nehmt Eure Worte zurück, Ehrwürden, sonst habt Ihr eine Lüge erzählt«, sagte Amaury. Er schob seinen Ärmel hoch und zeigte ihm die Narben, die die Wolfszähne hinterlassen hatten.
»Ihr seid derjenige, der lügt«, sagte der Diakon empört. »Ihr habt mir erzählt, Ihr wärt bei der Belagerung von Montréal am Arm verwundet worden. Ich wunderte mich schon darüber, dass die *Bons Hommes*, die aus Montréal geflohen waren, Euch dort nicht gesehen hatten. Und auch jetzt verstehe ich Eure Geschichte nicht. Roger hat meines Wissens noch nie einen Fuß in die Nähe von Limousis gesetzt.«
»Roger?«
Die beiden Männer sahen sich einen Augenblick fragend an.
»Ah! Ihr meint den jungen Sicard, der sich Sicard de Limousis nennt«, rief der Diakon aus. »Er ist nicht Colombas Sohn, auch wenn er das behauptet.«
Amaury schaute den anderen etwas unsicher an und stand langsam auf. Einen Moment lang wusste er nicht, was er tun sollte. Am liebsten hätte er vor Freude geschrien, doch gleichzeitig stimmten ihn die Worte des Geistlichen unendlich traurig. Ziellos ging er ein paar Schritte durch den Raum. Vor der Fensternische blieb er stehen. Er lehnte sich mit der Schulter an die Wand und starrte eine Weile nach draußen, ohne etwas zu sehen. Hinter seinem Rücken sah der Diakon schweigend zu.
»Mein Sohn … Roger … ist weiser als ich«, sagte Amaury plötzlich, ohne sich umzusehen.
»Was?« Der Diakon starrte ihn verblüfft an. »Roger ist Euer Sohn? Mir war nie klar, dass Ihr deshalb so fieberhaft nach Colomba gesucht habt! Aber dann hat sie gelogen, als sie sagte, der Vater Ihres Sohnes sei ein Kreuzritter!«

Amaury schüttelte den Kopf.
»Ihr … ein Kreuzritter? Ihr saßt in Toulouse im Kerker, weil Ihr den Guten Christen geholfen habt! Ihr seid jetzt schon jahrelang mein Begleiter. Wenn Ihr ein Verräter wärt, dann …«
Amaury drehte sich um. Seine Silhouette hob sich gegen das kühle Licht der tief stehenden Sonne ab. Erst als der *Bon Homme* die Augen zusammenkniff, konnte er den leidvollen Ausdruck auf dem Gesicht des Ritters erkennen.
»Gott weiß, was ich angerichtet habe!«, sagte Amaury mit erstickter Stimme. Er versuchte, die Gedanken, die auf ihn einstürmten, in die richtige Richtung zu zwingen. »Seit wann wisst Ihr das alles schon?«
»Seit kurzem.«
»Also das Gold, das ich als Köder hinterließ …?«
»Orbrie de Cabaret hat wie eine Furie getobt. Wir haben noch versucht, zwischen den beiden Parteien zu vermitteln, ohne Erfolg. Sobald sie eine Gelegenheit dazu sah, hat sie ihre Männer nach Limousis geschickt. Alles, was auf Sicards Landgut mehr als einen Fuß hoch war, wurde dem Erdboden gleichgemacht. Wenn sich die Gemüter nach Friedensschluss etwas beruhigt haben, wird sie sicher versuchen, sich auf legalem Wege das Erbe Cabarets für ihre Nachkommen von den Franzosen zurückzuholen. Dazu gehört zweifellos auch Cabaret.«
»Und die beiden Sicards?«
»Die haben es überlebt. Aber sie haben blutige Rache geschworen. Ich denke, dass Euer Plan geglückt ist: Ihr habt ihren Rachedurst geweckt, um Euren zu befriedigen. Das ist es doch, was Ihr wolltet?«
Amaury gab keine Antwort.
»Vergeltung ist ein gefräßiges Monster, das unersättlich ist.

Wer sich ihm ausliefert, gerät in eine endlose Spirale von Gewalt«, erklärte der Diakon.
»Sicard de Bessan hat mir meine Frau und meinen Sohn genommen und mich bei der Inquisition angezeigt. Es gibt nichts, das das rächen könnte.«
»Es ist in der Tat sinnlos, nach allem, was passiert ist. Aber was wollt Ihr dann? Seid Ihr auf ein blutiges Zusammentreffen aus, das nur den Tod zur Folge haben kann? Eine Abrechnung, ist es das?«
»Gerechtigkeit«, sagte Amaury.
»Das ist nur ein schöneres Wort für ein und dasselbe. Ihr solltet denen, die Euch Böses zugefügt haben, nicht mit Bösem antworten. Bestrafen ist dasselbe wie rächen. Der Gott des Bösen, der Gott des Alten Testaments, bestraft. Der Gott des Guten dagegen antwortet mit Liebe. Wir sollten deshalb jemanden wie Sicard nicht strafen. Wir sollten ihm auftragen, sich von dem Bösen abzuwenden, indem er sich den Guten Christen schenkt und wie ein *Bon Homme* weiterlebt.«
»Sicard ein *Bon Homme*!«, spottete Amaury.
»Indem man Menschen bestraft, bessert man sie nicht«, entgegnete der Diakon. »Wisst Ihr nicht, dass Christus gesagt hat, dass wir kein Recht haben zu urteilen, dass es nur einen Richter gibt? Wollt Ihr Sicard und seinen Sohn büßen lassen, weil Ihr meint, dass sie Euer Leben zerstört haben?«
»Nein. Ich habe mich selbst zugrunde gerichtet. Aber sie haben das anderer zerstört. Colombas. Und Rogers. Wo ist er?«
»Um ihn braucht Ihr Euch keine Sorgen zu machen.«
»Das Einzige, das ich noch vom Leben erwarte, ist, dass ich meinen Sohn sehen kann. Alles andere kann mir gestohlen bleiben.«
Der Diakon strich sich nachdenklich über das Kinn.

»Ich bin nicht so sicher, ob er Euch überhaupt sehen will«, sagte er bedächtig. »Ihr tätet vielleicht besser daran, an Eure Sicherheit zu denken.«
»Roger ist in genauso großer Gefahr wie ich. Durch sein Zutun hat die Inquisition Sicard de Bessan für fünf Jahre ins Heilige Land verbannt.«
Der Diakon fuhr hoch. Offenbar wusste er doch nicht alles. Er dachte einen Augenblick nach und sagte dann: »Ich hatte Euch eigentlich bitten wollen, zwei *Bons Hommes* auf ihrer Flucht in die Lombardei zu begleiten. Bei näherer Betrachtung denke ich jedoch, dass Ihr mich und meinen Kameraden besser nach Montségur begleiten könnt. Sagt Euren Männern, dass sie sich auf die Reise vorbereiten sollen.«
Amaury verließ seinen Platz am Fenster.
»Montségur«, murmelte er zustimmend, als er den Raum verließ.

Montségur – Februar 1243

Ein eisiger Wind pfiff an der Bergflanke entlang und zerrte an den Mänteln der Männer, die mühsam den steilen Zickzackpfad hinaufstiegen. Die Pferde und Maulesel schnauften unter dem Gewicht von Korn-, Mehl- und Bohnensäcken hinter ihnen her. Jetzt hatten sie den Wind einen Augenblick schräg im Rücken, doch nach der nächsten Wegbiegung peitschte er ihnen wieder ins Gesicht. Amaury ging steif vor Kälte vor seinem Pferd her. Wie gewöhnlich gehörte er zu der Nachhut, da

die Ritter, die den festen Kern der Garnison bildeten, immer die Führung hatten. Seine Füße waren taub und er hatte das Gefühl, auf zwei formlosen Eisklumpen dahinzustolpern. Doch der Aufstieg war lang und wenn er einmal oben war, würde ihm von der Anstrengung schon warm sein.
Nach jeder Wegbiegung war von den verschneiten Bergspitzen hinter den Hügeln im Süden mehr zu sehen und die Bäume und Tiere in den Tälern ringsumher wurden immer kleiner. Auf dem Hügel am Fuße des Berges lagen kahle Äcker. Im Frühjahr würde dort Roggen gesät werden.
Jeder Mann, der Montségur besuchte und geeignet war, Waffen zu tragen, wurde ganz selbstverständlich in die Truppen der Burgherren aufgenommen. So war Amaury auch gleich nach seiner Ankunft einer Patrouille zugewiesen worden. Die Guten Christen, die vom Berg herabstiegen, um zu predigen oder Gläubige zu besuchen, brauchten Schutz. Pilger, die die Burg aufsuchten, mussten begleitet werden und es bestand auch regelmäßig Bedarf an Kurieren. Daneben fanden von Zeit zu Zeit geheime Expeditionen statt, um die verheerenden Folgen der Inquisition in Grenzen zu halten, eine Verhaftung zu verhindern oder einen Schwächling, der dabei war, die Nerven zu verlieren, zu stärken oder ihn notfalls den Inquisitoren vor der Nase wegzuschnappen.
Und schließlich galt es auch noch, eine Menge Mäuler zu stopfen. Mit der Garnison und den ständig wechselnden Besuchern zählte die Festung hundertfünfzig bis zweihundert Bewohner. Hinzu kamen noch einmal so viele Guten Christen, von denen sich stets mehr in den terrassenförmig angelegten Hüttensiedlungen auf der Nordseite der Burg niederließen.
Zehn Jahre zuvor hatte der damalige Bischof der Kirche Gottes beschlossen, Montségur zu seiner Residenz zu erheben. Um ihm und seinen *Bons Hommes* und *Bonnes Dames* den nö-

tigen Schutz zu bieten, hatte Burgherr Raymond de Péreille den kriegserfahrenen Edelmann Pierre-Roger de Mirepoix auf die Festung geholt. Als Gegenleistung für seine Dienste hatte er dem Witwer die Hand seiner Tochter sowie die Hälfte seiner Rechte geboten. Von dem Augenblick an wurden alle Entscheidungen von Mirepoix getroffen. Häufig ritt er selbst aus, um darüber zu wachen, dass die Bauern der umliegenden Dörfer genug abgaben und auch bereit waren, den Guten Christen, die mit ihm vom Berg herunterkamen, um ihren Eigenbedarf zu decken, das Nötige zu verkaufen. Durch das ständige Säbelrasseln zwischen Toulouse und Foix waren die Bauern zurückhaltend geworden. In Kriegszeiten brauchten sie schließlich selbst Reserven. Außerdem wuchs die Angst vor den Franzosen, die jetzt wieder das Heft in der Hand hatten. Manche behaupteten, nichts mehr zu haben, oder sie weigerten sich schlichtweg, die Burg, von der jeder wusste, dass es dort von *Faidits* und Ketzern wimmelte, noch länger zu beliefern. Immer öfter mussten sich Amaury und die anderen Ritter notgedrungen mit Gewalt das nehmen, was sie brauchten. Zum Glück gab es aber auch treue Dorfbewohner, die noch immer ihre Waren selbst nach Montségur brachten.

Jetzt betrat Pierre-Roger de Mirepoix den Burghof, um wie gewöhnlich, wenn er nicht dabei gewesen war, den neuen Vorrat persönlich zu inspizieren. Er hatte den Konvoi schon von weitem kommen sehen und seinen Turm verlassen, sobald die Männer die Verteidigungsmauer passierten, die den Zugang zur Festung auf der Südwestseite schützte.

Amaury stieg ab und führte sein Pferd zur Tränke. Trotz der Kälte war er von dem schweren Aufstieg erhitzt. Er schöpfte eine Hand voll Wasser, spülte sein Gesicht ab und benetzte Hals und Nacken. Als er sein Pferd den Stallknechten übergeben hatte und sein Quartier aufsuchen wollte, sah er eine unverkennbare Gestalt auftauchen.

Unter dem Torbogen der Bastei, dem Bollwerk, das auf der Ostseite der Burg den Hütten der Guten Christen Schutz bot, verschnaufte der Friese mit hochrotem Kopf nach seinem anstrengenden Aufstieg. Offenbar war er über den steilen Pfad auf der anderen Seite des Berges nach oben gekommen. Amaury hob die Hand, um die Aufmerksamkeit auf sich zu lenken.

»Ranquilhós!« Ein breites Grinsen ging über das Gesicht des Friesen. Froh, einen Bekannten zu treffen, kam er auf Amaury zu und fasste ihn bei den Armen, um ihn überschwenglich zu begrüßen.

»Du bist hier seit wann?«, fragte der Friese.

»Ungefähr zwei Monate. Woher kommst du?«

»Was weiß ich. D'Alfaro und ich sind überall. Soldaten von Graf Raymond schnappen Männer in Avignonet. Alle drei erhängt. Dann auch in Toulouse einer am Galgen. Und einer im Gefängnis. Nach drei Monaten er ist frei, kriegt Brandzeichen mit rot glühendem Eisen. Hier!« Wigbold zeigte auf seine Stirn. »D'Alfaro sagt, ich muss fliehen. Nach Lombardei. Was soll ich bei *Bons Hommes* in Piacenza, Pavia, Cremona? Ich kenne das Land nicht. Ich spreche die Sprache nicht.« Er hob hilflos die Arme.

Wigbold hatte Recht, dachte Amaury. Was sollte er in der Lombardei? Nach dreißig Jahren sprach er noch nicht einmal ordentlich Okzitanisch.

»Als du hierher kamst, kanntest du unsere Sprache auch nicht«, sagte er.

»Ich damals mit Freunden aus Friesland hier«, erklärte der andere. »Jetzt ich bin allein.«

Das war tatsächlich ein großer Unterschied.

»Du hast also vor hierzubleiben?«
Wigbold nickte.
»Dann ernenne ich dich zu meinem persönlichen Sergeanten. Das vermeidet Fragen und dann hast du auch sofort einen festen Platz.«
Amaury nahm ihn mit zu dem Quartier der Sergeanten und Söldner, einer Holzbaracke, die auf dem Innenhof an die Burgmauer gebaut war. Er zeigte dem Friesen eine Stelle, wo er seine persönlichen Sachen ablegen konnte. Dann nahm er ihn mit, um ihn mit den örtlichen Gegebenheiten vertraut zu machen.
»Warum hast du damals eigentlich das Kreuz genommen?«, wollte er wissen.
Wigbold schaute sich um, als sei es noch immer gefährlich, darüber zu sprechen. Er beugte sich vor und flüsterte: »Ich stehl Wein von Kloster. Mönche wissen, was guter Wein!« Er grinste und leckte sich die Lippen. »Ich bin nicht schlau, Mönche erwischen mich. Vater Abt droht mit Richter. Strafe für Diebstahl ist Hand abhacken.« Wigbold wedelte mit den Händen durch die Luft und fuhr fort: »Kreuzfahrt rettet Hand. Aber Arbeit in Avignonet kostet mich Kopf.« Er fuhr sich mit der Hand über die Kehle. »Ssssst!«
»Damit könntest du wohl Recht haben.«
»Römische Priester drohen mit Hölle und Verdammung. *Bons Hommes* bestrafen nicht«, sagte Wigbold. Sein neues Vaterland und der Glauben, zu dem man sich dort bekannte, hatten ihm aus diesem Grund offenbar gut gefallen. Er legte vertraulich den Arm um Amaurys Schultern und sagte in verschwörerischem Ton: »Wir gehen zusammen nach Lombardei, nicht?«
Amaury brauchte sich nicht einmal groß gegen Wigbolds Plan zu sträuben. Der wurde Tage später schon von der Nachricht durchkreuzt, in der Umgebung Montségurs seien Truppenbe-

wegungen gesichtet worden. Kurz darauf wurde die Festung angegriffen. Pierre-Roger de Mirepoix war gut gerüstet. Gleich nach dem Anschlag von Avignonet fast ein Jahr zuvor hatte er die Festung für eine mögliche Belagerung vorbereitet. Er mobilisierte alle anwesenden Männer und rekrutierte auch noch eine Anzahl Soldaten aus den umliegenden Dörfern. Amaury kämpfte wie ehedem Seite an Seite mit dem Friesen, bis der Angriff abgewehrt war.

Montségur – Oktober 1243

Auf dem Konzil von Béziers hatten die dort versammelten Geistlichen beschlossen, dass Montségur mit vereinten Kräften belagert werden solle. Mönche warben in der Umgebung Gläubige für einen Kreuzzug gegen die Bastion der Ketzer. Sie kamen sogar aus der Gascogne, um sich dem Heer anzuschließen, das der französische Drost von Carcassonne, Hugues des Arcis, auf die Beine gestellt hatte. Auch der Bischof von Albi und der Erzbischof von Narbonne bildeten Truppenkontigente, die unter den wehenden Bannern der geistlichen Führer zum Bergland von Olmes marschierten. Ende Mai war es dann so weit: Montségur wurde belagert. Durch die natürliche Lage war es zwar unmöglich, die Festung völlig von der Außenwelt abzuschließen, doch fast vierhundert Männer und Frauen waren trotzdem ernsthaft in ihrer Bewegungsfreiheit eingeschränkt. Ein paar tausend Soldaten, die am Fuße des Berges lagerten, blockierten den Hauptzugang, kontrollierten die Ausfallswege und beobachteten die Bewegungen in und um die Festung, damit im günstigen Moment zum Angriff übergegangen werden konnte. Sie versuchten herauszufinden, wo sich die Schwachstellen in der Verteidigung der Burg befanden, während Spähtrupps auf der anderen Seite nach Löchern in dem Netz suchten, in dem die Burg gefangen war.

»Die Angelegenheiten des Grafen gehen gut. Er hat Marguerite de la Marche geheiratet und hofft, dass sie ihm Nachkommen schenkt, sodass sein Geschlecht weiter über Toulouse herrschen kann. Der Graf wird Euch noch vor Weihnachten zu Hilfe kommen. Behaltet den Mut.«

Die Nachricht, die der Bruder von Pierre-Roger de Mirepoix im Juni von Queille nach Montségur überbringen ließ, bestärkte den Befehlshaber in der Überzeugung, dass er die richtige Entscheidung getroffen hatte. Ihm war sehr wohl bewusst, dass er mit seinen paar hundert Mann den Kampf schließlich würde aufgeben müssen. Wenn er jedoch so lange durchhalten konnte, bis Hilfe von außen kam, würde er Montségur retten können. Die Heirat Graf Raymonds ließ ihn hoffen. Mit der Aussicht auf Nachkommen hatte der wieder ein Ziel, für das es sich zu kämpfen lohnte. Im Moment befand er sich gerade auf dem Weg zur nächsten diplomatischen Mission: Der Papst sollte die Exkommunikation aufheben, die Raymonds vollständiger Rehabilitierung im Weg stand. Anschließend musste er versuchen, Kaiser Friedrich dazu zu bewegen, ihm das Marquisat Provence zurückzugeben. Sobald er dieses letzte Hindernis überwunden hatte, würde er zurückkehren und das Land von Olmes fordern. Guy de Lévis, der französische Edelmann, der das Gebiet schon seit dem Einfall Simon de Montforts beherrschte, konnte die alten Rechte des Grafen nur mit dem Argument bestreiten, dass er sich das Land nach dem Siegerrecht angeeignet hatte. Schließlich würde auch Montségur befreit werden.

Bis dahin schien es erst einmal gut gerüstet zu sein. Auch während der Belagerung wurden die Vorräte den ganzen Sommer über aufgefüllt. In kleinen Mengen konnten Nahrung und leichte Waffen noch immer über die drei Bergpfade herantransportiert werden, durch die Montségur noch mit der Außenwelt verbunden war.

Von Zeit zu Zeit kam es dort zu Scharmützeln, wenn der Feind der Burg zu nahe kam oder ein ernsthafter Versuch unternommen wurde, die Festung zu stürmen. Nachts stiegen die Ritter mit ihren Männern den Berg hinab, um dem Gegner möglichst großen Schaden zuzufügen und Hinterhalte zu legen, in die seine Patrouillen tagsüber laufen würden. Auf beiden Seiten gab es Tote und Verletzte.

Dann wurde es Herbst und das Wetter verschlechterte sich. Aus Rom kam die Nachricht, Graf Raymond habe Kaiser Friedrich getroffen und bei dieser Gelegenheit das Marquisat Provence zurückerhalten. Damit war seine diplomatische Reise jedoch noch nicht beendet. Seine Exkommunikation hinderte ihn noch immer daran, zurückzukehren und die Herrschaft über Toulouse wieder aufzunehmen. Es ging darum, den Papst günstig zu stimmen, und so drängte sich Raymond als Vermittler zwischen den Papst und den Kaiser, die Krieg miteinander führten. Die Verhandlungen waren in vollem Gange. Würde der Graf sein Wort halten und vor Weihnachten eine Hilfsarmee schicken, ob nun von ihm selbst angeführt oder nicht? Die Bewohner des Montségur bereiteten sich auf den Winter vor.

Über einen der Eselspfade stieg Amaury mit seinen Männern den Berg hinab, um eine Gruppe *Bonnes Dames* zu be-

gleiten. Ihre Vorräte mussten dringend aufgefüllt werden. Sie wollten in einem Bergbach im Süden des Montségur fischen, in den Hügeln des Pic de Saint-Barthélemy. Dort gab es viele Forellen. Der Fisch musste gesalzen, getrocknet und gelagert werden. Damit würden sie dann wieder ein paar Wochen auskommen. Mitten in der Nacht machten sich die Frauen mit ihren Fischgabeln, Netzen und Körben auf den Weg. Die Männer waren schwer bewaffnet. Amaury verzichtete bei solchen Expeditionen nur auf sein Panzerhemd, das für den langen Fußmarsch zu schwer war. Lautlos schlichen sie in sicherer Entfernung um das feindliche Lager herum und ehe die Sonne aufging, waren sie in den Bergen verschwunden. Wigbold trabte als Letzter hinter ihnen her, während er die ganze Zeit vor sich hin schimpfte, dass sie besser auf die Jagd gehen sollten, um ein ordentliches Stück Fleisch zu fangen.
Sie ließen sich am Ufer eines strömenden Baches nieder, in dem sie die Fische herumschwimmen sehen konnten. Bevor die Frauen jedoch an die Arbeit gingen, stellte sich die Älteste in ihrer Mitte auf. Sie kniete in dem taufeuchten Gras nieder und die anderen folgten ihrem Beispiel. Ohne Unterbrechung sagten sie eine endlose Reihe von Vaterunser auf. Wigbold begann, ungeduldig zu werden. Der nächtliche Fußmarsch hatte ihn hungrig gemacht.
»Sie beten Tag und Nacht. Wir wollen essen«, bellte er Amaury ins Ohr. Und er fügte eine einfache Lebensweisheit hinzu: »Nicht essen – nicht kämpfen.«
»Sie beten fünfzehnmal«, erklärte Amaury, »über die Mahlzeit verteilt. Und nachts stehen sie auch ein paar Mal dafür auf. Zeige ein wenig Respekt und warte, bis sie das Brot gesegnet und gebrochen haben.«
Erst als die Älteste das Gebet ein vierzehntes Mal allein ge-

sprochen hatte und die Frauen noch drei gemeinsame Vaterunser hatten folgen lassen, standen sie auf. Die Älteste nahm ein Brot in einer Serviette und schnitt es an, ohne es sofort zu verteilen. Sie murmelte ein paar Worte, worauf die Frauen erneut ein Vaterunser sprachen und sich setzten. Anschließend wurde das Brot in Scheiben geschnitten. In der Reihenfolge, in der die Frauen Platz genommen hatten, verteilte die Älteste die Scheiben unter ihnen, während sie stets dieselben lateinischen Worte miteinander wechselten. Zum Schluss bekamen auch die Soldaten eine Scheibe Brot angeboten, noch immer auf der Serviette, sodass sie ihre Hände nicht berühren mussten.

»*Benedicite*«, sagte Amaury und senkte den Kopf, bevor er das Brot annahm.

»Gott segne Euch«, antwortete die *Bonne Dame*.

Als sie Wigbold die Serviette vorhielt, schüttelte er den Kopf und stopfte sich seinen eigenen Proviant in den Mund. »Wir richtig essen«, sagte er, den Mund voll Käse und Speck. Die *Bonne Dame* wandte sich voller Ekel ab.

Die Frauen fischten noch nicht so lange, als einer von Amaurys Wachposten Alarm schlug. Amaury stieg den Hang hinauf und spähte vorsichtig über die Kuppe. In der Ferne näherten sich zwei Reiter und ein paar Leute zu Fuß. Zweifellos eine feindliche Patrouille. Wigbold war hinter ihm hergeklettert. Er ließ sich auf den Bauch fallen, setzte seinen blank geputzten Helm ab, schnitt von einem Strauch einen Zweig ab, bedeckte damit seine beginnende Glatze und streckte vorsichtig den Kopf über den Rand. Seine Miene hellte sich auf.

»Frauenvolk!«

Die Gruppe bestand in der Tat aus zwei berittenen Soldaten, keine Ritter, ein paar Landsknechten und ungefähr vier Frauen, die offenbar für die Verproviantierung sorgten und mit der Patrouille mitgezogen waren, da man im feindlichen Lager das Bedürfnis nach etwas Abwechslung auf dem Speiseplan hatte. Amaury legte den Finger auf die Lippen und bedeutete seinen Männern, zu ihm heraufzukommen.

»Bringt die *Bonnes Dames* in Sicherheit«, befahl er. Während sich zwei Soldaten ihrer annahmen, dirigierte er seine Männer in einen Hinterhalt. »Wir warten, bis sie alle vorbei sind. Es darf keiner entkommen.« Er fuhr sich mit der Hand über die Kehle und zog seinen Dolch. »Alle und ohne Lärm.«

»Nicht die Frauen!«, protestierte Wigbold.

»Alle, Sergeant!«

Sie versteckten sich hinter den herbstlich gefärbten Sträuchern und ließen die Patrouille näher kommen, bis sie von allen Seiten umzingelt war. Auf Amaurys Zeichen standen seine Schützen lautlos auf und spannten ihre Bogen. Das »Ploink« der Bogensehnen und das Schwirren der Pfeile wurde vom Rauschen des Windes in den Bäumen, unter denen sie sich versteckt hatten, gedämpft. Die getroffenen Reiter waren noch nicht aus dem Sattel gefallen, da griffen Amaurys Männer schon die anderen an.

»Die Pferde!«, schrie Amaury, während er einen Landsknecht mit seinem Dolch durchbohrte. Unter anderen Umständen hätte er die Tiere verschont, doch jetzt waren sie wertlos, da sie sie unmöglich geräuschlos an den feindlichen Linien vorbeischmuggeln konnten. Die Bogenschützen führten Amaurys Befehl schnell aus, bevor die Pferde reiterlos zum Lager der Kreuzfahrer zurückkehren konnten. Die Frauen rannten schreiend und kreischend in alle Richtungen, verfolgt von den Männern. Amaury packte eine von ihnen am Arm. Er wollte gerade zustechen, als sich die älteste *Bonne Dame* plötzlich zwischen sie drängte.

»Es braucht niemand zu sterben, nur weil wir etwas zu essen haben müssen«, rief sie.
»Zu spät«, fuhr Amaury sie an. Er hatte beide Hände voll damit zu tun, die Furie, die ihm mit ihrer Angelgabel zu Leibe rückte und damit der *Bonne Dame* beinahe den Schädel einschlug, in Schach zu halten. Er stieß die Frau in dem schwarzen Kleid grob zur Seite und holte mit seinem Dolch aus. Die *Bonne Dame* schrie auf und wandte den Kopf voller Abscheu ab.
»Es hieß sie oder Ihr«, schnauzte Amaury sie an. »Ich habe den Auftrag bekommen, Euch bei diesem nächtlichen Unternehmen zu beschützen, da Eure Gemeinschaft dringend Nahrung braucht. Nur mit Brot und ein bisschen getrocknetem Gemüse werdet Ihr Weihnachten nicht mehr erleben.«
»Ihr hättet wenigstens die Frauen verschonen können, sie so lange festhalten, bis wir wieder in Sicherheit sind.«
Amaury schüttelte den Kopf.
»Meine Männer haben schon seit Monaten keine Frau mehr unter sich gefühlt. Sie hätten den ganzen Tag gehabt, um sich an einer nach der anderen zu vergehen. Hättet Ihr das vielleicht gewollt?« Er schaute sich um, um zu sehen, wie der Kampf verlief. Die feindlichen Soldaten waren getötet. Die Pferde lagen zuckend auf dem Weg. Zwei der Frauen versuchten noch zu fliehen.
»Dann verbietet ihnen das. Ihr führt doch den Befehl?«, sagte sie bissig.
»Meine Männer töten zuerst. Wenn sie so weit sind, dass sie an andere Bedürfnisse als ihren Selbsterhaltungstrieb denken können, habe ich sie nicht mehr in der Hand.«
Die Frauen hätten letzten Endes doch sterben müssen, dachte er. Er wusste nicht, wie er sie hätte verschonen und gleichzeitig die *Bonnes Dames* wieder sicher nach Montségur hätte

bekommen sollen. Ihre Hilfeschreie hätten den Feind sofort alarmiert. Dieses Risiko konnte er nicht eingehen. Es konnte auch so noch unangenehm genug werden. Wenn der erwartete Fisch ausblieb, würde man im feindlichen Lager früher oder später misstrauisch werden. Er ließ die *Bonne Dame* allein und befahl einem seiner Männer, den Verletzten den Gnadenstoß zu geben und auch die Pferde von ihrem Leiden zu erlösen.

Aber wo war Wigbold? Er sah den Friesen nirgendwo. Die anderen waren alle da, niemand von ihnen war verwundet. Die *Bonnes Dames* kamen zögernd hinter den Bäumen hervor und wollten ihre Arbeit fortsetzen. Doch die Älteste hielt sie zurück.

»Wir fangen keinen Fisch mehr«, erklärte sie. »Ich glaube nicht, dass wir Nahrung zu uns nehmen wollen, für die die einen gemordet und die anderen ihr Leben gelassen haben.«

»Es wird bis zum Nachmittag gefischt«, sagte Amaury. »Das ist die Bitte des Bischofs an euch und der Befehl Herrn Pierre-Rogers an mich. Was hier geschehen ist, ändert nichts an der Notwendigkeit, dass ihr etwas zu essen braucht. Wir verlassen diesen Ort nur etwas früher als beabsichtigt. Und wir treffen zusätzliche Vorsichtsmaßnahmen und gehen über einen anderen Weg zurück.«

Die älteste *Bonne Dame* warf ihm einen wütenden Blick zu, erlaubte den anderen Frauen jedoch, mit ihrer Arbeit weiterzumachen. Amaury drehte sich um und ließ seine Wachen wieder Posten beziehen. Er selbst machte sich mit gezücktem Schwert auf die Suche nach seinem Sergeanten.

Er fand Wigbold hinter einem vorspringenden Felsen und ein paar Büschen. Die Frau lag auf dem Boden. Sie blutete aus einer Kopfwunde und war so angeschlagen, dass sie sich nicht

einmal wehrte. Er hatte sie schon halb entkleidet und war gerade dabei, sich seines widerspenstigen Kampfanzugs zu entledigen, als er von Amaury überrascht wurde.
»Du weg! Meine Kriegsbeute. Ich Recht darauf!«, schrie er.
»Recht darauf?«, fragte Amaury. Er drückte seine Schwertspitze gerade weit genug in Wigbolds schneeweiße Haut, dass er sie fühlte. »Aufrecht meinst du wohl. Das ist nämlich alles, was ich hier sehe.«
Wigbold schaute auf sein aufgerichtetes Glied hinunter, das schon anfing zu schrumpfen.
»*Colhón* – Pimmel!«, zeterte der Friese.
»In der Tat«, sagte der Ritter. »Verschwinde!«
Wigbold wurde rot vor Wut. Er griff nach seinem Messer und wollte hochschnellen, doch das messerscharfe Schwert hielt ihn auf Abstand. Wütend ließ er die Waffe sinken, mitten ins Herz des benommenen Wesens, das zwischen seinen Beinen lag.

Tief in der Nacht, nach einem langen Marsch durch unwegsames Gelände und einem Aufstieg über den schwierigsten Pfad, der zum Berggipfel führte, ließ sich Amaury erschöpft auf sein Feldbett in der Baracke der Ritter sinken. Alles in allem durfte er nicht unzufrieden sein. Der Fang war gut gewesen und alle waren wohlbehalten zurückgekehrt. Er hatte richtig gehandelt. Pierre-Roger de Mirepoix hatte ihn sogar gelobt, als er Bericht erstattet hatte. Der Burgherr war auch sehr angetan von dem Pferdefleisch, das seine Männer mitgebracht hatten. Trotzdem fühlte er sich elend. Mit dem Kopf zwischen den Knien und den Händen vor dem Gesicht fragte er sich, was aus ihm geworden war. Er sehnte sich nach einem aufmunternden Schulterklopfen von Robert, einem liebevollen Streicheln von Beatrices Hand, auch wenn sie ihren eigenen Mann liebte, dem fröhlichen Lachen der drei Jungen, die er in Poissy zurückgelassen hatte und aus denen inzwischen Männer geworden waren. Es war nur gut, dass sie nicht wussten, dass ihr Vater unschuldige Frauen ermordete.

Montségur – Dezember 1243

Weihnachten kam mit Riesenschritten näher. Von dem Grafen von Toulouse war noch nichts zu sehen. Im November hatte er nochmals wissen lassen, dass sich die Angelegenheiten zur Zufriedenheit entwickelten. Er sei nun nach Rom gereist, um den Papst dazu zu bewegen, ihn von der Exkommunikation zu befreien, die es ihm unmöglich machte, sein Land zu regieren. Von seiner Ankunft mit einer Hilfsarmee war nicht mehr die Rede. Rund um Montségur war es wieder zu Scharmützeln gekommen, bei denen es Verwundete gegeben hatte. Auf beiden Seiten war man auf der Hut. Jeder schien darauf zu warten, dass dem anderen die Puste ausging. Im Moment war alles ruhig. Wenn der Winter im Bergland das Zepter schwang, hatten andere Herrscher wenig zu bestellen. Die Belagerer froren in ihren Zelten. Das war nicht die richtige Zeit zum Kämpfen.

Amaury machte auf dem Wehrgang seine Runde. Er stieg über einen Bogenschützen, der dort in seinem Mantel lag und schlief. Die Nächte waren lang und bitterkalt. Der Wind heulte um die Türme und fuhr ihm durch die Kleider. Tief unter sich konnte er die Feuer sehen, mit denen sich die Männer Hugues des Arcis' zu wärmen versuchten. Wie glühende Kohlen leuchteten sie in der Finsternis auf. Weiter oben machte das trübe Mondlicht auf dem ersten Schnee die Umrisse der Berge sichtbar. In den Häusern der Guten Christen, die sich am Fuße der Burgmauer an den Berghang schmiegten, verriet ein schwacher Schein, dass ein Einzelner selbst jetzt noch den Berg verließ, um irgendwo eine Beichte abzunehmen, zu predigen oder einem Sterbenden das *Consolamentum* zu geben, immer in Begleitung seines Bruders und eskortiert von ein paar bewaffneten Männern. Die anderen würden mitten in der Nacht aufstehen, um zu beten. Darin unterschieden sie sich nicht von den katholischen Mönchen und Nonnen, die nachts zu den Messen und Laudes zur Kapelle schlurften. Nur knieten die Guten Christen gewöhnlich neben ihrem Bett nieder, im Dunkeln, nur in Gesellschaft ihres Bruders oder ihrer Schwester.

Mit den Füßen stampfend, um wieder ein bisschen warm zu werden, ging Amaury noch ein paar Mal auf und ab. Dann stieg er die Treppe zum Innenhof hinunter. Er war gerade auf halbem Wege, als ihn ein Schrei zurückhielt. Mit ein paar Sprüngen war er wieder oben. Ein Posten, der frierend im Windschatten des Turmes Wache gestanden hatte, zeigte in Richtung Osten. Amaury beugte sich so weit wie möglich über die Brüstung und spähte in die Finsternis. Der Lärm kam von dem Ravelin, wurde größtenteils jedoch von dem Heulen des Windes übertönt. Er sah ein paar Gestalten im Schein einer Fackel. Sie schrien etwas und zeigten in dieselbe Richtung wie der Wachposten.

»Sagt Herrn Pierre-Roger Bescheid!«, rief Amaury dem Mann zu. »Und schickt jemanden, damit sie die *Bons Hommes* aufhalten, die gerade den Berg verlassen wollen!« Er eilte nach

unten. Befehle schallten über den Innenhof. Ritter, Sergeanten und Landsknechte fuhren hastig in ihre Kleider und legten sich ihre Waffen um. Inzwischen hatte Amaury den Hof schon verlassen. Er überquerte den Dwingel und stieg zum Wehrgang des Ravelins hinauf.
»Sie sind den Berg hochgekommen. Auf dem Turmfelsen wird gekämpft!«
»Was?«
Amaury wollte es nicht glauben. Das konnte doch nicht sein! Die Zugangswege wurden ständig bewacht. Und dass französische Soldaten im spärlichen Mondlicht über eine andere Route die steile Bergwand hinaufgestiegen sein sollten, schien geradezu unmöglich. Eine solche Aktion war reiner Wahnsinn! Sie mussten erfahrene Bergbewohner, die sich in dem Gelände auskannten, bestochen haben, damit sie ihnen halfen.
Amaury trommelte ein paar Landsknechte zusammen und trabte mit ihnen den steil abfallenden Pfad hinunter, der zuerst über eine Wiese führte und dann in dem Wald weiterlief, der sich über den Bergkamm erstreckte. An seinem östlichsten Ende, dort, wo die Felsen senkrecht abfielen, stand ein Wachturm. Amaury ließ die Männer in sicherer Entfernung von dem Turm anhalten und spähte durch die Bäume. Tatsächlich, am Fuße des robusten Bauwerks bewegten sich feindliche Soldaten, wahrscheinlich nur leicht bewaffnet angesichts des schwierigen Aufstiegs. Noch immer tauchten hinter der Bergkuppe neue Männer auf, die dem gefährlichen Weg in der Dunkelheit getrotzt hatten. Kampfhandlungen konnte er nicht ausmachen. Die Garnison des Wachturms musste überrascht worden sein und war wahrscheinlich schon bis zum letzten Mann niedergemetzelt.
Amaury hielt seine Männer zurück und versteckte sich in den

Sträuchern. Es war sinnlos, mit seiner bescheidenen Kampfeinheit auf den Feind loszugehen. Auch Bogenschützen würden in der Dunkelheit nichts ausrichten können. Er kehrte zu der Festung zurück, um Bericht zu erstatten.

Pierre-Roger de Mirepoix übersah die Situation mit einem Blick. Er ließ sich kurz unterrichten und erteilte Befehle. Die Bogenschützen verschanzten sich in dem Wald. Die Landsknechte begannen, Sperren zu errichten, um den Feind daran zu hindern, weiter auf den Bergkamm vorzudringen. Andere wurden losgeschickt, um die einzige Wurfmaschine, die die Festung besaß, in eine strategisch günstige Position zu bringen.

Es schien eine Ewigkeit zu dauern, bis es endlich Tag wurde. Erst kurz vor Sonnenaufgang, als es hell genug war, um gezielt schießen zu können, wurde die Wurfmaschine in Stellung gebracht und die Bogenschützen ließen ihre Pfeile schwirren. Pierre-Roger de Mirepoix gab seinen Rittern den Befehl, mit ihren Männern einen Angriff auszuführen. Doch der Fußweg an der nördlichen Bergflanke spuckte immer mehr feindliche Soldaten aus und bald mussten sich die Männer aus Montségur hinter ihre provisorische Barrikade am Waldrand zurückziehen.

Das bleiche Sonnenlicht strich am Gipfel entlang. Hinter der Barrikade nahm Pierre-Roger de Mirepoix die Situation erneut in Augenschein. Dann rief er seine Ritter zusammen.

»Die Lage ist ernst, meine Herren«, sagte er barsch. »Die Franzosen haben den Turm fest in der Hand. Sie sind jetzt schon in der Übermacht. Ich will, dass die Bogenschützen ununterbrochen ihre Stellungen beschießen. Lasst es aus der Wurfmaschine Steine regnen. Wir müssen verhindern, dass sie schwereres Geschütz auffahren.«

Amaury befolgte seine Befehle. Die Strategie der Franzosen

war deutlich. Sie hatten auf dem Bergkamm Fuß gefasst und würden ihn nicht mehr so schnell aufgeben. Als Nächstes würden sie sicher schweres Kriegsgerät herbeischaffen, sodass sie die Festung mit Steinschleudern bombardieren konnten. Darauf würde ein Sturmangriff folgen. Für die Verteidiger der Burg galt es, den Angriff so lange wie möglich aufzuhalten, auf jeden Fall bis die versprochene Hilfe von Graf Raymond Montségur erreichte.

»Lasst die Barrikade verstärken«, befahl Pierre-Roger de Mirepoix. Er selbst kehrte zur Festung zurück, um sich mit Raymond de Péreille, dem zweiten Burgherren, und Bertrand Marty, dem Bischof der Guten Christen, zu beraten.

Einige Tage später erschien plötzlich ein neues Gesicht auf der Festung. Es war ein Fachmann für den Bau von Wurfmaschinen. Wo er herkam und wie er Montségur erreicht hatte, wussten nur wenige. Und wer ihn geschickt hatte, war ein noch größeres Rätsel. Der Vogt des Grafen, wurde geflüstert, der das Land während Raymonds Abwesenheit von Toulouse aus regierte. In zügigem Tempo wurden nun Wurfmaschinen angefertigt, die denen des Feindes gewachsen waren. Denn man wusste, dass der Bischof von Albi inzwischen eine Steinschleuder hatte errichten lassen, die riesige Felsbrocken gut sechshundert Fuß weit katapultieren konnte.

Pierre-Roger de Mirepoix sprach seinen Männern Mut zu. Die Ankunft des Spezialisten stärkte die Moral. Dennoch ließ die sorgenvolle Miene des Kriegsmannes ahnen, dass die Sache nicht so gut stand, wie er sich den Anschein gab. Graf Raymond würde nicht vor Weihnachten eintreffen, das war deutlich. Wann er kam, wusste niemand. Hatte er seinem Vogt aufgetragen, Montségur bis zu seiner Rückkehr mit Rat und Tat zur Seite zu stehen? Was würde geschehen, wenn er sie nicht rechtzeitig mit neuen Truppen unterstützte? Die Vorräte begannen allmählich knapp zu werden.

In den winzigen Steinhütten, die nicht größer als eine Zelle und halb in die Felsen gebaut waren, ging das Leben der Guten Christen weiter, als wäre nichts geschehen. Sie verbrachten den Tag mit Beten und Meditieren. Der Strom von Gläubigen, die Montségur besuchten, um sie zu ehren, war schon seit Beginn der Belagerung abgerissen. Seit geraumer Zeit fanden sich auch keine Kranken mehr ein, die früher von nah und fern hierher gebracht worden waren, damit sie noch im Wahren Glauben unterwiesen werden konnten, sodass sie auf ihrem Sterbebett das *Consolamentum* empfangen durften. Wohl besuchten die Burgbewohner die Guten Christen, um sie zu ehren, mit ihnen zu beten und das gesegnete Brot zu teilen. Der *Bon Homme*, der die Mühle leitete, mahlte weiter Korn, die *Bonne Dame*, die früher Bäckersfrau gewesen war, buk Brot, sie wuschen und flickten die Kleider aller und nähten notfalls auch neue. Sie besserten sogar Rüstungen und Kriegsgerät aus, hielten sich jedoch von dem rauen Männervolk, das sie benutzte, fern.

Während sich in dem Feldlager am Fuße des Berges die katholischen Prälaten auf die Messe in der Heiligen Nacht vorbereiteten, hielt Bischof Bertrand Marty wie üblich das große jährliche *Apparelhamentum* auf dem Burghof, wo er den Guten Christen sowie den übrigen Gläubigen die öffentliche Beichte abnahm. Die Burgherren, ihre Damen sowie ihr Gefolge waren ebenso anwesend wie die meisten Ritter einschließlich ihrer Knappen und Sergeanten. Die Predigt Bertrand Martys sollte den Zuhörern Mut machen. Auch er sprach über die versprochenen Hilfstruppen. Kaiser Friedrich würde selbst kommen, um an der Spitze seines Heeres Montségur zu befreien.

»Lass dir nichts weismachen«, sagte ein Bogenschütze, der di-

rekt hinter Amaury stand, zu einem Waffenbruder. »Sie haben ihr Gold schon vom Berg geschmuggelt.«
»Woher weißt du das?«
»Ich habe es selbst gesehen. Ich hatte die letzte Wache. Sie haben sich mit der ganzen Beute aus dem Staub gemacht. Wie Diebe in der Nacht.«
Der andere stieß einen Fluch aus. »Wie viel? Was hatten sie dabei?«
»Das konnte ich nicht sehen, es war stockdunkel, Mann! Zwei *Bons Hommes* waren es. Ich konnte an ihrem Gang erkennen, dass sie etwas Schweres trugen. Glaube mir, sie haben das Geld der Kirche Gottes inzwischen in Sicherheit gebracht!«
Amaury drehte sich um.
»Schweig!«, zischte er dem Mann zu. Er zog ihn zu sich heran. »Was die Guten Christen tun und lassen, geht dich nichts an. Wenn du schon etwas gesehen hast, behalte es wenigstens für dich! Wer solche Gerüchte verbreitet, nimmt anderen den Funken Hoffnung, der ihnen hilft, das alles durchzustehen!«
Es stand außer Zweifel. Sowohl die Burgherren als auch die Geistlichen wussten, wie ernst die Lage war. Das Versprechen, Hilfstruppen zu schicken, ob nun unter Führung Raymonds von Toulouse oder des Kaisers, diente vorläufig nur dazu, die Moral der Truppe aufrechtzuerhalten.

Montségur – Februar 1244

Wochenlang hatten sich Belagerer und Belagerte nun schon ununterbrochen bombardiert. Auf französischer Seite kamen ständig neue Streitkräfte nach, um den Stützpunkt auf dem Bergkamm zu verstärken und auszuweiten. Langsam, aber sicher rückten sie zum Ravelin vor, der die Burg und das Dorf an der Ostseite schützte. Die Verteidigung Montségurs musste dagegen mit ein paar Dutzend Rittern, ihren Sergeanten, Landsknechten und Söldnern auskommen. Verstärkung blieb aus. Die übrigen Bewohner schleppten Steine und versorgten die kämpfenden Männer mit Proviant.

Die Wurfmaschinen des Feindes standen jetzt in Schussweite von dem Ravelin entfernt. Tag und Nacht schlugen die rund geschliffenen Steine dröhnend an die Festungsmauer, die in ihren Grundfesten erschüttert wurde.

»Wenn das Riesenkatapult des Bischofs von Albi zerstört ist, ist Montségur gerettet.«

Das Gerücht, von dem niemand wusste, wo es herkam, und das wie eine Prophezeiung die Runde machte, hatte eine magische Wirkung auf die Streitkräfte Montségurs. Eigentlich war der Gedanke logisch. Die grauenhafte Schleuder fügte der Burg so viel Schaden zu, dass es ein Segen wäre, wenn sie zerstört oder wenigstens funktionsunfähig gemacht würde. Es wurde ein nächtlicher Ausfall organisiert. Der einzige Erfolg war, dass Montségur wieder ein paar Mann weniger und einige Verwundete mehr zählte.

Kurz darauf wurde die Festung bestürmt. Der Angriff konnte zwar abgewehrt werden, da er rechtzeitig bemerkt worden war, doch der Feind beherrschte jetzt den ganzen Bergkamm und rückte bis zum Ravelin vor. Es wurde jetzt fast täglich gekämpft, auf der einen Seite, um Hugues des Arcis' Truppen auf Abstand zu halten, auf der anderen, um den unbeugsamen Widerstand der Belagerten zu brechen.

Amaury fiel wie ein Klotz auf sein Feldbett. Zu müde zum Schlafen, eigentlich auch zu müde zum Essen und zu vernünftig, um seine Rüstung abzulegen, hatte er sich zuerst gezwungen, etwas Brot und ein paar Bohnen zu essen. Schließlich versank er in der barmherzigen Leere eines traumlosen Schlafes, als würde er sich rücklings die steile Felswand hinunter in ein bodenloses Tal fallen lassen, in dem all seine Sinne betäubt wurden. Nichts sehen, nichts hören, nichts fühlen.

»Ranquilhós!«

Er kämpfte sich aus der unermesslichen Tiefe seines Schlafes hoch.

»Ranquilhós!«

Er erhob sich vom Bett, griff blindlings nach seinem Helm und seinen Waffen, die neben ihm lagen, und schwankte, ohne etwas zu sagen oder zu fragen, nach draußen.

Der soundsovielte Sturmangriff war kurz vor Sonnenaufgang mit aller Heftigkeit losgebrochen. Durch die Breschen, die in den Ravelin geschlagen worden waren, versuchten die Soldaten Hugues des Arcis', sich einen Weg nach drinnen zu kämpfen. Sie behaupteten sich auf ihren Sturmleitern, die sechs oder sieben Mann gleichzeitig tragen konnten. Wenn einer fiel, kletterte der Nächste nach oben. Dort, wo die Festungsanlage noch nicht beschädigt war, standen auf dem Wehrgang Körbe mit Steinen bereit. Die Frauen taten ihr Bestes, um den Feind damit zu bewerfen. Inzwischen wurde die Burg hinter der vorgeschobenen Festungsmauer pausenlos von den Katapulten des Bischofs von Albi bombardiert. In dem Raum zwischen den beiden Mauern lagen die Häuser der Guten Christen genau im Schussfeld. Imbert de Salles, ein junger Sergeant mit wenig Kriegserfahrung, begab sich unter Lebensgefahr zwischen die halb eingestürzten Häuser, um die *Bonnes Dames* in Sicherheit zu bringen.

Amaury stürmte die Treppe hoch, die zu dem Wehrgang des Ravelins führte, und eilte zu der Stelle, an der gerade ein Landsknecht, den Speer noch in der Hand, zusammensackte. Zwei feindliche Soldaten kletterten schon über das Mauerstück, das er verteidigt hatte. Mit gezücktem Schwert rückte ihnen Amaury zu Leibe. Durch die Kraft seines Schwertschlages taumelte der Erste nach unten zurück. Der Zweite bot nach drei Hieben keinen Widerstand mehr und blieb tödlich getroffen halb über der beschädigten Mauer hängen. Amaury packte den Mann bei den Beinen und kippte ihn nach unten, wo er in seinem Fall noch fünf andere mitriss. Neben ihm lehnte sich ein Sergeant über die Reste der Zinnen. Er stach mit seinem Speer nach allem, was sich bewegte, während er Verwünschungen an die Adresse des französischen Königs und des römischen Papstes ausstieß. Eine Schwertklinge sauste durch die Luft, die den Mann an der Schulter traf und ihn bis zum Brustbein aufschlitzte. Seine Schimpfkanonade wurde von einem Blutschwall erstickt und er taumelte zurück. Amaury zerrte ihn zur Seite und ließ ihn an der Innenseite der Mauer nach unten sinken. Dort wurde er von zwei *Bons Hommes* aufgefangen, die sich seiner sofort annahmen. Der Sergeant zuckte noch ein paar Mal heftig und hauchte seinen Geist aus, bevor sie etwas für ihn tun konnten.

Inzwischen hellwach, erkannte Amaury, dass er in einen Albtraum geraten war. Auf beiden Seiten der Mauer stöhnten Verwundete und der Strom der Angreifer riss nicht ab. Es war, als würde die Mauer von einer Horde Drachen angefallen, deren blutdurstige Köpfe sich vervielfältigten, wenn sie abgeschlagen wurden. Er schrie, dass sie mehr Mannschaften zu der Stelle schicken sollten, an der die Mauer am heftigsten attackiert wurde.

Zum Glück war die Quelle menschlicher Kampfmaschinen nicht unerschöpflich. Nachdem sie sich verbissen gewehrt hatten, war der Sturmangriff ebenso plötzlich zu Ende, wie er angefangen hatte. Der Feind zog sich zurück, nur der Beschuss ging unvermindert weiter. Pierre-Roger de Mirepoix stellte den Schaden fest und befahl, die Häuser der Guten Christen zu räumen, da das Gelände zwischen der Burg und dem schwer beschädigten Ravelin zu gefährlich geworden war. Er erkundigte sich nach dem Zustand der Verletzten.

Direkt neben dem Tor des Ravelin lag Ritter Jourdain du Mas auf der mit Blut durchtränkten Erde. Es ging ihm so schlecht, dass er nicht mehr zu den *Bons Hommes* gebracht werden konnte. Vier Ritter, ungefähr siebzehn Soldaten und zwei Gute Christen standen an seinem provisorischen Sterbebett. Obwohl er bereits bewusstlos war, gaben ihm zwei zufällig anwesende *Bons Hommes* das *Consolamentum*, da er früher die *Convenenza* abgeschlossen hatte. Inmitten der Überreste des Kampfgetümmels knieten sie mehrmals nieder, legten ihre Hände und das heilige Buch auf seine Stirn und küssten ihn auf den Mund, obwohl er kaum noch atmete. Danach trugen sie seinen Leichnam in die Festung, wo sie über ihn wachen würden, bis sein Geist in aller Ruhe seine nächste Reise angetreten hatte. Der *Bon Homme*, der das Ritual geleitet hatte, hob die Rüstung des gefallenen Ritters auf und winkte Imbert de Salles zu sich, den jungen Sergeanten, der einige *Bonnes Dames*, als der Kampf am heftigsten tobte, aus den Trümmern ihrer eingestürzten Häuser gerettet hatte. Seinen Gesten entnahm Amaury, dass ihm der *Bon Homme* als Dank für seine Hilfe den Helm und die anderen Teile von Jourdains kostbarer Rüstung schenkte.

Einige Tage später kehrte einer der *Bons Hommes*, die das Geld der Guten Christen vom Berg hinuntergeschmuggelt hatten, in die Festung zurück. Er wurde von zwei bewaffneten Männern begleitet. Sie brachten Pierre-Roger de Mirepoix die Nachricht, dass sich die Friedensverhandlungen zwischen dem Papst und dem Kaiser verzögert hätten, da Friedrich von Hohenstaufen Raymonds Forderungen abgelehnt hatte. Deshalb müsse der Burgherr bis Ostern allein durchhalten. Dann würde ihnen Graf Raymond mit seinem Heer und den Truppen des Kaisers zu Hilfe kommen. Innerhalb weniger Stunden hatte die Nachricht alle in der belagerten Festung erreicht. Die meisten glaubten es und schöpften neuen Mut. Amaury hoffte von ganzem Herzen, dass der Graf seinem Versprechen nachkommen würde.

Am selben Tag schwiegen die Wurfmaschinen plötzlich. Hugues des Arcis erschien auf dem Weg, der zu dem westlichen Eingangstor der Burg führte. Auch dort waren seine Truppen bis zu den vorgeschobenen Verteidigungsmauern vorgerückt. Er wollte wissen, wie viele Tote es noch geben müsse, bis Pierre-Roger de Mirepoix endlich vernünftig werde. Der Burgherr wisse ja wohl, dass er einen verlorenen Kampf führe? Erkannte er nach den letzten schweren Verlusten denn immer noch nicht, auf welcher Seite der wahre Gott stand?

Die Wachen auf den Mauern antworteten mit grimmigem Schweigen. Der französische Feldherr versuchte noch einmal, sie aus der Reserve zu locken, indem er auf die mangelnde

Einsicht ihres Befehlshaber anspielte. Viele Leben könnten geschont werden, wenn er nicht zu stolz wäre, seine Niederlage einzugestehen.
»He, des Arcis!«, schallte es plötzlich von der Burgmauer. »Frierst du schon da draußen? Wenn der Kaiser mit seinen Hilfstruppen kommt, kannst du mit deiner Bande Überläufer und Landesverräter einpacken!« Der Sergeant nahm seinen Helm, der einen Federbusch mit den Farben Jourdains trug, ab und schwenkte ihn. »Unsere gefallenen Ritter kämpfen auch nach ihrem Tod noch weiter!«, schrie er.
Das höhnische Lachen des Feldherrn wurde von der Festungsmauer zurückgeworfen. Er entfernte sich. Die Männer, die die Wurfmaschinen bedienten, kamen wieder in Bewegung.
Auf dem Innenhof war inzwischen einige Aufregung entstanden. Pierre-Roger de Mirepoix stiefelte über den Platz und brüllte einen Befehl. Ferrou, sein Knappe, der zu dem Mordkommando von Avignonet gehört hatte, stieg zum Wehrgang hinauf. Er sprach mit dem Sergeanten, der seinen Helm inzwischen wieder aufgesetzt hatte. Imbert de Salles folgte ihm, begleitet von den ermunternden Worten der anderen Soldaten, nach unten und stellte sich vor den Burgherren, der ihn mit vernichtendem Blick empfing.
»Salles, du hast meinen Befehl ignoriert. Niemand spricht mit des Arcis außer mir!«, fuhr er ihn an. »Du bist der Rüstung eines Ritters nicht würdig. Ferrou, beschlagnahme alles!«
Er brüllte noch einen Befehl und marschierte davon, während sein Knappe den Helm und den Rest der Rüstung in Empfang nahm. Als Imbert de Salles wenig später in seinem Lederwams wieder auf der Mauer Posten bezog, begrüßten ihn seine Kameraden mit Schulterklopfen und heimlichem Geläch-

ter. Amaury fühlte mit dem jungen Sergeanten mit, obwohl er wusste, dass Pierre-Roger de Mirepoix vollkommen Recht hatte.

Montségur – Ende Februar 1244

Die Steinkugel traf Wigbold seitlich am Unterleib. Der Hüne wurde durch die Wucht, mit der das Wurfgeschoss abgefeuert worden war, nach hinten geworfen. Er blieb auf dem Boden liegen, unfähig aufzustehen. Er hob die Hand und betastete seine zerschmetterte Hüfte und das abgerissene Bein, das nur noch durch ein paar Sehnen und Hautlappen mit seinem Körper verbunden war. Dann kam der Schmerz und er brüllte los. Amaury kniete sich neben den gefällten Riesen und beurteilte seinen Zustand mit einem Blick.

»Er muss hier weg!«, rief er ein paar Frauen zu, die unterhalb des Wehrgangs Steine sammelten, die zum Feind zurückgeschossen werden konnten. Der Munitionsvorrat der Burg war längst erschöpft. Direkt neben Amaury zerschlug ein Stein an dem übrig gebliebenen Teil der Mauer, hinter dem er selbst Deckung suchte. Er duckte sich und mahnte die Frauen zur Eile.

»Alles wird gut«, sagte er zu Wigbold und kniff ihn beruhigend in die Schulter. Der Friese brüllte noch immer wie ein Besessener. »Ich bringe dich zu …« Der Rest seines Satzes wurde vom Dröhnen eines einstürzenden Gebäudes nicht weit von ihnen entfernt übertönt.

»Verdammt, mein Bein!«, stöhnte Wigbold. »Diese Mistkerle!«
Inzwischen hatten die Frauen, unter ihnen auch eine *Bonne Dame*, den Wehrgang erreicht. Sie beugten sich über den Verletzten und sahen Amaury an.
»Bringt ihn um Himmels willen weg«, sagte der Ritter.
»Rührt mich ja nicht an!«, brüllte der Friese und schlug wild um sich. Die *Bonne Dame* musterte ihn voll Abscheu, schwieg jedoch. Amaury bedeutete ihnen, dass sie versuchen sollten, ihn hochzuheben. Während Wigbold weiter fluchte und schrie, gelang es den Frauen, ihn unter den Achseln zu fassen, doch als sie ihn hochziehen wollten, begann er, so grauenerregend zu kreischen, dass sie ihren Versuch abbrachen. Der Mordskerl musste höllische Schmerzen haben.
»Lasst mich mal«, sagte Amaury. Er öffnete seinen Mantel und breitete ihn neben dem Friesen aus. Dann versuchte er, unterstützt von den Frauen, die seine Absicht begriffen, den Stoff unter ihm durchzuziehen. Als Wigbold größtenteils auf dem Mantel lag, hoben sie ihn an einer Seite hoch, während Amaury ihn dort packte, wo seine Füße über den Stoff hinausragten.
»Keine Angst«, sagte er, »wir bringen dich in Sicherheit.«
Der Marsch über den Wehrgang, die Treppe hinunter und weiter über den Innenhof zu den Gebäuden innerhalb der ummauerten Festung war ein lebensgefährliches Unternehmen. Wurfgeschosse sausten über und an ihnen vorbei und knallten gegen das, was von den Mauern noch stand. Pfeile schwirrten durch die Luft und prallten an Stein ab oder schlugen in Holz ein. Wigbold schrie wieder. Das Blut tropfte schon durch den Mantel.
»Wo ist Meister Arnaud?«, rief Amaury über den Lärm hinweg.

Sein Ruf wurde wiederholt, bis Arnaud Rouquier, Pierre-Roger de Mirepoix' Leibarzt, in der Tür des Wohnturms erschien. Er sah müde aus.
»Noch mehr Verletzte?«, fragte er matt. Er hatte nicht vor, einen Fuß nach draußen zu setzen. Wer den Innenhof betrat, spielte mit seinem Leben. Aus der Ferne schätzte er den Zustand des Friesen ein und schüttelte den Kopf.
»Da kann ich nichts mehr machen. Bringt ihn an einen Ort, wo er sterben kann.«
Das war auf jeden Fall nicht der Wohnturm. Dorthin hatten sich die Frauen und Kinder der Herren von Mirepoix und Péreille mit ihren Verwandten, Dienern und zahllosen anderen zurückgezogen, die durch das zerstörerische Werk der feindlichen Wurfmaschinen keine Bleibe mehr hatten. Es war dort genauso voll wie in den Unterkünften der Ritter, Sergeanten und Söldner. In denen hockten jetzt die Guten Christen, die nach der Eroberung des Bergkamms aus ihren Häusern vor der Festung vertrieben worden waren. Wigbold war inzwischen etwas stiller geworden.
»Ich sterbe«, stöhnte er. »Verdammt, diese Mistkerle! Ich sterbe.«
»Keiner verlässt diese verfluchte Burg lebendig, Wigbold, oder es muss schon ein Wunder geschehen«, antwortete Amaury düster. »Früher oder später kommen wir hier alle um. Die Frage ist nur noch, wie.«
»Wie? Ich kann dir sagen, wie. Der Teufel holt sich sein Fleisch zurück! Mein Bein hat er schon.«
»Bringt ihn weg«, wiederholte der Wundarzt.
»*Colhón!*«, knurrte Wigbold.
»Wir kümmern uns schon um ihn«, sagte die *Bonne Dame*. Zusammen mit einer anderen Frau zog sie die Mantelschöße wieder hoch und Amaury half ihnen, den Verletzten wegzu-

bringen. Sie trugen ihn zu der Baracke, in der die Ritter gewohnt hatten, und legten ihn auf den Boden. Der Friese stöhnte nur noch und er war leichenblass. Amaury sah sich um. In dem Halbdunkel konnte er undeutlich ein paar Gesichter erkennen. Die Männer saßen um eine reglose Gestalt geschart, die in ihrer Mitte auf einem Strohbett lag. Es gab noch mehr Verletzte. Einer der Guten Christen stand auf. Die beiden Frauen verneigten sich vor ihm.

»Bei uns ist immer Platz«, sagte der *Bon Homme*, als er sah, in welchem Zustand sich Wigbold befand.

»Meister Arnaud meint, er wäre verloren«, erzählte Amaury.

»Wir werden sehen.«

Er kniete sich neben den Friesen und die Frauen zogen ihn, so gut es ging, aus. Den Rest seiner Kleider schnitten sie auf. Dann zogen sie sich zurück. Die Miene des *Bon Homme* war ernst.

»Ich habe nichts mehr, um ihn zu betäuben.«

Eigentlich fehlte es an allem, vor allem an Nahrung. Die Guten Christen, die ohnehin nicht viel aßen, teilten ihre Vorräte mit den Soldaten, die durch ihre schwere körperliche Arbeit mehr brauchten. Für sie reichte die karge Bohnenration bei weitem nicht aus. Amaury knurrte der Magen.

Der ständige Gefährte des *Bon Homme* stand neben ihm, um ihm anzugeben, was er brauchte. Er tupfte den Trümmerhaufen aus Knochen und Fleisch ab, trennte das Bein vom Rumpf, indem er die übrig gebliebenen Sehnen durchschnitt, und legte einen Verband an, der die schlimmste Blutung stillte. Wigbold brüllte so laut, dass er den Lärm der Wurfmaschinen übertönte. Amaury brauchte seine ganze Kraft, um den verwundeten Riesen ruhig zu halten.

»*Colhón!*«, schrie der Friese. »Bei *Bonnes Dames* du wirst gepflegt. Bei *Bons Hommes* du stirbst!« Er versuchte, sich aufzurichten, sank jedoch stöhnend zurück. »Ranquilhós! Hör zu!«

»Was?«

»Pass auf. Feind ist da.« Sein Blick huschte unruhig hin und her. »Überall. Ich weiß.«

Es folgte ein unverständlicher Schwall von Beschimpfungen, der mit den Worten endete: »Sicard! Verräter gut Freund mit Franzosen. Er da draußen. Ich gerade sein Banner gesehen!«

»Weißt du das sicher?«

Es kam keine Antwort. Der kahle Schädel sank zurück und die blutunterlaufenen Augen starrten an die Decke. Im selben Moment ertönte ein Schlag und fast gleichzeitig ein ohrenbetäubendes Krachen. Ein Stein bohrte sich durch das Dach und traf den Mann auf dem Strohbett. Balken, Latten, Zweige, die ganze Dachbedeckung stürzte nach unten und begrub die Männer unter sich. Amaury befreite sich von dem Holz, das auf ihm lag, und rappelte sich hoch. Jetzt erst sah er, dass der Mann auf dem Strohbett ein Toter war. Er war so entsetzlich verstümmelt, dass er vollkommen unkenntlich war. Wigbold schien nichts abbekommen zu haben. Er war nur mit Schutt bedeckt. In dem kalten Februarlicht wirkte das Gesicht des Friesen noch bleicher, als es ohnehin schon war. Es gab nichts, was Amaury im Augenblick für ihn hätte tun können. Er drehte sich um und befreite die anderen Männer aus ihrer misslichen Lage.

»Wir müssen Deckung suchen«, sagte der *Bon Homme*, der die Verletzten behandelt hatte. Mit vereinten Kräften hoben sie den Friesen wieder hoch und auch der Tote wurde an einen sichereren Ort gebracht, wo es noch voller und stickiger war. Sie legten Wigbold auf eine Bank. Der Friese bewegte sich

wieder. Er blinzelte mit den Augen und suchte die Gesichter um sich herum ab. Amaury beugte sich über ihn.
»Halt durch, Junge. Wir sind in Sicherheit.«
Wigbold wollte etwas sagen und öffnete den Mund, doch ein Hustenanfall erstickte seine Worte und rote Tropfen spritzten auf sein Hemd. Der *Bon Homme* fuhr hoch und betastete die Brust des verletzten Friesen, bis er die Ursache der Blutung entdeckt hatte, einen Dachsplitter, der sich wie ein Pfeil zwischen seine Rippen gebohrt hatte und dort festsaß. Er fasste Amaury beim Ellbogen und wandte sich von dem Verletzten ab.
»Ich fürchte, es geht jetzt bald mit ihm zu Ende«, sagte er leise. »Glaubt er an die Kirche Gottes?«
»Ich wage es nicht, mich dafür zu verbürgen«, sagte Amaury, »doch er scheint mit Eurem Glauben zu sympathisieren.«
»Ihr kennt seinen Lebenswandel. Fragt ihn, was er will.«
Amaury nickte und beugte sich wieder über Wigbold, der ab und zu Blut aushustete. Er legte seine Hand auf die des Friesen. Wigbold kehrte ihm das Gesicht zu und sah ihn mit schmerzverzerrtem Grinsen an.
»Ich schau auf Banner von Sicard. Ich seh Stein zu spät«, brachte er mühsam hervor.
»Nicht reden, Wigbold.«
»Ich dich warnen vor Sicard«, sagte er hustend und spuckend.
»Zum Teufel mit Sicard de Bessan! Er ist es nicht wert.«
»Ich für dich sterbe. Verdienter Lohn, was?«
»Unsinn.«
»Schnapp dir den papistischen Dreckskerl!«, röchelte der Friese.
»Ja.«
Wigbold begann, wieder zu husten. Er lief blau an. Amaury

beugte sich dicht an sein Ohr und flüsterte: »Wenn du stirbst, Wigbold ... hier sind keine Priester und ...«

»Bist du verrückt!«

»Willst du in den Händen der Guten Christen sterben?«

Der Friese holte wimmernd Luft. Aus seinem Mundwinkel lief Blut.

»Ich will gutes Ende«, antwortete er hustend und würgend.

»Du willst also das *Consolamentum* empfangen?«, fragte Amaury laut.

»Ja, ja.«

Für den *Bon Homme* war das mehr als genug. Er holte das Johannesevangelium hervor, legte das Bündel Pergamentpapier auf die Brust des Sterbenden, faltete seine Hände darum und begann sofort mit dem Ritual, unterstützt von seinem Sekundanten. Es war keine Zeit zu verlieren. Kaum hatte er die wichtigsten Worte gesprochen, da richtete sich Wigbold plötzlich auf. Er griff sich mit einer Hand an die Brust und rang nach Luft. Seine andere Hand umklammerte Amaurys Oberarm. Das Pergamentpapier glitt zu Boden. Mit weit aufgerissenem Mund und hervorquellenden Augen fiel er zurück und hauchte mit einem Fluch auf den Lippen seinen letzten Atem aus. Seine Arme fielen schlaff neben seinen Körper. Amaury kniete neben ihm nieder und faltete seine Hände, überließ das laute Beten jedoch den Guten Christen. Auch alle anderen in dem kleinen Raum sanken auf die Knie. Waren sie noch rechtzeitig gewesen? War der Geist des Friesen gerettet? Würde er in einem nächsten Leben als besserer Mensch zurückkehren und in der Lage sein, sich vom Bösen abzuwenden? Wer würde ihm dann das *Consolamentum* geben? Wie viele Gute Christen würde es dann überhaupt noch geben? Und wo würden sie zu finden sein? In der Lombardei? Dort waren sie im Moment zumindest noch

sicher und konnten sich in Freiheit zu ihrem Glauben bekennen.
Amaury öffnete die Augen und starrte auf den Leichnam seines Kameraden. Eine bleierne Müdigkeit lähmte ihn fast. Seine Glieder waren steif und schmerzten. Trotzdem war das Gewicht seiner Rüstung nichts verglichen mit dem seiner Lider, die er nur noch mit Mühe offen halten konnte. Auch sein Kopf war unermesslich schwer. Die Hitze in dem überfüllten Raum und das Gemurmel der Guten Christen machten ihn schwindelig. Zwischen den Wimpern hindurch schweifte sein Blick über den mächtigen Körper, der jetzt kraftlos dalag. Der Knüppel, der an Wigbolds Gürtel gehangen hatte, war beim Lockern seiner Kleider nach unten gerutscht und mit der dicken runden Spitze nach oben wie ein riesiger Phallus zwischen seinen Beinen stecken geblieben. Davor brauchte sich nun niemand mehr zu fürchten.
Während Amaury das seltsame Bild lächelnd betrachtete, sah er plötzlich etwas dahinter auftauchen. Er hob langsam den Kopf, richtete den Blick auf die Schatten hinter der provisorischen Totenbahre und schaute direkt in ein Paar tief liegende Augen in einem schmalen Gesicht, eingerahmt von dunklen Haaren. Es musste ein Traum sein. Es war die Müdigkeit, er war eingeschlafen, es konnte nicht anders sein.
»Colomba?«
Das Gesicht erstarrte. Ein schlanker junger Mann um die dreißig richtete sich zu seiner vollen Größe auf. Amaury stand ebenfalls auf. Sein Gegenüber war größer, als sie es gewesen war, jedoch nicht größer als er selbst.
»Ich wünsche nicht, mit Euch zusammen in einem Raum zu sein, in dem Ihr zudem noch die Gebete der Guten Christen anhört. Verräter!« Er drehte sich um und wollte nach draußen laufen, doch er hatte Amaurys Kraft und Schnelligkeit unter-

schätzt. Der griff über Wigbolds Leichnam hinweg und packte den anderen beim Arm.

»Wo willst du hin, Roger? Wie lange hast du dich in dieser Burg vor mir versteckt? Es gibt hier nicht mehr viele Ecken und Winkel, um mir aus dem Weg zu gehen.« Seine Stimme brach. »Mein Gott, hätte ich das eher gewusst!«

»Und dann? Denkt Ihr, das hätte irgendeinen Unterschied gemacht?«

Die *Bons Hommes* und die anderen Männer sahen bestürzt zu, ohne ihre Gebete zu unterbrechen.

»Warum meint Ihr, ich wäre ein Verräter?«

»Ihr seid einer von ihnen. Ein Kreuzfahrer!« Er spuckte das Wort aus.

Es war, als würden alle vor Schreck die Luft anhalten. Amaury spürte die misstrauischen Blicke, die auf ihn gerichtet waren, darauf wartend, dass er sich rechtfertigen würde.

»Schon vor deiner Geburt habe ich für Toulouse gekämpft. Ich habe die Guten Christen nie verraten, weder dich noch Colomba. Auch jetzt kämpfe ich schon wieder acht Jahre auf eurer Seite.«

Roger riss sich los und trat einen Schritt zurück. Noch weiter ging es nicht.

»Ich bin nicht Euer Sohn«, knirschte er.

»Wärst du lieber Sicards Sohn gewesen?«, knurrte Amaury zurück.

»Am liebsten wäre ich überhaupt nicht geboren!«

In dem Augenblick griff der *Bon Homme*, der das Ritual geleitet hatte, ein. Er stieß Amaury, der noch immer über Wigbolds Leichnam hing, zurück und sagte leicht verärgert: »Ich denke, ich muss Euch beide bitten, Euren Konflikt draußen beizulegen.«

»Das ist Selbstmord«, fuhr ihn Amaury an.

»Dann muss ich Euch bitten, Eure Auseinandersetzung später fortzusetzen oder, wenn sie keinen Aufschub duldet, aus Respekt vor den Toten zumindest leiser zu sprechen und Euch, so weit es möglich ist, zurückzuziehen, sodass wir mit unseren Gebeten fortfahren können. Solltet Ihr das Bedürfnis nach einem Vermittler haben, stelle ich mich gern zur Verfügung, sobald wir hier fertig sind.« Sein Ton war eisig, aber korrekt.
»Nicht nötig«, sagte Amaury. »Das ist eine Sache zwischen ihm und mir. Wir sprechen uns schon allein aus.«
»Es gibt nichts zu vermitteln«, fügte Roger hinzu. »Es gibt auch nichts zu reden.«
»Meine Erfahrung hat mich gelehrt, dass es in den meisten Situationen besser ist zu reden, als zu kämpfen oder einfach davonzulaufen«, bemerkte der *Bon Homme*. »Doch in Euren Kreisen scheint man diese Auffassung wenig zu würdigen.« Er warf ihnen noch einen strafenden Blick zu und fuhr mit den Gebeten fort.
»Du verachtest mich«, sagte Amaury in gedämpftem Ton, nachdem er um Wigbolds Leiche herumgegangen war und nun direkt vor Roger stand. »Ich kann das gut verstehen. Ich glaube, ich hätte an deiner Stelle dasselbe getan. Doch über eines bin ich froh.«
Der andere sah ihn abwartend an, hielt es jedoch für unter seiner Würde zu fragen, was das sei.
»Ich habe Colomba versprochen, dass, falls wir einen Sohn bekämen, er für die Kirche Gottes kämpfen und die Guten Christen verteidigen würde.« Er ließ seinen Blick auf Rogers Kampfausrüstung ruhen. Er trug die Waffen eines Ritters. Es kam keine Antwort. Amaury lächelte. »Wie ähnlich du ihr bist«, sagte er. »Du hast ja keine Ahnung, wie gut mir das tut.«
Jetzt, wo er ihn so aus der Nähe sah, bemerkte er auch, dass seine Haare die Farbe reifer Haselnüsse hatten, sich jedoch

wie seine wellten. Und die Form seiner Hände – ganz die seine. Er musste sich beherrschen, um den jungen Mann nicht in einer Anwandlung bei den Schultern zu fassen und ihn an sein Herz zu drücken. Unnahbar wie eine in die Enge getriebene Katze hielt ihn Roger mit seinem grimmigen Blick auf Distanz. Sein Körper war steif vor Widerstand.

»Wenn du an die Lehre der Guten Christen glaubst«, sagte Amaury ruhig, »dann weißt du auch, dass es darin keinen Platz für Rache gibt. Wenn wir einander nicht vergeben, wie können wir dann erwarten, dass uns je vergeben wird?«

»Letzteres ist eine Aussage der römischen Kirche!«, schnaubte Roger. »Wir bitten Gott nicht um Vergebung. Wir bitten den Herrn nicht um Mitleid mit dem verderbten Fleisch, sondern um Gnade für den Geist, der darin gefangen ist. Er wird uns am Jüngsten Tag nicht mit den Treulosen verurteilen, die den Heiligen Geist verraten haben. Es ist an uns, uns von der Sünde zu lösen. Das kann uns kein anderer abnehmen. Es gibt überhaupt kein Letztes Gericht. Gott hat keine Wesen geschaffen, um sie schließlich wieder zu vernichten! Doch die, die nicht glauben, sind schon verurteilt!« Die dunklen Augen blitzten Amaury drohend an.

»Du redest auch noch wie Colomba«, antwortete sein Vater. »Predigten bringen uns einander nicht näher. Die haben auch immer zwischen deiner Mutter und mir gestanden. Dieser Streit über den Glauben macht alles kaputt, während der Glauben die Menschen eigentlich doch miteinander versöhnen sollte. Überschütte mich ruhig mit deinen Vorwürfen und Anschuldigungen. Ich habe mich so nach diesem Augenblick gesehnt, dass ich alles ertragen kann, so weh es auch tut.«

Seine Worte kratzten an dem Selbstbewusstsein des anderen.

»Seid Ihr immer noch ein Katholik?«

»Nein. Ich habe seit der Inquisition keinen katholischen Geistlichen mehr gesehen, außer denen, die wir in Avignonet in den Tod gejagt haben.«
»Wart Ihr dabei?« In Rogers Stimme war zum ersten Mal Respekt zu hören.
»Ja, und ich bin nicht stolz darauf.«
»Seid Ihr denn ein Anhänger der Kirche Gottes?«
»Nein. Ich stehe irgendwo dazwischen.«
»Was macht Ihr dann hier?«
»Ich will meine Schuld begleichen.«
»Schuld?«
»Zweimal habe ich das Kreuz auf meinem Mantel getragen. Jetzt versuche ich, meine Fehler wieder gutzumachen.«
»Niemand kann das gutmachen, was unserem Volk und unserer Kirche angetan wurde.«
»Du hast Recht. Ein Menschenleben reicht dafür nicht aus.«
»Ihr gebt mir in allem Recht. Euer Verständnis, Eure Reue und Eure Opferbereitschaft sind herzzerreißend. Aber ich lasse mich nicht davon einwickeln.«
Amaury seufzte.
»Wenn du mir schon nicht vergeben willst, dann erkenne wenigstens, dass wir einen gemeinsamen Feind haben.«
»Sicard de Bessan.«
»Wir haben beide einen Fehler gemacht. Wir haben ihn aus seiner Reserve herausgelockt, obwohl wir wussten, wie gefährlich er ist.«
»Ich habe ihn nicht herausgelockt, ich habe ihn nicht aus freien Stücken angezeigt. Ich wurde verhört, weil sie auf der Suche nach Colomba waren. Ich habe Sicard belastet, weil ich dachte, dass ich sie dadurch beschützen könnte«, sagte Roger. »Das habe ich auch erreicht.«
»Nicht, um dich zu rächen?«

Roger zuckte mit den Schultern. »Jedenfalls nicht wegen des Erbes. Sein Besitz lässt mich kalt.«
»Dein Besitz! Durch mein Zutun hat er ihn wieder verloren. Und du hast dafür gesorgt, dass er fünf Jahre ausgeschaltet war. Das ist das Einzige, was für ihn zählt. Er ist hier und sein Sohn ist zweifellos bei ihm. Sie haben ihre Zelte vor den Mauern Montségurs aufgeschlagen. Wir werden von einem Feind mit persönlichen Ressentiments belagert. Wir werden einander noch bitter nötig haben.«
Roger sah Amaury eine Weile schweigend an, während draußen die Beschießungen unvermindert weitergingen und drinnen die Guten Christen mit ihren Gebeten fortfuhren.
»Ihr wollt, dass ich mich mit Euch versöhne, weil Ihr denkt, dass uns der Hass gegen einen Dritten miteinander verbindet. Typisch für einen Katholiken«, sagte er schließlich.
»Du behauptest, keine Rachegefühle zu hegen, obwohl dich Sicard deines Erbes beraubt hat?«
»Die Heilige Schrift sagt: Wenn einer dein Hemd fordert, dann gib ihm auch deinen Mantel. Die irdischen Güter sind nur dem Verfall ausgesetzt, sie erwecken Neid und verleiten zum Diebstahl.« Es klang wie eine auswendig gelernte Lektion.
»Weise Worte für jemanden, der so jung ist wie du. Ich stimme dir zu, doch erst heute, nach allem, was ich erlebt habe. Du hast noch dein ganzes Leben vor dir.«
»Dank Euch habe ich keine Zukunft. Und dank Euch habe ich auch keine Vergangenheit.«
Rogers Vorwürfe trafen ihn wie Messerstiche. Der Defätismus, der den jungen Mann beherrschte, war ein Abgrund, aus dem es kein Entkommen zu geben schien.
»Du hast eine Vergangenheit. Du stammst von einem Geschlecht ab, auf das du stolz sein kannst, Burgvogte des Kö-

nigs, auch wenn es Franzosen sind. Du musst dir nicht einbilden, ihr wärt so viel besser als sie. Auf beiden Seiten wurde bestialisch gewütet.«

»Ihr habt uns unser Land genommen. Wir haben es nur verteidigt, das ist unser gutes Recht.«

»Gerade wolltest du noch den Mantel mit dem Hemd weggeben. So einfach ist es also nicht, nach der Heiligen Schrift zu handeln. Bin ich deshalb so viel schlechter als Sicard, weil ich ein Franzose bin und weil ich deine Mutter verführt habe?«

Rogers Gesicht verzerrte sich vor Schmerz.

»Ich habe mich getäuscht«, sagte Amaury. »Es ist nicht der Hass, der uns verbindet, sondern die Liebe.«

»Ha!«, rief Roger empört.

»Unsere Liebe zu Colomba.«

Der andere warf ihm einen vernichtenden Blick zu.

»Du betest deine Mutter an und ich bin derjenige, der ihr makelloses Wappen beschmutzt hat. Vielleicht glaubst du ja, ich hätte sie mit Gewalt genommen, wie so viele Frauen von meinen Landsleuten vergewaltigt wurden. Ich schwöre dir, dass sie in jenem Augenblick und auch danach aus freiem Willen mit mir zusammen war.«

Jemand stieß ihn an und flüsterte: »In der Nähe der Guten Christen wird nicht geschworen! Lasst Euer Ja Ja sein und Euer Nein Nein.«

»Ich habe sie nicht mit Gewalt genommen«, wiederholte Amaury.

Ihm gegenüber hüllte sich Roger in trotziges Schweigen.

»Wir haben uns geliebt. Als sie mir entrissen wurde ...« Ein Kloß im Hals hinderte ihn daran weiterzusprechen. Er konnte den vorwurfsvollen Blick dieser Augen, die denen Colombas so ähnelten, nicht länger ertragen und schaute zur Seite auf

den leblosen Körper des Friesen. Dann holte er tief Luft und fügte hinzu: »Rache, Vergeltung, so genannte Gerechtigkeit, nichts konnte diesen Verlust wettmachen. Das Einzige, das mich seit ihrem Verschwinden am Leben gehalten hat, war die Hoffnung, dass ich dich einmal finden würde.«
Ohne Roger noch einmal anzusehen, drehte er sich um und verließ mit hastigen Schritten die Unterkunft der Guten Christen. Er überquerte den Innenhof und ging zu der Stelle, wo er vorhin – es schien eine Ewigkeit her – die Mauer verteidigt hatte. Steine und Pfeile sausten über ihn hinweg, doch es kümmerte ihn nicht mehr. Am liebsten wäre er jetzt von einem Wurfgeschoss getroffen worden, so wie es Simon de Montfort damals ergangen war. Gefällt von einem Schlag, der seinen Schädel zertrümmerte und die mahlende Masse darin freilegte. Hirnlos würde er in ein schwarzes Loch fallen, einen unendlichen Raum, in dem es keine Angst und keine Hoffnung gab, keine Erinnerungen und kein Verlangen. Einfach nichts.
Wie durch ein Wunder erreichte er unversehrt die Steintreppe zum Wehrgang. Noch immer erschallten unaufhörlich auf beiden Seiten der Mauern Befehle. Es wurde geflucht, geschrien und gebetet. Es war keine Zeit, sich auszuruhen. Niemand konnte sagen, wann der Feind den nächsten Angriff starten und die Mauern bestürmen würde. Niemand wusste, ob es ihnen erneut gelingen würde, den Angriff abzuwehren.

Montségur – 3. März 1244

Pierre-Roger de Mirepoix hatte alles aus den Verhandlungen herausgeholt, was möglich gewesen war: freier Abzug für die Belagerten, auch wenn sie die Guten Christen beherbergt, beschützt und verteidigt hatten; Aufhebung der Urteile, die die Inquisition in Abwesenheit der Verurteilten gefällt hatte; Amnestie für diejenigen, die an dem Blutbad in Avignonet mitschuldig gewesen waren. Außerdem hatte er einen Aufschub von zwei Wochen gefordert. Hoffte er im Stillen doch noch auf das Erscheinen der gräflichen Hilfstruppen? Vor Ostern, hatte Graf Raymond wissen lassen. Doch Ostern war erst in einem Monat, in der ersten Aprilwoche, zu lang für die erschöpfte Garnison und die schwer geprüften Bewohner Montségurs. Am 16. März mussten die Burg sowie alle *Bons Hommes* und *Bonnes Dames*, die sich innerhalb der Mauern aufhielten, dem Feind übergeben werden und alle wussten, was das bedeutete.
Es lag plötzlich eine unwirkliche Stille über der Festung. Alles und jeder schwieg, nichts bewegte sich mehr. Amaury hatte den Helm abgesetzt. Hinter den Zinnen ließ er sich in die Hocke sinken, den Rücken an die Mauer des Wehrgangs gelehnt, der schon seit Wochen auch sein Schlafplatz war. Er hatte Hunger und in seinem Kopf dröhnte noch der Lärm der letzten Beschießungen.
Auf dem Innenhof rührte sich niemand. Von dem wochenlang andauernden Steinregen zermürbt, durch Hunger geschwächt und betäubt von der Angst, die die Burg fast ein Jahr lang beherrscht hatte, versuchte jeder, seine restlichen Kräfte für die letzte Prüfung zu sammeln. Die vernichtende Nachricht, dass am Ende dieser Atempause mehr als zwei-

hundert Gute Christen dem Feind übergeben werden sollten, lastete wie Blei auf den Schultern jener, die dank dieses Opfers überleben würden.

Eine Gestalt löste sich aus dem Schatten der geöffneten Tür des Wohnturms und begab sich in Amaurys Richtung. Als der Mann näher kam, erkannte er Ferrou, den Knappen Pierre-Roger de Mirepoix'.

»Herr Pierre-Roger fordert Euch auf, Euch unverzüglich in sein Hauptquartier zu begeben«, rief Ferrou.

Amaury wand sich hoch und stolperte zwischen den Trümmern hindurch nach unten. Apathisch folgte er dem Knappen, ohne sich zu fragen, was der Befehlshaber wohl von ihm wollte. Er schaute nicht einmal, wie er es in den letzten Tagen fast ständig getan hatte, ob er Roger irgendwo zwischen den Trümmern entdecken konnte, zwischen den Verletzten oder den zusammengekauerten Gestalten, denen kaum bewusst war, dass die Gefahr für sie vorüber war. Sie sahen alle gleich aus in ihren zerrissenen Kleidern, mit Staub bedeckt, betäubt vor Angst, grau vor Hunger und Müdigkeit.

Im unteren Saal des Wohnturms, von dem aus Pierre-Roger de Mirepoix die Verteidigung der Burg geleitet und in dem er mit seinen Angehörigen und Getreuen gegessen und geschlafen hatte, war es dämmrig und fast genauso kalt wie draußen. Es brannte kein Feuer. Immerhin gab es einen neuen Vorrat an Kerzen, ein Geschenk der Guten Christen, die dabei waren, ihren Besitz zu verteilen. Sie hatten als Erste von den Übergabebedingungen erfahren. Natürlich hatte sich Pierre-Roger de Mirepoix ausführlich mit Bischof Bertrand Marty und anderen führenden *Bons Hommes* beraten, bevor er mit den Belagerern verhandelte.

»Kommt weiter«, sagte der Edelmann mit seiner barschen Stimme. Er legte dem Ritter, der nicht viel älter war als er selbst, die Hand auf die Schulter und schob ihn in den Saal. Auch sein Gesicht war von den Prüfungen der letzten Monate und der schweren Verantwortung, die auf seinen Schultern lastete, gezeichnet. »Ich habe Euch beide hierher gerufen, damit Ihr mir in einer gewissen Angelegenheit Aufklärung verschafft.«

Amaury schaute erstaunt zu dem Ritter hinüber, der ebenso wie Herr Pierre-Roger etwas abseits von den anderen Männern stand. Er begrüßte Roger mit einem kurzen Nicken. Es kam keine Reaktion.

»Ich werde mich kurz fassen«, fuhr der Befehlshaber fort. »Der Belagerer fordert eine Anzahl Geiseln als Garantie dafür, dass wir die Bedingungen für den Waffenstillstand erfüllen. Herr Raymond de Péreille wird seinen Bruder und seinen Sohn zur Verfügung stellen. Doch Hugues des Arcis gibt sich damit nicht zufrieden. Als zusätzliche Sicherheit fordert er Euch, Amaury de Poissy, und Euch, Roger de Limousis, als Geiseln. Könnt ihr mir erklären, warum?«

Amaury war eine Spur schneller als Roger.

»Wir sind durch … Blutsverwandtschaft zusammen in einen Streit mit Sicard de Bessan, einem Vasallen Cabarets, verwickelt. Er versucht, sich an uns zu rächen. Wir wissen erst seit kurzem, dass er sich im feindlichen Lager befindet. Gott weiß, was für einen Dienst Bessan dem Feind erwiesen hat, dass Hugues des Arcis sich so von ihm benutzen lässt.«

»Was für ein Streit?«

Amaury zuckte mit den Schultern. »Eine alte Fehde«, sagte er vorsichtig. »Inzwischen sind wir quitt. Bessan denkt offenbar anders darüber.« Einzelheiten wollte er lieber nicht erzählen.

»Es ist niederträchtig und verachtenswert, in einer Situation wie dieser, in der so viele Leben auf dem Spiel stehen, eigene Interessen in den Vordergrund zu stellen.«

Der Edelmann nickte zustimmend.
»Ihr vermittelt Herrn Pierre-Roger ein falsches Bild der Tatsachen«, platzte Roger los. Er wandte sich an den Edelmann. »Wir sind Sicard de Bessans Erzfeinde. Wir haben ihn bewusst herausgefordert. Dass er sich im feindlichen Lager befindet, haben wir zu verantworten, und dieser Verantwortung dürfen wir uns nicht entziehen. Gönnt mir, bevor Ihr uns den Franzosen ausliefert, nur die Zeit, die Guten Christen ein letztes Mal zu besuchen, damit ich das *Consolamentum* empfangen kann.«
Amaury starrte ihn bestürzt an.
»Ich verstehe, dass es Eure erste Sorge ist, nicht ohne das *Consolamentum* zu sterben. Aber dazu ist noch genug Zeit. Ihr geht als Geiseln«, erklärte Pierre-Roger de Mirepoix. »Wenn wir uns an die Vertragsbedingungen halten, werdet Ihr unversehrt zurückkehren. Ich lasse keinen *Bon Homme* gehen, bevor alles geregelt ist. Die kommen sicher nicht zurück.«
»Roger meint, dass Sicard de Bessan uns nicht als Geiseln behandeln wird. Für ihn sind wir Feinde, die es unverzüglich auszuschalten gilt. Wegen etwas anderem hätte er uns nicht als Geiseln gefordert«, erläuterte Amaury. »Meiner Meinung nach wird seinem Rachebedürfnis mehr als genug entgegengekommen, wenn Ihr mich allein gehen lasst. Wenn Eurer Sache damit gedient ist, bin ich bereit, dieses Opfer zu bringen. Dann kann Roger sein *Consolamentum* noch einen Augenblick zurückstellen.«
»Ich habe Euch nicht gebeten, Euch für mich aufzuopfern!«, fuhr ihn Roger an.
»Sicard de Bessan hat genug Leben zerstört. Vielleicht hört es ja hiermit endlich auf, da du sicher kein Bedürfnis hast, mich zu rächen.«
Der Burgherr runzelte die Stirn und strich sich nachdenklich über das Kinn.

»Ich lasse mich nicht für irgendeine persönliche Fehde benutzen«, sagte er. »Ich habe deshalb auch nicht vor, einem Feind Geiseln auszuliefern, der andere Absichten hat, als er vorgibt. Verhandlungen wie diese müssen nüchtern und sachlich geführt werden. Man muss gegenseitig auf sein Ehrenwort vertrauen können, so schwer das unter den gegebenen Umständen auch ist.« Er wandte sich an Amaury. »Mein Knappe hat mir erzählt, dass Ihr in Avignonet dabei wart.« Er lächelte. »Schade, dass man mir den Schädel des Inquisitors nicht gebracht hat. Ich hätte ihn mit Gold bekleidet und meinen Wein daraus getrunken! Ihr könnt immer mit meiner Unterstützung rechnen.«

»Dann lasst uns entkommen«, sagte Amaury.

Die Miene des Burgherren erstarrte. »Warum?«

»Wenn Ihr Euch jetzt weigert, uns als Geiseln auszuliefern, werden uns Sicard und seine Henker bald auflauern. Wir werden nicht einmal die Chance bekommen, uns zu verteidigen, trotz des Ehrenwortes des französischen Befehlshabers. Sicard hat schließlich bereits dessen Einverständnis. Wie oft ist es in diesem Krieg nicht schon passiert, dass Leute trotz des versprochenen freien Abzugs wie Vieh abgeschlachtet wurden.«

»Wir bleiben bis zum letzten Augenblick wachsam.«

»Gebt uns die Möglichkeit zur Flucht, bevor es zur Übergabe kommt.«

»Aus dieser Burg kann man nicht mehr fliehen.«

»Wenn wir nachts auf der Nordwestseite der Burg absteigen schon. Dort ist es so steil, dass die Franzosen es nicht für nötig halten, sie zu bewachen.«

Der Edelmann sah ihn erschrocken an und schüttelte entschieden den Kopf. »Niemand erhält meine Erlaubnis zu einem Fluchtversuch. Ihr würdet unsere Position damit ernsthaft gefährden«, sagte er kurz angebunden. »Ich habe dem Feind mein Ehrenwort gegeben, dass während des Waffenstillstands keiner von der Burg flieht. Wenn wir diese Abmachung brechen, sterben die Geiseln. Ihr könnt auf meine Unterstützung zählen, das muss reichen.« Er bedeutete ihnen, dass die Unterhaltung zu Ende sei.

Amaury drängte nicht weiter und verließ den Raum, gefolgt von Roger. Draußen hielt ihn Roger am Arm fest.

»Über die Nordwestseite absteigen?«, fragte er. »Aber das ist doch Selbstmord! Wie …?«

»Mit Seilen«, sagte Amaury.

»Das muss ich erst sehen.«

»Herr Pierre-Roger hat uns keine Erlaubnis gegeben«, antwortete Amaury mürrisch. Er war jetzt wirklich todmüde.

»Und?«

»Hast du denn nicht gemerkt, dass er andere Pläne hat?«

»Mit uns? Welche?«

»Nicht mit uns. Mit den *Bons Hommes*, wenn ich mich nicht irre. Wenn wir einen Fluchtversuch unternehmen, gefährden wir ihren. Stell dir vor, unserer misslingt, dann haben wir den Feind alarmiert und bringen sie und die Geiseln in Gefahr. Wir müssen warten, bis sie weg sind.«

»Dann ist es vielleicht zu spät«, sagte Roger ohne Vorwurf in der Stimme. Auch für ihn hatte die Sicherheit der Guten Christen Vorrang. Wer danach einen zweiten Fluchtversuch wagte, musste schon sehr viel Glück haben.

»Außerdem werden wir die Zeit dringend brauchen«, meinte Amaury. »Wir müssen uns erst ein wenig erholen.«

»Ihr habt Recht. Ihr seid zu alt für so einen Kraftakt.«

»Alt? Simon de Montfort war nur ein paar Jahre jünger als ich jetzt, als er mit dem Kreuzzugsheer in Carcassonne einzog. Und er war noch lange nicht am Ende seiner Kräfte, als er neun Jahre später fiel.«

»Montfort! War der etwa Euer Kampfgefährte?«, höhnte Roger. Er war zu jung, um sich an den französischen Feldherren zu erinnern, doch er hatte die Geschichten über dessen Gräueltaten gehört. Amaury blieb abrupt stehen und drehte sich mit einem Ruck zu seinem Sohn um.
»Wenn du mich nicht akzeptieren kannst, weil ich bin, wer ich bin, warum willst du dann überhaupt mit mir zusammen fliehen?«, fuhr er ihn an.
»Einen Moment lang hat mich diese Möglichkeit verführt«, gab der junge Mann zu. »Dann gibt es nur noch eine Lösung, wenn ich Sicard nicht in die Hände fallen will.«
Amaury sah ihn verständnislos an. Dann wurde ihm klar, was Roger meinte.
»Um Himmels willen«, stieß er hervor. »Es ist noch genug Zeit. Tu nichts, was du nicht ungeschehen machen kannst.«

Montségur – 13. März 1244

»Und nachdem der Gott der Finsternis die Engel verführt hatte, brachte er sie vom Himmel in die Welt, die er aus dem Nichts geschaffen hatte, und sperrte ihren Geist in Körper aus Fleisch und Blut. Der Gott des Guten, der auch der Gott des Lichts ist, sah die leeren Sitze, er sah, wie er durch den Fall der verführten Engel beraubt worden war, und auch, wie wenig Engel noch übrig waren, und er war sehr traurig. Er dachte nach und überlegte, ob es einen Weg gab, sie vom Teufel zurückzugewinnen. Und er begann, ein Buch zu schreiben, das nach vierzig Jahren fertig war, und darin beschrieb er viele Sehnsüchte, Ängste, Prüfungen, Neid, Hass, Rache und alle Launen des Schicksals, denen ein Mensch in der Welt des Bösen ausgesetzt war. In der Schrift stand auch, dass derjenige, der bereit war, sich all diesen Prüfungen zu unterziehen, der Sohn des himmlischen Vaters sein solle.

Nachdem der Gott des Guten das Buch beendet hatte, ging er zu den Engeln, die ihn umgaben, und sagte: ›Wer vollbringt, was hier geschrieben steht, soll mein Sohn sein.‹

Natürlich wollten alle Engel gern der Sohn des himmlischen Vaters sein. Sie nahmen das Buch und öffneten es, doch sobald sie von den schrecklichen Prüfungen lasen, wurden sie ohnmächtig, und als sie wieder zu sich kamen, zogen sie sich zurück.

Der Gott des Guten sah es und sagte: ›Gibt es denn keinen unter euch, der mein Sohn sein will, sodass ich sein Vater bin?‹

Schließlich erhob sich einer von ihnen und antwortete: ›Ich will dein Sohn sein und alles vollbringen, was in dem Buch geschrieben steht. Ich werde überall hingehen, wo du mich hinschickst.‹ Der Engel, der gesprochen hatte, nahm das Buch zur Hand, öffnete es, las vier, fünf Seiten und fiel neben dem Buch in Ohnmacht. Und er blieb dort drei Tage und Nächte liegen. Als er wieder zu sich kam, weinte er sehr. Doch da er versprochen hatte zu vollbringen, was in dem Buch stand, und er folglich gelogen hätte, wenn er es nicht tat, sagte er zu dem Gott des Guten, dass er sein Sohn sein wolle. Und Gott schickte ihn in diese Welt, damit er seinen Namen verkündete, und er vollbrachte alles, was in dem Buch geschrieben stand.

So kommt es, dass ein Mann in diese Welt kam, der von Gott geschickt wurde, und er wurde Jesus genannt und er war das wahre Licht. Er stieg vom Himmel herab und erschien an Marias Seite als neugeborenes Kind, doch er wurde nicht aus ihr geboren und erhielt von ihr keinen menschlichen Körper. Er war ein Engel, der sich in einen vorgetäuschten Körper hüllte, der nie wirklich aß, trank, starb oder begraben wurde, der jedoch sehr wohl litt. Er kam, um die Geschöpfe zu erlösen, die durch Unwissenheit in diese Welt gefallen und den Lastern der vergänglichen und veränderlichen Materie preisgegeben waren, sodass sie ständig ihre Seele verletzten und durch die Reinkarnation wieder zurückgeworfen wurden, ein endloser Kreislauf, dem sie nicht entrinnen konnten. Sie waren blind, taub und gefühllos geworden. Sie wussten nicht mehr, was gut und böse war, sie spürten die Wunden nicht, die sie sich selbst zufügten, und sie sahen die Finsternis nicht, die sie umgab. Er erlöste sie, indem er ihnen leuchtete, sodass sie Gott sehen konnten. Er enthüllte die Seele der wahren Herkunft des Menschen, die er vergessen hatte, sodass er sich wieder kennen lernte und durch vollständige Reinigung den Zyklus der Reinkarnation nach dem Tod durchbrechen konnte.«

Bischof Bertrand Marty schwieg einen Augenblick. Er war sich sehr wohl bewusst, dass er eine Predigt gehalten hatte, die seine Gläubigen vielleicht schon hundertmal gehört hatten. Er wusste auch, dass wahrscheinlich mehr als die Hälfte seiner Worte an ihnen vorbeigegangen war, da sie in Gedanken schon bei dem Tag waren, der nach der dritten Nacht anbrechen würde. Deshalb hatte er nicht darüber gesprochen, was Christus den Menschen gesagt hatte, wie sie leben mussten und wie sie gerettet werden konnten. Ihr Leben näherte sich dem Ende. Alles war schon gesagt worden und niemand brauchte mehr überzeugt zu werden. Sie hatten Abschied genommen und alles war geregelt. Seine Brüder und Schwestern hatten ihren Besitz und den Rest ihrer Nahrungsvorräte unter denen verteilt, die zurückbleiben würden. Sie hatten ihre Schulden bezahlt. Das Geld, das sie von den Gläubigen erhalten hatten, war in Sicherheit gebracht worden, das Geld, das man ihnen zur Verwahrung gegeben hatte, war an Pierre-Roger de Mirepoix übertragen worden. Sie hatten dem Burgherren vierhundert Heller Sold mit der Bitte übergeben, ihn an die Garnison auszubezahlen. Gleichzeitig hatte dieser ebenso viel für seine eigenen Dienste empfangen. Für Bischof Bertrand Marty war der Moment gekommen, seinen Anhängern Mut zuzusprechen.

»Es gibt ein Tier, das die Gestalt eines Pferdes hat, jedoch ein Horn auf der Stirn trägt«, fuhr er fort. »Deshalb heißt dieses Tier Einhorn. Es ist das Symbol der Keuschheit und Reinheit, der Macht des Geistes und der Anwesenheit des Wortes Gottes. Deshalb ist es auch das Symbol Christi.

Nun gab es einmal einen Mann, der ging durch einen Wald und sah dieses Tier auf sich zukommen. Da er den Namen Christi nicht kannte, fürchtete er sich und floh. In seiner Angst passte er nicht auf, wo er hintrat, und fiel in ein Loch. Bei seinem Fall griff er noch nach einem Baum und klammerte sich daran fest. Außerdem gab es an einer Seite der Grube einen Strunk, auf den er seine Füße stützen konnte. Er nahm seine Lage in Augenschein und entdeckte, dass an der Baumwurzel zwei Ratten saßen, die eine weiß und die andere schwarz. Sie fraßen von der Wurzel, die schon so weit durchgenagt war, dass sie kurz davor war durchzubrechen.

Als er anschließend in die Tiefe blickte, sah er, dass sich auf dem Boden der Grube ein wilder Drachen befand, der Feuer spuckte und das Maul schon geöffnet hatte, um ihn zu verschlingen. Er blickte noch einmal auf seine Füße, um zu sehen, ob sie auf dem Baumstumpf genug Halt hatten, und da merkte er, dass vier Schlangenköpfe aus ihm herauskamen. Schließlich schaute er wieder nach oben und sah, dass von

dem Baum, an dem er sich festklammerte, Honig herabtropfte. Aus Gier nach dem süßen Saft vergaß er plötzlich alle Gefahren, die ihn umgaben. Das Wasser lief ihm schon im Mund zusammen.
Das ist das Bild aller, die die Welt lieben. Sie sehen nur die begehrlichen Dinge, mit denen der Teufel seine Schöpfung verziert hat, sie sind blind für das Böse, das überall auf der Lauer liegt. Wer sich von dem Bösen und der Versuchung abwendet, wer rein lebt und die Materie von sich abschüttelt, vereinigt sich mit dem Geist, den er seinerzeit im Himmel zurücklassen musste. Er wird aus der Sklaverei des Teufels befreit werden und ins Licht zurückkehren.
Eure Feinde haben euch behandelt, wie es ihnen ihre Wut eingab, sie haben euch verletzt und beraubt, euren Ruf befleckt und euch mit Wunden bedeckt. Bald werden sie euch töten. Diese letzte Prüfung wird von euch verlangt, weil ihr euch von dem Herrn entfernt habt und ohne ihn eine Schöpfung des Nichts geworden seid.
Ihr, die ihr zu mir gekommen seid, steht auf der Schwelle eines neuen Himmels und einer neuen Welt. Wenn ihr in einigen Tagen mit mir diesen Berg verlasst, setzt ihr den letzten Schritt auf dem Weg zurück in euer Vaterland.«
Diejenigen, die diesen Schritt mit ihm machen würden, waren vor ihm niedergekniet. Mehr als zwanzig Männer und Frauen, die beschlossen hatten, von dieser letzten Möglichkeit Gebrauch zu machen und das *Consolamentum* zu empfangen. Unter ihnen waren die Frau und die Tochter Raymond de Péreilles, ein Knappe, ein Sergeant mit seiner Frau, ein Bogenschütze und ein paar Ritter, *Faidits*, Männer, die an dem Mordanschlag in Avignonet beteiligt gewesen waren und von denen einer kurz vor dem Waffenstillstand ernsthaft verwundet worden war. Alle waren bereit zu sterben.

Raymond Agulher, der Bischof von Razès, der Marty assistierte, reichte ihm die Blätter mit dem Johannesevangelium an. Amaury ließ seinen Blick noch einmal über die Köpfe der Knienden wandern. Nein, er konnte Roger unter ihnen nicht entdecken. Und auch in der übrigen Menge schien er nicht zu sein. Seit dem Tag, an dem der Waffenstillstand verkündet worden war, hatte er die Handlungen seines Sohnes aus der Ferne verfolgt, aus Angst, er würde zu den *Bons Hommes* gehen, um das *Consolamentum* zu empfangen, was unwiderruflich den Scheiterhaufen bedeutet hätte. Doch obwohl Roger mehrmals die Mahlzeit bei den Guten Christen eingenommen, das gesegnete Brot mit ihnen gebrochen und auch noch einmal einige *Bonnes Dames* besucht hatte, die er gut kannte, gehörte er noch immer zu der Garnison, die die Wache hielt.

Beruhigt ging Amaury nach draußen und zog seinen Mantel enger um sich. Bleierne Wolken hingen wie ein schwer gesättigtes Filtertuch über dem Berggipfel. Schneeflocken rieselten langsam nach unten, als zögerten sie noch, ob sie die Wolkenwelt wirklich verlassen wollten. Amaury ließ den Blick über den Innenhof wandern. Hier und dort war zwar ein Dach repariert worden, doch ansonsten hatte man nicht viel mehr als das Nötigste getan. Auf den Mauern wurde wie immer Wache gehalten, auch wenn der Waffenstillstand bereits in Kraft war. Roger unterhielt sich bei der zerstörten Unterkunft der Ritter und Bogenschützen mit seinen Männern. Amaury seufzte erleichtert. Er trug noch immer Waffen.

Montségur – 16. März 1244

Im grauen Licht der Morgendämmerung wurde das Haupttor Montségurs geöffnet, um den Feind hereinzulassen. Feldherr Hugues des Arcis betrat die Burg, gefolgt vom Erzbischof von Narbonne, dem Bischof von Albi, zwei Inquisitoren mit ihren Assistenten, den Geiseln und einer Eskorte schwer bewaffneter Soldaten. Pierre-Roger de Mirepoix begrüßte sie steif. Hinter ihm hatten sich die Guten Christen, angeführt von den beiden Bischöfen, schon versammelt. Der französische Feldherr unterhielt sich kurz mit dem Burgherren. Wahrscheinlich wollte er nur wissen, ob die mehr als zweihundert Menschen alle Ketzer waren. Anschließend bat der Erzbischof von Narbonne mit lauter Stimme diejenigen, die dem ketzerischen Glauben abschwören wollten, vorzutreten und ihren Namen zu nennen. Niemand rührte sich, keiner sagte ein Wort. Hugues des Arcis brüllte ein paar Befehle. Die Soldaten zogen einen Kordon um die Guten Christen und die Menge setzte sich in Bewegung. Pierre-Roger de Mirepoix trat zurück. Er gesellte sich zu Raymond de Péreille, der vor dem Eingang des Wohnturms stand, um den letzten Gang seiner Frau und Tochter zu verfolgen. Von den übrigen Bewohnern ließ sich niemand blicken. Nur die Garnison hatte sich in voller Rüstung aufgestellt, teils auf dem Wehrgang, teils auf dem Innenhof. Alle hatten ihre Helme abgenommen und unter den Arm geklemmt, scheinbar aus Respekt vor dem Sieger, doch in Wirklichkeit, um jenen, die gingen, um zu sterben, eine letzte Ehre zu erweisen. Reglos standen sie stramm, als wären sie ein Teil der Burg, die für die Verurteilten das Tor zum Himmel geworden war.

Im zunehmenden Tageslicht spähte Amaury zu den Männern

hinauf. Er stand auf einer Treppe zum Wehrgang, von wo er alles überblicken konnte. Er wurde immer unruhiger. Irgendetwas stimmte nicht. Noch einmal schaute er an den unbewegten Gesichtern der Bogenschützen, Sergeanten und Ritter entlang. Warum war Roger nicht dabei? Sollte er doch ... Tödlich beunruhigt wanderte sein Blick zu den Guten Christen, die jetzt von den Soldaten zum Tor getrieben wurden. Nervös suchte er zwischen der langsam dahinziehenden Menschenmenge, während er es gerade an diesem Morgen hatte vermeiden wollen, in all die bekannten und weniger bekannten Gesichter zu schauen, aus Angst, seine Gefühle nicht beherrschen zu können. Da war der *Bon Homme,* der das Korn gemahlen hatte, das er herangeschafft hatte, als es noch eine Verbindung mit der Außenwelt gab. Zwischen den *Bonnes Dames* ging die Frau, die das Brot gebacken hatte, das von den Guten Christen gebrochen und gesegnet wurde. Da war der Beutelmacher, der ein paar Sachen für ihn geflickt hatte, und ein Stück weiter in der Reihe sah er den Diakon, den er einige Jahre auf seinen Reisen begleitet hatte, und noch so viele andere, die er während seines Aufenthaltes auf der Burg kennen gelernt hatte. Manche Frauen klammerten sich aneinander, in Todesangst trotz ihrer Überzeugung, dass sie das Feuer würden ertragen können. Wo war übrigens Pierre Sabatier, ein *Bon Homme,* der ihn ein paar Tage zuvor noch gefragt hatte, ob er es sich nicht doch anders überlegen wolle?

»Ihr seid schließlich nicht mehr so jung. Habt Ihr keine Angst, ohne das *Consolamentum* zu sterben?«, hatte er gefragt.

Er hatte ihm geantwortet, dass er noch immer nicht dazu bereit sei, dass ihn der Tod vorläufig mehr ängstige. Wo war Sabatier? Und Roger, wo war Roger?

Die Guten Christen wurden nun durch das Tor hinausgetrieben. Sobald der Letzte hinter der Mauer verschwunden war, kam wieder Bewegung in die Männer auf dem Innenhof. Amaury lief, immer zwei Stufen auf einmal nehmend, die Treppe zum Wehrgang hinauf und lehnte sich zwischen den Zinnen nach draußen. Hugues des Arcis' Soldaten trieben ihre Gefangenen zur Eile an. Sie stießen die armen, unterernährten Menschen vorwärts, ohne Rücksicht darauf, dass auch Kranke und Verletzte dabei waren und die Ältesten kaum noch gehen konnten. Langsam bewegte sich die Menschenkette den Zickzackpfad hinunter. Es waren so viele, dass er nicht alle hatte erkennen können. War es Roger gelungen, sich seinen Blicken zu entziehen und im letzten Moment doch noch das *Consolamentum* zu empfangen, wohl wissend, dass sein Vater versuchen würde, ihn davon abzuhalten? Ging er dort irgendwo zwischen den Verdammten, die getreten und geschlagen wurden, weil sie sich nicht genug beeilten? Musste er hier machtlos zusehen, wie sein Sohn bald in den Flammen starb? Hätte er Sabatiers Angebot nur angenommen, dann wäre er dort auch gegangen und hätte mit ihm sterben können, wenigstens vereint im Tod.

Auf einem ebenen Feld am Fuße des Berges hatten die Soldaten Hugues des Arcis' eine Palisade errichtet. Innerhalb dieser Umzäunung konnte er nichts erkennen, das nach Zweigen oder Stroh aussah. Erinnerungen an die Ketzerverbrennungen, bei denen er selbst Zeuge gewesen war, tauchten vor seinem geistigen Auge auf, als sei es gestern geschehen: Castres, Lavaur, Carcassonne, Toulouse, dazu die Geschichten, die er über Minerve, Termes und Les Cassès gehört hatte. Grauenhafte Bilder, die unauslöschlich in seine Seele gebrannt waren. Wie erstarrt blickte er auf das, was er nicht sehen wollte, nie mehr hatte sehen wollen und doch sehen musste.

Quälend langsam schlängelte sich der Zug den Pfad hinunter, trotz der groben Gewalt der Soldaten. Ihm war, als könne er

ihr Gebrüll noch hören, obwohl die Gestalten jetzt so klein waren, dass er niemanden mehr erkennen konnte. Inzwischen brannte das Feuer innerhalb der Palisade. Rauch kringelte sich nach oben und dann schlugen die Flammen über die Pfähle hinaus. Erst als die Guten Christen den Holzwall erreichten, sah Amaury, dass Leitern davor standen. Einer nach dem anderen musste die Stufen hochklettern, manche wurden nach oben gestoßen oder durch Schläge hinaufgetrieben. Auf der obersten Stufe schwankend, warfen sich einige buchstäblich in die Flammen. Das Gebrüll der Soldaten wurde jetzt von dem anschwellenden Gesang der Mönche übertönt, die diesen Moment des Triumphes mit Lobgesang feierten. Der Erzbischof von Narbonne und der Bischof von Albi standen in vollem Ornat daneben. Die Synagoge Satans, wie sie Montségur nannten, war von der Ketzerei gesäubert. Ihr Gott hatte über die teuflischen Mächte gesiegt, mit denen die Ketzer versucht hatten, seine Kirche zu untergraben.
Amaury spürte, wie ihm übel wurde. Er schloss die Augen, trotz der großen Entfernung nicht länger in der Lage, das grausame Schauspiel mit anzusehen. War Colomba auch so an ihr Ende gekommen? Hatte er deshalb ihr Grab nicht finden können? Stand sein Sohn dort unten zwischen den Wartenden, die noch ins Feuer springen mussten, oder war er schon ein Opfer der Flammen geworden?

Es dauerte entsetzlich lang, bis der Allerletzte die Leiter hinaufkletterte und vom Rauch verschluckt wurde. Noch immer stand Amaury wie versteinert da, machtlos. Das musste das Schlimmste sein, dachte er, am Schluss zu gehen und die ganze Zeit mit anzusehen, welche Qualen einen erwarteten. Er fragte sich, ob Bischof Bertrand Marty den Anfang gemacht hatte, oder hatte er keine Gelegenheit dazu bekommen, weil

sie wie Vieh zum Schlachtplatz getrieben worden waren? Von hier oben aus war es nicht zu sehen gewesen. Und die dort unten würde es nicht interessieren.
Hugues des Arcis' Männer begannen inzwischen, den Weg hochzusteigen, der zum Eingang der Burg führte. Natürlich, Montségur würde jetzt den Franzosen übergeben werden. Es musste für sie ein erhebender Moment sein, ungehindert den Berg erklimmen zu können, den sie fast ein Jahr lang angestarrt hatten. Die Banner tanzten im Rhythmus ihrer Schritte auf und ab, Farben, die er bei weitem nicht alle kannte, außer denen einiger okzitanischer Herren, die dem Aufruf zum Kreuzzug gegen Montségur Gehör geschenkt hatten. In ihrer Mitte flatterte stolz das Banner von Limousis in dem Wind, der immer um den Berg pfiff. Das Banner, das eigentlich Colomba gehörte.
»Da kommt Bessan mit seinem Sohn!«, sagte eine erstickte Stimme hinter ihm.
Mit einem Schlag kehrte Amaury in die Wirklichkeit zurück. Er sah sich um. Hinter ihm stand Roger. Sein Gesicht war verzerrt und seine Augen rot gerändert.
Ohne weiter nachzudenken, fasste Amaury den jungen Ritter bei den Schultern.
»Mein Gott, ich dachte, du wärst da unten …!« Er beendete seinen Satz nicht.
»Ihr hattet Recht. Er kommt, um uns zu töten«, sagte Roger, der die herzliche Geste seines Vaters nicht erwiderte. »Die Geiseln haben dieses Gerücht im feindlichen Lager aufgeschnappt. Wir werden gefangen genommen und hingerichtet, sobald wir die Burg verlassen. Als Landesverräter!«, fügte er empört hinzu. Es verstand sich von selbst, dass sein Vater dieses Prädikat verdiente, auch wenn er selbst der Meinung war, dass Amaury die okzitanische Sache verraten hatte. Doch der

Gedanke, dass er, Roger, als Franzose galt, der sein Land verraten hatte, war einfach lächerlich.
»Wir sitzen wie Ratten in der Falle«, sagte Amaury.
»Der Weg ist frei«, sagte Roger.
»Was meinst du damit?«
»Die *Bons Hommes*. Sie sind entkommen.«
»Was?! Wer? Wie viele?«
»Pierre Sabatier und drei andere. Sie müssen das Geld der Kirche Gottes, das kurz vor Weihnachten in Sicherheit gebracht worden ist, zu den Guten Christen in der Lombardei bringen. Eigentlich sollten sie sich verstecken und erst heute Nacht fliehen. Doch Herr Pierre-Roger traute der Sache nicht. Er hat sie schon letzte Nacht gehen lassen. Mit Seilen, den Abgrund hinunter.« Er zeigte nach Nordwesten.
»Sie haben sich versteckt? Wo?«
»In einem Felsspalt am Fuße der nördlichen Mauer des Wohnturms.«
»Da kommen wir am helllichten Tag nicht hin. Dann hätten wir uns schon heute Nacht dort verstecken müssen.«
»Herr Pierre-Roger hat seine Zustimmung aber erst jetzt gegeben. Wir müssen es trotzdem versuchen. Die geflüchteten *Bons Hommes* sollten den Männern, die sie durch die feindlichen Linien gelotst haben, Bescheid sagen, dass heute Nacht ein weiterer Fluchtversuch stattfindet. Sie warten unten schon auf uns.« Er schob seinen Mantel zur Seite und zeigte die langen, dicken Seile, die er sich um die Taille gewickelt hatte.
Amaury sah seinen Sohn prüfend an.
»Warum?«, fragte er.
»Ich habe keine Angst zu sterben«, sagte Roger stolz. »Ich will nur nicht durch seine Hand umkommen. Und es gibt noch so viel zu tun. Unsere Aufgabe hier ist vollbracht, doch überall

im Land halten sich immer noch zahllose Gute Christen versteckt. Die brauchen Hilfe.«
Amaury nickte kurz. Er musste schnell handeln. In wenigen Augenblicken würde die Burg vom Feind besetzt sein. Er fasste Roger am Arm und rannte mit ihm die Treppe zum Innenhof hinunter.
»Wir lassen uns begraben«, flüsterte er. Er winkte einem seiner Sergeanten, gab ihm ein paar Anweisungen und betrat die Unterkunft der Ritter, in der die Guten Christen ihre letzten Stunden verbracht hatten. Dort legte er sein Panzerhemd ab, da die schwere Rüstung beim Abstieg nur hinderlich sein würde.
»Sorg dafür, dass deine Blase leer ist«, sagte Amaury. Roger folgte seinem Beispiel. Sie verteilten die Seile und banden sie sich um. Dann rieben sie sich Kopf und Hände mit Asche, Erde und Schutt ein. Inzwischen war der Sergeant mit einem Bogenschützen und zwei Landsknechten zurückgekehrt.
Amaury drückte Roger die Hand und wünschte ihm alles Gute. Die Männer wickelten sie in blutbeschmierte Tücher und anschließend in ein Leichentuch. Schließlich trugen sie sie zur Burgkapelle, legten sie hin und knieten sich daneben, um für die Toten zu beten.
Kurz darauf hörte Amaury das gedämpfte Geräusch von Stiefeln auf dem Fliesenboden. Er hielt die Luft an. Jemand bellte ein paar kurze Fragen. Etwas stieß in seine Seite. Er begann zu schwitzen. Eine Schwertspitze hob einen Zipfel des Tuches an, doch der Anblick der blutbeschmierten Tücher und des aschfahlen Gesichtes war offenbar überzeugend genug.
»Schafft sie weg«, hörte er jemanden auf Französisch sagen und anschließend die Stimme seines Sergeanten, der flehte: »Herr, gebt uns die Erlaubnis, die Toten zu begraben. Wir hatten keine Gelegenheit mehr dazu.«

»Nicht hier«, sagte der Franzose. »Diese Kapelle wird wieder dem einen wahren Gott geweiht. Schafft sie raus!«
Er wurde hochgehoben und weggeschleppt. Einen Augenblick später hörte er eine neue Diskussion.
»Begraben?«
»Auf Befehl des Edelmanns da.«
»Wo?«
»Da drüben.«
Es folgte eine Pause. Dann schnauzte jemand in der Ferne einen Befehl. Er wurde wieder hochgehoben und weitergetragen. Befand er sich schon außerhalb der Burgmauern? Langsam bekam er kaum noch Luft. Es dauerte eine Ewigkeit, bis er endlich wieder hingelegt wurde.
»Wir sind da«, sagte der Sergeant. Er hörte das Geräusch von Spaten, die in die Erde gestochen wurden. Der Schnee lag einen Fuß hoch auf dem Gipfel und den Bergflanken, der Boden war hart, aber nicht gefroren. Wusste der Feind nicht, dass die Erde hier fast nirgendwo tief genug war, um jemanden darin zu begraben? Das Klirren eines Pickels sagte ihm, dass seine Männer ganze Arbeit leisteten. Plötzlich wurde an den Tüchern gezerrt, die um seinen Kopf gewickelt waren. Ein Messer riss den Stoff auf. Das Gesicht des Sergeanten tauchte über ihm auf.
»Mitternacht!«, sagte er grinsend.
»Und Roger?«
Der Sergeant hielt den Daumen hoch. Das Visier wurde über seinem Gesicht geschlossen und einen Augenblick später spürte er Erde auf seinem Körper und das Gewicht von ein paar Steinen. Auf den Helm wurden ein paar kleinere Steine gestapelt. Es blieb gerade noch ein Spalt offen, durch den er das Tageslicht sehen konnte. Darunter war genug Platz zum Atmen.

Es hatte wieder angefangen zu schneien. Langsam tropfte das Schmelzwasser durch den Helm auf sein Gesicht und lief in seinen Nacken. Amaury war völlig durchgefroren. Zuerst hatte er eine Weile vor Kälte gezittert, doch das hatte jetzt aufgehört. Stattdessen erfasste ihn eine Art Betäubung, die ihn schläfrig machte. Durch den Schlitz war kein Licht mehr zu sehen. Ob Schnee darüber lag oder die Nacht angebrochen war, konnte er nicht erkennen.
Er musste etwas tun. Besser jetzt etwas unternehmen, als auf den Sergeanten warten. Bis dahin war die Temperatur wahrscheinlich schon so weit gesunken, dass Roger und er von der Kälte benommen sein würden. Er versuchte, die rechte Hand, mit der er den Dolch umklammerte, zu bewegen. Ob es ihm gelang, wusste er nicht, seine Finger waren vollkommen gefühllos. Vorsichtig begann er, schneidende Bewegungen zu machen. Die Anstrengung brachte etwas Leben in ihn und ganz langsam bekam er etwas mehr Platz. Während er betete, dass es schon dunkel war und niemand sehen konnte, dass die Erde und die Steine, unter denen er lag, plötzlich verrutschten, versuchte er, sich ein wenig nach links und rechts zu drehen. Stück für Stück verschaffte er sich so mehr Platz, bis es ihm gelang, mit seinem Dolch das Leichentuch aufzuschneiden. Jetzt konnte er seine Arme aus dem Kokon, in dem er verpackt war, befreien. Danach ging alles viel einfacher. Er schob die Erde und die Steine von sich weg, nahm den Helm ab und holte erleichtert Luft. Es war dunkel. Um sich tastend, kroch er mit seinen steifen Gliedern herum, bis er das Grab entdeckte, in dem Roger liegen musste. Die Steine und der Helm enthüllten ein eiskaltes Gesicht mit geschlossenen Augen. Er begann, wild zu graben, zog den Körper aus dem Loch und schlug seinem Sohn ein paar Mal mit der flachen Hand auf die Wangen. Roger bewegte sich und stöhnte leise. Amaury legte ihre Män-

tel um sie, presste seinen Sohn an seinen Körper, der inzwischen vor Anstrengung glühte, und rieb ihn warm.
»Roger, wach auf. Wir müssen mit dem Abstieg beginnen!«, flüsterte er.
Es dauerte geraume Zeit, bis sich Roger genügend erholt hatte und sich wieder bewegen konnte.
»Wir warten nicht auf meinen Sergeanten«, sagte Amaury. »Vielleicht ist es ihm nicht gelungen, uns zu erreichen. Ich habe keine Ahnung, wie lange es noch dunkel ist. Wir gehen, sobald wir können.«
Unzählige Male war er im letzten Jahr den Berg auf verschiedenen Wegen hinabgestiegen. Jetzt brauchten sie dreimal so lang dafür. Es war ein heikles Abenteuer. Mit Hilfe des Mondlichts, das von Zeit zu Zeit zwischen den Wolken hindurchschien und ihnen den Weg erhellte, bewegten sie sich vorsichtig nach unten, immer dicht an dem lebensgefährlichen Abgrund, wo die Felsen sechshundert Fuß senkrecht abfielen. An manchen Stellen, wenn sie sich nirgendwo festhalten konnten, mussten sie sich mit Hilfe der Stricke abseilen. An anderen Stellen schoben sie sich eng an der Felswand entlang über Simse, die kaum breit genug für eine Bergziege waren, während sie sich an Felsvorsprüngen, Wurzeln oder auch nur an der Hand des anderen festklammerten. Unter ihnen gähnte ein finsteres Loch. Amaury musste an Bertrand Martys Predigt denken. Der einzige Trost war, dass dort unten kein Drache lauerte, sondern nur die Feuer des französischen Lagers ein Stück weiter an der Südflanke des Berges.
Die Männer aus Camon, einem Dorf, das nicht weit von Queille entfernt lag, empfingen sie wie verabredet. Von Hugues des Arcis unter Zwang für die Belagerung der Festung angeheuert, hatten sie nicht den geringsten Ehrgeiz, dem französischen Feldherrn weiter zu dienen. Wie in der Nacht

zuvor, als sie die vier *Bons Hommes* sicher zwischen den feindlichen Linien hindurchgelotst hatten, wiesen sie nun den beiden Rittern den Weg, bis sie schließlich das Lager der Franzosen hinter sich gelassen hatten und einem Pfad folgten, der sich an einem kleinen Fluss entlang zum Col de la Peyre hoch- und anschließend bis nach Lordat hinunterschlängelte.

Amaury wünschte, es würde wieder anfangen zu schneien. Doch seit sie Montségur verlassen hatten, war es trocken geblieben und hinter den Bergen kündigte sich schon ein neuer Tag an. Er schaute sich um und sah die Spur, die sie in der weißen Welt hinterließen. Auch etwas anderes bereitete ihm noch Sorgen. In dem zunehmenden Tageslicht würde man die beiden leeren Gräber entdecken. Für Sicard, der zweifellos schon eifrig nach ihnen suchte, war eine Rekonstruktion der Ereignisse dann nicht mehr schwer. Er würde sofort mit der Verfolgung beginnen. Roger schien denselben Gedanken gehabt zu haben.

»Wir müssen den Weg verlassen«, sagte er. »Wenn wir die Ariège überqueren, können wir uns erst mal in den Wäldern am südlichen Ufer verstecken.«

»Wo willst du hin?«

»Hier gibt es viele Höhlen. Manche sind verstärkt und gehören dem Grafen von Foix. Da können wir also nicht hin. Aber andere sind sicher. Ich kenne mich in diesem Gebiet aus.«

Hinter Lordat – 17. März 1244

»Wenn du vernünftig bist, gehst du in die Lombardei.«
Roger reagierte nicht.
»Da sind jetzt die Führer der Kirche Gottes. Viele verbannte Adlige und andere Gute Christen sind auch dorthin geflüchtet. Auf dem Herrschaftsgebiet des Kaisers sind sie vorläufig sicher«, argumentierte Amaury. »Kaiser Friedrich ist stark genug, um Rom Widerstand zu bieten.«
»Die Guten Christen hier brauchen mich mindestens genauso!«
Sie hatten Unterschlupf in einer Höhle gefunden, die nicht besonders tief war, jedoch genügend Schutz vor dem eisigen Wind bot. Abwechselnd hatten sie etwas geschlafen. Jetzt warteten sie auf die Dämmerung, damit sie weiterziehen konnten. Ihnen war beiden schlecht vor Hunger, doch es gab nichts zu essen. Zu trinken hatten sie dagegen genug. Am Fuße des Hangs, der zu der Höhle führte, lief ein kleiner Bach zwischen den Felsen entlang.
»Wir haben getan, was wir konnten«, meinte Amaury. »Bis jetzt haben wir unter der Führung Montségurs gearbeitet. Da gingen alle Nachrichten hin und dort kamen die Anweisungen her. Mit Bischof Martys Tod und der Verbannung Pierre-Roger de Mirepoix' wurden dem Widerstand Kopf und Herz genommen. Jetzt heißt es bei uns, jeder für sich, während die Inquisition ungehindert zu Werke gehen kann. Es wird zu gefährlich. Wenn du nicht den Rest deines Lebens in Ketten verbringen willst, musst du fliehen. Was in aller Welt bindet dich noch an dieses Land? Du stehst mitten im Leben. Wirf es nicht für eine verlorene Sache weg.«

»Warum habe ich nur das Gefühl, dass Ihr mich loswerden wollt?«
»Weil du mir noch immer nicht vertraust.« Es klang nicht vorwurfsvoll. Er stellte nur eine Tatsache fest.
»Ich bin doch mit Euch zusammen geflohen?«
»Weil es keiner von uns allein geschafft hätte.«
»Nein, nicht deshalb ...«
»Welchem Umstand habe ich es dann zu verdanken?«
»Ihr wart in Avignonet ...«
Amaury lachte spöttisch.
»Und das macht einen Helden aus mir, genau wie aus den anderen? Ich habe dir schon einmal gesagt, dass ich nicht stolz darauf bin, dass ich dabei war. Ich habe damals keinen Finger gerührt. Es war ein grausames Gemetzel, eines Ritters unwürdig. Das einzig Positive an dem Ganzen war, dass ich dadurch Dokumente der Inquisition einsehen konnte, in denen dein Name als Zeuge der Anklage gegen Sicard de Bessan genannt wurde. Von dem Moment an wusste ich sicher, dass es dich gibt.«
Es war einen Augenblick still. Dann sagte Roger plötzlich: »Wenn die Lombardei für Euch der einzige Ausweg ist, werde ich Euch einen sicheren Weg dorthin zeigen. Ich bleibe hier.«
Amaury schüttelte den Kopf.
»Ich kenne alle sicheren Wege, Roger. Ich habe sie oft genug benutzt, wenn ich die Guten Christen irgendwo hinbringen musste. Doch wenn du das nicht glaubst und meinen Rat nicht befolgen willst, weiß ich wirklich nicht, was ich hier soll.«
»Ihr habt Recht. Es ist besser, wenn wir uns trennen.«
»Das meinte ich nicht.«
»Ich ziehe allein weiter. Dort, wo ich hingehe, habe ich Euch

lieber nicht dabei«, sagte Roger. »Außerdem wird es Sicard verwirren.« Er stand auf und gürtete seine Waffen.

»Warte wenigstens, bis es dunkel wird«, warnte ihn Amaury.

»Ich weiß, was ich tue. Ich kenne dieses Gebiet besser als er.«

Er ging zum Höhleneingang und spähte die Umgebung ab. Es war keine Menschenseele zu sehen, nur Felsen und kahle Bäume.

»Gott sei mit dir«, sagte sein Vater. Roger sah sich nicht mehr um.

Auch Amaury machte sich zum Aufbruch bereit. Im Höhleneingang wartete er, bis Roger verschwunden war. Der stieg jetzt zu dem Bergbach hinab, der durch das Tal rauschte, und folgte ihm anschließend stromaufwärts. Dort unten lag kein Schnee mehr und solange er über Felsen lief, hinterließ er keine Spuren. Amaury fragte sich, wo er wohl hinging. Da hinten war nur wildes Bergland, in das sich im Winter kein Mensch verirrte, nicht einmal Hirten. Wie weit würde er in dem unwirtlichen Gelände kommen, ohne Proviant und ohne Pfeil und Bogen, um sich etwas zu fangen? Trotzdem ging er zielsicher weiter. Ja, Roger wusste, was er tat, schließlich kannte er das Gebiet. Er musste sich eher Sorgen um sich selbst machen. Die Lombardei reizte ihn nicht besonders. Zwei Tagesreisen in östliche Richtung gab es zwar ein paar Burgen, die noch in den Händen okzitanischer Herren waren, Puilaurens und Fenouillet zum Beispiel. Und noch weiter weg, an der Grenze zu Katalonien, den Adlerhorst Quéribus. Dorthin würden sich wahrscheinlich die *Faidits* von Montségur zurückziehen. Wahrscheinlich, um in absehbarer Zeit dort ebenfalls von französischen Truppen belagert zu werden.

Roger war inzwischen von den Sträuchern verschluckt worden. Amaury kontrollierte gewohnheitsmäßig noch einmal, ob seine Waffen an der richtigen Stelle hingen, und wollte gerade mit dem Abstieg zum Bach beginnen, als er plötzlich eine Bewegung wahrnahm. Er blieb reglos stehen, mit dem Schatten im Höhleneingang verschmelzend. In dem ausgetrockneten Teil des Flussbettes, dort, wo Roger einen Augenblick zuvor noch gegangen war, schlich ein Armbrustschütze vorsichtig weiter. Er hatte den Bogen von der Schulter genommen. In der Hand hielt er einen Pfeil bereit. Er trug die Farben von Limousis.

Roger war schon zu weit weg. Ein Warnschrei hätte ihn nicht mehr erreicht und nur den Bogenschützen auf seine Anwesenheit aufmerksam gemacht. Der Mann war sicher nicht allein, doch außer ihm konnte Amaury niemanden sehen. Er verließ die Höhle und kletterte zwischen den Bäumen den Hang hoch. Es war nicht so einfach, mit dem Mann Schritt zu halten. Ihm selbst wurde der Weg von Sträuchern und abgebrochenen Ästen versperrt, während das Gelände dort unten besser begehbar war. Plötzlich beschleunigte der andere seinen Schritt. Er lief ein Stück vor und blieb dann stehen, um den Bogen zu spannen. Amaury ließ alle Vorsicht außer Acht. Roger, der für ihn unsichtbar war, hatte offenbar nicht gemerkt, dass er verfolgt wurde. Während sich der Bogenschütze Zeit nahm, zu zielen, brach Amaury durch die Sträucher, bis er auf gleicher Höhe mit seinem Feind war, und stürmte dann mit gezücktem Schwert den Hang hinunter. Aufgeschreckt durch das knackende Holz, drehte sich der Schütze um und richtete seine Waffe auf den Angreifer. In dem Augenblick war Amaury durch sein Gewicht schon nicht mehr zu bremsen. Unaufhaltsam stürmte er weiter nach unten. Sein geschulter Blick erkannte jedoch den Moment, in dem die Bogensehne losgelassen wurde. Gerade noch rechtzeitig warf er sich hinter einen Baum. Der Pfeil sauste an ihm vorbei. Er gab dem anderen keine Gelegenheit, einen neuen Pfeil aufzuziehen, sondern rannte auf ihn zu. Beide Hände um den Schwertgriff geklammert, holte er nach dem Bogenschützen aus, der jetzt seinen Dolch gezogen hatte und dem Schwert gerade noch ausweichen konnte. Der zweite Hieb traf ihn am Hals, gefolgt von dem Gnadenstoß, genau durch die Mitte, tief in den Körper hinein. Der Mann sackte lautlos zusammen. Amaury zog sein Schwert zurück und schaute hoch. Keine dreißig Schritte von ihm entfernt stand ein zweiter Bogenschütze über seine Waffe gebeugt, den Fuß noch in der Armbrust, um die Sehne zu spannen. Bevor Amaury Deckung suchen konnte, richtete sich der Mann auf und legte an. Hinter ihm tauchten zwei Reiter auf. Amaury konnte sich nur noch auf gut Glück ducken, wohl wissend, dass ein Pfeil immer schneller war. Die Eisenspitze durchbohrte seine Schulter und kam auf der anderen Seite mehr als zur Hälfte wieder heraus. Die Wucht, mit der ihn das Geschoss getroffen hatte, warf ihn nach hinten. Mit einem Schmerzensschrei landete er rücklings im ausgetrockneten Flussbett. Der Pfeil brach auf den Steinen. Als er versuchte aufzustehen, sah er, wie der Bogenschütze einen zweiten Pfeil einlegte und die Sehne wieder spannte. Der Mann war inzwischen etwas näher gekommen und konnte aus dieser Entfernung leicht einen tödlichen Schuss abgeben. Amaurys Schulter war noch halb betäubt von dem Schlag. Bald würde der Schmerz durch seinen ganzen Körper ziehen und ihn wehrlos machen. Er wusste aus den Erfahrungen anderer, die ähnliche Verletzungen erlitten hatten, dass er sich um einiges besser fühlen würde, wenn er das Holz aus seinem Fleisch entfernte. Er biss die Zähne zusammen, umfasste den Griff des Pfeiles, zog ihn mit einem Ruck aus der Wunde und hielt das blutige Ding wie eine Trophäe hoch.

»Bessan!«, rief er. »Du bist ein Feigling! Warum lässt du immer andere die dreckige Arbeit für dich machen? Sei ein Mann und kämpfe selbst!« Er rappelte sich auf und wankte auf den Bogenschützen zu. Der Mann zögerte und sah sich kurz zu den beiden Reitern um. Von seinem Pferd aus zeigte Sicard de Bessan ungeduldig zur Schlucht hinüber, in der Roger verschwunden sein musste. Der Bogenschütze begriff, dass sein Herr selbst die Ehre haben wollte, mit dem Ritter abzurechnen. Er legte die Waffe über seine Schulter und lief in weitem Bogen um Amaury herum, der auf die Knie gesunken war und, sich vor Schmerzen krümmend, die Hand auf seine Wunde drückte. Kaum war er an ihm vorbei, da packte Amaury zwei große Steine, sprang auf und schleuderte sie ihm an den Kopf. Bewusstlos sank der Bogenschütze zu Boden. Mit ein paar Schritten war Amaury bei ihm, stieß sein Schwert in den reglosen Körper und packte die Armbrust, um damit seine beiden anderen Gegner von sich fern zu halten. Doch dazu bekam er keine Gelegenheit mehr. Sicard de Limousis gab seinem Pferd die Sporen, beugte sich im Sattel zur Seite und holte mit dem Schwert aus. Amaury gelang es, den Schlag mit seiner eigenen Waffe zu parieren. Eisen klirrte gegen Eisen. Der Reiter trieb sein Pferd nach vorn und schlug von neuem auf ihn ein. Amaury musste seine ganze Kraft zusammennehmen, um den Angriff abzuwehren. Er wich weiter in das Flussbett zurück, wo das Pferd zwischen den Steinen ausrutschen und sein Reiter dadurch nicht mehr sauber würde zielen können. Es war ein ungleicher Kampf und Amaury war dazu verdammt, ihn schließlich zu verlieren. Er fühlte sich höchst verletzbar in seinem Wams, das im Vergleich zu Sicards Rüstung keinerlei Schutz bot. Deshalb griff er zu einer Taktik, die er unter anderen Umständen für ehrlos gehalten hätte. Er zog seinen Dolch und stach zu. Zwar traf er das Pferd

nicht einmal voll, weil ihm die Kraft im linken Arm fehlte, doch es führte zu dem gewünschten Erfolg. Das Tier bockte und bäumte sich auf und Sicard wurde aus dem Sattel geworfen. Jetzt befand sich Amaury wenigstens auf gleicher Höhe mit seinem Gegner. Günstiger sogar noch. In dem Moment, als Sicard de Limousis den Boden berührte und Zeit brauchte, um sich mit seiner schweren Rüstung zu erheben, trieb er sein Schwert in die mit Eisenringen bedeckte Masse. Dem Schrei nach zu urteilen, den der Edelmann ausstieß, hatte er ihn irgendwo getroffen.
»Bessan, der war für dich!«, schrie er. »Warum hast du deinen Sohn geschickt, Bessan! Trage deine Kämpfe selbst aus!«
Irgendwo hinter ihm musste Sicard de Bessan von seinem Pferd aus zusehen. Umschauen konnte er sich nicht, denn der junge Sicard hatte sich inzwischen aufgerappelt und nahm den Kampf wieder auf. Er konnte den Reiter jedoch näher kommen hören. Und auch der Bogenschütze würde sich erneut ins Gefecht einmischen, sobald er wieder bei Bewusstsein war. Aber das war jetzt eigentlich auch schon gleichgültig. Er würde hier sterben, so viel war sicher, denn einer Übermacht von drei Mann war ein verwundeter Ritter ohne ordentliche Rüstung nicht gewachsen. Wenn er nur einen seiner Gegner in den Tod mitnehmen könnte – am liebsten Bessan! –, dann würde Roger mehr Chancen haben, seinen Verfolgern zu entkommen. Mit wahrer Todesverachtung griff Amaury seinen Gegner an, mit zusammengebissenen Zähnen und beide Hände um den Schwertgriff geklammert. Er schlug mit aller Kraft auf den anderen ein, doch seine Schläge prallten entweder an dessen Waffe ab oder sie trafen die zuverlässige Stärke des Panzerhemdes, auch wenn er am Stöhnen seines Gegners hören konnte, dass er ihm zumindest Prellungen zufügte. Der Verzweiflung nahe, warf er mit ei-

nem lauten Schrei sein ganzes Gewicht in einen vernichtenden Hieb, der Limousis' Schwertarm traf. Der Edelmann stieß einen Schrei aus. Im selben Moment schnitt dessen Schwert durch sein gepolstertes Wams. Sicard de Limousis ließ seine Waffe fallen und griff sich an den Arm, der, über dem Ellbogen gebrochen, hilflos herunterhing. Auch Amaury glitt das Schwert aus den Händen. Er hockte sich hin und presste die Hände in seine Seite. Sein Atem ging stoßweise und sein aufgerissenes Wams färbte sich rot. Das Blut tropfte zwischen seinen Fingern durch. Neben ihm ließ sich Sicard de Bessan aus dem Sattel gleiten und forderte ungeduldig das Schwert von seinem Sohn. Amaury hob den Kopf. Bessan hatte den Helm abgesetzt und schaute verächtlich auf ihn herab. Er hatte die Waffe in die linke Hand genommen. Den anderen Arm, der nicht einmal halb so lang wie normal war, drückte er an den Körper, die verkrüppelte Hand hing kraftlos herunter. Amaury erinnerte sich plötzlich an die Register der Johanniter in Carcassonne. »Für den Waffendienst im Heiligen Land ungeeignet aufgrund eines Geburtsfehlers am rechten Arm«, hatte dort gestanden.

»Am liebsten würde ich dich ganz langsam töten, aufhängen, mit demselben Strick, mit dem du aus Montségur geflohen bist«, höhnte Bessan. »Doch wir müssen deinen Sohn noch einholen.« Er drückte die Schwertspitze auf Amaurys Brust.

»Fahr zur Hölle«, stöhnte Amaury. »Da warten sie schon auf dich!«

Bessan bleckte die Zähne und stieß einen wütenden Schrei aus. *»Filh de putan!«*

Amaury war unfähig, sich zu rühren, und bereitete sich auf den Todesstoß vor. Er fragte sich, ob er sich bekreuzigen und Gott um Gnade anflehen oder auf ein nächstes Leben hoffen sollte, in dem er alles besser machen konnte. Schließlich tat er keines von beidem. Standhaft erwiderte er den hasserfüllten Blick Bessans, zu stolz, um Angst zu zeigen, und Mut sammelnd für den Moment, in dem das Schwert zwischen seinen Rippen versinken würde. Doch anstatt zuzustoßen, schaute der Edelmann plötzlich erstaunt auf. Etwas sauste über Amaurys Kopf hinweg. Er hörte das Übelkeit erregende Geräusch eines Pfeils, der in menschliches Fleisch eindrang, mitten durch die Rüstung und das Brustbein hindurch. Der kurze Arm flog in einem Reflex nach oben und mit einem entsetzten Ausdruck auf dem Gesicht sank Sicard de Bessan zusammen. Der andere Sicard griff nach dem Schwert, zog es seinem Vater aus der Hand und stolperte damit davon. Sein gebrochener Arm baumelte kraftlos hin und her. Amaury hatte plötzlich das Gefühl, als würden tausend Nadeln in seine Kopfhaut stechen. Kurz bevor alles um ihn herum schwarz wurde, sah er noch, wie Roger Sicard de Limousis einholte und ihm mit einem Schwertschlag das Genick brach.

Capoulet – 18. März 1244

»Wohin bringst du mich?«, fragte er.
Die Morgendämmerung brach an und Amaury hatte keine Ahnung, wo sie sich befanden. Er erinnerte sich nur undeutlich an die Reise der vergangenen Nacht. Vater und Sohn Sicard waren tot, die beiden Bogenschützen auch. Dann kam zuerst eine Weile nichts und danach Roger, der ihm aufhalf

und ihn stützte. Er hatte ihn gefragt, warum, zum Teufel, er ihm das Leben gerettet hätte.

»Weil Ihr, zum Teufel, versucht habt, meines zu retten«, hatte er geantwortet.

Seine Wunden waren notdürftig versorgt und verbunden. Roger hatte alles, was er brauchte, im Gepäck ihrer Feinde gefunden, auch Proviant.

Irgendwie war Amaury danach in den Sattel gekommen. Sein Sohn ging neben ihm und führte das verletzte Pferd am Zügel. So waren sie in die Berge gezogen, über Wege, die nur Hirten benutzten. Dann musste er das Bewusstsein verloren haben, denn später saß Roger plötzlich vor ihm auf dem Pferd und er lehnte am Rücken seines Sohnes, den rechten Arm über dessen Schulter gelegt, sodass er sitzen blieb.

Jetzt lag er auf dem Boden und Roger versuchte mit aller Macht, ihm etwas zu trinken einzuflößen.

»Wohin gehen wir?«, fragte er wieder. Alles, was er noch wollte, war, dort liegen zu bleiben und sonst nichts. Doch Roger behauptete, dass sie, wenn er noch einen Augenblick durchhielt, vor Tagesanbruch in Sicherheit wären. Er quälte sich wieder in den Sattel. Der Verband war rot gefärbt. Die Schmerzen waren unerträglich.

Endlich hielten sie an. Im Morgennebel öffnete sich zu ihren Füßen ein breites Tal. Dort unten, wo der Bach, dem sie folgten, in einen größeren Fluss mündete, standen ein paar kleine Gebäude inmitten gepflügter Felder und Obstgärten. Amaury stöhnte. Ihm wurde wieder schwindelig und er rutschte aus dem Sattel.

»Ich schaffe es nicht«, murmelte er. Seine Kräfte schienen durch seine Wunden wegzusickern. Er saß erschöpft auf dem Boden.

Roger hockte sich neben ihn. »Noch einen Augenblick«, flehte er.
»Wenn ich sterbe …« Amaury zögerte kurz, bevor er fortfuhr: »Vor langer Zeit habe ich die *Convenenza* abgeschlossen. Aber danach bin ich wieder Katholik gewesen. Lange. Viel zu lange.«
Als er wieder zu sich kam, lag er in einem dämmrigen Raum, in dem er nichts erkennen konnte. Doch es konnte auch seine Phantasie sein. Oder ein Traum. Aus der Dunkelheit tauchte eine Gestalt auf. Ein dunkler Mantel schob sich an ihm vorbei. In seiner Seite spürte er einen dumpfen, drückenden Schmerz. Seine Schulter spürte er überhaupt nicht, so als wäre sie gar nicht mehr vorhanden. Er versuchte, sich zu bewegen, doch seine Hand war schwer wie Blei und er bekam sie nicht hoch. Er bewegte die Lippen. Es kam kaum ein Laut heraus. Die Gestalt drehte sich um und beugte sich über ihn. Er sah kein Gesicht, nur das große, weiße Kreuz, das auf den Mantel genäht war. Blinde Angst überfiel ihn, als wolle er in einem bösen Traum weglaufen, könne es aber nicht. Ein Schock durchfuhr ihn, gefolgt von einem heftigen Schmerz. Was ein Schrei hätte sein sollen, kam als hilfloses Stöhnen aus seinem Mund. Es schien, als würde die Gestalt erstarren. Aus dem Mantel kam eine Hand zum Vorschein. Sie bewegte sich zu dem Kreuz, als wolle sie ihn fragen, warum ihm das heilige Zeichen Angst einflöße. Dann näherte sie sich seinem Gesicht. Kurz vor seiner Wange hielt sie an. Anstatt ihn zu berühren, wanderte sie nach unten und blieb auf seinem Ärmel liegen.
»Ganz ruhig«, sagte eine Stimme. »Hast du große Schmerzen?« Das Licht einer Kerze kam näher.
Hoffnung, Ungläubigkeit und Erschütterung kämpften miteinander. Seine Lippen formten einen Namen.

»Colomba?«
Ein Lächeln glitt über das Gesicht über ihm.
»Ja, ich bin es. Hab keine Angst. Dieses Kreuz hat mich all die Jahre beschützt.«
Sie schob die Kapuze ihrer Kutte zurück. Ihre Haare waren grau und zu einem Zopf geflochten. Sie war noch immer genauso schön.
In ihren Augenwinkeln funkelte etwas. Sie wischte es mit ihrem Ärmel weg.
Er wollte sich aufrichten, er wollte sie fühlen, sie umarmen, doch sein Körper gehorchte ihm nicht.
»Ich habe dir Betäubungsmittel gegeben«, sagte sie. »Wenn du dich bewegst, fangen deine Wunden wieder an zu bluten und du hast schon so viel Blut verloren. Ich hoffe, dass ich dich heilen kann.«
»Wie …?«, fragte er lautlos. »Wo…?«
»Die Johanniter in Homps haben sich meiner angenommen. Nach Rogers Geburt bin ich, so schnell es ging, dorthin geflohen. Sie haben mich zu ihrer Kommandantur in Capoulet gebracht. Ich pflege hier Kranke und Verletzte, die uns um Hilfe bitten.«
Er begriff ungefähr, wie sich alles abgespielt haben musste, auch wenn tausend Fragen erst einmal unbeantwortet blieben.
»Wenn du stirbst … willst du dann das *Consolamentum* empfangen?«
Er schüttelte unmerklich den Kopf. »Ich weiß es nicht, noch immer nicht«, flüsterte er.
Sie streichelte seinen Ärmel.
»Das macht nichts«, sagte sie. »Christus hat sein Königreich allen versprochen, die wirklich barmherzig sind, selbst wenn sie den Namen Gottes nicht einmal kennen.«

Barmherzig? Was wusste sie davon? Damals vielleicht. Er dachte, wie schön es wäre, wenn er ihr in einem nächsten Leben noch einmal begegnen könnte. Er würde alles anders machen. Doch sie würde ihren eigenen Weg gehen, wie sie es immer getan hatte.

Les victimes présentes rejoignent celles du *passé; les ressuscitent. A chaque persécution ce sont les mêmes martyrs qui se réincarnent. En vérité, les vies éphémères des hommes circulent dans l'homme.*

Die Opfer von heute sind mit denen von gestern verwandt, sie erwecken sie wieder zum Leben. Bei jeder Verfolgung sind es dieselben Henker, dieselben Märtyrer, die wieder geboren werden. Tatsächlich kreisen die flüchtigen Menschenleben im Menschen.

(René Nelli – La vie quotidienne des Cathares du Languedoc au XIIIe siècle)

Schoorl, 10. Mai 1999, 20.00 Uhr

Alphabetisches Personenregister

Agulher, Raymond – Bischof der Katharer von Razès; verbrannt am 16. März 1244

Alfaro, Hugues d' – Ritter und Söldnerhauptmann aus Navarra, später Drost von Agenais, verheiratet mit Guillemette, der leiblichen Tochter von Raymond VI. von Toulouse

Alfaro, Raymond d' – Vogt von Avignonet, Sohn von Hugues d'Alfaro und Guillemette; organisierte 1242 den Mordanschlag in Avignonet

Andelys, Roger des – Kreuzfahrer (1209), Gefährte Simon de Montforts

Arcis, Hugues des – Drost von Carcassonne, Leiter der Belagerung Montségurs

Arnaud-Amaury – Zisterzienser, Abt von Citeaux, geistlicher und militärischer Anführer des Kreuzzuges von 1209; von 1212 bis zu seinem Tod im Jahre 1225 Erzbischof von Narbonne sowie Herzog von Narbonne

Beaujeu, Humbert de – Französischer Feldherr und ›Unterkönig‹ der Languedoc

Bessan, Sicard de – Hospitaliter

Blanche – Königin von Frankreich; Tochter von Alfonso VIII. von Kastilien, Gemahlin von Ludwig VIII.

Burgund, Eudes, Herzog von – Kreuzfahrer (1209)

Cabaret, Brunissende de – Frau von Pierre-Roger de Cabaret

Cabaret, Jourdain de – Bruder von Pierre-Roger de Cabaret; wurde 1226 von *Faidits* gefangen genommen und in Toulouse als Verräter verurteilt; er starb 1228 im Gefängnis

Cabaret, Mabilia de – zweite Frau von Jourdain de Cabaret

Cabaret, Orbrie de – erste Frau von Jourdain de Cabaret

Cabaret, Pierre-Roger de – Herr von Cabaret; beendete sein Leben im Exil in Roussillon, wo er nach 1240 starb

Castelnau, Pierre de – Zisterzienser, Erzpropst von Maguelonne, anschließend päpstlicher Legat, ermordet 1208

Comminges, Bernard IV. de – Graf von Comminges

Dominicus – Kanonikus von Osma, gestorben 1221; gründete 1216 den Dominikanerorden, der ab 1233 die Inquisition leitete

Eva – Frau von Amaury de Poissy, gestorben vor oder im Jahre 1207

Ferrou – Knappe von Pierre-Roger de Mirepoix

Foix, Raymond-Roger de – Graf von Foix, gestorben 1223

Foix, Roger-Bernard de – Graf von Foix, Sohn von Raymond-Roger de Foix

Garlande, Mathilde de – Mutter des Kreuzfahrers Bouchard de Marly

Guillaume Arnaud – Dominikaner, ab 1233 Inquisitor in Toulouse; 1242 beim Anschlag in Avignonet ermordet

Heinrich III., 1216–1272 König von England, beim Aufstand im Jahre 1242 Verbündeter Raymonds VII.

Hohenstaufen, Friedrich II. von – König von Deutschland, Kaiser des Heiligen Römischen Reiches

Innozenz III. – Papst von 1198 bis 1216; Inspirator des Kreuzzuges von 1209

Jaime – Sohn von Pedro II. von Aragón

Johann ohne Land – 1199–1216 König von England

Lavaur, Guiraude de – Burgfrau von Lavaur, Schwester von Aimery de Montréal; 1211 nach dem Fall Lavaurs ermordet

Lévis, Guy de – Kreuzfahrer (1209), Gefährte Simon de Montforts; später Herr von Mirepoix

Limousis, Colomba de – Tochter von Roger de Limousis

Limousis, Roger de – Herr von Limousis, Hospitaliter

Limousis, Roger de – Ritter, Sohn von Colomba de Limousis

Ludwig VIII. der Löwe – 1223–1226 König von Frankreich, verheiratet mit Blanche von Kastilien; starb 1226 während seines dritten Kreuzzuges gegen die Katharer an Ruhr

Ludwig IX. der Heilige – König von Frankreich von 1226 bis 1270

Lusignan, Hugues de – Graf von La Marche, Verbündeter Raymonds VII. bei dem Aufstand von 1242

Marche, Marguerite de la – Tochter von Hugues de Lusignan, zweite Frau von Raymond VII.

Marly, Beatrice de – Frau von Robert de Poissy, Schwester von Bouchard de Marly

Marly, Bouchard de – Kreuzfahrer (1209 und 1226), Vetter von Alix de Montfort, später Herr von Saissac; starb 1226 während des dritten Kreuzzuges Ludwigs VIII. an Ruhr

Marty, Bertrand – Bischof der Katharer in Toulouse, Anführer der Katharer bei der Belagerung Montségurs; verbrannt am 16. März 1244

Mas, Jourdain du – *Faidit,* Ritter von Le Mas-Saintes-Puelles, Enkel der *Bonne Dame* Garsende du Mas; war 1242 am Attentat von Avignonet beteiligt; fiel 1244 auf Montségur

Mauvoisin, Robert – Kreuzfahrer (1209), Gefährte Simon de Montforts; starb 1214 bei der Belagerung von Sévérac

Milon – päpstlicher Legat, 1209 zuständig für die Verhandlungen mit Raymond VI.

Mir, Pierre – *Faidit,* Ritter von Fanjeaux, Sohn der *Bonne Dame* Raymonde de Saint-Germain

Mirepoix, Pierre-Roger de – *Faidit,* Burgherr von Montségur, Befehlshaber der Garnison

Montfort, Alice de – Frau von Simon de Montfort

Montfort, Amaury de – Sohn von Simon de Montfort und Alice; trat 1218 Simon de Montforts Nachfolge an

Montfort, Simon de – Kreuzfahrer (1209), Herr von Montfort und Epernon und Graf von Leicester; später Burggraf von Béziers, Carcassonne, Albi und Razès sowie »Graf von Toulouse«

Montpellier, Agnès de – Frau von Raymond-Roger Trencavel

Montréal, Aimery de – Herr von Montréal, Bruder von Guiraude de Lavaur; verteidigte 1211 Lavaur gegen die Kreuzfahrer und wurde erhängt und erwürgt

Nevers, Hervé, Graf von – Kreuzfahrer (1209)

Pedro II. – 1196–1213 König von Aragón; fiel 1213 in der Schlacht bei Muret

Péreille, Raymond de – Burgherr von Montségur

Philippe Auguste – 1180–1223 König von Frankreich

Poissy, Amaury de – Kreuzfahrer (1209), vierter Sohn von Gasce V. de Poissy; auch Aimery, »Cap Perdut« oder »Ranquilhós« genannt; fiel 1209 auf Alaric (?)

Poissy, Gasce VI. de – ältester Sohn von Gasce V. de Poissy; gestorben im Heiligen Land

Poissy, Gasce VII. de – ältester Sohn von Robert de Poissy

Poissy, Guillaume de – Kreuzfahrer (1209), dritter Sohn von Gasce V. de Poissy; auch: Gautier; fiel 1209 auf Alaric

Poissy, Jean de – dritter Sohn von Robert de Poissy

Poissy, Robert de – Kreuzfahrer (1209 und 1226), zweiter Sohn von Gasce V. de Poissy, Herr von Fresnes und Burgvogt von Poissy für den französischen König; nahm 1212 am Feldzug Philippe-Augustes in Flandern teil

Poissy, Robert II. de – zweiter Sohn von Robert de Poissy, Herr von Fresnes; nahm 1242 am Feldzug Ludwigs IX. gegen Hugues de Lusignan teil; wurde 1249 von Ludwig IX. nach Akko geschickt und reiste bis in die Mongolei

Poissy, Simon de – Kreuzfahrer (1209 und 1226), entfernter Vetter der drei Brüder de Poissy, Herr von Aigremont; war einer der Edelmänner, die am Sterbebett Ludwigs VIII. in Montpensier versprachen, dafür zu sorgen, dass dessen ältester Sohn zum König gekrönt wurde (Ludwig IX.)

Rochefort, Crépin de – Kreuzfahrer (1209), Lehnsmann Simon de Montforts

Rouquier, Arnaud – Arzt/Wundarzt von Pierre-Roger de Mirepoix

Sabatier, Pierre – *Bon Homme*, schmuggelte das Geld der Katharer aus Montségur und brachte es in der Lombardei in Sicherheit

Saint-Michel, Pierre de – *Faidit*, Ritter von Fanjeaux, Sohn der *Bonne Dame* Raymonde de Saint-Germain; 1244 von der Inquisition zu lebenslanger Haft verurteilt und in Toulouse eingesperrt; 1248 im Auftrag Papst Innozenz' IV. befreit

Salles, Imbert de – Sergeant der Verteidigung Montségurs

Toulouse, Jeanne de – Tochter von Raymond VII. und Sancie von Aragón; heiratete Alphonse de Poitiers, den zweiten Sohn von Ludwig VIII. von Frankreich und Blanche von Kastilien; nach deren Tod fiel die Languedoc an die französische Krone

Toulouse, Raymond VI. de – 1194–1222 Graf von Toulouse

Toulouse, Raymond VII. de – 1222–1249 Graf von Toulouse, Sohn von Raymond VI. und Jeanne von England

Trencavel, Raymond-Roger de – Burggraf von Béziers, Carcassonne, Albi und Razès; 1209 in seinem eigenen Kerker gestorben (an Ruhr?)

Trencavel, Raymond – *Faidit*, Sohn von Raymond-Roger Trencavel und Agnès de Montpellier; Führer des Aufstands von 1240

Wigbold – Söldner aus Friesland

Chronologische Übersicht des Kampfes gegen die Katharer bis zum Fall Montségurs

1203 – Pierre de Castelnau wird zum päpstlichen Legaten ernannt, verlässt Fontfroide, um die Okzitanen zum katholischen Glauben zurückzuführen.

1204 – in Fanjeaux empfangen vier adelige Damen (u. a. Esclarmonde de Foix) von Guilhabert de Castres, dem späteren Bischof der Katharer, das *Consolamentum*.

1207 – auf einer Zusammenkunft in Montréal bekämpft Dominicus die Argumente der Katharer.

1208 – 15. Januar: Ermordung des päpstlichen Legaten Pierre de Castelnau. Papst Innozenz III. ruft zu einem Kreuzzug gegen die Katharer auf.

1209 – 18. Juni: Raymond VII. unterwirft sich in Saint-Gilles der römischen Kirche und wird vom Kirchenbann befreit; das Kreuzheer zieht gen Süden.

1209 – 22. Juli: Béziers wird von den Kreuzfahrern geplündert und niedergebrannt.

1209 – 15. August: Einnahme Carcassonnes. Simon de Montfort erhält den Titel des abgesetzten Burggrafen von Carcassonne und Béziers.

1209 – 10. November: Trencavel stirbt im Kerker seiner eigenen Burg; Gegenangriff der Okzitanen.

1209 – Dezember: Eroberung von Burg Alaric; Guillaume und Amaury de Poissy sowie ihre Garnison werden getötet.

1210 – 22. Juli: Minerve wird eingenommen, 140 Katharer werden verbrannt.

1210 – 23. November: Termes fällt nach neun Monaten Belagerung; Bram wird erobert, 100 Bürger werden verstümmelt nach Cabaret geschickt.

1211 – Februar (?): Übergabe Cabarets.

1211 – Mai: Einnahme Lavaurs, 80 Ritter erwürgt, 400 Katharer verbrannt; Ende Mai: erste Belagerung von Toulouse.

1211 – September: das okzitanische Heer wird bei Castelnaudry geschlagen.

1212 – Angriff an der Aveyron; »Jahr des Schreckens«: zahlreiche Orte werden erobert, Scheiterhaufen, Massenmorde.

1213 – 12. September: Okzitanen werden bei Muret geschlagen, König Pedro II. von Aragón fällt.

1215 – Mai: vierzigtägiger Kreuzzug Kronprinz Ludwigs (VIII.) von Frankreich; Montfort marschiert in Toulouse ein; Dominicus gründet in Toulouse den Dominikanerorden.

1216 – 10. April: Investitur Montforts in der Languedoc.

1216 – Mai–August: Raymond VII. erobert Beaucaire; Montfort schlägt Aufstand in Toulouse nieder; Papst Honorius III. bestätigt die Gründung des Dominikanerordens.

1217 – September: Raymond VII. zieht in Toulouse ein.

1217 – Oktober: Beginn der Belagerung von Toulouse durch Montfort.

1218 – 24. Juni: Simon de Montfort fällt vor Toulouse.

1219 – zweiter Kreuzzug Prinz Ludwigs; Massenmord von Marmande.

1219 – Juni–August: dritte Belagerung von Toulouse gescheitert.

1220 – große Eroberungsoffensive Raymonds VII.

1223 – Trencavel jr. startet Offensive in Corbières, Minervois und Cabardès; Raymond VII. belagert zusammen mit dem Grafen von Foix Amaury de Montfort in Carcassonne.

1224 – 15. Januar: Waffenstillstand von Carcassonne; Amaury de Montfort verlässt die Languedoc; Trencavel jr. lässt sich in Carcassonne nieder.

1226 – Kreuzzug König Ludwigs VIII.

1226 – Juni–September: Belagerung Avignons.
1226 – 8. November: Ludwig VIII. stirbt auf dem Rückzug in Montpensier an Ruhr.
1228/29 – Krieg von Cabaret; der französische Feldherr Humbert de Beaujeu verwüstet das Land um Toulouse; in Toulouse bricht eine Hungersnot aus.
1229 – 12. April: Raymond VII. bestätigt in Paris den Friedensvertrag von Meaux; seine einzige Tochter Jeanne wird an Alphonse, den Bruder des Königs, verheiratet; Beginn der bischöflichen Inquisition in der Languedoc.
1232 – Montségur wird Hauptsitz der Katharer.
1233 – Papst Gregor IX. befiehlt den Dominikanern, die Inquisition von den Bischöfen zu übernehmen, und gibt ihnen freie Hand bei der Verfolgung der Ketzer.
1235 – Raymond VII. und die Konsuln von Toulouse verbannen die Dominikaner aus der Stadt.
1236 – die erste Großuntersuchung der Inquisition in der Lauragais verursacht einen Flüchtlingsstrom nach Montségur.
1240 – September: Belagerung von Carcassonne durch Trencavel jr. gescheitert; geflohene *Faidits* werden erst in Montréal und anschließend in Laroque de Fa belagert.
1241 – Mai: Olivier de Termes ergibt sich in Pontoise Ludwig IX.
1241 – Dezember: Inquisitoren beginnen mit einer großen Rundreise im Albigeois und der Lauragais.
1242 – April–Oktober: Aufstand von Raymond VII.; Ludwig IX. schlägt die Verbündeten Graf Raymonds.
1242 – 28. Mai: Anschlag von Avignonet, zwei Inquisitoren und ihr Gefolge werden ermordet.
1242 – Oktober: Graf von Foix schließt mit Ludwig IX. Frieden und erklärt Toulouse den Krieg.

1243 – Januar: Raymond VII. unterwirft sich in Lorris dem König und unterzeichnet den Friedensvertrag.

1243 – Februar: erster Angriff auf Montségur abgewehrt.

1243 – 21. April: Konzil in Béziers beschließt, Montségur zu belagern.

1243 – 13. Mai: Beginn der Belagerung von Montségur.

1243 – Dezember: nächtlicher Aufstieg nach Montségur; der Roc de la Tour wird erobert und die Garnison niedergemetzelt.

1244 – Januar/Anfang Februar: Eroberung des Bergkamms bis zur Schlucht; die Burg wird unter Beschuss genommen.

1244 – 2. März: Waffenstillstand, drei Geiseln verlassen Montségur.

1244 – Nacht vom 15. zum 16. März: vier *Bons Hommes* fliehen von Montségur und bringen das Geld der Katharer nach Cremona.

1244 – 16. März: Übergabe Montségurs, mehr als 200 Katharer verbrannt.

Literaturangaben

Nachschlagewerke

Chronique de la France et des Français. Paris, Larousse, Éditions Chronique, 1987

Alibert, Louis: Dictionnaire Occitan-Français selon les parler languedociens. Toulouse, Institut d'Études Occitanes, 1993

Barthe, Roger: Lexique Français-Occitan. Toulouse, Collège d'Occitanie/ Éché, 1987

Primärliteratur

Tudèle, Guillaume & l'anonyme: La Chanson de la Croisade Albigeoise, mit einer Übersetzung aus dem Okzitanischen von Eugène Martin-Chabot, drei Teile. Paris, Les belles Lettres, 1960/61

Tudèle, Guilhem de & l'anonyme: La Canso, 1209–1219 Les croisades contre le Sud (Extraits), übersetzt und kommentiert von Claude Marti. Portet-sur-Garonne, Loubatières, 1994

Vaux-de Cernay, Pierre des: Historia Albigeois, neu übersetzt von Pascal Guébin und Henri Maisonneuve. Paris, Librairie Philosophique J. Vrin, 1951

Sekundärliteratur

Belperron, Pierre: La croisade contre les Albigeois et l'union du Languedoc à la France (1209–1249). Paris, Perrin 1967, Plon 1942

Berlioz, Jacques: »Tuez-les tous, Dieu reconnaîtra les siens«, La croisade contre les Albigeois vue par Césaire de Heisterbach. Portet-sur-Garonne, Loubatières, 1994

Brenon, Anne: Le vrai visage du catharisme. Portet-sur-Garonne, Loubatières, 1994

Duvernoy, Jean: Le Catharisme, La religion des Cathares. Paris, Privat, 1976

Goff, Jaques le: Saint Louis. Paris, Gallimard, 1996

Holmes, Urban Tigner jr: Daily living in the twelfth century. Madison, The University of Wisconsin Press, 1952

Leguay, Jean-Pierre: La rue au Moyen Age. Rennes, Ouest France, 1984

Martens, W. P.: De Katharen, opkomst en ondergang van een vredelievende sekte. Servire, Katwijk
Moulis, Adelin: Montségur et le drame Cathare. Verniolle, 1967
Nelli, René: L'Érotique des Troubadours. Toulouse, Privat, 1963
Nelli, René: Les Cathares, hérésie ou démocratie. Paris, Marabout, 1972
Nelli, René: La philosophie du Catharisme, Le dualisme radical au XIIIe siècle. Paris, Payot, 1988
Nelli, René: La vie quotidienne des Cathares du Languedoc au XIIIe siècle. Paris, Hachette, 1969
Nelli, René: Histoire du Languedoc. Paris, Hachette, 1974
Oldenbourg, Zoé: Le bucher de Montségur. Paris, Gallimard, 1959
Reznikov, Raimonde: Cathares et Templiers. Portet-sur-Garonne, Loubatières, 1993
Roquebert, Michel: L'Épopée Cathare, Teil I 1198–1212: L'Invasion. Toulouse, Privat, 1970
Roquebert, Michel: L'Épopée Cathare, Teil II 1213–1216: Muret ou la dépossession. Toulouse, Privat, 1977
Roquebert, Michel: L'Épopée Cathare, Teil III 1216–1229: Le lys et la croix. Toulouse, Privat, 1986
Roquebert, Michel: L'Épopée Cathare, Teil IV Mourir à Montségur. Toulouse, Privat, 1989
Rougemont, Denis de: L'amour et L'Occident. Paris, Plon, 1939
Zuchetto, Gérard: Terre des troubadours, XIIe–XIIIe siècles. Paris, Les Éditions de Paris Max Chaleil, 1995